中 华 国 学 文 库

嵇 康 集 校 注

〔三国魏〕嵇 康 撰

戴明扬 校注

中 华 书 局

图书在版编目（CIP）数据

嵇康集校注/（三国魏）嵇康撰，戴明扬校注. —北京：中华书局，2015.1（2023.12重印）
（中华国学文库）
ISBN 978-7-101-10570-4

Ⅰ.嵇… Ⅱ.①嵇…②戴… Ⅲ.中国文学-古典文学-作品集-三国时代 Ⅳ.I213.612

中国版本图书馆 CIP 数据核字（2014）第 269498 号

书　　名	嵇康集校注
撰　　者	〔三国魏〕嵇　康
校 注 者	戴明扬
丛 书 名	中华国学文库
责任编辑	俞国林　朱兆虎
责任印制	管　斌
出版发行	中华书局
	（北京市丰台区太平桥西里 38 号　100073）
	http://www.zhbc.com.cn
	E-mail:zhbc@zhbc.com.cn
印　　刷	河北新华第一印刷有限责任公司
版　　次	2015 年 1 月第 1 版
	2023 年 12 月第 4 次印刷
规　　格	开本/880×1230 毫米　1/32
	印张 22⅛　插页 2　字数 650 千字
印　　数	12501-13500 册
国际书号	ISBN 978-7-101-10570-4
定　　价	88.00 元

中华国学文库出版缘起

《中华国学文库》的出版缘起，要从九十年前说起。

1920年，中华书局在创办人陆费伯鸿先生的主持下，开始编纂《四部备要》。这套汇集三百三十六种典籍的大型丛书，精选经史子集的"最要之书"，校订成"通行善本"，以精雅的仿宋体铅字排印。一经推出，即以其选目实用、文字准确、品相精美、价格低廉的鲜明特点，最大限度地满足了国人研治学问、阅读典籍的需要，广受欢迎。丛书中的许多品种，至今仍为常用之书。

新中国成立之后，党和国家倡导系统整理中国传统文献典籍。六十馀年来，在新的学术理念和新的整理方法的指导下，数千种古籍得到了系统整理，并涌现出许多精校精注整理本，已成为超越前代的新善本，为学界所必备。

同时，随着中华民族以前所未有的自信快速发展，全社会对中国固有的学术文化——国学，也表现出前所未有的关注和重视。让中华文化的优秀成果得到继承和创新，并在世界范围内进行传播和弘扬，普惠全人类，已经成为中华民族的历史使命。当此之时，符合当代国民阅读需要的权威的国学经典读本的出现，实为当务之急。于是，《中华国学文库》应运而生。

《中华国学文库》是我们追慕前贤、服务当代的产物，因此，它自当具备以下三个基本特点：

一、《文库》所选均为中国学术文化的"最要之书"。举凡哲学、历史、文学、宗教、科学、艺术等各类基本典籍，只要是公认的国学经典，皆在此列。

二、《文库》所选均为代表当代最新学术水平的"最善之本"，即经过精校精注的最有品质的整理本。其中既有传统旧注本的点校整理本，如朱熹《四书章句集注》，也有获得学界定评的新校新注本，如余嘉锡《世说新语笺疏》。总之，不以新旧为别，惟以善本是求。

三、《文库》所选均以新式标点、简体横排刊印。中国古籍向以繁体竖排为标准样式。时至当代，繁体竖排的标准古籍整理方式仍通行于学术界，但绝大多数国人早已习惯于现代通行的简体横排的图书样式。《文库》作为服务当代公众的国学读本，标准简体字横排本自当是恰当的选择。

《中华国学文库》将逐年分辑出版，每辑十种，一次推出；期以十年，以毕其功。在此，我们诚挚希望得到学术界、出版界同仁的襄助和广大读者的支持。

中华书局自 1912 年成立，至今已近百岁。我们将《中华国学文库》当作向中华书局百年诞辰敬献的一份贺礼，更是向致力于中华民族和平崛起、实现复兴大业的全国人民敬献的一份厚礼。我们自当努力，让《中华国学文库》当得起这份重任，这份荣誉。

中华书局编辑部
2010 年 12 月

中华国学文库出版缘起

出版说明

　　嵇康集校注，戴明扬撰。戴明扬（一九○二～一九五三），一作名扬，字荔生，四川隆昌人。一九二九年毕业于北京大学中文系，曾先后任教于河北大学、北京大学、辅仁大学、浙江大学、四川大学等。

　　一九三○年夏，戴氏任北京大学研究所国学门编辑、助教，纂辑慧琳一切经音义引用书索引。一九三二年四月，拜入黄侃门下，本书凡征引黄侃之说，皆称黄先生；五月，与陆宗达等结兴艺社，由黄侃讲授经学。一九三四年发表记周炤及祭文、诗作等，一九三六年发表校补天问阁集跋、广陵散考；一九四○年浙江大学内迁遵义，戴氏于文学院中国文学系任教，撰有圣贤高士传赞校补、与嵇茂齐书作者辨。浙大迁返杭州后，戴氏任教于南充、资中中学及隆昌私立楼峰中学。一九四八年受聘为四川大学教授，一九五三年病逝。

近世校勘嵇康集者，前有鲁迅、马叙伦、叶渭清等，至戴氏始通注全书。嵇康集校注详校诸本，厘定文字，择录旧注，征引典故，广辑嵇康事迹及其人其作之评论，用力甚勤。

我们此次整理再版嵇康集校注，以人民文学出版社一九六二年本为基础，覆校底本，核对征引文献，并施以全式标点。所做工作，概举如下：

一、原双行夹注移为篇末注，并施注码。戴氏校注体例，凡校文皆置句末，注文则置于本句文辞语意已尽处之句末，故注码与注文有不相应者，读者审之，亦可藉此寻绎戴氏句读之意。

二、戴氏注文互见，凡云"见前某诗注"者，在"注"字后标示该注之注码，以便按寻。一题数篇者，仿戴氏区别之例，在诗题后括注该篇首句。

三、戴氏正文一依底本，校正勘误，俱见注文。为便阅读，凡戴氏以为讹文、衍文，用圆括号标示，校正之字用方括号标示；所正之字，戴氏有以为二字皆可通者，姑选其一，读者可于校文详之。

四、戴氏依底本，不提行，此次整理，将文章分段，以便阅读。

五、覆核戴氏所引文献，凡确属错讹者，径改；文字虽有出入，而文意可通，或采自类书、他引者，则一仍其旧。

六、原书校注中有两处编者案语，一为驳正，一为补苴，然于例不侔，今移录于此，聊备参考。其一，与山巨源绝交书注〔三一〕，戴氏以为当作"张升友论"，编者案云："文选注引张升反论，本不误，作者牵于嵇文绝交主题，竟疑注文'反论'为'友论'之误，非是。旧注引张升文的，除此作张升反论外，文选鲍明远代君子有所思诗注引作'张叔及论'，左昭七年传疏又引作'张叔皮论'，实即一文，错误虽然不同，但还没有见作'友论'之本。据左传疏引文'宾爵下华，田鼠上腾，牛哀虎变，鲧化为熊，久血为燐，积灰生蝇'来看，其内容当言物性之相反。张升反论，只有文选此注及魏都赋注、广绝交论注引不误，足订他注征引之误。作者乃以不误为误，此盖沿袭严可均校辑全后汉文为说，而不知其非也，今特为订正。"其二，家诫注〔九〇〕"冰矜"注后编者案："方以智通雅卷五曰：'冰衿，犹言冷也。世说曰："郗鉴欲规王导，意满口重，言殊不流。王劝郗莫谈，郗大瞋冰衿而出。"乐预传："人笑褚公，至今齿冷。"云皋书："冰衿齿冷。"正用此。'明钞本太平广记第三百二十六卷刘朗之条引述异记：'冰衿而立。'（诸刻本都误作'敛衿'。）这些都作'冰衿'，且方说在前，亦当述及。"

限于学识与能力，书中错讹在所难免，敬请读者批评指正。

3

中华书局编辑部

二〇一四年四月

目　录

例　言

一、书中正文，依明黄省曾嘉靖乙酉年仿宋刻本，而以别本
　　及诸书引载者校之。

一、黄本讹夺之处，但加校语于下，不迳改补，惟漏落较多，
　　不成句读者，乃依吴宽丛书堂钞本补入。

一、是书以吴钞本原钞为胜，其朱墨两校，皆改从明刻之误
　　也；凡原钞有异者，今皆校出。

一、吴钞本有既钞之后，又以别叶改钞者；今称"原钞""改
　　钞"以别之。

一、吴钞本涂改之字，有钞者当时所改，及校者后来所改；
　　今既不易辨别，但称"原钞"如何，"墨校"如何。

一、吴钞本改字之处，或有涂墨甚浓，致原钞之字不可辨
　　识；今但云某字涂改而成。

一、吴钞本之外，所校以刻本嵇集及古总集、古类书等为
　　主，其明代总集类书，与此等相同者，今不尽列。

一、严氏全三国文中嵇康文，多从百三家集录来，其相异之字，今不尽指出。

一、总集、类书，各有数本，其相同者，但举书名，有互异者，乃标出某本；七十二家集、百三家集相同者，但称张本，有互异者，乃标出张燮本、张溥本；四库有互异者，乃标出文津本、文澜本。

一、文选各本注云"李善本作某，五臣本作某"，互有异同，今皆各引出之；茶陵陈氏所刻六臣文选，其注云"五臣作某"者，与宋刻本六臣文选多同，今举四部本，即不再及陈本。

一、类书所引，每多删节，今但校其异处，至删节之句，不尽指出。

一、类书所引，于虚字每多省略，今不尽指出。

一、明代总集、类书，及文澜阁四库本，有显系误刻、误钞之字，今不尽指出。

一、通用之字，如"悟"与"寤"，易混之字，如"凌"与"凌"等，今于吴钞本外，但云某字或作某字。

一、吴钞本总目之题，与卷中各篇之题，其字数多寡，或有不同，又卷首总目之题，亦系校者后补，今皆省校。

一、嵇文有旧注者，先录旧注，次为自加之注，中以墨围间之。嵇文载于文选者，今全录李善注文，其五臣及唐人旧注，则择录之，六臣本所载善注之文，比善本或多或少，均详胡克家考异中，今不更著。

一、古人佚书、佚文，已多辑刻，今于注中直引书名篇名，不尽指出原引之书。

一、明、清诸人评语，今择附各篇之后；嵇文传者已少，故此等评语，亦过而存之。

嵇康集校注卷第一

杂诗一首

兄秀才公穆入军赠诗十九首

六朝诗集,题目及序次与此同,馀书所题"兄公穆秀才"等字有无、多寡不同;又多以五言一首居末。

此十九首,吴钞本分作两题,第一首于集前总目中题作"五言古风一首",于此处题作"五言",下有注云:"一本作古意。"墨校改题"五言古意一首",栏外上方有朱书校语云:"此首亦在赠兄秀才入军内,共十九首。"此十五字,又为墨校抹去。以下题作"四言十八首赠兄秀才入军",并注云:"兄秀才公穆入军赠诗,刘义庆曰:'嵇熹字公穆,举秀才。'"朱校于每首起句右侧注一二三四等字。○叶渭清曰:"按初学记十八引'双鸾匿景曜'四句作嵇康赠秀才入军诗,艺文类聚九十引六句亦作魏嵇叔夜赠秀才诗,二书均出唐人,又均引此首,然皆不云古意,必是嵇集旧不如此。"又曰:"文选嵇叔夜赠秀才入军五首题下注所引兄秀才公穆入军赠诗,上有'集云'二字,盖是嵇集旧题之仅存者,幸赖选注知之,此不应省。嵇熹云云,选注引为刘义庆集林,此亦节'集林'二字。"○扬案:文选赠秀才入军五首题下注云:"集云,兄秀才公穆入军赠诗,刘义庆集林曰:'嵇熹字公穆,举秀才。'"广文选载此诗八首,亦以五言为第一首。汉魏诗乘以五言为其十九,注云:"康集此首第一。"据此,知题目及序次皆以此本为合。

文选并"良马既闲""携我好仇"两首为一首,合"轻车迅迈""浩浩洪流""息徒兰圃""闲夜肃清"四首共为五首，<u>文章辨体</u>、<u>文体明辨</u>、<u>诗冶</u>等因之。〇选诗拾遗载五言一首，题作"双鸾篇赠兄秀才公穆入军"。〇古诗评选并"闲夜肃清""乘风高游"两首为一，共十七首，题作"赠秀才入军诗"，未选五言。<u>采菽堂古诗选</u>以"鸳鸯于飞"以下八首题作"四言诗八章"，又从<u>文选</u>并"良马既闲""携我好仇"两首为一，亦题作"赠秀才入军五章"，而附"凌高远盼"一首于第一首后，以"乘风高游"以下三首题作"四言诗三章"，以"双鸾匿景曜"一首题作"五言诗"。其"四言诗八章"题下注云："<u>文选</u>所载赠秀才入军，取'良马既闲'五章，颇有次序。今此八章，自是送别怀人之作，既匪赠兄，又匪入军。'瞻仰弗及'二语，亦类结局，故应别为一篇。而'乘风高游'以下，自是感怀言志之作，与送别无与，亦应别为一篇。其五言一篇，寄慨深远，辞旨淋漓，或是赠秀才入军之又一作，亦未可知，要不当比而一之，使章法纷纭，四五错出也。即'凌高远盼'，亦与上下不属，无所可附，故缀秀才入军诗内。"又"凌高远盼"一首下注云："今按上章曰'载我轻车'，下章即云'轻车迅迈'，文势接连，不应中断。'虽有好音'云云，与后章'旨酒鸣琴'语意叠出，'仰讯俯託'，又与上文'仰落俯引'相犯，古人必无此病，定非本有而<u>文选</u>删之也。时代既远，传写淆讹，竟不知此章是何题，应在何处。"又"四言三章"题下注云："皆言轻举远遁之情，都无别绪，与上文定非一篇。"又"五言一首"题下注云："不知为何而作，如云不忘故<u>魏</u>，<u>叔夜</u>未尝仕，不得为此等语。或者秀才入军，亦是强赴，故又以此赠之与。四言诗五首题同，因混列其后，未可定也。"又嵇喜答弟叔夜四首题下注云："按公穆答诗篇中，顾不言入军。"〇扬案："五言一首"，伤为当时所羁，非不忘故魏之旨，彼时魏亦未亡也。至叔夜于魏固为婚姻，且尝拜中散大夫矣。此十九首自非尽为一时之作，后人编集归入一题耳。陈氏分合，不必得之，姑录其言，以资参证。

文选张铣注："秀才，叔夜弟。"〇葛立方韵语阳秋曰："文选载嵇叔夜赠秀才入军诗，李善注谓兄喜秀才入军，而张铣谓叔夜弟，不知其名。考五诗或曰'携我好仇'，或曰'思我良朋'，或曰'佳人不在'，皆非兄弟之称，善铣所注，恐未必然耳。"刘履选诗补注曰："秀才，李善引本集作'兄公穆'，张铣曰：'康之从弟。'未知所据。"〇吴景旭历代诗话曰："名氏凿凿，非不知名之谓。至于诗中称谓，古人多不可拘，如五诗中'思我所钦'，则以所钦为弟，陆机赠从兄诗：'愿言思所钦'，则以所钦为兄，又赠冯友诗：'愿言怀所钦'，则以所钦为友，此亦何常之有。楚辞乐府，往往以佳人比君王，何独不可入兄弟用耶。"〇扬案："携我好仇"，代从军者言狩猎之乐尔。至诗中云"我友良朋"，明非兄弟矣。此十九首仍非尽为赠兄之诗，亦编集者所入也。

晋书嵇康传："兄喜，有当世才，历太仆、宗正。"又嵇含传："祖喜，徐州刺史。"〇太平御览四百五引王隐晋书曰："兄喜，为太仆厩驺，冯陵知其英俊，待以宾友之礼，以状表上。"〇古诗纪注："嵇喜字公穆，举秀才，历扬州刺史。晋百官名：'嵇喜，晋武帝太康三年，为徐州刺史。'"〇隋书经籍志："晋宗正嵇喜集一卷，残缺，梁二卷，录一卷。"

双鸾匿景曜,戢翼太山崖〔一〕。抗首(漱)〔嗽〕朝露〔二〕,晞阳
振羽仪〔三〕。长鸣戏云中〔四〕,时下息兰池〔五〕。自谓绝尘
埃,终始永不亏〔六〕。何意世多艰,虞人来我疑〔七〕。云網
塞四区〔八〕,高罗正参差〔九〕。奋迅势不便,六翮无所施〔一〇〕。
隐姿就长缨,卒为时所羁〔一一〕。单雄翻孤逝〔一二〕,哀吟伤
生离〔一三〕。徘徊恋俦侣,慷慨高山陂〔一四〕。鸟尽良弓藏,
谋极身(心)〔必〕危〔一五〕。吉凶虽在己,世路多崄巇〔一六〕。
安得反初服,抱玉宝六奇〔一七〕。逍遥游太清〔一八〕,携手长
相随〔一九〕。

〔一〕"崖"初学记十八引作"西"。○说文:"鸾,神灵之精也,赤色五
彩,鸡形,鸣中五音,颂声作则至。"班固答宾戏曰:"含景曜,吐
英精。"张衡西京赋:"流景曜之韡晔。"薛综注:"曜,光也。"李
善注:"景,光景也。"诗鸳鸯:"戢其左翼。"笺云:"戢,敛也。"赵
壹穷鸟赋:"有一穷鸟,戢翼原野。"

〔二〕"抗"字吴钞本涂改而成,原钞不明。"首"艺文类聚九十引作
"音",误也。"漱"吴钞本作"嗽",皕宋楼本校改作"嗽"。马叙
伦读书续记曰:"按嗽,吮也,说文作'欶';漱,盪口也,则作
'嗽'为是。"

〔三〕扬雄长杨赋:"莫不蹻足抗首。"广韵:"抗,举也。"韩子大体篇:
"至安之世,法如朝露,纯朴不散。"曹植蝉赋:"栖高枝而仰首,
漱朝露之清流。"诗湛露:"匪阳不晞。"毛传:"晞,干也;阳,日
也。"楚辞远游篇:"夕晞余身兮九阳。"易渐卦:"上九,鸿渐于
陆,其羽可用为仪。"

〔四〕"中"艺文类聚九十引作"里",诗隽类函九十引作"中",百四十

六引作"里"。

〔五〕曹植斗鸡诗："长鸣入青云。"楚辞九歌："焱远举兮云中。"西征
赋："兰池周曲。"

〔六〕淮南子修务训："君子逍遥彷徉于尘埃之外。"楚辞注："振翅翱
翔，绝尘埃也。"庄子达生篇："形精不亏，是谓能移。"

〔七〕"疑"，吴钞本作"维"，注云："'维'一作'仪'。"皕宋楼钞本有校
语云："各本作'疑'。案维系意，尚在下文，'仪'字不可解，作
'疑'为是。"扬案："维"字似不误，下乃言所以维之之状。○
离骚："哀民生之多艰。"注："艰，难也。"祢衡鹦鹉赋："命虞人
于坰垠。"尚书传："虞，掌山泽官也。"礼记注："疑，恐也。"毛诗
传："维，系也。"吕氏春秋注："仪，望也。"

〔八〕"網"吴钞本作"罖"。

〔九〕鹦鹉赋："冠云霓而张罗。"张衡东京赋："造穷六区。"文选
注："区，域也。"尔雅："鸟罟谓之罗。"曹植公宴诗："列宿正
参差。"

〔一〇〕扬雄连珠曰："鸾凤养六翮以凌云。"鹦鹉赋："顾六翮之残毁，
虽奋迅其焉如。"尔雅："迅，疾也。"又曰："羽本谓之翮。"庄子
山木篇："处势不便，未足以逞其能也。"汉书西南夷传："智勇
无所施。"

〔一一〕汉书终军传："自请愿受长缨，必羁南越王而致之阙下。"文选
注："时亦世也。"说文："羁，马络头也。"曹植天地篇："复为时
所拘，羁绁作微臣。"

〔一二〕"翮孤"吴钞本作"翮独"，周校本"翮"误作"翩"，注云："各本作
'翮'。"○扬案："翩"字乃钞者承上而误，此句初学记十八引作
"单雌偏独游"。

〔一三〕张衡舞赋:"惊雄逝兮孤雌翔。"曹植鹞赋:"若有翻雄骇逝,孤雌惊翔。"文选注引韩诗章句曰:"翻,飞貌。"楚辞九歌:"悲莫悲兮生别离。"鹦鹉赋:"哀伉俪之生离。"

〔一四〕汉书息夫躬传:"著绝命辞曰:'鹰隼横厉鸾徘徊兮。'"注:"徘徊,谓不得其所也。"文选思玄赋旧注:"俦,匹也。"玉篇引声类曰:"侣,伴侣也。"古诗:"慷慨有馀哀。"说文:"慷慨,壮士不得志于心也。"战国策楚策:"蔡圣侯南游乎高陂。"古诗:"悠悠隔山陂。"说文:"陂,阪也。"

〔一五〕"极"下吴钞本注云:"极"一作"损"。"心"吴钞本作"必",是也。○史记淮阴侯列传:"信曰:'果若人言,狡兔死,走狗烹,高鸟尽,良弓藏,敌国破,谋臣亡。'"楚辞卜居篇:"宁正言不讳以危身乎。"东方朔诗曰:"才尽身危。"

〔一六〕"世"字吴钞本涂改而成。○左氏僖公十六年传:"周内史叔兴曰:'吉凶由人。'"说苑敬慎篇:"孔子曰:'存亡祸福,皆在己而已。'"崔骃达旨曰:"子苟欲勉我以世路。"楚辞七谏:"何周道之平夷兮,然芜秽而险戏。"注:"险戏,犹言颠危也。"古乐府满歌行:"遭世险戏,逢此百离。"蔡邕汝南周䴙碑:"世路多险,进非其时。"案"崄巇"与"险戏"同。

〔一七〕离骚:"退将复修吾初服。"曹植七启曰:"愿反初服,从子而归。"老子:"圣人被褐怀玉。"郦炎诗:"抱玉乘龙骥,不逢乐与和。"汉书陈平传:"凡六出奇计,辄益邑封。"又叙传曰:"六奇既设,我罔艰难。"

〔一八〕"太"吴钞本作"大",皕宋楼钞本校改为"太",案二字同。

〔一九〕吴钞本作"携手相追随",注云:"一作'长相随'。"皕宋楼钞本校改"一"字为"各本"二字。○诗白驹:"所谓伊人,于焉逍遥。"庄子有逍遥游篇。淮南子俶真训:"台简以游太清。"潜夫论交际篇:"鸾徘徊太清之中。"文选注:"泰清,天也。"诗北风:"惠而好我,携手同行。"杜笃首阳山赋:"遂相携而随之,冀寄命夫馀寿。"曹植公宴诗:"飞盖相追随。"

钟嵘曰:"叔夜双鸾,五言之警策者也。"诗品。

范大士曰:"气体直逼东阿。"历代诗发。

陈祚明曰:"诗颇矫健低徊。"采菽堂古诗选。

张琦曰:"'卒为时所羁'以上,自伤之词,下则送秀才,望其避患早归,可以长相随也。"古诗录。

鸳鸯于飞,肃肃其羽〔一〕。朝游高原,夕宿兰渚〔二〕。邕邕和鸣〔三〕,顾眄俦侣〔四〕。俯仰慷(慨)〔恺〕〔五〕,优游容与〔六〕。

〔 一 〕诗鸳鸯:"鸳鸯于飞,毕之罗之。"又鸿雁:"鸿雁于飞,肃肃其羽。"毛传:"鸳鸯,匹鸟;肃肃,羽声也。"

〔 二 〕尔雅:"广平曰原,小洲曰渚。"曹植应诏诗:"朝发鸾台,夕宿兰渚。"文选注:"兰渚,以美言之。"

〔 三 〕"邕邕"艺文类聚九十二引作"噰噰"。

〔 四 〕"眄"吴钞本及广文选作"眒"。○楚辞九思:"鸳鸯兮嗛嗛。"注:"和鸣貌也。"案"邕"与"噰""嗛"通。左氏庄公二十二年传:"是谓凤凰于飞,和鸣锵锵。"班固答宾戏曰:"虞卿以顾眄而捐相印。"说文:"眄,目偏合也。一曰衺视也。"

〔 五 〕案"慨"当为"恺",尔雅:"恺,康乐也。"此二首言相随之乐,与前首殊。

〔 六 〕诗卷阿:"优游尔休矣。"离骚:"遵赤水而容与。"注:"容与,游戏貌。"案苏武诗:"昔为鸳与鸯。"曹植释思赋:"乐鸳鸯之同池。"皆以鸳鸯喻兄弟。郑丰答陆云诗:"鸳鸯于飞,在江之涘,朝游兰池,夕宿兰渚"云云。其序谓"以美陆氏兄弟",盖用叔夜此诗之意也。

鸳鸯于飞,啸侣命俦[一]。朝游高原,夕宿中洲[二]。交颈振翼,容与清流[三]。咀嚼兰蕙[四],俯仰优游[五]。

〔 一 〕曹植洛神赋:"众灵杂遝,命俦啸侣。"

〔 二 〕"洲"吴钞本同,咸宋楼钞本原钞作"州",校改作"洲",案二字同。○楚辞九歌:"蹇谁留兮中洲。"注:"中洲,洲中也,水中可居曰洲。"

〔 三 〕司马相如琴歌:"何缘交颈为鸳鸯。"蔡邕翠鸟诗:"振翼修容形。"马融樗蒲赋:"临激水之清流。"魏文帝善哉行:"离鸟夕宿,在彼中洲,延颈鼓翼,悲鸣相求。"又沧海赋:"仰喙芝芳,俯漱清流。"

〔 四 〕"兰蕙"古诗类苑作"蕙兰"。

〔 五 〕司马相如上林赋:"咀嚼菱藕。"后汉书申屠蟠传:"同郡黄忠书劝曰:'愿先生优游俯仰,贵处可否之间。'"

王夫之曰:"二章往复养势,虽体似风雅,而神韵自别。"古诗评选。

陈祚明曰:"二章先叙同居之欢,下乃渐入言别,章法宽转,惟言同居极乐,乃觉离别极悲也。但两章中语无深浅,所以不及三百篇。"

泳彼长川,言息其浒[一]。陟彼高冈,言刈其楚[二]。嗟我征迈，独行踽踽〔三〕。仰彼凯风，涕泣如雨〔四〕。

〔一〕尔雅："泳，游也；浒，水涯。"曹植洛神赋："浮长川而忘反。"毛
　　　诗传："言，我也。"马瑞辰毛诗传笺通释曰："以言为我，亦语
　　　词耳。"

〔二〕"楚"吴钞本原钞同，墨校改作"杞"，案此涉下而误也。○诗卷
　　　耳："陟彼高冈，我马玄黄。"又汉广："翘翘错薪，言刈其楚。"毛
　　　传："陟，升也；山脊曰冈。"释文："韩诗云：'刈，取也。'"说文：
　　　"楚，丛木，一名荆也。"

〔三〕诗小宛："我日斯迈，而月斯征。"又杕杜："独行踽踽。"郑笺：
　　　"迈，征，皆行也。"毛传："踽踽，无所亲也。"

〔四〕"涕泣"吴钞本作"泣涕"。○诗凯风："凯风自南。"又燕燕："瞻
　　　望弗及，涕泣如雨。"毛传："南风谓之凯风。"曹植橘赋："仰凯
　　　风以倾叶。"又朔风诗："仰彼朔风，用怀魏都。"

泳彼长川〔一〕，言息其沚〔二〕。陟（陂）〔彼〕高冈〔三〕，言刈其杞〔四〕。
嗟我独征，靡瞻靡恃〔五〕。仰彼凯风，载坐载起〔六〕。

〔一〕"泳"吴钞本作"沐"，皕宋楼钞本有校语云："'沐'，'泳'之误。"
　　　周树人曰："案作'沐'亦通，'泳'或反误也。"○扬案："沐"字自
　　　系钞者之误，前二首亦皆以"鸳鸯于飞"为起句也。

〔二〕尔雅："小渚曰沚。"

〔三〕案"陂"为"彼"字之误，各本并作"彼"。

〔四〕诗北山："陟彼北山，言采其杞。"尔雅："杞，枸檵。"注："杞，今
　　　枸杞也。"

〔五〕班彪冀州赋："今匹马之独征。"诗云汉："大命近止，靡瞻靡

顾。"魏文帝短歌行:"靡瞻靡恃,泣涕涟涟。"

〔六〕张衡怨诗:"我闻其声,载坐载起。"毛诗传:"载,辞也。"笺云:
　　"载之言则也。"

　　　王夫之曰:"二章似可节其一,然欲事安详,故不得不尔,
　　非强学三百篇也。"
　　　陈祚明曰:"二章语凄切,亦无浅深。"

穆穆惠风,扇彼轻尘〔一〕。弈弈素波,转此游鳞〔二〕。伊我
之劳,有怀佳人〔三〕。寤言永思,实锺所亲〔四〕。

〔一〕诗蒸民:"穆如清风。"笺云:"穆,和也。"古诗:"穆穆清风至。"
　　崔骃扇铭:"惠风时披。"东京赋薛综注:"惠,恩也。"李康游山
　　序曰:"若轻尘之栖弱草。"

〔二〕广雅:"弈弈,盛也。"汉武帝秋风辞:"横中流兮扬素波。"吕氏
　　春秋注:"鳞,鱼属也。"

〔三〕"佳"吴钞本作"退",瞿宋楼钞本改作"佳"。叶渭清曰:"各本
　　并作'佳人',别首亦云'佳人不存',作'佳'者是。"〇尔雅注:
　　"伊,发语词。"诗小宛:"明发不寐,有怀二人。"楚辞九歌:"闻
　　佳人兮召予。"

〔四〕"实"或作"寔"。〇诗终风:"寤言不寐。"笺云:"寤,觉也。"楚
　　辞七谏:"独永思而忧悲。"曹植门有万里客行:"褰裳起从之,
　　果得心所亲。"文选注引曹植九咏章句曰:"锺,当也。"案杜甫
　　送李判官兄武判官弟诗曰:"凭高送所亲。"以所亲称兄弟,亦
　　本于此。

所亲安在,舍我远迈。弃此荪芷,袭彼萧艾〔一〕。虽曰幽

11

深,岂无颠沛〔二〕。言念君子,不遐有害〔三〕。

〔一〕离骚:"何昔日之芳草兮,今直为此萧艾也。"注:"萧艾,贱草,以喻不肖。"又注:"苏,香草也;芳芷,香草也。"

〔二〕张衡怨诗:"虽曰幽深,厥美弥嘉。"论语:"颠沛必于是。"集解:"马融曰:'颠沛,僵仆也。'"李尤鞍铭:"虽其捷习,亦有颠沛。"

〔三〕诗小戎:"言念君子,温其如玉。"又泉水:"遄臻于卫,不瑕有害。"毛传:"瑕,远也。"笺云:"瑕犹过也,害,何也。"案"遐"与"瑕"通。

王夫之曰:"忽出精警,疑且收矣,下二章又纵令舒缓。"

陈祚明曰:"此章用情恳至,味语气则所去所从,是类非类,中多感叹,其非送入军可知,特不知何所指耳。"

人生寿促,天地长久〔一〕。百年之期,孰云其寿〔二〕。思欲登仙〔三〕,以济不朽〔四〕。揽辔踟蹰,仰顾我友〔五〕。

〔一〕老子:"天长地久。"高彪清诫曰:"天长而地久,人生则不然。"魏武帝秋胡行:"天地何长久,人道居之短。"

〔二〕礼记曲礼上:"百年曰期颐。"注:"人寿以百年为期,故曰期。"列子杨朱篇:"百年,寿之大齐。"后汉书冯衍传:"田邑报书曰:'百年之期,未有能至。'"

〔三〕"欲"文澜本误作"彼"。

〔四〕"济"吴钞本同,皕宋楼钞本校改作"跻",程本、汪本、四库本亦作"跻"。○楚辞远游篇:"美往世之登仙。"尔雅:"济,成也,跻,升也。"左氏襄公二十四年传:"穆叔曰:'太上有立德,其次有立功,其次有立言,虽久不废,此之谓不朽。'"案此诗不朽,谓不老也,其义微殊。

〔五〕楚辞九辩:"揽骐辔而下节。"诗静女:"爱而不见,搔首踟蹰。"
毛传:"言志往而行止。"曹植赠白马王彪诗:"欲还绝无蹊,揽
辔止踟蹰。"释名:"揽,敛也,敛置手中也。"诗沔水:"我友
敬矣。"

陈祚明曰:"前数章皆规模三百篇,此章忽作健语,体气
高古,远似孟德。"

我友焉之,隔兹山冈〔一〕。谁谓河广,一苇可航〔二〕。徒恨
永离,逝彼路长〔三〕。瞻仰弗及〔四〕,徙倚彷徨〔五〕。

〔一〕"冈"吴钞本作"梁"。○论语:"山梁雌雉。"说文:"梁,水桥
也。"尔雅:"山脊,冈。"

〔二〕诗河广:"谁谓河广,一苇杭之。"毛传:"杭,渡也。"案"杭"与
"航"通。

〔三〕曹植赠白马王彪诗:"泛舟越洪涛,怨彼东路长。"

〔四〕"瞻"吴钞本误作"赡"。

〔五〕诗燕燕:"瞻望弗及,实劳我心。"毛传:"瞻,视也。"楚辞哀时命
篇:"独徙倚而彷徨。"注:"徙倚,犹低徊也。"庄子逍遥游篇:
"彷徨乎无为其侧。"释文:"彷徨犹翱翔。"

陈祚明曰:"分明是末章语,此下何能忽接入军,且我友
之云,显非赠秀才。"又曰:"以处此为极欢,虞适彼之有害,思
欲登仙,其意不可一世。"

良马既闲〔一〕,丽服有晖〔二〕。左揽繁弱〔三〕,右接忘归〔四〕。风

驰電逝〔五〕,蹑景追飞〔六〕。凌厉中原〔七〕,顾(眄)〔盼〕生姿〔八〕。

〔一〕"闲"或作"閒",案二字古多通。

〔二〕"晖",或作"辉",吴钞本作"暉",误也。○李善注:毛诗曰:"良
　　马四之。"又曰:"君子之马,既闲且驰。"郑玄曰:"闲,习也。"广
　　雅曰:"丽,好也。"扬雄反骚曰:"素初贮厥丽服兮。"说文:"晖,
　　光也。"

〔三〕"弱"周校本误作"若"。

〔四〕李善注:新序曰:"楚王载繁弱之弓,忘归之矢,以射兕于云
　　梦。"刘履注:"接"与"插"同,亦通作"捷"。○陈思王七启云:
　　"捷忘归之矢。"应场驰射赋:"左揽繁弱,右接淇卫。"左传注:
　　"繁弱,大弓名也。"

〔五〕"電"文选四部本同,注云:"五臣作'雷'。"袁本作"雷",注云:
　　"善本作'電'字。"

〔六〕"景"文选四部本同,注云:"五臣作'影'。"袁本作"影",注云:
　　"善本作'景'字。"○李善注:四子讲德论曰:"风驰雨集,杂袭
　　并至。"孙该琵琶赋曰:"飘风电逝,舒疾无方。"七启曰:"忽蹑
　　景而轻骛。"○蔡邕释诲曰:"电骇风驰。"曹植七启曰:"飞轩电
　　逝。"崔豹古今注曰:"秦始皇有名马曰追风、蹑景。"崔骃七依
　　曰:"腾勾喙以追飞。"素问注:"飞,羽虫也。"

〔七〕"凌"或作"淩"。

〔八〕"眄"吴钞本、张本及选诗、诗纪作"盼",古今诗删作"盼",文选
　　袁本、茶陵本作"眄",四部本作"眇",胡刻本作"盼",宋本、安
　　政本、太平御览三百二十八引作"眄",别本作"盼",胡克家文
　　选考异曰:"袁本、茶陵本'盼'作'眄',注同,案'眄'字是也,
　　'眄'为'眄'之别体字,不知者多改为'眄',茶陵改刻如此,后

14

又误成'盼'也。"〇马叙伦曰："宋刻本文选及鲍刻太平御览引亦作'眈',当从之。"〇扬案：此处用陈琳书语,则作"盼"为是。〇李善注：刘歆遂初赋曰："登句注以凌厉。"广雅曰："凌,驰也;厉,上也。"风俗通曰："颜色厚所顾盼,若以亲密也。"〇刘履注："生姿犹孟子所谓生色,言其意气自得见于颜面也。"〇诗吉日："瞻彼中原。"马瑞辰曰："凡诗言中字在上者,皆语词。"王粲杂诗："方轨策良马,并驱厉中原。"陈琳为曹洪与魏太子书："凌厉清浮,顾盼千里。"古诗："顾盼生光辉。"

王夫之曰："此章突兀拔起,墨气喷雾,而当首只用一意磅礴,不作陡阶腾衮之色,神于勇矣。"

邵长蘅曰："清思峻骨,别开生面,刘舍人目为清峻,信矣。陶公四言,便是此种。"又曰："脱去风雅陈言,自有一种生新之致。"文选评。

陈祚明曰："起八句即言入军,激昂有气,然似嘲之。"案陈氏从文选并下首为一首。

携我好仇,载我轻车[一]。南凌长阜[二],北厉清渠[三]。仰落惊鸿,俯引渊鱼[四]。盘于游畋[五],其乐只且[六]。

〔一〕李善注：毛诗曰："君子好仇。"〇吕延济注：好,匹,则秀才也。〇扬案：此代秀才言之,好仇指秀才军中之侣也。诗关雎："君子好述。"释文："'述'本亦作'仇'。"又诗兔罝："赳赳武夫,公侯好仇。"叔夜此诗,盖用"武夫"之义。尔雅："仇,匹也。"边让章华台赋："尔乃携窈窕,从好仇。"战国策齐策："仗轻车锐骑冲雍门。"周礼注："轻车,所用驰敌致师之车也。"续汉书舆服志:"轻车,古之战车也。洞朱轮舆,不巾不盖,建矛戟幢麾罽辒弩服。"案此处谓以战车为猎也。张衡羽猎赋:"轻车飙厉。"

〔二〕"淩"或作"凌"。

〔三〕李善注:广雅曰:"凌,乘也。"王逸楚辞注曰:"厉,度也。"○尔雅:"大陆曰阜。"班彪冀州赋:"临孟津而北厉。"曹植节游赋:"临漳滏之清渠。"说文:"渠,水所居。"

〔四〕诗鹤鸣:"鱼潜在渊。"曹植洛神赋:"翩若惊鸿。"又求自试表曰:"渊鱼未悬于钩饵。"应璩与从弟书曰:"弋下高云之鸟,饵出深渊之鱼。"国语注:"引,取也。"张衡归田赋:"仰飞纤缴,俯钓清流。"

〔五〕"盘"吴钞本作"槃","畋"吴钞本及文选、诗纪作"田"。案皆通。吴钞本原钞"于游"二字倒,墨校改。

〔六〕李善注:西京赋曰:"盘于游畋,其乐只且。"○西京赋薛综注曰:"盘,乐也。"李善注曰:"尚书曰:'不敢盘于游畋。'毛诗曰:'其乐只且。'且,辞也。"

刘履曰:"此诗盖叔夜于秀才从戎后所寄,故首述其军中骁勇之情,及盘游于田之乐也。"选诗补注。

王夫之曰:"补前章意,又一逗。"

16 凌高远眄〔一〕,俯仰咨嗟〔二〕。怨彼幽絷〔三〕,邈尔路遐〔四〕。虽有好音,谁与清歌〔五〕。虽有姝颜〔六〕,谁与发华〔七〕。仰讯高云〔八〕,俯託轻波〔九〕。乘流远遁,抱恨山阿〔一〇〕。

〔一〕"淩"文选袁本作"凌"无注。"眄"张燮本及诗纪万历本作"盼"。

〔二〕蔡邕述行赋:"登长坂以凌高。"苏武诗:"俯仰内伤心。"毛诗传:"咨,嗟也。"

〔三〕"怨"吴钞本作"宛",皕宋楼钞本校改作"怨",有校语云:"各本作'怨',据改。"

〔四〕"邈尔"吴钞本作"室迩"。○诗小宛:"宛彼鸣鸠。"毛传:"宛,小貌。"左传注:"縶,拘执也。"广雅:"邈,远也。"诗东门之墠:"其室则迩,其人甚远。"司马相如琴歌:"室迩人遐毒我肠。"尔雅:"遐,远也。"

〔五〕诗匪风:"谁将西归,怀之好音。"案此处谓歌音也。傅毅七激曰:"太师奏操,荣期清歌。"

〔六〕"姝"吴钞本作"朱",皕宋楼钞本校加"女"旁。

〔七〕楚辞招魂篇:"美人既醉,朱颜酡些。"古歌:"清樽发朱颜。"说文:"姝,好也。"礼记乐记篇:"和顺积中,而英华发外。"隋书五行志引洪范五行传曰:"华者,犹荣华容色之象也。"

〔八〕"讯"吴钞本作"诉",皕宋楼钞本校改作"讯"。读书续记曰:"以次句'俯託轻波'校之,则'诉'字为长。"

〔九〕"託"或作"托","轻"周校本作"清",注云:"黄本作'轻'。"扬案:吴钞本亦作"轻"。○楚辞九章:"愿寄言于浮云兮。"又九辩:"仰浮云而永叹。"毛诗传:"讯,告也。"曹植洛神赋:"託微波而通辞。"

〔一〇〕贾谊鹏鸟赋:"乘流则逝兮,得坻则止。"广雅:"遁,隐也。"汉书王嘉传:"死者不抱恨而入地。"楚辞九歌:"若有人兮山之阿。"又九叹:"徐徘徊于山阿兮。"注:"阿,曲隅也。"

王夫之曰:"以下五章,平叙杂举,意言醋饱。"

陈祚明曰:"虽有四句,宛转入情;发华字老。"

17

轻车迅迈，息彼长林〔一〕。春木载荣，布叶垂阴〔二〕。习习谷风〔三〕，吹我素琴〔四〕。咬咬黄鸟〔五〕，顾俦弄音〔六〕。感寤驰情〔七〕，思我所钦〔八〕。心之忧矣，永啸长吟〔九〕。

〔一〕 陈琳诗：“逍遥步长林。”

〔二〕 曹植临观赋：“南园蔓兮果载荣。”尔雅：“木谓之华，草谓之荣。”案散文则木亦曰荣，说文：“华，荣也。”汉中山王胜文木赋：“拂天河而布叶。”

嵇康集校注

〔三〕 “谷风”文选江文通恨赋注引同，谢玄晖郡内高斋闲坐答吕法曹诗注引作“和风”。

〔四〕 李善注：毛诗曰：“习习谷风。”秦嘉妇徐氏书曰：“芳香既珍，素琴又好。”〇毛诗传：“习习，和舒貌；东风谓之谷风。”秦嘉赠妇诗曰：“素琴有清声。”

〔五〕 “咬咬”张本及诗纪作“交交”，丽宋楼钞本校删“口”旁，有校语云：“‘咬’者‘交’之俗。”百三家集正作“交”。

〔六〕 “俦”吴钞本及文选作“畴”，丽宋楼钞本校改作“俦”，有校语云：“字虽通，从‘俦’为优。”〇李善注：毛诗曰：“交交黄鸟。”古歌曰：“黄鸟鸣相追，咬咬弄好音。”〇方以智通雅曰：“嵇叔夜诗：‘咬咬黄鸟。’集韵：‘咬咬通作胶胶。’然诗注‘交交，好貌’，则与‘佼’通。”〇扬案：玉篇：“咬，鸟声。”文选鹦鹉赋注引韵略曰：“咬咬，鸟鸣也。”

〔七〕 “寤”张本及文选、诗纪等作“悟”。张溥本及诗纪注云：“集作‘悟’。”诗所注云：“‘悟’一作‘寤’。”扬案：二字通。

〔八〕 文选谢宣远于安城答灵运诗注引嵇康秀才诗曰：“思我所钦，我劳如何。”次句不知本在何首。〇李善注：古诗曰：“驰情整

巾带。"〇吕延济注：钦，敬也；所敬，谓秀才也。〇史记晏婴列
传："夫子既以感悟而赎我。"葛立方韵语阳秋曰："嵇康赠秀才
四言诗云：'感悟驰情，思我所钦。'则以所钦为弟。"〇诗纪杂
解曰："嵇康诗以所钦为弟，陆机赠从兄车骑诗云：'寤寐靡安
豫，愿言思所钦。'则以所钦为兄，又赠冯文罴诗云：'慷慨谁为
感，愿言怀所钦。'则以所钦为友。"〇扬案：下章称良朋，则此
章所钦，未必为兄弟之称也。

〔九〕李注：毛诗曰："心之忧矣，我歌且谣。"杜笃连珠曰："能离光明
之显，长吟永啸。"〇楚辞九叹："长吟永欷，涕究究兮。"

　　王夫之曰："'春木'四句，写气写光，几非人造。"

　　陈祚明曰："'布叶'句，'顾俦'句，并有隽致，喜其不袭三
百篇语，故能自作致也。"

　　又曰："此章兴意生动。"

浩浩洪流〔一〕，带我邦畿〔二〕。萋萋绿林，奋荣扬晖〔三〕。鱼龙瀺灂，山鸟群飞〔四〕。驾言出游〔五〕，日夕忘归〔六〕。思我良朋，如渴如饥〔七〕。愿言不获，怆矣其悲〔八〕。

〔一〕"流"文津本作"河"。

〔二〕李善注：毛苌诗传曰："畿，疆也。"〇杨慎丹铅杂录曰："蔡邕汉
津赋：'夫何大川之浩浩兮，洪荒森以元清。'嵇康诗'浩浩洪
流，带我邦畿'本于此句。"〇扬案：管子小问篇曰："诗有之：
'浩浩者水。'"楚辞九章曰："浩浩沅湘。"嵇诗不必本于蔡赋
也。〇楚辞注："浩浩，广大貌。"傅毅洛都赋："被昆仑之洪
流。"诗玄鸟："邦畿千里。"班固西都赋："带以洪河泾渭之川。"

"扬"吴钞本误作"杨","晖"或作"辉",吴钞本误作"晖"。○诗葛覃:"维叶萋萋。"毛传:"萋萋,茂盛貌。"张衡南都赋:"布绿叶之萋萋。"古诗:"含英扬光辉。"曹植大暑赋:"玄木奋荣。"又芙蓉赋:"其扬晖也,晃若九阳出旸谷。"文选注:"奋,动也。"

〔四〕李善注:乐动声仪曰:"风雨动鱼龙,仁义动君子。"上林赋曰:"瀺灂霣坠。"刘向七言曰:"山鸟善鸣我心怀。"○宋玉高唐赋:"巨石溺溺之瀺灂。"文选注:"埤苍曰:'瀺灂,水流声貌。'王逸机妇赋:'游鱼衔饵,瀺灂其陂。'"

〔五〕"出游"吴钞本作"游之",皕宋楼钞本有校语云:"各本'出游'义胜之。"文选四部本作"出游",注云:"五臣作'游之'。"袁本作"游之",注云:"善本作'出游'。"

〔六〕"夕"吴钞本原钞误作"久",墨校涂改成"夕",皕宋楼钞本原钞亦作"久",校者以朱笔改注"夕"字。○李善注:毛诗曰:"驾言出游。"楚辞曰:"日将暮兮怅忘归。"诗:"君子于役,日之夕矣。"

〔七〕"饑"吴钞本及选诗作"饥",文选袁本作"饑",四部本、胡刻本作"饥",袁本无注,四部本注云:"五臣作'饑'。"○李善注:毛诗曰:"每有良朋。"曹植责躬诗曰:"迟奉圣颜,如渴如饥。"○张铣注:良朋,谓秀才也。

〔八〕李善注:张衡诗曰:"愿言不获,终然永思。"曹植责躬诗曰:"心之云慕,怆矣其悲。"○诗二子乘舟:"愿言思子。"毛传:"愿,每也。"笺云:"愿,念也。"○案世说新语雅量篇曰:"桓公伏甲设馔,广延朝士,因此欲诛谢安、王坦之,谢望阶趋席,方作洛生咏,讽'浩浩洪流',桓惮其旷远,乃趣解去。"安石所咏即此诗也。

刘履曰："此叔夜自叙其与秀才别后之情，言见洪流尚萦带而相近，绿林且荣耀而悦人，鱼龙亦共聚而游，山鸟有群飞之乐，是以览物兴怀，思得同趣之人，相与游娱，以忘晨夕，今乃不获所愿，使我思之不已，至于悲伤也。魏志称其'文辞壮丽'，观此诗，亦可见矣。"

王夫之曰："峥嵘萧瑟者，至'鱼龙瀺灂，山鸟群飞'止矣，过此则为思语。"

陈祚明曰："'鱼龙'八字，是晋人语，然颇生动。详此称良朋，则秀才未定是兄，题固不言兄耳。"

何焯曰："洪流则鱼龙聚焉，春林则群鸟集焉，此谓生才之盛，然必待同志者而招焉，故思我友朋也。"义门读书记。

又曰："'瀺灂''群飞'，皆谓同类之相求也。"文选评。

息徒兰圃[一]，秣马华山[二]。流磻平皋，垂纶长川[三]。目送归鸿，手挥五絃[四]。俯仰自得，游心太玄[五]。嘉彼钓叟，得鱼忘筌[六]。郢人逝矣，谁可尽言[七]。

〔一〕"徒"初学记十八引误作"造"。

〔二〕李善注：兰圃，蕙圃也。毛诗曰："之子于归，言秣其马。"毛苌诗传曰："秣，养也。华山，山有光华也。"○刘履注：华山，盖借用归马华山之意。○公羊昭公八年传："简车徒也。"注："徒，众也。"艺文类聚六十五引楚辞曰："忽死兰圃。"子虚赋郭璞注引张揖曰："蕙圃，蕙草之圃也。"曹植闲居赋："过兰蕙之长圃。"○杨慎丹铅杂录曰："夏侯湛猎兔赋：'息徒兰圃，秣骥华田，目送归波，手挥五弦，优哉游哉，聊以永年。'其诗与嵇叔夜同,嵇与夏侯同时,其偶同耶,其相取耶? 嵇诗作'华山',夏侯作'华田',田字觉胜,盖魏都在邺,不应言'华山',当是'华田'。华音花,言华茂之田也。"○叶渭清曰:"归马华山,借用经语,何必当地。文选善注华山,但云'山有光华',初不实指其地,说诗不当如是耶? 惟'目送''手挥',诗中隽语,学者习闻中散,罕道夏侯,附此以传,足资谈助,文章天成,妙手偶得,必属之嵇,毋乃固欤?"○扬案:晋书顾恺之传:"每重嵇康四言诗,因为之图,恒云:'手挥五絃易,目送归鸿难。'"是知夏侯"归波"二句,取之于嵇,则"华山"二句,必亦嵇之语也。至"华山"与"兰圃"对文,皆以美言之,杨氏自误解耳。

〔三〕李善注:说文曰:"磻,以石著弋缴也。"郑玄毛诗笺曰:"钓者以丝为之纶。"○梁章钜文选旁证曰:"今说文:'磻,以石著雉缴也。'玉篇:'磻,以石维缴也。同文,碆。'"○毛诗传:"皋,泽也。"司马相如宜春宫赋:"注平皋之广衍。"

〔四〕"絃"吴钞本作"弦",读书续记曰:"选本作'絃',是。"○扬案:二字古多通用。○李善注:汉书曰:"周亚夫趋出,上以目送之。"归田赋:"弹五絃于妙指。"○左氏桓公元年传:"目逆而送之。"淮南子要略:"五絃之琴,必有细大驾和,而后可以成曲。"说文:"琴,神农所作,洞越,练朱五絃,周加二絃。"○陈旸乐书曰:"扬雄谓陶唐氏加二絃,以会君臣之恩,桓谭以为文王加少宫少商二絃,释智匠以为文王武王各加一,以为文絃武絃。"吴颖芳吹豳录曰:"尸佼、韩非、子华子皆云:'虞帝弹五絃以歌南风',张平子云:'弹五絃之妙音',蔡伯喈云:'五絃琴,象五行',高诱云:'古琴五絃,至周有七律,增为七絃。'然则自上古以及汉晋,俱上五絃。扬子云云:'琴本五絃,陶唐氏加二絃,'

桓君山、许叔重、释智匠均以周加二絃，大抵二絃是周时所加。"○扬案：风俗通义谓七絃者法七星，此臆说也，二絃是周时所加，说更可信。又案琴用正声，罕取二变，故古琴或以五絃，五絃之琴，唐代尚或用之，元氏长庆集有五絃弹之诗。

〔五〕"太"吴钞本及文选胡刻本作"泰"，文选袁本、四部本作"太"，并注云："善本作'泰'字。"○李善注：楚辞曰："漠虚静以恬愉兮，澹无为而自得。"泰玄，谓道也。○淮南子曰："自得者，全其身者也，全其身，则与道为一矣。"○刘履注：太玄，谓老庄之道。淮南子原道训："与阴阳俯仰兮。"班固西都赋："俯仰极乐。"庄子应帝王篇："汝游心于淡，合气于漠。"汉书礼乐志："惟泰玄尊。"注："泰玄，天也。"

〔六〕李善注：庄子曰："庄子钓于濮水之上。"又曰："筌者所以在鱼也，得鱼而忘筌；蹄者所以在兔也，得兔而忘蹄；言者所以在意也，得意而忘言，吾焉得夫忘言之人而与之言哉？"

〔七〕"可"张本及文选、诗纪、初学记十八引作"与"。○李善注：庄子曰："庄子送葬，过惠子之墓，顾谓从者曰：'郢人垩漫其鼻端若蝇翼，使匠石斫之，匠石运斤成风，听而斫之，尽垩而鼻不伤，郢人立不失容。宋元君闻之，召匠石曰：尝试为寡人为之。匠石曰：臣则尝能为之，虽然，臣质死久矣，自夫子之死也，吾无以为质矣，吾无与言之矣。'"

范晞文曰："古人句法极多，有相袭者，若嵇叔夜'目送归鸿，手挥五絃，俯仰自得，游心太玄'，则运思写心，迥不同矣。"对床夜语。

刘履曰："此言秀才从军多暇，既无事于战斗，惟以弋钓自娱，或目送飞鸿，或手弹五絃，而俯仰之间，游心道妙，如彼钓叟，得鱼而忘筌，其自得如此，固可嘉矣。然在军旅之中，谁可与论此者，正犹<u>庄子</u>之意，既无<u>郢</u>人之质，则<u>匠石</u>虽有运斤斫鼻之巧，而无所施也。”

<u>王夫之</u>曰：“前人写景，较之检书烧烛，看剑引杯，生死自别。”

<u>何焯</u>曰：“'嘉彼钓叟，得鱼忘筌'二语，断章以取忘言之义，此盖讽其勿入军也。”

<u>王士禛</u>曰：“'手挥五絃，目送归鸿'，妙在象外。”<small>古夫于亭杂录。</small>

<u>陈祚明</u>曰：“高致超超，顾盼自得，竟不作三百篇语，然弥佳。”

<u>于光华</u>曰：“直会心语，非泛然为佳句者。”<small>文选评。</small>

闲夜肃清^{〔一〕}，（朗）〔明〕月照轩^{〔二〕}。微风动袿^{〔三〕}，组帐高褰^{〔四〕}。旨酒盈尊^{〔五〕}，莫与交欢^{〔六〕}。瑟琴在御^{〔七〕}，谁与鼓弹^{〔八〕}。仰慕同趣，其馨若兰^{〔九〕}。佳人不存^{〔一〇〕}，能不永叹^{〔一一〕}。

〔一〕 “闲夜”<u>北堂书钞</u>百五十引误作“開户”。<u>孔广陶</u>曰：“本钞'户'误'衣'，照陈本订正。”○<u>叶渭清</u>曰：“'開衣'是'閒夜'之误，误为'開衣'，其误易察，改作'開户'，则去之弥远矣。”

〔二〕 “朗”<u>吴钞</u>本原钞作“明”，墨校改。案由<u>李</u>注观之，作“明”是也。○<u>李善</u>注：舞赋曰：“夫何皦皦之闲夜，明月列以施光。”轩，长廊之有窗也。○<u>班固</u>终南山赋：“天气肃清。”<u>曹植</u>大暑赋：“闲房肃清。”<u>魏文帝</u>与吴质书：“白日既匿，继以朗月。”

〔三〕文选袁本"袿"下有注云："一本作'帏'字。"

〔四〕李善注：方言曰："袿谓之裾。"音圭。"袿"或为"帏"。周礼曰：
　　　"幕人掌帷幕幄帟绶之事。"郑司农曰："帟，平帐也。绶，组绶，
　　　所以系帷也。"王逸楚辞注曰："以幕组结束玉璜为帷帐也。"○
　　　朱珔文选集释曰："广雅云：'袿，袖也。'又曰：'长襦也。'释名
　　　云：'妇人上服曰袿，其下垂者，上广下狭如刀圭也。'既言下垂
　　　即是裾，说文襦训短衣，而曰长襦，固言其裾之垂也，然则此动
　　　袿即动裾耳。若帏乃香囊之属，见思玄赋'风不应动'之注，下
　　　说帷帐，或以'帏'通'帷'，又与下'组帐高褰'复，知作'帏'者
　　　非也。"○文选注："褰，开也。"

〔五〕"尊"吴钞本、张本及诗纪，及文选四部本、胡刻本作"樽"，
　　　文选袁本作"罇"，注云："善本从木。"文选谢玄晖休沐重还
　　　道中诗注引作"罇"，陶渊明归去来辞注引作"樽"。案各字
　　　并通。

〔六〕李善注：毛诗曰："旨酒欣欣。"汉书曰："郭解入关，贤豪争
　　　交欢。"○李周翰注：莫与交欢，谓秀才不在此也。○李陵与
　　　苏武诗："独有盈觞酒，与子结绸缪。"王粲公宴诗："旨酒盈金
　　　罍。"史记司马相如传："临邛诸公，皆因门下献牛酒以交欢。"

〔七〕"瑟琴"吴钞本作"琴瑟"，张本及文选、诗纪作"鸣琴"。

〔八〕李善注：毛诗曰："琴瑟在御，莫不静好。"○韩子说林下："此人
　　　遗我鸣琴。"吕氏春秋察贤篇："宓子贱治单父，弹鸣琴。"司马
　　　相如美人赋："设旨酒，进鸣琴。"

〔九〕李善注：六韬曰："同好相趣。"薛综西京赋注曰："趣犹意也。"
　　　易曰："同心之言，其臭如兰。"○曹植圣皇篇："俯仰慕同生。"

〔一○〕"存"文选袁本同，四部本、胡刻本作"在"，袁本注云："善本作

25

'在'字。"四部本注云："五臣作'存'。"

〔一〕 李善注：楚辞曰："闻佳人兮召予。"毛诗曰："假寐永叹。"○张
铣注：佳人谓秀才。○尔雅："存，在也。"

陈祚明曰："别绪缠绵，言情深至；如此结颇悠然有馀致，
不须下文。"

乘风高遊〔一〕，远登灵丘〔二〕。託好松乔〔三〕，携手俱游〔四〕。
朝发太华〔五〕，夕宿神州〔六〕。弹琴咏诗，聊以忘忧〔七〕。

〔一〕 "遊"吴钞本作"逝"。

〔二〕 曹植升天行："乘风忽登举。"班彪览海赋："因离世而高游。"贾
谊吊屈原赋："凤缥缥其高逝兮。"楚辞九怀："飞翔兮灵丘。"曹
大家大雀赋："生昆仑之灵丘。"

〔三〕 "託"吴钞本作"结"。

〔四〕 列仙传："赤松子，神农时雨师也，服水玉以教神农，能入火不
烧，至昆仑山上，常止西王母石室中，随风雨上下。"又曰："王
子乔者，周灵王太子晋也，好吹笙，作凤鸣，游伊洛之间，道人
浮邱公接以上嵩山，后于缑山乘白鹤驻山头，数日，举手谢时
人而去。"楚辞哀时命篇："与赤松而结友兮，比王乔而为耦。"
东观汉记："光武帝诏曰：'安得松乔与之而共游乎？'"曹植释
愁文曰："使王乔与子携手而游。"王褒四子讲德论曰："相与结
侣，携手俱游。"

〔五〕 "太"吴钞本作"泰"，二字通。

〔六〕 "州"吴钞本作"洲"。○山海经西山经："松果之山，西六十里
曰太华之山，削成而四方，其高五千仞，其广千里。"古乐府长

歌行:"导我上太华,揽芝获赤幢。"史记孟荀列传:"中国名曰
赤县神州。"河图括地象曰:"昆仑东南,地方五千里,名曰神
州。"楚辞九章:"朝发枉渚兮,夕宿辰阳。"

〔七〕尚书大传:"子夏曰:'深山之中作壤室,弹琴咏先王之道,则可
以发愤矣。"东方朔非有先生论曰:"积土为室,编蓬为户,弹琴
其中,以咏先王之风,亦可以乐而忘死矣。"毛诗笺:"聊,且略
之词。"论语:"乐以忘忧。"楚辞七谏:"聊愉娱以忘忧。"

王夫之曰:"但用'聊以忘忧',略带风旨,来纵衍作三章,
更不似送秀才入军诗矣。含情之妙,山远天高。俗笔至此,
如钩著鱼吻,至死不敢脱离,而为之名曰钩锁,曰照应,谁画
地者,遂作千年狃狚,悲夫。"

方廷珪曰:"读叔夜诗,能消去胸中一切宿物,由天资高
妙,故出口如脱,在魏、晋间,另是一种手笔。"文选集成。

琴诗自乐〔一〕,远游可珍〔二〕。含道独往〔三〕,弃智遗身〔四〕。
寂乎无累,何求于人〔五〕。长寄灵岳〔六〕,怡志养神〔七〕。

〔一〕"自"吴钞本作"可"。

〔二〕刘歆遂初赋:"玩琴书以条畅。"楚辞远游篇:"悲时俗之迫阨
兮,愿轻举而远游。"

〔三〕"含"吴钞本、张燮本作"舍"。读书续记曰:"以全章读之,作
'含'为是。"

〔四〕老子:"含德之厚,比于赤子。"又曰:"绝圣弃智,民利百倍。"淮
南子注:"含,怀也。"庄子在宥篇:"独往独来,是谓独有。"又天
下篇:"慎到弃智去己。"文选注引淮南王庄子要略曰:"江海之

士,山谷之人,轻天下细万物而独往者也。"司马彪曰:"独往,
任自然不复顾也。"

〔五〕庄子天下篇:"忽乎若亡,寂乎若清。"又达生篇:"弃世则
无累。"

〔六〕"岳"或作"嶽"。

〔七〕王粲白鹤赋:"餐灵岳之琼蕊。"淮南子泰族训:"治身太上养
神,其次养形。"

陈祚明曰:"无累故无求,名言也。"

流俗难悟〔一〕,逐物不还〔二〕。至人远鉴,归之自然〔三〕。万
物为一,四海同宅〔四〕。与彼共之,予何所惜〔五〕。生若浮
寄,暂见忽终〔六〕。世故纷纭,弃之八(成)〔戎〕〔七〕。泽雉虽
饥〔八〕,不愿园林〔九〕。安能服御,劳形苦心〔一〇〕。身贵名
贱,荣辱何在。贵得肆志,纵心无悔〔一一〕。

〔一〕"俗"吴钞本作"代","悟"吴钞本原钞作"痦",墨校改。

〔二〕礼记射义篇:"化民成物,不从流俗。"说文:"悟,觉也。"庄子天
下篇:"惠施逐万物而不反。"

〔三〕庄子逍遥游篇:"不离于真,谓之至人。"毛诗笺:"鉴,视也。"老
子:"道法自然。"史记老庄列传:"庄子散道德,放论要,亦归之
自然。"

〔四〕"同"吴钞本作"为"。○庄子齐物论篇:"天地与我并生,而万
物与我为一。"张衡西京赋:"然而四海同宅西秦,岂不诡哉。"
薛综注:"宅,居也。"案此谓同居一域也,其义有殊。

〔五〕庄子大宗师篇:"孔子曰:'丘,天之戮民也,虽然,吾与汝共

之.'"郭象注:"虽为世所桎梏,但为与汝共之耳,明己恒自在外也。"

〔六〕庄子刻意篇:"其生若浮。"曹植魏文帝诔:"生若浮寄,德贵长传。"

〔七〕"八成"吴钞本作"八戒",程本、汪本、四库本作"无成"。读书续记曰:"此诗十韵,每四句换韵,此'戒'字与上'终'字韵,作'戒'为长,八戒犹八方矣。"○列子杨朱篇:"不治世,故放意所好。"崔骃达旨曰:"子苟欲勉我以世故。"楚辞注:"纷纭,乱貌也。"史记商君列传:"施德诸侯,而八戎来服。"又匈奴列传:"西戎八国服于秦。"案此八戎,犹言八蛮,本集卜疑篇即云"游八蛮",文选注:"八戎,八方也。"此别一义。又案经传所称戎狄之数,参差不同,此文"八"字又或为"六"字之讹,白虎通礼乐篇引曾子问云:"九夷八蛮,六戎五狄,百姓之难至者也。"礼记王制疏引李巡注尔雅云:"六戎:一曰侥夷,二曰戎夷,三曰老白,四曰耆羌,五曰鼻息,六曰天刚。"大戴礼用兵篇:"六蛮四夷,交伐于中国。""八戎"之或作"六戎",犹"八蛮"之或作"六蛮"矣。

〔八〕"饑"吴钞本及诗纪作"饥"。

〔九〕"顾"吴钞本及诗纪万历本作"顾"。○庄子养生主篇:"泽雉十步一啄,百步一饮,不蕲畜乎樊中。"

〔一〇〕"苦"字吴钞本涂改而成。○楚辞九辩:"骥不骤进而求服兮。"说文:"服,用也,一曰车右骑所以舟旋。"庄子应帝王篇:"是于圣人也,胥易技系,劳形怵心者也。"又渔父篇:"苦心劳形,以危其真。"淮南子原道训:"任耳目以听视者,劳形而不明,以知虑为治者,苦心而无功。"

〔一一〕史记鲁仲连传:"鲁连逃隐于海上,曰:'吾与富贵而诎于人,宁贫贱而轻世肆志焉。'"张衡归田赋:"苟纵心于物外,安知荣辱之所如。"楚辞远游篇注:"纵心肆志,所愿高也。"

陈祚明曰:"超语不恒。"

胡应麟曰:"叔夜送人从军至十九首,已开晋、宋四言门户,然雄辞彩语,错互其间,未令人厌。"诗薮。

王夫之曰:"有养有长,有坎有流,相会成章,不拘拘于小宛、桑柔,而神同栖,气同游矣。文选割裂,仅存得句耳。世有得句为诗,得字为诗者,如村医合药,记本草主治,遂欲以芎藭愈头,杜仲愈脊,头脊双病,且合芎藭杜仲而饮之,不杀人者几何哉。"

秀才答四首附

吴钞本题下注云:"三五言,一四言。"○凡集中所附他人诗文,吴钞本皆不低格。○各书或题"答嵇康四首",或题"答弟叔夜四首",又多以四言一首居前。

采菽堂古诗选题作"答弟叔夜四首",又分题"四言一章,五言三章",注云:"凡同时与叔夜酬答诸诗,四言五言,往往错出,似是意不尽而别作,如刘琨之重赠卢谌,必非共为一篇者,故辄分之。"

吴钞本此诗第一首后,原钞有十四行,前二行共三十八字,其前段为"饰车驻驷"一首中之前二十一字,惟"饰"字作"饬",又"茂"下"青"字作"春",后段为本集杂诗之末十七字,第三行行中题"五言诗"三字,亦低四格,第四行以下为五言诗三首,各本所无,今附录卷后,此十四行,校者皆以朱笔抹之,更于每行缝中以墨笔改钞此诗,第二第三第四首以后,仍接钞幽愤诗。○原钞将"饰车驻驷"一首中"鸟"字以下至于"亏"字接钞杂诗"绵"字之下,其后为此诗"君子体通变""达人与物化"二首,次为幽愤诗一题,次为幽愤诗之文,由起句至篇中"近"字止。校者由"鸟"字起,以墨笔及朱笔分抹之,更于行缝中"绵"字之下朱书"驹"字,"驹"字下则以墨笔改钞杂诗,由"流"字至"符"字。○两处改钞之文,与此本同,而原钞时有异字,今仍于句下注云原钞作某。

华堂临浚沼,灵芝茂清泉〔一〕。仰瞻青禽翔〔二〕,俯察绿水滨〔三〕。逍遥步兰渚,感物怀古人〔四〕。李叟寄周朝,庄生游漆园〔五〕。时至忽蝉蜕,变化无常端〔六〕。

〔 一 〕魏文帝莺赋:"升华堂而进御。"毛诗传:"浚,深也;沼,池也。"郦炎诗:"灵芝生河洲。"王粲大暑赋:"就清泉以自沃。"

〔 二 〕"青"吴钞本作"春"。

〔 三 〕"绿"诗隽类函作"渌"。○易系辞上:"仰以观于天文,俯以察于地理。"王褒洞箫赋:"春禽群嬉,翱翔乎其巅。"傅毅洛都赋:"弭节容与,渌水之滨。"曹植情诗:"游鱼潜渌水,翔鸟薄天飞。"○案张彦远法书要录引王羲之曲水诗曰:"仰眺碧天际,俯盘渌水滨。"即祖此语。

〔 四 〕魏文帝芙蓉池诗:"逍遥步西园。""兰渚"见前赠诗(鸳鸯于飞,肃肃其羽)注〔二〕。古乐府伤歌行:"感物怀所思。"诗绿衣:

“我思古人。”

〔五〕史记老庄列传:“老子名耳,字聃,姓李氏,周守藏室之史也。庄子名周,尝为漆园吏。”

〔六〕战国策秦策:“圣人不能为时,时至弗失也。”春秋繁露天道施篇:“蜩蜕浊秽之中。”史记屈贾列传:“蝉蜕于浊秽。”庄子天下篇:“芴漠无形,变化无常。”淮南子主术训:“运转而无端。”注:“端,厓也。”

陈祚明曰:“将为用世之言,首章翻作此语,转宕得宜。”

君子体变通〔一〕,否泰非常理〔二〕。当流则义行〔三〕,时(遊)〔逝〕则鹢起〔四〕。达者鉴通塞〔五〕,盛衰为表里〔六〕。列仙徇生命〔七〕,松乔安足齿〔八〕。纵躯任世度〔九〕,至人不私己〔一〇〕。

〔一〕“变通”吴钞本原钞作“通变”。

〔二〕崔骃达旨曰:“君子通变,各审所履。”淮南子注:“体,法也。”易系辞下:“变通者,趣时者也。”又杂卦传:“否泰,反其类也。”

〔三〕“义”吴钞本、程本、汪本、四库本作“蚁”。案“义”为“蚁”省。

〔四〕“遊”吴钞本原钞作“逝”,是也。○贾谊鵩鸟赋:“乘流则逝兮。”文选谢玄晖和伏武昌登孙权故城诗注引庄子曰:“鹢上城之垝,巢于高榆之颠,城坏巢折,凌风而起。故君子之居世也,得时则义行,失时则鹢起。”案艺文类聚八十八及九十二亦引庄子此语,今本庄子无之。

〔五〕“塞”吴钞本原钞作“机”。

〔六〕庄子齐物论篇:“唯达者知通为一。”易节卦象曰:“不出户庭,知通塞也。”

〔 七 〕"仙"或作"僊"。"徇"或作"殉",或作"狗"。

〔 八 〕"松乔"见前赠诗(乘风高游)注〔四〕。左传注:"齿,列也。"

〔 九 〕"世度"胡应麟诗薮引作"度世"。

〔一〇〕鵩鸟赋:"纵躯委命,不私与己。"风俗通义:"语曰:'金不可作,世不可度。'"抱朴子黄白篇:"经曰:'金可作也,世可度也。'"庄子逍遥游篇:"至人无己。"

陈祚明曰:"'纵躯'句,意异语苍。"

达人与物化,(世俗安可论)〔无俗不可安〕^{〔一〕}。都邑可优游,何必栖山原^{〔二〕}。孔父策良驷,不云世路难^{〔三〕}。出处因时资,潜跃无常端^{〔四〕}。保心守道居,视变安能迁^{〔五〕}。

〔 一 〕此句吴钞本原钞作"无俗不可安"。叶渭清曰:"原钞义似更胜。"○左氏昭公七年传:"其后必有达人。"庄子天地篇:"方且与物化而未始有恒。"淮南子原道训:"外与物化,而内不失其情。"楚辞渔父篇:"安能以皓皓之白,蒙世俗之尘埃乎。"又七谏曰:"世俗更而变化兮。"

〔 二 〕张衡归田赋:"游都邑以永久。"汉书段会宗传:"谷永与书曰:'若子之材,可优游都城而取卿相,何必勒功昆山之仄。'"庄子山木篇:"丰狐文豹,栖于山林。"崔骃达旨曰:"士或盥耳而山栖。"国语注:"山处曰栖。"

〔 三 〕后汉书申屠刚传:"对策曰:'损益之际,孔父攸叹。'"方言:"凡尊老,南楚谓之父。"楚辞九思:"放余辔兮策驷。"毛诗笺:"驷,四马也。"史记孔子世家:"南宫敬叔言于鲁君曰:'请与孔子适周。'鲁君与之一乘车,两马,一竖子,俱适周问礼。"说苑贵德篇：“孔子历七十二君，冀道之一行，而得施其德。”“世路”见前赠诗（双鸾匿景曜）注〔一六〕。

〔四〕易系辞上：“君子之道，或出或处。”韩子喻老篇：“随时而举事，因资而立功。”傅毅扇铭：“知进能退，随时出处。”易乾卦：“初九，潜龙勿用。九四，或跃在渊，无咎。”

〔五〕“视”吴钞本原钞作“觇”。○礼记曲礼上：“安安而能迁。”注：“安者，仁之顺，迁者，义之决。”

陈祚明曰：“各自道其怀来，不畏叔夜闻而攒眉，语亦条畅古朴。”

饰车驻驷〔一〕，驾言出游〔二〕。南厉伊渚，北登邙丘〔三〕。（青）〔春〕林华茂〔四〕，青鸟群嬉〔五〕。感悟长怀〔六〕，能不永思〔七〕。永思伊何，思齐大仪〔八〕。凌云轻迈〔九〕，託身灵螭〔一〇〕。遥集芝圃〔一一〕，释辔华池〔一二〕。华木夜光，沙棠离离〔一三〕。俯漱神泉，仰叽琼枝〔一四〕。结心皓素〔一五〕，终始不亏〔一六〕。

〔一〕“饰”吴钞本原钞作“饬”，案二字通。

〔二〕诗六月：“戎车既饬。”毛传：“饬，正也。”说文：“驻，马立也。”诗泉水：“驾言出游，以写我忧。”

〔三〕水经：“伊水东北至洛阳县。”说文：“邙，河南洛阳北山上邑。”

〔四〕周树人曰：“案秀才诗止此，已下当是中散诗也。原本盖每叶二十二行，行二十字，而阙第四叶，钞者不察，写为一篇，后来众家刻本，遂并承其误。诗纪迻此为第一首，尤谬。”

〔五〕“青”字吴钞本原钞作“春”，改钞作“青”。叶渭清曰：“原钞仅有‘春’字，‘鸟群嬉’下，误续入卷末杂诗‘叹过绵’后，合观之，

嵇康集校注

34

知钞者所据本作'春鸟',不作'青鸟'也。'春''青'形近,第一首'春禽'各本作'青禽',即其例。"○扬案:原钞是也,古人用"青鸟"处亦多,但此处必仍用王褒洞箫赋语。○扬雄羽猎赋:"布乎青林之下。"曹植洛神赋:"华茂春松。"又离思赋:"林修茂而鸟喜。"淮南子主术训:"木茂而鸟集。"洞箫赋:"春禽群嬉,翱翔乎其颠。"

〔六 〕"悟"或作"寤"。

〔七 〕"感悟"见前赠诗(轻车迅迈)注〔八〕。楚辞九叹:"情慨慨而长怀。"

〔八 〕"齐"与"跻"通,尔雅:"跻,陞也。""大"与"太"通,楚辞远游篇:"朝发轫于太仪兮。"注:"太仪,天帝之庭。"文选注:"大仪,太极也,以生天地,谓之大成,形之始谓之仪。"

〔九 〕"凌"或作"凌"。

〔一○〕管子水地篇:"龙生于水,故神欲上,则凌云气。"史记司马相如列传:"相如既奏大人之颂,天子大悦,飘飘有凌云之气,游天地之间意。"楚辞九歌:"驾两龙兮骖螭。"

〔一一〕"芝"吴钞本原钞作"玄"。

〔一二〕司马相如大人赋:"登阆风而遥集。"张衡羽猎赋:"敻遥集乎南圃。"刘邵七华曰:"芝圃扬芳。"十洲记:"钟山,在北海之子地,仙家数千万,耕田种芝草。"易林:"释辔系马,西南庑下。"崔骃七言诗:"啄食竹实饮华池。"史记大宛传曰:"禹本纪言:'河出昆仑,其上醴泉瑶池。'"扬案:海内西经:"昆仑之墟。"郭璞注:"上有醴泉华池,盖天地之中也,见禹本纪。"今本史记"华池"作"瑶池",惟论衡谈天篇及艺文类聚七引史记此文,仍作"华池"。

〔一三〕楚辞天问篇："羲和之未阳,若华何光?"注:"日未出之时,若木何能有明赤之光华。"淮南子墬形训:"扶木在阳州,日之所曊。建木在都广。若木在建木西,末有十日,其华照下地。"曹植芙蓉赋:"其始荣也,皎若夜光寻扶木。"案此处谓若木之光华,于夜中明照,非谓月或夜光珠也。文选西都赋注曰:"夜光为通称,不系之珠璧",是已。山海经西山经:"昆仑之丘,有木焉,其状如棠,黄华赤实,其味如李而无核,名曰沙棠,可以御水,食之使人不溺。"吕氏春秋本味篇:"果之美者,沙棠之实。"诗湛露:"其桐其椅,其实离离。"毛传:"离离,垂也。"

〔一四〕"叽"程本作"采","琼"诗纪、六朝诗集等作"璚"。○张衡思玄赋:"漱飞泉之沥液兮。"淮南子墬形训:"河水赤水弱水洋水,凡四水者,帝之神泉,以和百药,以润万物。"列仙传:"岑山上有神泉。"离骚:"折琼枝以为羞兮。"司马相如大人赋:"噍咀芝英兮叽琼华。"汉书注张晏曰:"叽,食也。琼树生昆仑西。"文选江文通杂体诗注及艺文类聚九十引庄子曰:"南方有鸟,其名曰凤,居积石千里,河海出下,凤凰居上,天为生树名琼枝,高百二十仞,大三十围,以琳琅为实。"

〔一五〕吴钞本原钞作"栖心浩素"。

〔一六〕潜夫论赞学篇:"结心于夫子之遗训。"班固幽通赋:"皓尔太素,曷渝色兮。"列子天瑞篇:"太素者,质之始也。""不亏"见前赠诗(双鸾匿景曜)注〔六〕。

陈祚明曰:"'青林'二句,'华木'二句,微有隽致。公穆用世人,强作高语,其情不深。"扬案:此首不必尽为公穆之诗也,说见注中。

胡应麟曰:"稽喜,叔夜之兄,吕安所为题凤,阮籍因之白眼者，疑其不识一丁。及读喜诗，有答叔夜四章四言，殆相伯仲。五言'列仙狗生命，松乔安足齿，纵躯任度世，至人不私己'。其识趣非碌碌者，或韵度不侔厥弟，然以凡鸟流俗遇之，亦少冤矣。"

幽愤诗一首

李善注：魏氏春秋曰："康及吕安事，为诗自责。"干宝晋书曰："康有潜遁之志，不能被褐怀宝，矜才而上人。安，巽庶弟，俊才，妻美，巽使妇人醉而幸之，丑恶发露，巽病之，告安谤己。巽于锺会有宠，太祖遂徙安边郡，遗书与康：'昔李叟入秦，及关而叹'云云，太祖恶之，追收下狱，康理之，俱死。"魏氏春秋曰："康寓居河内之山阳，锺会为大将军所昵，闻而造之，康方箕踞而锻，会至不为礼，会深恨之。康与东平吕昭子巽及弟安亲善，会巽淫安妻徐氏，而诬安不孝，囚之。安引康为证，义不负心，保明其事。安亦至烈，有济世志。锺会劝大将军因此除之，杀安及康。"班固史迁述曰："幽而发愤，乃思乃精。"

王楙野客丛书曰："石林诗话曰：'嵇康幽愤诗：昔惭柳下，今愧孙登。盖志锺会之事。'仆谓锺会之所以害康者，因吕安兄讼弟之故，观其集有与吕长悌绝交一书甚详。盖康为安致解于其兄，兄给其和，密致其罪，康悔，因为是书与其兄绝交，遂牵连入狱。幽愤之诗，正志其事，所以继有'内负宿心，外忝良朋'之语。"○扬案：此诗志巽、安之事，诚如王氏所论，惟叔夜入狱，或在吕安追收下狱之后，不必因与吕巽绝交，遽致牵连也。汉书司马迁传："既陷极刑，幽而发愤。"案叔夜亦被诬下狱，故以幽愤名诗。崔寔政论曰："屈子所以摅其幽愤。"

嗟余薄祜〔一〕，少遭不造〔二〕。哀茕靡识〔三〕，越在襁褓〔四〕。母兄鞠育〔五〕，有慈无威〔六〕。恃爱肆姐〔七〕，不训不师〔八〕。爰及冠带，冯宠自放〔九〕。抗心希古，任其所尚〔一〇〕。託好老庄〔一一〕，贱物贵身〔一二〕。志在守樸〔一三〕，养素全真〔一四〕。曰余不敏〔一五〕，好善暗人〔一六〕。子玉之败，屡增惟尘〔一七〕。大人含弘，藏垢怀耻〔一八〕。民之多僻〔一九〕，政不由己〔二〇〕。惟此褊心，显明臧否〔二一〕。感悟思愆〔二二〕，怛若创痏〔二三〕。欲寡其过，谤议沸腾〔二四〕。性不伤物〔二五〕，频致怨憎〔二六〕。昔惭柳惠〔二七〕，今愧孙登〔二八〕。内负宿心，外恧良朋〔二九〕。仰慕严、郑，乐道闲居〔三〇〕。与世无营，神气晏如〔三一〕。咨予不淑〔三二〕，婴累多虞〔三三〕。匪降自天，寔由顽疎〔三四〕。理（弊）〔蔽〕患结〔三五〕，卒致囹圄〔三六〕。对答鄙讯，絷此幽阻〔三七〕。实耻讼免〔三八〕，时不我与〔三九〕。虽曰义直，神辱志沮〔四〇〕。澡身沧浪，岂云能补〔四一〕。嗈嗈鸣雁〔四二〕，奋翼北游〔四三〕。顺时而动，得意忘忧〔四四〕。嗟我愤叹，曾莫能俦〔四五〕。事与愿违，遘兹淹留〔四六〕。穷达有命，亦又何求〔四七〕。古人有言："善莫近名〔四八〕。"奉时恭默，咎悔不生〔四九〕。万石周慎，安亲保荣〔五〇〕。世务纷纭，秖搅予情〔五一〕。安乐必

稽康集校注

38

诚〔五二〕,廼终利贞〔五三〕。煌煌灵芝,一年三秀〔五四〕。予独何为〔五五〕,有志不就〔五六〕。惩难思复,心焉内疚〔五七〕。庶勖将来,无馨无臭〔五八〕。采薇山阿,散发岩岫〔五九〕。永啸长吟,颐性养寿〔六〇〕。

〔一〕 "祜"吴钞本原钞作"祐",百衲本晋书本传作"祐",殿本作"祜",文选袁本作"祐",四部本作"祜",袁本注云:"善本作'祜'字。"四部本注云:"五臣作'祐'。"

〔二〕 李善注:蔡邕书曰:"邕薄祜,早丧二亲。"毛诗曰:"闵予小子,遭家不造。"郑玄曰:"造,成也,言家道未成也。"○张奂诫兄子书曰:"汝曹薄祜,早失贤父。"蔡琰悲愤诗:"嗟薄祜兮遭世患。"说文:"祜,福也。"

〔三〕 "识"皕宋楼钞本误作"适",校改。

〔四〕 "繈緥"吴钞本及本传作"襁褓",文选袁本作"襁褓",四部本作"繈緥",袁本注云:"善本作'繈緥'字。"四部本注云:"五臣作'襁褓'字。"○李善注:左氏传:"后成叔曰:'闻君越在他境。'"淮南子曰:"成王幼,在襁褓之中。"张华博物志曰:"繈,织缕为之,广八寸,长丈二,以约小儿于背上。"韦昭汉书注曰:"褓,若今时小儿腹衣。"李奇曰:"褓,小儿大藉也。"吕氏春秋注:"緥,小儿被也。繈,缕络上绳也。"○胡克家文选考异曰:"陈云:'后'当作'邝'。今案'后'即'邝'也。"○魏文帝为武帝哀策文曰:"矧乃小子,夙遭不造,茕茕在疚。"楚辞注:"茕,孤也。"后汉书桓郁传:"窦宪上疏曰:'昔成王幼小,越在襁褓。'"

〔五〕 "鞠"张燮本及诗纪作"鞫",案二字通。

〔六〕 "無"本传作"无",下同。○李善注:嵇氏谱曰:"康兄喜,字公穆，历徐、扬州刺史，太仆宗正卿。母孙氏。"毛苌诗传曰："鞠，养也。"毛诗曰："父兮生我，母兮鞠我。"○扬案：叔夜思亲诗曰："嗟母兄兮永潜藏。"其诗作于兄死之后，而公穆之死，则固后于叔夜，是此处所谓兄者，必非公穆，当别有长兄也。蔡邕议郎胡公夫人哀赞："母氏鞠育，载矜载怜。"

〔 七 〕"姐"本传作"好"，吴钞本原钞作"坦"，改钞作"姐"。读书续记曰："作'姐'是，选本亦作'姐'，'姐'为'嬬'省，说文：'嬬，骄也。'与山巨源绝交书：'母兄见骄。'可证。"

〔 八 〕李善注：贾逵国语注曰："肆，恣也。"说文："姐，娇也。"娇与姐同耳。姐，子豫切。○李周翰注：恃母兄之慈，纵而成娇，不垂训教，不立师傅。○梁章钜文选旁证："'姐'当作'嬬'，本书琴赋：'或怨嬬而踌躇。'注引同此。"徐锴曰："嵇诗借'姐'字也。'娇'玉篇作'骄'。"○周树人曰："尤袤本文选李善注作'姐'，旧写本文选集注残卷引李善注仍作'姐'。"○扬案：集注本误写也，此注明言"子豫切"，琴赋注亦言"子也切"，皆非"姐"字之音。○毛诗传："训，教也。"

〔 九 〕"冯"或作"憑"，此二句文选胡刻本有之，四部本、袁本、茶陵本并注云："善无此二句。"胡克家文选考异曰："袁、茶陵二本有校语云：'善无此二句。'案二本所见非也，此与下二句为韵，善不容无，但传写脱去。又其下当有善注，为脱去一节也，尤本有者是，然恐属据五臣校补，尚少善注耳。"○西京赋薛综注："冠带犹搢绅，谓吏人也。"蔡邕袁满来墓碑："虽冠带之中士，校材考行，无以加焉。"案此处承上文而言，当指加冠束带，谓成年也。尔雅："爰，曰也。憑，依也。"吕氏春秋注："放，纵也。"

〔一○〕"尚"各本及本传、文选胡刻本同，文选四部本、袁本、茶陵本并注云:"善作'上'。"胡克家文选考异曰:"袁本、茶陵本有校语云:'善作上',注'各崇所尚',二本'尚'皆作'上'。案善下注又云:说文:'尚,庶几也。'不作'上'字,尤本以此校改,然恐善注未全,或于末有'上''尚'异同之语,而今失之。"○扬案:四部本善注亦作"各崇所上"。○李善注:广雅曰:"希,庶也。"赵岐孟子章句曰:"各崇所尚,则义不亏矣。"说文曰:"尚,庶几也。"○广雅:"尚,高也。"案此处谓中心之所崇尚也。

〔一一〕"託"或作"托","老庄"本传作"庄老"。

〔一二〕李善注:嵇喜谓康长好老庄之业,恬静无欲。淮南子曰:"原道者,欲一言而寤,则尊天而保真,欲再言而之通,则贱物而贵身也。"

〔一三〕"樸"吴钞本原钞作"璞"。

〔一四〕李善注:老子曰:"见素抱璞,少私寡欲。"河上公曰:"抱,守也。"薛综东京赋注曰:"樸,质也。"庄子:"盗跖谓孔子曰:'子之道,非可以全真者也。'又曰:'真者,精诚之至也。'"○庄子刻意篇:"能体纯素,谓之真人。"曹植玄畅赋:"取全真而保素。"楚辞注:"真,本心也。"

〔一五〕"余"吴钞本原钞作"予"。

〔一六〕李善注:谓与吕安交也。孝经曰:"参不敏,何足以知之。"左传:"吴公子札来聘,见叔孙穆子,曰:'子好善而不能择人也。'"○吕向注:常好善道,而暗于人事。○李贽焚书曰:"世未有托孤寄命之臣,既许以死,乃临死而自责者,好善暗人之云,岂别有所指,而非以指吕安乎?"○陈祚明采菽堂古诗选曰:"子文荐子玉而子玉败,或以比己友吕安而安及于祸,为不能择人也。"○陈仅读选意签曰:"注谓与吕安交也。案康、安交谊至笃,如祸及而悔尤,何以为<u>叔夜</u>。<u>瀹</u>注暗人谓<u>锺会</u>,近是。"○<u>扬</u>案:此指<u>吕巽</u>言之,谓指<u>吕安</u>、<u>锺会</u>者,皆非也。<u>叔夜</u>与<u>巽</u>友,后又信其许和之言,因即慰解<u>吕安</u>,不为之备,皆所谓暗人也。<u>诸葛亮</u>与<u>来敏</u>教曰:"吾暗于知人。"

〔一七〕<u>李善</u>注:<u>子玉</u>,<u>楚</u>大夫也。<u>左氏</u>传曰:"<u>楚子</u>将围<u>宋</u>,使<u>子文</u>治兵于<u>睽</u>,终朝而毕,不戮一人。<u>子玉</u>复治兵于<u>芳</u>,终日而毕,鞭七人,贯三人耳。国老皆贺<u>子文</u>,<u>子文</u>饮之酒。<u>芳贾</u>尚幼,后至,不贺,<u>子文</u>问之,对曰:'不知所贺。子之传政于<u>子玉</u>,<u>子玉</u>之败,子之举也,举以败国,将何贺焉。'"<u>毛</u>诗曰:"无将大车,维尘冥冥。"<u>郑玄</u>曰:"喻大夫进举,小人适自作忧患也。"○<u>李周翰</u>注:<u>康</u>此意所以愤<u>吕巽</u>有秽行,大将军用为长史,是不知人,亦如<u>子文</u>之用<u>子玉</u>不当也。"惟尘"谓诗人刺进举小人也,<u>锺会</u>有言于大将军,将害<u>康</u>,比<u>会</u>为小人也。"屡增"者,言当朝此类多矣。○<u>陈祚明</u>曰:"屡增惟尘"者,己与<u>安</u>祸,皆兴谗口,谗人之言,积渐日进,如尘之积,听者不觉也。○<u>扬</u>案:上文"好善暗人"云云,固就己身言之也。<u>司马昭</u>之不知人,<u>叔夜</u>何暇为之惜哉?<u>吕安</u>欲告<u>巽</u>遗妻,而<u>叔夜</u>为二人作和,故<u>巽</u>得先发制<u>安</u>。<u>子玉</u>之败,由<u>子文</u>举之,以比<u>吕巽</u>之恶,由己宽而信之耳。<u>荀子</u>大略篇:"取友善人,不可不慎,是德之基也。诗曰:'无将大车,维尘冥冥。'言无与小人处也。"<u>韩</u>诗外传:"<u>简主</u>谓<u>子质</u>曰:'春树蒺藜,夏不可采其叶,秋得其刺焉。今子所树,非其人也。诗曰:'无将大车,维尘冥冥。'"<u>叔夜</u>之言,正同此意。

〔一八〕<u>李善</u>注:<u>周易</u>曰:"含弘光大,品物咸亨。"<u>左氏</u>传:"<u>伯宗</u>谓<u>晋侯</u>曰:'国君含垢。'"<u>杜预</u>曰:"忍垢耻也。"说文曰:"怀,藏也。"○

易乾卦："九五，飞龙在天，利见大人。"魏文帝太宗论："贾谊之才敏，岂若孝文大人之量哉。"

〔一九〕"民"本传作"人"。

〔二〇〕"由"或作"繇"，吴钞本原钞缺此二句。〇李善注：毛诗曰："民之多僻，无自立辟。"郑玄曰："民行多邪僻者，汝君臣之过，无自谓得法度。"论语曰："为仁由己。"〇张铣注：大人，天子也，言天子能含其大道，包藏垢秽，怀纳诸耻，谓不察臣下之过，致使左右多邪臣，政不由天子之己，而任无辜获罪僻邪也。〇何焯义门读书记曰："'民之多僻'，乃引司马叔游诫祁盈之言，以况吕安事也。"〇扬案：左氏昭公二十八传："晋祁胜与邬臧通室，祁盈将执之，访于司马叔游，叔游曰：'无道立矣，子惧不免。诗曰：民之多僻，无自立辟。姑已若何。'祁盈曰：'祁氏私有讨，国何有焉。'遂执之。祁胜赂荀跞，荀跞为之言于晋侯，晋侯执祁盈。夏六月，晋杀祁盈。"何氏谓叔夜以此比况吕安之事，似矣。然巽淫安妻，而诬安不孝，叔夜义不负心，保明其事，是则安、巽之臧否，自应显明，叔夜何必以此为悔哉？此祸成于巽、会，此诗亦追悔平昔之言，"民之多僻"，当指锺会等言之也。左氏宣公九年传："陈灵公与孔宁、仪行父通于夏姬，皆衷其衵服，以戏于朝。洩冶谏，公告二子，二子请杀之，公弗禁，遂杀洩冶。孔子曰：'诗云："民之多僻，无自立辟。"其洩冶之谓乎！'"杜预注："邪僻之世，不可立法，国无道危行言孙。"家语子路初见篇："孔子曰：'洩冶之于灵公，位在大夫，无骨肉之亲，怀宠不去，仕于乱朝，以区区之一身，欲正一国之淫昏，死而无益，可谓狷矣。诗云："民之多僻，无自立辟。"其洩冶之谓乎！'"案政不由己，而显明臧否，洩冶以此杀身；叔夜峻拒锺会等人，不能危行言逊，正如洩冶，故曰"感悟思愆"也。若保明吕安之冤，则何愆之有哉？此亦断章取义，不必专指淫昏。下文"孙登""万石"云云，仍即此旨。至张铣之谬，则不足辩矣。

〔二一〕李善注：禠心，康自谓也。郭璞尔雅注曰："惟，发语辞也。"○毛诗曰："惟是禠心，是以为刺。"又曰："于乎小子，未知臧否。"毛诗传："禠，急也。"张衡西京赋："街谈巷议，弹射臧否。"毛诗笺："臧，善也；否，恶也。"

〔二二〕吴钞本原钞"悟"作"寤"，"愆"作"惿"，案"惿"俗字。

〔二三〕"怛"殿本晋书本传及选诗、选诗拾遗作"恒"，"创"吴钞本作"疮"。案"恒"字阙笔作"恒"，故易混于"怛"也。"创"与"疮"同。○李善注：西京赋曰："所恶成创痏。"苍颉篇曰："痏，毆伤也。"方言曰："怛，痛也。"说文曰："痏，瘢也。"汉书音义曰："以杖毆击人，剥其皮肤，起青黑无创者，谓疻痏。"○朱珔文选集释曰："今说文：'疻，毆伤也。痏，疻痏也，又瘢痏也。'无'痏，瘢也'之训。所引汉书音义本应劭语，段氏谓有讹脱。据急就篇颜注云：'毆人皮肤肿起曰疻，毆伤曰痏。'盖应注当作'无创瘢者谓疻，其有创瘢者谓痏'。此注引说文'痏，瘢也'，正与应语合，皆本汉律也。"○"感悟"见前赠秀才诗（轻车迅迈）注〔八〕。尔雅："愆，过也。"案"愆"古"愆"字，后汉书马防传："肃宗诏曰：'其令许侯思愆田庐。'"

〔二四〕李善注：论语曰："蘧伯玉使人于孔子，孔子问焉，曰：'夫子何为？'对曰：'夫子欲寡其过而未能也。'"汉贾山："古者庶人谤于道，商旅议于市。"毛诗曰："百川沸腾。"○刘良注：谓锺会谮之，云："嵇康，卧龙也。"○扬案：不止谓锺会也，观与山巨源书可知。

〔二五〕“伤”后村诗话引作“忤”。

〔二六〕“颎”后村诗话引作“颇”。○李善注:庄子:“仲尼谓颜回曰:
‘圣人处物不伤者,物亦不能伤也。’”○申鉴俗嫌篇:“仁者内
不伤性,外不伤物。”广雅:“颎,比也;憎,恶也。”

〔二七〕“柳惠”吴钞本原钞作“柳下”,魏志王粲传注引魏氏春秋,及野
客丛书引此诗,同。晋书孙登传作“柳下”,本传作“柳惠”。
世说新语栖逸篇注引文士传,及石林诗话引此诗,作“下惠”,
诗所、诗纪作“柳惠”,诗所注云:“一作‘下’。”

〔二八〕李善注:论语:“柳下惠为士师,三黜,人曰:‘子未可以去乎?’
曰:‘直道而事人,焉往而不三黜。’”魏氏春秋曰:“初康采药于
中山北,见隐者孙登,欲与之言,登默然不对,逾年将去,康曰:
‘先生竟无言乎?’登乃曰:‘子才多识寡,难乎免于今之世
矣。’”○许巽行文选笔记曰:“当作‘采药于汲郡共北山中’。”

〔二九〕“恶”魏志王粲传注引魏氏春秋作“赧”。○李善注:郑玄礼记
注曰:“负之言背也。”赵壹报羊陟书:“惟君明睿,平其宿
心。”尔雅曰:“恶,惭也。”毛诗曰:“每有良朋。”○许巽行曰:
“当作皇甫规谢赵壹书。”○吕向注:“宿心”谓宿昔本心也,谓
慕养生之道,今则辜负本心矣。○后汉书和熹邓皇后纪:“诏
曰:‘下不违人负宿心。’”

〔三〇〕“闲”或作“閒”。○李善注:汉书曰:“谷口有郑子真,蜀有严君
平,皆修身保性。成帝时元舅王凤以礼聘子真,子真遂不诎而
终。君平卜筮于成都市,以为卜筮贱业,而可以惠众,日阅数
人,得百钱,足以自养,则闭肆下帘而授老子,年九十馀,遂以
其业终。”论语:“子曰:‘贫而乐。’”汉书曰:“司马相如称疾闲

居。"○梁章钜曰:"此证'乐道'二字,当引作'贫而乐道',今论语义疏本有'道'字,集解亦有'道'字,史记弟子传亦载'不如贫而乐道'。"○荀子解蔽篇:"闲居静思则通。"

〔三一〕李善注:蔡邕释诲曰:"安贫乐贱,与世无营。"淮南子曰:"古人神气不荡于外。"汉书曰:"扬雄室亡儋石之储,犹晏如也。"○文选雪赋注、补亡诗注引梁鸿安丘严平颂曰:"无营无欲,澹尔渊清。"严可均全后汉文注曰:"此盖颂安丘望之、严君平二人也。"吕氏春秋尊师篇:"心则无营。"注:"营,惑也。"

〔三二〕"予"吴钞本同,陌宋楼钞本朱笔校改作"余",栏外上方有校语云:"'予''余'通,各本及文选并作'予',可随本,不烦改字也。"

〔三三〕"婴"吴钞本原钞作"缨"。○李善注:毛苌诗传曰:"咨,嗟也。"毛诗曰:"子之不淑,云如之何。"左氏传:"赵孟曰:'以晋国之多虞。'"○文选陆士衡赴洛道中作:"世网婴我身。"注:"说文曰:'婴,绕也。'"

〔三四〕"疎"吴钞本原钞作"疏",二字同。○李善注:毛诗曰:"下民为孽,匪降自天,噂嗒背增,职竞由人。"○曹大家女诫曰:"吾性疏顽。"

〔三五〕"弊"文选袁本及四部本作"蔽",袁本无注,四部本注云:"善作'弊'。"尤袤文选考异曰:"五臣'弊'作'蔽'。"○扬案:作"蔽"更合,本集声无哀乐论亦云:"理蔽则虽近不见。"

〔三六〕"圄"文选四部本同,注云:"五臣作'圉'。"袁本作"圉",注云:"善本作'圄'字。"○李善注:杜预左氏传注曰:"弊,坏也。"礼记曰:"仲春省囹圄。"郑玄曰:"所以守禁系者,秦曰囹圄,汉曰狱。"○吕延济注:邪臣协用,私情拥蔽。○扬案:此谓公理障蔽,非谓私情拥蔽也。

〔三七〕李善注:言己对答之辞,鄙于见讯也。张晏汉书曰:"讯者三日复问,知之与前辞同不也。"杜预左氏传注曰:"絷,拘执也;鄙,俚也;讯,问也。"○吕向注:答对狱吏,耻为其所问。幽阻,与亲友不通。○扬案:鄙讯,即指狱吏之讯。傅毅雅琴赋:"睹鸿梧于幽阻。"

〔三八〕"免"吴钞本原钞作"冤",张本及晋书本传同,文选袁本、四部本及诗纪亦作"冤",并注云:"善作'免'。"

〔三九〕李善注:论语曰:"阳货曰:'日月逝矣,岁不我与。'"文虽出此,而意微殊,亦不以文害意也。"免"或为"冤",非也。○张铣注:耻谤讼之冤滥。"时不我与",谓不遇明君,时使我然也。扬案:讼冤,讼己之被冤也。

〔四〇〕"沮"张溥本作"阻",字通。○李善注:毛苌诗传曰:"沮,坏也",才与切。○李周翰注:沮,乱也。

〔四一〕"岂"本传作"曷"。○李善注:孟子:"孺子歌曰:'沧浪之水清,可以濯吾缨;沧浪之水浊,可以濯吾足。'孔子曰:'小子听之,清斯濯缨,浊斯濯足,自取之也。'"刘歆答父书曰:"诚思拾遗,冀以云补。"○许巽行曰:"当作'答文学书'。"礼记儒行篇:"儒有澡身而浴德。"王粲七释曰:"濯身乎沧浪。"汉书诸葛丰传:"上书曰:'独恐未有云补,而为众邪所排。'"

〔四二〕"噰噰"吴钞本原钞及本传作"雍雍",文选袁本作"雝雝",注云:"善本作'噰'字。"四部本作"噰噰",注云:"五臣作'雝'字。"○扬案:诸字并通。

〔四三〕"奋"吴钞本原钞及本传作"厉",文选袁本作"励",注云:"善本作'奋'字。"四部本作"奋",注云:"五臣作'励'。"

〔四四〕"忘"吴钞本原钞作"无"。○李善注：毛诗曰："雍雍鸣雁。"管子："桓公曰：'夫鸿鹄有时而南，有时而北。'"又曰："鸿鹄秋南而不失时。"○楚辞九辩："雁雝雝而南游兮。"宋玉高唐赋："振鳞奋翼。"左氏隐公十一年传："相时而动，无累后人。"庄子外物篇："言者所以在意也，得意而忘言。"论语："乐以忘忧。"

〔四五〕"俦"周校本同，吴钞本原钞及本传作"畴"，文选袁本同，无注，四部本作"俦"，注云："五臣作'畴'。"○李善注：毛诗曰："嗟我怀人。"说文曰："曾，辞之舒也；俦，等也。"

〔四六〕李善注：淹留，谓囚絷而留也。○尔雅曰："淹，久留也。"尔雅："遘，遇也。"

〔四七〕李善注：王命论曰："穷达有命，吉凶由人。"毛诗曰："谓我何求。"

〔四八〕李善注：庄子曰："为善莫近名，为恶莫近形。"司马彪曰："勿修名也，被褐怀玉，秽恶其身，以无陋于形也。"郭象曰："忘善恶而居中，任万物之自为也。"○李冶敬斋古今黈曰："庄子养生篇：'为善无近名，为恶无近刑。'犹言毋为善以取名，毋为恶以取刑。近，亲附之谓。"○扬案：此意自合，惟"刑"字司马彪本作"形"耳。

〔四九〕李善注：尚书曰："恭默思道。"周易曰："悔吝者，忧虞之象也。"曾子曰："欢欣忠信，咎故不生，可谓孝矣。"○后汉书清河孝王庆传："庆到国，下令曰：'望上遵策戒，下免悔咎。'"蔡邕议郎胡公夫人哀赞："用免咎悔，践继先祖。"

〔五〇〕李善注：汉书曰："万石君奋，长子建为郎中令，建老白首，万石君尚无恙，每五日休沐，归谒亲。建为郎中令奏事，事下，建自读之，惊恐曰：'书马者与尾而五，今乃四，不足一，获谴死矣。'

其为谨慎，虽他皆如此。"论语摘辅像谶曰："曾子未尝不问安亲之道也。"孔安国尚书注曰："周，至也。"

〔五一〕"予"本传作"余"，文选四部本"予"下注云："五臣作'子'。"袁本、茶陵本仍作"予"，无注。○李善注：汉书曰："严安徐乐，上书言世务。"毛诗曰："祇搅我心。"搅，乱也；祇，适也。○"纷纭"见前赠秀才诗（流俗难悟）注〔七〕。

〔五二〕"诫"吴钞本原钞作"戒"，墨校改。案二字通。

〔五三〕"迺"或作"乃"。○李善注：家语："金人铭曰：'安乐必戒，无行所悔。'"王肃曰："虽处安乐，必警戒也。"周易曰："乾，元亨利贞。"

〔五四〕李善注：西京赋曰："擢灵芝之朱柯。"楚辞："采三秀于山间。"王逸曰："三秀，谓芝草也。"○徐幹齐都赋："灵芝生乎丹石，发翠华之煌煌。"缪袭神芝赞："煌煌神芝，吐葩扬荣。"张衡思玄赋："冀一年之三秀兮。"尔雅注："芝，一岁三华，瑞草。"

〔五五〕"予"下文选四部本注云："五臣作'子'。"袁本、茶陵本仍作"予"，无注。"为"吴钞本作"人"。

〔五六〕李善注：楚辞曰："云有志而无谤。"尔雅："就，成也。"

〔五七〕李善注：潘元茂九锡文曰："惩难念功。"毛诗曰："既往既来，我心永疚。"疚，病也。○扬案：今毛诗大东作"使我心疚"。易小畜卦："初九，复自道，何其咎。"又系辞下曰："复，德之本也。"后汉书安帝纪："诏曰：'其务思变复，以助不逮。'"诗："防有鹊巢，心焉切切。"后汉书光武帝纪："诏曰：'永念厥咎，内疚于心。'"

〔五八〕"馨"文选袁本作"聲"。○李善注：尔雅曰："勖，勉也。"毛诗曰："上天之载，无声无臭。"

〔五九〕李善注：史记曰："武王平殷，伯夷、叔齐耻之，义不食周粟，隐于首阳山，采薇而食之。"琴操："许由曰：'散发优游，所以安己不惧也。'"范晔后汉书曰："袁闳散发绝世。"○"山阿"见前赠秀才诗(凌高远旸)注〔一〇〕。糜元讥许由曰："至乃抽簪散发，背时逆命。"郭泰答友人书曰："未若岩岫颐神，娱心彭老。"尔雅："山有穴为岫。"

〔六〇〕"性"本传及匡谬正俗卷八引作"神"。○李善注：杜笃连珠曰："能离光明之显，长吟永啸。"尔雅曰："颐，养也。"东方朔非有先生论曰："故养性受命之士莫肯进。"礼记曰："百年曰期颐。"郑玄曰："颐，犹养也。"○史记老庄列传："老子百有六十岁，或言二百馀岁，以其修道而养寿也。"

苏轼曰："嵇中散作幽愤诗，知不免矣，而卒章乃曰：'采薇山阿，散发岩岫，永啸长吟，颐性养寿'者，悼此志之不遂也。司马景王既杀中散而悔，使悔于未杀之前，中散得免于死者，吾知其扫迹灭形于人间，如脱兔之投林也。采薇散发，岂其所难哉！"苕溪渔隐丛话后集引。

刘克庄曰："嵇康幽愤诗云：'性不忤物，颇致怨憎。'按康傲锺会不与语，与山涛书自言：'薄周、孔而非汤、武。'其所忤也大矣。子元、子上见书自无可全之理，况加以土季乎？虽欲采薇散发，颐性养寿，岂可得也！"后村诗话。

李贽曰："康诣狱明安无罪，此义之至难者也，诗中多自责之辞，何哉？若果当自责，此时而后自责，晚矣，是畏死也，既不畏死，以明友之无罪，又复畏死而自责，吾不知之矣。夫天下固有不畏死而为义者，是故终其身乐义而忘死，则此死

嵇康集校注

固康之所快也,何以自责为也?亦犹世人畏死而不为义者,终其身宁无义,自不肯以义而为朋友死也,则亦无自责时矣。朋友君臣,莫不皆然。世未有託孤寄命之臣,既许以死,乃临死而自责者,'好善暗人'之云,岂别有所指,而非以指<u>吕安</u>乎?当时太学生三千人,同曰伏阙上书,以为<u>康</u>请,则<u>康</u>益可以死而无责矣。<u>锺会</u>以反虏,乘机害<u>康</u>,岂<u>康</u>尚未之知,而犹欲颐性养寿,改弦易辙于山阿岩岫之间邪?此岂<u>嵇康</u>颐性养寿时也?余谓<u>叔夜</u>何如人也,临终奏<u>广陵散</u>,必无此纷纭自责,错谬幸生之贱态,或好事者增饰于其间耳。览者自能辨之。"<u>李氏焚书</u>。○扬案:<u>何焯</u>曰:"天下不平之事,至<u>嵇</u>、<u>吕</u>一案,无以加矣。"诚然此案而至于杀身,亦<u>叔夜</u>所未及料者也,此诗安得有增饰哉!

<u>孙鑛</u>曰:"丽藻中不失古雅,堪讽堪颂,自是四言之俊。"<u>文选评</u>。

<u>沈德潜</u>曰:"通篇直直叙去,自怨自艾,若隐若晦,好善暗人,牵引之由,显明臧否,得祸之由也;至云'澡身<u>沧浪</u>,岂云能补',悔恨之词切矣。末托之颐性养寿,正恐未必能然之词,<u>华亭鹤唳</u>,隐然言外。"<u>古诗源</u>。

<u>何焯</u>曰:"嗣宗至慎,卒得保持。非薄<u>汤武</u>,徒腾口说,亦何为哉?盖悔之也。"又曰:"四言不为风雅所羁,直写胸中语,此<u>叔夜</u>所以高于<u>潘</u>、<u>陆</u>也。"<u>文选评</u>。

<u>陈祚明</u>曰:"直叙怀来,喜其畅达,怨尤之辞少,而悔祸之意真,如得免者,当知所戒矣。"又曰:"'澡身<u>沧浪</u>,岂云能补',悔恨之辞,沈至警切。"

<u>方廷珪</u>曰:"诗之格律,文之结构意趣,纯得之<u>西汉</u>;哀而

不伤,怨而不乱,性情品格,高出魏、晋几许,然卒无救于东市之戮也,哀哉!"

述志诗二首

稽康集校注

书舜典曰:"诗言志。"陆机遂志赋序曰:"昔崔篆作诗,以明道述志,而冯衍又作显志赋,班固作幽通赋,皆相依效焉。"

潜龙育神躯,濯鳞戏兰池〔一〕。延颈慕大庭,寝足俟皇羲〔二〕。庆云未垂景〔三〕,盘桓朝阳陂〔四〕。悠悠非我(匹)〔俦〕〔五〕,(畴肯)〔圭步〕应俗宜〔六〕。殊类难遍周,鄙议纷流离〔七〕。轗轲丁悔吝,雅志不得施〔八〕。耕耨感宁越,马席激张仪〔九〕。逝将离群侣,杖策追洪崖〔一〇〕。焦(鹏)〔明〕振六翮〔一一〕,罗者安所羁〔一二〕。浮游太清中〔一三〕,更求新相知〔一四〕。比翼翔云汉,饮露飡琼枝〔一五〕。多念世间人〔一六〕,夙驾咸驱驰〔一七〕。冲静得自然,荣华安足为〔一八〕!

〔 一 〕"濯"吴钞本作"跃"。○阮瑀为曹公与孙权书曰:"濯鳞清流,飞翼天衢。""兰池"见前赠秀才诗(双鸾匿景曜)注〔五〕。

〔 二 〕庄子胠箧篇:"今遂至使民延颈举踵。"又曰:"昔大庭氏、伏羲氏结绳而用之,此时则至治已。"汉书注:"寝,息也。"楚辞九思:"将谘询兮皇羲。"注:"伏羲称皇。"春秋运斗枢曰:"三皇垂拱无为,道德玄泊,有似皇天,故称曰皇。"

〔 三 〕"景"吴钞本作"降"。

〔 四 〕"盘"吴钞本作"槃",字通。○董仲舒雨雹对曰:"云五色而为庆。"史记天官书："若烟非烟，若云非云，郁郁纷纷，萧索轮囷，是谓庆云。"易屯卦象曰："虽磐桓，志行正也。"班固幽通赋："竚盘桓而且俟。"曹大家注："盘桓，不进也。"诗卷阿："梧桐生矣，于彼朝阳。"尔雅："山东曰朝阳。"说文："陂，阪也。"扬雄反离骚曰："懿神龙之渊潜，竢庆云而将举。"曹植诗："庆云未时兴，云龙潜作鱼。"

〔五〕"我"张本及诗纪、六朝诗集等作"吾"。

〔六〕此二句，吴钞本原钞作"悠悠非我俦，□步应俗宜"，"俦"字属上句，墨校改同。此本"步"上之字，墨校涂成"肯"字，原钞似作"圭"字。案原钞是也，"圭"借为"跬"，此句连上，谓世人但修俗事也。○史记孔子世家："桀溺曰：'悠悠者，天下皆是也。'"集解："孔安国曰：'悠悠者，周流之貌也。'"扬案：此史记用论语之文，鲁论语作"滔滔"，古论语作"悠悠"。诗黍苗："悠悠南行。"毛传："悠悠，行貌。"列子杨朱篇："老子曰：'名者，实之宾，而悠悠者，趋名不已。'"皆与古论语同义。尔雅："畴，谁也；宜，事也。"说文："跬，半步也。"

〔七〕淮南子要略训："应变化，通殊类。"广雅："周，遍也；议，言也。"文选上林赋注引张揖曰："流离，放散也。"

〔八〕古诗："轗轲长苦辛。"楚辞七谏："然坎轲而留滞。"注："坎轲，不遇也；'坎'一作'轗'。"尔雅："丁，当也。"易系辞上："悔吝者，忧虞之象也。"后汉马援传："朱勃上书曰：'援与妻子生诀，无悔吝之心。'"注："吝，犹恨也。"袁山松后汉书曰："太学谣云：'天下雅志蔡梦喜。'"

〔九〕周礼天官："甸师，掌帅其属而耕耨王藉。"注："耨，芸芓也。"吕氏春秋博志篇："宁越苦耕稼之劳，谓其友曰：'何为而可以免此苦也?'其友曰:'莫如学。'宁越曰:'请以十岁。人将休,吾不敢休,人将卧,吾不敢卧。'十五岁而周威公师之。"艺文类聚六十九引史记曰:"苏秦激张仪令相秦,以马鞯席坐之。"案杜甫秋日夔府咏怀诗旧注引此,又作战国策,今本国策无此文,今本史记张仪列传曰:"张仪之赵,上谒求见,苏秦坐之堂下,赐仆妾之食。"

〔一○〕诗硕鼠:"逝将去汝。"笺云:"逝,往也。"礼记檀弓上:"子夏曰:'吾离群而索居,亦已久矣。'"庄子让王篇:"太王居邠,狄人攻之,太王杖策而去之。"吕氏春秋注:"策,筭也。"神仙传:"卫叔卿与数人博,其子度曰:'向与博者为谁?'叔卿曰:'是洪崖先生。'"列仙传:"洪崖先生,姓张氏,尧时已三千岁。"魏志管宁传:"太仆陶丘一等荐宁曰:'追迹洪崖,参踪巢许。'"

〔一一〕"鹏"吴钞本原钞作"朋",墨校改。周树人曰:"案当作'明',程本并改'焦'为'鹍',尤谬。"

〔一二〕司马相如难蜀父老曰:"鹪鹏已翔乎寥廓之宇,而罗者犹视乎薮泽。"文选注:"乐纬曰:'鹪鹏,状如凤凰。'"法言寡见篇:"鹪明冲天,不在六翮乎!"繁钦建章凤阙赋:"焦鹏振而不及。"

〔一三〕"游"字,吴钞本涂改而成,原钞似误作"逝"。"太"字,吴钞本原钞作"泰",墨校改。

〔一四〕楚辞离骚:"聊浮游以逍遥。"又九歌曰:"乐莫乐兮新相知。"杨修神女赋:"澹浮游乎太清。"

〔一五〕"飡"或作"飱",或作"餐",吴钞本原钞作"食",墨校改。○尔雅:"南方有比翼鸟焉,不比不飞,其名谓之鹣鹣。"毛诗笺:"云汉,天河也。"孔融荐祢衡表:"振翼云汉。"庄子逍遥游篇:"藐姑射之山,有神人居焉,不食五谷,吸风饮露。""琼枝"见前秀才答诗(饰车驻驷)注〔一四〕。

〔一六〕"念"<u>吴</u>钞本原钞作"谢",墨校改。

〔一七〕"夙""咸"二字,<u>吴</u>钞本涂改而成,原钞似作"息""感",<u>周</u>校本
"咸"误作"惑","驱驰"误作"驰驱"。○诗<u>定之方中</u>:"星言夙
驾。"<u>论衡程材篇</u>:"材能之士,随世驰驱。"

〔一八〕"安"<u>吴</u>钞本原钞作"何",墨校改。○<u>淮南子</u>注:"冲,虚也。"<u>蔡
邕荆州刺史庾侯碑</u>:"仗冲静以临民。"<u>淮南子说林训</u>:"有荣华
者必有憔悴。"<u>魏文帝善哉行</u>:"比翼翔云汉,罗者安所羁? 冲
静得自然,荣华何足为?"

<u>陈祚明</u>曰:"超旷沈郁,俯视六合,特愤世之辞,一往太
尽,都无含蓄婉转。"又曰:"尝试推原此种诗,其格本于<u>汉</u>人
<u>赵壹</u>、<u>仲长</u>之流,亦<u>小雅</u>之遗音也,蕴藉低佪,斯为贵矣。<u>晋
太冲</u>之杰气类此,而长在跌宕;<u>元亮</u>之古质类此,而长在舒
徐;不似<u>叔夜</u>之直致也。然风气固殊,二家命语,终觉渐趋于
近,又不能及<u>叔夜</u>之高苍矣。"

<u>成书</u>曰:"'畴肯应俗宜',是他一生性气;'更求新相知',
是坐实非吾匹意,不必定作出世想。"<u>多岁堂古诗存</u>。

斥鷃(檀)〔擅〕蒿林〔一〕,仰笑神凤飞〔二〕。坎井蟉(蛭)〔蛙〕
宅〔三〕,神龟安所归〔四〕。恨自用身拙,任意多永思〔五〕。远实
与世殊,义誉非所希〔六〕。往事既已谬〔七〕,来者犹可追〔八〕。
何为人事间〔九〕,自令心不夷〔一〇〕? 慷慨思古人,梦想见容
辉〔一一〕。愿与知己遇〔一二〕,舒愤启其微〔一三〕。岩穴多隐
逸,轻举求吾师〔一四〕。晨登<u>箕山</u>巅〔一五〕,日夕不知饥〔一六〕。

玄居养营魄，千载长自绥〔一七〕。

〔 一 〕"檀"吴钞本同。读书续记曰："'檀'字不可解，此用庄子逍遥
　　　游篇文意，'檀'盖'抢'字之讹。"○扬案："檀"字各本作"擅"，
　　　皕宋楼钞本亦校改作"擅"。

〔 二 〕"神"吴钞本作"鸾"。"飞"下，张本及诗纪注云："一作'姿'。"
　　　○庄子逍遥游篇："穷发之北，有冥海者，天池也。有鸟焉，其
　　　名为鹏，抟扶摇而上者九万里，绝云气，负青天，然后图南，且
　　　适南冥也。斥鴳笑之曰：'彼且奚适也？我腾跃而上，不过数
　　　仞而下，翱翔蓬蒿之间，此亦飞之至也。'"释文："司马云：'斥，
　　　小泽；鴳，鴳雀也。'鴳字亦作鷃。鹏，崔音凤，云：'鹏即古凤
　　　字，非来仪之凤也。'说文云：'朋及鹏皆古文凤字也。'"说文：
　　　"擅，专也。"

〔 三 〕"蛭"字，吴钞本涂改而成，原钞似作"蛙"，选诗拾遗亦作"蛙"，
　　　案"蛙"字是也。

〔 四 〕庄子秋水篇："埳井之鼃谓东海之鳖曰：'吾乐与，吾擅一壑之
　　　水，而跨跱埳井之乐，此亦至矣，夫子奚不时来入观乎？'东海
　　　之鳖，左足未入，而右膝已絷矣。"释文："埳音坎，'鼃'本又作
　　　'蛙'，司马云：'埳井，坏井也。'"尔雅："一曰神龟。"注："龟之
　　　最神明。"

〔 五 〕广雅："拙，钝也。"仲长统述志诗："任意无非，适物无可。""永
　　　思"见前秀才答诗(穆穆惠风)注〔四〕。

〔 六 〕易蒙卦象曰："困蒙之吝，独远实也。"庄子人间世篇："彼其所
　　　保与众异，而以义誉之，不亦远乎？"又让王篇："夫希世而行。"
　　　释文："司马云：'希，望也。'"

〔 七 〕"谬"吴钞本原钞作"缪"，墨校改，选诗拾遗亦作"缪"，案二

嵇康集校注

56

字通。

〔 八 〕论语:"往者不可谏,来者犹可追。"史记袁盎列传:"盎曰:'上
自宽,此往事,岂可悔哉。'"

〔 九 〕历代诗选作"何为人间事"。

〔一○〕史记留侯世家:"愿弃人间事,从<u>赤松子</u>游耳。"<u>仲长统</u>述志诗:
"人事可遣,何为局促?"诗风雨:"既见君子,云胡不夷?"毛传:
"夷,说也。"

〔一一〕"辉"吴钞本作"晖",字同。○诗绿衣:"我思古人,实劳我心。"
古诗:"独宿累长夜,梦想见容辉。"

〔一二〕"遇"字,吴钞本涂改而成,原钞似作"过"。

〔一三〕"其"吴钞本作"幽"。○晏子春秋内篇杂上:"<u>越石父</u>曰:'士者
伸于知己。'"古乐府伤歌行:"舒愤诉穹苍。"

〔一四〕庄子让王篇:"其隐岩穴也,难于为布衣之士。"楚辞远游篇:
"悲时俗之迫阨兮,愿轻举而远游。"

〔一五〕"巅"吴钞本作"岭",读书续记曰:"似作'巅'是。""箕"下<u>张溥</u>
本及诗纪注云:"拾遗作'西'。"

〔一六〕"饑"吴钞本作"饥"。○史记伯夷列传:"<u>伯夷</u>、<u>叔齐</u>,义不食周
粟,隐于首阳山,采薇而食之,及饿且死,作歌曰:'登彼西山
兮,采其薇矣。'""日夕"见前赠秀才诗(浩浩洪流)注〔六〕。

〔一七〕荀子注:"玄,深隐也。"老子:"载营魄抱一,能无离乎?"毛诗
传:"绥,安也。"

57

<u>陈祚明</u>曰:"登山不饥,明明首阳之志矣。通首并直遂。"
<u>成书</u>曰:"'轻举求吾师',亦是求新相知意。"

游仙诗一首

楚辞远游章句曰:"屈原履方直之行,不容于世,章皇山泽,无所告诉,遂叙妙思,托配仙人与俱游。"

遥望山上松,隆(谷)〔冬〕郁青葱〔一〕。自遇一何高,独立迥无双〔二〕。愿想游其下,蹊路绝不通〔三〕。王乔(弃)〔异〕我去〔四〕,乘云驾六龙〔五〕。飘飘戏玄圃,黄老路相逢〔六〕。授我自然道,旷若发童蒙〔七〕。采药锺山隅〔八〕,服食改姿容〔九〕。蝉蜕弃秽累,结友家板桐〔一〇〕。临觞奏九韶,雅歌何邕邕〔一一〕。长与俗人别,谁能睹其踪〔一二〕。

〔 一 〕"谷"各本同,案当为"冬"字之误,艺文类聚八十八引晋王凝之妻谢氏拟嵇中散诗云:"遥望山上松,隆冬不能彫。"即仍作"冬"字。○刘桢赠从弟诗:"亭亭山上松。"汉书武帝纪:"迫隆冬至。"注:"隆冬,犹言盛冬也。"扬雄长杨赋:"翠玉树之青葱。"

〔 二 〕"迥"字吴钞本涂改而成,原钞似作"边",张溥本误作"迴"。"双"字吴钞本原钞作"丛",墨校改。○魏文帝折杨柳行:"西山一何高。"易大过象曰:"君子以独立不惧。"尔雅:"迥,远也。"东方朔答客难文曰:"自以为智能海内无双。"

〔 三 〕释名:"步所用道曰蹊。"

〔 四 〕"弃"吴钞本作"弃",周校本曰:"'弃'当为'异',说文云:'举也。'"

稽康集校注

58

〔五〕淮南子泰族训："王乔赤松，蹀虚轻举，乘云游雾。"楚辞九叹：
　　"若王乔之乘云。"魏武帝气出唱："驾六龙，乘云而行，行四海
　　外。"枚乘七发曰："六驾蛟龙。"文选注："以蛟龙若马而驾之，
　　其数六也。"

〔六〕张衡思玄赋："飘飘神举逞所欲。"离骚："夕余至乎县圃。"楚辞
　　注："县圃，神山，在昆仑之上。"案"玄"与"县"通。论衡自然
　　篇："贤之纯者，黄老是也。"黄者，黄帝也；老者，老子也。

〔七〕"旷"吴钞本作"曠"，误也。○老子："道法自然。"论衡谴告篇：
　　"黄老之家，论说天道。"说文："旷，明也。"易蒙卦："初六发
　　蒙。"又曰："匪我求童蒙。"后汉书窦融传："光武帝诏报曰：'义
　　士则旷若发矇。'"应璩与满公琰书："登芒济河，旷若发矇。"

〔八〕"隅"吴钞本作"嵎"，二字通。

〔九〕十洲记："北海外有锺山，自生千芝及神草。"楚辞哀时命篇：
　　"采锺山之玉英。"注："锺山，在昆仑山西北，采玉英咀而嚼之，
　　以延寿也。"淮南子注："锺山即昆仑。"古乐府平陵东篇："灵芝
　　采之可服食。"曹植五游咏："服食享遐纪。"

〔一○〕吴钞本"友"作"交"，"板"作"梧"，皕宋楼钞本有校语云："板桐
　　乃仙家所居，今依各本改。各本'结友'，集中答二郭云：'结友
　　集灵岳'，句法一例。"○读书续记曰："'板'字即'梧'字之讹，
　　此诗亦多用庄子文义，此句盖用秋水篇'鹓雏非梧桐不止'文
　　义也。"○扬案："板"字不误，此用昆仑山义，灼然无疑。○"蝉
　　蜕"见前秀才答诗(华堂临浚沼)注〔六〕，曹植游仙诗："蝉蜕同
　　松乔。"楚辞哀时命篇："除秽累而反真。"高彪清诫曰："涤荡弃
　　秽累。"淮南子墬形训："县圃、凉风、樊桐，在昆仑阊阖之中。"
　　楚辞哀时篇："望阆风之板桐。"注："板桐，山名也，在阆风之

上。"水经河水注:"昆仑之山三级,下曰樊桐,一名板桐,二曰玄圃,一名阆风,上曰层城,一名天庭。"

〔一一〕曹植求通亲亲表曰:"临觞而叹息。"离骚:"奏九歌而舞韶兮。"楚辞注:"韶,九韶,舜乐也。尚书'箫韶九成'是也。"汉书艺文志:"雅歌四篇。""邕邕"见前赠秀才诗(鸳鸯于飞,肃肃其羽)注〔四〕。

〔一二〕"蹤"或作"踪"。○楚辞注:"蹤,迹也。"

　　王夫之曰:"叔夜七言烦浅,此篇出入深折,遂有苍瑟之风。"

　　陈祚明曰:"轻世肆志,所托不群,非真欲仙也,所愿长与俗人别耳。"

六言十首惟上古尧舜

　　吴钞本原钞但题"六言诗"三字,其"惟上古尧舜"五字,在"二人功德齐均"句上,墨校点去,改钞于"六言诗"三字上,又于"惟"字右侧上方作一斜勒,加"十首"二字。朱校又于"上"字右侧注一"题"字。○张燮本以"六言十首"四字为一行,"惟上古尧舜"五字为一行。○张溥本无"六言十首"四字。

　　以下九首之题,吴钞本原钞亦皆在本诗之首,与诗句相连,墨校皆于末字下端向右作钩识,朱校又于第二字右侧注一"题"字。○案吴钞本原钞是也,"惟上古尧舜"十句,为十首之起句,并非题名。张溥本但以起句为各首之题名,更误。

又案爱日斋丛钞云："予观嵇叔夜有'六言诗十首'，视唐人体
裁固先矣。"据此，是宋人所见之本亦十首也。

二人功德齐均，不以天下私亲[一]。高尚简朴(兹)[慈]顺[二]，
宁济四海蒸民[三]。

〔一〕吕氏春秋去私篇："尧有子十人，不与其子而授舜，舜有子九
人，不与其子而授禹，至公也。"又曰："子，人之所私也。"注：
"私，爱也。"国语注："亲，六亲也。"

〔二〕"兹"吴钞本作"慈"，是也。○后汉书赵咨传："遗书敕子曰：
'爱自陶唐，逮于虞夏，犹尚简朴。'淮南子修务训："尧立孝慈
仁爱。"后汉书安帝纪："皇太后策命曰：'惟侯孝章帝世嫡皇
孙，谦恭慈顺。'"

〔三〕"蒸"或作"烝"。○傅毅显宗颂："体天统物，济宁兆民。"后汉
书顺帝纪："诏曰：'朕奉承大业，未能宁济。'"诗荡："天生烝
民。"笺云："烝，众也。"

唐虞世道治[一]

万国穆亲无事[二]，贤愚各自得志[三]。晏然逸豫内忘[四]，
佳哉尔时可喜[五]。

〔一〕论语："唐虞之际，于斯为盛。"集解："孔安国曰：'唐者，尧号；
虞者，舜号。'"

〔二〕易乾卦象曰："首出庶物，万国咸宁。"汉书高惠高后孝文功臣
表："杜业纳说曰：'昔唐以万国致时雍之政。'"毛诗传："穆，和
也。"老子："我无事而民自化。"

〔三〕庄子缮性篇：“乐全之谓得志。”

〔四〕史记吕后本纪：“天下晏然。”汉书注：“晏然，自安意也。”诗白
　　驹：“逸豫无期。”后汉书窦武传：“上疏曰：‘天下逸豫，谓当中
　　兴。’”文选注：“内，心也。”庄子大宗师篇：“其心忘，其容敬。”

〔五〕“喜”吴钞本作“熹”，墨校于字下注云：“即‘喜’字。”○说文：
　　“佳，善也。”

知慧用有为〔一〕

(为法)〔法令〕滋章寇生〔二〕，纷然相召不停〔三〕。大人玄寂无
声〔四〕，镇之以静自正〔五〕。

〔一〕“有为”二字，各本皆脱，惟吴钞本有之，今据补。周校本曰：
　　“‘有’当作‘何’。”扬案：“有”字不误。○韩子忠孝篇：“今民儇
　　诇智慧，欲自用，不听上。”老子：“智慧出，有大伪。”案“为”与
　　“伪”通。

〔二〕“为法”吴钞本作“法令”，是也，“为”字原属上句，各本误连下
　　句。吴钞本“寇”字涂改而成。○老子：“法令滋章，盗贼
　　多有。”

〔三〕“纷”吴钞本作“自”。○庄子山木篇：“物固相累，二类相
　　召也。”

〔四〕“大人”见前幽愤诗注〔一八〕。说文：“玄，幽远也；寂，无人声
　　也。”蔡邕彭城姜肱碑：“守此玄静。”新语至德篇：“君子之为治
　　也，块然若无事，寂然若无声。”淮南子泰族训：“圣王在上，廓
　　然无形，寂然无声。”

〔五〕老子：“我好静而民自正。”

名与身孰亲〔一〕

哀哉世俗殉荣〔二〕,驰骛竭力丧精〔三〕。得失相纷忧惊〔四〕,
自是勤苦不宁〔五〕。

〔 一 〕老子:"名与身孰亲,身与货孰多,得与亡孰病。"

〔 二 〕"殉"或作"徇"、"狗"。○离骚:"謇吾法夫前修兮,非世俗之所
服。"魏志文帝纪:"令曰:'列士殉荣名。'"

〔 三 〕离骚:"忽驰骛以追逐兮。"注:"众人所以驰骛惶遽者,争追逐
权贵求财利也。"说文:"骛,乱驰也。"礼记燕义篇:"臣下竭力
尽能以立功于国。"东方朔答客难曰:"竭精驰说,并进辐辏者,
不可胜数。"国语注:"精,明也。"

〔 四 〕贾谊鵩鸟赋:"云蒸雨降,错缪相纷。"

〔 五 〕"是"吴钞本作"贪"。○淮南子俶真训:"所立于身者不宁,是
非无所形。"

生生厚招咎〔一〕

金玉满(堂)〔室〕莫守〔二〕,古人安此粗丑〔三〕。独以道德为
友〔四〕,故能延期不朽〔五〕。

〔 一 〕老子:"人之生,动之死地亦十有三,夫何故,以其生生之厚。"
庄子大宗师篇:"生生者不生。"释文:"崔云:'常营其生为生
生。'"说文:"咎,灾也。"

〔 二 〕"堂"吴钞本作"屋",皕宋楼钞本校改为"堂",有校语云:"各本
'堂'为胜。"叶渭清曰:"老子:'金玉满室,莫之能守。'毕沅曰:

‘诸本并作满堂,依义作室是。’愚按此‘满屋’亦当作‘满室’,各本作‘堂’,非也。”

〔 三 〕应璩杂诗曰:“粗丑人所恶。”

〔 四 〕史记老庄列传:“老子修道德,其学以自隐无名为务。”扬雄羽猎赋:“建道德以为师友。”

〔 五 〕尔雅:“延,长也。”“不朽”见前赠秀才诗(人生寿促)注〔四〕。

名行显患滋〔一〕

位高(世)〔势〕重祸基〔二〕,美色伐性不疑〔三〕。厚味腊毒难治〔四〕,如何贪人不思〔五〕。

〔 一 〕桓谭新论曰:“通经术,名行高,公辅之士也。”后汉书郎颉传:“上书曰:‘愿泛问百僚,覈其名行。’”国语注:“滋,益也。”

〔 二 〕“世”吴钞本及诗纪作“势”。读书续记曰:“作‘势’是。”○阮瑀为曹公与孙权书曰:“孤之薄德,位高任重。”枚乘上书谏吴王曰:“福生有基,祸生有胎。”汉书注:“服虔曰:‘基、胎,皆始也。’”

〔 三 〕吕氏春秋本生篇:“靡曼皓齿,郑卫之音,务以自乐,命之曰伐性之斧。”汉书杜钦传:“知好色之伐性短年。”高彪清诫曰:“美色伐我命。”

〔 四 〕“腊”周校本误作“臘”。○国语周语:“单襄公曰:‘厚味实腊毒。’”注:“腊,亟也。”

〔 五 〕诗桑柔:“大风有隧,贪人败类。”

东方朔至清〔一〕

外(以)〔似〕贪污内贞〔二〕,秽身滑稽隐名〔三〕。不为世累所婴〔四〕,所(欲不)〔以知〕足无营〔五〕。

〔一〕东方朔事详汉书本传。淮南子精神训:"契大浑之朴,而立至清之中。"

〔二〕"以"吴钞本、程本作"似"。读书续记曰:"'似'字是,或古本作'以',即'似'之省。"○"污"吴钞本误作"汙",皕宋楼本校改为"污"。○庄子秋水篇:"不贱贪污。"释名:"贞,定也。"

〔三〕法言渊骞篇:"或问东方生,曰:'应谐似优,秽德似隐。'请问名,曰:'诙达恶比。'曰:'依隐玩世,诡时不逢,其滑稽之雄乎。'""滑稽"详后卜疑注〔三七〕。

〔四〕"婴"吴钞本作"缨",皕宋楼钞本校改作"婴",有校语云:"古只作'婴',虽不可以例晋人,然前后数见作'婴',不如改从,以昭画一。"

〔五〕吴钞本作"所以知足无营",是也。○老子:"知足不辱。""无营"见前幽愤诗注〔三一〕。

楚子文善仕〔一〕

三为令尹不喜〔二〕,柳下降身蒙耻〔三〕。不以爵禄为己,静恭古惟二子〔四〕。

〔一〕"仕"吴钞本作"士",案二字通。○史记佞幸传:"谚曰:'力田不如逢年,善仕不如遇合。'"

〔二〕论语："令尹子文，三仕为令尹，无喜色，三已之，无愠色。"集解："孔安国曰：'令尹子文，楚大夫，姓鬭，名穀，字於菟。'"

〔三〕论语："柳下惠为士师，三黜，人曰：'子未可以去乎？'曰：'直道而事人，焉往而不三黜；枉道而事人，何必去父母之邦。'"子曰："柳下惠、少连，降志辱身矣。"列女传："柳下惠死，其妻诔之曰：'蒙耻救人，德弥大兮。'"

〔四〕"静"吴钞本原钞同，墨校改作"靖"，诗纪亦作"靖"，案二字通，韩诗外传引诗亦作"静"。○诗小明："靖恭尔位，好是正直。"毛传："靖，谋也。"曹植潜志赋："且摧刚而和谋，接处肃以静恭。"

老莱妻贤(名)〔明〕〔一〕

不(顧)〔願〕夫子相荆〔二〕，相将避禄隐耕〔三〕。乐道闲居采萍〔四〕，终厉高节不倾〔五〕。

〔一〕"名"吴钞本作"明"，是也。○列女传："老莱子逃世，耕于蒙山之阳，楚王驾至老莱子之门，曰：'守国之孤，愿变先生之志。'老莱子曰：'诺。'王去，其妻戴畚挟薪樵而来，曰：'何车迹之众也？'老莱子曰：'楚王欲使吾守国之政。'妻曰：'许之乎？'曰：'然。'妻曰：'妾闻之：可食以酒肉者，可随以鞭捶；可授以官禄者，可随以鈇钺。今先生食人酒肉，受人官禄，为人所制也，能免于患乎？妾不能为人所制。'投其畚而去，至江南而止。老莱子乃随其妻而居之，君子谓老莱子妻果于从善。"

〔二〕"顧"吴钞本、张本及诗纪作"願"。读书续记曰："'願'字是。"○吕氏春秋注："荆，楚也。秦庄王讳楚，避之曰荆。"

〔 三 〕"相将"<u>吴钞</u>本涂改而成,原钞似作"将身"。○<u>汉书注</u>:"将,从也。"

〔 四 〕"闲"或作"閒","萍"<u>吴钞</u>本原钞作"荓",墨校涂改作"萍"。○"乐道闲居"见前<u>幽愤诗</u>注〔三〇〕。<u>诗采蘋</u>:"于以采蘋,南涧之中。"<u>毛传</u>:"蘋,大萍也。"<u>说文</u>:"萍,苹也,水艸也。"

〔 五 〕<u>吕氏春秋离俗篇</u>:"高节厉行,独乐其意。"<u>徐淑与兄弟书</u>曰:"仁兄德弟,不能厉高节于弱志。"<u>汉书傅喜传赞</u>曰:"守节不倾,亦蒙后凋之赏。"

嗟古贤原宪〔一〕

弃背膏粱朱颜〔二〕,乐此屡空饑寒〔三〕。形陋体逸心宽〔四〕,得志一世无患〔五〕。

〔 一 〕<u>史记仲尼弟子列传</u>:"<u>原宪</u>,字<u>子思</u>。<u>孔子</u>卒,<u>原宪</u>亡在草泽之中。<u>子贡</u>相<u>卫</u>,结驷连骑,排藜藿,入穷闾,过谢<u>原宪</u>,<u>宪</u>摄敝衣冠见<u>子贡</u>,<u>子贡</u>耻之,曰:'夫子岂病乎?'<u>原宪</u>曰:'吾闻之:无财者谓之贫,学道而不能行者谓之病,贫也,非病也。'"<u>庄子让王篇</u>:"<u>原宪</u>笑曰:'仁义之慝,舆马之饰,<u>宪</u>不忍为也。'"

〔 二 〕"梁"<u>吴钞</u>本作"粱",<u>读书续记</u>曰:"'梁'盖'粱'之讹。"○<u>扬</u>案:"膏粱"古亦通作"高粱"。○<u>孟子</u>:"所以不愿人之膏粱之味也。"<u>国语注</u>:"粱,食之精者。""朱颜"见前<u>赠秀才诗</u>(凌高远眺)注〔七〕。

〔 三 〕"饑"<u>吴钞</u>本作"饥"。○<u>论语</u>:"子曰:'回也其庶乎,屡空。'"<u>集解</u>:"虽数空匮,而乐在其中。"

〔 四 〕<u>列子天瑞篇</u>:"<u>孔子</u>游于<u>泰山</u>,见<u>荣启期</u>,曰:'善乎,能自宽者也。’”

〔五〕吕氏春秋注：“终一人之身为世。”

朱嘉徵曰：“中散六言，歌内贞自乐闲静也；错序中，衡断不苟，尚论有法，雅似折杨柳古辞。”乐府广序。

重作四言诗七首—作"秋胡行"

吴钞本原钞题"重作六言诗十首代秋胡歌诗七首"，墨校改同此本，惟行上仍留"歌"字，又仍连写，不作夹注，前四首原钞相连，朱校于每首起句右侧注一二三四等字。○张燮本题"秋胡行七首"，馀书多同。○诗纪、汉魏诗乘、古乐苑题下注云："本集题曰'重作四言诗'。"周校本曰："案'六言诗十首'盖已佚，仅存其题，今所有者，'代秋胡行'也，旧校甚误。"○扬案：原钞"六言诗十首"五字，乃涉上而衍。

每首起二句，吴钞本及诗所皆不重，诗所注云："每首叠首二句。"○扬案：魏武帝秋胡行，每首皆叠首二句，此亦规其体也。

郭茂倩乐府诗集曰："西京杂记曰：'鲁人秋胡，娶妻三月而游宦，三年休，还家，其妇采桑于郊，胡至郊，而不识其妻也，见而悦之，乃遗黄金一镒。妻曰："妾有夫，游宦不返，幽闺独处，三年于兹，未有如今日者也。"采桑不顾，胡惭而退。至家，问妻何在，曰：行采桑于郊，未返。既归还，乃向所挑之妇也。夫妻并惭，妻赴沂水而死。'列女传曰：'鲁秋洁妇者，鲁秋胡之妻也，既纳之，五日，去而官于陈，五年乃归，未至家，见路傍有美妇人，方采桑，而悦之，下车谓曰："力田不如逢丰年，力桑不如见国卿，今吾有金，愿以与夫人。"妇曰："采桑力作，纺绩织纴，以供衣食，奉二亲，养夫子已矣，不愿人之金。"秋胡遂去，归至家，奉金遗母。使人呼其妇，妇至，乃向采桑者也。妇污其行，去而东走，自投于河而死。'乐府解题曰：'后人哀而赋之，为秋胡行，若魏文帝辞云：尧任舜、禹，当复何为。亦题曰秋胡行。'广题曰：'曹植秋胡行，但歌魏德，而不及秋胡事，与文帝之辞同也。'"○吴讷文章辨体曰："若魏文帝辞云：'尧任舜、禹'，魏武帝云：'晨上散关山'，各言其事，俱题曰秋胡行，而不及秋胡事也。嵇康之作亦然。"○朱嘉徵乐府广序曰："案乐府备弦诵，存鉴戒焉，义或系于本事者，或系于殊事者。系于本事者，如江南、平陵东、铜雀妓、从军行是也；系于殊事者，如陌上桑、豫章行、猛虎行、鰕䱇篇、秋胡行之类是也。"○朱乾乐府正义曰："郑樵云：'秋胡行亦曰在昔。'然则在昔疑是本辞，惜不可见矣。"○扬案：秋胡行，乐府为相和歌辞清调曲。

富贵尊荣，忧患谅独多[一]。**富贵尊荣，忧患谅独多。古人所惧，丰屋蔀家**[二]。**人害其上，兽恶网罗**[三]。**惟有贫贱，可以无他。歌以言之，富贵忧患多**[四]。

〔 一 〕孟子："君子之居是国也，其君用之，则安富尊荣。"

〔 二 〕黄节汉魏乐府风笺：易："丰其屋，蔀其家，窥其户，阒其无人，三岁不觌凶。"○王弼易注："蔀，覆也，屋厚覆，暗之甚也。"张衡应间曰："利端始萌，害渐亦芽，欲丰其屋，乃蔀其家。"

〔三〕黄笺:左传:"盗憎主人,民怨其上。"○说苑敬慎篇:"金人铭曰:'盗怨主人,民害其贵。'"国语周语:"谚曰:'兽恶其网,民恶其上。'"

〔四〕魏武帝秋胡行:"歌以言志,晨上散关山。"

陈祚明曰:"既称达者之言,乃未知贫贱亦能致患,语特古。"

贫贱易居,贵盛难为工〔一〕。贫贱易居,贵盛难为工。耻(佞)〔接〕直言〔二〕,与祸相逢〔三〕。变故万端,俾吉作凶〔四〕。思牵黄犬,其计莫从〔五〕。歌以言之,贵盛难为工。

〔一〕战国策秦策:"蔡泽说范雎曰:'君之禄位贵盛。'"后汉书冯衍传:"上疏曰:'富贵易为善,贫贱难为工也。'"潜夫论交际篇:"富贵易得宜,贫贱难得适。"扬案:此诗特反言之。说文:"工,巧也。"

〔二〕"佞"吴钞本作"接"。马叙伦曰:"此章意在贵盛难为工,耻接直言,谓贵盛者不愿受直言也,作'接'字是。"

〔三〕黄笺:左传:"伯宗每朝,其妻戒之曰:'子好直言,必及于难。'"

〔四〕杨恽报孙会宗书曰:"遂遭变故,横被口语。"荀悦汉纪曰:"事物之类,变化万端,不可齐一。"周礼注:"故,灾也。"荀子赋篇曰:"以危为安,以吉为凶。"后汉书李固传:"与胡广赵戒书曰:'公等曲从,以吉为凶,成事为败乎?'"尔雅:"俾,使也。"

〔五〕"计"吴钞本作"志",此句乐府诗集作"其莫之从"。○黄笺:史记:"李斯曰:'诟莫大于卑贱,而悲莫甚于穷困。'乃西说秦,为丞相。二世在甘泉宫作觳抵优俳之观,李斯不得见,因上书言赵高之短。于是二世以李斯属郎中令赵高，案治李斯，榜掠千馀，不胜痛，自诬服。具斯五刑，论腰斩咸阳市。斯出狱，与其中子俱执，顾谓其中子曰：'吾欲与若复牵黄犬，俱出上蔡东门，逐狡兔，岂可得乎。'"○扬案：史记李斯传："为丞相，置酒于家，喟然而叹曰：'嗟乎，吾闻之荀卿曰：物禁太盛。当今人臣之位，无居臣上者，可谓富贵极矣，物极则衰，吾未知所税驾也。'"则贵盛难为工，斯亦自知之，惜不能决舍耳。

陈祚明曰："此又昔人眉睫之喻也。"

劳谦寡悔〔一〕，忠信可久安〔二〕。劳谦寡悔，忠信可久安。天道害盈〔三〕，好胜者残〔四〕。彊梁致灾〔五〕，多事招患〔六〕。欲得安乐，独有无愆〔七〕。歌以言之，忠信可久安。

〔一〕"寡"吴钞本作"无"，乐府诗集作"有"，下同。

〔二〕黄笺：易谦之九三曰："劳谦，君子有终吉。"又象传："劳谦，君子万民服也。"○论语："多见阙殆，慎行其馀，则寡悔。"又曰："言忠信，行笃敬，虽蛮貊之邦行矣。"

〔三〕"害"下张本及诗纪注云："一作'恶'。"

〔四〕黄笺：易象传："天道亏盈而益谦，鬼神害盈而福谦。"

〔五〕"彊"吴钞本作"强"。

〔六〕乐府诗集作"多招祸患"，古乐苑同，又注云："'多'下一有'事'字。"张本及诗纪作"多事招祸患"，注云："一无'事'字。"○黄笺：老子："彊梁者不得其死。"庄子："从其彊梁，随其曲传。"郭注："彊梁，多力也。"○扬案：此注，乃庄子山木篇释文，楚辞九章："疾亲君而无他兮，有招祸之道也。"论衡累害篇："多言招患，高行招耻。"蔡邕自陈表曰："臣愚以凡宂招致祸患。"

〔七〕"愆"或作"愿"，张溥本及诗纪注云：集作'愆'。"菡宋楼钞本有校语云："案'愿'字为正。"○黄笺：书："鉴于先王成宪，其永无愆。"○仪礼士昏礼："夙夜无愆。"注："愆，过也。"

陈祚明曰："甚有名言；'欲得安乐，独有无愆'，语甚高古。"

役神者弊，（极欲疾枯）〔疾欲令人枯〕〔一〕。役神者弊，极欲疾枯。颜回短折，（不）〔下〕及童乌〔二〕。纵体淫恣，莫不早徂〔三〕。酒色何物，今自不辜〔四〕。歌以言之，酒色令人枯。

〔一〕吴钞本原钞作"疾欲令人枯"，墨校改。案此诗每首次句末句皆五字，且多相同，则原钞是也。○黄笺：庄子："平易恬淡，则忧患不能入，邪气不能袭，故其德全而神不亏；形劳而不休则弊，精用而不已则劳；纯素之道，惟神是守，守而勿失，与神为一。"礼记："饮食男女，人之大欲存焉。"诗大雅："昊天疾威。"毛传："疾，犹急也。"此言疾枯，亦急也。说文："枯，槀也。"康答难养生论："欲胜则身枯。"○广雅："役，使也。"史记秦始皇本纪："二世曰：'凡所为贵有天下者，得肆意极欲。'"淮南子注："枯，犹病也。"

〔二〕"不"吴钞本作"下"。读书续记曰："'下'字是，盖郎颛传虽有十八而亡之说，然尚胜于童乌，此盖言颜回以及童乌，皆从役神致短折也。"○黄笺：论语："有颜回者好学，不幸短命死矣。"吴志孙登临终疏云："颜回有上智之才，而尚夭折。"法言："育而不苗者，吾家之童乌乎！九龄而与我玄文。"李轨、柳宗元

注:"童乌,子云之子也。仲尼悼颜渊苗而不秀,子云伤童乌育而不苗。颜渊弱冠而与仲尼言易,童乌九龄而与扬子论玄。"○书洪范篇:"六极:一曰凶短折。"伪孔传:"折,未三十。"王楙野客丛书曰:"童乌为子云之子小名,南史王询亦小字童乌。"御览三百五十引刘向别传云:"杨信字子乌,雄第二子,幼而聪慧。"桂馥札朴曰:"读此乃知乌是字,而别传亦称乌者,犹曹孟德称子建也。"朱亦栋群书札记曰:"别传之说,似不可信。"扬案:"别传"为"别录"之讹。

〔 三 〕荀悦汉纪论曰:"君子以道折中,不肆心焉,不纵体焉。""徂"通作"殂",说文:"殂,往死也。"

〔 四 〕"今自"吴钞本作"自令"。读书续记曰:"此句疑尚有讹,或当作'自令及辜',言自贪酒色,令及于辜也。'不''及'形近而讹。"○黄笺:书酒诰云:"亦罔非酒惟辜。""酒色何物,今自不辜",言人至纵恣早徂,仍不悟酒色之为何物,而不以为罪也。康养生论云:"饮食不节,以生百病,好色不倦,以致乏绝。"此篇末语意。○扬案:"不"字如非"及"字之讹,则谓无罪而自速其死也,本集声无哀乐论云:"斯非吹万不同耶?"此用庄子"吹万不同,咸其自取也"之义,亦歇后语。尔雅:"辜,罪也。"

陈祚明曰:"童乌之妖,乃缘赋命;今有颜子之智,假令以极欲自戕,因致短折,则不及童乌矣。意盖如此。不辜言非命也。"

黄节曰:"案叔夜答难养生论云:'颜子短折',盖谓谷食而不求上药者,虽智如颜子,亦且短折也。至于童乌之年,短于颜子,乃由天命,不关养生。是颜子昧于养生而短折,不如童乌之委于天命也。原本斯意，较陈说为良。”

绝智弃学，游心于玄默〔一〕。绝智弃学，游心于玄默。（遇过而悔）〔过而弗悔〕〔二〕，当不自得〔三〕。垂钓一壑，所乐一国〔四〕。被发行歌，和（者）〔气〕四塞〔五〕。歌以言之，游心于玄默。

〔一〕黄笺：老子曰："绝圣弃智。"又曰："绝学无忧。"扬雄长杨赋："人君以玄默为神。"李善注云："玄默，谓幽玄恬默也。"〇庄子德充符篇："游心乎德之和。"又曰："天道玄。"

〔二〕乐府诗集无"遇"字，吴钞本作"过而复悔"。读书续记曰："此用庄子大宗师篇'过而不悔，当而不自得也'，疑'不''复'声近致误。"〇扬案："复"为"弗"字之误。

〔三〕庄子大宗师篇："古之真人，过而不悔，当而不自得也。"俞樾庄子平议曰："过者，谓于事有所过失也；当者，谓行之而当也。在众人之情，于事有所过失则悔矣，作之而当，则自以为得矣。真人不然，故曰：'过而弗悔，当而不自得也。'"

〔四〕乐府诗集无"所"字，吴钞本原钞作"垂钓一壑如乐国"，墨校改，周校本"所"字误作"好"。〇汉书叙传："班嗣报桓生书曰：'若夫严子者，渔钓于一壑，则万物不奸其志，栖迟于一邱，则天下不易其乐。'"

〔五〕"者"吴钞本作"气"。读书续记曰："'气'字是。"〇黄笺：庄子："文王观于臧，见一丈人钓，而其钓莫钓，非持其钓有钓者也，常钓也。文王遂迎臧丈人而授之政，典法无更，偏令无出。三年，文王观于国，则列士坏植散群，长官者不成德，鳈斛不敢入四境。列士坏植散群，则尚同也；长官者不成德，则同务也；鳈斛不敢入于四境，则诸侯无二心也。文王于是焉以为太师，北面而问政,曰:'政可以及天下乎?'臧丈人昧然而不应,泛然而辞,朝令而夜遁,终身无闻。"史记:"屈原至于江滨,被发行吟泽畔,颜色憔悴,形容枯槁,乃作怀沙之赋,自投汨罗以死。屈原既死之后,楚有宋玉、唐勒、景差之徒,皆好辞而以赋见称,皆祖屈原之从容辞令。后百有馀年,汉有贾生,为长沙王太傅,过湘水,投书以吊屈原。"案诗用臧丈人、屈原,以释遇过而悔,臧丈人之受政,屈原之直谏,是不能绝智弃学,游心玄默,所谓过也。及其夜遁,及其自沈,所谓悔也。皆不自得也。○庄子达生篇:"孔子观于吕梁,见一丈夫游之,数百步而出,被发行歌,而游于塘下。"后汉书申屠蟠传:"同郡黄忠书劝曰:'昔人之隐,其不遇也,则裸身大笑,被发狂歌。'"司马相如封禅文:"旁魄四塞,云布雾散。"扬案:游心玄默者,虽过而弗悔,虽当而不自得,所谓真人也。"垂钓"二句用班嗣语。叔夜高士传赞亦载之。"被发"二句亦非指屈原,黄笺甚误。

陈祚明曰:"'遇过而悔,当不自得',名言也,虽使可悔,已不自得矣。'所乐一国',谓随遇而安;'和者四塞',无人不可与群也。"

思与王乔,乘云游八极〔一〕。思与王乔,乘云游八极。凌厉五岳〔二〕,忽行万亿〔三〕。授我神药,自生羽翼〔四〕。呼吸太和,练形易色〔五〕。歌以言之,思行游八极〔六〕。

〔一〕黄笺:刘向列仙传曰:"王子乔者,周灵王太子晋也,好吹笙,作凤鸣,游伊、洛之间,道人浮丘公接以上嵩高山,三十馀年,后求之于山上,见桓良曰:'告我家,七月七日,待我于缑氏山

头。'至时，果乘白鹤驻山头，望之不得到，举手谢时人，数日而

去。为立祠于缑氏山下及嵩高之首焉。"吴旦生曰："王乔有三

人，一为王子晋，二为叶令王乔，三为柏人令王乔，皆神仙也。

史记封禅书注引裴秀冀州记云：'缑氏仙人庙，为柏人令之王

乔。'则误矣。"胡元瑞曰："汲冢书师旷称晋为王子，故乐府称

王子乔，非姓王也，乔当是晋别名。"荀子："明参日月，天满八

极，夫是之谓大人。"○"王乔乘云"见前游仙诗注〔五〕。古乐

府王子乔篇："王子乔，参驾白鹿云中遨。"又曰："嗟行圣人游

八极。"魏武帝秋胡行："名山历观，遨游八极。"淮南子墬形训：

"天地之间，九州八极。"注："八极，八方之极也。"

〔二〕"凌"或作"淩"，吴钞本作"陵"。"岳"或作"嶽"。

〔三〕黄笺：尔雅："太山为东岳，华山为西岳，霍山为南岳，恒山为北

岳，嵩山为中岳。"○"凌厉"见前赠秀才诗（良马既闲）注〔八〕。

古乐府王子乔篇："东游四海五岳山。"魏文帝折杨柳行："轻举

乘浮云，倏忽行万亿。"

〔四〕黄笺：淮南子曰："羿请不死之药于西王母，姮娥得之，服药得

仙，奔入月中，为月之精。"○古乐府董逃行："采取神药若木

端，服此药可得神仙。"魏武帝秋胡行："思得神药，万岁为期。"

曹植飞龙篇："授我仙药，神皇所造。"魏文帝折杨柳行："与我

一丸药，光耀有五色，服药四五日，身体生羽翼。"

〔五〕"太"吴钞本作"大"，"练"张本及诗纪作"鍊"，案字各相通。○

黄笺：黄庭经："口为玉池太和宫。"○易乾卦彖曰："保合太和

乃利贞。"淮南子俶真训："圣人呼吸阴阳之气。"仲长统乐志

论："呼吸精和，求至人之彷佛。"神仙传："仙家有太阴鍊形之

法。"案易色谓还童也，左思吴都赋："桂父练形而易色。"即用

此语。

〔六〕乐府诗集无"思"字，古乐苑注云："'之'下一无'思'字。"扬案：有"思"字为合。

　　陈祚明曰："终不能谐俗无违，故有离世之思。"

徘徊锺山，息驾于层城〔一〕。徘徊锺山，息驾于层城。上荫华盖，下采若英〔二〕。受道王母，遂升紫庭〔三〕。逍遥天衢，千载长生〔四〕。歌以言之，徘徊于层城。

〔一〕黄笺：淮南子曰："譬若锺山之玉。"许慎曰："锺山，北陆无日之地。"又淮南子曰："昆仑山有层城九重。"水经注："昆仑之山三级，下曰樊桐，一名板桐，二曰玄圃，一名阆风，上曰层城，一名天庭，是谓大帝之居。"○曹植美女篇："行徒用息驾。"

〔二〕黄笺：王逸鲁灵光殿赋："高径华盖，仰看天庭。"古今注："华盖，黄帝所作也，与蚩尤战于涿鹿之野，常有五色云气，金枝玉叶，止于帝上，故因而作华盖也。"楚辞九歌："浴兰汤兮沐芳华，采衣兮若英。"王逸注："若，杜若也。"○繁钦桑赋："上似华盖，下象凤阙。"案此诗指云气言之，史记封禅书："望华盖。"索隐曰："华盖，星名。"楚辞九怀："登华盖兮乘阳。"注曰："上攀北斗蹑房星也。"晋书天文志："天皇大帝上九星曰华盖，所以蔽覆大帝之座也。"此"华盖"为星名，亦取蔽覆如盖之义。艺文类聚七引葛仙公传："昆仑一曰华盖。"则以华盖为昆仑山。此诗上文已云锺山，此处不当再指昆仑矣。本集琴赋云："背长林，翳华芝。"意亦同也。扬雄甘泉赋："饮若木之露英。"文选注："山海经曰：'灰野之山，有赤树青叶，名曰若木。'"又月赋注：“若英，若木之英也。”

〔三〕黄笺：穆天子传：“周穆王好神仙，觞西王母于瑶池之上。”○山海经西山经：“玉山是王母所居也。西王母其状如人，豹尾虎齿，而善啸，蓬发戴胜。”郝懿行笺疏曰：“西王母，国名，见于竹书纪年及大戴礼，尔雅释地以西王母与觚竹、北户、日下并数，谓之四荒，此经及穆天子传始以为人名。”神仙传：“王母者，神人也，在昆仑山中。”尚书运期授曰：“凡得道受书者，皆朝王母于昆仑之上。”琴操：“成王援琴而歌曰：‘凤凰翔兮于紫庭。’”案此处则指天庭言之。张华白纻舞歌：“东造扶桑游紫庭，西至昆仑戏层城。”抱朴子辩问篇：“年齐天地，朝于紫庭。”并与此同意。

〔四〕黄笺：易：“何天之衢。”○楚辞九思：“蹑天衢以长驱。”

朱嘉徵曰：“秋胡行歌富贵思寡过也，叔夜自著琴赋曰：‘清闲静谧，自然神丽。’余尝移赠，以品其诗，乐府尚存古穆之气。”

朱乾曰：“人未有不生于忧患，而死于安乐，多金者昏志，耽色者伐性，皆此五年宦陈心骄气盈之所致也，故篇中以富贵贫贱发端，以极欲疾枯为戒，而叹脱然于财色之不如神仙也。”乐府正义。扬案：此诗与秋胡本事无关。

陈祚明曰：“秋胡行别为一体，贵取快意，此犹有魏武遗风。”

思亲诗一首

吴钞本原钞此诗至"中夜"二字止，其后即为郭遐叔赠诗"如何忽尔"以下四首，次为答二郭诗第一首第二首，其第二首中"懔慄"二字之下，即接钞此诗，由"悲兮"二字以至篇末，次为郭遐周赠诗三首，次为郭遐叔赠诗三首，其第二首"如何忽尔"以下，即接钞答二郭诗第二首，由"趣"字起至篇末止，又次始为与阮德如诗，墨校皆改易之，令同此本序次。

此诗朱嘉徵乐府广序入琴曲类，题曰思亲引，并注云："凡琴曲，古无其辞，后人谱之，所云其声备者，不必具其辞也。此与虞舜思亲操同声，然辞具而声亦长。"扬案：此七言琴曲，盖仿王逸琴思楚歌。

蔡邕琴操曰："思亲操，舜耕历山，见鸠与母飞鸣，相哺食，感思作歌曰：'思我父母力耕，日与月兮往如驰，父母远兮吾将安归。'"

奈何愁兮愁无聊[一]，恒恻恻兮心若抽[二]。愁奈何兮悲思多，情郁结兮不可化[三]。奄失恃兮孤茕茕[四]，内自悼兮啼失声[五]。思报德兮邈已绝[六]，感鞠育兮情剥裂[七]。嗟母兄兮永潜藏[八]，想形容兮内摧伤[九]。感阳春兮思慈亲[一〇]，欲一见兮路无因[一一]。望南山兮发哀叹[一二]，感机杖兮涕汍澜[一三]。念畴昔兮母兄在[一四]，心逸豫兮〔寿〕〔轻〕四海[一五]。忽已逝兮不可追[一六]，心穷约兮但有悲[一七]。

上空堂兮廓无依〔一八〕,睹遗物兮心崩摧〔一九〕。中夜悲兮当谁告〔二○〕,独抆泪兮抱哀戚〔二一〕。日远迈兮思予心〔二二〕,恋所生兮泪不禁〔二三〕。慈母没兮谁予骄〔二四〕,顾自怜兮心忉忉〔二五〕。诉苍天兮天不闻〔二六〕,泪如雨兮叹青云〔二七〕。欲弃忧兮寻复来〔二八〕,痛殷殷兮不可裁〔二九〕。

〔一〕楚辞九歌:"愁人兮奈何。"汉书广川惠王传:"作歌曰:'愁莫愁,居无聊。'"急就篇:"漫衹首匿愁勿聊。"楚辞九思:"愁不聊兮遑生。"又曰:"心烦愦兮意无聊。"注:"聊,乐也。"

〔二〕太玄:"翕缴恻恻。"注:"恻,痛心也。"魏武帝善哉行:"其穷如抽裂,自以思所怙。"左氏昭公六年传正义引服虔云:"抽,裂也。"

〔三〕诗都人士:"我心苑结。"毛传:"苑犹屈也,积也。"笺云:"苑读郁。"司马迁报任安书曰:"此人皆意有所郁结。"楚辞注:"化,变也。"

〔四〕"失"字吴钞涂改而成,原钞似作"无"字。○方言:"奄,遽也。"诗蓼莪:"无母何恃。"释文:"韩诗:'恃,负也。'"孟子:"幼而无父曰孤。"张衡思玄赋:"何孤行之茕兮。"文选旧注:"茕茕,独也。"魏文帝短歌行:"我独孤茕,怀此百离。"

〔五〕"啼"吴钞本原钞作"欷"。○诗氓:"静言思之,躬自悼矣。"史记索隐曰:"欷,叹声。"孟子:"相向而哭,皆失声。"蔡琰悲愤诗:"儿呼母兮啼失声。"

〔六〕诗蓼莪:"欲报之德,昊天罔极。"史记武帝本纪:"诏曰:'三代邈绝,远矣难存。'"广雅:"邈,远也。"

〔七〕"鞠育"见前幽愤诗注〔六〕。汉费凤碑:"见吾若君存,剥裂而不已。”楚辞九辩注：“中情悲恨，心剥切也。”

〔八〕易乾卦文言曰：“阳气潜藏。”说文：“潜，藏也。”案此谓母兄已
死而形体潜藏也。○叶渭清曰：“下云：‘念畴昔兮母兄在’，与
山巨源书：‘吾新失母兄之欢’，并母兄连言，岂同时又有兄丧
耶？按康兄喜死后于康，喜外不闻有兄，此兄字无以释之。”○
扬案：嵇喜而外，自当尚有一长兄也。

〔九〕琴操：“卞和歌曰：‘俯仰嗟叹，心摧伤兮。’”楚辞九章：“心冤结
而内伤。”苏武诗：“中心伤已摧。”

〔一〇〕古乐府长歌行：“阳春布德泽。”礼记祭义篇：“春雨露既濡，君
子履之，必有怵惕之心，如将见之。”郑玄注曰：“为感时念
亲也。”

〔一一〕古诗：“思还故里闾，欲归道无因。”

〔一二〕冯衍自序曰：“孝子入旧室而哀叹。”

〔一三〕“机”或作“几”，程本、汪本、张本作“機”，由俗书“枛”字而误。
○礼记曲礼上：“谋于长者，必操几杖以从之。”汉书息夫躬传：
“著绝命辞曰：‘涕泣流兮萑兰。’”注：“臣瓒曰：‘萑兰，涕泣阑
干也。’”案“萑兰”“汍澜”通，冯衍显志赋：“泪汍澜而雨集兮。”

〔一四〕左氏宣公元年传：“畴昔之羊，子为政。”注：“畴昔，犹前日也。”
礼记注：“畴，发语声也。”

〔一五〕案“寿”字疑本作“轻”，二字行草相近，易致误也。○张衡思玄
赋：“收畴昔之逸豫兮。”曹植离缴雁赋：“情逸豫而永康。”潜夫
论德北篇：“心坚金石，志轻四海。”

〔一六〕汉孔彪碑：“逝往不可追兮。”韩诗外传：“曾子曰：‘往而不可还
者亲也。’”

〔一七〕礼记坊记篇：“小人贫斯约。”注：“约犹穷也。”

〔一八〕礼记问丧篇："入门而弗见也,上堂又弗见也。"司马相如美人赋："独处室兮廓无依。"广雅："廓,空也。"

〔一九〕曹植王仲宣诔："翩翩孤嗣,号恸崩摧。"

〔二〇〕"谁告"张本及诗纪作"告谁"。○楚辞九章："忧心不遂,当谁告兮。"蔡琰胡笳诗："遭恶辱兮当告谁。"

〔二一〕"抆"张本作"收"。"抱哀戚"三字吴钞本原钞同,改钞作"伤怀抱",皕宋楼钞本有校语云:"各本作'抱哀戚',则'告'字读入声,与'戚'字叶,此本则'告'读如字,似更胜之。然太师箴亦'告'与'戚'叶,宜两存之。"读书续记曰:"'抱'与上句'告'韵,则作'伤怀抱'是。"周校本曰:"旧校作'伤怀抱',未详所本。"○扬案:此校者随意改之,以为叶也。○楚辞九章:"孤子唫而抆泪。"注:"抆,拭也。"

〔二二〕吴钞本作"亲日远兮思日深"。○冯衍显志赋:"念人生之不再兮,悲六亲之日远。"又曰:"岁忽忽而日迈兮。"

〔二三〕吴钞本原钞作"恋所生兮泪流襟",改钞作"念所生兮泪不禁"。○孝经曰:"夙兴夜寐,无忝尔所生。"古乐府长歌行:"远望使心思,游子恋所生。"

〔二四〕"予"张本及诗纪作"与"。○古乐府猛虎行:"野雀安无巢,游子为谁骄。"又白头吟:"无亲为谁骄。"

〔二五〕"切切"吴钞本原钞作"切切",误也。○楚辞九辩:"惆怅兮而私自怜。"诗甫田:"无思远人,劳心切切。"毛传:"切切,忧劳也。"

〔二六〕下"天"字吴钞本作"远"。○诗鸨羽:"悠悠苍天,曷其有极。"蔡琰胡笳曲:"泣血仰头兮诉苍苍。"

〔二七〕"叹青云"吴钞本原钞作"叹成云",改钞作"凝成冰"。周校本

曰："旧校作'凝成冰',未详所据。"○扬案：此亦校者以意改
叶。○古乐府孤儿行："孤儿泪下如雨。"苏顺和帝诔："歔欷成
云，泣涕成雨。"阮瑀咏史诗："叹气若青云。"

〔二八〕"寻"吴钞本原钞同，改钞作"循"。○左传注："寻，重也。"

〔二九〕诗正月："忧心殷殷。"毛传："殷殷然痛也。"又北门："忧心殷
殷。"尔雅："裁，节也。"

郭遐周赠三首附

吴钞本原钞题"五言诗三首，郭延周赠附"，墨校抹去"五
言"二字，改"延"为"遐"，栏外上方原有校语云："'延周'一作
'遐周'。"亦为墨校所抹。

吾无佐世才〔一〕，时俗不可量〔二〕。归我北山阿，逍遥以倡
伴〔三〕。同气自相求，虎啸谷风凉〔四〕。惟予与嵇生〔五〕，未
面分好章〔六〕。古人美倾盖，方此何不臧〔七〕。援筝执鸣琴〔八〕，
携手游空房〔九〕。栖迟衡门下，何愿于姬姜〔一〇〕。予心好
永年〔一一〕，年永怀乐康〔一二〕。我友不期卒〔一三〕，改计适他
方〔一四〕。(岩东感)〔严车感〕发日〔一五〕，翻然将高翔〔一六〕。离
别在旦夕，惆怅以增伤〔一七〕。

83

〔一〕"吾"字吴钞本涂改而成，原钞似作"亮"。

〔二〕"不可"吴钞本作"所不"。○离骚："固时俗之工巧兮。"古诗：
"自我别君后，人事不可量。"尔雅："量，度也。"

〔三〕"倡"吴钞本原钞作"相"，墨校改作"倡"。○"山阿"见前赠秀

才诗(凌高远眄)注〔一〇〕。楚辞九辩："聊逍遥以相羊。"注："逍遥、相羊,皆游也。"又惜誓篇："托回飙乎尚羊。"注："尚羊,游戏也。"案"羊"为"佯"省,"相""倡""尚"同声通用。

〔　四　〕易乾卦文言曰："同声相应,同气相求。"淮南子天文训："虎啸而谷风至。"注："虎,土物也,谷风,木风也,木生于土,故虎啸而谷风至。"班固答宾戏曰："虎啸而谷风冽。"

〔　五　〕"予"吴钞本作"余"。

〔　六　〕吴钞本作"面分好文章",误也。马叙伦曰："明本作'朱面分好章',当从之。朱面,犹朱颜;分好,犹投分相好也。"○扬案:此本作"未",不作"朱"。○仪礼注："面亦见也。"淮南王安屏风赋："分好沾渥。"文选注:"分,分义也。"周礼注:"章,明也。"

〔　七　〕韩诗外传:"孔子遭齐程本子于郯之间,倾盖而语终日。"汉书注:"文颖曰:'倾盖,犹交盖驻车也。'"吕氏春秋注:"方,比也。"诗雄雉:"何用不臧。"毛传:"臧,善也。"

〔　八　〕"援"字吴钞本涂改而成。

〔　九　〕说文:"筝,鼓弦竹声乐器也。""鸣琴""携手"见前赠秀才诗(闲夜肃清)注〔八〕、(双鸾匿景曜)注〔一九〕。

〔一〇〕诗衡门:"衡门之下,可以栖迟。"毛传:"衡门,横木为门,言浅陋也。栖迟,游息也。"案"栖"与"栖"同。左氏成公九年传:"诗曰:'虽有姬姜,无弃蕉萃。'"注:"姬、姜,大国之女。"

〔一一〕"予"字吴钞本涂改而成,原钞似作"中"。周校本作"甘",于义不合。

〔一二〕傅毅舞赋:"娱神遗老,永年之术。"楚辞九歌:"君欣欣兮乐康。"

〔一三〕"期"字吴钞本涂改而成,原钞似作"斯"字。案此谓不终处于斯也,如作"期"字,则卒当为仓卒之义,谓不意卒然而去也。

〔一四〕案魏志注引魏氏春秋曰:"康从子不善,避之河东,或云避世。"
此诗赠答,当即其时也。

〔一五〕"巗"诗纪作"嚴","咸"诗所作"劘",此句吴钞本作"嚴车感发
日"。读书续记曰:"明本作'嚴东咸发日',不可从。盖'车'讹
'东',因加'山'于'嚴'以就解耳。嚴车即装车也,后答诗'嚴
驾不得停',可证。'咸'乃'感'字之缺滥,或其省。"

〔一六〕楚辞九思:"严车驾以戏游。"素问注:"严谓戒,所以禁非也。"
司马相如美人赋:"翻然高举,与彼长辞。"楚辞九辩:"闵奇思
之不通兮,将去君而高翔。"

〔一七〕离骚:"余不难夫离别兮。"注:"近曰离,远曰别。"冯衍显志赋:
"情惆怅而增伤。"

风人重离别,行(遒)〔道〕犹迟迟〔一〕。宋玉哀登山〔二〕,临水
送将归〔三〕。伊此往昔事,言之以增悲。叹我与嵇生〔四〕,
倏忽将永违〔五〕。俯察渊鱼游,仰观双鸟飞〔六〕。厉翼太清
中,徘徊于丹池〔七〕。钦哉得其所,令我心独违〔八〕。言别
在斯须,怒焉如调饥〔九〕。

〔一 〕"遒"各本作"道",是也。"犹"字吴钞本涂改而成。○后汉书
阴皇后纪:"帝诏大司空曰:'风人之戒,可不慎乎。'"诗谷风:
"行道迟迟,中心有违。"毛传:"迟迟,舒行貌。"

〔二 〕"玉"汪本误作"王"。

〔三 〕楚辞九辩:"憭慄兮若将远行,登山临水兮送将归。"王逸序曰:
"九辩者,楚大夫宋玉之所作也。"

〔四 〕"叹"字吴钞本涂改而成。

〔五〕吴钞本作“忽然将永离”。读书续记曰：“下文‘令我心独违’，则‘离’字是，古人虽不避重韵，既有作‘离’字者，不必强谓重韵也。”○楚辞注：“儵忽，急疾貌也。”案“倏”与“儵”同。广雅：“违，离也。”

〔六〕易系辞上：“俯以察于地理。”“渊鱼”见前赠秀才诗（携我好仇）注〔四〕。

〔七〕庄子大宗师篇：“且汝梦为鸟而厉于天。”曹植赠白马王彪诗：“归鸟赴乔林，翩翩厉羽翼。”文选注：“厉，疾貌。”“太清”见前赠秀才诗（双鸾匿景曜）注〔一九〕。山海经西山经：“南山多丹粟，丹水出焉。”楚辞惜誓篇：“涉丹水而驰骋兮。”注：“丹水，犹赤水也，淮南言‘赤水出昆仑也’。”

〔八〕“独”程本作“之”。○尔雅：“钦，敬也。”易系辞下：“交易而退，各得其所。”徐幹西征赋：“虽身安而心违。”

〔九〕“愵”程本误作“督”。“调饥”吴钞本原钞作“朝饥”，朱校改作“调饥”，选诗拾遗作“朝饥”，注云：“毛诗：‘愵如调饥’，韩诗‘调’作‘朝’，训云：‘朝饥，难忍也。’此诗用‘朝饥’字，盖本之韩诗。”○李陵与苏武诗：“长当从此别，且复立斯须。”礼记注：“斯须，犹须臾。”诗小弁：“我心忧伤，愵焉如捣。”又汝坟曰：“未见君子，愵如调饥。”毛传：“愵，饥意也。调，朝也。”笺云：“愵，思也，未见君子之时，如朝饥之思食。”方言：“齐宋之间，或谓病为愵。”蔡邕青衣赋：“思尔念尔，愵焉且饥。”

离别自古有，人非比目鱼〔一〕。君子不怀土〔二〕，岂更得安居〔三〕。四海皆兄弟，何患无彼姝〔四〕。岩穴隐傅说，寒谷纳白驹〔五〕。方各以类聚，物亦以群殊〔六〕。所在有智贤，何忧(此不)〔不此〕如〔七〕。所贵身名存,功烈在简书〔八〕。岁时易过歷〔九〕,日月忽其除〔一〇〕。勖哉乎穉生,敬德在慎躯〔一一〕。

〔一〕尔雅:"东方有比目鱼焉,不比不行,其名谓之鲽。"

〔二〕"土"程本、汪本作"上",刻板之误也。

〔三〕论语:"君子怀德,小人怀土。"集解:"孔安国曰:'怀,安也。'"老子:"安其居,乐其俗。"

〔四〕论语:"子夏曰:'四海之内,皆兄弟也。'"诗干旄:"彼姝者子,何以畀之。"毛传:"姝,顺貌。"笺云:"时贤者既悦此卿大夫有忠顺之德,又欲以善道与之。"

〔五〕"寒"吴钞本作"空"。〇"岩穴"见前述志诗(斥鹏擅蒿林)注〔一四〕。书序:"高宗梦得说,使百工营求诸野,得诸傅岩。"史记信陵君列传:"信陵君之接岩穴隐者,不耻下交。"诗白驹:"皎皎白驹,在彼空谷。"毛传:"宣王之末,不能用贤,贤者有乘白驹而去者。"

〔六〕易系辞上:"方以类聚,物以群分。"虞氏注:"方,道也。"

〔七〕吴钞本作"何忧不此如",是也。

〔八〕曹大家东征赋:"身既没而名存。"左氏襄公十九年传:"铭其功烈,以示子孙。"诗出车:"岂不怀归,畏此简书。"毛传:"简书,戒命也。"

〔九〕"岁"吴钞本作"年"。"歷"或作"曆"。

〔一〇〕说文:"历,过也。"诗蟋蟀:"今我不乐,日月其除。"

〔一一〕"在"吴钞本作"以"。〇尔雅:"勖,勉也。"书召诰:"王其疾敬德。"

陈祚明曰:"清气相引,在情必宣。二首章法,亦颇条次。末句慎躯之勖,规戒更切。"又曰:"此云'功烈在简书',故康答以'功名何足殉'云云,酬赠诗各见怀抱若此。"

郭遐叔赠(四)〔五〕首附

案"四"字为"五"字之误。○吴钞本题"诗五首郭遐叔赠附",其下有"四言四首、五言一首"八字,行中直书,又第四首前行题"五言"二字,墨校抹去。○诗纪、汉魏诗乘注云:"拾遗作'郭遐卿'。"

每念遘会,惟日不足〔一〕。昕往宵归〔二〕,常苦其速〔三〕。欢接无厌,如川赴谷〔四〕。如何忽尔,将适他俗〔五〕。言驾有日,巾车命仆〔六〕。思念君子〔七〕,温其如玉〔八〕。心之忧矣,视丹如绿〔九〕。

〔 一 〕"日"吴钞本原钞作"曰",朱校改。○尔雅:"遘,遇也。"诗天保:"降尔遘福,维日不足。"

〔 二 〕"宵"吴钞本误作"霄"。

〔 三 〕广雅:"昕,明也。"

〔 四 〕淮南子注:"接犹见也。"左氏桓公九年传:"是无厌也。"国语注:"厌,足也。"尔雅:"水注谿曰谷。"蔡邕郭有道碑:"聆嘉声而响和者,犹百川之归巨海。"

〔 五 〕礼记注:"尔,语助也。"吕氏春秋注:"俗,土也。"

〔 六 〕诗泉水:"驾言出游。"左氏定公八年传:"行有日。"注:"有期也。"又襄公三十一年传:"巾车脂辖。"注:"巾车,主车之官。"
楚辞九思:"巾车兮命仆,将驰兮四荒。"韩瀹涧泉日记曰:"陶
渊明归去来辞:'或命巾车。'吕延济云:'巾,饰也。'周礼注云:
'巾犹衣也。'然则所谓巾车者,命仆使巾其车也。或以为小
车,非也。"扬案:作衣饰解最合。三都赋:"吴王乃巾玉辂。"华
严经音义下引珠丛曰:"以衣被车,谓之巾也。"

〔 七 〕"思"字吴钞本涂改而成,原钞似作"言"。

〔 八 〕诗小戎:"言念君子,温其如玉。"笺云:"念君子之性,温然如
玉,玉有五德。"

〔 九 〕"绿"张燮本误作"录"。○诗绿衣:"心之忧矣,如匪澣衣。"

　　陈祚明曰:"起处叙欢爱之情深至,结句新。'看朱成
碧',乃出于此。"

如何忽尔〔一〕**,超将远游**〔二〕**。情以怵惕,惟思惟忧**〔三〕**。展
转反侧,寤寐追求**〔四〕**。驰情运想,神往形留**〔五〕**。心之忧
矣,增其劳愁。**

〔 一 〕句上吴钞本亦无别句,周树人曰:"案当有脱文。"○扬案:以前
　　　后二首律之,则脱文必有也。

〔 二 〕"遊"吴钞本原钞作"逝",改钞作"遊"。○方言:"超,远也。"楚
　　　辞有远游篇。刘歆遂初赋:"超绝辙而远逝。"班彪北征赋:"超
　　　绝迹而远游。"

〔 三 〕"情"上吴钞本原钞有"心之忧矣"四字,又"怵惕"二字之下,各
　　　作重笔其下,更有"惟何"二字,皆为墨校点去,似原钞此处为
　　　"心之忧矣,情以怵惕,怵惕惟何,惟思惟忧"。较各本多二句。

○楚辞九辩:"心怵惕而震荡兮,何所忧之多方。"广雅:"怵惕,恐惧也。"

〔四〕诗关雎:"窈窕淑女,寤寐求之。"又曰:"悠哉悠哉,展转反侧。"毛传:"寤,觉;寐,寝也。"笺云:"卧而不周曰展。"说文:"展,转也。"楚辞九章:"介子忠而立枯兮,文君寤而追求。"

〔五〕"驰情"见前赠秀才诗(轻车迅迈)注〔八〕。曹植洛神赋:"背下陵高,足往神留,遗情想像,顾望怀愁。"

不见可欲,使心不乱〔一〕。譬彼造化,抗无崖畔〔二〕。封疆画界〔三〕,事利任难〔四〕。惟予与子,□不同贯〔五〕。交重情亲,欲面无筭〔六〕。如何忽尔,时适他馆〔七〕。明发不寐,耿耿极旦〔八〕。心之忧矣,增其愤怨〔九〕。

〔一〕二句,老子之文也。案本集答难养生论所引同此,今本老子"使"下误衍"民"字。

〔二〕淮南子注:"造化,天地;一曰道也。"庄子人间世篇:"彼且为无崖,亦与之为无崖。"广雅:"亢,高也;圪,方也;畔,界也。"案"抗""亢","崖""圪"通。

〔三〕"疆"吴钞本误作"彊",六朝诗集作"壃"。

〔四〕新语道基篇:"后稷乃列封疆,画界畔,以分土地之所宜。"司马相如上林赋:"封疆画界者,非为守御,所以禁淫也。"周礼注:"封,起土界也。"左氏襄公二十七年传:"子木曰:'晋楚无信久矣,事利而已。'"

〔五〕"不"上空格之字,吴钞本作"本",程本作"实",汪本、张溥本、四库本作"蔑",张燮本及诗纪作"鲜",注云:"一作'籍'。"案"籍"字不必合。○汉书文帝纪:"制曰:'帝王之道,岂不同条共贯与。'"

〔六〕"筭"吴钞本作"算",二字同。○仪礼特牲馈食礼:"爵皆无算。"注:"算,数也。"

〔七〕诗缁衣:"适子之馆兮。"毛传:"适,之;馆,舍。"

〔八〕诗小宛:"明发不寐,有怀二人。"又柏舟曰:"耿耿不寐,如有隐忧。"毛传:"明发,发夕至明。耿耿犹儆儆也。"楚辞远游篇:"夜耿耿而不寐兮,魂茕茕而至曙。"尔雅:"极,至也。"

〔九〕"怨"吴钞本作"叹"。

天地悠长,人生若忽〔一〕。苟非知命,安保旦夕〔二〕。思与君子,穷年卒岁〔三〕。优哉逍遥,幸无陨越〔四〕。如何君子〔五〕,超将远迈〔六〕。我情愿关,我言愿结〔七〕。心之忧矣,良以忉怛〔八〕。

〔一〕魏文帝月重轮行:"悠悠与天地久长。"古诗:"人生忽如寄。"又曰:"人生寄一世,奄忽若飙尘。"

〔二〕易系辞上:"乐天知命,故不忧。"

〔三〕庄子齐物论篇:"和之以天倪,因之以曼衍,所以穷年也。"诗七月:"何以卒岁。"

〔四〕诗采菽:"优哉游哉,亦是戾矣。"史记孔子世家:"歌曰:'优哉游哉,维以卒岁。'"左氏襄公二十七年传:"恐陨越于下。"注:"陨越,颠坠也。"

〔五〕周校本曰:"案当作'忽尔'。"

〔六〕楚辞九辩:"众踥蹀而日进兮,美超远而愈迈。"

〔七〕"言"程本、汪本、张本、文津本及诗纪作"心"。○毛诗传:"愿,每也。"广雅:"关,塞也。"诗正月:"心之忧矣,如或结之。"

〔八〕吴越春秋：“伍尚曰：‘父系三年，中心切怛。’”王粲闲邪赋：“心切怛而惕惊。”颜师古匡谬正俗曰：“尔雅：‘切切，忧也。’后之赋者，叙忧惨之情，多为切怛，王仲宣登楼赋：‘意忉怛而潜恻。’诸如此类，皆当音切。传写误乱，或变为忉。”扬案：诗甫田：“劳心叨叨”，“劳心怛怛。”毛传：“叨叨，忧劳也。”“怛怛，犹叨叨也。”匪风传：“怛，伤也。”

君子交有义〔一〕，不必常相从〔二〕。天地有明理，远近无异同。三仁不齐迹，贵在等贤踪〔三〕。众鸟群相追，鸷鸟独无双〔四〕。何必相呴濡，江海自可容〔五〕。愿各保遐(心)〔年〕〔六〕，有缘复来东〔七〕。

〔一〕“有”汉魏诗乘作“以”。

〔二〕论语：“子曰：‘君子义以为质。’”

〔三〕论语：“微子去之，箕子为之奴，比干谏而死。子曰：‘殷有三仁焉。’”楚辞注：“迹，行也；踪，迹也。”潜夫论实贡篇：“三仁齐致，事不一节。”

〔四〕“鸷”，吴钞本作“挚”。读书续记曰：“明本‘挚’作‘鸷’，是。”○扬案：二字古通。○王粲杂诗：“百鸟向缤翻，振翼群相追。”离骚：“鸷鸟之不群兮。”淮南子说林训：“猛兽不群，鸷鸟不双。”

〔五〕“可”吴钞本原钞作“踪”，墨校改作“兼”。周校本误作“从”。案“踪”字乃涉上而误。○庄子大宗师篇：“泉涸，鱼相处于陆，相呴以湿，相濡以沫，不如相忘于江湖。”广韵：“呴，吐沫。”

〔六〕“心”吴钞本原钞作“年”，墨校改。案原钞更合。

〔七〕曹植王仲宣诔：“庶几遐年，携手同征。”诗白驹：“毋金玉尔音，而有遐心。”文选注：“缘，因缘也。”

答二郭三首

吴钞本题："五言诗三首，答二郭。"

天下悠悠者，下京趋上京[一]。二郭怀不群，超然来北征[二]。乐道托莱庐[三]，雅志无所营[四]。良时遘其愿，遂结欢爱情[五]。君子义是亲，恩好笃平生[六]。寡(志)〔智〕自生灾[七]，屡使众衅成[八]。豫子匿梁侧[九]，聂政变其形[一〇]。顾此怀怛惕，虑在苟自宁[一一]。今当寄他域，严驾不得停[一二]。本图终宴婉，今更不克并[一三]。(三)〔二〕子赠嘉诗[一四]，馥如幽兰馨[一五]。恋土思所亲，不知气愤盈[一六]。

〔一〕吴钞本作"不能趣上京"。〇"悠悠"见前述志诗(潜龙育神躯)注〔六〕。抱朴子黄白篇引玉牒记云："天下悠悠，皆可长生。"释名："疾行曰趋。"班固幽通赋："有羽仪于上京。"

〔二〕曹植薤露篇："怀此王佐才，慷慨独不群。"老子："虽有荣观，燕处超然。"楚辞九歌："驾飞龙兮北征。"班彪北征赋："遂奋袂以北征，超绝迹而远游。"

〔三〕"莱"吴钞本作"蓬"。

〔四〕"乐道"见前幽愤诗注〔三〇〕。刘桢遂志赋："托蓬庐以游翔。"释名："寄止曰庐。""雅志"见前述志诗(潜龙育神躯)注〔八〕。荀子礼论："弟子勉学，无所营也。"注："营，惑也。"

〔五〕李陵与苏武诗："良时不再至。"礼记乐记篇："欣喜欢乐，爱之官也。"

〔 六 〕尔雅:"笃,厚也。"论语:"久要不忘平生之言。"张升与任彦坚
书曰:"缠绵恩好,庶蹈高踪。"论衡累害篇:"同心恩笃,异心
疏薄。"

〔 七 〕"志"吴钞本作"智",读书续记曰:"'智'字是。"

〔 八 〕国语晋语:"款也不才,寡智不敏。"左传注:"衅,瑕隙也。"

〔 九 〕"子"下张溥本及诗纪注云:"一作'让'。"

〔一〇〕史记刺客列传:"豫让事智伯,赵襄子与韩魏合谋,灭智伯。襄
子当出,豫让伏于所当过之桥下,襄子至桥,马惊,使人问之,
果豫让也。豫让曰:'今日之事,臣固伏诛,然愿请君之衣而击
之,以致报仇之意。'于是襄子大义之,使使持衣与豫让,豫让
拔剑三跃而击之,遂伏剑自杀。"又曰:"濮阳严仲子事韩哀侯,
与韩相侠累有郤,亡去游,求人可以报侠累者。至齐,或言聂
政勇敢士,避仇隐于屠者之间。严仲子至门,备宾主之礼而
去。久之,聂政母死,既已葬除服,乃西至濮阳见严仲子,仲子
具告曰:'臣之仇韩相侠累。'聂政乃辞,独行仗剑,至韩,侠累
方坐府上,持兵戟而卫,侍者众,聂政直入上阶,刺杀侠累,因
自皮面决眼,自屠出肠,遂以死。"

〔一一〕史记文帝本纪:"忧苦万民,为之怛惕不安。"尔雅:"怛,思也;
宁,安也。"庄子天下篇:"惠施不能以此自宁。"古乐府满歌行:
"遂我所愿以自宁。"

〔一二〕"得"古诗类苑作"能"。○广雅:"寄,依也。"楚辞九思:"严车
驾兮出戏游。"曹植杂诗:"仆夫早严驾,吾行将远游。"

〔一三〕诗新台:"嬿婉之求。"毛传:"嬿,安;婉,顺也。"曹植送应氏诗:
"愿得展嬿婉。"又赠白马王彪诗:"本图相与偕。"

〔一四〕"三"吴钞本、张本及诗纪作"二"。读书续记曰:"'二'字是。"

嵇康集校注

〔一五〕尔雅:"嘉,美也。"文选注引薛君韩诗章句曰:"馥,香貌也。"易
　　系辞上:"同心之言,其臭如兰。"离骚:"结幽兰而延伫。"

〔一六〕"不知"吴钞本作"能不"。○论语:"小人怀土。"苏武诗:"游子
　　恋故乡。"国语周语:"阳瘅愤盈。"注:"愤,积也;盈,满也。"崔
　　骃与窦宪书曰:"思效其区区,愤盈而不能已也。"

　　陈祚明曰:"此诗颇类黄初,以有质直之气故也。'今当'
四句,仲宣、伟长之流。"又曰:"自比豫、聂,情旨毕露。结语
亦甚开激。"

昔蒙父兄祚,少得离负荷〔一〕。因疏遂成懒,寝迹北山阿〔二〕。
但愿养性命,终己靡有他〔三〕。良辰不我期,当年值纷华〔四〕。
坎壈趣世教〔五〕,常恐婴网罗〔六〕。羲农邈已远〔七〕,拊膺独
咨嗟〔八〕。朔戒贵尚容〔九〕,渔父好扬波〔一〇〕。虽逸亦以
难〔一一〕,非余心所嘉〔一二〕。岂若翔区外,濠琼漱朝霞〔一三〕。
遗物弃鄙累〔一四〕,逍遥游太和〔一五〕。结友集灵岳〔一六〕,弹
琴登清歌〔一七〕。有能从此者〔一八〕,古人何足多〔一九〕。

〔一　〕尔雅:"祚,福也。"左氏昭公七年传:"其父析薪,其子弗克
　　负荷。"

〔二　〕"迹"或作"迹",吴钞本作"迹"。○文选注:"寝犹息也。"庄子
　　渔父篇:"处静以息迹。""山阿"见前赠秀才诗(凌高远眄)注
　　〔一〇〕。

〔三　〕崔篆慰志赋:"守性命以尽齿。"魏文帝芙蓉池作诗曰:"遨游快
　　心意,保己终百年。"诗柏舟:"之死矢靡他。"

〔四　〕楚辞九歌:"吉日兮辰良。"毛诗传:"辰,时也。"广雅:"期,会

也。"墨子非乐上篇:"将必使当年。"王引之经义述闻曰:"丁、当,一声之转,当年者,丁年也。"史记礼书:"子夏,门人之高第也,犹云出见纷华盛丽而说。"

〔五〕"坎壈"吴钞本改钞同,原钞作"懍慓",周校本作"坎懍"。"趣"吴钞本作"趍"。"教"张本及诗纪作"务"。案吴钞本原钞"慓"字为"慄"字之误,周校本误也。

〔六〕"婴"吴钞本原钞作"缨",改钞作"撄",皕宋楼钞本校改作"婴",有校语云:"'撄'字说文所无,集中每用'婴'字,今依例改。"○楚辞九辩:"坎廪兮贫士失职而志不平。"又九叹曰:"志坎壈而不违。"注:"坎壈,不遇貌也。"汉书叙传:"班嗣报桓生书曰:'今吾子既系挛于世教矣。'"韩子解老篇:"好用其私智而弃道理,则网罗之爪角害之。"说苑敬慎篇:"行者比于鸟,上畏鹰鹯,下畏网罗。"

〔七〕"农"程本、汪本、四库本作"皇",吴钞本原钞"农",改钞作"皇"。"已"吴钞本作"以",案二字通。

〔八〕"独咨嗟"程本误为"获治正"。○班固答宾戏曰:"基隆于羲农。"楚辞远游篇:"高阳邈已远兮,余将焉所程。"列子杨朱篇:"乃拊膺而恨。"家语子夏问篇:"无拊膺。"注:"拊,抚也;膺,胸也。"

〔九〕此句吴钞本改钞同,原钞作"□式贵尚用","式"上之字,似为"明"字,墨校涂其左旁而成"明"字。案"明"为"朔"字之误,"用"为"中"字之误,"戒"字有写作"戒"者,故误为"式"也。

〔一〇〕法言渊骞篇:"或问东方生,曰:'非夷齐而是柳下惠,诫其子以尚容。'"汉书注师古曰:"容身避害也。"案艺文类聚二十三引东方朔戒子曰:"明者处世,莫尚于中。"楚辞渔父篇:"圣人不凝滞于物,而能与世推移,世人皆浊,何不淈其泥而扬其波。"

〔一一〕"雖"程本误作"難"。"以"张本及诗纪作"已"。

〔一二〕楚辞九辩:"处浊世而显荣兮,非余心之所乐。"

〔一三〕"飡"或作"飧",或作"餐",周校本误作"殄"。○蔡邕郭有道碑:"翔区外以舒翼。"离骚:"折琼枝以为羞兮,精琼靡以为粮。"王粲白鹤赋:"粲灵岳之琼蕊。"楚辞远游篇:"漱阳而含朝霞。"

〔一四〕"遗"程本误作"迁"。

〔一五〕庄子天道篇:"外天地,遗万物,而神未尝有所困也。"又山木篇:"吾愿去君之累,除君之忧,而独与道游于大莫之国。"庄子有逍遥游篇。"太和"见前秋胡行(思与王乔)注〔五〕。

〔一六〕"岳"或作"嶽"。

〔一七〕"灵岳"见上注〔一三〕。礼记注:"登,进也。""清歌"见前赠秀才诗(凌高远眄)注〔五〕。

〔一八〕"此"吴钞本改钞同,原钞作"我"。

〔一九〕"何"吴钞本改钞同,原钞似作"有",亦为墨校涂成"何"字。张本、文津本及诗纪作"岂"。○论语:"子曰:'道不行,乘桴浮于海,从我者,其由与。'"汉书注:"多,重也。"

　　陈祚明曰:"慨世甚深,故决意高蹈,不能随世浮沈,虽逸亦已难,盖欲矫拂本性,此事诚甚难也。羲皇已远,与非薄汤、武同意。"

详观凌世务[一],屯险多忧虞[二]。施报更相市,大道匿不舒[三]。夷路值枳棘[四],安步将焉如[五]。权智相倾夺,名位不可居[六]。鸾凤避罻罗,远託昆仑墟[七]。庄周悼灵龟,

（越稷）〔越搜〕嗟王舆〔八〕。至人存诸己，隐璞乐玄虚〔九〕。功名何足殉，乃欲列简书〔一〇〕。所好亮若兹，杨氏叹交衢〔一一〕。去去从所志，敢谢道不俱〔一二〕。

〔一〕"淩"或作"凌"。

〔二〕"虞"张溥本误作"虑"。○闻人倓笺：汉书成帝纪："日以陵夷。"又主父偃传："是时徐乐严安亦俱上书言世务。"周易："悔吝者，忧虞之象也。"○广雅："屯，难也；虞，惊也。"

〔三〕闻笺：礼记："其次务施报。"尔雅释诂："贸，贾，市也。"国策注："市犹求也。"广雅："舒，展也。"

〔四〕"值"吴钞本改钞同，原钞作"殖"。

〔五〕"安步"吴钞本改钞同，原钞作"心安"。案作"安步"更合。○闻笺：毛诗："有夷之行。"后汉书黄琼传："立足枳棘之林。"○毛诗传："夷，平也。"韩子外储说左下："树枳棘者，成而刺人。"战国策齐策："颜斶曰：'愿得安步以当车。'"楚辞九章："南渡之焉如。"又九思曰："欲窜伏其焉如。"尔雅："如，往也。"

〔六〕曹植辅臣论："文武并亮，权智时发。"史记春申君列传："争下士，招致宾客，以相倾夺。"左氏庄公十八年传："名位不同，礼亦异数。"

〔七〕"託"或作"托"。○闻笺：楚辞："罻罗张而在下。"说文："罻，捕鸟网也。"又："古者芒氏初作罗。"尔雅："鸟罟谓之罗。"王逸离骚经章句序曰："虬龙鸾凤，以託君子。"陈琳檄吴将校部曲曰："凤鸣高冈，以远罻罗。"楚辞惜誓篇："休息乎昆仑之墟。"说文："墟，大邱也，昆仑谓之墟。"

〔八〕"稷"张本及诗纪作"穆"，注云："一作'稷'。"古诗笺改作"搜"，

稽康集校注

98

笺云："按向作'穆'或作'稷'，皆误。"读书续记曰："此用庄子让王篇文义，庄子王子名搜不名稷，吕氏春秋贵生篇亦作'搜'，淮南原道训作'嫂'，'嫂'为'嫂'讹，'嫂''搜'声近通假。此作'稷'无考，疑'稷'与'搜'字形相近而讹也。"○扬案：吕氏春秋审己篇又有越王授，则知作"搜"为合，"搜""授"形近声同，"稷""穆"亦与"搜""授"形近而误。○"嗟"吴钞本改钞同，原钞作"畏"。○闻笺：庄子："楚有神龟，死已三千岁矣，王巾笥而藏之庙堂之上，宁其死为留骨而贵乎？宁其生而曳尾于涂中乎？"庄子："越人三世弑其君，王子搜患之，逃乎丹穴，而越国无君，求王子搜不得，从之丹穴，王子搜不肯出，越人薰之以艾，乘以王舆，王子搜援绥登车，仰天而呼曰：'君乎君乎，独不可以舍我乎。'"○尔雅："一曰神龟，二曰灵龟。"注："神龟，龟之最神明。灵龟，甲可以卜。"案神灵散言亦通。

〔九〕"璞"吴钞本改钞同，原钞作"樸"。○闻笺：庄子："至人无己。"玉篇："璞，玉未治。"广韵："玄，幽远也。"○庄子人间世篇："古之至人，先存诸己，而后求诸人。"战国策秦策："郑人谓玉未理者曰璞。"淮南子原道训："其全也纯兮若璞。"韩子解老篇："圣人观其玄虚，用其周行，强字之曰道。"仲长统乐志论："思老氏之玄虚。"

〔一〇〕闻笺：毛诗："畏此简书。"○班固幽通赋："岂余身之足殉兮。"文选注："殉，营也。"曹植玄畅赋："或有受性命以殉功名者。"

〔一一〕闻笺：列子："杨子之邻人亡羊，杨子曰：'何追者之众？'曰：'多歧路。'既反，问：'获羊乎？'曰：'亡之矣。'曰：'奚亡之？'曰：'歧路之中，又有歧焉，吾不知所之。'杨子戚然变容。门人怪之，心都子曰：'大道以多歧亡羊，学者以多方丧身。'"周礼地官注:"舞交衢。"○论语:"从吾所好。"尔雅:"亮,信也。"又曰:"四达谓之衢。"

〔一二〕"敢"张溥本作"致",诗所"敢"下注云:"一作'致'。"○闻笺:俱,同也。○苏武诗:"去去从此辞。"史记伯夷列传:"子曰:'道不同,不相为谋,亦各从其志也。'"贾谊鹏鸟赋:"至人遗物兮,动与道俱。"史记蔡泽列传:"圣人志不溢,行不骄,常与道俱而不失。"

陈祚明曰:"倾夺可憎,功名不足殉,深讥'典午',语取快意,不能含蓄,固已罔虑其祸。"又曰:"语气古质,有沈杰之气,陶元亮便是此种,而稍能舒婉不迫。"

方东树曰:"陈义甚高,然文平事繁,以诗论之,无可取则。"昭昧詹言。

与阮德如一首

吴钞本题:"五言诗一首,与阮德如。"○世说新语贤媛篇注:"陈留志名曰:'阮共,尉氏人,仕魏至卫尉卿。少子侃,字德如,有俊才,而饬以名理,风仪雅润,与嵇康为友,仕至河内太守。'"宋书符瑞志:"晋武帝太康二年六月丁卯,白雀二见河内,南阳太守阮倡获以献。"○案阮侃尝为诗音,见经典释文叙录,又释文注云:"侃字德恕。"扬案:阮氏之字当取论语"侃侃如也"之义,"恕"字误也。

含哀还旧庐,感切伤心肝〔一〕。良时遘数子〔二〕,谈慰臭如兰〔三〕。畴昔恨不早，既面侔旧欢〔四〕。不悟卒永离，念隔怅〔忧〕〔增〕叹〔五〕。事故无不有，别易会良难〔六〕。郢人忽已逝〔七〕，匠石寝不言〔八〕。泽雉穷野草，灵龟乐泥蟠〔九〕。荣名秽人身，高位多灾患〔一○〕。未若捐外累〔一一〕，肆志养浩然〔一二〕。颜氏希有虞〔一三〕，隰子慕黄轩〔一四〕。涓彭独何人，唯志在所安〔一五〕。渐渍殉近欲，一往不可攀〔一六〕。生生在豫积〔一七〕，勿以怵自宽〔一八〕。南土旱不凉〔一九〕，衿计宜早完〔二○〕。君其爱德素〔二一〕，行路慎风寒〔二二〕。自力致所怀，临交情辛酸〔二三〕。

〔一〕楚辞九叹："内恻隐而含哀。"曹植答诏示平原公主诔表曰："句句感切。"汉书注："切，深也。"王粲七哀诗："喟然伤心肝。"

〔二〕"数"吴钞本作"吾"。

〔三〕"良时"见前答二郭诗（天下悠悠者）注〔五〕。易系辞上："同心之言，其臭如兰。"

〔四〕"畴昔"见前思亲诗注〔一四〕。广雅："侔，齐也。"

〔五〕"怅"张本及古今诗删、诗纪作"增"。此句吴钞本原钞作"念鬲怅增叹"，墨校改，案原钞是也。○张衡四愁诗："路远莫致倚增叹。"王粲赠蔡子笃诗："瞻望东路，悽怆增叹。"

〔六〕"会良"吴钞本作"良会"。○周礼秋官小行人："凡此五物者，治其事故。"魏文帝燕歌行："别日何易会日难。"

〔七〕"已"吴钞本作"以"。

〔八〕"郢人""匠石"见前赠秀才诗（息徒兰圃）注〔七〕。

〔九〕"泽雉"见前赠秀才诗（流俗难悟）注〔九〕。"灵龟"见前首注〔八〕。班固答宾戏曰："泥蟠而天飞者，应龙之神也。"广雅：

"蟠，屈也。"

〔一〇〕战国策齐策："鲁连书遗燕将曰：'恶小耻者，不能立荣名。'"曹植七启曰："名秽我身，位累我躬。"孟子："不仁而在高位，是播其恶于众也。"

〔一一〕"若捐"吴钞本原钞作"看背"，墨校改。"累"古今诗删误作"纍"。"累"下张本及诗纪注云："拾遗作'虑'。"诗所注云："一作'虑'。"

〔一二〕说文："捐，弃也。"论衡累害篇："累害自外，不由其内。""肆志"见前赠秀才诗（流俗难悟）注〔一一〕。孟子："我善养吾浩然之气。"

〔一三〕"希"选诗拾遗作"睎"，案"睎"当为"睎"之误。

〔一四〕法言学行篇："颜尝睎夫子矣。"说文："睎，望也。"史记五帝本纪："帝舜为有虞。"庄子徐无鬼篇："隰朋愧不若黄帝，而哀不己若者。"张衡东京赋："登封降禅，则齐德乎黄轩。"薛综注："与黄帝轩辕齐其功德。"周婴卮林曰："孙奭孟子正义不耻章疏曰：'赵注今有以隰朋不及黄帝，佐齐桓公以有勋，颜渊慕虞舜，仲尼叹庶几也。'案春秋传，隰朋，齐大夫也，史记注徐广曰：'朋或作崩。'常愧耻不若黄帝之为人，后齐桓得之，辅佐桓公四十一年。经云，颜渊曰：'舜何人也，予何人也，有为者亦若是。'孔子曰：'回也其庶乎。'是其叹也。赵注所以引为解文。隰朋数语，赵注乃无之。奭自云'文繁不录'，则奭翦截之矣。隰朋丑不若黄帝，而哀不己若者，语出列子。高诱曰：'丑，耻也。'嵇叔夜与阮德如诗：'颜氏希有虞，隰子慕黄轩'，盖采邬卿语。"

〔一五〕"志在"吴钞本作"在志"。○列仙传："涓子者，齐人也，好饵

嵇康集校注

102

术,接食其精,至三百年乃见于<u>齐</u>,著<u>天人经</u>四十八篇。后钓于<u>荷泽</u>,得鲤鱼,腹中有书。隐于<u>宕山</u>,能致风雨。受伯阳九仙法。"<u>彭祖</u>者,<u>殷</u>大夫也,姓<u>篯</u>,名<u>铿</u>,帝<u>颛顼</u>之孙,<u>陆终氏</u>之子,历<u>夏</u>至<u>殷</u>末,八百馀岁。常食桂枝,善导引行气。"<u>论语</u>:"察其所安。"

〔一六〕<u>史记礼书</u>:"而况中庸以下,渐渍于失教,被服于成俗乎?"<u>广雅</u>:"渐,渍也。"<u>魏文帝与吴质书</u>:"年一过往,何可攀援。"案<u>陈琳檄吴将校部曲</u>曰:"渐渍荒沈,往而不反,下愚之蔽也。"<u>曹植三良诗</u>:"长夜何冥冥,一往不复还。"<u>叔夜</u>亦谓人多促生,故上举<u>涓彭</u>言之。

〔一七〕下"生"字<u>汪本</u>、<u>文津本</u>误作"一"。"在"<u>古今诗删</u>误作"有"。

〔一八〕"怵"<u>吴钞本</u>作"休"。<u>读书续记</u>曰:"<u>明本</u>作'怵',是,上句'生生在豫积',故此言不可以怵惧而自宽佚也。"<u>叶渭清</u>曰:"各本并作'怵',案'怵'与'訹'通。<u>广雅</u>:'訹,诱也。'"○<u>扬</u>案:"休"字钞者之误,<u>说文</u>:"訹,诱也。"<u>管子心术上篇</u>:"不怵乎好,不迫乎恶。"<u>韩子解老篇</u>:"得于好恶,怵于淫欲。"皆以怵为诱訹之义,两<u>汉</u>用此者颇多,<u>汉书武帝纪</u>:"怵于邪说。"注:"'怵'或体'訹'字耳,今俗犹云相謏訹。"此处承上文近欲而言,不训惧也。○<u>易系辞上</u>:"生生之谓易。"<u>说苑谈丛篇</u>:"不穷在于早豫。"<u>列子天瑞篇</u>:"<u>孔子</u>曰:'善乎能自宽者也。'"

〔一九〕"旱"<u>吴钞本</u>原钞作"埠",墨校改。案"埠"不成字,<u>广韵</u>:"埠,堤也。"于此亦不合,当为钞者之误。<u>广文选</u>误作"早"。

〔二○〕"衿"<u>吴钞本</u>及<u>选诗拾遗</u>作"衿",<u>汪本</u>、<u>四库本</u>作"矜",皆误也。"完"<u>吴钞本</u>原钞作"看",墨校改。○<u>诗江汉</u>:"我图尔居,莫如南土。"<u>楚辞九章</u>:"汩徂南土。"注:"南方之土。"<u>方言</u>:"衿谓之交。”注:“衣交领也。”案此谓当于未凉之时,早完冬计也。

〔二一〕“君其”吴钞本原钞作“谷土”,墨校改。

〔二二〕淮南子俶真训:“平易者,道之素。”注:“素,性也。”墨子辞过
篇:“圣王作为宫室,高足以辟润湿,边足以圉风寒。”素问玉机
真藏论:“风寒客于人,使人毫毛毕直,皮肤闭而为热。”

〔二三〕毛诗笺:“力犹勤也。”礼记曲礼下:“临文不讳。”

　　陈祚明曰:“下方元亮,以调生故不近;上类伟长,以词繁
故不高。”

阮德如答二首_附

　　吴钞本题:“五言诗二首,阮德如答附。”张燮本“阮德如”
作“阮侃”。

　　早发温泉庐〔一〕,夕宿(宜)〔宜〕阳城〔二〕。顾眄怀惆怅〔三〕,言
思我友生〔四〕。会遇一何幸,及子遘欢情。交际虽未久,恩
爱发中诚〔五〕。良玉须切磋,玙璠就其形〔六〕。随珠岂不曜〔七〕,
雕莹启光荣〔八〕。与子犹兰石,坚芳互相成〔九〕。庶几行古
道〔一〇〕,伐檀俟河清〔一一〕。不谓中离别,飘飘然远征〔一二〕。
临舆执手决〔一三〕,良诲一何精〔一四〕。佳言盈我耳〔一五〕,援
带以自铭〔一六〕。唐虞旷千载,三代不可并〔一七〕。洙泗久已
往〔一八〕,微言谁共听〔一九〕?曾参易箦毙,仲由结其缨〔二〇〕。
晋楚安足慕,屡空守以贞〔二一〕。潜龙尚泥蟠,神龟隐其
灵〔二二〕。庶保吾子言,养贞以全生〔二三〕。东野多所患,暂

往不久停〔二四〕。幸子无损思，逍遥以自宁〔二五〕。

〔一〕"早"吴钞本作"旦"。

〔二〕"阳"程本误作"畅"。○道光修武县志故城考："后魏宜阳郡。"注云："案宜阳恐系宜阳之讹，旧志引魏河南太守阮德如答嵇康诗，有云：夕宿宜阳城。今县东南十八里宜阳驿，尚有废城址。"○扬案：宜阳，邑名，汉置，属弘农郡。后汉属司隶弘农郡，晋属司州弘农郡，北魏兼置郡，为阳州宜阳郡。太平御览四十二引有阮籍宜阳记，又卷七十一引王孚安城记曰："宜阳县南乡，有温泉焉，以生鸡卵投其中，熟如煮也。"此诗"宜"字当为"宜"字。修武志所云宜阳驿，"宜"字亦后世所讹也。古邑名无宜阳。

〔三〕"眄"吴钞本作"盼"，诗所作"盼"。

〔四〕孝经钩命决曰："又有顾眄之义。"列子力命篇："穷年不相顾眄。"楚辞九辩："惆怅兮而私自怜。"诗伐木："虽有兄弟，不如友生。"曹植求存问亲戚疏曰："下思伐木友生之义。"

〔五〕"恩"张燮本及诗纪作"思"，吴钞本作"忠"。此句吴钞本原钞作"□我爱发诚"，"我"上之字，墨校涂成"思"字，朱校又改作"恩"字，原钞不可辨。○孟子："万章问曰：'敢问交际何心也。'"注："际，接也。"潜夫论有交际篇。管子形势解："中情信诚，则名誉美矣。"阮瑀为曹公与孙权书曰："以明雅素中诚之效。"

〔六〕诗淇澳："如切如磋，如琢如磨。"毛传："治骨曰切，象曰磋，玉曰琢，石曰磨。"案切磋琢磨散言亦通也。左氏定公五年传："阳虎将以玙璠敛。"注："玙璠，美玉也。"法言寡见篇："玉不雕，璠玙不成器。"尔雅："就，成也。"

〔 七 〕"随"或作"隋"。

〔 八 〕淮南子览冥训:"随侯之珠。"注:"随侯见大蛇伤断,以药傅而涂之,后蛇于夜中衔大珠以报之,因名曰随侯之珠,盖明月珠也。"庄子让王篇成玄英疏:"随国近濮水,濮水出宝珠。"仲长统昌言曰:"莹之以发其光。"蔡邕劝学篇:"明珠不莹,焉发其光。"

〔 九 〕家语六本篇:"与善人居,如入芝兰之室,久而不闻其香。"史记苏秦列传:"此所谓弃仇雠而得石交者也。"汉书注:"称金石者,取其坚固。"淮南子说林训:"石生而坚,兰生而芳。"论衡本性篇:"禀兰石之性,故有坚香之验。"

〔一〇〕"行"吴钞本作"弘"。

〔一一〕论语:"人能弘道。"诗伐檀:"坎坎伐檀兮。"毛传:"伐檀以俟世用。"左氏襄公八年传:"诗有之曰:'俟河之清,人寿几何?'"注:"诗,逸诗也。"易乾凿度:"帝王将起,河水先清。"后汉书襄楷传:"京房易传曰:'河水清,天下平。'"

〔一二〕史记司马相如传:"相如既奏大人之颂,天子大说,飘飘有凌云之气。"

〔一三〕"舆"字吴钞本涂改而成。"决"吴钞本及诗纪作"诀",案二字通。

〔一四〕"一"吴钞本原钞作"壹",朱校改。○李陵与苏武诗:"执手野踟蹰。"史记孔子世家:"相决而去。"索隐曰:"决,别也。"广雅:"诲,教也。"

〔一五〕"佳"字吴钞本涂改而成。"且"吴钞本作"身",误也。

〔一六〕论语:"师挚之始,关雎之乱,洋洋乎盈耳哉。"又曰:"子张书诸绅。"说文:"带,绅也。"礼记注:"铭谓书之刻之以识事者也。"

〔一七〕"可"字吴钞本原钞作"我"，墨校改。"并"字亦墨校涂改而成。○楚辞九怀："唐虞兮不存。"班固答宾戏曰："旷千载而流光。"刘歆遂初赋："虽韫宝而求价兮，嗟千载其焉合。"论语："斯民也，三代之所以直道而行也。"集解："马融曰：'三代：夏，殷，周。'"

〔一八〕"已"吴钞本作"以"。

〔一九〕"共"吴钞本作"为"。○礼记檀弓上："曾子曰：'吾与汝事夫子于洙泗之间。'"注："洙、泗，鲁水名。"汉书艺文志："仲尼没而微言绝。"

〔二〇〕礼记檀弓上："曾子寝疾，病，童子曰：'华而睆，大夫之箦与？'曾子曰：'然，斯季孙之赐也，我未之能易也。元起易箦。吾得正而毙焉，斯已矣。'举扶而易之，反席未安而没。"注："箦，谓床笫也。"左氏哀公十五年传："蒯聩迫孔悝于厕，强盟之，遂劫以登台。栾宁使告季子，季子入，石乞、盂黡敌子路，以戈击之，断缨。子路曰：'君子死，冠不免。'结缨而死。"史记仲尼弟子列传："仲由，字子路。"家语弟子解："仲由，一字季路。"说文："缨，冠系也。"

〔二一〕"守以"吴钞本作"以守"。○孟子："曾子曰：'晋楚之富，不可及也。彼以其富，我以吾仁，彼以其爵，我以吾义，吾何慊乎哉。'"应璩与从弟书曰："曾参不慕晋楚之富。"论语："子曰：'回也其庶乎，屡空。'"周书谥法解："清白守节曰贞。"

〔二二〕"潜龙"见前述志诗（潜龙育神躯）注〔四〕。"泥蟠""神龟"见前首注〔九〕。

〔二三〕庄子养生主篇："为善无近名，为恶无近刑，缘督以为经，可以保身，可以全生。"

〔二四〕“暂”吴钞本作“蹔”。○战国策齐策:“封卫之东野。”后汉书刘陶传:“上议曰:‘臣东野狂暗,不达大义。’”案陶颍川颍阴人,此诗东野,亦当指颍川也。

〔二五〕庄子大宗师篇:“彼有骇形而无损心。”郭象注:“不以死生损累其心。”广雅:“损,减也。”“自宁”见前答二郭诗(天下悠悠者)注〔一一〕。

　　成书曰:“后半滔滔说下,不假雕琢,自堪玩味,是文以意　　胜者。”

双美不易居,嘉会故难常〔一〕。爱处憩斯土〔二〕,与子遭兰芳〔三〕。常愿永游集,拊翼同廻翔〔四〕。不悟卒永离,一别为异乡〔五〕。四牡一何速,征人告路长〔六〕。顾步怀想象〔七〕,游目屡(太)〔不〕行〔八〕。抚辔增叹息〔九〕,念子安能忘〔一〇〕。恬和为道基,老氏恶强梁〔一一〕。患至有身灾,荣子知所康〔一二〕。神龟实可乐〔一三〕,明戒在刳肠〔一四〕。新诗何笃穆,申咏增慨忼〔一五〕。舒检话良讯〔一六〕,终然(永)〔未〕猒藏〔一七〕。还誓必不食,复与同故房〔一八〕。愿子盪忧虑,无以情自伤〔一九〕。俟路忘所以〔二〇〕,聊以酬来章〔二一〕。

〔一〕离骚:“两美其必合兮。”李陵与苏武诗:“嘉会难再遇。”曹植送应氏诗:“清时难屡得,嘉会不可常。”荀子注:“故犹本也。”

〔二〕“处”吴钞本作“自”。

〔三〕诗击鼓:“爰居爰处。”尔雅:“憩,息也。”楚辞招魂篇:“结撰至思,兰芳假兮。”注:“兰芳,以喻贤人也。”蔡邕太尉杨秉碑:“与

嵇康集校注

之同兰芳，任鼎重。”

〔四〕“廻”或作“迴”。○蔡邕郭有道碑：“周流华夏，游集帝学。”汉书叙传曰：“携手遂秦，拊翼俱起。”注：“拊翼以鸡为喻，言知将旦，则鼓击其翼而鸣也。”楚辞九歌：“君迴翔兮以下。”

〔五〕“一”吴钞本原钞作“壹”，朱校改。

〔六〕“告”吴钞本作“去”，皕宋楼钞本有校语云：“黄本作‘告’，较胜。”○诗四牡：“四牡騑騑。”

〔七〕吴钞本作“步顾怀想像”。

〔八〕“太”吴钞本作“大”，案此当为“不”字之误。○西京杂记：“路乔如鹤赋曰：‘宛修颈而顾步。’”毛诗笺：“回首曰顾。”楚辞远游篇：“思旧顾以想像兮。”离骚：“忽反顾以游目兮。”又曰：“仆夫悲予马怀兮，蜷局顾而不行。”

〔九〕“軨”吴钞本作“轸”，皕宋楼钞本有校语云：“案楚辞九辩云：‘倚结軨兮长太息。’又云：‘中结轸而增伤。’是两本皆通，‘軨’义较优。”○扬案：“结轸”与“抚轸”之义不同。

〔一〇〕礼记注：“抚犹据也。”说文：“軨，车轖间横木。”后汉书东平王苍传：“帝诏曰：‘辞别之后，独坐不乐，诵及采菽，以增叹息。’”

〔一一〕方言：“恬，静也。”文选张景阳杂诗注引庄子曰：“无为而治，谓之道基。”老子：“强梁者，不得其死。”庄子山木篇：“从其强梁。”释文：“强梁，多力也。”

〔一二〕荀子大略篇：“患至而后虑者谓之困，困则祸不可御。”新书大政篇：“愚者易言易行，以为身灾。”列子天瑞篇：“荣启期曰：‘贫者，士之常也，死者，人之终也，处常得终，当何忧哉。’”尔雅：“康，乐也。”

〔一三〕“神”字吴钞本涂改而成，原钞似作“蟠”。

〔一四〕庄子外物篇：“宋元君夜半梦人被发窥阿门，曰：‘予自宰路之渊，为清江使河伯之所，渔者余且得予。’元君觉，使人占之，曰：‘此神龟也。’明日，余且朝，君曰：‘献若龟。’龟至，君再欲杀之，再欲活之，心疑，卜之，曰：‘杀龟以卜吉。’乃刳龟，七十二钻而无遗策。仲尼曰：‘神龟能见梦于元君，而不能避余且之网，知能七十二钻而无遗策，不能避刳肠之患，如是，则知有所困，神有所不及也。’”

〔一五〕“慨”吴钞本作“恺”，“忼”张燮本及诗纪作“慷”。○徐幹赠五官中郎将诗曰：“贻尔新诗。”诗烝民：“吉甫作诵，穆如清风。”笺云：“穆，和也。”曹植与吴季重书：“申咏反覆，旷若复面。”尔雅：“申，重也。”史记项羽本纪：“项王于是悲歌忼慨。”说文：“忼，慨也。”

〔一六〕“检”字吴钞本涂改成“衿”，原钞不可辨。周校本曰：“疑亦‘检’字。”“话”字吴钞本亦涂改而成，原钞似作“诏”。

〔一七〕“永”字吴钞本涂改成“未”，汪本、四库本亦作“未”，周校本作“永”，注云：“旧校为‘来’，原字灭尽，今从刻本。”扬案：“未”字是也，吴钞本校改为“未”，不作“来”。○说文：“检，书署也。”荀子注：“讯，书问也。”

〔一八〕吴钞本作“复得同林房”。

〔一九〕“盪”与“荡”通，礼记注：“荡荡，涤去秽恶也。”

110 〔二〇〕“俟”吴钞本涂改而成，原钞似作“候”。“以”吴钞本作“次”。

〔二一〕“酬”吴钞本作“畴”，二字通。○论语：“视其所以。”集解：“以，用也。”尔雅：“酬，报也。”

陈祚明曰：“规戒恳切，既中叔夜之病，末段慰藉殷勤，情辞笃至，虽朴近固不可废。”

酒会诗七首

卷第一 酒会诗七首

吴钞本原钞无"七首"二字，朱校补，题下有"五言一首四言六首"八字，行中直书。又原钞次首前行题"四言"二字，亦低四格，墨校删。○吴钞本序次与此本同，馀书多以五言一首居末。○此诗"猗猗兰蔼"一首之后，吴钞本更有四言诗四首，各本所无，朱校抹去，亦无校语，今附录于后。

乐哉苑中游〔一〕，周览无穷已〔二〕。百卉吐芳华，崇基邈高跱〔三〕。林木纷交错，玄池戏鲂鲤〔四〕。轻丸毙翔禽〔五〕，纤纶出鱓鲔〔六〕。坐中发美赞〔七〕，异气同音轨〔八〕。临川献清酤，微歌发皓齿〔九〕。素琴挥雅操，清声随风起〔一〇〕。斯会岂不乐，恨无东野子〔一一〕。酒中念幽人，守故弥终始〔一二〕。但当体七弦，寄心在知己〔一三〕。

〔一〕"苑"吴钞本作"菀"，张燮本作"宛"。马叙伦曰："明本'菀'作'苑'，是。"

〔二〕说文："苑，所以养禽兽也。"宋玉登徒子好色赋："臣少曾远游，周览九土。"

〔三〕"基"吴钞本作"台"。"跱"或作"峙"。○诗谷风："百卉具腓。"王粲公宴诗："百卉挺葳蕤。"宋玉登徒子好色赋："赠以芳华辞甚妙。"班固西都赋："承以崇台闲馆。"曹植七启曰："崇景山之高基。"张衡思玄赋："松乔高跱孰能离。"文选注："跱，立也。"案"跱"字古作"峙"。

111

〔四〕"戏"古今诗删误作"献"。○司马相如子虚赋:"交错纠纷,上干青云。"魏文帝于谯作诗曰:"献酬纷交错。"穆天子传:"天子西征,至于玄池。"案此处玄池,但以美言之。说文:"魴,赤尾鱼。"

〔五〕"翔"吴钞本作"飞"。

〔六〕广韵:"丸,弹丸。"说文:"纤,细也。"毛诗笺:"纶,钓缴也。"诗硕人:"鳣鲔发发。"毛传:"鳣,鲤也;鲔,鮥也。"

〔七〕"坐"吴钞本原钞作"研",朱校改。案"研"当为"妍"之误,此谓弋钓之善中也。

〔八〕刘桢射鸢诗:"庶士同声赞,君射一何妍。"释名:"称人之美曰赞。"韩子八奸篇:"一辞同轨,以移主心。"广雅:"轨,道也。"

〔九〕曹植幽思赋:"重登高以临川。"又正会诗:"清酤盈爵。"说文:"酤,一宿酒。"楚辞九怀:"闻素女兮微歌。"曹植杂诗曰:"谁为发皓齿。"吕氏春秋注:"皓齿,谓齿如瓠犀也。"

〔一○〕"素琴"见前赠秀才诗(轻车迅迈)注〔四〕。刘向雅琴赋:"伏雅操之循则。"仲长统乐志论:"弹南风之雅操。"张衡舞赋:"展清声而长歌。"

〔一一〕案,东野子当谓阮德如也,阮氏答诗,有"暂往东野"之言。

〔一二〕司马相如上林赋:"酒中乐酣。"文选注:"郭璞曰:'中,半也。'"易履卦:"九二,履道坦坦,幽人贞吉。"○惠栋后汉书补注曰:"汉儒以幽人为幽系之人,故虞仲翔注易履之九二云:'履自讼来讼,时二在坎狱中,故称幽人之正。'荀子曰:'公侯失礼则幽。'后世辄目高士为幽人,失之。"丁泰朱庐札记曰:"魏志管宁传:明帝诏青州刺史曰:'虽有素履幽人之贞,而考父滋恭之义。'据此,则三国时即以高士为幽人矣。"○扬案:班固幽通

赋：“觌幽人之髣髴。”汉书注：“张晏曰：‘幽人，神人也。’”神人
与高士近，亦非幽系之义。○曹植陈审举表：“遵常守故。”西
京赋薛综注：“弥，犹极也。”“终始”见前赠秀才诗（双鸾匿景
曜）注〔六〕。

〔一三〕曹植洛神赋：“长寄心于君王。”“知己”见前述志诗（斥鷃擅蒿
林）注〔一三〕。

　　陈祚明曰：“酒中二句，致淡情长。”又曰：“风格介在魏、
晋之间，去汉益远。”

淡淡流水〔一〕，沦胥而逝〔二〕。汎汎柏舟〔三〕，载浮载滞〔四〕。微啸清风，鼓楫容裔〔五〕。放櫂投竿，优游卒岁〔六〕。

〔一〕太平御览六百十七引作“渊渊绿水”。

〔二〕“胥”御览引作“湑”。○宋玉高堂赋：“溃淡淡而并入。”文选
　　注：“淡淡，安流平满貌。”诗雨无正：“沦胥以铺。”毛传：“沦，率
　　也。”笺云：“胥，相也。”论语：“子在川上曰：‘逝者如斯夫。’”

〔三〕“柏”御览引作“虚”。

〔四〕“浮”宋本、安政本御览引作“停”，别本作“亭”。○诗菁菁者
　　莪：“泛泛杨舟，载沈载浮。”又柏舟曰：“泛彼柏舟，亦泛其流。”
　　毛传：“泛泛，流貌。”说文：“滞，凝也。”

〔五〕毛诗笺：“啸，蹙口而出声也。”仪礼注：“鼓，犹击也。”楚辞九
　　章：“楫齐扬以容与。”注：“船櫂也。”方言：“楫或谓之櫂。”高唐
　　赋：“决波淫淫之溶滴。”文选注：“溶滴，犹荡动也。”案“容裔”
　　“容与”“溶滴”并通。

〔六〕末四句御览所引，节为二句，云：“鼓枻投竿，优游卒岁。”○庄

子外物篇："任公子蹲乎会稽，投竿东海。""卒岁"见前郭遐叔赠诗（天地悠长）注〔三〕。

陈祚明曰："兴急不近。"

婉彼鸳鸯，戢翼而游〔一〕。俯唼绿藻〔二〕，托身洪流〔三〕。朝翔素濑，夕栖灵洲〔四〕。摇荡清波，与之沉浮〔五〕。

〔一〕诗小宛："宛彼鸣鸠。"毛传："宛，小貌。"阮瑀为曹公作书与孙权曰："婉彼二人，不忍加罪。"文选注："婉，犹亲爱也。"案此诗"婉"借为"宛"。"戢翼"见前赠秀才诗（双鸾匿景曜）注〔一〕。

〔二〕"唼"字吴钞本涂改而成，程本误作"接"，艺文类聚九十二引作"吮"。

〔三〕楚辞九辩："凫雁皆唼夫粱藻。"魏文帝济川赋："俯唼菁藻，仰餐若芳。"说苑："上士可以托身。""洪流"见前赠秀才诗（浩浩洪流）注〔二〕。

〔四〕"灵"历代诗选作"虚"。○楚辞七谏："戏疾濑之素水兮。"说文："濑，水流沙上也。"

〔五〕"沉"程本作"汎"，误也。○司马相如上林赋："与波摇荡，奄薄水渚。"楚辞哀时命篇："不如下游乎清波。"史记游侠传："岂若卑论侪俗，与世沉浮，而取荣名哉。"王粲游海赋："鸟则缤纷往来，沈浮翱翔。"

王夫之曰："赋即事自远，浅夫或以比求之。"
陈祚明曰："每能于风雅体外，别造新声，淡宕有致。"

□□兰池〔一〕，和声激朗〔二〕。操缦清商，游心大象〔三〕。倾

昧修身〔四〕,惠音遗响〔五〕。**锺期**不存,我志谁赏〔六〕。

〔 一 〕"池"吴钞本作"沰"。"兰"上空格之字,张本、四库本及诗纪作"流咏",吴钞本原钞作"藻汜",朱校改作"流咏"。

〔 二 〕"兰池"见前赠秀才诗(双鸾匿景曜)注〔五〕。尔雅:"水决复入为汜。"书舜典:"声依永,律和声。"马融长笛赋:"激朗清厉,随光之介也。"

〔 三 〕礼记学记篇:"不学操缦,不能安弦。"注:"操缦,杂弄。"韩子十过篇:"师涓援琴鼓之,平公问师旷曰:'此何声也?'师旷曰:'此所谓清商也。'"楚辞惜誓篇:"二子拥琴而调均兮,余因称夫清商。"注:"清商,歌曲也。"西京赋薛综注:"清商,郑音。"老子:"执大象,天下往。"河上公注:"象,道也。"

〔 四 〕"倾"字吴钞本原钞同,墨涂作"顷",汪本、四库本亦作"顷"。

〔 五 〕"响"六朝诗集误作"向"。○老子:"明道若昧。"河上公注:"明道之人,若暗昧无见。"宋玉登徒子好色赋:"絮斋俟兮惠音声。"

〔 六 〕吕氏春秋本味篇:"伯牙鼓琴,**锺子期**听之,方鼓琴而志在太山,**锺子期**曰:'善哉夫鼓琴,巍巍乎若太山。'少选之间,而志在流水,**锺子期**又曰:'善哉乎鼓琴,汤汤乎若流水。'**锺子期**死,伯牙破琴绝弦,终身不复鼓琴,以为世无足复为鼓琴者。"

陈祚明曰:"'倾昧修身',鸡鸣不已之意,其嫉世也深矣。"

敛绹散思〔一〕,游钓九渊〔二〕。重流千仞,或饵者悬〔三〕。猗与**庄老**〔四〕,栖迟永年〔五〕。寔惟龙化,荡志浩然〔六〕。

〔一〕"絃"或作"弦"。

〔二〕冯衍显志赋："诵古今以散思兮。"庄子应帝王篇："渊有九名。"
贾谊吊屈原赋："袭九渊之神龙兮。"汉书注："九旋之渊,言至
深也。"

〔三〕"或"张燮本及诗纪作"惑"。○吕氏春秋功名篇："善钓者出鱼
乎千仞之下,饵香也。"

〔四〕"与"或作"欤"。

〔五〕诗潜："猗与漆沮。"笺云："猗与,叹美之言也。""庄老"见前幽
愤诗注〔一二〕。"栖迟永年"见前郭遐周赠诗(吾无佐世才)注
〔一〇〕〔一二〕。

〔六〕史记老庄列传："孔子曰:'吾今日见老子,其犹龙乎。'"楚辞九
章："吾将荡志而愉乐兮。""浩然"见前与阮德如诗注〔一二〕。

陈祚明曰:"'重流'二句名言,造语亦健,类孟德。"

肃肃(筏)〔泠〕风〔一〕,分生江湄〔二〕。却背华林,俯沂丹坻〔三〕。
含阳吐英,履霜不衰〔四〕。嗟我殊观,百卉具腓〔五〕。心之
忧矣,孰识玄机。

〔一〕"筏"吴钞本作"冷",张溥本及诗纪作"苓"。案"冷"当为"泠"
之误。说文:"筏,车筏也。"玉篇:"筏,舟中床也。"筏为舟车中
荐物者,于此处不洽。

〔二〕王粲赠蔡子笃诗:"肃肃凄风。"庄子齐物论篇:"泠风则小和。"
毛诗传:"苓,大苦也。"汉书注:"苓,香草名。"埤雅:"苓,喜生
下泾。诗曰'隰有苓'是也。"诗蒹葭:"在水之湄。"毛传:"湄,
水隒也。"

〔三〕"坻"下张溥本及诗纪注云："一作'漪'。"○诗蒹葭："泝游从
之,宛在水中坻。"毛传："坻,小渚也。"案华林、丹坻,皆以美言
之,非指魏之华林园也。

〔四〕尔雅："华而不实者谓之英。"易坤卦："初六,履霜坚冰至。"

〔五〕曹植洛神赋："仰以殊观。"诗四月："秋日凄凄,百卉具腓。"毛
传："卉,草也;腓,病也。"

猗猗兰蔼〔一〕,殖彼中原〔二〕。绿叶幽茂,丽蕊浓繁〔三〕。馥
馥蕙芳〔四〕,顺风而宣〔五〕。将御椒房,吐薰龙轩〔六〕。瞻彼
秋草〔七〕,怅矣惟骞〔八〕。

〔一〕"蔼"字吴钞本涂改而成,原钞似作"霭"。

〔二〕诗淇澳："绿竹猗猗。"毛传："猗猗,美盛貌。"张衡怨篇曰："猗
猗秋兰,植彼中阿,有馥其芳,有黄其葩。"曹植洛神赋："微幽
兰之芳蔼兮。"广韵："蔼,晻蔼,树繁茂。"吕氏春秋注："殖,长
也。"诗吉日："瞻彼中原。"

〔三〕"蕊"或作"薤",周校本误作"藻"。"浓"张燮本,四库本及诗纪
作"秾",吴钞本原钞作"农",墨校补加禾旁,周校本误作"丰"。
○楚辞九歌："秋兰兮青青,绿叶兮紫茎。"王粲槐树赋："丰茂
叶之幽蔼。"

〔四〕"蕙"吴钞本、张溥本作"惠"。

〔五〕苏武诗："馥馥秋兰芳。"广雅："馥馥,香也。"傅毅舞赋："顺微
风,挥若芳。"尔雅："宣,遍也。"

〔六〕三辅黄图曰："未央宫有椒房殿,以椒和泥涂,取其温而芬芳
也。"应劭汉官仪曰："皇后称椒房,以椒涂室,取温暖,祛恶气
也。"文选注："薰,香也。"说文："轩,曲辀藩车。"

〔 七 〕“瞻”吴钞本误作“赡”。

〔 八 〕古诗：“将随秋草萎。”毛诗传：“骞，亏也。”

　　王夫之曰：“整刷留放，无不矜爱，但此去小雅不遥。盖诗自有教，或温或惨，总不可以赤颊热耳争也。”

　　陈祚明曰：“未有酒会之意，但觉身世之感甚深。”

杂诗一首

　　吴钞本原钞无此题，朱校补加。○诗隽类函卷一百载此诗，改题“访友”，又注云：“原作‘杂诗’。”○文选王仲宣杂诗李善注曰：“杂者，不拘流例，遇物即言，故云杂也。”李周翰注曰：“兴致不一，故云杂诗。”○遍照金刚文镜秘府论曰：“杂诗者，古人所作，元有题目，撰入文选，文选失其题目，古人不详，名曰杂诗。”

微风清扇〔一〕，云气四除〔二〕。皎皎亮月〔三〕，丽于高隅〔四〕。
兴命公子，携手同车〔五〕。龙骥翼翼，扬（鑣）〔镳〕跚蹰〔六〕。
肃肃宵征〔七〕，造我友庐〔八〕。光灯吐辉〔九〕，华幔长舒〔一〇〕。
鸾觞酌醴，神鼎烹鱼〔一一〕。絃超子野〔一二〕，叹过絷驹〔一三〕。
流咏太素，俯赞玄虚〔一四〕。孰克英贤〔一五〕，与尔剖符〔一六〕。

〔 一 〕“清”吴钞本作“轻”。

〔 二 〕吕向注：扇，动也。○李善注：汉书：“张竦为陈崇作奏曰：‘日不移轨，霍然四除。’”○魏文帝柳赋：“景风扇而增暖。”延笃与段纪明书曰：“莫不鱼烂云除。”诗斯干：“风雨攸除。”释文：

"除,去也。"

〔三〕吴钞本作"皦皦朗月"。

〔四〕"于"吴钞本原钞作"乎",朱校改。○李善注:古诗曰:"明月何皎皎。"亮,明也。周礼曰:"城隅之制九隅。"○秦嘉赠妇诗:"皎皎明月,煌煌列星。"周礼注:"丽,附也。"

〔五〕李善注:毛诗曰:"惠而好我,携手同车。"○礼记注:"兴之言喜也。"广雅:"命,呼也。"

〔六〕"扬"吴钞本误作"杨"。"镳"张燮本及文选作"镳",是也。○李善注:毛诗曰:"四牡翼翼。"舞赋曰:"扬镳飞沬。"○陈琳答东阿王笺:"飞兔流星,龙骥所不敢追。"周礼夏官庾人:"马八尺以上为龙。"毛诗笺:"翼翼,壮健貌。"文选舞赋注:"镳,马勒旁铁也。"

〔七〕"宵"吴钞本作"霄"。自此以下四句,白帖四引作嵇康灯诗,严辑全三国文作灯铭,未注出处,当缘白帖而误。

〔八〕"庐"或作"卢"。○李善注:毛诗曰:"肃肃宵征。"○毛诗传:"肃肃,疾貌。宵征,夜行。"

〔九〕"辉"吴钞本作"耀",白帖引作"曜",文选袁本同,注云:"善本作'辉'字。"四部本注云:"五臣作'曜'。"

〔一○〕"幔"白帖十七引作"缦"。○说文:"幔,幕也;舒,伸也。"

〔一一〕张铣注:鸾觞,杯也,刻为鸾鸟之文。神鼎,铁器,不汲自满,不炊自沸,故曰神鼎。○李善注:毛诗曰:"且以酌醴。"又曰:"谁能烹鱼。"○方廷珪文选集成曰:"铸鼎以象神奸,故为神鼎,旧注谬。"○扬案:称神,但以美言之耳,史记封禅书:"闻昔泰帝兴神鼎一。"亦非此处之义。

〔一二〕"絃"吴钞本原钞同,墨校改作"玄",程本、汪本、四库本亦作

"玄"。读书续记曰："明本'玄'作'絃',是,选本亦作'絃'。"

〔一三〕"緜"或作"绵"。○李善注:杜预左氏传注曰:"子野,师旷字
　　也。"孟子:"淳于髡曰:'昔緜驹处高唐,而齐右善歌。'"。○李
　　周翰注:絃,琴;叹,歌也。

〔一四〕李善注:列子曰:"太初形之始,太素质之始。"老子曰:"玄之又
　　玄,众妙之门。"管子曰:"虚无无形谓之道。"史记:"太史公曰:
　　'老子所贵道,虚无应用,变化无方。'"。○张铣注:太素、玄
　　虚,皆自然也。○"玄虚"见前答二郭诗(详观凌世务)注〔九〕。

〔一五〕"埶克"吴钞本改钞同,原作"畴尅"。

〔一六〕李善注:言咏赞妙道,游心恬漠,谁能以英贤之德,与尔剖符而
　　仕乎? 班固汉书述曰:"汉兴柔远,与尔剖符。"然文虽出彼,而
　　义微殊。东观汉记:"韦彪上议曰:'二千石皆以选出京师,剖
　　符典千里。'"○何焯义门读书记曰:"剖符乃同乐之意,不谓仕
　　也。"○梁章钜文选旁证曰:"此亦望文生义,别无所据。"○扬
　　案:何说是也,史记六国表:"虽置质剖符,独不能约束也。"盐
　　铁论世务篇:"宋华元、楚司马子反之相亲也,符契内合,诚有
　　以相信也。"崔骃达旨曰:"独师友道德,合符曩真。"皆契合之
　　意,叔夜谓埶为英贤之士,当与之契合耳。李善注误。○说
　　文:"符,信也,汉制以竹长六寸分而相合。"

稽康集校注

120

　　许学夷曰:"叔夜四言'微风清扇'一篇,虽调越风雅,而
情兴跃如,盖三曹乐府之流也。"诗源辨体

　　方廷珪曰:"另是一样气色,读之心情俱旷。"

　　王夫之曰:"中散五言颓唐,不成音理,而四言居胜,足知
五言之繁括为尤难。或谓四言有三百篇在前,非相沿袭,则

受压抑。乃如此篇章，绝不从<u>南雅风颂</u>求步趋，而清光如月，又岂日之所能抑哉?"

<u>陈祚明</u>曰:"造语清婉。"

洗洗白云，顺风而回。渊渊绿水，盈坎而颓。乘流遥迈[一]，(自)〔息〕躬兰隈[二]。杖策答诸，纳之素怀。长啸清原，惟以告哀。

〔一〕"遥迈"<u>周</u>校本误作"远逝"。

〔二〕<u>周树人</u>曰:"'自'或'息'字之误。"

(抄抄)〔眇眇〕翔鸾[一]，舒翼太清。俯眺紫辰，仰看素庭。凌蹑玄虚，浮沉无形。将游区外，啸侣长鸣。神不存[二]，谁与独征。

〔一〕<u>周树人</u>曰:"'抄抄'或'眇眇'之误。"

〔二〕案"神"上或"神"下当夺一字。

有舟浮覆[一]，绋纚是维。栝楫松櫂，泛若龙微[二]。津经险[三]，越济不归。思友长林，抱璞山湄[四]。守器殉业，不能奋飞。

〔一〕<u>周树人</u>曰:"'覆'当是误字。"

〔二〕"泛"<u>周</u>校本误作"有"。

〔三〕案"津"上当夺一字。

〔四〕"璞"<u>周</u>校本误作"樸"。

羽化华岳,超游清霄。云盖习习,六龙飘飘。左佩椒桂,右缀兰苕。凌阳赞路,王子奉轺。婉娈名山,真人是要。齐物养生,与道逍遥。

案吴钞本原钞,但有"酒会诗"之题,题下"七首"二字,乃朱校所加,其"五言一首四言六首"之注,亦墨校所加也。又原钞此四首后,即接"微风清扇"一首,朱校于前行缝中补题"杂诗一首"四字,合而观之,知原钞所据之本,此四首及"微风清扇"一首,皆属所题四言诗中,今本分出"微风清扇"一首,改题"杂诗",乃据文选为之也。

人生譬朝露,世变多百罗。苟必有终极,彭聃不足多。仁义浇淳朴,前识丧道华。留弱丧自然,天真难可和。郢人审匠石,锺子识伯牙。真人不屡存,高唱谁当和。

修夜(家)〔寂〕无为〔一〕,独步光庭侧。仰首看天衢,流光曜八极。抚心悼季世,遥念大道逼。飘飘当路士,悠悠进自棘。得失自己求〔二〕,荣辱相蚕食。朱紫(雖)〔雜〕玄黄〔三〕,太素贵无色。渊淡体至道,色化同消息〔四〕。

〔 一 〕周树人曰:"'家'疑当作'寂',由'豕'而误。"

〔 二 〕"求"周校本误作"来"。

〔 三 〕周树人曰:"'雖'疑当作'杂'。"

〔 四 〕周树人曰:"'色'当误。"

俗人不可亲,松乔是可邻。何为秽浊间,动摇增垢尘。慷慨之远游,整驾俟良辰。轻举翔区外,濯翼扶桑津。徘徊戏灵岳,弹琴咏太真〔一〕。沧水澡五藏,变化忽若神。姮娥进妙药〔二〕,毛羽翕光新。一纵发开阳,俯视当路人。哀哉(世间人)〔人间世〕〔三〕,何足久托身。

〔 一 〕"太"周校本作"泰"。

〔 二 〕"姮"原钞误作"恒"。

〔 三 〕周树人曰:"疑当作'人间世'。"

案吴钞本原钞于秀才答诗"饰车驻驷"一首中,误接"微风清扇"一首之末十七字,其次行题"五言诗"三字,以下各行,即为此诗三首,已详前注。此诗之后,为一空行,又后一行,即题"嵇康集一"四字仍齐格,皆为朱校删去。叶渭清曰:"其分卷相违如是,必因抄校异本而致,非尽书人之误也。"扬案:合而观之,原钞所据之本,为"酒会诗一首""四言十首""五言三首",而此卷即以此诗终也。

此多出之"四言四首""五言三首",皕宋楼钞本亦未迻录,观其结体用韵,当为魏、晋,而属词寄意,亦与叔夜略同,想皆今集所佚耶？今集酒会诗中"淡淡流水"句,御览引作"渊渊绿水",即此四言诗中之句也。

123

嵇康集校注卷第二

琴赋一首并序

　　吴钞本题"琴赋有序"。〇以下各篇,吴钞本皆无"几首"字。〇李善注:尸子曰:"舜作五弦之琴以歌南风:'南风之薰兮,可以解吾人之愠。'是舜歌也。"白虎通曰:"琴者,禁也,禁人邪恶,归于正道,故谓之琴。"〇案琴之始制,古说各殊,马融长笛赋曰:"昔庖羲作琴。"文选注:"琴操曰:'昔伏羲氏之作琴,所以修身理性,反天真也。'"风俗通义引世本曰:"神农作琴。"新论曰:"神农氏为琴七弦,足以通万物而考理乱也。"说文:"琴,禁也,神农所作,洞越,练朱五弦,周加二弦。"李冶

125

敬斋古今黈曰："说者曰：轩辕以前衣皮，其制短小，今衣丝麻布帛，所作衣裳，其制长大，故云垂衣裳也。然则羲、农之世，其无丝也审矣。此时无丝，又焉得以为弦索者乎？吾谓蔡邕及世本诸家之说皆妄也，弦索之音，必自夫黄帝时有之。"

余少好音声，长而翫之[一]，以为物有盛衰，而此无变[二]，滋味有猒，而此不勌[三]，可以导养神气，宣和情志[四]，处穷独而不闷者，莫近于音声也[五]。是故复之而不足，则吟咏以肆志，吟咏之不足，则寄言以广意[六]。然八音之器[七]，歌舞之象[八]，历世才士，并为之赋颂[九]，其体制风流，莫不相袭[一〇]，称其材幹，则以危苦为上[一一]，赋其声音，则以悲哀为主，美其感化，则以垂涕为贵[一二]，丽则丽矣，然未尽其理也[一三]。推其所由，似元不解音声[一四]，览其旨趣，亦未达礼乐之情也[一五]。众器之中，琴德最优[一六]，故缀叙所怀，以为之赋[一七]，其辞曰：

惟椅梧之所生兮[一八]，託峻嶽之崇冈[一九]，披重壤以诞载兮[二〇]，参辰极而高骧[二一]，含天地之醇和兮[二二]，吸日月之休光[二三]，郁纷纭以独茂兮[二四]，飞英蕤于昊苍[二五]，夕纳景于虞渊兮，旦晞幹于九阳[二六]，经千载以待价兮，寂神跱而永康[二七]。

且其山川形势，则盘纡隐深[二八]，磈嵬岑崴[二九]，互岭巉岩[三〇]，岞崿岖崟[三一]，丹崖崄巇，青壁万寻[三二]。若乃重巘增起，偃蹇云覆〔三三〕，邈隆崇以极壮，崛巍巍而特秀〔三四〕，蒸灵液以播云，据神渊而吐溜〔三五〕。尔乃颠波奔突，狂赴争流〔三六〕，触岩觚限，郁怒彪休〔三七〕，洶涌腾薄〔三八〕，奋沫扬涛〔三九〕，澗汩澎湃，蚴蟉相纠〔四〇〕，放肆大川，济乎中州〔四一〕，安回徐迈〔四二〕，寂尔长浮〔四三〕，澹乎洋洋，萦抱山丘〔四四〕。详观其区土之所产毓，奥宇之所宝殖〔四五〕，珍怪琅玕〔四六〕，瑶瑾翕猗〔四七〕，丛集累积，奂衍于其侧〔四八〕。若乃春兰被其东，沙棠殖其西〔四九〕，涓子宅其阳，玉醴涌其前〔五〇〕，玄云荫其上，翔鸾集其巅，清露润其肤〔五一〕，惠风流其间〔五二〕，竦肃肃以静谧，密微微其清闲〔五三〕，夫所以经营其左右者〔五四〕，固以自然神丽，而足思愿爱乐矣〔五五〕。

于是遁世之士〔五六〕，荣期、绮季之畴〔五七〕，乃相与登飞梁，越幽壑〔五八〕，援琼枝，陟峻崿，以游乎其下〔五九〕，周旋永望，邈若凌飞〔六〇〕，邪睨昆仑，俯阚海湄〔六一〕，指苍梧之迢递〔六二〕，临迥江之威夷〔六三〕，悟时俗之多累〔六四〕，仰箕山之馀辉〔六五〕，羡斯岳之弘敞，心慷慨以忘归〔六六〕。情舒放而远览，接轩辕之遗音〔六七〕，慕老童于騩隅〔六八〕，钦泰容之高吟〔六九〕，顾兹梧而兴虑〔七〇〕，思假物以託心〔七一〕，乃斲孙枝〔七二〕，准量所任〔七三〕，至人摅思〔七四〕，制为雅琴〔七五〕。

乃使离子督墨，匠石奋斤〔七六〕，夔、襄荐法，般、倕骋神〔七七〕，镂会裒厕，朗密调均〔七八〕，华绘彫琢〔七九〕，布藻垂文〔八〇〕，错以犀象，籍以翠绿〔八一〕，絃以园客之丝〔八二〕，徽以锺山之玉〔八三〕。爰有龙凤之象,古人之形〔八四〕,伯牙挥手,锺期听声〔八五〕,华容灼爍〔八六〕,发采扬明〔八七〕,何其丽也〔八八〕。伶伦比律,田连操张〔八九〕,进御君子,新声嘹亮〔九〇〕,何其伟也〔九一〕。

及其初调,则角羽俱起,宫徵相证〔九二〕,参发并趣,上下累应〔九三〕,踸踔磥硌〔九四〕,美声将兴〔九五〕,固以和昶而足躭矣〔九六〕。尔乃理正声,奏妙曲〔九七〕,扬白雪,发清角〔九八〕,纷淋浪以流离,奂淫衍而优渥〔九九〕,粲奕奕而高逝,驰岌岌以相属〔一〇〇〕,沛腾遌而竞趣,翕韡晔而繁缛〔一〇一〕。状若崇山,又象流波,浩兮汤汤,郁兮峨峨〔一〇二〕,怫愲烦冤〔一〇三〕,纡馀婆娑〔一〇四〕,陵纵播逸〔一〇五〕,霍濩纷葩〔一〇六〕。检容授节,应变合度〔一〇七〕,兢名擅业〔一〇八〕,安轨徐步〔一〇九〕,洋洋习习,声烈遐布〔一一〇〕,含显媚以送终〔一一一〕,飘馀响乎泰素〔一一二〕。若乃高轩飞观,广夏闲房〔一一三〕,冬夜肃清〔一一四〕,朗月垂光〔一一五〕,新衣翠粲,缨徽流芳〔一一六〕。于是器冷弦调〔一一七〕,心闲手敏〔一一八〕,触搎如志,唯意所拟〔一一九〕,初涉渌水〔一二〇〕,中奏清徵〔一二一〕,雅昶唐尧,终咏微子〔一二二〕,宽明弘润,优游躇跱〔一二三〕,拊弦安歌〔一二四〕,新声代起〔一二五〕。

歌曰:凌扶摇兮憩瀛洲〔一二六〕,要列子兮为好仇〔一二七〕,餐沆瀣兮带朝霞,眇翩翩兮薄天游〔一二八〕,齐万物兮超自得,委性命兮任去留〔一二九〕,激清响以赴会,何弦歌之绸缪〔一三〇〕。

于是曲引向阑〔一三一〕,众音将歇〔一三二〕,改韵易调,奇弄乃发〔一三三〕,扬和颜,攘皓腕〔一三四〕,飞纤指以驰骛,纷儴傃以流漫〔一三五〕，或徘徊顾慕〔一三六〕，拥郁抑按〔一三七〕，盘桓毓养，从容秘玩〔一三八〕，闼尔奋逸，风骇云乱〔一三九〕，牢落凌厉〔一四〇〕，布濩半散〔一四一〕，丰融披离，斐韡奂烂〔一四二〕，英声发越，采采粲粲〔一四三〕。或间声错糅，状若诡赴〔一四四〕，双美并进，骈驰翼驱〔一四五〕，初若将乖，后卒同趣〔一四六〕。或曲而不屈，直而不倨〔一四七〕，或相凌而不乱，或相离而不殊〔一四八〕，时劫掎以慷慨〔一四九〕，或怨嬺而踌躇〔一五〇〕，忽飘飘以轻迈〔一五一〕，乍留联而扶疏〔一五二〕。或参谭繁促，复叠攒仄〔一五三〕，从横骆驿，奔遁相逼〔一五四〕，拊嗟累赞，间不容息〔一五五〕，瑰艳奇伟，殚不可识〔一五六〕。

若乃闲舒都雅，洪纤有宜〔一五七〕，清和条昶，案衍陆离〔一五八〕，穆温柔以怡怿，婉顺叙而委蛇〔一五九〕，或乘险投会，邀隙趋危〔一六〇〕，譬若离鹍鸣清池〔一六一〕，翼若(浮)〔游〕鸿翔曾崖〔一六二〕，纷文斐尾，慊縿离纚〔一六三〕，微风馀音〔一六四〕，靡靡猗猗〔一六五〕。或搂搂櫟捋〔一六六〕，缥缭潎洌〔一六七〕，轻行浮弹，明婳睽慧〔一六八〕，疾而不速〔一六九〕，留而不滞〔一七〇〕，翩绵飘邈，微音迅逝〔一七一〕。远而听之，若鸾凤和鸣戏云中〔一七二〕，迫而察之〔一七三〕，若众葩敷荣曜春风〔一七四〕，既丰赡以多姿〔一七五〕，又善始而令终〔一七六〕，嗟姣妙以弘丽，何变态之无穷〔一七七〕。

若夫三春之初，丽服以时〔一七八〕，乃携友生，以邀以嬉〔一七九〕，涉兰圃，登重基〔一八〇〕，背长林，翳华芝〔一八一〕，临清流，赋新诗〔一八二〕，嘉鱼龙之逸豫，乐百卉之荣滋〔一八三〕，理重华之遗操〔一八四〕，慨远慕而长思〔一八五〕。

若乃华堂曲宴，密友近宾〔一八六〕，兰肴兼御〔一八七〕，旨酒清醇〔一八八〕，进南荆，发西秦〔一八九〕，绍陵阳，度巴人〔一九〇〕，变用杂而并起，竦众听而骇神〔一九一〕，料殊功而比操，岂笙籥之能伦〔一九二〕。若次其曲引所宜〔一九三〕，则广陵止息，东武太山〔一九四〕，飞龙鹿鸣，鹍鸡游弦〔一九五〕，更唱迭奏〔一九六〕，声若自然〔一九七〕，流楚窈窕，惩躁雪烦〔一九八〕。下逮谣俗，蔡氏五曲〔一九九〕，王昭楚妃〔二〇〇〕，千里别鹤〔二〇一〕，犹有一切，承间簉乏〔二〇二〕，亦有可观者焉〔二〇三〕。然非夫旷远者，不能与之嬉游〔二〇四〕，非夫渊静者，不能与之闲止〔二〇五〕，非夫放达者，不能与之无𠫤〔二〇六〕，非夫至精者，不能与之析理也〔二〇七〕。

若论其体势，详其风声〔二〇八〕，器和故响逸〔二〇九〕，张急故声清〔二一〇〕，间辽故音(痺)〔庳〕〔二一一〕，弦长故徽鸣〔二一二〕，性絜静以端理〔二一三〕，含至德之和平〔二一四〕，诚可以感荡心志，而发泄幽情矣〔二一五〕。是故怀戚者闻之〔二一六〕，莫不憯懔惨悽〔二一七〕，愀怆伤心〔二一八〕，含哀懊咿〔二一九〕，不能自禁〔二二〇〕；其康乐者闻之，则欨愉懽释〔二二一〕，抃舞踊溢〔二二二〕，留连澜漫，嗢噱终日〔二二三〕；若和平者听之，则怡养悦愉〔二二四〕，淑穆玄真〔二二五〕，恬虚乐古，弃事遗身〔二二六〕。是以伯夷以之廉，颜回以之仁〔二二七〕，比干以之忠，尾生以之信〔二二八〕，惠施以之辩给〔二二九〕，万石以之讷慎〔二三〇〕。其馀触类而长〔二三一〕，所致非一，同归殊途，或文或质〔二三二〕，摁中和以统物〔二三三〕,咸日用而不失〔二三四〕,其感人动物,盖亦弘矣〔二三五〕。

于时也〔二三六〕,金石寝声,匏竹屏气〔二三七〕,王豹辍讴,狄牙丧味〔二三八〕,天吴踊跃于重渊,王乔披云而下坠〔二三九〕,舞鸑鷟于庭阶,游女飘焉而来萃〔二四〇〕,感天地以致和,况蚑行之众类〔二四一〕,嘉斯器之懿茂,咏兹文以自慰,永服御而不厌,信古今之所贵〔二四二〕。

乱曰〔二四三〕:愔愔琴德,不可测兮〔二四四〕,体清心远,邈难极兮〔二四五〕,良质美手,遇今世兮〔二四六〕,纷纶翕响,冠众艺兮〔二四七〕,识音者希,孰能珍兮〔二四八〕,能尽雅琴,唯至人兮〔二四九〕。

〔 一 〕李善注:杜预左氏传注曰:"玩,习也。"○汉书张禹传:"禹性习知音声。"

〔 二 〕李善注:文子曰:"夫物盛则衰。"

〔 三 〕李善注:庄子曰:"声色滋味之于人心,不待学而乐之。"左氏传:"阎没、女宽曰:'及馈之毕,愿以小人之腹,为君子之心,属餍而已。'"说文曰:猒,从甘由犬,会意字也。○梁章钜文选旁证曰:"今说文:'猒,饱也,从甘从肰。'"○玉篇:"勌,劳也。"汉书注:"'勌'亦'倦'字。"

〔 四 〕李善注:管子曰:"导血气而求长年。"淮南子曰:"古之人,神气不荡乎外。"○论衡道虚篇:"道家或以导气养性,度世而不死。"古诗曰:"荡涤放情志。"

〔 五 〕李善注:孟子曰:"柳下惠遗佚而不怨,阨穷而不悯。"○文选四部本李善注,"悯"作"闷",与山巨源书善注引仍作"悯"。案孟子注:"悯,懑也。"淮南子注:"悯,忧也。"说文:"闷,懑也。"广雅:"悯,懑也。"三字同为忧懑之义。○孟子:"穷则独善其身。"易乾卦文言曰:"遁世无闷。"家语弟子行篇:"处贱不闷。"注:"闷,忧。"

〔六〕李善注:毛诗序曰:"言之不足,故咏歌之,咏歌之不足,不知手之舞之。"杜预左氏传注曰:"肆,申也。"尚书曰:"诗言志。"○毛诗笺:"复,反复也。"毛诗序:"吟咏性情,以风其上。""肆志"见前赠秀才诗(流俗难悟)注〔一一〕。说文:"寄,託也。"庄子天下篇曰:"以寓言为广。"荀子乐论篇:"听其雅颂之声,志意得广焉。"扬雄答刘歆书曰:"得肆心广意以自见。"○蕲春黄先生曰:"复之,谓取其音声而反复之;吟咏,谓以诗歌谱之音声。"

〔七〕"器"文选四部本同,注云:"五臣作'气'。"袁本作"气",注云:"善本作'器'。"

〔八〕书尧典:"四海遏密八音。"伪孔传:"八音:金、石、丝、竹、匏、土、革、木。"汉书礼乐志:"乐有歌舞之容。"

〔九〕"世"文选四部本同,注云:"五臣作'代'。"袁本作"代",注云:"善本作'世'字。"○张衡东京赋:"历世弥光。"薛综注:"历,经也。"

〔一〇〕李善注:淮南子曰:"晚世风流俗败,礼义废。"仲长子昌言:"乘此风顺此流而下走,谁复能为此限者哉?"孔安国尚书传曰:"袭,因也。"○汉书赵充国辛庆忌传赞曰:"今之歌谣慷慨,风流犹存。"

〔一一〕吕延济注:危苦,谓生于高峻也。○汉书货殖传:"崔蒲,材干器械之资。"又淮南厉王传:"薄昭与王书曰:'高帝为子孙成万世之业,艰难危苦甚矣。'"

〔一二〕长笛赋:"危殆险巇之所迫也,众哀集悲之所积也。"又曰:"放臣逐子,弃妻离友,攒乎下风,收精注耳,泣血泫流,交横而下。"案此等即叔夜所讥矣。

〔一三〕李善注:高诱战国策注曰:"丽,美丽也。"

〔一四〕"音声"张本作"声音",文选四部本、袁本、茶陵本同,并于"览"字下注云:"善本作'音声者览'。"胡刻本仍无"者"字,胡克家文选考异曰:"袁本、茶陵本云:'善作音声者览。'案此少'者'字,或尤本脱耳。"

〔一五〕李善注:趣,意也。礼记曰:"故知礼乐之情者能作。"○后汉书郎颛传:"颛对状曰:'谨条序前章,畅其旨趣。'"

〔一六〕李善注:桓谭新论曰:"八音广博,琴德最优。"马融琴赋曰:"旷三奏而神物下降,何琴德之深哉。"

〔一七〕"以"北堂书钞一百九引作"次"。○说文:"缀,合箸也。"

〔一八〕"梧"艺文类聚四十四及琴史引作"桐",北堂书钞一百九两引此句,一作"梧",一作"桐"。

〔一九〕"託"或作"托","嶽"或作"岳"。○李善注:毛诗曰:"椅桐梓漆,爰伐琴瑟。"毛苌曰:"椅,梓属。"史记曰:"龙门有桐树,高百尺,无枝,堪为琴。"○方以智通雅曰:"椅桐,荣桐;白桐,即泡桐也。陶贞白云:'白桐即椅桐。'陆玑曰:'白桐宜琴。'又曰:'梓实桐皮曰椅。'智按:古人以椅为高大疏理之称,故曰椅梓、曰椅桐,以别于本梓本桐耳。"○张云璈选学胶言曰:"诗传:'椅,梓属。'言梓属,则椅、梓别,而释木椅、梓为一者,陆玑云:'梓者,楸之疏理白色而生者为梓,梓实桐皮曰椅。'则大

同而小别。方氏'椅为高大疏理'之说,未必然矣。"○崔骃七
依曰:"爰有洞庭之椅桐,依峻岸而旁生。"马融琴赋曰:"惟梧
桐之所生兮,在衡山之峻陂。"文选注引字林曰:"惟,有也。"诗
崧高:"崧高维岳,骏极于天。"毛传:"岳,四岳也。"魏文帝玛瑙
赋:"寄中山之崇冈。"

〔二〇〕"诞"文选袁本作"诞",注云:"善本作'诞'字。"北堂书钞一百
九引作"延"。

〔二一〕李善注:披,开也。重壤,谓地也,泉壤称九,故曰重也。毛苌
诗传曰:"诞,大也。载,生也。"尔雅曰:"北极,北辰也。"孔安
国尚书传曰:"襄,上也。""骧"与"襄"同。○吕向注:诞,生;
参,近也。○蔡邕汉律赋:"披厚土而载形。"曹植芙蓉赋:"结
修根于重壤。"古乐府满歌行:"遥望辰极,天晓月移。"尔雅:
"北极谓之北辰。"注:"北极,天之中,以正四方。"班固西都赋:
"荷栋桴而高骧。"

〔二二〕"含"文选四部本、茶陵本同,四部本注云:"五臣作'合'。"茶陵
本注云:"五臣作'荅'。"袁本作"合",注云:"善本作'含'字。"
○扬案:"荅"字当为"合"字之误,北堂书钞一百九引亦作
"合"。

〔二三〕李善注:谓包含天地醇和之气,引日月光明也。周易曰:"天地
絪缊,万物化醇。"○王延寿梦赋曰:"吾含天地之纯和。"案
"醇"与"纯"同。汉书注:"醇者,不杂也。"曹植橘赋:"禀太阳
之烈气,嘉杲日之休光。"

〔二四〕"以"琴史引作"而"。

〔二五〕"昊"艺文类聚四十四、事文类聚续集三十二引作"旻"。○李
善注:说文曰:"蓊,草木花貌,汝谁切。"○梁章钜曰:"今说文:

'蕤,草木华垂貌。'"○繁钦柳赋:"郁青青以畅茂。"文选注:
"郁,盛貌。"尔雅:"春为苍天,夏为昊天。"班固答宾戏曰:"超
忽荒而躆昊苍。"文选注:"项岱曰:'昊、苍,皆天名也。'"

〔二六〕"幹"文选四部本同,注云:"五臣本作'榦'。"袁本作"榦",注
云:"善本作'幹'。"○李善注:纳,藏也。淮南子曰:"日入于虞
渊之氾。"又曰:"入于虞渊,是谓黄昏。"高诱曰:"视物黄也。"
晞,乾也;幹,本也。楚辞曰:"夕晞余身乎九阳。"王逸曰:"九
阳,谓九天之崖也。"○说文:"景,日光也。"

〔二七〕李善注:论语:"子曰:'我待价者也。'"价者,物之数也。康,安
也。○梁章钜曰:"今论语作'贾',古字通。"○广雅:"跱,
立也。"

〔二八〕"深"艺文类聚四十四引作"嶙",事文类聚续集三十二引作
"嶙"。

〔二九〕"嵬"或作"磈"或作"魂","嵒"或作"嵓"。○李善注:盘,曲;
纡,屈;隐,幽;深,邃也。崔嵬,高峻之貌。岑嵒,危崄之形。
字林曰:"嵓,山岩也。"○案文选六臣注本:"善注曰:'盘纡,诎
屈也。崔嵬、岑嵒,高峻之貌也。'"○司马相如子虚赋:"其山
川则盘纡弗郁。"傅毅七激曰:"穷林薄,历隐深。"诗卷耳:"陟
彼崔嵬。"毛传:"崔嵬,土山之戴石者。"管子宙合篇:"山陵岑
岩。"穀梁僖公三十三年传:"必于殽之岩唫之下。"

〔三○〕"互"张本及琴史引作"玄",文选胡刻本作"互",四部本、袁本、
茶陵本作"玄",胡克家文选考异曰:"袁本、茶陵本'互'作
'玄'。"案此无可考也,或尤本字讹。

〔三一〕"峿"文选四部本、袁本、茶陵本作"峈",并注云:"善本作
'峿'。"琴史亦引作"峈"。○李善注:皆山石崖巘崄峻之势。

○宋玉高唐赋:"登巉岩而下望兮。"张衡南都赋:"岧嶢嶱嵑。"
文选注:"埤苍曰:'岧嶢,山不齐也。'"黄香九宫赋:"枉矢持芒
以岵崿。"王褒洞箫赋:"徒观其旁山侧兮,则岖嵌岿崎。"楚辞
九思:"丛林兮崟崟。"注:"崟崟,众饶貌。"案"崿"与"峈""嶱",
"崟"与"嵌",皆声近相通。

〔三二〕说文:"崖,高边也。""嵁巇"见前赠秀才诗(双鸾匿景曜)注
〔一六〕。毛诗传:"八尺曰寻。"

〔三三〕李善注:偃蹇,高貌,言高在上,偃蹇然如云覆下也。○张衡西
京赋:"陵重巘。"薛综注:"山之上大下小者曰巘。"马融长笛
赋:"夫其面旁,则重巘增石。"广雅:"增,重也。"离骚:"望瑶台
之偃蹇兮。"注:"偃蹇,高貌。"

〔三四〕"崛"张本作"堀",误也。"巍巍"文选四部本同,注云:"五臣作
'嵬嵬'。"袁本作"嵬嵬",注云:"善本作'巍巍'。"○李善注:巍
巍,高大貌。○广雅:"秀,出也。"广雅:"邈,远也。"子虚赋:
"隆崇嵂崒。"郭璞注:"隆崇,站起也。"西京赋:"神明崛其特
起。"薛综注:"崛,高貌。"

〔三五〕"渊"文选四部本同,注云:"五臣作'泉'。"袁本作"泉",注云:
"善本作'渊'字。"○李善注:蒸,气上貌。言山能蒸出云以沾
润万物。播,布也。孔子曰:"夫山者,兴吐风云,以通乎天地
之间。"说文曰:"津,液也。溜,水流也。"○朱珔文选集释曰:
"案今说文水部津字云:'水渡也';又液,'盉也'。血部盉字
云:'气液也。'是津液字当作'盉',经传多借'津'为'盉',此处
正文是液字,则当云'液,津也'。"○曹植七启曰:"观游龙于
神渊。"

〔三六〕王延寿鲁灵光殿赋:"盗贼奔突。"张载注:"突,唐突也。"史记

鲁仲连列传:"遗燕将书曰:'业与三王争流。'"

〔三七〕李善注:舣,至也。隈,水曲也。彪休,怒貌。○傅毅舞赋:"或有宛足郁怒。"

〔三八〕"腾"吴钞本作"滕",钞者偶误也。

〔三九〕司马相如上林赋:"沸乎暴怒,汹涌彭湃。"文选注:"司马彪曰:'汹涌,跳起也。彭湃,波相戾也。'"魏文帝济川赋:"濤腾扬以相薄。"广雅:"薄,迫也。"班固西都赋:"扬波涛于碣石。"

〔四○〕李善注:澗汩,去疾貌。澎湃,相戾之形也。蜿蟺,展转也。纠,缭也。蜿,於阮切。蟺音善。纠,己求切。○上林赋:"蜿灗胶戾。"王粲游海赋:"洪涛奋荡,大浪踊跃,山隆谷窳,宛亶相搏。"说文:"蟺,蜿蟺也。"玉篇:"蟺,蚯蚓也。"案"蜿"与"宛""蜿"通,"亶"与"蟺""灗"通,此处谓波如蜿蟺之纠缭也。

〔四一〕李善注:肆犹纵也。中州,犹中国也。○史记天官书:"衡,殷中州河、济之间。"

〔四二〕"回"或作"迴"。

〔四三〕李善注:安回,波静远去象。上林赋曰:"安翔徐回。"又曰:"寂漻无声。"

〔四四〕李善注:说文曰:"澹,水摇也。"○贾谊鵩鸟赋曰:"澹乎若深渊之静。"诗硕人:"河水洋洋。"毛传:"洋洋,盛大也。"曹植文章序曰:"氾乎洋洋。"毛诗传:"萦,旋也。"

〔四五〕李善注:广雅曰:"奥,藏也。"毛苌诗传曰:"宇,居也。"○广雅:"毓,长也;殖,积也。"西京赋:"实惟地之奥区神皋。"

〔四六〕"琅"文选袁本作"瑯"。

〔四七〕李善注:高唐赋曰:"珍怪奇伟。"尚书:"球琳琅玕。"皆美玉名。说文:"瑾,玉名。"翕赩,盛貌。诗传曰:"赩,赤色貌。"○

梁章钜曰:"今说文'瑾''瑜'二字,并训'美玉也'。"○吕向注:
山有玉则草木滋润,此可以益于桐,故述之。○班固终南山
赋:"尔其珍怪,碧玉挺其阿,蜜房溜其巅。"何晏景福殿赋:"菡
萏赩翕。"

〔四八〕"夬"文选四部本同,注云:"五臣本作'涣'。"袁本作"涣",注
云:"善本作'夬'。"琴史引亦作"涣"。○李善注:苍颉篇曰:
"夬,散貌。"衍,溢也。

〔四九〕"殖"文选四部本同,注云:"五臣作'植'。"袁本作"植",注云:
"善本作'殖'。"○李善注:楚辞曰:"春兰兮秋菊。"山海经曰:
"昆仑之丘,有木焉,其状如棠,而黄华赤实,其味如李而无核,
御水人食之,使不溺。"

〔五〇〕李善注:列仙传曰:"涓子者,齐人,好饵术,著天地人经三十八
篇。钓于泽,得符鲤鱼中,隐于宕山,能致风雨,造伯阳九山
法。淮南王少得其文,不能解其音旨。其琴心三篇,有条理
也。"扬雄泰玄赋曰:"茹芝英以御饥,饮玉醴以解渴。"宋玉笛
赋曰:"丹水涌其左,醴泉流其右。"○梁章钜曰:董氏斯张广
博物志云:'鲁谢涓子,常游江淮,鼓琴于水侧,遇一女,抱小绿
绮抚弄,涓子讶之。曰:妾北陵之女也。因授清江引。'"○毛
诗传:"山南曰阳。"班固览海赋:"涌醴渐于中唐。"

〔五一〕"露"下文选四部本、袁本、茶陵本并注云:"善本作'雾',胡刻
本仍作'露'。"胡克家文选考异曰:"案此尤改之,盖以五臣
乱善。"

〔五二〕李善注:边让章华台赋曰:"惠风春施。"○楚辞九歌:"纷吾乘
兮玄云。"事类赋引淮南子曰:"桐木成云。"注曰:"取十石瓮,
满以水,置桐其中,三四间,气似云作。"魏明帝猛虎行:"双

桐生空井，枝叶自相加。通泉浸其根，玄云润其柯。"<u>李尤灵寿</u>
<u>杖铭</u>："甘泉润根，清露流茎。"<u>蔡邕琴赋</u>："甘露润其末，凉风扇
其枝，鸾凤翔其巅，玄鹤巢其岐。"

〔五三〕"闲"或作"閒"。○<u>李善注</u>：<u>尔雅</u>曰："谧，静也。"微微，幽静也。
○<u>古诗</u>："长松千馀丈，肃肃临涧水。"<u>淮南子时则训</u>："草木皆
肃。"注："草木上竦曰肃。"<u>南都赋</u>："清庙肃以微微。"

〔五四〕<u>吕向注</u>：经营，犹优游也。○<u>书召诰</u>："厥既得卜则经营。"<u>楚辞</u>
<u>九叹</u>："经营原野。"注："南北为经，东西为营。"

〔五五〕<u>李善注</u>：<u>东都主人</u>曰："阙庭神丽。"○<u>汉书李广传</u>："士以此爱
乐为用。"

〔五六〕"世"<u>文选</u>四部本同，注云："<u>五臣</u>作'俗'。"<u>袁</u>本作"俗"，注云：
"<u>善</u>本作'世'字。"<u>琴史</u>亦引作"俗"。

〔五七〕"俦"<u>吴钞本</u>、<u>四库本</u>及<u>琴史</u>引作"俦"。○<u>李善注</u>：<u>周易</u>曰："遁
世无闷。"<u>列子</u>曰："<u>孔子</u>游于<u>泰山</u>，见<u>荣启期</u>，行乎<u>郕</u>之野，鹿
裘带索，鼓琴而歌。<u>孔子</u>曰：'先生何以为乐？'曰：'天地万物，
惟人为贵，吾得为人，一乐也；男贵女贱，吾得为男，二乐也；生
有不见日月，不充襁褓者，吾年九十，是三乐也；贫者士之常，
死者人之终，处常得终，复何忧乎？'<u>孔子</u>曰：'能自宽也。'"<u>班</u>
<u>固汉书赞</u>曰："汉兴，有<u>东园公</u>、<u>绮季</u>、<u>夏黄公</u>、<u>甪里先生</u>，当<u>秦</u>
之时，避世而入<u>商洛</u>深山，以待天下之定，即<u>四皓</u>也。"<u>皇甫谧</u>
<u>高士传</u>曰："四皓皆<u>河内轵</u>人，一曰在<u>汲</u>。"○<u>胡克家文选考异</u>
曰："注'<u>列子</u>曰'<u>袁</u>本、<u>茶陵</u>本'<u>列子</u>'作'<u>新序</u>'，案二本最是。"
○<u>梁章钜</u>曰："此即<u>荣启期</u>也。<u>列子天瑞篇</u>、<u>淮南主术训</u>、<u>齐俗</u>
<u>训</u>、<u>弘明集正诬论</u>，亦皆作'<u>荣期</u>'。"○<u>班固终南山赋</u>："<u>荣期</u>、
<u>绮季</u>，此焉恬心。"

〔五八〕李善注：飞梁，桥也。甘泉赋曰："历侧景而绝飞梁。"○西京赋："陵峦超壑。"薛综注："壑，坑谷也。"

〔五九〕李善注：庄子曰："南方生树名琼枝。"○尔雅："陟，升也。"文选注引文字集略："崿，崖也。"

〔六○〕"凌"文选四部本同，注云："五臣作'淩'。"袁本作"淩"，无注。○李善注：言若鸟之淩飞。左氏传："史克曰：'奉以周旋。'"○张衡冢赋："周旋顾盼，亦各有行。"

〔六一〕"阚"或作"瞰"。○李善注：说文曰："睨，邪视也。"昆仑，山名也。阚，视也。毛苌诗传曰："水草交曰湄。"○西京赋："迁延邪睨。"东京赋："左瞰旸谷，右睨玄圃。"薛综注："瞰，望也；睨，视也。"刘劭赵都赋："灵丘平囿，邪接昆仑。"

〔六二〕"递"琴史引作"遰"。

〔六三〕"迥"张本及文选四部本、袁本、茶陵本作"迥"。○李善注：汉书有苍梧郡。山海经曰："南方苍梧之丘，其中有九嶷山，舜之所葬，在长沙零陵界。"洞箫赋曰："迥江流而溉其山。"韩诗曰："周道威夷。"○梁章钜曰："毛本'威'作'倭'，按本书注引韩诗并作'威夷'。"○鲁灵光殿赋："浮柱岧嵽以星悬。"文选吴都赋注："迢递，远貌。"案"迢递"与"岧嵽"通。

〔六四〕"悟"或作"寤"。

〔六五〕李善注：高士传曰："尧让位于许由，由辞曰：'鹪鹩巢在深林，不过一枝，偃鼠饮河，不过满腹。'隐乎沛泽。尧让不已，于是遁于中岳，颍水之阳，箕山之下。死因葬于箕山之巅十五里，尧因就封其墓，号曰箕公。字仲武，阳城槐里人也。"吕氏春秋曰："昔尧朝许由于沛泽之中，曰：'请属天下于夫子。'许由遂之箕山之下。"○楚辞远游篇："悲时俗之迫阨兮。"

〔六六〕李善注：西京赋曰："赫旷旷以宏敞。"尔雅曰："恺，慷，乐也。"史记曰："穆天子见西王母，乐之忘归。"○胡克家文选考异曰："案'慷慨'当作'恺慷'，善引尔雅：'恺，慷，乐也。''慷'即'康'字，是其本作'恺慷'，甚明。袁、茶陵二本所载五臣翰注，乃云：'慷慨，叹声也。'乃误作'慷慨'，大违嵇赋之意。各本以五臣乱善，失著校语，更误，今特订正之。"○王念孙读书杂志馀编曰："案如李注，则正文本作'心康恺以忘归'，今作'慷慨'者，后人据五臣注改之也。尔雅曰：'恺，康，乐也。'说文曰：'恺，康也。'则李注引尔雅本作'康'，今作'慷'者，又后人据已误之正文改之也。神女赋：'心凯康以乐欢。''凯'与'恺'同。此言山形宏敞，令人乐而忘归，故李注又引史记'乐之忘归'为证，若改'康恺'为'慷慨'，则与上下文都不相属矣。五臣本作'慷慨'，训为叹声，皆非是。"○许巽行文选笔记曰："说文：'忼慨，壮士不得志也。'义与'恺慷'不同。"○扬案：作"恺慷"或"康恺"皆合。

〔六七〕李善注：轩辕，黄帝也。遗音，谓琴也。○吕延济注：昔黄帝使伶伦入嶰谷，取竹调律。令远览，思接其遗音，欲取椅桐为琴也。○梁章钜曰："黄帝使伶伦截竹，乐律起于黄帝，故云'接轩辕之遗音'。若琴原始，本神农所造，非黄帝也。"○汉书陈汤传："耿育上书曰：'远览之士，莫不计度。'"冯衍显志赋："独慷慨而远览兮。"

〔六八〕"魖"文选四部本同，注云："五臣作'隗'。"袁本作"隗"，注云："善本作'魖'字。"琴史亦引作"隗"。

〔六九〕李善注：山海经曰："魖山，神耆童居之，其音常如钟声音。"郭璞曰："耆童，老童也，颛顼之子。"山海经曰："颛顼生老童。"思

玄赋曰："太容吟曰念哉。"䲷山，在三危西九十里。○梁章钜

曰："今山海经西山经：'三危之山，西一百九十里曰䲷山。'此

注'九十'上，疑脱'百'字。"○刘良注：泰容，黄帝乐师，故慕而

钦之，以为高吟，而引清志也。

〔七○〕"梧"张本及北堂书钞一百九、初学记十六、琴史引作"桐"，文

选四部本、袁本作"桐"，并注云："善本作'梧'。"尤袤文选考异

曰："五臣'梧'作'桐'。""而"初学记十六引作"以"。

〔七一〕李善注：庄子曰："不以身假物。"○傅毅琴赋："蹈通涯而将图，

游兹梧之所宜。"说文："兴，起也。"荀子劝学篇："君子生非异

也，善假于物也。"刘劭瑞龙赋："聊假物以拟身。"

〔七二〕"斲"北堂书钞一百九及琴史引作"断"。

〔七三〕李善注：说文曰："斲，斫也。"张衡应间曰："可剖其孙枝。"郑玄

周礼注曰："孙竹，枝根之末生者也。"盖桐孙亦然。○胡克家

文选考异曰："注'枝'当作'竹'，各本皆误。"○傅毅琴赋："盖

雅琴之丽朴，乃升伐其孙枝。"○余萧客文选音义曰："风俗通：

'梧桐生于峄山之阳，嵓石之上，采东南孙枝为琴，极清丽。'苏

轼志林曰：'凡木本实而末虚，惟梧反之，试取小枝削，皆坚实

如蜡，而其本皆中虚空，故世所以贵孙枝者，贵其实也，实故丝

中有木声。'"○曾敏行独醒杂志曰："或谓桐本已伐，旁有蘗者

为孙枝；或谓自本而岐者为子干，自子干而岐者为孙枝。凡桐

遇伐去，随其萌蘗，不三年可材矣，而自子干岐生者，虽大不能

拱把。唐人有百衲琴，虽未详其取材，然以百衲之意推之，似

谓众材皆小，缀葺乃成，故意其取自干而岐出者为孙枝也。"○

说文："准，平也。"广雅："任，使也。"

〔七四〕"至"琴史引作"圣"。

〔七五〕<u>李善</u>注：<u>庄子</u>曰：“不离于真，谓之至人。”又曰：“至人无己，神人无功。”<u>郭象</u>曰：“无己故顺物，顺物而至。”<u>刘向</u>有雅琴赋。○<u>梁章钜</u>曰：“<u>汉书艺文志</u>：‘雅琴<u>赵氏</u>七篇，雅琴<u>师氏</u>八篇，雅琴<u>龙氏</u>九十九篇。’”○<u>广雅</u>：“摅，舒也。”<u>司马相如长门赋</u>：“援雅琴以变调兮。”<u>文选</u>注引<u>七略</u>曰：“雅琴，琴之言禁也，雅之言正也，君子守正以自禁也。”<u>蔡邕琴赋</u>：“爰制雅琴，协之锺律。”<u>曹植神农赞</u>：“正为雅琴，以畅风俗。”

〔七六〕<u>李善</u>注：<u>孟子</u>注曰：“<u>离娄</u>，<u>黄帝</u>时人，<u>黄帝</u>亡其玄珠，使<u>离娄</u>索之，能视百里之外，见秋毫之末。”<u>离子</u>，<u>离朱</u>也。<u>淮南子</u>曰：“<u>离朱</u>之明，察针末于百步之外。”按<u>慎子</u>为“<u>离珠</u>”。<u>周礼</u>：“禁督逆祀者。”<u>郑玄</u>曰：“督，正也。”<u>字书</u>曰：“督，察也。”<u>庄子</u>：“<u>匠石</u>之<u>齐</u>，见栎社树，观者如市，<u>匠石</u>不顾。”<u>司马彪</u>曰：“<u>匠石</u>字伯。”○<u>马叙伦</u>曰：“案此用<u>庄子徐无鬼</u>篇：‘<u>郢</u>人垩漫其鼻端，若蝇翼，使<u>匠石</u>斫之，<u>匠石</u>运斤成风声，听而斫之。’非<u>人间世</u>篇‘<u>匠石</u>过栎社’事也。”○<u>广雅</u>：“奋，动也。”<u>说文</u>：“斤，斫木也。”

〔七七〕“般”<u>张燮</u>本作“班”，<u>文选胡刻</u>本作“般”，<u>四部</u>本、<u>袁</u>本、<u>茶陵</u>本作“班”，<u>四部</u>本、<u>茶陵</u>本注云：“<u>五臣</u>作‘般’。”<u>袁</u>本注云：“善本作‘般’字。”<u>胡克家文选考异</u>曰：“案<u>尤</u>所见，盖与<u>袁</u>同也。”○<u>李善</u>注：<u>尚书</u>：“帝曰：‘夔，命汝典乐，教胄子。’”<u>家语</u>：“<u>孔子</u>学琴于<u>师襄</u>。”<u>淮南子</u>：“<u>鲁般</u>，古之巧人。”注：“<u>公输班</u>也，为木鸢而飞。”<u>论衡</u>曰：“<u>鲁班</u>刻木为鸢，飞三日不下。为母作木车，木人为御，机关一发，遂去不还，人谓<u>班</u>母亡。”<u>尚书</u>曰：“倕，汝作共工。”<u>般</u>，<u>鲁般</u>也。“般”与“班”同。倕音垂。○案<u>文选李善</u>注本<u>洞箫赋</u>：“于是<u>般</u>匠施巧，<u>夔</u>妃准法。”<u>六臣</u>注本“妃”作

襄"。长笛赋:"夔襄比律。"广雅:"荐,进也。"扬雄甘泉赋:
"般、倕弃其剞劂兮。"尸子:"古者倕为规矩准绳,使天下
仿焉。"

〔七八〕二句琴史引作"锼襄厕朗,密调齐均"。案"厕朗"不成词。○
李善注:锼会,谓锼镂其缝会也。襄厕,谓襄缠其填厕之处也。
说文曰:"襄,缠也。"广雅曰:"厕,间也。"○张铣注:锼,谓斤去
木之中也。会,合缝也。襄厕,谓相比密致也。○尔雅注:"刻
镂物为锼。"周礼注:"会,缝中也。"

〔七九〕"彫"或作"雕",或作"琱"。"琢"文选四部本、袁本、茶陵本作
"瑑",并注云:"善本作'琢'。"尤袤文选考异曰:"五臣'琢'作
'瑑'。"

〔八〇〕李善注:孔安国尚书传曰:"绘,会五采也。"胡愦切。○傅毅琴
赋:"遂彫琢而成器,揆神农之初制。"初学记二十七引逸论语
曰:"玉谓之琢,亦谓之雕。"孟子注:"彫琢,治饰玉也。"尚书
传:"藻,水草有文者。"楚辞九叹:"垂文扬采,遗将来兮。"

〔八一〕"籍"或作"藉",二字通。○李善注:犀象,二兽名。翠绿,二色
也。○毛诗传:"错,杂也。"易大过:"初六,藉用白茅,无咎。"
释文:"马云:'在下曰藉。'"杨抡太古遗音曰:"犀象,琴轸雁足
之类;翠绿,琴荐琴囊之属。"

〔八二〕"絃"或作"弦",下同。

〔八三〕"锺"能改斋漫录卷六引作"荆"。○李善注:列仙传曰:"园客
者,济阴人也,常种五色香草,积数十年,食其实。一旦,有五
色神蛾,止香树末,客收而荐之以布,生桑蚕焉。时有好女夜
至,自称我与君作妻,道蚕状,客与俱,蚕得百头,茧皆如瓮,缲
茧六十日乃尽,讫则俱去,莫知所如。"淮南子曰:"譬若锺山之

玉。"许慎曰:"锺山,北陆无日之地,出美玉。"○朱琦曰:"案注
所引淮南子见俶真训,高诱注:'锺山,昆仑也。'海内西经:'流
沙出锺山,西行,又南行昆仑之虚。'可知其相属,故庄忌哀时
命篇云:'愿至昆仑之悬圃兮,采锺山之玉英'也。"○崔骃七依
曰:"弦以山柘之丝,饰以和氏之璧。"汉书注:"徽,琴徽也,所
以表发抚抑之处。"

〔八四〕李善注:西京杂记曰:"赵后有宝琴曰凤凰,皆以金玉隐起,为
龙螭鸾凤古贤列女之象。"○吕向注:琴有龙唇凤足。○何薳
春渚纪闻曰:"秦汉之间,所制琴品,多饰以犀玉金彩,故有瑶
琴绿绮之号。西京杂记:'赵后有琴名凤凰,皆用金石隐起,为
龙凤古贤列女之像。'嵇叔夜琴赋所谓'错以犀象,藉以翠绿,
爰有龙凤之象,古人之形'是也。"

〔八五〕李善注:广雅曰:"挥,动也。"吕氏春秋曰:"伯牙鼓琴,锺子期
听之,志在泰山,锺子期曰:'善哉,巍巍乎若太山。'须臾,志在
流水,子期曰:'汤汤乎若流水。'子期死,伯牙破琴绝弦,终身
不复鼓琴,以为世无赏音。"列子曰:"伯牙善鼓琴,锺子期善
听,伯牙鼓琴,每奏,锺期辄穷其趣,伯牙舍琴而叹曰:'善哉,
子之听,夫志相象,犹吾心也,吾于何逃声哉。'"○崔琦七蠲
曰:"子野调操,锺期听声。"

〔八六〕"爝"张本及初学记十六、艺文类聚四十四、事文类聚后集二十
二及琴史引作"烁",文选四部本、袁本、茶陵本同,并注云:"善
本作'爝'。"尤袤文选考异曰:"五臣'爝'作'烁'。"

〔八七〕"采"或作"彩",下同。

〔八八〕李善注:说文曰:"灼,明也。"又曰:"爝,火光也。"○朱琦曰:
"今说文:'灼,灸也。'又焯字云:'明也',下引周书:'焯见,三

有俊心。'今书立政作'灼见'，是'灼'与'焯'通，故此以灼为明。爚，今说文云：'火飞也。'而此注及景福殿赋注俱作'火光'。一切经音义九亦作'火光'，疑说文本作'光'也。"○扬案：扬雄羽猎赋："随珠和氏，焯烁其陂。"文选注："'焯'古'灼'字。"汉书注："焯烁，光貌。"蔡邕观舞赋："光灼烁以发扬。""爚"与"烁"通，则火光之训，比火飞为合。○崔骃七依曰："昭灼烁而复明。"蔡邕弹棋赋："荣华灼烁。"文选注："灼烁，艳色也。"魏文帝车渠椀赋："发符采而扬荣。"

〔八九〕"连"初学记十六引误作"建"。○李善注：汉书曰："黄帝使伶伦自大夏之西，昆仑之阴，取竹之嶰谷，断两节间而吹之，以为黄锺之宫，制十二箫，以听凤凰之音，以比黄锺之宫，皆可以生之，是为律本。"韩子曰："田连成窍，天下善鼓琴者也。然而田连鼓上，成窍擫下，而不成曲。"或曰：成连古之善音者。琴操："伯牙学琴于成连先生，先生曰：'吾能传曲而不能移情，吾师有方子春，善于琴，能作人之情，今在东海上，子能与我同事之乎？'伯牙曰：'夫子有命，敢不敬从。'乃相与至海上，见子春，受业焉。"○史记乐书："协比音律。"长笛赋："夔、襄比律。"周礼注："比，次也。"吕氏春秋先己篇："琴瑟不张。"注："张，施也。"

〔九〇〕"熮"张本及文选、琴史引作"憀"，初学记十六引作"寥"，程本及艺文类聚四十四、事文类聚后集二十二引作"嘹"。

〔九一〕李善注：憀亮，声清澈貌。亦与"聊"字义同。○古诗："新声妙入神。"桂馥札朴曰："笙赋：'勃慷慨以憀亮。'李善云：'憀亮，声清也。'案'憀'当为'漻'，说文：'漻，清深也。'"

〔九二〕李善注：王逸楚辞注曰："证，验也。"

〔九三〕广雅:"参,分也。"毛诗传:"趣,趋也。"淮南子览冥训:"夫调弦者,叩宫宫应,弹角角应,此同声相和者也。"扬案:上下谓徽位上下,初调弦时,取五声相应也。

〔九四〕"躁"吴钞本、张本及文选作"磔"。

〔九五〕李善注:躷踔,无常也。磔硌,壮大貌。磔与磊同,力罪切。○马融樗蒲赋:"磊落躷踔,并来猥至。"阮瑀筝赋:"慷慨磊落,卓砾盘纡。"楚辞注:"躷踔,暴长貌也。"说文:"躷踔,行无常貌。"王念孙广雅疏证曰:"暴长即无常之意,无常谓之躷踔,非常亦谓之躷踔,赵岐注孟子尽心篇云:'子张之为人,躷踔谲诡'是也。"

〔九六〕李善注:广雅曰:"昶,通也,勑两切。"○李周翰注:角羽俱起,宫徵相证,谓调醍取声韵中适也。参发并趣,以指俱历,七弦参而审之也。上下累应,谓声调合韵也。躷踔,初声布散貌。磔硌,大声貌。调弦既毕,将奏雅曲,故美声是兴,故乃和通情性,此足耽乐也。○洞箫赋:"优游流离,踌躇稽诣,亦足耽兮。"毛诗传:"耽,乐也。"案"妉"为"耽"之俗字。

〔九七〕荀子乐论篇:"正声感人,而顺气应之。"桓谭新论曰:"黄门工鼓琴者,有任真卿、虞长倩能传其度数,妙曲遗声。"仲长统乐志论:"弹南风之雅操,发清商之妙曲。"

〔九八〕"雪"孔本北堂书钞一百九引误作"日"。○李善注:淮南子曰:"师旷奏白雪而神禽下。"白雪五十弦琴乐曲,未详。韩子曰:"昔卫公之晋,于濮水上宿,夜有鼓新声者,召师涓抚琴写之。公遂之晋,晋平公曰:'试听之。'师旷援琴,一奏有玄鹤二八来舞,再奏而列,三奏延颈鸣舒而舞,音中宫商。师旷曰:'不如清角。'师旷奏之,有云从西北方起之,大风起,天雨随之。"此言感天地，清角为胜。宋玉对问曰：“其为阳春白雪。”韩子：“师旷曰：‘清徵之声，不如清角。’”○韩子十过篇：“师旷曰：‘黄帝合鬼神于西泰山之上，作为清角。’”淮南子俶真训：“耳听白雪清角之声。”注：“白雪，师旷所奏，太一五弦之琴乐曲，神物为下降者。清角，商声也。”文选南都赋注引许慎淮南子注曰：“清角，弦急，其声清也。”司马相如美人赋：“臣遂抚弦为幽兰白雪之曲。”魏文帝答繁钦书：“激清角，扬白雪。”

〔九九〕“奂”文选四部本同，注云：“五臣本作‘涣’。”袁本作“涣”，注云：“善本作‘奂’字。”初学记十六及琴史引亦作“涣”。“而”初学记引作“以”。○扬雄羽猎赋：“聊浪乎宇内。”文选注：“聊浪，放荡也。”吴都赋刘渊林注：“聊浪，放旷貌。”扬案：淋浪，犹聊浪也，淋与聊一声之转。洞箫赋：“优游流离。”文选上林赋注引张揖曰：“流离，放散也。”礼记檀弓下：“美哉奂焉。”注：“奂言众多。”张衡舞赋：“叛淫衍兮漫陆离。”诗信南山：“既优既渥。”广雅：“渥，厚也。”

〔一○○〕李善注：广雅曰：“奕奕，盛貌。”王逸楚辞注曰：“岌岌，高貌。”广雅：“粲，明也；属，续也。”贾谊吊屈原赋：“凤缥缥其高逝兮。”○广雅：“岌岌，盛也。”

〔一○一〕“韡晔”张本作“暐煜”，文选四部本、袁本、茶陵本同，四部本、袁本注云：“善作‘韡晔’。”茶陵本注云：“善作‘韡晔’二字。”琴史引作“暐煜”。○李善注：韡晔，盛貌。繁缛，声之细也。郭璞尔雅注曰：“遒，相触遒也。”○洞箫赋：“或漫衍而骆驿兮，沛焉竞溢。”文选注：“沛，多貌。”尔雅：“翕，合也。”西京赋：“流景曜之韡晔。”薛综注：“韡晔，言明盛也。”长笛赋：“繁缛骆驿，范蔡之说也。”说文：“缛，繁采色也。”

〔一〇二〕两"兮"字北堂书钞一百九引作"乎"。〇李善注：列子曰："伯牙鼓琴，志在高山，锺子期曰：'善哉，峨峨兮若泰山。'志在流水，锺子期曰：'洋洋兮若江河。'"已见上文。〇案文选胡刻本注文，无"锺子期曰：'洋洋兮若江河'"句，今据六臣注本补。又案吕氏春秋本味篇载此云"汤汤乎若流水"。〇上林赋："崇山矗矗。"洞箫赋："状若捷武，又象流波。"尚书传："汤汤，流貌。"广雅："峨峨，高貌。"

〔一〇三〕"㥜"琴史引作"惆"。

〔一〇四〕李善注：怫㥜烦冤，声蕴积不安貌。怫，扶味切。㥜，音渭。风赋曰："勃郁烦冤。"上林赋曰："纡馀委蛇。"〇吕向注：怫㥜烦冤，声多而不散貌。纡馀婆娑，曲旋而乱繁或散之声。〇洞箫赋："故其武声，则若雷霆輘輷，佚豫以怫㥜。"文选注："坤苍曰：'沸㥜，不安貌。'"案"怫"与"沸"通。班固窦车骑北征颂："士怫㥜以争先。"楚辞九章："烦冤瞀容，实沛徂兮。"说文："纡，诎也，一曰萦也。"洞箫赋："优娆娆以婆娑。"文选注："婆娑，分散貌。"

〔一〇五〕"陵"文选四部本同，注云："五臣作'凌'。"袁本作"凌"，注云："善本作'陵'。"琴史引作"凌"。

〔一〇六〕李善注：言声陵纵播布而起，霍濩然似水声。纷葩，开张貌。霍濩，盛貌。鲁灵光殿赋曰："霍濩燐乱。"〇张铣注：陵纵播逸，声高而分布也。霍濩，波浪声。纷葩，繁乱之音。〇西京赋："起彼集此，霍绎纷泊。"薛综注："霍绎纷泊，飞走之貌。"案"濩""绎"音近，"葩"与"泊"一声之转也。长笛赋："纷葩烂漫，诚可喜也。"文选注："纷葩，盛多貌。"

〔一〇七〕李周翰注：授，付也。谓曲节将至，则当缓而分布，故须端检其容,以定其声,乃付手指以成其节,则应合于度。○书伊训:"检身若不及。"孔疏曰:"检,谓自摄敛也。"尔雅:"和乐谓之节。"

〔一〇八〕"兢"张本及琴史引作"競",孙志祖文选考异曰:"'競'当作'兢',李周翰注:'兢,惧也。'亦强解。"

〔一〇九〕说文:"兢,競也。"广雅:"徐,迟也。"

〔一一〇〕傅毅舞赋:"或有矜容爱仪,洋洋习习。"毛诗传:"洋洋,众多也;习习,和舒貌。"班固典引曰:"扇遗风,布芳烈。"广雅:"布,散也。"

〔一一一〕"含"文选四部本同,注云:"五臣作'合'。"袁本作"合",注云:"善本作'含'字。"琴史引亦作"合"。

〔一一二〕"飘"吴钞本作"流"。"乎"吴钞本作"于",张本及琴史引作"於",文选四部本、袁本同,并注云:"善作'乎'。"○李善注:含显媚之声,以送曲终也。列子:"太素者,质之始也。"○张大命琴经曰:"含其明美之音,以送初终之曲。"○长笛赋:"众音猥积,以送厥终。"

〔一一三〕"夏"张本及文选四部本、初学记十六、艺文类聚四十四及琴史引作"厦",案二字通。"闲"或作"閒"。○李善注:轩,长廊之有窗。○崔骃达旨曰:"据高轩,望朱阙。"鲁灵光殿赋:"阳榭外望,高楼飞观。"尔雅:"观谓之阙。"列子杨朱篇:"宋有田夫,不识广厦绵缟之属。"楚辞九怀:"息阳城兮广夏。"注:"大屋庐也。"说苑善说篇:"雍门周以琴见孟尝君曰:'今足下千乘之君也,居则广厦邃房。'"曹植七启曰:"践飞除,即闲房。"

〔一一四〕"冬夜"北堂书钞一百九引作"夜色"。

〔一一五〕"朗"北堂书钞一百九引作"明",青莲舫琴雅同,太音大全引作

"朝",误也。此句,初学记十六引作"月明垂光"。○曹植大暑赋:"云屋重构,闲房肃清。"

〔一一六〕李善注:子虚赋曰:"翕呷萃蔡。"张揖曰:"萃蔡,衣声也。"班婕妤自伤赋曰:"纷綷縩兮纨素声。"洛神赋曰:"披罗衣之璀粲兮。"字虽不同,其义一也。尔雅曰:"妇人之徽谓之缡。"郭璞曰:"今之香缨也。"○李周翰注:翠粲,鲜色也。○杨慎丹铅杂录曰:"綷縩是衣声,翠粲是鲜明之貌。"○孙志祖文选理学权舆补曰:"翠粲,鲜明之貌,注引班姬自悼赋:'纷綷縩兮纨素声',以为衣声,非也。綷縩自是衣声,翠粲自是鲜明之貌,不必同也。骆宾王文:'缛翠萼于词林,綷鲜花于笔苑。'又东坡诗:'两朵妖红翠欲流。'高似孙纬略云:'翠谓鲜明之貌,非色也,今俗犹然。'"○许巽行文选笔记曰:"'萃蔡''綷縩''璀粲''翠粲',四者皆同。"○扬案:"翠""璀"同音,故翠粲亦谓鲜明,不必方俗字义,乃证知也。应场迷迭赋:"振纤枝之翠粲。"仪礼注:"妇人年十五许嫁,笄而礼之,因著缨,明有系也,盖以五采为之。"说文:"徽,衺幅也;一曰三纠绳。"

〔一一七〕"冷"文选袁本同,并注云:"善本作'泠'。"四部本作"泠",注云:"五臣本作'冷'。"胡刻本仍作"冷",胡克家文选考异曰:"此以五臣乱善。"北堂书钞一百九引"冷"作"泠",事文类聚后集二十二及青莲舫琴雅引作"冶",太音大全引作"洽",案"冶""洽"皆刻木之误。

〔一一八〕李善注:毛苌诗传曰:"闲,习也。"○张大命琴经曰:"器,琴也。"○楚辞注:"泠泠,清凉貌。"

〔一一九〕李善注:说文曰:"批,反手击也,与捭同,蒲结切。"如志,谓如其志意。○朱琦曰:"今说文正作'捭',玉篇引左传:'宋万遇

151

仇牧于门，挽而杀之。'今左传作'批'，俗字也。此注'批''挽'二字当互易。下文'或楼挽栎捋'，注引不误。"〇说文："拟，度也。"

〔一二〇〕"渌"文选四部本同，注云："五臣作'绿'。"袁本作"绿"，注云："善本作'渌'字。"

〔一二一〕李善注：淮南子曰："手会渌水之趣。"高诱曰："渌水，古诗。"韩子曰："师旷奏清徵，有玄鹤二八集廊门。"〇案今本淮南子俶真训注曰："绿水，舞曲也；一曰，绿水，古诗也。"

〔一二二〕李善注：七略："雅畅第十七曰琴道曰：'尧畅逸。'又曰：'达则兼善天下，无不通畅，故谓之畅。'""昶"与"畅"同。又曰："微子操，微子伤殷之将亡，终不可奈何，见鸿鹄高飞，援琴作操。"〇胡克家文选考异曰："袁本、茶陵本'达'作'尧'，案尤未必是也。"〇扬案：注文"达"字不误，文选四部本亦作"尧"，盖此处引书有省耳。〇薛传均文选古字通疏证曰："案枚叔七发：'师堂操畅。'注：'琴道曰：尧畅，达则兼善天下，无不通畅，故谓之畅。'本赋上文：'固以和昶而足耽矣'，广雅：'昶，通也。'此'昶''畅'通用之证。"〇桓谭新论曰："古者圣贤玩琴以养心，穷则独善其身，而不失其操，故谓之操，达则兼善天下，无不通畅，故谓之畅。"

〔一二三〕"跱"文选四部本同，注云："五臣作'峙'。"袁本作"峙"，注云："善本'跱'字。"此句，琴史引作"优游踟蹰"，误也。〇李善注：踌跱，踌踌辣跱。〇案"踌跱"犹"跱踌"也，古乐府日出东南隅行："五马立踌踌。"宋书乐志作"跱踌"，说文："蹰，跱踌不前也。""踌""蹰"音近，此与"踟蹰"、"踟躇"、"踌踌"等语，皆相通。洞箫赋："优游流离，踌踌稽诣。"叔夜正用此语，善注以为

"竦跱",误也。

〔一二四〕"拊"下,文选四部本、袁本、茶陵本并注云:"善作'持'。"胡刻本仍作"拊"。胡克家文选考异曰:"案此,尤改之。"○初学记十六引"拊"作"抚","安"作"按"。○扬案:"拊"与"抚"同。

〔一二五〕李善注:楚辞曰:"翔江舟而安歌。"王逸曰:"安意歌吟也。"汉书曰:"李延年善歌,为新变之声。"○刘良注:代,更代也。○说文:"拊,循也。"淮南子修务训:"搏琴抚弦。"曹植仙人篇:"湘娥拊琴瑟。"楚辞九歌:"舒缓节兮安歌。"

〔一二六〕"凌"文选四部本作"淩",注云:"五臣作'陵'。"袁本作"陵",注云:"善本作'淩'字。"

〔一二七〕"仇"琴史引作"逑"。○李善注:尔雅曰:"扶摇,风也。"庄子曰:"抟扶摇而上者九万里。"史记曰:"瀛洲,海中神山也。"庄子:"列子御风,泠然者风仙也。"刘向上列子表曰:"列子者,郑人,与郑穆公同时。"汉书曰:"列子名御寇,先庄子,庄子称之。"毛诗曰:"窈窕淑女,君子好仇。"○梁章钜曰:"'逑'与'仇'二字,古以同音通用,故尔雅释诂训合训匹,皆作仇字。"许巽行曰:"注'史记曰瀛洲海中仙山也'十字,五臣注,当削。又李注'庄子曰:列子御风而行,泠然善也'。今此注'列子御风泠然者风仙也',亦五臣注。"

〔一二八〕李善注:郑玄曰:"餐,夕食也。"说文曰:"餐,吞也。"楚辞曰:"餐六气而饮沆瀣兮,漱正阳而食朝霞。"凌阳子明经曰:"夏食沆瀣。"沆瀣,北方夜半气也。广雅曰:"薄,至也。"○张衡思玄赋:"餐沆瀣以为粮。"蔡邕释诲曰:"踔宇宙而遗俗兮,眇翩翩而独征。"广雅:"眇,远也。"毛诗传:"翩翩,往来貌。"庄子外物篇:"心有天游。"

〔一二九〕<u>李善注</u>:庄子有齐物篇。楚辞曰:"漠灵静以恬愉,憺无为而自得。"<u>服鸟赋</u>曰:"纵区委命,不私与己。"○<u>上林赋</u>:"超若自失。"<u>曹大家东征赋</u>:"靖恭委命,唯吉凶兮。"<u>仪礼注</u>:"委,安也。"<u>曹植桂之树行</u>曰:"乘蹻万里之外,去留随意所欲存。"

〔一三○〕<u>李善注</u>:会,节会也。<u>论语</u>曰:"子之武城,闻弦歌之声。"<u>毛诗传</u>曰:"绸缪,犹缠绵也。"○<u>吕延济注</u>:以此歌奏于琴曲,而相赴会,弦与歌音,混合而绸缪。○<u>边让章华台赋</u>:"清声发而响激。"<u>王粲七哀诗</u>:"流波激清响。"<u>曹植</u>诗:"张琴抚节,为我弦歌。"

〔一三一〕"曲引"<u>事文类聚后集二十二</u>及<u>青莲舫琴雅</u>、<u>太音大全</u>引作"雅曲"。

〔一三二〕"音"<u>太音大全</u>引作"手"。○<u>李善注</u>:引亦曲也。半在半罢谓之阑。○<u>长笛赋</u>:"聆曲引者,观法于节奏。"<u>蔡邕琴赋</u>:"曲引兴兮繁弦抚。"<u>乐府诗集</u>引<u>琴论</u>曰:"引者,进德修业,申达之名。"

〔一三三〕"奇弄"<u>初学记十六</u>引作"奇音",<u>艺文类聚四十四</u>引作"奇巧",<u>太音大全</u>引作"音弄"。○<u>淮南子氾论训</u>:"事犹琴瑟,每弦改调。"<u>边让章华台赋</u>:"琴瑟易调,繁手改弹。"<u>蔡邕琴赋</u>:"哀声既发,秘弄乃开。"<u>梁元帝纂要</u>曰:"琴曲有畅,有操,有引,有弄。"<u>琴论</u>曰:"弄者,情性和畅,宽泰之名。"<u>文选洞箫赋注</u>:"弄,小曲也。"

〔一三四〕"攘"<u>琴史</u>引作"攓"。○<u>李善注</u>:<u>舞赋</u>曰:"严颜和而怡怿。"<u>洛神赋</u>曰:"攘皓腕于神浒。"○<u>班婕好自悼赋</u>:"顾左右兮和颜。"<u>刘桢鲁都赋</u>:"和颜扬眸,晒风长歌。"

〔一三五〕"傝"<u>张燮本</u>及<u>文选四部本</u>、<u>袁本</u>作"傝",<u>北堂书钞一百九</u>引作

“捉”。○<u>李善</u>注：儵嚞，声多也。儵，不定也，师立切。<u>说文</u>曰：“嚞，疾言也，徒合切。”○<u>李周翰</u>注：儵嚞流漫，乱急长远声也。○案<u>文选六臣本善注</u>曰：“儵嚞，疾貌。”○<u>说文</u>：“儵，行貌。”<u>淮南子本经训</u>：“五采争胜，流漫陆离。”注：“流漫，采色相参和也。”<u>风俗通义</u>：“琴者，乐之统也，大声不喧哗而流漫。”

〔一三六〕“徘”或作“裴”。“顾”<u>初学记十六</u>引作“愿”。

〔一三七〕<u>蔡邕琴赋</u>曰：“左手抑扬，右手徘徊，指掌反覆，抑案藏摧。”

〔一三八〕“甂”或作“玩”。○<u>李善</u>注：<u>广雅</u>曰：“盘桓，不进貌。”从容，举动也。“毓”与“育”同。○<u>吕向</u>注：徘徊，声旋绕也。顾慕、拥郁、抑按，声驻而下不散貌。盘桓，谓以指转历于弦上也。毓养，从容，谓安息其声也。秘甂，谓闲缓而弄也。○<u>国语</u>注：“毓即育字，生也。”<u>洞箫赋</u>：“趣从容其勿迷兮。”

〔一三九〕<u>李善</u>注：闵，疾貌。<u>七发</u>曰：“波涌而云乱。”○<u>上林赋</u>：“陵惊风，历骇飚。”<u>刘广世七兴</u>曰：“飚骇风逝。”<u>吕氏春秋</u>注：“骇，扰也。”

〔一四〇〕“牢”<u>青莲舫琴雅</u>引作“半”，误也。“凌”或作“淩”。

〔一四一〕“半”<u>青莲舫琴雅</u>引作“涣”。○<u>李善</u>注：牢落，犹辽落也。<u>洞箫赋</u>曰：“翩绵连以牢落。”<u>刘歆遂初赋</u>曰：“过句注而凌厉。”<u>上林赋</u>曰：“布濩宏泽。”<u>甘泉赋</u>曰：“半散照烂，粲以成章。”○<u>上林赋郭璞</u>注：“布濩，犹布露也。”<u>汉书扬雄传</u>注：“半散照烂，言其分布而光明也。”扬案：“半”与“泮”通，<u>毛诗传</u>：“泮，散也。”

〔一四二〕“韡奂”<u>文选四部本</u>同，注云：“<u>五臣</u>作‘暐奂’。”<u>袁本</u>作“暐奂”，注云：“<u>善本</u>作‘韡奂’二字。”<u>琴史</u>亦引作“暐奂”。○<u>李善</u>注：丰融，盛貌。<u>风赋</u>曰：“被丽披离。”斐韡，明貌。斐，敷尾切；韡，于鬼切。<u>风赋</u>曰：“晌奂粲烂。”○<u>张铣</u>注：闵尔，犹豁然也。

奋逸，腾起也。牢落凌厉，希疏貌。布濩，长多貌。半散，欲散而还聚也。丰融披离，声通畅而清也。斐韡涣烂，声繁盛貌。○甘泉赋："肸蚃丰融。"楚辞九辩："奄离披此梧楸。"又曰："妒被离而障之。"注："离披，分散貌。'被'一作'披'。"文选风赋注："被丽披离，四散之貌。"尔雅："斐，文貌。"说文："韡，盛貌。"文选风赋注："晌奂粲烂，鲜盛貌。"

〔一四三〕"采采"或作"彩彩"。○李善注：广雅曰："英，美也。"○司马相如封禅书曰："蜚英声。"又上林赋曰："郁郁菲菲，众香发越。"郭璞注："香气射散也。"诗蜉蝣："采采衣服。"又大东："粲粲衣服。"毛传："采采，众多也。粲粲，鲜盛貌。"

〔一四四〕李善注：言其状若诡诈而相赴也。郑玄礼记注曰："糅，杂也。"○吕延济注：诡，疾。骈，并也。言间声错杂，如疾而相赴并走，如鸟翼之相驱逐也。○王念孙读书杂志曰："诡诈相赴，于义未安；训诡为疾，尤未之前闻。今案：诡者，异也。赴，趋也。言间声错出，若与正声异趋也。下文曰：'初若相乖，后卒同趣'，是其明证矣。"○扬案：间声即奸声，与上文正声对言也，礼记乐记篇："奸声以乱。"盖正声之外，繁手而淫者为奸声，犹正色之外，杂互而成者为奸色矣。又案：长笛赋："宎隆诡戾。"李善注："诡戾，乖违貌。"此处状若诡赴，亦谓初之赴节，若相乖违也。善注得于彼而失于此，何耶？六臣注本，善注无此句，为是。

〔一四五〕李善注：骈，并也。翼，疾貌。苍颉篇曰："随后曰驱。"

〔一四六〕广雅："乖，背也。"毛诗传："趣，趋也。"

〔一四七〕"直"上，张本有"或"字，文选四部本、袁本同，并注云："善本无'或'字。"○李善注：左传："吴公子季札闻歌颂，曰：'直而不倨，曲而不屈。'"杜预曰："倨，傲也，居预切。"○李周翰注：凡弹琴初缓其声，乍似相乖，曲度相调，后终同为趣会也。其声虽曲，而志不屈，其声直，而志不倨傲也。

〔一四八〕李善注：左氏传曰："武城人断其后之木而不殊。"汉书音义曰："殊，犹绝也。"

〔一四九〕"时"张本作"或"。

〔一五〇〕"嫭"文选四部本同，注云："五臣作'沮'。"袁本作"姐"，注云："善本作'嫭'。"琴史引亦作"沮"。○李善注：说文曰："掎，偏引也。"嫭，娇也，子庶切，或作"姐"，古字通，假借也。姐，子也切。韩诗曰："爱而不见，搔首踌躇。"踌躇，犹踯躅也。○张铣注：怨沮踌躇，怨而不散声也。○朱珔曰："说文女部别有姐字，云：'蜀人谓母曰姐，淮南谓之社。'故此注以为假借。"○战国策燕策："荆轲复为慷慨羽声。"洞箫赋："踌躇稽诣。"

〔一五一〕"飖"吴钞本同，周校本作"摇"，琴史引作"飘"。

〔一五二〕"疏"或作"疎"。○李善注：言扶疏四布也。○吕延济注：迈，风轻行之声也。留联，相连声也。扶疏，四散声也。○边让章华台赋："忽飘飖以轻逝兮。"宋玉笛赋："敷纷茂盛，扶疏四布。"案"联"与"连"同，说文："聯，连也，从耳，耳连于颊也，从丝，丝连不绝也。"易蹇卦："六四，往蹇来连。"释文引郑注曰："连，迟久之意。"此处上句言声之速，下句言其迟也。

〔一五三〕李善注：参谭，相随貌。参，七感切；谭，徒感切。一音并依字。攒仄，聚声。长笛赋曰："蹈踧攒仄。"○薛传均曰："案吴都赋注：'趻趯踸踔，相随驱逐众多貌。'啸赋注：'参谭不绝。'趻字参声，谭字趯字，俱覃声，故可通用。"○玉篇："趻趯，驱步。"

〔一五四〕"遯"或作"遁"。○李善注：鲁灵光殿赋曰："从横骆驿。"○刘良注:皆声繁急重叠,从横相连貌。○洞箫赋:"或漫衍而骆驿兮。"文选注:"骆驿,相连延貌。"

〔一五五〕李善注:淮南子曰:"时之反侧,间不容息。"高诱曰:"不容气息,促之甚也。"○长笛赋:"留际瞠眙,累称屡赞。"

〔一五六〕李善注:高唐赋曰:"谲诡奇伟,不可究陈。"○西京赋:"纷瑰丽以侈靡。"薛综注:"瑰,奇也。"案"瓓"与"瑰"同。说文:"殚,尽也。"

〔一五七〕李善注:说文曰:"闲,雅也。"毛苌诗传曰:"都,闲也。"○班固典引曰:"综观三代洪纤之度。"说文:"纤,细也。"

〔一五八〕李善注:案衍,不平貌。上林赋曰:"阴淫案衍之音。"衍,弋战切。广雅曰:"陆离,参差也。"楚辞九思:"声噭咷兮清和。"阮瑀筝赋:"禀清和于律吕。"李尤琴铭:"条畅和乐,乐而不淫。"离骚:"班陆离其上下。"注:"陆离,犹嵾嵯众貌也。"扬雄甘泉赋:"声骈隐以陆离。"

〔一五九〕"叙"或作"序","委蛇"或作"逶迤"。○李善注:毛苌诗传曰:"婉然,美貌。委蛇,声长貌。"郑玄毛诗笺曰:"委蛇,委曲自得之貌。"○吕向注:此皆和乐顺序之声也。○礼记经解篇:"温柔敦厚,诗教也。"王褒四子讲德论曰:"怡怿而悦服。"尔雅:"怿,乐也。"洞箫赋:"其妙声则清静厌㦤,顺叙卑达。"

〔一六〇〕"隙"文选袁本同,注云:"善本作'隙'。"四部本作"隙",注云:"五臣作'隙'。""趋"或作"趣"。○李善注:会,节会也。邀,要也。○刘向杖铭:"历危乘险,匪杖不行。"

〔一六一〕"嘈"或作"嘤","鹍"或作"昆"。

〔一六二〕"浮"张本及初学记十六、艺文类聚四十四、事文类聚后集二十二引作"游",文选同。读书续记曰:"选本'浮'作'游','浮'

'游'字义最近,沿用多作'游',宜作'游'。"○"曾"吴钞本及琴史引作"层",文选四部本仍作"曾",注云:"五臣作'增'。"袁本作"增",注云:"善本作'曾'字。"初学记十六、艺文类聚四十四引作"增"。案三字并通。○<u>李善</u>注:苍颉篇曰:"嚻嚻,鸟声也。"<u>张衡舞赋</u>曰:"含清哇而吟咏,若离鹍鸣姑耶。"琴道曰:"伯夷操似鸿雁之音。"○<u>李周翰</u>注:琴有鹍鸡鸿雁之曲。○案文选胡刻本注文无"伯夷"二字,今据六臣本善注补。长笛赋注引此文亦云伯夷操也。○文选思玄赋<u>李善</u>注曰:"嚻,古嘤字。"子虚赋:"怠而后发,游于清池。"西都赋:"仍层崖而衡阈。"楚辞注:"曾,重也。"

〔一六三〕"慊缥"<u>张本</u>作"綝縿",文选六臣注本刘良注作"綝缪"。○<u>李善</u>注:纷文斐尾,文彩貌。慊缥离纚,羽毛貌。○<u>梁章钜</u>曰:"倪氏思宽曰:尾当作娓,说文训美,若尾字,古但通微,无文彩义也。"○<u>扬案:</u>"尾"为"娓"省,自可相通。○<u>方以智通雅</u>曰:"'筵襕'反之为'襕袿',<u>陆羽茶经</u>作'篦筵',<u>嵇康琴赋</u>作'离纚',古乐府作'离筵'。"○说文:"縿,旌旗之斿也。"礼记注:"縿,缛也。"案"慊"与"缣"通,慊缥喻下垂之状。洞箫赋:"锼镂离灑。"又曰:"被淋灑其靡靡兮。"文选注:"离灑,锼镂之貌;淋灑,不绝貌。"楚辞九怀:"舒佩兮綝灑。"注:"綝灑,衣裳毛羽垂貌。"木华海赋:"被羽翮之縿纚。"文选注:"縿灑,羽垂之状。"案"离灑""淋灑""离纚""綝纚""縿纚",皆喻连续不绝。此处"纷文斐尾",喻文彩,"慊缥离纚",喻下垂而连属也。下文"靡靡"二字,亦用洞箫赋语。

〔一六四〕"馀"<u>文津本</u>作"清"。

〔一六五〕<u>李善</u>注:靡靡,顺风貌。猗猗,众盛貌。○洞箫赋:"终诗卒曲,尚馀音兮。"又曰:"吟气遗响,联绵漂撇,生微风兮。"阮瑀筝赋:"浮沉抑扬,升降猗靡。"文选洞箫赋注:"靡靡,声之细好也。"

〔一六六〕吴钞本同,张本及文选、艺文类聚四十四引"楼"作"搂"。又张本"櫟"作"擽",皕宋楼钞本有校语云:"搂捹櫟捋",张本及文选皆从手,是也。○扬案:文选"櫟"不从手,周校本四字皆从手,亦与吴钞本未合。

〔一六七〕"澂冽"事文类聚后集二十二及太音大全引作"撇冽",文选袁本作"冽"。○许巽行曰:"'冽'当作'洌',从水不从仌。"○李善注:搂捹栎捋,皆手抚弦之貌。尔雅曰:"搂,牵也。"刘熙孟子注曰:"搂,牵也,力头切。"说文曰:"捹,反手击也。"广雅曰:"栎,击也。"毛诗曰:"薄言捋之。"传曰:"捋,取也。"缥缭澂冽,声相纠激之貌。说文:"缭,缠也。"上林赋曰:"转腾澂冽。"澂冽,水波貌。言声似也。○太音大全弹琴法曰:"齐嵩云:'琴赋:搂捹栎捋,缥缭撇冽,调弦手势也。'"○张大命琴经曰:"搂捹,即今圆搂。馀皆指诀名,但古今字谱不同矣。"○祝凤喈与古斋琴谱曰:"右手弹出之名曰托挑剔摘,弹入之名曰擘抹句打,四指弹弦出入,不外此八法,即嵇康琴赋所谓:'搂(擘)捹(托)栎(挑)捋(抹),摽(句)撩(剔)撇(摘)捌(打)'是也。"○杨宗稷琴话曰:"琴赋原文下四字不从手,上四字为当日指法,毫无疑义,然必谓某字即今某法,缥缭澂冽皆从手,则不知其所本也。琴赋中彷彿指法字者,恐尚不止此,惜当日笺注家,不能以弹琴指法注出,今亦不敢遽以为是也。"○扬案:本篇行文至此,不当更言调弦手势矣。陈旸乐书琴论曰:"吟木、沈散、抑抹、剔操、栎擘、偏绰、觑璪之类,声音之法也。"此处,搂捹栎

嵇康集校注

将,当即指法;缥缥潎洌,自是状声之词。<u>杨氏</u>之说是也。

〔一六八〕"慧"<u>张本</u>及<u>文选</u>四部本、<u>袁本</u>、<u>茶陵本</u>及<u>琴史</u>引作"惠",<u>文选</u><u>胡刻本</u>仍作"慧"。<u>胡克家文选考异</u>曰:"案此似<u>尤</u>改之也。"○<u>李善</u>注:<u>说文</u>曰:"嫿,静好也。瞟,察也,七祭切。"○<u>李周翰</u>注:轻行,谓轻历之;浮弹,谓浮弦上而弹之。○<u>孙志祖文选考异</u>曰:"<u>笙赋</u>:'壹何察慧。''瞟慧',犹'察慧'也,'慧''惠'古字通。"

〔一六九〕"疾"<u>张本</u>作"集"。

〔一七〇〕<u>李善</u>注:<u>左氏传</u>:"<u>吴公子札</u>观颂曰:'处而不底,行而不流。'"<u>淮南子</u>曰:"流而不滞。"

〔一七一〕<u>吕向</u>注:翩绵飘邈,声飞而远也。○<u>张衡南都赋</u>:"翩绵绵其若绝。"<u>广雅</u>:"绵,连也;邈,远也。"<u>边让章华台赋</u>:"微音逝而流散。"<u>尔雅</u>:"迅,疾也。"

〔一七二〕<u>左氏庄公二十二年传</u>:"是谓凤凰于飞,和鸣锵锵。"

〔一七三〕"之"<u>初学记十六</u>及<u>青莲舫琴雅</u>引作"也"。

〔一七四〕<u>李善</u>注:古本"葩"字为"蘤"。<u>郭璞</u>曰:"'蘤'古'花'字,今读韦彼切。"<u>字林</u>:"于彼切。"<u>张衡思玄赋</u>曰:"天地烟煴,百卉含蘤,鸣鹤交颈,雎鸠相和。"以韵推之,所以不惑。○<u>扬案:文选六臣注本</u>无此注,<u>胡刻本</u>此注,文义多不通,今依<u>梁章钜</u>说改。○<u>傅毅洛都赋</u>:"垂菡萏之敷荣。"<u>边让章华台赋</u>:"荣曜春华。"

〔一七五〕"豊"<u>吴钞本</u>误作"豐"。<u>琴史</u>引"赡"作"詹","姿"作"爽",皆误也。

〔一七六〕<u>李善</u>注:字书曰:"赡,足也。"<u>封禅书</u>曰:"岂不善始善终哉。"<u>毛诗</u>曰:"高朗令终。"令,善也。

〔一七七〕<u>李善</u>注:<u>西京赋</u>曰:"尽变态乎其中。"○<u>汉书司马相如传</u>:"作

赋甚弘丽。"西京赋薛综注:"变,奇也;态,巧也。"傅毅琴赋曰:
"尽声变之奥妙。"

〔一七八〕李善注:班固终南山赋曰:"三春之季,孟夏之初。"纂要曰:"一
时三月谓之三春,九十日谓之九春。"西京赋曰:"丽服扬菁。"

〔一七九〕李善注:毛诗曰:"虽有兄弟,不如友生。"又曰:"以遨以游。"说
文曰:"嬉,乐也。"○曹植节游赋:"携友生而游观。"

〔一八〇〕李善注:春秋运斗枢曰:"山者,地之基。"○"兰圃"见前赠秀才
诗(息徒兰圃)注〔二〕。曹植离友诗:"临渌水兮登重基。"

〔一八一〕李善注:甘泉赋曰:"登夫凤皇而翳华芝。"○李周翰注:翳,荫
也。华芝,盖也。言长林之翳如盖。○"长林"见前赠秀才
诗(轻车迅迈)注〔一〕。文选甘泉赋注:"翳,隐也。"服虔曰:
"华芝,华盖也。"善曰:"言以华盖自翳也。"西京赋:"芝盖九
葩。"扬案:此谓华盖如芝形也。

〔一八二〕马融樗蒲赋:"临激水之清流。"

〔一八三〕李善注:乐动声仪:"孔子曰:'风雨动鱼龙,仁义动君子。'"归
田赋曰:"百卉滋荣。"○诗白驹:"逸预无期。"曹植游观赋:"乐
时物之逸豫。"

〔一八四〕"操"琴史引作"藻",误也。

〔一八五〕"长"吴钞本作"常"。马叙伦曰:"明本'常'作'长',是。"○李
善注:重华,谓舜也。琴道曰:"舜操者,昔虞舜圣德玄远,遂升
天子,喟然念亲,巍巍上帝之位不足保,援琴作操。"○东京赋:
"慨长思而怀古。"祢衡鹦鹉赋:"长吟远慕。"

〔一八六〕"华堂"见前秀才答诗(华堂临浚沼)注〔一〕。曹植赠丁翼诗:
"曲宴此城隅。"

〔一八七〕"肴"或作"殽"。

〔一八八〕<u>李善注</u>：<u>边让章华台赋</u>曰："兰肴山竦，椒酒渊流。"<u>毛诗</u>曰："旨酒思柔。"醇，厚也。○<u>楚辞九歌</u>："蕙肴烝兮兰藉。"<u>曹植九咏</u>："兰肴御兮玉俎陈。"<u>楚辞注</u>："御，用也。"<u>司马相如美人赋</u>："设旨酒，进鸣琴。"

〔一八九〕<u>李善注</u>：南荆即荆艳，楚舞也。<u>古妾薄命行歌</u>曰："齐讴楚舞纷纷。"<u>汉书</u>有秦倡员。

〔一九〇〕<u>李善注</u>：<u>宋玉对问</u>曰："既而曰陵阳、白雪，国中唱而和者弥寡。"然集所载，与<u>文选</u>不同，各随所用而引之。又对曰："客有歌于<u>郢</u>中者，始曰巴人。"○案<u>文选</u>对楚王问作"阳春白雪"。

〔一九一〕<u>汉书礼乐志</u>："听者无不虚己竦神。"注："竦，敬也。"<u>杨修答临淄侯笺</u>："听者倾首而竦耳。"<u>后汉书陈元传</u>："上疏曰：'至音不合众听。'"<u>曹植洛神赋</u>："于是精移神骇。"

〔一九二〕"之"<u>北堂书钞</u>一百九引作"而"。○<u>仪礼注</u>："伦，比也。"

〔一九三〕<u>刘良注</u>：引亦曲也。○<u>梁章钜</u>曰："<u>郭茂倩乐府</u>五十七琴论云：'引者，进德修业，申达之名。'"

〔一九四〕"太"<u>琴史</u>引作"泰"，二字通。○<u>李善注</u>：广陵等曲，今并犹存，未详所起。<u>应璩与刘孔才书</u>："听<u>广陵</u>之清散。"<u>傅玄琴赋</u>曰："<u>马融</u>覃思于<u>止息</u>。"<u>魏武帝乐府</u>有东武吟，<u>曹植</u>有泰山梁甫吟。<u>左思齐都赋注</u>曰："东武，太山，皆<u>齐</u>之土风谣讴吟之曲名也。"然引应及傅者，明古有此曲，转以相证耳，非<u>嵇康</u>之言，出于此也。佗皆类此。○<u>梁章钜</u>曰："<u>僧居月琴曲谱录</u>云：'东武太山操，<u>仲尼</u>制。'按<u>郭茂倩乐府</u>云：'<u>王僧虔技录</u>，楚调曲有泰山吟行、东武琵琶吟行，其器有笙、笛、弄节、琴、筝、琵琶、瑟七种。'是东武太山，不仅琴曲有之也。"○<u>扬</u>案：<u>孙该琵琶赋</u>曰："淮南广陵，<u>郢</u>中激楚。"<u>潘岳笙赋</u>曰："弹广陵之名散。"是广陵之曲,他种乐器亦有之,不仅东武太山也。又案琴苑要录引琴书所列曲名,有东武引,僧居月以东武太山为仲尼制,此出后世傅会,且误以二曲为一曲也。广陵止息,详后附考。

〔一九五〕李善注:汉书曰:"房中祠乐有飞龙章。"毛诗序曰:"鹿鸣,宴群臣也。"蔡邕琴操曰:"鹿鸣者,周大臣之所作也,王道衰,大臣知贤者幽隐,故弹弦风谏。"古相和歌者有鵾鸡曲。游弦,未详。○吕延济注:八者并曲名。○梁章钜曰:"今本琴操,有诗歌五曲,一鹿鸣,二伐檀,三驺虞,四鹊巢,五白驹。熊朋来琴谱载开元十二谱即鹿鸣十二篇。考汉宗庙乐用登歌,而犹仿清庙遗音,晋正会乐奏於赫,而不改鹿鸣音节,则知古乐虽屡变,而音节不能尽变也。姜氏皋曰:'郭氏乐府引古今乐录云:但曲七曲,广陵散,黄老弹,飞龙引,大胡笳鸣,小胡笳鸣,鵾鸡游弦,流楚窈窕,并琴筝笙筑之曲,王录所无也。'是游弦者,但曲中之一曲。"○孙志祖文选李注补正曰:"叶引朱超之云:'考古人琴式,有所谓一弦者,孙登当魏末时,居白鹿苏门二山,弹一弦琴,每感风雷。又王志真者,西王母小女也,弹一弦琴,时乘白龙,周游四海。游弦当即指此。'"○朱琦曰:"以上文例之,游弦盖古曲名,此说因一弦傅会周游字,未为的义。"○扬案:朱氏之说是也。合鵾鸡游弦二曲为一曲,且以流楚窈窕为曲名,皆后人之傅会耳。琴曲谱录有鵾鸡吟,宋书戴颙传曰:"其三调游弦广陵止息之流,皆与世异。"琴史曰:"薛易简传游弦三弄。"是游弦本古琴曲名,唐代尚有习之者也。乐府诗集六十四曰:"楚辞离骚曰:'为余驾飞龙兮,离瑶象以为车。'曹植飞龙篇亦言求仙者乘飞龙而昇天,与楚辞同意,琴曲亦有飞龙引。”

〔一九六〕“奏”北堂书钞一百九引作“和”。

〔一九七〕李善注:高唐赋曰:“更唱迭和。”〇方言:“迭,代也。”上林赋:
“文成颠歌,族举递奏。”

〔一九八〕李善注:言流行清楚窈窕之声,足以惩止躁竞,雪荡烦溷也。
惩,直陵切。〇李周翰注:流楚,怨声也。窈窕,意深貌。〇毛
诗传:“楚,列貌;窈窕,幽闲也。”楚辞注:“惩,止也。”淮南子
注:“雪,除也。”

〔一九九〕李善注:歌录曰:“空侯谣俗行,盖亦古曲,未详本末,俗传蔡氏
五曲,游春、渌水、坐愁、秋思、幽居也。”〇梁章钜曰:“案艺文
类聚引琴操曰:‘朝鲜津卒霍里子高,晨刺船而濯。有一狂夫
被发提壶而渡,其妻追止之,不及,堕河而死,乃号天嘘唏,鼓
箜篌而歌,曲终投河而死。子高援琴,作其歌声,故曰箜篌
引。’又古今乐录引张永技录:‘相和有四引,一曰箜篌。’”〇扬
案:此箜篌引,不必即谣俗行也。〇史记货殖列传:“人民谣
俗。”乐府诗集五十九曰:“琴历曰:‘琴曲有蔡氏五弄。’琴集
曰:‘五弄,游春、渌水、幽居、坐愁、秋思,并宫调,蔡邕所作
也。’琴书曰:‘邕,嘉平初,入青溪访鬼谷先生,所居山有五曲,
一曲制一弄。山之东曲,常有仙人游,故作游春;南曲有涧,冬
夏常渌,故作渌水;中曲即鬼谷先生旧所居也,深邃岑寂,故作
幽居;北曲高岩,猿鸟所集,感物愁坐,故作坐愁;西曲灌木吟
秋,故作秋思。三年曲成,出示马融,甚异之。’”

〔二〇〇〕“楚”北堂书钞一百九引作“樊”。

〔二〇一〕“鹤”太平御览九百十六引作“鹄”。

〔二〇二〕“犹”北堂书钞一百九,两引均作“乃”。

〔二〇三〕<u>李善</u>注：琴操曰："<u>王襄女</u>，汉元帝时献入后宫，以妻<u>单于</u>，<u>昭君</u>心念乡土，乃作怨旷之歌。"歌录曰："<u>石崇</u>楚妃叹歌辞曰：'<u>楚妃</u>叹，莫知其所由。<u>楚</u>之贤妃，能立德著勋，垂名于后，唯<u>樊姬</u>焉，故令叹咏声永世不绝，疑必尔也。'"相鹤经曰："鹤一举千里。"<u>蔡邕</u>琴操曰："<u>商陵牧子</u>，娶妻五年，无子，父兄欲为改娶。<u>牧子</u>援琴鼓之，叹别鹤以舒其愤懑，故曰别鹤操。鹤一举千里，故名千里别鹤也。"<u>崔豹</u>古今注曰："别鹤操<u>商陵牧子</u>所作也。<u>牧子</u>娶妻，五年无子，父母将为之改娶，妻闻之，中夜起，闻鹤声，倚户而悲。<u>牧子</u>闻之，怆然歌曰：'将飞比翼隔天端，山川悠远路漫漫。'揽衣不寝食。后人因以为乐章也。"汉书音义曰："一切，权时也。"○<u>李周翰</u>注：<u>王昭</u>、<u>楚妃</u>、<u>千里别鹤</u>，三者曲名也。簉，杂也。言此诸曲，权时以承古雅之间，以杂于顿乏之际，亦有可观也。○<u>蔡邕</u>琴赋："<u>楚妃</u>遗叹，鸡鸣高桑。"又曰："青鸟西飞，别鹤东翔。"琴曲谱录有昭君怨，<u>明妃</u>制；<u>楚妃</u>叹，<u>息妫</u>制；别鹤操，<u>商陵穆子</u>制；千里吟，不注制者。<u>琴苑要录</u>亦同。案此等自为后人撰制，然知千里当本为古琴曲名，<u>善</u>注误也。史记李斯列传："秦宗室大臣，请一切逐客。"索隐曰："一切犹一例，言切者，譬若利刀之割，一运斤无不断者。解汉书者，以一切为权时义，亦未为得也。"<u>扬</u>案："权时"为古义，秦策："<u>吕不韦</u>曰：'说有可以一切，而使君富贵千万岁。'"即权时之义。两汉所用，亦莫不如此也。楚辞九章："愿承閒而自察。"<u>左传</u>注："簉，副倅也。"长笛赋："听簉弄者，遥思于古者。"<u>文选</u>注："簉弄，小曲也。说文曰：'簉，倅字如此。'"<u>钱大昕</u>养新录曰："造次为双声，造有次义。长笛赋注引说文'簉倅字如此'，今说文无'倅'字。"○琴史曰："<u>蔡氏</u>五曲，今人以为

奇声异弄，难工之操，而<u>叔夜</u>时特谓之淫俗之曲，且曰'承间簉

　　乏，亦有可观'，盖言其非古也。"

〔二〇四〕"远"<u>琴史</u>引作"达"。

〔二〇五〕"渊"上，<u>琴史</u>引无"夫"字。"闲"或作"閒"。○<u>李善注</u>：庄子：

　　"<u>老聃</u>曰：'其居也渊而静。'"○<u>吕向注</u>：非深静之志，不能与琴

　　闲居也。止，居也。○<u>庄子天地篇</u>："渊静而百姓定。"

〔二〇六〕"放"上，<u>张本</u>及<u>琴史</u>引无"夫"字，文选惟胡刻本有之。下句

　　"夫"字亦同。<u>胡克家文选考异</u>曰："袁本、茶陵本无'夫'字，下

　　'非夫至精者'同。案此，似<u>尤</u>添之也。"<u>梁章钜</u>曰："六臣本无

　　'夫'字，下'非夫至精者'句同，然以上'旷远''渊静'二句例

　　之，是六臣本偶脱耳。"○"达"<u>琴史</u>引作"逸"。○<u>李善注</u>：说文

　　曰："丢，亦贪惜也。"○<u>梁章钜</u>："今说文：'吝，恨惜也。'"○

　　<u>刘良注</u>：吝，舍也。非放达之士，不能与琴无舍矣。谓玩之无

　　已也。○<u>扬案：刘氏</u>亦臆解。

〔二〇七〕"至"上，<u>张本</u>及<u>琴史</u>引无"夫"字；文津本无"也"字。○<u>李善</u>

　　注：周易曰："非天下之至精，其孰能与于此。"庄子曰："判天下

　　之美，析万物之理。"○<u>张大命琴经</u>曰："四'与之'，皆指琴

　　而言。"

〔二〇八〕"详"北堂书钞一百九引作"观"。○洞箫赋："生不睹天地之体

　　势。"封禅书："逖听者风声。"

〔二〇九〕"故"初学记十六引作"则"。

〔二一〇〕<u>李善注</u>：说苑曰："<u>应侯</u>与<u>贾子</u>坐，闻有鼓瑟之声，<u>应侯</u>曰：'今

　　瑟一何怨也？'<u>贾子</u>曰：'张急调下，使之怨也。夫张急者，良材

　　也，调下者，官卑也，取良材而卑官之，能无怨乎！'"<u>蔡邕月令</u>

　　<u>章句</u>曰："凡弦之缓急为清浊，琴紧其弦则清，缓则浊。"○古

诗："弹筝奋逸响。"

〔二一〕"间"初学记十六、艺文类聚四十四引作"闲"，误也。"痺"文选胡刻本作"庳"，艺文类聚四十四、事文类聚后集二十二引作"埤"，案"庳"字是也。

〔二二〕"故"初学记十六引作"则"。○李善注：间辽，谓弦间辽远也；弦长，谓徽阔而弦长也。阮籍乐论曰："琵琶筝笛，间促而声高，琴瑟之体，间辽而音庳。"义与此同。郑玄周礼注曰："庳，短也，音婢。"傅毅雅琴赋曰："时促均而增徽，接角徵而控商。"○刘良注：辽，远；庳，下也。言声闲缓而相去远，故音下，弦长其应响清高，故沈放，徽声，乃鸣于常也。○苏轼志林曰："所谓庳者，犹今俗云妝声也，妝音鲜，出羯鼓录。两弦之间远则有妝，故曰间辽则音庳。徽鸣者，今之所谓泛声也，弦虚而不按乃可泛，故曰弦长则徽鸣也。五臣皆不晓，妄注。"○王观国学林曰："琴之有妝声者，以琴面不平，或焦尾与岳高低不相应，则阻弦，而其声妝，此琴之病声也。叔夜赋四句，曰逸，曰清，曰庳，曰鸣，皆美声也。盖琴操弄中自有庳下声，非病声也，非病声，则非妝声矣。间音去声，谓徽间也。间辽，徽之远处，若十三徽外近焦尾处声，以手取之，自然庳下。"○李冶敬斋古今黈曰："嵇赋琴，自说琴德，必不得说琴病，若谓音庳为妝撤，则正是说琴病耳，嵇意必不其然。窃意间辽为徽外，音庳为声缓，其或近之。"○朱琦曰："玉篇：'妝，散也。'沈存中云：'弦之有十二泛韵，此十二律自然之节。'是泛声非病声，则妝当亦非病声矣。"○梁章钜曰："五臣训'间'为'闲'固误，东坡说亦非也。"○扬案：朱氏以妝作散解，散声自非病声。然苏王两氏所云妝声者，皆非指散声而言；如其所言，则自是病声

矣。王氏以间辽为徽之远处,而非苏氏所谓两弦之间,其说本
不误;但云间谓徽间,则强词也。间者,谓岳山与左手取音处
之间隔,去岳愈远,则音愈低,固不必十三徽外矣。琴之间隔
最远,故能取庫下之音也。次句,苏氏以泛音为说,泛音固于
徽位取之,说亦不误;但以弦虚解弦长,则亦强词也。淮南子
主术训注:"徽,弩弹也。"文选文赋注引许慎淮南子注曰:"鼓
琴循弦谓之徽。"朱骏声说文通训定声曰:"琴轸系弦之绳谓之
徽,琴赋:'弦长故徽鸣。'傅毅雅琴赋:'时促均而增徽。'文赋:
'犹弦么而徽急。'皆言纠弦也。后人乃以琴面识点为徽。"朱
氏此说甚是,琴弦最长,音高则须紧之,徽鸣者,纠徽索而取音
也,此自总泛声按声而言之。此处上二句,曰逸民清,言其风
声之美,下二句,则言其体势殊于众器耳。曰音庫,曰徽鸣,但
指取声之方,不指发声之美也。王氏说误。李善注云:"弦间
云徽阔。"亦不了了。又案所引乐论,当为叔夜声无哀乐论
之误。

〔二一三〕"絜"吴钞本作"潔",二字通。

〔二一四〕李善注:礼记曰:"絜静精微,易教也。"孝经曰:"昔者,先王有
至德要道。"礼记曰:"乐行血气和平。"○老子:"含德之厚,比
于赤子。"淮南子原道训:"含德之所致也。"注:"含,怀也。"

〔二一五〕"洩"或作"泄",文选四部本作"洩",注云:"五臣作'渫'。"袁本
作"渫",注云:"善本作'洩'字。"琴史亦引作"渫"。案三字并
同。"幽"北堂书钞一百九引作"机"。"矣"初学记十六引作
"云"。"矣"上,艺文类聚四十四引有"者"字。○李善注:说文
曰:"泄,除去也。"舞赋曰:"幽情形而外扬。"○班固西都赋:
"发思古之幽情。"王粲神女赋:"探怀授心,发露幽情。"

〔二一六〕"戚"文选四部本同,注云:"五臣作'慼'。"袁本作"慼",注云:"善本作'戚'字。"北堂书钞一百九及琴史引作"感"。

〔二一七〕"莫"上,周校本有"则"字。案吴钞本无之,北堂书钞亦有"则"字。又"懔"作"慄"。

〔二一八〕李善注:字林曰:"惨,毒也。"汉书音义:"郭璞曰:'愀,变色貌。'"说文曰:"怆,伤也。"憯,七哀切;惨,七敢切;愀,七小切。○说文:"憯,痛也。"广韵:"懔,畏也。"汉书张释之传:"上自倚瑟而歌,意悽怆悲怀。"

〔二一九〕"咿"吴钞本作"咿"。

〔二二〇〕李善注:字林曰:"懊咿,内悲也。"列子曰:"喜跃抃舞,不能自禁。"懊,於六切,咿音伊。○"含哀"见前与阮德如诗注〔一〕。

〔二二一〕"懂"或作"歡"。

〔二二二〕"抃"吴钞本及六朝诗集作"忭"。○李善注:说文曰:"欣,笑貌也。况于切。"○梁章钜曰:"今说文:'昫,吹也,一曰笑意。'"○礼记乐记篇:"啴谐漫易,繁文简节之音作,而民康乐。"庄子骈拇篇:"昫俞仁义。"方言:"怂愉,悦也。"注:"怂愉,犹昫愉也。"案"欣愉""昫俞"字通。列子汤问篇:"韩娥曼声长歌,一里长幼,喜跃抃舞,弗能自禁。"楚辞注:"释,解也。"又曰:"击手曰抃。"孔融难曹操禁酒书:"邦人咸忭舞踊跃,以望我后。"广韵:"忭,喜貌。"广雅:"踊,跳也。"

〔二二三〕"嘘"各本作"噱",是也,"嘘"俗字。○李善注:服虔通俗篇曰:"乐不胜谓之喔噱。"喔,乌没切;噱,巨略切。○梁章钜曰:"六臣本无'服虔'二字,'通俗篇'即'通俗文'。"○淮南子本经训:"愚夫蠢妇,皆有流连之心。"注:"流连,犹烂漫,失其职业也。"案"留连"与"流连"同。上林赋:"烂漫远迁。"洞箫赋:"惆怅澜漫。”文选注：“澜漫，分散也。”

〔二二四〕“愉”程本误作“揄”，文选作“念”，琴史引作“豫”。

〔二二五〕李善注：广雅曰：“养，乐也。”○梁章钜曰：“韩诗外传云：‘闻其
角声，使人恻隐而爱仁，闻其徵声，使人乐养而好施。’白虎通
义‘乐养’作‘喜养’，皆可与广雅训‘乐’相证。”○魏武帝步出
东西门行：“养怡之福，可得永年。”说文：“念，喜也。”班固两都
赋序曰：“众庶悦豫。”尔雅：“豫，乐也。”蔡邕槃铭曰：“外若
玄真。”

〔二二六〕李善注：庄子曰：“虚静恬淡者，道德之至也。”又曰：“弃事则形
不劳。”○后汉书安帝纪：“皇太后诏曰：‘长安侯祜，笃学乐
古。’”“遗事”见前赠秀才诗（琴诗自乐）注〔四〕。

〔二二七〕李善注：论语：“子曰：‘伯夷叔齐，饿于首阳之下。’”又曰：“颜
回问仁，子曰：‘克己复礼为仁。’”列子：“子夏问孔子曰：‘颜回
之为仁奚若？’子曰：‘回之仁贤于丘。’”○孟子：“闻伯夷之风
者，顽夫廉。”

〔二二八〕李善注：论语曰：“比干谏而死。”庄子盗跖曰：“尾生与女子期
于梁下，女子不来，水至不去，抱柱而死。”高诱注淮南子曰：
“尾生，鲁人，与妇人期于梁下，不至，而水溺死。”○梁章钜曰：
“尾生高亦见战国燕策苏代谓燕昭王章，论语微生高也。吴氏
玉搢别雅云：‘尚书：鸟兽孳尾。史记五帝纪作字微，二字一音
相转，故多通用。’”

〔二二九〕“辩”琴史引作“辨”，二字通。

〔二三〇〕李善注：庄子曰：“惠施多方，其书五车。”高诱曰：“惠施，宋人，
仕魏，为惠王相。”汉书曰：“万石君奋，恭谨，举朝无比。奋长
子建，次甲，次乙，庆，皆以驯行孝谨，官至二千石。景帝曰：

'石君及四子皆二千石,人臣尊宠,乃举集其门,凡号奋为万石君,建郎中令。'奏下,建读之,惊恐,曰:'书马者,与尾而五,今乃四,不足一,谴死矣。'其为谨虽佗皆如是。"服虔曰:"作'馬'字下四而为五,建上书奏,误作四。庆为太仆,御出,上问车中几马,庆策数马,举手曰四马。"孔安国曰:"讷,迟钝也。"〇韩子说难篇:"捷敏辨给,繁于文采。"汉书万石君传赞曰:"仲尼有言:'君子欲讷于言。'其万石君之谓与!"

〔二三一〕文选四部本同,"长"下注云:"五臣有'之'字。"袁本有"之"字,注云:"善本无'之'字。"琴史引亦有"之"字。

〔二三二〕李善注:周易曰:"引而伸之,触类而长之。"又曰:"天下同归而殊途,一致而百虑。"礼记曰:"虞夏之质,殷周之文,至矣。"〇李周翰注:文声婉转而艳媚,质声淡薄而疏散也。

〔二三三〕"揔"吴钞本作"總",文选胡刻本作"揔",四部本、袁本作"總",并注云:"善本作'揔'字。"案"總""揔""揔"均俗字。"以"琴史引作"而"。

〔二三四〕李善注:礼记曰:"乐者,天地之命,中和之纪。"周易曰:"百姓日用而不知。"〇蔡邕太傅胡公碑:"总天地之中和。"长笛赋:"皆反中和,以美风俗。"

〔二三五〕李善注:礼记曰:"乐其感人深。"〇长笛赋曰:"可以通灵感物,写神喻意。"

〔二三六〕北堂书钞一百九引作"于是"二字,无"也"字。

〔二三七〕"竹"北堂书钞引作"土"。〇李善注:孔安国曰:"屏,除也。"〇论语:"屏气似不息者。"

〔二三八〕李善注:孟子:"淳于髡曰:'昔王豹处淇而河西善讴。'"说文曰:"讴,歌也。"淮南子曰:"淄渑之水合,狄牙尝而知之。"〇朱瑈曰："案狄牙即易牙，白虎通礼乐篇：'狄者，易也，辟易无别也。'管子戒篇易牙，大戴礼保傅篇、论衡遣告篇皆作'狄牙'。"

〔二三九〕李善注：山海经曰："朝阳之谷，有神名曰天吴，是为水伯。其形首足尾并，人面而色青。"楚辞曰："譬若王乔之乘云兮，载赤霄而凌太清。"○尚书大传："蛟龙踊跃于其渊。"长笛赋："鱼鳖禽兽，闻之者，莫不踊跃拊噪。"庄子列御寇篇："千金之珠，必在九重之渊。"班固答宾戏曰："怀泛滥而测深乎重渊。"曹植九愁赋："披轻云而下观。"

〔二四〇〕"焉"张本、四库本作"然"。○李善注：说文曰："鸑鷟，凤属，神鸟也。"国语曰："周文王时，鸑鷟鸣于岐山。"韩诗曰："汉有游女，不可求思。"薛君曰："游女，汉神也，言汉神时见，不可求而得之。"列女传曰："游女，汉水神，郑大夫交甫，于汉皋见之，聘之橘柚。"张衡南都赋曰："游女弄珠于汉皋之曲。"○梁章钜曰："今列女传无此语，当是列仙传之误。"○蔡邕琴操曰："成王即位，麒麟游苑囿，凤凰舞于庭，颂声并作。"刘劭嘉瑞赋："舞鸾鸟于中唐，聆鸑鷟之和鸣。"广雅："萃，聚也。"

〔二四一〕李善注：礼记曰："圣人作乐以应天，制礼以应地，此则乐者天之和也。"洞箫赋曰："蟋蟀蚸蠖，蚑行喘息，垂喙䖡转，瞪瞢忘食。"说文曰："蚑，行也，凡生之类，行皆曰蚑。"○汉书礼乐志："乐者，圣人所以感天地，通神明。"礼记乐记篇："大乐与天地同和。"东观汉记："马防奏曰：'圣人作乐，所以宣气致和。'"

〔二四二〕李善注：懿，美也。傅毅雅琴赋曰："明仁义以厉己，故永御而密亲。"○洞箫赋："吹参差而入道德兮，故永御而可贵。"战国策赵策："泾阳君之车马衣服，无非大王之服御。"

〔二四三〕楚辞注："乱，理也，所以发理词旨，总撮其要也。"

〔二四四〕李善注：刘向雅琴赋曰："游予心以广观，且德乐之愔愔。"韩诗曰："愔愔，和悦貌。"声类曰："和静貌。"○李周翰注：愔愔，静深也。○李冶敬斋古今黈曰："左传：'子革诵祈招之诗曰：祈招之愔愔，式昭德音。'杜预曰：'愔愔，安和貌。'又韵书愔字训靖，故嵇康琴赋曰：'愔愔琴德。'李周翰注：'愔愔，静深也。'李善又引刘向雅琴赋曰：'且德乐之愔愔。'然则愔愔者，所以形容德音之美也。"

〔二四五〕广雅："邈，远也。"

〔二四六〕吕延济注：良质，琴之善质；美手，人之妙手也。

〔二四七〕后汉书注："纷纶，犹浩博也。"尔雅："翕，合也。"

〔二四八〕"埶"张本及琴史引作"谁"，文选四部本、袁本同，并注云："善作'埶'。"○李善注：古诗曰："不惜歌者苦，但伤知音希。"○左传注："珍，贵也。"

〔二四九〕李善注：贾逵曰："唯，独也。"

黄道周曰："日张生数来，与论理乐之故，欲于器数间求之，以为赞理性情，藏发中和。因见嵇叔夜琴赋，以为陶写要事，亦欲数时游心于此。再取叔夜所论琴德，但欲去其危苦，去其悲哀，以求情于丽伟之外；至于按节征音，开此道之玄微，疑未之传也。今世之士，不复寻其德意，而重其材本，以为器不千年，其韵不神，兼以胸无逸致，而屈指前徽，乃欲想周文之黯然，追箕山之飘尔，不亦难乎！叔夜此道，已极玄微，而于论材征声，意实阙焉。其择于霜阳，高于噭啸，但一时而用之，发以朗阁，抚以清夕，改调殊音，唯其所适，亦无之不可也。故曰：'器冷弦调，心闲手敏，触抮如志，唯意所拟。'

要之，曲而不屈，直而不倨，相凌而不乱，相杂而不殊，虽复不昶唐尧，异音箕子，未为过也。故论声势，四言而已：'器和故响逸，张急故声清，间辽故音痺，弦长故徽鸣。'至其精要所在，神明在人，与德相宜，性情斯洽，故曰：'非夫旷远者，不能与之娱游，非夫渊静者，不能与之闲止，非夫放达者，不能与之无闷，非夫至精者，不能与之全理也。'每想斯道，礼乐之原，寄兴陶情，其途广□；文章之微，盖亦如斯。仆于此，皆未能涉也。"<small>书嵇康琴赋后。</small>

陆彦龙曰："流连酒德，啸歌琴绪，非达士风流，安能耽兹佳况耶！"<small>汉魏别解引（汉魏名文乘作锺伯敬）。</small>

陈继儒曰："嵇生病懒，妙体琴德，称情写状，笔无留响。"<small>汉魏名文乘引。</small>

余元熹曰："'器冷弦调，心闲手敏'八字，便可悟琴道之妙，所谓以无累之神，合有道之器也。"又曰："极状琴德，便觉他器自不能拟。自叔夜赋琴后，惟韩退之、苏子瞻诗，曲尽琴中之妙。"<small>同右。</small>

朱嘉徵曰："琴歌超然自得，庄、列度世之言，当不为世所度。"

何焯曰："音乐诸赋，虽微妙古奥不一，而精当完密，神解入微，当以叔夜此作为冠。"又曰："极写'琴德最优'四字，亦自'心闲手敏'。"<small>文选评。</small>

刘熙载曰："赋必有关著自己痛痒处，如嵇康叙琴，向秀感笛，岂可与无病呻吟者同语。"<small>艺概。</small>

方廷珪曰："从来赋物，多彼此可移用，合此赋前中后观

之,定是切琴,非中散思敏心精,亦不能刻画至此,自是千秋绝调。"_{文选集成}

与山巨源绝交书一首

李善注:魏氏春秋曰:"山涛为选曹郎,举康自代,康答书拒绝,因自说'不堪流俗,而非薄汤、武',大将军闻而恶焉。"○白氏六帖事类集卷十六曰:"山涛为三公,举嵇康自代,康闻,与书绝之。"○孙志祖读书脞录曰:"案魏志王粲传云:'时又有谯郡嵇康,至景元中,坐事诛。'裴注引山涛行状:'涛始以景元二年除吏部郎。'举康自代,盖在此时。"○扬案:各书皆称涛为吏部郎举康自代,白帖误也。

张云璈选学胶言曰:"王志坚古文澜编作'与山巨源书',后题曰:'此书旧题作与山巨源绝交书,叔夜简傲,其言伤于峻则有之,非有恶于山公也。临终谓子绍曰:巨源在,汝不孤矣。此岂绝交者乎?书题本出自后人,今去之。'云璈案:篇中并无绝交之语,去之良是。野客丛书云:'叔夜有与吕长悌绝交书,今选不载,见嵇集中,或因此绝交二字而误与。'"○梁章钜文选旁证曰:"今按王楙野客丛书云:'仆得毗陵贺方回家所藏缮写嵇康集十卷,文选惟载康与山巨源绝交书一首,不知又有与吕长悌绝交书。'崇文总目谓嵇康集十卷,今其本具存,王楙所言,皆载第二卷,可证文选此题,出于本集,自来如此,无误明矣。王氏之说,恐不足据。张氏附会之,亦误也。"○叶渭清曰:"按中散与山公交契至深,此书特以寄

嵇康集校注

意，非真告绝也。白孔六帖二十四恤孤有云：'嵇康临刑，谓子绍曰：山公尚在，汝不孤矣。'其中情相信如此，而云绝耶？康别传说之云：'岂不识山之不以一官遇己情耶，亦欲标不屈之节，以杜举者之口耳。'斯言最为近之。"○扬案：书尾有"并以为别"之语，即所谓绝交也，惟出于一时之情，非真绝耳。至书题本出于后人，则"绝交"二字之有无，又不足辩矣。○后汉书朱穆传曰："著绝交论，盖矫时之作。"案朱穆集又有与刘伯宗绝交书及诗。

　康白〔一〕：足下昔称吾于颍川〔二〕，吾常谓之知言〔三〕。然经怪此意，尚未熟悉于足下，何从便得之也〔四〕。前年从河东还，显宗阿都，说足下议以吾自代〔五〕，事虽不行〔六〕，知足下故不知之〔七〕。足下傍通〔八〕，多可而少怪〔九〕。吾直性狭中〔一〇〕，多所不堪〔一一〕，偶与足下相知耳〔一二〕，间闻足下迁〔一三〕，惕然不喜〔一四〕，恐足下羞庖人之独割，引尸祝以自助〔一五〕，手荐鸾刀〔一六〕，漫之膻腥〔一七〕，故具为足下陈其可否〔一八〕。

　吾昔读书，得并介之人〔一九〕，或谓无之，今乃信其真有耳〔二〇〕。性有所不堪，真不可强；今空语同知有达人，无所不堪〔二一〕，外不殊俗〔二二〕，而内不失正，与一世同其波流，而悔吝不生耳〔二三〕。老子庄周，吾之师也，亲居贱职，柳下惠东方朔达人也，安乎卑位，吾岂敢短之哉〔二四〕。又仲尼兼爱〔二五〕，不羞执鞭，子文无欲卿相，而三登令尹〔二六〕，是乃君子思济物之意也〔二七〕。所谓达能兼善而不渝〔二八〕，穷则自得而无闷〔二九〕，以此观之，故尧舜之君世〔三〇〕，许由之岩栖〔三一〕，子房之佐汉，接舆之行歌，其揆一也〔三二〕。仰瞻数君，可谓能遂其志者也〔三三〕。故君子百行，殊涂而同致〔三四〕，循性而动〔三五〕，各附所安〔三六〕，故有处朝廷而不出，入山林而不反之论〔三七〕。且延陵高子臧之风，长卿慕相如之节，志气所托〔三八〕，不可夺也〔三九〕。

吾每读尚子平臺孝威传〔四〇〕，慨然慕之，想其为人〔四一〕。少加孤露〔四二〕，母兄见骄〔四三〕，不涉经学〔四四〕，性复疏懒〔四五〕，（箸）〔筋〕驽肉缓〔四六〕，头面常一月十五日不洗〔四七〕，不大闷痒〔四八〕，不能沐也〔四九〕。每常小便而忍不起〔五〇〕，令胞中略转乃起耳〔五一〕。又纵逸来久，情意傲散〔五二〕，简与礼相背，懒与慢相成〔五三〕，而为侪类见宽，不攻其过〔五四〕。又读庄、老〔五五〕，重增其放〔五六〕，故使荣进之心日颓〔五七〕，任实之情转笃〔五八〕。此由禽鹿少见驯育〔五九〕，则服从教制〔六〇〕，长而见羁，则狂顾顿缨，赴蹈汤火〔六一〕，虽饰以金（鑣）〔镳〕〔六二〕，飨以嘉肴〔六三〕，逾思长林而志在丰草也〔六四〕。

阮嗣宗口不论人过，吾每师之，而未能及〔六五〕，至性过人，与物无伤，唯饮酒过差耳〔六六〕；至为礼法之士所绳，疾之如雠〔六七〕，幸赖大将军保持之耳〔六八〕。吾不如嗣宗之（贤）〔资〕〔六九〕，而有慢弛之阙〔七〇〕，又不识人情〔七一〕，闇于机宜〔七二〕；无万石之慎，而有好尽之累〔七三〕，久与事接，疵衅日兴〔七四〕，虽欲无患，其可得乎？

又人伦有礼〔七五〕，朝廷有法〔七六〕，自惟至熟〔七七〕，有必不堪者七〔七八〕，甚不可者二：卧喜晚起〔七九〕，而当关呼之不置，一不堪也〔八〇〕；抱琴行吟〔八一〕，弋钓草野〔八二〕，而吏卒守之，不得妄动〔八三〕，二不堪也〔八四〕；危坐一时，痹不得摇〔八五〕，性复多虱〔八六〕，(把)〔杷〕搔无已〔八七〕，而当裹以章服〔八八〕，揖拜上官〔八九〕，三不堪也〔九〇〕；素不便书，又不喜作书〔九一〕，而人间多事〔九二〕，堆案盈机〔九三〕，不相酬答，则犯教伤义〔九四〕，欲自勉强，则不能久〔九五〕，四不堪也；不喜吊丧，而人道以此为重〔九六〕，已为未见恕者所怨〔九七〕，至欲见中伤者〔九八〕，虽(瞿)〔懼〕自责〔九九〕，然性不可化〔一〇〇〕，欲降心顺俗〔一〇一〕，则诡故不情〔一〇二〕，亦终不能获无咎无誉〔一〇三〕，如此〔一〇四〕，五不堪也〔一〇五〕；不喜俗人，而当与之共事〔一〇六〕，或宾客盈坐，鸣声聒耳〔一〇七〕，嚣尘臭处〔一〇八〕，千变百伎〔一〇九〕，在人目前，六不堪也〔一一〇〕；心不耐烦〔一一一〕，而官事鞅掌，机务缠其心〔一一二〕，世故繁其虑〔一一三〕，七不堪也〔一一四〕。又每非汤、武而薄周、孔，在人间不止〔一一五〕，此事会显〔一一六〕，世教所不容〔一一七〕，此甚不可一也〔一一八〕；刚肠疾恶〔一一九〕，轻肆直言〔一二〇〕，遇事便发，此甚不可二也。以促中小心之性〔一二一〕，统此九患，不有外难，当有内病〔一二二〕，宁可久处人间邪〔一二三〕？又闻道士遗言：饵术黄精〔一二四〕，令人久寿〔一二五〕，意甚信之〔一二六〕；游山泽，观鱼鸟，心甚乐之〔一二七〕；一行作吏，此事便废〔一二八〕，安能舍其所乐〔一二九〕，而从其所惧哉？

夫人之相知，贵识其天性〔一三〇〕，因而济之〔一三一〕。禹不偪伯成子高〔一三二〕，全其节也〔一三三〕。仲尼不假盖于子夏〔一三四〕，护其短也〔一三五〕。近诸葛孔明不偪元直以入蜀〔一三六〕，华子鱼不强幼安以卿相〔一三七〕，此可谓能相终始，真相知者也〔一三八〕。足下见直木，必不可以为轮〔一三九〕，曲者，不可以为桷〔一四〇〕，盖不欲以枉其天才〔一四一〕，令得其所也〔一四二〕。故四民有业，各以得志为乐〔一四三〕，唯达者为能通之〔一四四〕，此足下度内耳〔一四五〕。不可自见好章甫〔一四六〕，强越人以文冕也〔一四七〕；已嗜臭腐〔一四八〕，养鸳雏以死鼠也〔一四九〕。吾顷学养生之术〔一五〇〕，方外荣华，去滋味，游心于寂寞〔一五一〕，以无为为贵〔一五二〕。纵无九患，尚不顾足下所好者〔一五三〕；又有心闷疾，顷转增笃〔一五四〕，私意自试，不能堪其所不乐〔一五五〕，自卜已审〔一五六〕，若道尽涂穷则已耳〔一五七〕，足下无事冤之，令转于沟壑也〔一五八〕。

吾新失母兄之欢〔一五九〕，意常凄切〔一六〇〕，女年十三，男年八岁〔一六一〕，未及成人〔一六二〕，况复多病〔一六三〕，顾此悢悢〔一六四〕，如何可言〔一六五〕！今但愿守陋巷〔一六六〕，教养子孙〔一六七〕，时与亲旧叙阔〔一六八〕，陈说平生〔一六九〕，浊酒一杯〔一七〇〕，弹琴一曲，志愿毕矣〔一七一〕。足下若嬲之不置〔一七二〕，不过欲为官得人，以益时用耳〔一七三〕；足下旧知吾潦倒麤疎〔一七四〕，不切事情〔一七五〕，自惟亦皆不如今日之贤能也〔一七六〕。若以俗人皆喜荣华，独能离之〔一七七〕，以此为快〔一七八〕，此最近之可得言耳〔一七九〕。然使长才广度〔一八〇〕，无所不淹，而能不营，乃可贵耳〔一八一〕。若吾多病困〔一八二〕，欲离事自全，以保馀年，此真所乏耳〔一八三〕，岂可见黄门而称贞哉〔一八四〕？若趣欲共登王涂，期于相致，时为欢益〔一八五〕，一但迫之，必发其狂疾〔一八六〕，自非重怨〔一八七〕，不至于此也〔一八八〕。

　　野人有快炙背而美芹子者〔一八九〕，欲献之至尊〔一九〇〕，虽有区区之意，亦已疏矣〔一九一〕。愿足下勿似之，其意如此，既以解足下，并以为别。嵇康白〔一九二〕。

〔　一　〕张本节此二字。

〔　二　〕"颍"吴钞本、文津本及文选袁本、胡刻本作"颖"，书记洞诠引七贤帖同。

〔　三　〕"常"文选四部本同，注云："五臣作'尝'"。袁本作"尝"，注云："善本作'常'字。"〇李善注：称谓，说其情不愿仕也，惬其素志，故谓知言也。虞预晋书曰："山嶔守颍川。"嵇康文集录注曰："河内山嶔，守颍川，山公族父。"庄子曰："狂屈竖闻之，以黄帝为知言。"〇梁章钜曰："铣注'山嶔为颍川太守'，案六臣本'守'作'字'，盖嶔字颍川，非太守，各本并因铣注改'字'为'守'，尤本并于后注添'守'字，可笑也。"〇扬案：六臣本善注"河内山嶔颍川"句，无"字"字或"守"字。

〔　四　〕李善注：言常怪足下，何从而便得吾之意也。〇野客丛书曰："后汉蔡邕传、晋嵇康书，皆用'经怪'二字。又观唐人文集，如刘禹锡皇甫湜书中，亦多用之。经，常也，汉书'常'字多作'经'，如曰难以为经。"〇扬案：广雅："经，常也。"常字古多用经，非直汉书矣。管子重令篇："朝有经臣，国有经俗，民有经产。"皆常义也。此处经字,<u>文坛列俎</u>作"后",即由不识字义而妄改。

〔五〕"显宗阿都"四字,<u>七贤帖</u>改作"诸人"二字,此句,<u>晋书</u>本传作"闻足下欲以吾自代"。○<u>李善注</u>:<u>晋氏八王故事注</u>曰:"<u>公孙崇</u>字<u>显宗</u>,<u>谯国</u>人,为尚书郎。"<u>嵇康文集录注</u>曰:"<u>阿都</u>,<u>吕仲悌</u>,<u>东平</u>人也。<u>康</u>与<u>吕长悌</u>绝交书曰:'少知<u>阿都</u>,志力闲华,每喜足下家复有此弟。'"○<u>魏志王粲传注</u>:"<u>康</u>既有绝世之意,又从子不善,避之<u>河东</u>。或云避世。"

〔六〕本传作"虽事不行"。

〔七〕<u>文选</u>四部本同,注云:"<u>五臣</u>本无'故'字。"<u>袁</u>本无"故"字,注云:"<u>善</u>本有'故'字。"句末,本传有"也"字。○<u>李善注</u>:言不知己之情。○<u>荀子注</u>:"故,犹本也。"

〔八〕"傍"或作"旁"。

〔九〕<u>李善注</u>:言足下傍通众艺,多有许可,少有疑怪,言宽容也。<u>周易</u>曰:"六爻发挥,旁通情也。"<u>法言</u>:"或问行,曰:'旁通厥德。'"<u>李轨</u>曰:"应万变而不失其正者,唯旁通乎。"○<u>管子宙合篇</u>:"方明者察于事,故不官于物,而旁通于道。"

〔一〇〕案"狭"字帖文作"夹",<u>书记洞诠</u>漏改。

〔一一〕<u>荀子性恶篇</u>:"直木不待櫽栝而直者,其性直也。"<u>淮南子注</u>:"中,心也。"<u>尔雅</u>:"堪,胜也。"

〔一二〕<u>李善注</u>:偶谓偶然,非本志也。<u>尔雅</u>:"偶,遇也。"<u>郭璞</u>曰:"偶,值也。"

〔一三〕<u>吴钞</u>本原钞作"闻足下间迁",<u>朱</u>校乙同此本。"迁"字帖文作"还",误也。

〔一四〕<u>吕氏春秋注</u>:"间,顷也。"<u>说苑尊贤篇</u>:"诸侯伐<u>齐</u>,<u>齐王</u>闻之,惕然而恐。"广雅:"惕,惧也。"

〔一五〕李善注:庄子曰:"庖人虽不治庖,尸祝不越樽俎而代之。"○周
礼注:"割,肆解肉也。"

〔一六〕"薦"帖文误作"蒙"。"鸾"吴钞本作"銮",文选袁本同,注云:
"善本作'鸾'。"四部本作"鸾",注云:"五臣作'銮'。"

〔一七〕"漫"吴钞本作"谩",马叙伦曰:"明本'谩',此本'漫',选本亦
作'漫',李善注引高诱吕氏春秋注曰:'漫,污也。'则作'漫'
是。"○李善注:毛诗曰:"执其鸾刀,以启其毛。"庄子:"北人无
择曰:'帝欲以污行漫我。'"高诱吕氏春秋注曰:"漫,污也。"○
仪礼注:"薦,进也。"吕氏春秋本味篇:"水居者腥,草食者膻。"
说文:"膻,羊臭也。"一切经音义引通俗文曰:"鱼臭曰腥。"

〔一八〕"具"帖文作"且",本传无"具"字,又"否"字作"不",书记洞诠
引晋书亦作"不"。

〔一九〕"之人"七贤帖作"人辈"。

〔二○〕李善注:并,谓兼善天下也;介,谓自得无闷也。赵岐孟子章句
曰:"伯夷柳下惠,介然必偏,中和为贵。"○刘良注:谓涛兼利,
而己自守也。○方弘静千一录曰:"绝交书'并介之人',并介,
言一于介耳,注解并为兼利天下,非;士有百行,时而出之,匪
徒执一也。一于介者,惟见于介,务光巢父之伦也。"○扬案:
说文:"介,画也,从八从人,人各有界。"孟子音义引丁音曰:
"介,谓狷介也。"说文:"并,相从也。"考工记:"大与小无并。"
注曰:"并,偏邪相就也。"礼记檀弓下:"行并植于晋国。"注曰:
"并犹专也。"荀子儒效篇:"并而不二。"此处并介,即指偏于
介,专于介耳。本集声无哀乐论,亦以偏并连言也。方氏解为
一于介,说盖近之。李善以下文有达穷之言,故谓并为达,谓

介为穷;然下文"有所不堪"及"空语"云云,皆就狷介而言,非穷则自得之义。

〔二一〕"无"上,吴钞本原钞有"而"字,墨校删,案此钞者误衍也。"堪"书记洞诠作"居",案洞诠引帖文作"屈"。

〔二二〕"俗"七贤帖作"异"。

〔二三〕<u>李善</u>注:"空语"犹虚说也,共知有通达之人,至于世事,无所不堪,言己不能则而行之也。太玄经曰:"君子内正而外驯。"庄子曰:"与物委蛇,而同其波。"周易曰:"悔吝者,忧虞之象也。"○毛诗序:"国异政,家殊俗。""达人"见前秀才答诗(达人与物化)注〔一〕。庄子应帝王篇:"因以为波流。"

〔二四〕<u>李善</u>注:史记曰:"<u>庄子</u>名<u>周</u>,尝为<u>蒙漆园</u>吏。"列仙传曰:"<u>李耳</u>为<u>周</u>柱下史,转为守藏史。"论语曰:"柳下惠为士师。"汉书曰:"<u>东方朔</u>著论,设客难,己用位卑以自慰喻。"孟子曰:"为贫仕者,辞尊居卑。"又曰:"位卑言高,罪也。"○史记老庄列传:"<u>老子</u>姓李氏名耳,周守藏室之史也。"孟子:"柳下惠不羞污君,不卑小官。"吕氏春秋注:"短,少也。"

〔二五〕艺文类聚二十一引无"又"字。"爱"宋本晋书本传误作"受"。

〔二六〕"無"或作"无",下同。"登"本传作"为"。

〔二七〕<u>李善</u>注:庄子:"<u>仲尼</u>谓<u>老聃</u>曰:'兼爱无私,仁之情也。'"论语:"子曰:'富而可求,虽执鞭之士,吾亦为之。'<u>子张</u>问:'令尹<u>子文</u>,三仕为令尹,无喜色,三已之,无愠色,旧令尹之政,必以告新令尹,何如?'子曰:'忠矣。'"○何焯义门读书记曰:"郑康成解礼记云:'虽执鞭之贱职,吾亦为之。'邢叔明引周礼秋官:'条狼氏,掌执鞭以趋辟。'条狼氏下士,故云贱职。"○韩子五蠹篇:"儒墨皆称先生,兼爱天下。"尔雅:"登,升也。"

〔二八〕文选四部本同，"达"下注云："五臣本有'人'字。"袁本有"人"字，注云："善本无'人'。""能"吴钞本作"则"。"渝"字帖文误作"偷"。

〔二九〕李善注：孟子曰："古之人，穷则独善其身，达则兼善天下。"又曰："柳下惠遗佚而不怨，厄穷而不悯。"○诗羔裘："舍命不渝。"毛传："渝，变也。"易乾卦文言曰："遁世无闷，不见是而无闷。"说文："闷，懑也。"孟子注："悯，懑也。"

〔三〇〕本传作"故知尧舜之居世"，七贤帖作"故知唐尧君世"。○崔駰达旨曰："于时，太上运天德以君世。"

〔三一〕"许由"文选谢灵运初去郡诗注引作"子房"，胡克家文选考异曰："案'子房'当作'许由'，各本皆误。"○扬案：文选谢灵运还旧园作见颜范二中书诗注引仍作"子房"，亦误也。○"栖"文选袁本同，注云："善本作'棲'。"四部本作"棲"，注云："五臣作'栖'。"此下三句，七贤帖皆无"之"字。○李善注：吕氏春秋曰："昔尧朝许由于霈泽之中，曰：'请属天下于夫子。'许由遂之箕山之下。"张升反论："黄绮引身，岩栖南岳。"○许巽行文选笔记曰："注张升反论，何于'论'下加'语'字。案惠栋云：张姓，叔名，叔曾作反论，引见御览，今左传疏引作'张叔皮论'，误也。然则后人又以张叔皮为人名，故于论下加语字，而何氏未考也。广绝交论注引张升反论，疑是后汉文苑传之张升，'升''叔'二字相似而误耳。"许嘉德曰："案魏都赋注引广绝交论注，及此注所引，皆作'张升反论'，则李氏自作'张升'，不作'张叔'也。"○扬案："反"字明为"友"字之讹，加"语"字更误也。

〔三二〕李善注：汉书曰："上封良为留侯，行太子少傅事。"论语曰："楚

狂接舆,歌而过孔子。"○孟子曰:"先圣后圣,其揆一也。"○孟
子注:"揆,度也。"

〔三三〕李善注:贾逵国语注曰:"遂,从也。"○易困卦象曰:"君子以致
命遂志。"

〔三四〕本传无"而"字。

〔三五〕"循"七贤帖作"随"。

〔三六〕李善注:周易曰:"天下同归而殊途,一致而百虑。"淮南子曰:
"循性而行,或害或利。"论语谶曰:"贫而无怨,循性动也。"○
白虎通义考黜篇:"孝道之美,百行之本也。"毛诗笺:"士有百
行。"韩诗外传曰:"直行情性之所安,而制度可以为天下
法矣。"

〔三七〕"入"本传作"出","反"吴钞本作"返"。○李善注:班固汉书赞
曰:"山林之士,往而不能反,朝廷之士,入而不能出,二者各有
所短。"○孙志祖文选李注补正曰:"韩诗外传:'朝廷之士为
禄,故入而不出;山林之士为名,故往而不反。'在汉书前。"

〔三八〕宋本晋书本传作"意气所托",殿本作"意气所先",书记洞诠引
晋书同。

〔三九〕"不"上,吴钞本及本传、艺文类聚二十一及七贤帖有"亦"字。
○李善注:左氏传:"吴子诸樊既除丧,将立季札,季札辞曰:
'曹宣公之卒也,诸侯与曹人不义曹公,将立子臧,子臧去之,
遂弗为也,以成曹君。君子曰:能守节。君,义嗣也,谁能奸
君;有国,非吾节也;札虽不才,愿附于子臧以无失节。'"史记:
"司马相如,字长卿,其亲名之犬子。相如既学,慕蔺相如之为
人,更名相如。"○礼记孔子闲居篇:"志气塞乎天地。"

〔四〇〕文选四部本同,注云:"五臣本无'吾'字。"袁本无"吾"字,注

云："善本'每'上有'吾'字。""传"下，事文类聚前集三十二有"皆古隐者"四字，此误以旁注作正文也。

〔四一〕李善注：英雄记曰："尚子平有道术，为县功曹，休归，自入山担薪，卖以供食饮。"范晔后汉书曰："向子平隐居不仕，性尚中和，好通老易。""尚""向"不同，未详。又曰："薹佟者，字孝威，魏郡人。隐于武安山，凿穴为居，采药为业。"佟，徒冬切。史记太史公曰："余读孔氏书，想见其为人。"○胡克家文选考异曰："陈云：'王粲英雄记，皆记汉末英雄事，尚子平乃建武中隐士，不应载入，当是误也。'今案此疑英贤谱之文，各本皆讹。"○张云璈曰："按注所引两子平事，虽彷佛相类，终以范史为正。观书中'尚'字及注'尚向不同'一语，则注中上向子平当作'尚'，下尚子平当作'向'，今后汉书逸民传正作'向'。又后汉书注引高士传，'向'字作'尚'，今检高士传亦作'向'。"○扬案：六臣本善注，两皆作"尚"，胡刻本则上"尚"下"向"，不误也，类聚三十六引有陶潜尚长禽庆赞，字仍作"尚"。

〔四二〕"少加"吴钞本原钞作"加少"，朱校改。本传及太平御览四百九十引作"加少"，宋本御览"加"误作"如"，文选作"少加"。胡克家文选考异曰："何云晋书作加少，案加少是也，各本皆误倒。"○王棠知新录曰："魏、晋间人，以父亡为孤露，绝交书：'少加孤露'，赵彦深见母自陈，幼小孤露。棠按幼无父曰孤，不知连露字何意，其亦霜露之感耶？"○扬案：楚辞注："露，暴也。"此当为暴露之义，父亡而无覆庇也。

〔四三〕"见骄"本传作"骄恣"，海录碎事卷九上引作"见憍"。○国策注："骄，宠也。"

〔四四〕汉书贾山传："涉猎书记。"注："言若涉水猎兽，不专精也。"广韵:"涉,历也。"汉书倪宽传:"举侍御史,见上,语经学。"

〔四五〕"疏"文选四部本同,注云:"五臣作'疎'。"袁本作"疎",注云:"善本作'疏'字。"

〔四六〕"箸","筋"之讹,吴钞本作"筋"。○张铣注:筋弩,谓宽缓若弩马也。

〔四七〕"洗"鲍本太平御览四百九十引作"浣"。

〔四八〕"不"太平御览引作"非","癀"或作"痒"。

〔四九〕"沐"太平御览引作"梳"。

〔五○〕"常"太平御览引作"当",宋本御览无"不"字。

〔五一〕焦循孟子正义曰:"嵇康书云:'令胞中略转。''略转',犹'了戾',方言云:'轸,戾也。'郭璞注云:'相了戾也。'广雅以'转戾'释'轸鞄',是'转'即'轸',义皆为'戾','了'与'戾'一声,'轸'与'转'一声,'戾'与'转'同义,非变通转运之谓。"○扬案:"胞"与"脬"通,说文:"脬,膀胱也。"金匮要略妇人杂病篇曰:"转胞不得溺,以胞丝了戾,故致此病。"史记仓公列传曰:"风瘅客脬,难于大小溲。"正义曰:"'脬'一作'胞',膀胱也。"此谓膀胱系缭戾,不得小便。

〔五二〕"情意"宋本及鲍本太平御览引作"情志",安政本作"性志"。"傲"或作"慠",下同。七贤帖"意"作"志","傲"作"雄"。○曹植酒赋:"酖于觞酌,流情纵逸。"

〔五三〕李善注:孔安国论语注曰:"简,略也。"言性简略,与礼相背也。○毛诗传:"成,就也。"

〔五四〕礼记注:"侪,犹辈类。"

〔五五〕"庄老"本传及太平御览引作"老庄"。

〔五六〕李善注:放谓放荡。○吕延济注:庄老忘荣辱,齐是非,故增放逸也。

〔五七〕"颓"或作"穨",或作"隤"。

〔五八〕"实"本传及七贤帖作"逸"。〇说文:"隤,下坠也。"广雅:"实,诚也。"

〔五九〕"此由"太平御览三百五十八引文士传引作"譬犹",吴钞本"由"亦作"犹",案"由"与"犹"同。

〔六〇〕七贤帖及太平御览引文士传引作"则服教从制"。〇史记李斯列传:"此禽鹿视肉。"索隐曰:"禽鹿,犹禽兽也。"国策注:"制,御也。"

〔六一〕"赴"七贤帖作"引"。〇李善注:楚辞曰:"狂顾南行。"王逸曰:"狂,应遽也。"〇左传注:"顿,坏也。"周礼注:"缨,今马鞅。"史记律书曰:"文帝时,会天下新去汤火。"

〔六二〕"鏣"吴钞本、张燮本及文选作"镳",是也。

〔六三〕说文:"镳,马衔也。"诗雨无正:"又有嘉肴。"

〔六四〕"逾"吴钞本及唐写文选集注及艺文类聚二十一引作"愈",文选四部本作"逾",注云:"五臣本作'愈'。"袁本作"愈",注云:"善本作'逾'字。""豐"吴钞本误作"豊"。〇李善注:毛诗曰:"蔫厥豐草。"〇"长林"见前赠秀才诗(轻车迅迈)注〔一〕。

〔六五〕唐写文选集注无"过"字,注云:"今案五家本'吾'上有'过'字。""及"下,吴钞本原钞有"之"字,墨校删。

〔六六〕海录碎事卷七下引无"饮"字"过"字。〇陆善经注:至性,孝性也。〇李善注:庄子:"仲尼谓颜回曰:'圣人处物不伤物者,物不能伤也。'"李尤孟铭曰:"饮无求醉,则以相娱,荒沈过差,可不慎与。"〇张铣注:嗣宗旷达之性过人,而不伤于物,唯饮酒之后有过失。〇案文选六臣本及胡刻本注文,"醉"字作"辞",

又"则"字作"才","辞"字当是"乱"字之讹,今皆改依唐写集注本。○孔融报曹操书曰:"性既迟缓,与人无伤。"冯衍与任武达书曰:"醉饱过差,辄为桀、纣。"○黄先生曰:"据此,是叔夜不醉于酒也。集载家诫曰:'见醉薰薰便止,慎不当至困醉,不能自裁也。'此嵇、阮之异。"

〔六七〕"雠"上,本传有"仇"字。

〔六八〕文选集注曰:"今案钞、陆善经本无'赖'字,又陆善经本无'耳'字。"○李善注:孙盛晋阳秋曰:"何曾于太祖坐谓阮籍曰:'卿任性放荡,败礼伤教,若不革变,王宪岂得相容?'谓太祖:'宜投之四裔,以絜王道。'太祖曰:'此贤素羸病,君当恕之。'"○吕向注:言为何曾以礼法纠绳,如仇雠也。○文选钞曰:"干宝晋纪云:'籍母丧服未除,于大将军司马文王坐噉完,时何曾在坐,厉声谓籍曰:卿任情恣性,伤化败俗,如卿之徒,不可长也。又言于太祖曰:明公方以孝治天下,纵阮籍如此,何以刑于海内? 宜投之四裔,无令污辱华夏。籍都无所言,而噉完也。太祖曰:'此贤素羸,卿其忍之。'太祖即文王也,时为大将军,故言幸大将军保持之耳。"○汉书注:"如淳曰:'绳谓秤弹之也。'"

〔六九〕"吾"文选袁本、胡刻本同,四部本作"以",袁本注云:"善本作'以'字。"四部本注云:"五臣作'吾'字。"吴钞本原钞"吾"下有"以"字,墨校删此句,本传、七贤帖、文选集注作"吾以不如嗣宗之资",胡克家文选考异曰:"何校'贤'改'资',陈云:'贤,资误。'案所校是也,注曰:'资,材量也。'不得作'贤'甚明,晋书正作'资'。"○扬案:文选钞曰:"资,质也。"是所见亦作"资"字。

〔七〇〕"弤"或作"弨"。○李善注：资，材量也。○尔雅："弤，易也。"
吕氏春秋注："阙，短也。"

〔七一〕"人"本传作"物"。

〔七二〕"闇"文选四部本同，注云："五臣本作'暗'字。"袁本作"暗"，注
云："善本作'闇'字。"吴钞本原钞亦作"闇"，墨校改作"暗"。
○尔雅："宜，事也。"

〔七三〕李善注：汉书曰："万石君，石奋也，长子建，为郎中令，奏事，事
下，建读之，惊恐曰：'书马者与尾而五，今乃四，不足一，获谴
死矣。'其为谨慎，虽他皆如是。"又曰："建奏事于上前，即有可
言，屏人乃言，极切至；延见，如不能言者。"好尽，谓言则尽情，
不知避忌。○陆善经注：丘迟曰："好尽，谓好尽直言。"○陈仅
读选意签曰："案此当引左氏传'国武子好尽言'之语。司马氏
之忌叔夜，固在非汤武，薄周孔，实以'在人间不止此事，会显
世教所不容'二语，直刺时事故耳，岂非好尽之累哉！"

〔七四〕"釁"或作"疊"。○尔雅："疵，病也。"左传注："釁，瑕隙也。"

〔七五〕文选集注："今案钞、陆善经本'禮'为'體'。"

〔七六〕文选钞曰："诗序云：'厚人伦。'朝廷，谓国家条教也。"

〔七七〕文选集注曰："案钞'惟'为'省'。"七贤帖"惟"亦作"省"。太平
御览四百九十引无"至熟"二字。○尔雅："惟，思也。"

〔七八〕"有"上，七贤帖有"而"字，太平御览引无"必"字。

〔七九〕"喜"或作"熹"，文选集注作"熹"，下同。

〔八〇〕李善注：东观汉记曰："汝郁再征，载病诣公车，尚书敕郁自力
受拜，郁乘辇白衣诣止车门，台遣两当关扶郁入拜郎中。"○张
铣注：不堪，不可，皆不中任用也。汉置当关之职，欲晓，即至
门呼人使起。○陆善经注：当关，主关门者，诸门卒。○文选

钞曰："东观汉记云：'当关，卒名也，古者，臣欲朝时，当关卒呼之。'"○说文："关，以木横持门户也。"

〔八一〕"抱琴"七贤帖作"挟弹"。"吟"或作"唫"。

〔八二〕楚辞渔父篇："屈原既放，游于江潭，行吟泽畔。"又九叹曰："行唫累欷，声喟喟兮。"毛诗笺："弋，缴射也。"

〔八三〕陆善经注：言在官不得简率。守，谓随从也。

〔八四〕"堪"太平御览八百三十二引作"可"。

〔八五〕李善注：管子曰："少者之事先生，出入恭敬，如有宾客，危坐向师，颜色无怍。"说文曰："痹，湿病也，俾利反。"○扬案：注文"如有宾客"，各本并同，今管子"有"作"见"，当以"见"为合。又案"湿病"字当作"痹"，素问痹论篇："岐伯曰：'风寒湿，三者杂至，合而为痹也。'"一切经音义引仓颉篇曰："痹，手足不仁也。"广韵："痹，府移切，鸟名痿。""痹"字古多通用"痹"，大戴礼曾子本孝篇曰："孝子痹亦弗凭。"韩子外储说左上曰："叔向御坐，平公请事，公腓痛足痹转筋，而不敢怀坐。"谓危坐既久，足气不生，仍不敢倚不敢动也。此处用意正同，不必为湿病。危坐即跪，释名："跪，危也，两膝隐地，体危隉也。"说文："摇，动也。"

〔八六〕"蛊"或作"虬"。

〔八七〕"把"张本作"爬"，文选四部本作"杷"，案"杷"字是也。此句，艺文类聚二十一引作"搔蛊无已"。○说文："杷，收麦器。"急就篇注曰："无齿曰捌，有齿曰杷，皆所以推引聚禾穀也。"礼记内则篇："疾痛苛痒，而敬抑搔之。"注："搔，摩也。"

〔八八〕"当"吴钞本作"尝"。"裹"太平御览九百五十一引作"袭"。文选集注无"而"字，又注云："今案钞'章服'为'服章'也。"

〔八九〕"揖拜"吴钞本作"拜揖"。马叙伦曰："明本'甞'作'當','拜揖'乙转,选本及御览引同,当从之。"○陆善经注:周官:"六服各有章数。"○吕向注:章服,冠衣也。上官,尊臣也。○韩子亡征篇:"章服侵等。"

〔九〇〕"不"下,太平御览九百五十一引有"可"字。

〔九一〕艺文类聚二十一及五十八引无"又"字及"作"字。太平御览五百九十五引无"又"字。文选惟胡刻本有"又"字,集注本亦无。胡克家文选考异曰:"袁本、茶陵本无'又'字。"案二本不著校语,晋书此在所节去中,无以考之。○"喜"或作"熹"。此处吴钞本原钞无"又不喜作书"五字,朱校补。周树人曰:"案旧校殆即据尤袤本加也。"○扬案:吴钞本校者盖据黄省曾本,他处亦然。

〔九二〕太平御览引无"多"字。

〔九三〕"堆"文选集注作"推",注云:"今案钞'推'为'堆'也。""机"吴钞本原钞同,墨校改作"几",程、汪、张本及四库本亦作"机"。

〔九四〕吕延济注:机,亦案也。教,礼教,义,名义也。○文选钞曰:"曲礼云:'礼尚往来,往而不来,非礼也,来而不往,亦非礼也。'若不相报答,是犯于教义也。"○管子问篇:"小怒伤义。"

〔九五〕"久"吴钞本作"之"。读书续记曰:"明本'之'作'久',选本及御览引同,宜从之。"○扬案:"久"字艺文类聚二十一引作"及"字,盖刻本之讹。此句,艺文类聚五十八、太平御览五百九十五引作"则不能久堪",无下句,亦误也。

〔九六〕文选钞曰:"礼记曰:'知生者吊,知死者伤。'是人道以此为重也。"

〔九七〕"者"吴钞本原钞同,朱校改作"皆",四库本亦作"皆",明本作

"者"，是，选本亦作"者"。

〔九八〕李善注：言人于己，为未见有矜恕之者，而才有所怨，乃至欲见中伤，言被疾甚也。○陆善经注：言为不体恕者所怨，乃欲相伤也。○孙志祖文选李注补正曰："金云：'此谓不修吊礼，己曾为不见谅之人所怨，至欲中伤，虽亦以此自责，而性终不可化也。注于己为句，解得牵强。'"○扬案：此处当于怨字绝句，善注误也。汉书严延年传："疾恶泰甚，中伤者多。"又曰："丞义年老颇悖，素畏延年，恐见中伤。"淮南子注："中，伤也。"

〔九九〕"瞿"吴钞本原钞作"懼"，墨校改，文选集注及艺文类聚二十一引作"懼"，文选袁本同，注云："善本作'瞿'字。"四部本、茶陵本作"瞿"，注云："五臣作'懼'字。"○胡克家文选考异曰："案'瞿'当作'懼'，袁本云：善作'瞿'。茶陵本云：五臣作'懼'。各本所见，皆传写误也。善自作'懼'，与五臣同，故引惠帝赞'懼然'作注，今各本注中亦误为'瞿'，非'懼''瞿'同字耳。晋书在所节去中。"○扬案：文选集注引文选音决曰："懼音句。"是所见亦作"懼"字。

〔一○○〕李善注：班固汉书惠帝赞曰："闻叔孙通之谏则瞿然。"○胡克家文选考异曰："袁本、茶陵本，'然'下有'晋灼曰瞿音句'六字，是也。尤误删，改作'音句'，入正文下。又'瞿'皆当作'懼'，汉书正作'懼'，师古曰：'懼读曰瞿。'"○扬案：文选集注引善注不误。○文选李注补正曰："金云：'瞿然屡见檀弓，岂待汉书？'"○扬案：善注原作"懼然"也。○逸周书官人解曰："忧悲之色，瞿然以静。"新语辨惑篇曰："齐人懼然而恐。"东方朔非有先生论曰："于是吴王懼然易容。"汉书注："懼然，失守之貌也。"

〔一〇一〕“降”四库本作“一”。

〔一〇二〕<u>李善</u>注：<u>新序</u>：“<u>卜偃</u>谓<u>晋侯</u>曰：‘天子降心以迎公。’”<u>周书</u>曰：“饰貌者不情。”○<u>张铣</u>注：诡，诳也，言欲下意顺人，则为诳之道，情不愿为。○<u>文选钞</u>曰：“诡，违也，言降下心意，随顺世俗，则违我故志，不得本情也。”○<u>淮南子 主术训</u>：“诡自然之性。”<u>注</u>：“诡，违也。”

〔一〇三〕“誉”下，<u>七贤帖</u>有“也”字。

〔一〇四〕<u>七贤帖</u>无“如此”。

〔一〇五〕<u>李善</u>注：<u>周易</u>曰：“括囊无咎无誉。”

〔一〇六〕<u>文选集注</u>曰：“案<u>陆善经</u>本‘而’为‘所’。”○“當”<u>纬略</u>引作“嘗”。○<u>陆善经</u>注：从官则与共事。

〔一〇七〕“声”<u>吴钞</u>本原钞作“琴”，墨校改。○<u>李善</u>注：<u>杜预 左氏传</u>注曰：“聒，喧也。”<u>韩子 显学篇</u>：“今巫祝之祝人曰：‘使若千秋万岁。’千岁万岁之声聒耳。”

〔一〇八〕<u>左氏昭公三年传</u>：“公欲更<u>晏子</u>之宅，曰：‘子之宅近市，湫隘嚣尘，不可以居。’”

〔一〇九〕“伎”<u>文选</u>四部本同，注云：“<u>五臣</u>作‘技’。”<u>袁</u>本作“技”，注云：“<u>善</u>本作‘伎’。”<u>文选集注</u>作“妓”，<u>文选钞</u>曰：“‘技’或为‘妓’，通。”此句，<u>吴钞</u>本作“千变万数”。<u>读书续记</u>曰：“‘百伎’是。”○<u>扬</u>案：本集<u>声无哀乐论</u>亦云：“千变百态。”○<u>荀子 富国篇</u>：“百技所成，所以养一人也。”<u>注</u>：“技，工也。”

〔一一〇〕<u>文选钞</u>曰：“此语盖讥<u>山涛</u>。”

〔一一一〕<u>艺文类聚</u>二十一引作“心不耐烦”，<u>叶渭清</u>曰：“按此疑本作‘耐耐’，旁记‘不’字，传写并入正文，又误删‘耐’字耳。”○<u>扬</u>案：“耐”字当即“叵”字之讹，此处各本皆作“不耐”。<u>汉书</u>注：“如淳曰：'耐，犹任也。'"

〔一二〕"机务"吴钞本及七贤帖作"万机"，文选集注同，并注云："今案五家本'万机'为'机务'。"读书续记曰："明本'万机'作'机务'，选本同，李善注引尚书：'一日二日万机。'刘良注曰：'机事缠绕。故，事也。'以善注考之，若善本作'万机'，然此本于五臣本与善本异者，多载明之，此言善本作'万机'，复以刘注参之，则作'机务'长也。"○扬案：据文选集注正文及所引善注，则唐人所见李善本自作"万机"。

〔一三〕"繁"吴钞本及文选集注作"烦"，七贤帖作"系"。

〔一四〕李善注：毛诗曰："或栖迟偃仰，或王事鞅掌。"尚书曰："一日二日万机。"○刘良注：鞅掌，众多貌。机事缠绕。故，事也，言事繁于思虑也。○文选钞曰："毛苌诗传云：'鞅掌，失容也。'郑玄云：'鞅犹荷，掌谓捧持之也。负荷捧持以趋走，言足遽也。'世故，谓事言也。"○列子杨朱篇："不治世故，放意所好。"

〔一五〕艺文类聚二十一引无"在"字。

〔一六〕七贤帖作"此事欲当显"。

〔一七〕"容"下，七贤帖有"也"字。

〔一八〕李周翰注：汤与武王，以臣伐君，故非之；周公孔子立礼，使人浇竞，故薄之。言非薄不止，则必会明于世，则为礼教之人不容我也。○陆善经注：晋氏方欲遵汤、武革命，而非之，周、孔以礼义教人，而薄之，故不为世所容也。○孙志祖文选考异曰："潘校删'会显'二字，下增'为'字，案'在人间不止'，当绝句，'此事会显'又句，则文义坦然。"○扬案："在人间不止"，谓出仕而不休止，不谓非薄不止也，此处文选钞亦误解。

〔一九〕"疾"吴钞本作"嫉"。○张铣注：刚肠，谓强志也。○文选钞曰:"孔融荐祢衡表云:'疾恶若雠。'"〇荀子性恶篇:"今人之性,生而有疾恶焉。"注:"'疾'与'嫉'同。"

〔一二〇〕陆善经注:左传:"伯宗妻曰:'子好直言,必及于难也。'"

〔一二一〕艺文类聚二十一引无"小"字,误也。

〔一二二〕文选钞曰:"促,犹狭也;中,中心;统,总也。庄子云:'张毅疾攻其内,单豹虎食其外。'言此人于养生之道,皆不能便其后也。"

〔一二三〕"宁"上,七贤帖有"此"字。

〔一二四〕"术"原作"木",刻板之误。

〔一二五〕"久"艺文类聚二十一引作"益"。

〔一二六〕"意"七贤帖作"心"。〇李善注:苍颉篇曰:"饵,食也。"本草经曰:"术,黄精,久服,轻身延年。"〇吕延济注:道士,谓得道之士也。〇案春秋繁露循天之道篇:"古之道士有言:'将欲无陵,固守一德。'"新序节士篇:"竭而得位,道士不居也。"此谓有道之士也。论衡率性篇:"随侯以药作珠,精耀如真,道士之教至,知巧之意加也。"此谓有术之士也。释法琳辨正论引古诗曰:"服食求神仙,多为药所误。不如饮美酒,被服纨与素。寄语世上人,道士慎莫作。"俞正燮癸巳存稿曰:"二句固应有之,文选删之也。"〇扬案:此则谓养生之士,即叔夜所指矣。抱朴子仙药篇:"术一名山蓟,一名山精。"神药经曰:"必欲长生,常服山精。"博物志:"天老曰:'太阳之精,名曰黄精,饵而食之,可以长生。'"

〔一二七〕"心"七贤帖作"意"。

〔一二八〕"废"七贤帖作"决"。〇文选钞曰:"后汉书:'尚子平与北海禽庆游五岳名山。'行,往也,言一过往,就作吏也。"〇汉书司马相如传:"相如以为列仙之儒,居山泽间。"广雅:"行,去也。"扬案:一去,犹一出也。

〔一二九〕"舍"文选四部本同,注云:"五臣本作'捨'字。"袁本作"捨",注云:"善本作'舍'字。"

〔一三〇〕孟子:"形色,天性也。"班固幽通赋:"所贵圣人至论兮,顺天性而断谊。"

〔一三一〕文选集注无"而"字。〇尔雅:"济,成也。"

〔一三二〕"偪"或作"逼",下同,吴钞本作"迫"。"伯"吴钞本原钞作"柏",墨校改,文选袁本及集注本亦作"柏",艺文类聚三十六、太平御览五百九引叔夜高士传亦作"柏"。

〔一三三〕"节"本传及七贤帖作"长"。〇李善注:庄子曰:"尧治天下,伯成子高立为诸侯,尧授舜,舜授禹,伯成子高辞为诸侯而耕,禹往见之,则耕在野,禹趋就下风,立而问焉。伯成子高曰:'昔尧治天下,不赏而民勤,不罚而民畏;今则赏罚而民且不仁,德自此衰,刑自此立,后世之乱,自此始矣。'耕而不顾。"〇李周翰注:禹曰:"难化矣。"乃不偪之。是全节也。〇朱珔文选集释曰:"汉书人表有巢、繇,而无伯高,若冯衍显志赋云:'款子高于中野兮,遇伯成而定虑。'又似为二人,盖皆相传之异。"〇扬案:以一人分隶两句,古盖有此法也。

〔一三四〕文选集注无"于"字。

〔一三五〕李善注:家语曰:"孔子将行,雨,无盖,门人曰:'商也有焉。'孔子曰:'商之为人也啬,短于财。吾闻与人交者,推其长者,违其短者,故能久也。'"王肃曰:"短,乏,啬甚也。"

〔一三六〕"偪"吴钞本及文选集注作"逼",张本及本传作"迫"。〇李善注:蜀志曰:"颍川徐庶字元直,曹公来征,先主在樊,闻之,率其众南行，亮与徐庶并从，为曹公所追破，庶母见获，庶辞先主而指其心曰：‘本与将军共图王霸之业者，以此方寸之地也。今已失老母，方寸乱矣，无益于事，请从此别。’遂诣曹公。”魏略曰：“庶名福。”○吕向注：先主许之，言孔明不偪者，谓孔明奉先主之命，亦不逼留之。○案善注中“樊”字，文选胡刻本及六臣本皆误作“楚”，惟集注本不误。

〔一三七〕“强”本传作“彊”。○李善注：魏志曰：“华歆，字子鱼，平原人也。文帝即位，拜相国。黄初中，诏公卿举独行君子，歆举管宁，帝以安车征之。”又曰：“管宁，字幼安，北海人也。华歆举宁，宁遂将家属浮海，还，郡诏宁为太中大夫，固辞不受。”○吕延济注：强，劝勉也。

〔一三八〕吴钞本原钞无“者”字，墨校补。文选四部本有“者”字，袁本无，四部本注云：“五臣无‘者’字。”袁本注云：“善本有‘者’字。”

〔一三九〕吴钞本、张本无“必”字，文选四部本、茶陵本同，袁本、胡刻本有“必”字，四部本、茶陵本注云：“五臣本有‘必’字。”袁本无注。集注本无“必可”二字。太平御览四百十引无“可以”二字。○胡克家文选考异曰：“袁本云：‘善无必字。’茶陵本云：‘五臣有必字。’案此或所见不同，否则尤添之耳。晋书在所节去中。”○扬案：袁本此注，乃在下句之下，亦非承两句而言，胡氏误也。

〔一四〇〕“者”吴钞本作“木”。读书续记曰：“选本及御览引‘木’并作‘者’，当从之。”○“者”下，文选袁本有“必”字，四部本、茶陵本无，袁本注云：“善本无‘必’字。”四部本、茶陵本注云：“五臣本有‘必’字。”艺文类聚二十一引亦有“必”字。此句，张刻本太平御览四百十引作"曲者必不为桷",别本及文选集注作"曲者不以为桷",吴钞本原钞亦无"可"字,墨校补。○说文:"桷,榱也,椽方曰桷。"

〔一四一〕吴钞本及七贤帖、文选集注、太平御览四百十引无"以"字。"枉"七贤帖作"夭"。"才"或作"材"。○说文:"枉,衺曲也。"管子度地篇:"以其天材,地之所生,利养其人。"注:"天材,谓五谷之属,因天时而植者也。"荀子强国篇:"山林川谷,美天材之利多。"

〔一四二〕太平御览四百十引节去"也"字。

〔一四三〕"得"文选四部本同,注云:"五臣本作'其'字。"袁本作"其"字,注云:"善本作'得'字。"周校本曰:"五臣本文选'得'下有'其'字。"扬案:周氏误也。○李善注:管子曰:"士农工商四民者,国之石民也。"

〔一四四〕庄子齐物论篇:"唯达者知通为一。"

〔一四五〕"此"字下,吴钞本有"似"字,经济类编八十三引同,文选四部本无"似"字,袁本有,四部本注云:"五臣本有'似'字。"袁本注云:"善本无'似'。"集注本"似"字误写作"以",下有注云:"今案陆善经本'似'下有'在'字。"○李周翰注:言人各有所乐,唯达者可知,故云度内耳。○扬案:此谓得志为乐之理,亦在涛之度内,为所素知者也。

〔一四六〕太平御览四百十引无"见"字。

〔一四七〕"强"上,七贤帖有"而"字。○李善注:庄子曰:"宋人资章甫而适越,越人断发文身,无所用之。"司马彪曰:"敦,断也;章甫,冠名也。"○说文:"冕,大夫以上冠也。"释名:"冠,犹俯也,亦言文也。"

〔一四八〕吴钞本原钞作"自以嗜臭腐",朱校删"以"字,经济类编引亦作"自以",文选四部本作"已",袁本及集注本作"自以",四部本注云:"五臣作'自以'。"袁本注云:"善本无'自以',有'已'字。"

〔一四九〕"鸳"文选集注作"鹓"。"养"上,七贤帖有"而"字。○李善注:庄子曰:"惠子相梁,庄子往见之。或谓惠子曰:'庄子来,欲代子相。'于是惠子恐,搜于国中,三日三夜。庄子往见曰:'南方有鸟,名鸳雏,子知之乎? 夫鸳雏发南海而飞于北海,非梧桐而不止,非竹实不食,非醴泉不饮。于是鸱得腐鼠,鸳雏过之,仰天而视之,曰:吓。今子欲以子之国吓我耶?'"○庄子知北游篇:"其所恶者为臭腐。"朱穆与刘伯宗绝交诗曰:"北山有鸱,不洁其翼。饕餮贪污,臭腐是食。长鸣呼凤,谓为无德。凤之所趣,与子异域。"

〔一五〇〕文选集注曰:"今案钞'顷'为'比'。""术"古文奇赏作"道"。

〔一五一〕"游"文选集注作"逝",当即"遊"字误写也。"寞"张本及文选作"漠",二字通。

〔一五二〕下"为"字,七贤帖作"自"。○李善注:高诱吕氏春秋传曰:"外,犹贱也。"庄子曰:"夫恬淡寂寞,虚无无为,此天地之平,而道德之笃也。"○文选钞曰:"庄子有养生之篇。滋,厚也。老子云:'为无为,无为者,无所为也。'"○礼记月令篇:"薄滋味。"说文:"味,滋味也。"段玉裁曰:"滋,言多也。"○"游心"见前重作四言诗(绝智弃学)注〔一〕。

〔一五三〕七贤帖"所"上有"之"字,又"者"字作"也"。

〔一五四〕楚辞惜诵篇:"中闷瞀之忳忳。"注:"闷,烦也。"素问风论篇:"闭则热而闷。"注:"闷,不爽貌。"史记蔡泽列传:"应侯遂称病笃。”后汉书注：“笃，困也。”

〔一五五〕“不”上，吴钞本有“必”字，文选袁本同，四部本无，袁本注云：“善本无‘必’字。”四部本注云：“五臣本有‘必’字。”文选集注有“必”字，无“其”字，又注云：“今案五家本‘堪’下有‘甚’字。”○李善注：言己所不乐之事，必不能堪而行之。○易乾卦文言曰：“或跃在渊，自试也。”案此处自试，犹自问矣。

〔一五六〕“已”文坛列俎作“也”。○说文：“审，悉也。”

〔一五七〕“穷”本传作“殚”。“则”吴钞本原钞作“斯”，墨校改。○司马相如上林赋：“道尽涂殚，回车而还。”

〔一五八〕“转”下，七贤帖有“之”字。文选集注无“也”字，又注云：“今案钞‘转’下有‘死’字。”○李善注：左氏传曰：“侍者谓楚王曰：‘老而无子，知挤于沟壑矣。’”○礼记注：“事，犹为也。”国语吴语：“将转于沟壑。”注：“转，入也。”

〔一五九〕倭名类聚钞一引文选注曰：“母兄，同母兄也。”狩谷望之笺曰：“母兄，嵇康与山涛绝交书两见，李善五臣皆无注，按隐七年公羊传注云：‘母兄，同母兄。’源君或误引之。”○扬案：此处谓母及兄也，本集思亲诗曰：“嗟母兄兮永潜藏。”又曰：“慈母没兮谁予骄。”

〔一六〇〕“凄”吴钞本原钞作“冤”，墨校改。案“冤”字涉上而误也。○文选钞曰：“母兄俱死，凄切思之。”○后汉书注：“切，急也。”

〔一六一〕“男年”吴钞本原钞作“男儿”，朱校改。七贤帖及文选集注亦作“男儿”。

〔一六二〕“未”七贤帖作“不”。

〔一六三〕“况”七贤帖作“先”。“病”本传作“疾”。

〔一六四〕“恨恨”吴钞本、张溥本及本传作“恨恨”。

〔一六五〕**李善注**：**王隐晋书**曰："绍字延祖，十岁而孤，事母孝谨。"**国语**曰："晋赵武冠，见韩献子，献子曰：'戒之，此谓成人。'"**郑玄礼记注**曰："女子以许嫁为成人。"**广雅**曰："恨恨，悲也。"○**胡克家文选考异**曰："袁本、茶陵本首有'晋诸公谱曰：康子劭'八字，'绍'作'劭'，无'十岁而孤，事母孝谨'八字。案二本是也，此尤延之校改而误。"○**扬案**：文选四部本、集注本亦不误，惟集注本"谱"字误作"讃"。○**李陵**与苏武诗："恨恨不得辞。"

〔一六六〕文坛列俎、古文奇赏、八代文钞无"但"字。"愿"本传作"欲"，七贤帖"守"下有"其"字，又"巷"字作"庐"。文选集注云："今案钞'守'下有'其'字，又'巷'为'庐'。"○论语："一箪食，一瓢饮，在陋巷。"

〔一六七〕艺文类聚二十一、太平御览四百十、事文类聚前集三十二及三十三引无"养"字。

〔一六八〕本传、七贤帖、艺文类聚二十一、太平御览四百十、事文类聚前集三十二及三十三引重"时"字，文选袁本及集注本同，四部本不重。袁本注云："善本有一'时'字。"四部本注云："五臣作'时时'。""阔"上，吴钞本、张本及本传有"离"字，文选袁本同，四部本无，袁本注云："善本无'离'字。"四部本注云："五臣本有'离'字。"事文类聚前集三十二引作"叙契阔"，三十三引作"叙离阔"。○说文："阔，疏也。"

〔一六九〕论语："久要不忘平生之言。"集解："孔安国曰：'平生，犹少时。'"苏武诗："愿子留斟酌，叙此平生亲。"

〔一七〇〕"杯"文选作"盃"，二字通。此句，文选恨赋李善注引作"浊醪一盃"，叶渭清曰："盖因赋称'浊醪夕引'而改，非本异也。"○杨恽报孙会宗书曰："田家浊酒。"

〔一七一〕“愿”本传作“意”。

〔一七二〕李善注：嬲，擿娆也，音义与“娆”同。奴了切。〇陆善经注：不置，不相舍置也。〇文选钞曰：“案嬲字书无之，唯起此书。玉篇还引此证，言娆擿也。”〇黄生义府曰：“世说：‘和峤踢嬲不得休。’方言：‘妠，扰也。’嵇康绝交书：‘嬲之不置。’注：‘擿娆也。’‘踢嬲’即‘妠扰’，即‘擿娆’。”〇朱琦曰：“案说文：‘娆，苛也，一曰扰也，戏弄也。’段氏云：‘嬲乃娆之俗字，故许不录。’孙氏星衍以为嬲即嬾字草书之讹，然嵇康草迹作‘娚’，一切经音义引三仓：‘嬲，乃了切，弄也，恼也。’余谓广韵二字并列，而训相似，则有娆不必有嬲，既说文所无，安知三仓之‘嬲’，非‘娆’之转写别体乎？若嬾为弱长貌，又不类矣。”〇扬案：“嬲”为“嬾”字草书之讹，此说非也，“嬲”为俗书会意字，汉魏间此类固多。

〔一七三〕书记洞诠无“时”字，误也。〇易暌卦象曰：“暌之时用大矣哉。”案此处谓当时之用也。

〔一七四〕“麤疎”七贤帖作“荮疏”。

〔一七五〕文选钞曰：“潦倒，长缓貌。”〇史记韩非列传：“韩子引绳墨，切事情。”广雅：“切，近也。”

〔一七六〕尔雅：“惟，思也。”荀子：“贤能不待次而举。”

〔一七七〕“离”七贤帖作“舍”。

〔一七八〕吴钞本无“此”字，又“快”字误作“怢”。〇说文：“快，喜也。”

〔一七九〕“可”上，七贤帖有“量”字，“得”下，文选袁本有“而”字，四部本、集注本无，袁本注云：“善本无‘而’字。”四部本注云：“五臣有‘而’字。”文选集注云：“今案钞‘耳’为‘尔’。”〇李善注：言俗人皆喜荣华，而己独能离之，以此为快，此最近己之情，可得言之耳。○文选钞曰："尔，犹如此也。若我离荣华之事，此最近于情，汝乃可得作如此说耳。"

〔一八〇〕"然"下，吴钞本有"后"字，文选集注云："五家本有'后'字。"又引文选钞，所解亦有"后"字。扬案：有"后"字者，误也。文选袁本、四部本亦无之。

〔一八一〕李善注：郑玄礼记注曰："淹，复渍也。"○曹植四皓赞："刘项之争，养志弗营。"

〔一八二〕文选集注无"病"字，注云："今案五家本'困'上有'病'字。"又引文选钞曰："困，犹病也，变文耳。"扬案：据所解，则知文选钞亦无"病"字。○"困"吴钞本作"因"，读书续记曰："作'困'为长。"扬案：作"因"则连下为句。

〔一八三〕"真"七贤帖作"直"。"乏"此本原作"之"，吴钞本、程本同，误也；别本及文选各本并作"乏"。○李善注：言己离于俗事，以自安全，以保其馀年，此乃真是性之所乏耳，非如长才广度之士，而不营之。○刘良注：言我以病困离俗，自全真性之所乏短，不同长才广度之士，而不营求。○文选钞曰："离，附也；乏，谓不足也。此实力不足也。"○扬案：广雅："离，去也。"此谓离去人间事，非欲离荣华，乃由用世之才，在己真所匮乏耳。李刘解"乏"字不明。

〔一八四〕"稱"或作"偁"。○李周翰注：黄门，阉人也；本绝阳道，岂是贞哉？○文选钞曰："黄门，诸阉人也。言黄门天性无阳，非其有贞洁之行也。"○何焯曰："黄门，不男者也。癸辛杂识引佛书甚详。"○梁章钜曰："何与翰异解，恐不甚确，似翰得之。"○朱铭文选拾遗曰："案续汉书百官志有小黄门令、黄门令，皆宦者，注引董巴曰：'禁门曰黄闼，以中人主之，故号曰黄门令。'"

○扬案:癸辛杂识曰:"世有男子,虽娶妇而终身无嗣育者,谓之天阉,世俗则命之曰黄门。"又大般若经载五种黄门云云,又案弘决外典钞曰:"黄者主中,中谓圣人居天下中,而通理万民,主黄家之门,故曰黄门;亦云黄昏闭门,故曰黄门"云云。黄者主中,即董巴禁门曰黄闼之义也。世俗命之曰黄门,亦谓与宦者同也。此处自当指中人言之。天中记引抱朴子曰:"阉官无情,不可谓贞。"亦用叔夜语也。

〔一八五〕"时"吴钞本作"共"。"歡"七贤帖作"增",文选袁本作"歡",四部本作"懽",集注本作"懽",袁本注云:"善本作'懼'字。"四部本注云:"五臣本作'歡'字。"○扬案:"懽""懼"皆"懽"字之误也。"懽"与"歡"同。文选集注引文选钞曰:"所期相致,以为歡笑"云云,是文选钞所见本亦作"歡"字。○李周翰注:趣,急也。王涂,天子殿陛也。相致,谓其职任也。是时必以为欢悦相益也。许巽行曰:"此'趣'字当与'促'同,说文:'促,迫也。'"○汉书注:"'趣'读曰'促'。"致谓引而至也。案时为欢益,谓时相见而得欢益也。

〔一八六〕吴钞本及本传无"其"字。○李周翰注:言烦事逼,则发狂病也。○扬案:迫之,谓迫其出仕也。

〔一八七〕"怨"本传作"仇"。

〔一八八〕吴钞本及本传无"于"字。○汉书王莽传:"众重怨,无斗志。"

〔一八九〕吴钞本及文选集注无"而"字。

〔一九〇〕李善注:列子曰:"宋国有田父,常衣湿黂,至春,自暴于日,当尔时不知有广夏隩室,绵纩狐貉,顾谓其妻曰:'负日之暄,人莫知之,以献吾君,将有赏也。'其室告之曰:'昔人有美戎菽、甘枲茎与芹子,对乡豪称之,乡豪取尝之,蜇于口,惨于腹,众晒之。'"○胡克家文选考异曰:"案'湿'当作'缊',各本皆误。"
○扬案:文选集注引李善注作"缊",不误。○新书过秦篇:"履
至尊而制六合。"

〔一九一〕"疏"或作"疎"。○李善注:李陵书曰:"孤负陵心,区区之意。"
○古诗:"一心抱区区。"文选集注:"广雅曰:'区区,爱也。'汉
书注:'区区,小意也。'"

〔一九二〕吕向注:解,谓解足下举我之意也。○礼记学记篇:"相说以
解。"广韵:"解,晓也。"

刘勰曰:"嵇康绝交,实志高而文伟。"文心雕龙书记。

王维曰:"嵇康云:'顿缨狂顾,逾思长林而忆丰草。''顿
缨狂顾',岂与俯受维絷有异乎?'长林丰草',岂与官署门阑
有异乎?异见起而正性隐,色事碍而慧用微,岂等同虚空,无
所不遍,光明遍照,知见独存之旨乎?"与魏居士书。○李贽曰:
"此亦公一偏之谈也,苟知官署门阑,不异'长林丰草',则终
身'长林丰草',固即终身官署门阑矣。"初潭集。○扬案:摩诘固能俯
受维絷者也,故妄用机锋如此。

李贽曰:"此书实峻绝可畏,千载之下,犹可想见其人。"李
氏焚书。○扬案:李氏上文疑此书出相知者代康为之辞,其说误。

江进之曰:"近时李卓吾善看古文字,而乃厌薄嵇中散绝
交、养生二篇,不知何说。此等文字,终晋之世不多见,即终
古亦不多见。彼其情真语真,句句都从肺肠流出,自然高古,
自然绝特,所以难及。"又曰:"六朝之文,余所深服者,嵇中散
绝交书、养生论二篇。"亘史外纪。

孙鑛曰:"别传称:'叔夜伟容色,不加饰厉,而龙章凤姿,

卷第二 与山巨源绝交书 一首

207

天质自然。'今此文正复似之。"<u>文选评</u>。

余元熹曰："虽是峻拒之意，不失和平之旨，名士风流，往往如此。"<u>汉魏名文乘</u>。

何焯曰："意谓不肯仕耳，然全是愤激，并非恬淡，宜为<u>司马昭</u>所忌也。龙性难驯，与<u>阮公</u>作用自别。"<u>文选评</u>。○又曰："'非<u>汤</u>、<u>武</u>，薄<u>周</u>、<u>孔</u>'，不过<u>庄氏</u>之旧论耳，而<u>钟会</u>辈遂以此为指斥当世，赤口青蝇，何所不至！然适成<u>叔夜</u>之名矣。"<u>义门读书记</u>。

方廷珪曰："行文无所承袭，杼柚予怀，自成片段。予友<u>畹村</u>云：'有真性情，则有真格律，遂为千古绝调。'信然！"

黄先生曰："与吕长悌绝交书云：'古之君子，绝交不出丑言。'然此书乃激切已甚，想彼乃朋友间细故，此则关于出处大节；彼所对者为恶人，故当逊辞，此则本为同志，一旦乖异，益不能不介怀耶？"○又曰："<u>叔夜</u>虑祸之明，盖不自赋幽愤时始，而龙性难驯，终于被害，哀哉！"<u>文选评</u>。

与吕长悌绝交书一首

<u>文选恨赋注引臧荣绪晋书</u>："<u>东平吕安</u>，家事系狱，鼏阅之始，<u>安</u>尝以语<u>康</u>。"又<u>思旧赋注引干宝晋书</u>曰："<u>安</u>，<u>巽</u>庶弟，俊才，妻美，<u>巽</u>使妇人醉而幸之，丑恶发露，<u>巽</u>病之，反告<u>安</u>谤己。<u>巽</u>于<u>钟会</u>有宠，太祖遂徙<u>安</u>边郡。"○<u>魏志王粲传注引魏氏春秋</u>曰："<u>康</u>与<u>东平吕昭</u>子<u>巽</u>及<u>巽</u>弟<u>安</u>亲善，<u>巽</u>淫<u>安</u>妻<u>徐氏</u>，而诬<u>安</u>不孝，囚之。"○<u>世说新语雅量篇注引晋阳秋</u>曰：

"<u>安</u>嫡兄<u>逊</u>淫<u>安</u>妻<u>徐氏</u>，<u>安</u>欲告<u>逊</u>遣妻，以咨于<u>康</u>，<u>康</u>喻而抑之。<u>逊</u>内不自安，阴告<u>安</u>挝母，表求徙边。"〇<u>魏志杜恕传</u>注引<u>世语</u>曰："<u>吕昭</u>字<u>子展</u>，<u>东平</u>人。长子<u>巽</u>，字<u>长悌</u>，为相国掾，有宠于<u>司马文王</u>。次子<u>安</u>字<u>仲悌</u>，与<u>嵇康</u>善，与<u>康</u>俱被诛。"〇<u>扬</u>案：此书当是于<u>吕安</u>徙边后作。

  <u>康</u>白：昔与足下年时相比[一]，以故数面相亲[二]，足下笃意[三]，遂成大好，由是许足下以至交[四]，虽出处殊涂[五]，而欢爱不衰也[六]。及中间少知<u>阿都</u>，志力开悟[七]，每喜足下家复有此弟。而<u>阿都</u>去年，向吾有言[八]，诚忿足下，意欲发举[九]，吾深抑之[一〇]，亦自恃每谓足下不〔足〕〔得〕迫之，故从吾言[一一]。间令足下，因其〔顺吾，与之〕顺亲[一二]。盖惜足下门户，欲令彼此无恙也[一三]。又足下许吾，终不繋<u>都</u>[一四]，以子父〔六人〕〔交〕为誓[一五]，吾乃慨然感足下重言，慰解<u>都</u>，<u>都</u>遂释然，不复兴意[一六]。足下阴自阻疑[一七]，密表系<u>都</u>，先首服诬<u>都</u>[一八]，此为<u>都</u>故信吾，〔吾〕又〔非〕无言[一九]，何意足下苞藏祸心耶[二〇]？<u>都</u>之含忍足下，实由吾言。今<u>都</u>获罪[二一]，吾为负之。吾之负<u>都</u>，由足下之负吾也。怅然失图[二二]，复何言哉！若此，无心复与足下交矣！古之君子，绝交不出丑言[二三]，从此别矣！临别恨恨[二四]。<u>嵇康</u>白。

〔一〕<u>广雅</u>："比，近也。"
〔二〕<u>吴</u>钞本原钞无"故"字，<u>朱</u>校补。<u>周</u>校本曰："案此即因下文

'数'字讹衍也，无者是。"○扬案："故"字有无均顺。○仪礼注："面，亦见也。"

〔 三 〕东观汉记："光武帝诏曰：'笃意分明，断之不疑。'"

〔 四 〕"由"吴钞本原钞作"犹"，朱校改。○国语注："至，深也。"

〔 五 〕"涂"或作"途"。

〔 六 〕易系辞上曰："君子之道，或出或处。"又系辞下曰："天下同归而殊涂。"魏志管宁传："太仆陶丘一等荐宁曰：'虽出处殊途，俯仰异体，至于兴治美俗，其揆一也。'"礼记乐记篇："欣喜欢爱，乐之官也。"

〔 七 〕"开悟"王楙野客丛书卷二十七引同，文选与山巨源绝交书注引作"闲华"。○阮瑀为曹公与孙权书曰："违异之恨，中间尚浅。"阿都，吕安也，见前篇注〔五〕。史记商君传："吾说公以帝道，其志不开悟矣。"

〔 八 〕吴钞本原钞无"阿"字，朱校补。"吾"张本及七贤帖作"我"。

〔 九 〕"发"吴钞本原钞误作"广"，朱校改。○广雅："发，举也。"

〔一〇〕楚辞注："抑，止也。"

〔一一〕"每"吴钞本原钞作"无"，朱校改。案"无"字疑"吾"字之误。"不足"吴钞本作"不得"，是也。○一切经音义引三仓曰："每，亦数也。"礼记注："谓，犹告也。"案此叔夜自恃交情，已数告巽，不得迫安，安亦从叔夜之言，遂不发举也。

〔一二〕吴钞本原钞作"间令足下，因其顺吾，与之顺亲"，朱校删"顺吾与之"四字。案原钞是也。吕安既顺叔夜之言而不发举，故叔夜乃令巽与安相顺相亲也。

〔一三〕广雅："惜，爱也。"古诗："健妇持门户。"唐书宰相世系表曰："有爵为卿大夫，世世不绝，谓之门户。"战国策齐策："赵威后

嵇康集校注

谓齐使者曰:'岁亦无恙耶?'"尔雅:"恙,忧也。"注:"今人云无恙,谓无忧也。"

〔一四〕此及下文"縶"字,吴钞本原钞作"挚",墨校改。张溥本及汉魏诗乘幽愤诗注引此书,又野客丛书引此书,两"縶"字皆作"挚"。

〔一五〕野客丛书引同,吴钞本作"以子父交为誓",栏外上方有朱书校语云:"'交'一作'六人'。"皕宋楼钞本吴志忠校语云:"忠案'六人'非也。"○扬案:此谓以父子之交情为誓也。

〔一六〕吴钞本原钞误作"不复与"三字,朱校改补。○庄子齐物论篇:"南面而不释然。"成玄英疏:"释然,怡悦貌也。"扬案:"释"借为"怿",尔雅:"怿,乐也。"旧注:"怿,意解之乐也。"说文:"兴,起也。"

〔一七〕广雅:"阻,疑也。"

〔一八〕后汉书注:"首,犹服也。"扬案:首服,谓首服其罪也。其事未详。诬都,诬吕安谤己及挝母也。

〔一九〕"又"下"无"上,吴钞本原钞有"手"字。周校本曰:"'手'疑当作'非'。"○扬案:谓吕安本信叔夜,又事前并非无言也。但如此则文意略不顺,今疑"又"上原有两"吾"字,谓吕安本信叔夜,叔夜于巽安两方又皆已有成说也。

〔二〇〕"苟"吴钞本作"包",二字通。○左氏昭公元年传:"将恃大国之安靖己,而无乃包藏祸心以图之。"

〔二一〕案获罪,谓被决徙边也。

〔二二〕左氏昭公七年传:"孤与其二三臣,悼心失图。"曹植谏取诸国土息表曰:"晻若昼晦,怅然失图。"尔雅:"图,谋也。"

〔二三〕吴钞本原钞作"古人绝交,不出丑言",墨校改"人"字作"子",

朱校补"之君"二字。○战国策燕策："望诸君献书报燕王曰：'臣闻古之君子，交绝不出恶声。'"诗墙有茨曰："言之丑也。"

〔二四〕"别"吴钞本作"书"。○古诗："生人作死别，恨恨那可论。"李陵与苏武诗曰："恨恨不能辞。"文选六臣本吕向注曰："恨恨，相恋之情。"桂馥札朴曰："恨恨，即悬悬，言诚款也。"○扬案：魏武帝与杨彪书曰："即欲直绳，顾颇恨恨。"亦此意也。

茅坤曰："随笔写去，不立格局，而风度自佳，所谓不假雕琢，大雅绝伦者也。"汉魏别解引。

嵇康集校注卷第三

卜疑（集）一首吴钞本无"集"字,是也。又原钞但有此题,后二题墨校所补,在此行下,字略小。

稽荀录一首亡 吴钞本题下有朱书校后云:"此首,刻板亦不载。"

养生论一首

卜疑（集）一首

吴钞本原钞无此行,朱校补题"卜疑"二字于此,亦无"集"字。○左氏桓公十一年传:"鬭廉曰:'卜以决疑。'"王逸楚辞卜居序曰:"卜己居世,何所宜行,冀闻异策,以定嫌疑。"○严可均曰:"案此拟卜居。"

有宏达先生者[一],恢廓其度,寂寥疏阔[二],方而不制,廉而不割[三],超世独步,怀玉被褐[四],交不苟合,仕不期达[五]。常以为忠信笃敬,直道而行之,可以居九夷,游八蛮〔六〕,浮沧海,践河源〔七〕,甲兵不足忌,猛兽不为患〔八〕;是以机心不存,泊然纯素〔九〕,从容纵肆,遗忘好恶〔一〇〕,以天道为一指,不识品物之细故也〔一一〕。然而大道既隐,智巧滋繁〔一二〕,世俗胶加,人情万端〔一三〕,利之所在,若鸟之追鸾〔一四〕,富为积蠹,贵为聚怨〔一五〕,动者多累,静者鲜患〔一六〕,尔乃思丘中之隐士〔一七〕,乐川上之执竿也〔一八〕。于是远念长想,超然自失〔一九〕,郢人既没,谁为吾质〔二〇〕?圣人吾不得见,冀闻之于数术〔二一〕。乃适太史贞父之庐而访之,曰:吾有所疑,愿子卜之〔二二〕。贞父乃危坐操蓍〔二三〕,拂几陈龟〔二四〕,曰:君何以命之〔二五〕?

先生曰:吾宁发愤陈诚,谠言帝庭〔二六〕,不屈王公乎〔二七〕?将卑懦委随,承旨倚靡,为面从乎〔二八〕?宁恺悌弘覆,施而不德乎〔二九〕?将进趣世利〔三〇〕,苟容偷合乎〔三一〕?宁隐居行义,推至诚乎〔三二〕?将崇饰矫诬,养虚名乎〔三三〕?宁斥逐凶佞,守正不倾,明否臧乎〔三四〕?将傲倪滑稽〔三五〕,挟智任术〔三六〕,为智囊乎〔三七〕?宁与王乔、赤松为侣乎〔三八〕?将(进)〔追〕伊挚而友尚父乎〔三九〕?宁隐鳞藏彩,若渊中之龙乎〔四〇〕?(宁)〔将〕舒翼扬声〔四一〕,若云间之鸿乎〔四二〕?宁外化其形,内隐其情〔四三〕,屈身隐时,陆沉无名〔四四〕,虽在人间〔四五〕,实处冥冥乎〔四六〕?将激昂为清,锐思为精〔四七〕,行与世异,心与俗并〔四八〕,所在必闻,恒(营营)〔荧荧〕乎〔四九〕?宁寥落闲放〔五〇〕,无所矜尚〔五一〕,彼我为一,不争不让〔五二〕,游心皓素,忽然坐忘〔五三〕,追羲农而不及，行中路而惆怅乎〔五四〕？将慷慨以为壮，感概以为亮〔五五〕，上干万乘，下凌将相〔五六〕，尊严其容，高自矫抗〔五七〕，常如失职，怀恨怏怏乎〔五八〕？宁聚货千亿，击锺鼎食〔五九〕，枕藉芬芳，婉娈美色乎〔六〇〕？将苦身竭力，剪除荆棘〔六一〕，山居谷饮，倚岩而息乎〔六二〕？宁如伯奋、仲堪，二八为偶，排摈共、鲧〔六三〕，令失所乎〔六四〕？将如箕山之夫，（颍水之父）〔白水之女〕〔六五〕，轻贱唐、虞，而笑大禹乎〔六六〕？宁如（泰山）〔泰伯〕之隐德潜让，而不扬乎〔六七〕？将如季札之显节义慕，为子臧乎〔六八〕？宁如老聃之清净微妙，守玄抱一乎〔六九〕？将如庄周之齐物，变化洞达，而放逸乎〔七〇〕？宁如夷吾之不丢束缚，而终（在）〔立〕霸功乎〔七一〕？将如鲁连之轻世肆志，高谈从俗乎〔七二〕？宁如市南子之神勇内固〔七三〕，山渊其志乎〔七四〕？将如毛公、薗生之龙骧虎步，慕为壮士乎〔七五〕？此谁得谁失，何凶何吉〔七六〕？时移俗易，好贵慕名〔七七〕，臧文不让位于柳季〔七八〕，公孙不归美于董生〔七九〕，贾谊一当于明主，绛灌作色而扬声〔八〇〕；况今千龙并驰，万骥（徂）〔俱〕征〔八一〕，纷纭交竞，逝若流星〔八二〕，敢不惟思，谋于老成哉〔八三〕？

　　太史贞父曰：吾闻至人不相〔八四〕，达人不卜〔八五〕。若先生者，文明在中，见素（表）〔抱〕璞〔八六〕，内不愧心，外不负俗，交不为利，仕不谋禄，鉴乎古今，涤情荡欲〔八七〕。夫如是吕梁可以游〔八八〕，汤谷可以浴〔八九〕，方将观大鹏于南溟〔九〇〕，又何忧于人间之委曲〔九一〕！

215

〔一〕"宏"或作"弘"。○班固西都赋:"大雅宏达,于兹为群。"

〔二〕"疏"或作"疎"。○汉书吾丘寿王传:"至于陛下,恢廓祖业。"说文:"恢,大也。"尔雅:"廓,大也。"老子:"寂兮寥兮。"汉书贾谊传:"制度疏阔。"说文:"阔,疏也。"

〔三〕老子:"圣人方而不割,廉而不刿。"说文:"制,裁也。"荀子不苟篇:"廉而不刿。"注:"廉,棱也。"

〔四〕汉书武帝纪赞曰:"可谓非常之人,超世之杰。"边让章华台赋:"将超世而作理。"仲长统昌言曰:"轻贱世俗,高立独步。"老子:"圣人被褐怀玉。"

〔五〕战国策秦策:"蔡泽曰:'言不取苟合,行不取苟容。'"文选注:"达,宦达也。"

〔六〕论语:"子曰:'言忠信,行笃敬,虽蛮貊之邦行矣。'"新语辨惑篇:"君子直道而行。"礼记王制篇:"东方曰夷,南方曰蛮。"疏云:"风俗通云:'夷者,柢也,其类有九。'依东夷传:'一曰玄菟,二曰乐浪,三曰高骊,四曰满饰,五曰凫臾,六曰索家,七曰东屠,八曰倭人,九曰天鄙。'风俗通云:'蛮者,慢也,其类有八。'李巡注尔雅云:'一曰天竺,二曰咳首,三曰僬侥,四曰跂踵,五曰穿胸,六曰儋耳,七曰狗轵,八曰旁脊。'"扬案:尔雅曰:"九夷,八狄,七戎,六蛮。"大戴礼用兵篇:"六蛮四夷,交伐于中国。"或云八,或云六,古说不同。

〔七〕论语:"子曰:'道不行,乘桴浮于海。'"法言吾子篇:"浮沧海,而知江河之恶沱也。"山海经北山经:"敦薨之山,敦薨之水出焉,西流注于泑泽,出于昆仑之东北隅,实惟河源。"

〔八〕老子:"善摄生者,陆行不遇兕虎,入军不被甲兵,夫何故以其无死地。"庄子秋水篇:"至德者,火弗能热,水弗能溺,寒暑弗能害，禽兽弗能贼。"

〔九〕庄子天地篇："机心存于胸中，则纯白不备。"老子："我独泊然而未兆。"说文："泊，无为也。"庄子刻意篇："纯素之道，惟神是守。"

〔一〇〕楚辞九章："尚不知余之从容。"马融长笛赋："傍偟纵肆，旷漾敞罔，老庄之概也。"

〔一一〕庄子齐物论篇："天地一指也，万物一马也。"郭象注曰："至人知天地一指也，万物一马也，故浩然大宁，而天地万物，各当其分，同于自得，而无是无非也。"易乾卦象曰："云行雨施，品物流行。"贾谊鵩鸟赋："细故蒂芥，奚足以疑。"

〔一二〕礼记礼运篇："今大道既隐，天下为家。"韩子扬推篇："圣人之道，去智与巧。"汉书贡禹传："东西南北，各用智巧。"

〔一三〕楚辞九辩："何况一国之事兮，亦多端而胶加。"集注曰："胶加，戾也。"史记礼书："人道经纬万端。"吴志诸葛恪传："聂友与滕胤书曰：'一朝盈缩，人情万端。'"

〔一四〕"追"吴钞本作"逐"。○管子禁藏篇："利之所在，虽千仞之山，无所不上，深渊之下，无所不入焉。"韩子外储说左上曰："利之所在民归之。"杨修司空荀爽述赞曰："群英式慕，犹毛羽之宗鹏鸾。"卞兰赞述太子表曰："鸾凤举翼，众鸟随风。"

〔一五〕汉书疏广传："富者，众之怨也。"左氏文公五年传："犯而聚怨，不可以定身。"国策注："蠹，害也。"

〔一六〕管子心术上篇曰："动则失位，静乃自得。"

〔一七〕"尔"三国文作"而"，误也。

〔一八〕毛诗序："丘中有麻，思贤也。"论语："子在川上。"庄子秋水篇："庄子钓于濮水之上，楚王使大夫二人往先焉，曰：'愿以境内累矣.'庄子持竿不顾."蜀志秦宓传:"答王商书曰:'楚聘庄周,非不广也,执竿不顾.'"

〔一九〕傅毅舞赋:"游心无垠,远思长想."老子:"燕处超然."贾谊鹏鸟赋:"释智遗形兮,超然自丧."司马相如上林赋:"二子愀然改容,超若自失."

〔二〇〕"鄙人",见前赠秀才诗(息徒兰圃)注〔七〕.广雅:"质,正也."

〔二一〕"数术"吴钞本原钞作"术数",朱校改.○论语:"子曰:'圣人吾不得而见之矣.'"汉书艺文志:"太史令尹咸校数术."吕氏春秋注:"数,术也."

〔二二〕楚辞卜居篇:"吾有所疑,愿因先生决之."

〔二三〕"操"吴钞本作"揲".

〔二四〕"几"吴钞本原钞作"占",朱校改.

〔二五〕"危坐",见前与山巨源绝交书注〔八五〕.说文:"揲,阅持也.""蓍,蒿属,易以为数."易系辞上:"揲之以四,以象四时."论衡卜筮篇:"钻龟揲蓍,兆见数著."楚辞卜居篇:"詹尹乃端坐拂龟,曰:'君将何以教之?'"

〔二六〕"庭"吴钞本作"廷".

〔二七〕东方朔非有先生论曰:"发愤毕诚,图画安危,揆度得失."王褒四子讲德论曰:"陈恳诚于本朝之上."汉书叙传:"上喟然叹曰:'吾久不见班生,今日复闻谠言.'"注:"谠言,善言也."典引蔡邕注:"谠,直言也."书金縢篇:"乃命子帝庭,敷佑四方."

〔二八〕枚乘七发曰:"今太子肤色靡曼,四肢委随."又曰:"从容猗靡,消息阴阳."案"倚"与"猗"通.书益稷篇:"尔无面从,退有后言."史记叔孙通传:"鲁两生曰:'公所事十主,皆面谀以得亲贵.'"

〔二九〕“德”经济类编五十三引作“得”，误也。○诗青蝇：“岂弟君子。”笺云：“岂弟，乐易也。”案“恺悌”“岂弟”通。左氏襄公二十九年传：“施而不德，乐氏加焉。”

〔三○〕“趣”吴钞本作“趋”。

〔三一〕毛诗传：“趣，趋也。”班固答宾戏曰：“所谓见世利之华，暗道德之实。”荀子臣道篇：“偷合苟容，以持禄养交而已耳。”

〔三二〕论语：“隐居以求其志，行义以达其道。”礼记中庸篇：“惟天下至诚，为能尽其性。”

〔三三〕左氏哀公十八年传：“毁信废忠，崇饰恶言。”又昭公二十年传：“其盖失数美，是矫诬也。”韩子外储说右下：“仲尼曰：‘虚名不以假人。’”古诗：“虚名复何益。”

〔三四〕汉书刘向传：“上封事曰：‘君子独处守正，不挠众枉。’”又傅喜传赞曰：“傅喜守节不倾。”“否臧”，见前幽愤诗注〔二一〕。

〔三五〕“倪”张本作“睨”，吴钞本原钞作“谐”，朱校改。

〔三六〕吴钞本原钞作“挟智计佯迷”，墨校改。扬案：“计”字当系误衍。

〔三七〕庄子天下篇：“独与天地精神往来，而不敖倪于万物。”案“敖”与“傲”通。管子注：“倪，傲也。”文选注：“傲睨，自宽纵之貌。”楚辞卜居篇：“将突梯滑稽，如脂如韦，以洁楹乎？”史记滑稽列传索隐曰：“滑，谓乱也；稽，同也。以言辩捷之人，能乱同异也。崔浩云：‘滑音骨，稽留，酒器也，转注吐酒，终日不已；言出口成章，词不穷竭，若滑稽之吐酒。故扬雄酒赋云：鸱夷滑稽，腹大如壶，尽日盛酒，人复藉沽，是也。’又姚察云：‘滑稽，犹俳偕也，以言谐语滑利，其知计疾出，故云滑稽也。’”洪兴祖楚辞补注曰：“滑稽，五臣云：‘委曲顺俗也。’扬雄以东方朔为滑稽之雄，又曰：‘鸱夷滑稽。’颜师古曰：‘滑稽，圜转纵舍无穷之状，一云酒器也。’”韩子内储说上：“挟智而问，则不智者至。”史记樗里子列传：“滑稽多智，秦人号曰智囊。”汉书晁错传：“错上书，言人主所以尊显功名，扬于万世之后者，以知术数也。”又曰：“以其辩得幸太子，太子家号曰智囊。”又酷吏传：“孝景时，晁错以刻深，颇用术辅其资。”吕氏春秋注：“任，用也。”

〔三八〕 “王乔赤松”，见前赠秀才诗（乘风高游）注〔四〕。

〔三九〕 “进”吴钞本作“追”，是也。○孙子：“昔殷之兴也，伊挚在夏。”曹操注曰：“伊尹也。”诗大明：“维师尚父，时维鹰扬。”笺云：“尚父，吕望也。”

〔四○〕 贾谊吊屈原赋曰：“袭九渊之神龙兮，沕深潜以自珍。”埤雅曰：“龙八十一鳞，具九九之数。”后汉书孟尝传：“杨乔上书荐尝曰：‘匿景藏彩，不扬华藻。’”

〔四一〕 “宁”字吴钞本原钞夺，墨校补。张本作“将”，案“将”字是也，篇中皆“宁”、“将”二字间用。

〔四二〕 韩子十过篇：“有玄鹤二八，延颈而鸣，舒翼而舞。”孔融荐祢衡表曰：“扬声紫薇。”

〔四三〕 庄子齐物论篇：“其形化，其心与之然。”

〔四四〕 易随卦象曰：“随，大亨贞，无咎，而天下随时。”庄子则阳篇：“方且与世违，而心不屑与之俱，是陆沉者也。”郭象注：“人中隐者，譬无水而沉也。”史记滑稽列传：“东方朔歌曰：‘陆沉于俗，避世金马门。’”

〔四五〕 “在”周校本误作“若”。

〔四六〕 庄子有人间世篇。荀子修身篇：“行乎冥冥，施乎无报。”刘歆遂初赋："反情素于寂寞兮,居华体之冥冥。"

〔四七〕汉书王章传："今疾病困厄,不自激卬。"注："如淳曰:'激厉抗扬之意也。'"傅毅舞赋："明诗表指,噴息激昂。"案"昂"与"卬"通。班固答宾戏曰："锐思于毫芒之内。"

〔四八〕说文："并,相从也。"

〔四九〕"营营"吴钞本原钞作"荧荧",墨校改。案原钞更合。广雅:"荧荧,光也。"此谓必闻而有声光也。○论语:"子张曰:'在家必闻,在邦必闻。'"庄子庚桑楚篇:"全汝形,抱汝生,无使汝思虑营营。"毛诗传:"营营,往来貌。"

〔五〇〕"閒"吴钞本作"闲"。

〔五一〕说文："寥,空虚也。"文选注："寥落,星稀之貌也。"案此谓落落疏寂之貌也。吕氏春秋节丧篇:"愈侈其葬,以相矜尚。"礼记注:"矜,自尊大也。"

〔五二〕庄子齐物论篇:"万物与我为一。"

〔五三〕"皓素",见前秀才答诗(饰车驻驷)注〔一六〕。庄子大宗师篇:"堕肢体,绌聪明,离形去知,同于大通,此谓坐忘。"

〔五四〕"怆"吴钞本、张本、四库本作"怅"。○"羲农"见前答二郭诗(昔蒙父兄祚)注〔八〕。楚辞九辩:"然中路而迷惑兮。"又曰:"惆怅兮而私自怜。"广雅:"惆,怅也。怆,悲也。"

〔五五〕两句"以"字,吴钞本原钞无,墨校补。"概"字吴钞本作"慨"。○马叙伦曰:"明本'慨'作'概',似当作'嘅',说文'慨''嘅'异字。慷慨作'慨',感嘅作'嘅'。此上文'将慷慨以为壮',则此当作'嘅',明矣。"○扬案:说文:"嘅,叹也。"作"嘅"自通,但与下文语意不符,此处盖用汉书也,汉书正作"概"字。○"慷慨"见前赠秀才诗(双鸾匿景曜)注〔一四〕。尔雅:"亮,信也。"汉

卷第三　卜疑一首

书游侠传:"郭解少时,阴贼感概。"注:"感概者,感意气而立节概也。"胡鸣玉订讹杂录曰:"注不作慨字解,惟庄子至乐篇:'是其死也,余独何能无概然。'注:'概,感触经心也。'"

〔五六〕尔雅:"干,求也。"孟子:"万乘之国。"注:"兵车万乘,谓天子也。"楚辞注:"凌,犯也。"

〔五七〕"矫"吴钞本原钞作"度",墨校改。○楚辞注:"矫,举也。"庄子刻意篇:"高论怨诽,为亢而已矣。"释文:"李曰:'亢,高也。'"案"抗"与"亢"通。

〔五八〕楚辞九辩:"坎廩兮,贫士失职而志不平。"史记绛侯世家:"此怏怏者,非少主臣也。"吴越春秋:"光心气怏怏,常有愧恨之色。"说文:"怏,不服怼也。"

〔五九〕史记货殖列传:"洒削,薄伎也,而郅氏鼎食。马医浅方,张里击锺。"张衡西京赋:"击锺鼎食,连骑相过。"

〔六〇〕班固西都赋:"兽相枕藉。"易大过:"初六,藉用白茅,无咎。"释文:"马融云:'在下曰藉。'"楚词九章:"妒佳冶之芬芳兮。"说文:"婉,顺也。""娈,慕也。"后汉书注:"婉娈,犹亲爱也。"

〔六一〕左氏襄公十四年传:"我诸戎除剪其荆棘。"

〔六二〕"岩"吴钞本作"喦"。○韩子五蠹篇:"山居谷汲者,膢腊而相遗以水。"淮南子人间训:"单豹倍世离俗,岩居谷饮。"蔡邕琴操曰:"许由饥则仍山而食,渴则仍河而饮。"

〔六三〕"鯀"吴钞本原钞作"骹",朱校改。

〔六四〕左氏文公十八年传:"昔高阳氏有才子八人:苍舒,隤敳,梼戭,大临,尨降,庭坚,仲容,叔达,天下之民,谓之八恺。高辛氏有才子八人:伯奋,仲堪,叔献,季仲,伯虎,仲熊,叔豹,季狸,天下之民,谓之八元。舜臣尧,举八恺,使主后土,举八元,使布五教于四方。帝鸿氏有不才子,谓之浑敦;少皞氏有不才子,谓之穷奇;颛顼氏有不才子,谓之梼杌;缙云氏有不才子,谓之饕餮。舜臣尧,流四凶族:浑敦,穷奇,梼杌,饕餮,投诸四裔,以御魑魅。"杜预注:"穷奇谓共工,梼杌谓鲧。"列子杨朱篇:"鲧治水土。"释文:"鲧,禹父名,本又作'骸'。"毛诗笺:"所,犹处也。"

〔六五〕"父"字吴钞本原钞作"女",朱校改。"颍"字吴钞本涂改而成,原钞不可辨。周校本曰:"案盖'白'字也,两神女浣白水之上,禹过之而趋云云,见文选司马长卿难蜀父老李善注及御览六十三引庄子,旧校甚非。"

〔六六〕吕氏春秋求人篇:"尧朝许由于沛泽之中,曰:'请属天下于夫子。'许由辞,遂之箕山之下,颍水之阳。"文选难蜀父老注引庄子曰:"两神女浣于白水之上者,禹过之而趋曰:'治天下奈何?'女曰:'股无胈,胫不生毛,颜色烈冻,手足胼胝,何以至是也!'"

〔六七〕"泰"严辑全三国文误作"秦"。"山"吴钞本、严本、四库本作"伯"。读书续记曰:"以上下文义考之,此作'伯'是。"○史记吴太伯世家曰:"吴太伯,太伯弟仲雍,皆周太王之子,而王季历之兄也。季历贤而有圣子昌,太王欲立季历以及昌,于是太伯、仲雍乃奔荆蛮,文身断发,示不可用。"

〔六八〕左氏襄公十四年传:"吴子诸樊既除丧,将立季札,季札辞曰:'曹宣公之卒也,诸侯与曹人不义曹君,将立子臧,子臧去之,遂弗为也,以成曹君。君子曰:能守节。君,义嗣也,谁敢奸君;有国,非吾节也,札虽不才,愿附于子臧,以无失节。'"

〔六九〕老子:"清静为天下正。"又曰:"古之善为士者,微妙玄通,深不可识。"又曰："知其白，守其黑。"又曰："载营魄抱一，能无离乎?"韩子扬摧篇："道无双，故曰一。"高彪清诫曰："退修清以净，吾存玄中玄。"卞兰座右铭："守玄执素。"

〔七〇〕庄子有齐物论篇。史记老庄列传："老子所贵，道虚无因，应变化于无为。"司马迁悲士不遇赋："炤炤洞达，胸中豁也。"淮南子注："洞，达也。"

〔七一〕"缚"吴钞本误作"缚"。"在"吴钞本作"立"，张本作"成"，八代文钞作"作"。案"在"字，"立"字之讹，"作"字又"在"字之讹也。○说文："吝，恨惜也。"史记管晏列传："管仲曰：'公子纠败，召忽死之，吾幽囚受辱，鲍叔不以我为无耻，知我不羞小节，而耻功名不显于天下也。'"战国策齐策："鲁连书遗燕将曰：'昔管仲射桓公中钩，篡也，遗公子纠而不能死，怯也，束缚桎梏，辱身也，并三行之过，为五伯首。'"淮南子氾论训："使管仲出死捐躯，不顾后图，岂有此霸功哉。"

〔七二〕史记鲁仲连列传："田单屠聊城归，而言鲁连，欲爵之，鲁连逃隐于海上，曰：'吾与富贵而诎于人，宁贫贱而轻世肆志焉。'"魏文帝与吴质书曰："高谈娱心。"史记屈原列传："楚有宋玉、唐勒、景差之徒，皆祖屈原之从容辞令。"又留侯世家曰："所与从容言天下之事甚众。"

〔七三〕"市"吴钞本作"韦"。读书续记曰："明本'韦'作'市'，是，此用庄子山木及则阳篇文义，谓市南宜僚也。"○扬案：此用左传或庄子徐无鬼篇之文义也。"内"广文选及经济类编五十三引误作"四"。

〔七四〕"渊"吴钞本作"泉"。○左氏哀公十六年传："白公欲作乱，谓石乞曰：'王与卿士皆五百人，当之则可矣。'石乞曰：'市南有熊宜僚者，若得之，可以当五百人矣。’乃从白公而见之，与之言说，告之故辞，承之以剑，不动。”庄子山木篇：“市南宜僚见鲁侯，鲁侯有忧色，市南子曰：‘君之除患之术浅矣。’”释文：“司马云：‘熊宜僚也，居市南，因为号也。’李云：‘姓熊名宜僚。’”庄子徐无鬼篇：“市南宜僚弄丸，而两家之难解。”释文：“司马云：宜僚善弄丸，白公将作乱，往告之，不许也，承之以剑，不动，弄丸如故，曰：‘吾亦不泄子。’白公遂杀子西、子期。叹息两家而已，宜僚不预其患。”燕丹子：“田光曰：‘光知荆轲者，神勇也。’”列子黄帝篇：“心如渊泉，形如处女。”淮南子俶真训：“此其为山渊之势亦远矣。”仲长统昌言曰：“人之性，有山峙渊渟者。”

〔七五〕史记平原君列传：“赵使平原君求救，合从于秦，毛遂自赞于平原君，平原君与毛遂偕，定从而归，以为上客。”又蔺相如传：“赵惠文王得楚和氏璧，秦昭王使人遗书，愿以十五城易璧。相如奉璧西入秦。相如视秦王无意偿赵城，使其从者，衣褐怀璧，从径道亡，归璧于赵。秦王卒廷见相如，礼毕而归之。秦王使使者告赵王会于西河外渑池，相如从，秦王竟酒，终不能加胜于赵。既罢归国，以相如功大，拜为上卿。”傅毅舞赋：“龙骧横举。”孔融杂诗：“幸托不肖躯，且当猛虎步。”

〔七六〕楚辞卜居篇：“此孰吉孰凶？何去何从？”

〔七七〕淮南子齐俗训：“时移则俗易。”

〔七八〕论语：“子曰：‘臧文仲其窃位者与？知柳下惠之贤，而不与立也。”集解曰：“柳下惠，展禽也。”正义曰：“其人氏展，名获，字禽，柳下是其所食之邑名，谥曰惠。庄子云柳下季者，季是五十字，禽是二十字。”后汉书吴良传：“东平王苍上疏荐良曰：

'惧于臧文窃位之罪。'"

〔七九〕史记儒林列传:"公孙弘治春秋不如董仲舒,而弘希世用事,位至公卿,董仲舒以弘为从谀,弘疾之,乃言上曰:'独董仲舒可使相胶西王。'"又平津侯传曰:"弘为人意忌,外宽内深,诸尝与弘有郤者,虽详与善,阴报其祸,杀主父偃,徙董仲舒于胶西,皆弘之力也。"

〔八〇〕史记贾谊列传:"贾生名谊,雒阳人也。文帝以为博士,超迁,一岁中至大中大夫。天子以为贾生任公卿之位,绛、灌、东阳侯冯敬之属尽害之,乃短贾生曰:'年少初学,专意擅权,纷乱诸事。'于是天子后亦疏之,不用其议,乃以贾生为长沙王太傅。正义曰:"绛、灌、周勃、灌婴也。"吕氏春秋注:"当,合也。"礼记哀公问篇:"孔子愀然作色而对。"注:"作,犹变也。"淮南子览冥训:"不扬其声。"注:"扬,明也。"案此谓明言谊短也。又案绛灌为一人,说详洪迈容斋三笔。

〔八一〕"徂"吴钞本作"俱",汪本、四库本误作"祖"。案"俱"字似于义更合。○周礼注:"马八尺以上为龙。"离骚:"齐玉轪而并驰。"张衡西京赋:"百马同辔,骋足并驰。"说文:"骥,千里马也。"诗駉:"思马斯徂。"笺云:"徂,犹行也。"王粲柳赋:"改天届而徂征。"

〔八二〕汉书礼乐志:"纷云六幕浮大海。"注:"纷云,兴作之貌。"案"云"与"纭"通。曹植辩问曰:"游说之士,星流电耀。"

〔八三〕尔雅:"惟,思也。"战国策韩策:"申子曰:'臣请深惟而苦思之。'"诗:"虽无老成人,尚有典型。"蔡邕释诲曰:"童子不问,疑于老成。"

〔八四〕"至"吴钞本原钞作"志",墨校改。案"志"字误也。

〔八五〕"至人",见前赠秀才诗（流俗难悟）注〔三〕。"达人",见前秀才答诗（达人与物化）注〔一〕。史记蔡泽列传："唐举曰：'吾闻圣人不相。'"左氏哀公十八年传："志曰：'圣人不烦卜筮。'"

〔八六〕"表"吴钞本原钞作"抱"，朱校改。案原钞是也。"璞"吴钞本作"樸"。○易贲卦象曰："文明以止，人文也。"老子："见素抱朴。"蔡邕释诲曰："颜阖抱璞。"

〔八七〕古诗："荡涤放情志。"卞兰座右铭："闲情塞欲，老氏所珍。"

〔八八〕庄子达生篇："孔子观于吕梁，县水三千里，流沫四十里，见一丈夫游之，数百步而出，被发行歌，而游于塘下。孔子从而问焉，曰：'请问蹈水有道乎？'曰：'吾始乎故，长乎性，成乎命，与齐俱入，与汩偕出，从水之道而不为私焉：此吾所以蹈之也。'"释文："司马云：'河水有石绝处也，今西河离石西有此县。'淮南子曰：'古者龙门未凿，河出孟门之上也。'"扬案：俞正燮谓庄、列之吕梁，合在彭城，淮南子吕梁确在离石，说见癸巳存稿。

〔八九〕"湯"吴钞本作"陽"。䣈宋楼钞本有校语云："各本'湯'，此本'陽'，乃'暘'之讹，旧本淮南子皆作'湯谷'。"○山海经海外东经："黑齿国下有汤谷，汤谷上有扶桑，十日所浴。"淮南子天文训："日出于汤谷，浴于咸池，拂于榑桑。"又曰："暘谷榑桑在东方。"

〔九〇〕庄子逍遥游篇："北溟有鱼，其名为鲲，化而为鸟，其名为鹏，怒而飞，其翼若垂天之云。是鸟也，海运则将徙于南溟，南溟者，天池也。"

〔九一〕司马相如子虚赋："纡徐委曲。"史记天官书："若至委曲小变，不可胜道。"楚辞注："委，曲也。"

张运泰曰："机轴胎于屈平卜居,而玄致素衷,冲静闲放,则如广陵一曲,声调绝伦。"汉魏名文乘。

稽苛录一首亡

吴钞本原钞无此行,墨校补。张本亦无此题。文津本题下注"阙"字。

养生论一首

李善注:稽喜为康传曰:"康性好服食,常采御上药,以为'神仙禀之自然,非积学所致。至于导养得理,以尽性命,若安期、彭祖之伦,可以善求而得也。'著养生篇。"○何焯义门读书记曰:"晋书阮种传云:'弱冠,为稽康所重。康著养生论,所称阮生,即种也。'今此文无之,殆不止一篇。"○张云璈选学胶言曰:"按隋经籍志注:'梁有养生论三卷,稽康撰,亡。'言三卷,是不止一篇矣。惟直言亡,竟不及文选所载,岂李注未上之时,当日竟未见此文耶?"○梁章钜文选旁证曰:"野客丛书称贺方回家所藏稽康集十卷,有养生论,又有与向子期论养生难答一篇。而此题注作养生篇,则义门所谓不止一篇者,非无据矣。"○扬案:阮生见后答难文中。三卷云者,"三"字当为"二"字之误,或即合向难及答难而言也。又善注中"养生篇",文选六臣本善注作"养生论",又太平御览九百五十四引"麝食柏而香"句,作"稽康养生录"。○庄子有养生主篇。

世或有谓：神仙可以学得〔一〕，不死可以力致者〔二〕；或云：上寿百二十〔三〕，古今所同，过此以往，莫非妖妄者〔四〕；此皆两失其情〔五〕。请试粗论之〔六〕：

夫神仙虽不目见〔七〕，然记籍所载〔八〕，前史所传，较而论之，其有必矣〔九〕；似特受异气〔一〇〕，禀之自然，非积学所能致也〔一一〕。至于导养得理，以尽性命〔一二〕，上获千馀岁，下可数百年，可有之耳〔一三〕。而世皆不精〔一四〕，故莫能得之。何以言之？夫服药求汗，或有弗获，而愧情一集，涣然流离〔一五〕；终朝未餐〔一六〕，则嚣然思食，而曾子衔哀，七日不饥〔一七〕；夜分而坐，则低迷思寝，内怀殷忧，则达旦不瞑〔一八〕；劲刷理鬓〔一九〕，醇醴发颜，仅乃得之〔二〇〕，壮士之怒〔二一〕，赫然殊观，植发冲冠〔二二〕。由此言之：精神之于形骸〔二三〕，犹国之有君也；神躁于中，而形丧于外〔二四〕，犹君昏于上，国乱于下也〔二五〕。

夫为稼于汤之世〔二六〕，偏有一溉之功者〔二七〕，虽终归燋烂〔二八〕，必一溉者后枯，然则一溉之益，固不可诬也〔二九〕。而世常谓一怒不足以侵性〔三〇〕，一哀不足以伤身，轻而肆之〔三一〕；是犹不识一溉之益，而望嘉谷于旱苗者也〔三二〕。是以君子知形恃神以立，神须形以存，悟生理之易失，知一过之害生〔三三〕。故修性以保神，安心以全身〔三四〕，爱憎不栖于情，忧喜不留于意〔三五〕，泊然无感，而体气和平〔三六〕。又呼吸吐纳，服食养身，使形神相亲，表里俱济也〔三七〕。

夫田种者，一亩十斛〔三八〕，谓之良田，此天下之通称也〔三九〕。不知区种，可百馀斛〔四〇〕。田种一也，至于树养不同，则功收相悬〔四一〕。谓商无十倍之价〔四二〕，农无百斛之望，此守常而不变者也〔四三〕。且豆令人重〔四四〕，榆令人瞑〔四五〕，合欢蠲忿，萱草忘忧〔四六〕，愚智所共知也〔四七〕。薰辛害目〔四八〕，豚鱼不养，常世所识也〔四九〕。虱处头而黑〔五〇〕，麝食柏而香〔五一〕，颈处险而瘿〔五二〕，齿居晋而黄〔五三〕。推此而言：凡所食之气，蒸性染身，莫不相应〔五四〕。岂惟蒸之使重而无使轻〔五五〕，害之使暗而无使明〔五六〕，薰之使黄而无使坚〔五七〕，芬之使香而无使延哉〔五八〕？故神农曰上药养命，中药养性者〔五九〕，诚知性命之理，因辅养以通也〔六〇〕。

而世人不察，惟五谷是见〔六一〕，声色是耽，目惑玄黄〔六二〕，耳务淫哇〔六三〕。滋味煎其府藏〔六四〕，醴醪（鬵）〔鬻〕其肠胃〔六五〕，香芳腐其骨髓〔六六〕，喜怒悖其正气〔六七〕，思虑销其精神〔六八〕，哀乐殃其平粹〔六九〕。夫以蕞尔之躯，攻之者非一涂〔七〇〕，易竭之身，而外内受敌〔七一〕，身非木石，其能久乎〔七二〕？其自用甚者〔七三〕，饮食不节，以生百病，好色不倦〔七四〕，以致乏绝〔七五〕，风寒所灾，百毒所伤〔七六〕。中道夭于众难〔七七〕，世皆知笑悼，谓之不善持生也〔七八〕。至于措身失理，亡之于微，积微成损，积损成衰，从衰得白，从白得老,从老得终,闷若无端[七九],中智以下,谓之自然[八〇]。纵少觉悟[八一],咸叹恨于所遇之初,而不知慎众险于未兆[八二]。是由桓侯抱将死之疾[八三],而怒扁鹊之先见,以觉(痛)〔病〕之日,为(受)病之始也[八四]。害成于微[八五],而救之于著,故有无功之治[八六]。驰骋常人之域,故有一切之寿[八七]。仰观俯察,莫不皆然[八八]。以多自證[八九],以同自慰,谓天地之理,尽此而已矣。纵闻养生之事[九〇],则断以己见,谓之不然。其次狐疑,虽少庶几,莫知所由[九一]。其次自力服药,半年一年,劳而未验,志以厌衰,中路復废[九二]。或益之以畎浍[九三],而泄之以尾闾[九四],欲坐望显报者[九五]。或抑情忍欲,割弃荣愿[九六],而嗜好常在耳目之前,所希在数十年之后[九七],又恐两失,内怀犹豫[九八],心战于内,物诱于外[九九],交赊相倾[一〇〇],如此复败者[一〇一]。夫至物微妙,可以理知,难以目识[一〇二];譬犹豫章生七年,然后可觉耳[一〇三]。今以躁竞之心,涉希静之涂[一〇四],意速而事迟,望近而应远,故莫能相终。夫悠悠者既以未效不求[一〇五],而求者以不专丧业,偏恃者以不兼无功[一〇六],追术者以小道自溺[一〇七],凡若此类,故欲之者,万无一能成也。

善养生者则不然矣。清虚静泰,少私寡欲[一〇八]。知名位之伤德,故忽而不营,非欲而强禁也[一〇九];识厚味之害性,故弃而弗顾[一一〇],非贪而后抑也[一一一]。外物以累心不存,神气以醇白独著[一一二],旷然无忧患,寂然无思虑〔一一三〕。又守之以一，养之以和，和理日济〔一一四〕，同乎大顺〔一一五〕。然后蒸以灵芝〔一一六〕，润以醴泉〔一一七〕，晞以朝阳〔一一八〕，绥以五弦〔一一九〕，无为自得，体妙心玄〔一二〇〕，忘欢而后乐足，遗生而后身存〔一二一〕。若此以往，庶可与羡门比寿〔一二二〕，王乔争年，何为其无有哉〔一二三〕！

〔一〕白孔六帖八十九引无"世"字；又"有"字作"以"。

〔二〕李善注：王逸楚辞注曰："谓，说也。"郑玄礼记注曰："致之言犹至也。"○案礼记祭义注："致之言至也。"无"犹"字。○桓谭新论曰："刘子骏信方士虚言，谓神仙可学。"抱朴子塞难篇："老氏言神仙之可学。"韩子难三篇："赏者不德，君力之所致也。"

〔三〕"百"上，艺文类聚七十五引有"一"字。

〔四〕"妖"张本作"夭"，文选袁本同，四部本作"妖"。袁本注云："善本作'妖'。"四部本注云："五臣本作'夭'。"艺文类聚七十五引无"者"字。○李善注：养生经："黄帝问天老曰：'人生上寿一百二十年，中寿百年，下寿八十，而竟不然者，皆夭耳。'"易系辞上："过此以往，莫之或知也。"

〔五〕礼记注："情犹实也。"

〔六〕张本无"请"字，文选袁本同，四部本有。袁本注云："善本有'请'字。"四部本注云："五臣本无'请'字。"此句，艺文类聚七十五引作"粗试论之"。○李善注：郑玄礼记注曰："粗，麤也。"说文曰："粗，疏也，徂古切。"

〔七〕"不目"张本作"目不"，文选袁本同，四部本作"不目"。袁本注云："善本作'不目'字。"四部本注云："五臣作'目不'。"

〔八〕"然"文选四部本同，袁本作"则"，四部本注云："五臣本作'则'

嵇康集校注

字。"袁本注云："善本作'然'字。"○汉书尹翁归传："县县各有记籍。"广雅："记，书也。"

〔九〕广雅："扬攉，都凡也。"王念孙疏证曰："扬攉者，大数之名，故或言大攉，单言之则曰攉，字亦作'较'。嵇康养生论：'较而论之。'犹言约而论之耳。"

〔一〇〕白孔六帖八十九引无"似"字。"特"艺文类聚七十五引作"持"。○广雅："特，独也。"

〔一一〕"致"白孔六帖八十九引作"及"。此句，魏志王粲传注及本篇李善注引嵇喜为康传，作"非积学所致"，晋书作"非积学所得"。案此皆随意引之也。○李善注：孔安国尚书传曰："禀，受也。"夫自然者，不知其然而然。老子曰："道法自然。"抱朴子辩问篇曰："按仙经以为得诸仙者，皆其受命偶值，神仙之气，自然所禀。"○急就篇曰："积学所致非鬼神。"

〔一二〕艺文类聚七十五引"以"作"而"，又无"性"字。○"导养"见前琴赋注〔四〕。易说卦："穷理尽性，以至于命。"申鉴俗嫌篇："学必至圣，可以尽性；寿必用道，所以尽命。"

〔一三〕"下"文选袁本误作"不"。"可有"吴钞本、汪本、四库本误作"不有"。○李善注：天老养生经曰："子曰：'人生大期，以百二十年为限，节度护之，可至千岁。'"

〔一四〕胡刻本艺文类聚七十五引无"皆"字，王刻本有。

〔一五〕李善注：汉书曰："上问右丞相周勃曰：'天下一岁决狱几何？'勃谢不知。问：'天下钱谷，一岁出几何？'勃又谢不知，汗出洽背，愧不能对。"颜师古曰："洽，濡也。"周易曰："涣汗其大号。"○"流离"见前琴赋注〔九九〕。

〔一六〕"餐"或作"湌"。

〔一七〕"饥"或作"饑",下同。○李善注:毛诗曰:"终朝采绿。"终朝谓从旦至食时。嚣然,饥意也。礼记:"曾子谓子思曰:'伋,吾执亲之丧也,水浆不入于口者七日。'"○孟子:"嚣嚣然曰。"又曰:"人不知,亦嚣嚣。"焦循正义曰:"文选养生论云:'终朝未餐,则嚣然思食。'此'嚣'乃'枵'之假借。尔雅释天云:'枵,虚也。'孙炎注云:'枵之言耗,耗虚之意也。'是也。"汉书注:"衔,含也。"

〔一八〕"瞑"各本并作"瞑",从目。吴钞本作"不寐"。○李善注:"瞑"古"眠"字。韩子:"卫灵公至濮水之上,夜分而闻有鼓新声者。"韩诗曰:"耿耿不寐,如有殷忧。"汉书:"刘向夜观星宿,或不寐达旦。"○曹植上责躬应诏诗表曰:"昼分而食,夜分而寝。"礼记注:"分犹半也。"应劭汉官仪曰:"谚曰:'生世不谐,为太常妻,一年三百六十斋,一日不斋醉如泥,既作事,复低迷。'"尔雅:"殷殷,忧也。"楚辞哀时命篇:"怀殷忧而历兹。"

〔一九〕"鬓"或作"鬒",太平御览七百十四引作"发"。

〔二○〕李善注:通俗文曰:"所以理发,谓之刷也。"何休公羊传注曰:"仅,劣也。"○说文:"劲,强也。"张衡东京赋:"春醴惟醇。"薛综注:"醇,厚也。"曹植妾薄命行:"朱颜发外形兰。"说文:"仅,才能也。"

〔二一〕"之"彭氏类编杂说作"一"。

〔二二〕李善注:淮南子曰:"荆轲为太子丹刺秦王,高渐离、宋如意为击筑,而歌于易水之上,荆轲瞋目裂眥,发冲冠。"○诗皇矣:"王赫斯怒。"笺云:"赫,怒意。"曹植洛神赋:"仰以殊观。"

〔二三〕"骸"经济类编九十四引作"體"。

〔二四〕此下,彭氏类编杂说引有"不可遏也"四字,当误。○韩子解老篇："众人之用神也躁。"广雅："躁，扰也。"

〔二五〕"国"下，原注云："一作'臣'。"程本、汪本同。

〔二六〕"之"下，原注云："一无'之'字。"张本及文选袁本、四部本，及太平御览七百二十引，并无"之"字。宋本及安政本御览引"汤"字误作"陽"。彭氏类编杂说引"世"下有"者"字。

〔二七〕白孔六帖八十九引无"者"字。

〔二八〕"归"下，原注云："'归'下一有'于'字。"程本、汪本同，张本及三国文、八代文钞、太平御览七百二十引有"于"字，文选袁本、四部本同。袁本注云："善本无'于'字。""燋"吴钞本、文津本作"焦"，宋本御览误作"樵"。

〔二九〕李善注：种曰稼。言种谷于汤之世，值七年之旱，终归是死，而彼一溉之苗，则在后枯，亦犹人处于俗，同皆有死，能摄生者，则后终也。孙卿子曰："禹十年水，汤七年旱。"说文曰："溉，灌也。"〇白氏六帖注曰："以稼穑喻养生，言一溉之功，亦有益也。"汉书霍光传："人为徐生上书曰：'曲突徙薪无恩泽，燋头烂额为上客耶。'"论衡讥日篇："生物入火中，燋烂而死焉。"广韵："燋，伤火。"

〔三〇〕"常"彭氏类编杂说误作"嘗"。

〔三一〕"肆"吴钞本作"试"，彭氏类编杂说作"释"，均误。〇李善注：淮南子曰："大怒破阴，大喜坠阳。"养生要："彭祖曰：'忧悲悲哀伤人，喜怒过差伤人。'"国语注曰："肆，恣也。"

〔三二〕李善注：国语："子馀谓秦伯曰：'使能成嘉谷，君之力也。'"

〔三三〕"过"文选袁本同，四部本作"理"。案吕延济注云："喜怒过甚，则害生，理之易也。"据此，知其本文仍为"过"字。〇李善注：淮南子曰："形者，生之舍也；气者，生之元也；神者，生之制也。

一失位，则二者伤矣。”

〔三四〕法言学行篇：“学者，所以修性也。”庄子天地篇：“形体保神，各有仪则，谓之性。”孔融与邴原书曰：“修性保真，清虚守高。”

〔三五〕“留”遵生八笺引作“修”。“意”太平御览七百二十引作“心”。○列子黄帝篇：“不知亲己，不知疏物，故无爱憎。”淮南子原道训：“无所爱憎，平之至也。”说文：“憎，恶也。”庄子田子方篇：“喜怒哀乐，不入于胸次。”

〔三六〕李善注：老子曰：“我独泊然而未兆。”说文：“泊，无为也。”礼记曰：“乐行血气和平。”○张铣注：泊然，无营欲貌。无感，谓哀乐不能在怀也。○许巽行文选笔记曰：“‘泊’当作‘怕’，其字从心，说文：‘怕，无为也，匹白切，又葩亚切。’”○吕氏春秋有度篇：“使人不能执一者，物感之也。”注：“感，惑也。”春秋繁露循天之道篇：“仁人之所以多寿者，外无贪而内清净，心和平而不失中正。”

〔三七〕“俱”文澜本误作“共”。○李善注：庄子曰：“吹呴呼吸，吐故纳新，为寿而已矣。”古诗曰：“服食求神仙。”○淮南子泰族训：“呼而出故，吸而入新。”崔实政论曰：“呼吸吐纳，虽度纪之道，非续骨之膏。”论衡道虚篇：“道家或以服食药物，轻身益气，延年度世。”战国策齐策：“颜斶曰：‘士非不得尊遂也，然而形神不全。’”

〔三八〕“十”下，原注云：“‘十’下一有‘二’字。”程本、汪本同。文选四部本注云：“五臣本有‘一’字。”“田种”太平御览七百二十引作“种田”。

〔三九〕张本及太平御览七百二十引无“之”字，文选袁本同，四部本有。袁本注云：“善本有‘之’字。”四部本注云：“五臣无

'之'字。"

〔四○〕文选袁本同，四部本、茶陵本"斛"下有"也"字，并注云："五臣本无'也'字。"袁本注云："善本有'也'。"胡刻本无"也"字，胡克家文选考异曰："案此所见不同，或尤删之也。"○李善注：氾胜之田农书曰："上农区田，大区方深各六寸，相去七寸，一亩三千七百区，丁男女治十亩，至秋收，区三升粟，亩得百斛也。"区，音邬侯切。一曰谓区陇而种，非漫田也。○王楙野客丛书曰："安有一亩收百斛之理？汉书食货志曰：'治田勤则亩益三升，不勤损亦如之。'一亩而损益三升，又何寡也？仆尝以二说而折之理，俱有一字之失。嵇之所谓斛，汉书之所谓升，皆'斗'字耳。盖汉之隶文书'斗'绝似'升'字，汉史书'斗'为'斞'，又近于'斛'字，恐皆传写之误。"○朱珔文选集释曰："如此说，或以'斛'为'㲉'，说文：'斗二升曰㲉。'百㲉为百二十斗，较百斗不远。但此粟也，非米也，氾胜明云粟，粟者连秤之称。通典言六朝量三升当今一升，齐民要术注云：'其言一石，当今二斗七升'，是古量比之于今，大抵三而当一也。今即此论所言，以氾胜书区数升数计之，正百斛有奇，则似非误。"○梁章钜文选旁证曰："姜氏皋曰：'北齐童谣：百升飞上天。为斛律光而作，因知齐时尚以百升为斛。所谓百馀斛者，今之三十石耳。故徐光启农政全书亦云用伊尹区田之法，一亩岁获三十六石也。'"○方以智通雅曰："后汉书刘般传：'区种法，增耕法'，言上农区田区土，壅禾根也。"○桂馥札朴曰："案广雅：'圖，剫剜也。'广韵：'圖，邬侯反，圖剫，又恪侯切，剜里也。'馥谓'区'当作'圖'，谓剜地作方坎以下种，使容粪，且耐旱，与垅田漫种迥异。"○汪师韩文选理学权舆曰："氾胜之书，后人称种植书，而选注称曰田农书。月令：'草木萌动。'郑注引农书，疏云：'先师以为氾胜之也。'汉书艺文志农家：'氾胜之十八篇。'注云：'成帝时为议郎。师古曰：刘向别录云：使教田三辅，有田者师之，徙为御史。'太平御览：'氾胜之奏曰：汤有旱灾，伊尹为区田。'凡此皆其言行可见者。其书本未有名，故注称田农，后人直称种植书，不知何所据也。"○祁骏佳遁翁随笔曰："养生论明言区种可一亩获百斛，然则晋时犹传此法，不知何故，遂不闻于宋元之世也。"○扬案：太平御览五十六引魏庞延奏事曰："其山居林泽，有火耕畲种，而平地平陆，虽有往古耒耜区种之法，就其收者，适可蔬食，不足实也。"是区种之法，魏固尚有行之，但所收似不能甚多矣。

〔四一〕"悬"或作"县"。○淮南子注："县，远也。"

〔四二〕"价"吴钞本原钞作"利"，墨校改。

〔四三〕易林："贾市十倍，复归惠乡。"

〔四四〕"豆"上，事文类聚前集三十八引有"食"字。"重"太平御览七百二十及八百四十一引同，鲍本及张本御览九百五十六引作"肿"，汪本作"种"，均误也。

〔四五〕"瞑"艺文类聚七十五引同，八十八引作"眠"，吴钞本作"瞑"从日，钞者之误也。○李善注：经方小品："仓公对黄帝曰：'大豆多食，令人身重。'"博物志云："食豆三年，则身重行止难。"又曰："啖榆则瞑，不欲觉也。"○张云璈选学胶言曰："按经方小品，陈延之撰，旧唐志作'小品方'。"○朱琦曰："案本草：'榆一名零榆，白者名枌。'陶注云：'即今之榆树，性至滑利，初生荚仁，以作糜羹，令人多睡。''瞑'即'眠'字。苏氏图经云：'荒岁，农人取榆皮为粉食之，当粮，不损人。'是皮与荚本皆可食

嵇康集校注

238

之物也。”〇扬案：图经云：“多食豆，令人体重，久则如故矣。”

〔四六〕“草”吴钞本作“山”。此二句，太平御览九百六十引倒。

〔四七〕“智”或作“知”。张本及艺文类聚七十五又八十八，太平御览
九百五十六及安政本御览七百二十引无“共”字，文选袁本同，
四部本有。袁本注云：“善本有‘共’字。”四部本注云：“五臣本
无‘共’字。”〇李善注：神农本草曰：“合欢蠲忿，萱草忘忧。”崔
豹古今注曰：“合欢树似梧桐，枝叶繁，互相交结，每一风来，辄
自相离，了不相牵缀，树之阶庭，使人不忿也。”毛诗曰：“焉得
萱草，言树之背。”毛苌诗传曰：“萱草令人忘忧。”名医别录曰：
“萱草，是今之鹿葱也。”〇任昉述异记曰：“萱草，一名紫萱，又
呼为忘忧草，吴中书生呼为疗愁花。嵇中散养生论云：‘萱草
忘忧。’”〇本草注：“陶隐居云：‘按嵇康养生论云：合欢蠲忿，
萱草忘忧。诗人又有萱草，皆即今鹿葱，而不入药用。至于合
欢，俗间少识之者，当以其非疗病之功，稍见轻略，遂至永
谢。’”〇赵彦卫云麓漫钞曰：“本草云：‘萱一名忘忧，一名鹿
葱。’今验此花中有鹿斑文，与萱小同而大异，其开花亦不并
时，则知当以有鹿斑者为鹿葱，无斑文者为萱。”李石续博物志
曰：“孙思邈以合欢为萱草，嵇叔夜‘合欢蠲忿，萱草忘忧’，两
物也。”〇梁章钜曰：“合欢，古今注以为嵇康植之舍前，或因此
文而附会。又艺文类聚八十一：鹿葱，风土记曰：‘宜男草也，
怀妊妇人佩之，必生男。’初学记二十七梁徐勉萱花赋云：‘亦
曰宜男，嘉名斯吉。’李石续博物志亦云：‘萱草一名鹿葱，花名
宜男，或是一物也。’”〇朱琦曰：“案图经又引古今注云：‘欲蠲
人之忿，则赠以青裳，青裳，合欢也。’陈藏器曰：‘其叶至暮即
合，故云合昏，亦名夜合。’本草纲目云：‘俗名萌葛，越人谓之

239

卷第三　养生论一首

乌赖树。主安五脏，和心志，令人欢乐无忧。'此合欢所由名，遂有蠲忿之说，然亦性可治疗，非徒取其形状，树之阶庭也。'萱'字说文作'藼'，云：'令人忘忧之草也。'引诗亦作'藼'，重文为'蘐'，为'萱'。今诗作'谖'，其作'萱'者，韩诗也。尔雅释文引作'蕿'，'蕿'者'蘐'之省，'谖'者'蕿'之假音也。以'谖'为草名，先儒之说皆然。本草纲目云：'吴人谓之疗愁。董子言欲忘人之忧，则赠之丹棘，一名忘忧故也。其苗烹食，气味如葱，而鹿食九种解毒之草，萱乃其一，故又名鹿葱。周处风土记："怀妊妇人佩其花则生男，故名宜男。"李九华延寿书云："嫩苗为蔬，食之动风，令人昏然如醉，因名忘忧。"此亦一说也。郑樵通志乃谓萱草一名合欢，误矣。'"○凌扬藻蠡酌编曰："人多以萱为宜男，其说见于风土记。又梁徐勉萱草花赋：'亦曰宜男，嘉名斯吉。'然南方草木状曰：'水葱花叶皆如鹿葱，妇人怀妊，佩其花生男者即此，非鹿葱也。'群芳谱曰：'鹿葱色颇类萱，然各自一种。'本草注：'萱即今之鹿葱'，亦误。"○朱铭文选拾遗曰："群芳谱云：'萱有黄白红紫麝香数种，唯黄如蜜色者，清香可食。鹿葱色颇类，但无香耳。萱叶绿而尖长，鹿葱叶团而翠绿；萱一茎实心而花，五六朵节开，鹿葱一茎虚心而花，五六朵并开于顶上；萱六瓣而光，鹿葱七八瓣。'本草注误。"○袁文瓮牖闲评曰："谖训忘，如终不可谖兮之谖，其'谖'字适与'萱'字同音，故当时戏谓萱草为忘忧，而注诗者适又解云谖草令人忘忧，后人遂以为诚然也。嵇康谓'合欢蠲忿，萱草忘忧'，此二者，止与千载之下作对，若谓其实，则无是理矣。"○桂馥札朴曰："说文：'藼，令人忘忧草也。'引诗：'安得藼草'，或从煖，或从宣。王伯厚诗考据尔雅音义引诗作'蕄'。案尔雅:'谖,忘也。'<u>施乾</u>说尔雅:'蕄,忘也。'此即忘忧之说也。"

〔四八〕"辛"<u>艺文类聚</u>七十五引作"心",误也,传校<u>宋</u>本不误。

〔四九〕<u>张</u>本<u>太平御览</u>七百二十引有"常"字,别本无。○<u>李善注</u>:养生要曰:"大蒜多食,荤辛害目。"又神农曰:"猪肉,虚人不可久食。"又曰:"独肉损人与猪同。"<u>说文</u>曰:"蒜,荤菜也。""薰"与"荤"同。豚鱼无血,贪之皆不利人也。○<u>徐攽读书杂识</u>曰:"养生论'豚鱼不养'句,注皆误,此豚鱼,谓河豚鱼也,有毒杀人,故曰不养。"○<u>扬</u>案:<u>易</u>中孚:"豚鱼吉。"<u>祁骏佳遯翁随笔</u>曰:"是鱼,即所谓河豚也,率以冬至时应时而来。中孚,冬至十一月之卦,故取象豚鱼。"

〔五〇〕"虱"上,<u>世说新语文学篇</u>注及<u>太平御览</u>九百五十一引有"夫"字。"处"<u>世说文学篇</u>注引作"箸"。

〔五一〕"食"<u>宋</u>本<u>世说新语文学篇</u>注引作"得"。○<u>李善注</u>:抱朴子曰:"今头虱著身,皆稍变白,身虱处头,皆渐化而黑,则是玄素果无定质,移易存乎所渐。"<u>本草名医</u>云:"麝香形似麞,常食柏叶,五月得香。又夏月食蛇多,至寒香满,入春患急痛,以脚剔去,著矢溺中,覆之,皆有常处。人有遇得,乃胜杀取。"

〔五二〕"颈"<u>彭氏类编杂说</u>引误作"頭"。

〔五三〕"晋"<u>吴钞</u>本、<u>程</u>本、<u>汪</u>本、<u>四库</u>本误作"唇"。<u>世说文学篇</u>注引作"晋",不误。○<u>李善注</u>:淮南子曰:"险阻之气多瘿。"谓人居于山险,树木瘤临其水上,饮此水,则患瘿。"齿黄"未详。○<u>孙志祖文选李注补正</u>曰:按<u>陆佃埤雅</u>云:"世云噉枣令人齿黄。养生论曰'齿居晋而黄',晋齿食此故也。尔雅翼云:'晋人尤好食枣,盖<u>安邑</u>千株枣比千户侯,其人置之怀袖,食无时,久之齿皆黄。'"○朱琦曰："尔雅：'洗，大枣。'郭注：'今河东猗氏县出大枣，子如鸡卵。'猗氏今属蒲州。魏志杜畿传：'畿为河东太守，刘勋尝从畿求大枣。'即郭所称是已。晋地多枣，自古已然。本草纲目亦云："啖枣多令人齿黄生䘌。'故云'齿居晋而黄'也。"○朱芹群书札记曰："案史记货殖传：'安邑千树枣，燕秦千树栗，其人皆与千户侯等。'安邑，晋地也。"又曰："按墨客挥犀云：'太原人喜食枣，无贵贱老少，常置枣于怀袖间，探取食之，则人之齿皆黄，缘食枣故，乃验嵇叔夜齿居晋而黄之说。'"○毛诗传："处，居也。"说文："瘿，颈瘤也。"吕氏春秋尽数篇："轻水多秃与瘿人。"博物志曰："山居之民多瘿肿疾，由于饮泉之不流者，今荆南诸山郡东多此疾。"孙真人千金要方曰："凡遇山水坞中出泉者，不可久居，常食作瘿病。"

〔五四〕"蒸"与"烝"同，说文："烝，火气上行也。"

〔五五〕"惟"文选四部本同，注云："五臣本从'口'。"袁本作"唯"，注云："善本从'心'。"世说文学篇注引无"而"字。下"使"字，艺文类聚七十五引作"所"。

〔五六〕"暗"或作"闇"。下"使"字艺文类聚引作"所"。

〔五七〕王刻本艺文类聚引作"染之使黄而无使坚哉"，未引下句，胡刻本同，惟"无"字作"血"，盖"勿"字之讹也。世说文学篇注节此二句。

〔五八〕世说文学篇注引无"而"字，又"无"字作"勿"。○李善注：方言曰："延，年长也。"○黄先生曰："'延'当为'脠'，生肉酱也。嵇盖用为膻耳，注非。"○扬案：此谓麝食柏而香，亦有禽兽因烝染而得膻者也。

〔五九〕艺文类聚七十五作"上药性者"，夺五字，刻板之误。○李善

注：本草曰："上药一百二十种为君，主养命以应天，无毒，久服不伤人，轻身益气，不老延年。中药一百二十种为臣，主养性以应人。"养生经曰："上药养命，五石练形，六芝延年。中药养性，合欢蠲忿，萱草忘忧也。"〇案注文养生经语，博物志引作神农经，又抱朴子仙药篇及太平御览六十一引神农经曰："上药令人身安命延，中药养性，下药除病。"后汉书王充传："造养性书十六篇。"

〔六〇〕吴志忠曰："道家有性命双修之说，此'性命'二字，即承上'神农曰'两句，故曰'性命之理'。"

〔六一〕张本无"惟"字，文选四部本作"惟"，袁本作"唯"，四部本注云："五臣本从'口'。"袁本注云："善本从'心'。""见"太平御览七百二十引作"嗜"。

〔六二〕"惑"鲍本御览七百二十误作"感"。

〔六三〕李善注：法言曰："哇则郑。"李轨曰："哇，邪也。"周礼郑玄注曰："五谷：麻、黍、稷、麦、豆也。"〇毛诗传："耽，乐也。"华严经音义引字林曰："嗜色为妭。""耽""妭"通。礼记祭义篇："遂朱绿之，玄黄之，以为黼黻文章。"曹植辨道论："玄黄所以娱目。"中论治学篇："玄黄之色即著，而纯皓之体斯亡。"班固答宾戏曰："合之律度，淫蝇而不可听。"汉书注："李奇曰：'蝇，不正之音也。'"案"哇"与"蝇"通。

〔六四〕"府藏"或作"腑臟"。遵生八笺及安政本太平御览七百二十引作"臟腑"。

〔六五〕"鬻"下，原注云："一作'煮'。"程本、汪本同，吴钞本、张本作"煮"，文津本作"鬻"，文选胡刻本、四部本作"鬻"，袁本作"煮"。四部本注云："五臣本作'煮'字。"袁本注云："善本作

‘鬻’字。”宋本及张本、汪本、安政本太平御览七百二十引作
“煮”，鲍本作“鬻”。案“鬻”为“鬻”字之误。三国文及汉魏别
解亦误作“鬻”。此句白帖五、白孔六帖十五均引作“醪醴腐人
之肠胃”，亦误。○李善注：庄子曰：“声色滋味之于人心，不待
学而乐之。”汉书曰：“五藏六腑。”周礼曰：“凡齐事鬻盐，以待
戒令。”郑玄曰：“鬻盐，谓练化之。‘鬻’今之‘煮’字也。”○说
文：“醴，酒一宿熟也。醪，汁滓酒也。”素问汤液醪醴论：“岐伯
曰：‘自古圣人之作汤液醪醴者，以为备耳，故为而弗服也。’”

〔六六〕“香芳”遵生八笺引作“馨香”。○秦嘉报妻书：“芳香可以馥身
去秽。”崔寔太医令箴曰：“腠理不蠲，骨髓奈何。”说文：“髓，骨
中脂也。”

〔六七〕李善注：广雅曰：“悖，乱也。”文子曰：“循理而动者正气。”○淮
南子原道训：“喜怒者，道之邪也。”又诠言训曰：“君子行
正气。”

〔六八〕“销”张本及御览引作“消”，文选袁本同，注云：“善本作‘销’
字。”四部本作“销”，注云：“五臣作‘消’字。”○桓谭新论曰：
“子云言成帝时，每上甘泉，诏令作赋，赋成，困倦小卧，梦其五
藏出在地，及觉，气病一岁。由此言之，尽思虑，伤精神也。”崔
寔答讥曰：“思虑劳乎形神。”

〔六九〕李善注：文子曰：“人之性欲平。”又曰：“真人纯粹。”应劭汉书
注曰：“粹，淳也。”○庄子大宗师篇：“安时而处顺，哀乐不能入
也。”左氏昭公元年传：“子产曰：‘若君身，则亦出入饮食哀乐
之事也。’”淮南子原道训：“无所好憎，平之至也；不与物散，粹
之至也。”管子内业篇：“凡人之生也，必以平正，所以失之，必
以喜怒忧患。”

〔七〇〕“涂”或作“途”。此句，事文类聚前集三十八引作“而攻者非一
　　　涂”。○李善注：左氏传：“子产曰：‘蕞尔小国。’”杜预注曰：
　　　“蕞尔，小貌也。”

〔七一〕“外内”文选袁本同，注云：“善本作‘内外’。”四部本、茶陵本作
　　　“内外”，注云：“五臣本作‘外内’。”胡刻本仍作“外内”，胡克家
　　　文选考异曰：“案此疑尤以五臣改之也。”○太平御览七百二
　　　十，事文类聚前集三十八及遵生八笺引亦作“内外”。此句，吴
　　　钞本误作“而外受内敌”。

〔七二〕司马迁报任安书曰：“身非木石，独与法吏为伍。”

〔七三〕管子心术篇：“过在自用。”礼记中庸篇：“愚而好自用。”

〔七四〕“倦”或作“勌”。

〔七五〕李善注：素问：“黄帝曰：‘有病心腹满，此何病？’岐伯曰：‘此饮
　　　食不节故时病。’”七发曰：“百病咸生。”汉书：“杜钦上疏曰：
　　　‘佩玉晏鸣，关雎叹之，知好色之伐性短年也。’”○李周翰注：
　　　谓形色之气乏绝。○韩诗外传：“孔子曰：‘居处不理，饮食不
　　　节，劳过者病共杀之。’”大戴礼哀公问于孔子篇：“孔子曰：‘今
　　　之君子，好色无厌，淫德不倦。’”

〔七六〕“风寒”见前与阮德如诗注〔二二〕。论衡道虚篇：“凡人禀性，
　　　身本自轻，气本自长，中于风湿，百病伤之，故身重气劣也。”潜
　　　夫论浮侈篇：“风寒所伤，奸人所利。”

〔七七〕李善注：庄子曰：“终天年不中道夭者，是智之盛。”○张铣注：
　　　众难，谓上哀乐之事。○庄子人间世篇：“不终其天年而中道
　　　夭于斧斤，此材之患也。”淮南子精神训：“人不能终其寿命，而
　　　中道夭于刑戮者，以其生生之厚。”

〔七八〕李善注：方言曰：“悼，哀也。”笑悼，谓笑其不善养生，而又哀其

促龄也。○吕氏春秋异用篇：“仁人之得饴以养疾持老。”注：“持，亦养也。”

〔七九〕李善注：庄子曰：“藏乎无端之纪。”○李周翰注：终，谓死也。言死者闷然不知其端绪之所由也。○庄子德充符篇：“闷然而后忧。”释文引李注曰：“闷然，不觉貌。”荀子王制篇：“始则终，终则始，若环之无端。”

〔八〇〕李善注：穀梁传：“荀息曰：‘中智以上，乃能虑之；臣料虞君，中智以下也。’”○史记文帝本纪：“遗诏曰：‘死者，天地之理，物之自然者。’”

〔八一〕“觉”三国文误作“宽”。○楚辞九思：“吾志兮觉悟。”

〔八二〕李善注：老子曰：“未兆易谋。”国语注：“兆，形也。”

〔八三〕“由”吴钞本、张本作“犹”，文选袁本同，注云：“善本作‘由’。”四部本作“由”，注云：“五臣本作‘犹’。”案二字通。周校本误作“田”。

〔八四〕“为”上，张本有“而”字，文选袁本同，注云：“善本无‘而’字。”四部本、茶陵本无“而”字，注云：“五臣本有‘而’字。”三国文、八代文钞无“受”字。文选四部本、茶陵本同，注云：“五臣本有‘受’字。”袁本有“受”字，注云：“善本无‘受’字。”胡刻本仍有“受”字，胡克家文选考异曰：“案此疑尤以五臣添之也。”扬案：无“受”字更合。又“痛”字疑“病”字之误。抱朴子极言篇：“世人以觉病之日始为已病。”又广譬篇：“越人见齐桓不振之征，于未觉之疾。”均用此文。○李善注：韩子曰：“扁鹊谓桓侯曰：‘君有疾，在腠理，犹可汤熨。’桓侯不信。后病迎扁鹊，鹊逃之，桓侯遂死。”史记曰：“扁鹊疗简子，东过齐，见桓侯。”束晳曰：“齐桓在简子前且二百岁，小白后无齐桓侯，田和子有桓公

午,去简子首末相距二百八年,史记自为舛错。"韦昭曰:"魏无
桓侯。"臣瓒曰:"魏桓侯。"新序曰:"扁鹊见晋桓侯。"然此桓
侯,竟不知何国也。○朱铭曰:"韩非子喻老篇载此事作蔡桓
侯,新序杂事篇作齐桓侯,史记扁鹊传云:'晋昭公时,简子
疾。'赵世家云:'晋顷公之十二年,六卿以法诛公族,后十三
年,简子疾,五日,不知人。'与扁鹊不合,然晋昭公定公时,齐
魏晋蔡皆无桓侯,则一也。索隐谓田和之子桓公午,与赵简子
颇亦相当。今按世家晋出公十七年,简子卒,年表为周定王十
一年,至周安王十八年,田和子桓公午立,相去共七十四年,索
隐亦非也。以上诸说,考之迁史,无一可合,此注'晋'当作
'齐'。"

〔八五〕"微"文津本作"终",误也。

〔八六〕"治"张本作"理",文选袁本同,注云:"善本作'治'。"四部本作
"治",注云:"五臣本作'理'字。"

〔八七〕吕延济注:驰骋,犹历观也。域,间也。一切,犹一时也。言历
观常人之间,故有一时苟且之寿。○慎子:"心者,五脏之主
也,驰骋是非之境。""一切"见前琴赋注〔二○三〕。黄先生曰:
"一切,权时也,此犹言不定耳。"

〔八八〕易系辞上:"仰以观于天文,俯以察于地理。"京房易传曰:"易
者,象也,爻者,效也,圣人所以仰观俯察。"

〔八九〕"證"吴钞本作"证"。读书续记曰:"选本'证'作'證',当从之。
说文'证''證'各字。"

〔九○〕"生"文选四部本、茶陵本作"性",注云:"五臣本作'生'字。"袁
本作"生",注云:"善本作'性'字。"胡刻本仍作"生",胡克家文
选考异曰:"案此尤以五臣改之也。"

〔九一〕<u>张铣注</u>：言狐疑之心虽少近，不知养生之所由何如，亦未定也。○<u>离骚</u>："心犹豫而狐疑。"<u>洪兴祖</u>补注曰："<u>水经</u>引<u>郭缘生述征记</u>云：'河津冰始合，车马不敢过，要须狐行，云此物善听，冰下无水乃过，人见狐行方渡。'按<u>风俗通</u>云：'里语称狐欲渡河，无如尾何。且狐性多疑，故俗有狐疑之说。'未必一如<u>缘生</u>之言也。"<u>易系辞下</u>："几者，动之微，吉之先见者也。子曰：'颜氏之子，其殆庶几乎。'"<u>李冶敬斋古今黈</u>曰："<u>吴志</u>：'<u>张昭子承</u>，能甄识人物，凡在庶几之流，莫不造门。<u>顾雍子邵</u>，好乐人伦，自州郡庶几，及四方人士，往来相见，风声流闻，远近称之。'二传中皆言庶几字，庶几者，所谓凡有可以成材者皆是也。"<u>扬</u>案：<u>论衡谴告篇</u>曰："贤人庶几之才，亦圣人之次也。"此处谓少有志于养生者也。

〔九二〕"復"<u>汉魏别解</u>误作"後"。○"中路"见前<u>卜疑</u>注〔五四〕。<u>论语</u>："子曰：'力不足者，中道而废。'"

〔九三〕"畎"<u>吴</u>钞本原钞作"沟"，墨校改。<u>太平御觉</u>七十五引作"甽"，二字通。

〔九四〕<u>李善注</u>：<u>尚书</u>曰："浚畎浍距川。"<u>孔安国</u>曰："一亩之间，广尺深尺曰畎，广二寻深二仞曰浍，畎浍深之，亦入海也。"<u>庄子</u>："<u>海若</u>曰：'天下之水，莫大于海，万川归之，不知何时止而不盈，尾闾泄之，不知何时已而不虚。'"<u>司马彪</u>曰："尾闾，水之从海水出者也，一名沃燋，在东海之中。尾者在百川之下，故称尾，闾者，聚也，水聚族之处，故称闾也。在扶桑之东，有一石方圆四万里，厚四万里，海水注者，无不燋尽，故名燋。"

〔九五〕"欲"上，<u>张</u>本有"而"字，<u>文选袁</u>本同，注云："<u>善</u>本无'而'字。"四部本无"而"字，注云："<u>五臣</u>本有'而'字。"○<u>李周翰</u>注："显报,谓长年也。"

〔九六〕曹大家东征赋:"喟抑情而自非。"说文:"抑,按也。"

〔九七〕李善注:说文曰:"希,望也。"穀梁传:"荀息曰:'夫人,玩好在耳目之前,而患在一国之后。'"○案今本说文:"睎,望也。"无"希"字。段玉裁曰:"'希',篆脱也。"

〔九八〕李善注:楚辞曰:"心犹豫而狐疑。"尸子曰:"五尺大犬为豫。"说文云:"陇西谓犬子为犹。"颜师古以为人将犬行,豫在人前,待人不得,又来迎候,如此往还,至于终日,斯乃豫之所以为未定也,故称犹豫。或以尔雅云,犹如麂,善登木。犹,兽名,闻人声乃豫缘木,如此上下,故称犹豫。○梁章钜曰:"曲礼:'定犹豫。'正义云:'说文犹,玃属;豫,象属;此二兽皆进退多疑惑者。'此以两兽对说。此注引尸子以释豫,又引说文释犹,亦是对说。尔雅释兽有犹无豫。颜氏家训:'犹,兽名也,既闻人声,乃豫缘木,如此上下,故称犹豫。'师古注汉书高后纪同。即本书洛神赋注亦云:'犹兽多豫,狐兽多疑。'此皆从一兽合说。离骚:'心犹豫而狐疑。'王逸注但曰:'心中狐疑犹豫。'九歌:'君不行兮夷犹。'王注曰:'夷犹,犹豫也。'老子:'豫兮若冬涉川,犹兮若畏四邻。'释文:'豫如字,本或作懊。'犹无注,是则不从兽解。王观国学林云:'后汉书马援传:计犹豫未决。广韵:犹豫,不定也。以此观之,犹似非兽,盖犹猷犺三字通用,豫预与三字通用也。'"○扬案:善注"颜师古"当作"颜之推",更合,此颜氏家训书证篇之文也。又注文原句"闻人声乃犹豫缘木","犹"字亦误多,今删之。

〔九九〕韩子喻老篇:"子夏见曾子,曾子曰:'何肥也?'对曰:'战胜故肥也。'曾子曰:'何谓也?'子夏曰:'吾入见先生之义则荣之,出见富贵之乐又荣之，两者战于胸中，未知胜负，故臞；今先生之义胜，故肥。'"淮南子原道训："子夏心战而臞。"

〔一〇〇〕"赊"文选六臣本作"赊"，俗字也。

〔一〇一〕吕向注：以情欲为交乐，以服食为赊应，二者相倾，复有败摄生之事者。○案"交赊"或"交赉"对称，乃六朝之常语，交犹切近，赊犹宽远也。抱朴子至理篇："弃交修赊。"陶潜赠羊长史诗曰："驷马无贳患，贫贱有交娱。"沈约咏怀诗注曰："常以交利贳赊祸。"周礼注："郑司农曰：'赊，贳也。'"文选注："赊，缓也。"广韵："交，共也，合也。赊，不交也。"老子："高下相倾。"

〔一〇二〕"目"文选四部本同，注云："五臣本作'自'字。"袁本作"自"，注云："善本作'目'字。"经济类编九十四引亦作"自"。○"微妙"见前卜疑注〔六九〕。

〔一〇三〕"犹"吴钞本作"之"。○李善注：淮南子曰："豫章之生，七年可知。"延叔坚曰："豫章与枕木相似，须七年乃可别耳。枕音尤。"○吕向注：养生之理，初与众人同，道成然后可觉殊矣。

〔一〇四〕李善注：老子道德经曰："听之不闻名曰希。"王逸楚辞注曰："无声曰静。"○韩子解老篇："众人之用神也躁，圣人之用神也静。"

〔一〇五〕张本及文选四部本、袁本、茶陵本无"以"字。○李善注：论语："桀溺曰：'滔滔者，天下皆是也。'"○胡克家文选考异曰："注'桀溺曰滔滔者'，袁本'滔滔'作'悠悠'，案'悠悠'是也。茶陵本亦误与此同。陈云：'陆氏释文滔滔，郑本作悠悠，注自据郑康成本，与他本不同也。'"○许巽行文选笔记曰："'滔滔'二字，乃后人妄改之也。释文云：'滔滔郑本作悠悠。'史记孔子世家同。孔安国曰：'悠悠，周流之貌也。'晋纪总论：'悠悠风尘.'注亦引孔论语注为证。"○梁章钜曰："此引以释正文'悠悠'，若作'滔滔'，不相应矣。"○洪颐煊读书丛录曰："孔、郑皆从古文，养生论注引论语为证，字当作'悠悠'。"○扬案：四部本文选李善注亦误作"滔滔'，刘良注曰："悠悠者，谓心远于此道者。""悠悠"不误，但以"远"字释之仍误也。广雅："效，验也。"

〔一〇六〕刘良注：人有偏恃一事者，必不兼于他事，故养生无功。

〔一〇七〕论语："子夏曰：'虽小道，必有可观者焉。'"集解："小道，谓异端。"

〔一〇八〕"欲"或作"慾"。○李善注：庄子曰："广成子谓黄帝曰：'必静必清，无劳汝形，无摇汝精，乃可以长生。'"老子曰："少私寡欲。"○汉书叙传："班嗣报桓生书曰：'严子者，清虚淡泊。'"广雅："泰，通也。"

〔一〇九〕"强"或作"彊"。○李善注：左氏传曰："名位不同，礼亦异数。"

〔一一〇〕"弗"遵生八笺引作"不"。

〔一一一〕李善注：国语："单襄公曰：'厚味实腊毒也。'"

〔一一二〕"醇"遵生八笺引作"守"。"白"张本作"泊"，文选袁本同，注云："善本作'白'字。"四部本作"白"，注云："五臣作'泊'字。"○李善注：慎子曰："夫德精微而不见，聪明而不发，是故外物不累其内。"庄子曰："外物不可必。"司马彪曰："物，事也。忠孝，内也。而外事咸不信受也。"淮南子曰："古之人，神气不荡乎外。"庄子曰："虚室生白。"向秀曰："虚其心，则纯白独著。"○"神气"见前幽愤诗注〔三一〕。庄子天地篇："机心存于胸中，则纯白不著。"案"醇"与"纯"同。

〔一一三〕"寂"遵生八笺引作"宁"。○李善注：庄子曰："圣人平易恬淡，则忧患不能入也，邪气不能袭也，故其德全而神不亏矣。故曰，圣人不思虑，不预谋也。"〇老子："旷兮其若谷。"王弼注曰："旷者宽大。"易系辞上："寂然不动，感而遂通天下之故。"庄子天地篇："至人者，居无思，行无虑。"文子："大丈者，恬然无思，寂然无虑。"

〔一一四〕"日"遵生八笺引作"自"。

〔一一五〕李善注：老子曰："圣人抱一，为天下式。"河上公曰："抱，守也，守一，乃知万事，故能为天下法式。"王弼曰："一，少之极也。式，犹则也。"文子曰："古之为道者，养以和，持以适。"庄子曰："古之治道者，以恬养知，知生而无以知为也，谓之以知养恬；知与恬交相养，而和理出其性。"老子曰："玄德深矣远矣，与物反矣，乃至大顺。"河上公曰："大顺者，天理也。"锺会曰："反俗以入道，然乃至于大顺也。"〇庄子在宥篇："我守其一，以处其和。"又天地篇："是谓玄德，同乎大顺。"

〔一一六〕"然后"世说文学篇注引作"诚能"。

〔一一七〕李善注：白虎通曰："醴泉者，美泉也，状如醴酒也。"

〔一一八〕"晞"吴钞本误作"睎"。

〔一一九〕"绥"遵生八笺引作"和"。〇李善注：毛苌诗传曰："晞，乾也。"〇诗湛露："匪阳不晞。"毛诗传："绥，安也。""五弦"见前赠秀才诗（息徒兰圃）注〔四〕。

〔一二〇〕李善注：庄子曰："天无为以之清，地无为以之宁，故两无为相合，万物皆化也，孰能得无为哉。"老子曰："玄之又玄，众妙之门。"〇楚辞远游篇："漠虚静以恬愉兮，澹无为而自得。"傅毅七激曰："游心于玄妙。"

〔一二一〕"生"吴钞本原钞作"身"，墨校改。〇李善注：庄子曰："天下有至乐无有哉？曰，至乐无乐。"郭象曰："忘欢而后乐足，乐足而后身存。"庄子曰："弃事则形不劳，遗生则精不亏，夫形全精复，与天为一。"

〔一二二〕"庶"张本及文选作"恕"，世说文学篇注引仍作"庶"，又无"可"字。○汪师韩文选理学权舆曰："此'恕'字当是'庶'字之讹。"○孙志祖文选考异曰："'恕'六臣本作'庶'，据文义为'庶'字无疑。然注引声类语，恐善本是'恕'字，未敢妄定。"○扬案：文选四部本、袁本、茶陵本均仍作"恕"，不作"庶"，"恕"即"庶"也，庶几之庶，正当作恕。

〔一二三〕世说文学篇注引作"何为不可养生哉"。○李善注：声类曰："恕，人心度物也。"史记曰："始皇之碣石，使燕人卢生求羡门。"韦昭曰："羡门，古仙人也。"列仙传曰："王子乔者，周灵王太子晋也，道人浮丘公接以上嵩高山。"○梁章钜曰："注'人心度物也'，'人'当作'以'。"○陈仅读选意笺曰："案'恕'字当作'计'字'度'字解。"○许巽行曰："康成礼记注曰：'坎不至泉，以生恕死也。'郑以'恕'字作'度'字解，与注中声类所训正同。"○楚辞九章："与天地兮比寿。"

牛僧孺曰："尝读嵇康养生论曰：'导养得理，以尽性命，下可数百年。'至于调节嗜欲，全息正气，诚尽养生之能者。僧孺以养身之于养生，难与易相远也，所以康能著其论，而陷大辟，盖能其易不能其难者也。且夫天地禀生之道众，而贵之者寡，然而贵乎生，以有用于道也，生而无用，焉贵其生矣？而又况康不能养乎哉？且康居于是世，能忘名利之名，而不能使人忘其名，能忘其情欲之情，而不能自忘其情，能防己喜怒于内，而不能防人之喜怒于外，虽其名利、情欲、喜怒之心不改乎内，而能致其康宁焉，硕大焉，犹善豢者之犬毚肥腯，适足使屠侩之刃促乎己矣。出而语，处而默，是养其生者也；处而语，出而默，生其丧矣。沮焉溺焉，道无邪，行无诡，言中规，行中矩，而得其时，是养生于出处者也。孔焉孟焉，可而仕，否而退，是养生于出处语默之间者也。若中散者，栖乎下不可谓出，扬其名不可谓默，非出处则在用中于礼义人伦之道也。礼者，道之器也，而肆情傲物，蔑弃冠服，是礼之大丧也。礼丧而道丧，则锺会欲无怒，晋王欲不刑之，不可得也。然康之为人区区，不列于中人，岂欲引而论之哉？以析文垂论，则人之中者引而惑必众，故不得不明也。先人有求生以害仁，有杀生以成仁，又有患难以相死，此则得道得死而为寿，不以非道得生而为寿也。仁如比干而剖死，直如屈原而溺死，廉如介推而焚死，忠如萧望之而药死。死而道存，洋洋乎不已，予谓所存之生至大，是能养生者；若碌碌愚生，不以五常之道为人，予焉知其寿欤？焉知其昆虫欤？木石欤？灵蛇千年，予不知其寿也。石有时而泐，予不知其久也。葵能卫其足，予不知其全也。若康之养生，有类是也，适为下矣，又况不能类之者哉？呜呼，能养于道者，生死长短可也。养生论。文苑英华七百三十九。○扬案：叔夜所论者养生也，牛氏乃引而高论乎养道，亦可谓悠谬矣。至叔夜之死，为保明吕安也，为心乎魏室也，正牛氏所谓杀生以成仁，患难以相死，以五常之道为人者也。讥叔夜不能养身，由不知论其世耳。

杨慎曰："微论旨言，展析隽永，其局致尤为独操。"汉魏别解引。

李贽曰："嵇、阮称同心，而阮则体妙心玄，一似有闻者，观其放言，与孙登之啸可睹也。若向秀注庄子，尤为已见大意之人，真可谓庄周之惠施矣。康与二子游，何不就彼问道。今读养生论，全然不省神仙中事，非但不识真仙，亦且不识养生矣。何以当面蹉过如此耶？似此聪明，出尘好汉，虽向、阮亦无如之何，真令人恨恨。虽然，若其人品之高，文辞之美，又岂诸贤之可及哉？"李氏焚书。○扬案：向、阮之道，可以全生耳，叔夜自不与同。

陈明卿曰："不勤丹方气诀馀沫，特以解悟为文，清通畅适。"汉魏名文乘引。

邵长蘅曰："神仙纵出自然，而养生可学，此一篇之大旨。"

李兆洛曰："此等文自论衡出，时有牙慧可取。"骈体文钞。

谭献曰："颓然自放。"骈体文钞评。

黄先生曰："寿有仙无，生原有养，文谓：'仙非学致。'又云：'可过常期。'皆由照理未精；独言养生之理是耳。"

嵇康集校注卷第四

黄门郎向子期难养生论一首_附

答难养生论一首

黄门郎向子期难养生论一首_附

　　张燮本题作"向秀难养生论"。〇吴钞本题作"黄门郎养
生论",首空一格,墨校于"郎""养"间作一斜勒,旁加"向子期
难"四字。"论"下原钞尚有二字,墨校涂抹不可辨。题下有
"在文选第二十七卷"八字小字夹注,又间一格有"向秀难在
后"五字。行中直书,皆为墨校抹去。〇周树人曰:"案本或
为'答向子期养生论','黄门郎'即'答向期'之讹,而夺'子'
字'难'字,康之所答,亦不别为一篇也。"〇叶渭清曰:"予疑
原钞本为'养生论','黄门郎'三字,亦是后补。首空四格,无
异馀篇。又文选不载向难,此云在二十七卷者,盖指养生论
言之,然论在今本文选第五十三卷,非二十七卷,岂所据为三

257

十卷之无注本耶？"〇扬案：吴钞本凡篇题上皆空四格，此处"黄门郎"三字，显为后加，以从今本也。原钞所据之本，但题"养生论"，难文、答文，共为一篇。〇晋书向秀传曰："又与康论养生，辞难往复，盖欲发康高致也。"

难曰[一]：若夫节哀乐，和喜怒，适饮食，调寒暑，亦古人之所修也[二]。至于绝五谷，去滋味，（寡）〔窒〕情欲[三]，抑富贵，则未之敢许也。何以言之？

夫人受形于造化，与万物并存，有生之最灵者也[四]。异于草木，草木不能避风雨，辞斤斧[五]；殊于鸟兽，鸟兽不能远网罗，而逃寒暑[六]。有动以接物，有智以自辅[七]。此有（心）〔生〕之益[八]，有智之功也。若闭而默之[九]，则与无智同。何贵于有智哉？有生则有情，称情则自然〔得〕[一〇]，若绝而外之，则与无生同。何贵于有生哉？

且夫嗜欲[一一]，好荣恶辱，好逸恶劳，皆生于自然。夫天地之大德曰生，圣人之大宝曰位，崇高莫大于富贵[一二]。然〔则〕富贵，天地之情也[一三]。贵则人顺己以行义于下[一四]，富则所欲得以有财聚人[一五]，此皆先王所重，（关）〔开〕之自然[一六]，不得相外也。又曰：富与贵，是人之所欲也。但当求之以道〔，不苟非〕义[一七]。在上以不骄无患，持满以损俭不溢[一八]，若此何为其伤德耶？或睹富贵之过，因惧而背之，是犹见食之有噎，因终身不飧耳[一九]。

神农唱粒食之始[二〇]，后稷纂播植之业[二一]。鸟兽以

嵇康集校注

之飞走,生民以之视息〔二二〕。**周孔**以之穷神,**颜冉**以之树德〔二三〕。贤圣珍其业,历百代而不废。今一旦云:五谷非养(生)〔命〕之宜〔二四〕,肴醴非便性之物,则亦有和羹,黄耇无疆〔二五〕,为此春酒,以介眉寿〔二六〕,皆虚言也。博硕肥腯,上帝是飨〔二七〕,黍稷惟馨,实降神祇〔二八〕。神祇且犹重之,而况于人乎?肴粮入体,不逾旬而充〔二九〕,此自然之符,宜生之验也〔三〇〕。

夫人含五行而生〔三一〕,口思五味,目思五色〔三二〕,感而思室〔三三〕,饥而求食〔三四〕,自然之理也。但当节之以礼耳。今五色虽陈〔三五〕,目不敢视;五味虽存,口不得尝,以言争而获胜则可。焉有勺药为荼蓼〔三六〕,西施为嫫母〔三七〕,忽而不欲哉?苟心识可欲而不得从〔三八〕,性气困于防闲〔三九〕,情志郁而不通〔四〇〕,而言养之以和,未之闻也〔四一〕。

又云:导养得理,以尽性命,上获千馀岁,下可数百年。未尽善也〔四二〕。若信可然〔四三〕,当有得者。此人何在,目未之见〔四四〕。此殆影响之论〔四五〕,可言而不可得〔四六〕。纵时有耆寿耇老〔四七〕,此自特受(一)〔异〕气〔四八〕,犹木之有松柏,非导养之所致〔四九〕。若性命以巧拙为长短,则圣人穷理尽性,宜享遐期〔五〇〕;而**尧舜禹汤文武周孔**,上获百年,下者七十〔五一〕,岂复疏于导养耶?顾天命有限,非物所加耳。

且生之为乐,以恩爱相接〔五二〕。天理人伦〔五三〕,燕婉娱心,荣华悦志〔五四〕。服飨滋味,以宣五情〔五五〕。纳御声色,以达性气。此天理自然〔五六〕,人之所宜,三王所不易也〔五七〕。今若舍圣轨而恃区种〔五八〕,离亲弃欢,约己苦心〔五九〕,欲积尘露以望山海〔六〇〕,恐此功在身后,实不可冀也。纵令勤求,少有所获。则顾影尸居,与木石为邻〔六一〕,所谓不病而自灸〔六二〕,无忧而自默,无丧而疏食〔六三〕,无罪而自幽。追虚徼幸,功不答劳〔六四〕。以此养生〔六五〕,未闻其宜。故相如曰:"必若〔此〕长生而不死,虽济万世犹不足以喜〔六六〕。"言悖情失性,而不本天理也〔六七〕。长生且犹无欢,况以短生守之耶? 若有显验,且更论之。

〔 一 〕"难"上,吴钞本有"黄门郎向子期"六字。○集中附文,吴钞本
　　皆不低格。

〔 二 〕管子形势解曰:"起居时,饮食节,寒暑适,则身利而寿命益。"
　　淮南子诠言训:"凡治身养性,节寝处,适饮食,和喜怒,便动
　　静。"扬雄逐贫赋:"寒暑不忒,等寿神仙。"

〔 三 〕"寡"吴钞本作"室",是也,"寡"字于文义不合。

〔 四 〕庄子齐物论篇:"一受其成形,不亡以待尽。"又人间世篇:"以
　　天地为大炉,以造化为大冶。"列子杨朱篇:"人肖天地之类,怀
　　五常之性,有生之最灵者也。"风俗通义曰:"人用物精多,有生
　　之最灵者也。"

〔 五 〕吴钞本原钞不重"草木"字,墨校补。"斤斧"吴钞本作"斧斤",
　　误也,此处用韵。

〔 六 〕吴钞本原钞不重"鸟兽"字,墨校补。

〔 七 〕"辅"汪本、四库本误作"转"。○淮南子原道训:"智与物接,而
　　好憎生焉。"注:"接,交也。"又氾论训:"目无以接物也。"注:

"接，见也。"礼记注："物，万物也，亦事也。"广雅："辅，助也。"

〔八〕案就下文观之，"心"字当为"生"字之误。

〔九〕列子力命篇："默之成之。"注："默，无也。"

〔一〇〕"然"下，吴钞本有"得"字。案有"得"字，更合。○国语注：
　　　　"称，副也。"

〔一一〕"欲"或作"慾"。

〔一二〕易系辞下："天地之大德曰生，圣人之大宝曰位。"系辞上："崇
　　　　高莫大乎富贵。"

〔一三〕"然"下，吴钞本有"则"字，是也。

〔一四〕吴钞本原钞无"以"字，朱校补。

〔一五〕吴钞本原钞无"有"字，朱校补。○易系辞下："何以守位曰人，
　　　　何以聚人曰财。"

〔一六〕"关"吴钞本原钞作"开"，墨校改。案作"开"字更合，此承上文
　　　　嗜欲而言也。

〔一七〕吴钞本原钞作"但当求之以道，不苟非义"，朱校删"不苟非"三
　　　　字。案原钞是也，答文有"求之何得不苟"句，正与此应。○论
　　　　语："子曰：'富与贵，是人之所欲也，不以其道得之，不处也。'"
　　　　又曰："不义而富且贵，于我如浮云。"

〔一八〕"俭"吴钞本作"敛"。叶渭清曰："案答难养生论：'岂待积敛然
　　　　后乃富哉？'正应此句，字又作'积敛'。"○扬案：此处正当作
　　　　"损俭"，钞者误"俭"为"敛"耳，答文不应此句也。○孝经曰：
　　　　"在上不骄，高而不危，制节谨度，满而不溢。"淮南子氾论训：
　　　　"周公可谓能持满矣。"韩诗外传："孔子曰：'持满之道，抑而
　　　　损之。'"

〔一九〕"飡"三国文作"食"，严辑全三国文作"飡"。○吕氏春秋荡兵

卷第四　黄门郎向子期难养生论一首

261

篇:"有以饐死者,而禁天下之食,悖。"案"饐"与"噎"通,说文:
"噎,饭窒也。"

〔二〇〕"唱"程本作"倡",二字通。〇淮南子修务训:"神农乃始教民
播种五谷。"大戴礼少间篇:"粒食之民,昭然明视。"书益稷篇:
"蒸民乃粒。"伪孔传:"米食曰粒。"国语注:"发始为倡。"

〔二一〕"纂"下,吴钞本原钞有"其"字,朱校删。"植"吴钞本作"殖",
二字通。〇书舜典:"帝曰:'弃,黎民阻饥,汝后稷播时百
谷。'"国语周语:"周弃能播殖百谷。"注:"播,布也;殖,长也。"
汉书律历志:"尧复育重黎之后,使纂其业。"尔雅:"纂,继也。"

〔二二〕淮南子墬形训:"凡人民禽兽,万物贞虫,各有以生,或奇或偶,
或飞或走。"庄子应帝王篇:"人皆有七窍,以视听食息。"蔡琰
悲愤诗:"为复强视息。"

〔二三〕汉书叙传:"班嗣报桓生书曰:'伏周孔之轨躅。'"文选注:"周,
周公;孔,孔子也。"易系辞下:"穷神知化,德之盛也。"汉书宣
元六王传:"淮阳宪王报张博书曰:'子高素有颜冉之资。'"注:
"颜,颜回;冉,冉耕也。"书益稷篇:"树德务滋。"

〔二四〕"生"吴钞本原钞作"命",朱校改。案原钞是也,"养命"与下
"便性"互文耳。

〔二五〕诗烈祖:"亦有和羹,既戒既平,绥我眉寿,黄耇无疆。"笺云:
"和羹者,五味调,腥熟得节,食之,于人性安和。"释名:"九十
曰鲐,或曰黄耇,耇,垢也,皮色骊悴,恒如有垢
者也。"

〔二六〕二句,诗七月之文。毛传:"春酒,冻醪也;眉寿,豪眉也。"笺
云:"介,助也。"

〔二七〕左氏桓公六年传:"吾牲牷肥腯。"又曰:"博硕肥腯,谓其畜之

硕大繁滋也。"注："腯，亦肥也。博，广也；硕，大也。"礼记曲礼
下："凡祭宗庙之礼，豕曰肥腯。"又月令篇："五者备当，上帝
其飨。"

〔二八〕书君陈篇："至治馨香，感于神明。黍稷非馨，明德惟馨。"左氏
僖公六年传："国之将兴，明神降之。"国语注："天曰神，地
曰祇。"

〔二九〕说文："十日为旬。"墨子节用中："圣王制为饮食之法，曰：足以
充虚继气。"吕氏春秋重己篇："味重珍，则胃充。"注："充，
满也。"

〔三〇〕史记日者列传："不召而自来，不求而民出之，岂非道之所符，
而自然之验耶。"汉书天文志："饬身正事，思其咎谢，则祸除而
福至，自然之符也。"淮南子注："符，验也。"礼记注："宜，犹
善也。"

〔三一〕史记日者列传："武帝制曰：'以五行为主，人取于五行者也。'"
白虎通义性情篇："人本含六律五行之气而生。"论衡论死篇：
"人之所以聪明智慧者，以含五常之气也。"

〔三二〕吕氏春秋情欲篇："耳之欲五声，目之欲五色，口之欲五味，情
也。"左传注："五味：酸，咸，辛，苦，甘。五色：青，黄，赤，
白，黑。"

〔三三〕说文："感，动人心也。"白虎通义爵篇："一夫一妇成一室。"仪
礼注："室，犹妻也。"徐幹有室思赋。

〔三四〕"饥"或作"饑"。

〔三五〕"今"吴钞本作"令"，误也。

〔三六〕"勺"张燮本作"芍"。〇司马相如子虚赋："勺药之和具，而后
御之。"汉书注：伏俨曰："勺药以兰桂调食。"文颖曰："五味之

和也。"晋灼曰:"南都赋曰归雁鸣雏,香稻鲜鱼,以为勺药酸甜滋味,百种千名之说是也。"师古曰:"诸家之说皆未当也。勺药,药草名,其根主和五藏,又辟毒气,故合之于兰桂五味以助诸食,因呼五味之和为勺药耳。今人食马肝马肠者,犹合勺药而煮之,岂非古之遗法乎。"○王念孙读书杂志曰:"韦昭曰:'勺药和齐酸咸美味也。勺,丁削反;药,旅酌反。'文选李善注枚乘七发曰:'勺药之酱。'然则调和之言,于义为得。"引之曰:"师古说非。诸家及韦李之说皆是也。勺药之言,适历也。均调谓之适历,声转则为勺药。扬雄蜀都赋:'乃使有伊之徒,调夫五味甘甜之和,勺药之羹。'论衡遣告篇:'酿酒于罋,烹肉于鼎,皆欲其气味调得也。时或咸苦酸淡不应口者,由人勺药失其和也。'嵇康声无哀乐论:'太羹不和,不极勺药之味。'张协七命:'味重九沸,和兼勺药。'皆其证矣。五味之和,总谓之勺药,故云勺药之和具。若专指一物,何以得言具乎?"○宋翔凤过庭录曰:"作汤者,必俟其热,而后入五味以和之,故曰勺药之和。酱亦调和之物,故曰调和之酱。至南都赋明云'酸甜咸苦,百种千名。'此勺药为五味调和之切证。乃两汉之达语也。"○沈钦韩汉书疏证曰:"萧邺岭南节度使韦正贯神道碑云:'拜京兆尹。京师称难治,公能勺药其间,安然无一事。'则见唐人文辞,犹能依据古训,不惑俗说也。"○扬案:唐语林引刘禹锡曰:"芍药和物之名也。此药之性,能调物。或音著略,语讹也。"刘氏以不讹为讹,则仍惑俗说者矣。○诗良耜:"以薅荼蓼。"毛传:"蓼,水草也。"尔雅:"荼,苦菜。"

〔三七〕吴越春秋:"越王得苎萝山鬻薪之女曰西施郑旦,献于吴。"尚书大传:"黄帝妃嫫母,于四妃之班最下,貌甚丑而最贤。"淮南子修务训:"美不及西施,恶不若嫫母。"

〔三八〕老子:"不见可欲,使心不乱。"广雅:"从,就也。"

〔三九〕新书道德说曰:"性生气。"毛诗序:"齐人恶鲁桓公不能防闲文姜。"左传注:"闲,防也。"

〔四〇〕郑玄六艺论曰:"箴谏者希,情志不通。"吕氏春秋注:"郁,滞不通也。"

〔四一〕"闻"下,严辑全三国文衍"之"字。

〔四二〕由"导"以下二十字,吴钞本原钞误夺,墨校补。○论语:"子谓韶尽美矣,又尽善也;谓武尽美矣,未尽善也。"

〔四三〕说文:"信,诚也。"

〔四四〕吴钞本作"目之未见",误也。答文引此语亦作"目未之见"。

〔四五〕"影"吴钞本作"景",二字通。

〔四六〕吴钞本原钞作"何言而不得",朱校于"不"下补"可"字。○读书续记曰:"明本'何'作'可',是。"叶渭清曰:"按如原钞无下'可'字,则'何言'亦通。"○扬案:上言影响,故下言不可得也。如作"何言",则不合此处之义。○楚辞九章:"入景响之无应兮。"洪兴祖补注曰:"景,於境切,物之阴影也。葛洪始作影。"汉书郊祀志:"谷永说上曰:'世有仙人服食不终之药,听其言洋洋满耳,若将可遇求之,荡荡如系风捕景,终不可得。'"

〔四七〕吴钞本原钞无"耇寿"二字,墨校补。○书文侯之命篇:"即我御事,罔或耇寿,俊在厥服。"国语周语:"樊穆仲曰:'鲁侯肃恭明神,而敬事耇老。'"

〔四八〕案"一"字疑"异"字之讹。前论亦云:"似特受异气,禀之自然。"○庄子人间世篇:"彼方且与造物者为人,而游乎天地之一气。"

〔四九〕"所致"吴钞本原钞作"上愿",朱校改。

〔五〇〕易说卦传:"穷理尽性,以至于命。"古乐府满歌行:"安神养性,得保遐期。"曹植赠白马王彪诗:"俱享黄发期。"左传注:"享,受也。"玉篇:"期,时也。"

〔五一〕史记五帝本纪:"尧立七十年得舜,二十年而老,令舜摄行天子之政,尧辟位凡二十八年而崩。舜年六十一,代尧践帝位。践帝位三十九年,南巡狩,崩于苍梧之野。"帝王世纪曰:"禹年二十始用,三十二而洪水平,年百岁,崩于会稽。汤即位十七年而践天子位,为天子十三年,年百岁而崩。"礼记文王世子篇:"文王九十七乃终。武王九十三而终。"史记孔子世家:"孔子年七十三,以鲁哀公十六年六月己丑卒。"左氏哀公十六年传注:"仲尼鲁襄二十二年生,至今七十三也。"论衡命禄篇:"尧典曰'朕在位七十载',求禅得舜。尧退而老,八岁而终,至殂落九十八岁。尧未在位之时,必已成人,今计数百有馀矣。周公,武王之弟也。兄弟相差不过十年,武王崩,周公居摄,七年复政退老,出入百岁矣。"案资治通鉴外纪引应劭曰:"周公年九十九。"

〔五二〕淮南子修务训:"有以为则,恩难接矣。"汉书董仲舒传:"对策曰:'粲然有文以相接,欢然有恩以相爱,此人之所以贵也。'"

〔五三〕庄子至乐篇:"夫至乐者,先应之以人事,顺之以天理。"孟子注:"人伦,人事也。"

〔五四〕诗新台:"燕婉之求。"毛传:"燕,安;婉,顺也。"古诗:"极晏娱心意。"毛诗序:"在心为志。"

〔五五〕列子杨朱篇:"五情好恶,古犹今也。"曹植上责躬应诏诗表曰:"五情愧赧。"文选刘良注:"五情,喜怒哀乐怨也。"扬案:五情,犹云五性，五气也。大戴礼文王观人篇："民有五性，喜怒欲惧忧也。"逸周书官人解："民有五气，喜怒欲惧忧。"又案：古人论情，或以六七目之。

〔五六〕"理"下，严辑全三国文有"之"字。

〔五七〕孟子注："三王，三代之王也。"

〔五八〕"区种"见前篇注〔四〇〕。

〔五九〕韩诗外传："屠羊子之为政也，约己持穷，而处人之国矣。"广雅："约，束也。"

〔六〇〕曹植求自试表曰："冀以尘露之微，补益山海。"

〔六一〕庄子在宥篇："尸居而龙见。"礼记表记篇："则尸利也。"注："尸谓不知人事，无辞让也。"孟子："舜之居深山之中，与木石居，与鹿豕游。"

〔六二〕"灸"吴钞本、四库本及三国文误作"炙"，严辑全三国文误作"灾"。○庄子盗跖篇："孔子曰：'丘所谓无病而自灸也。'"说文："灸，灼也。"

〔六三〕"疏"吴钞本作"蔬"，二字通。○礼记间传篇："父母之丧，既虞卒哭，疏食水饮，不食菜果。"又月令篇："取蔬食。"注："草木之实为蔬食。"

〔六四〕管子兵法篇："善者之为兵也，使敌若据虚，若搏景。"礼记中庸篇："小人行险以徼幸。"荀子注："徼与邀同。"汉书注："答，应也。"

〔六五〕"以此"吴钞本作"于以"。

〔六六〕"若"下，严辑全三国文衍"欲"字。○叶渭清曰："按所引司马相如语，出大人赋，原文为：'吾乃今目睹西王母，暐然白首戴胜而六处兮，亦幸有三足乌为之使，必长生若此而不死兮，虽济万世不足以喜。'此非言长生不足喜,乃言长生若此不足喜。即史记司马相如传:'相如以为列仙之俦,居山泽间,形容甚臞。'此非帝王之仙意也。凡相如之奏大人赋,正以反此,今删去'此'字,与长卿之本旨异矣。"○扬案:汉书注曰:"昔之谈者,咸以西王母为仙灵之最,故相如言大人之仙,娱游之盛,顾视王母,鄙而陋之,不足羡慕也。"向氏之意,亦谓以此养生,悖情失性,不足羡慕耳。"若"下当有"此"字,或刻本误夺也。

〔六七〕庄子刻意篇:"冒则物必失其性。"

答难养生论一首

此篇吴钞本原钞与前篇相接,朱校于"曰"字下行缝中题"答难养生论一首",又将"一首"二字涤去。○张云璈选学胶言曰:"隋经籍志:'梁有养生论三卷,稽康撰,亡。'言三卷,是不止一篇矣。太平御览七百二十引稽康养生论一百九字,即答难养生论也。"○周树人曰:"文选江文通杂体诗,李善注引'养生有五难'云云十一句,为康答文,而称向秀难稽康养生论,即为唐时旧本,亦二篇连写之证。"○叶渭清曰:"按晋书阮种传,太平御览七百二十方术部养生,八百二十五资产部蚕,均引作养生论,疑当时此篇亦或祗称养生论。文选江文通杂体诗许征君询一首,善注引作向秀难稽康养生论,则恐是误忆。"○扬案:隋志三卷云者,不必即合向氏难文计之,疑叔夜更有重论之篇,盖今之叔夜集,固非全本也。否则隋志"三"字当是"二"字之讹。丹波宿祢康赖医心方卷二十七引此篇,亦称稽康养生论。杨守敬日本访书志曰:"廿七卷中有嵇康养生论,多溢出今本之外。则知文选所载为昭明删削,康赖选录,当是叔夜集中原本。"杨氏之为此言,仍未悟答难养生论旧亦止称养生论也。○篇中"难曰"之句,吴钞本多提行,朱校连之于上,亦有未提行处,今不一一指出。

答曰:所以贵智而尚动者,以其能益生而厚身也。然欲动则悔吝生〔一〕,智行则前识立〔二〕;前识立则志开而物遂〔三〕,悔吝生则患积而身危。二者不藏之于内,而接于外,祇足以灾身,非所以厚生也〔四〕。夫嗜欲虽出于人〔五〕,而非道之正〔六〕。犹木之有蝎〔七〕,虽木之所生〔八〕,而非木之宜也〔九〕。故蝎盛则木朽,欲胜则身枯。然则欲与生不并久,名与身不俱存〔一○〕,略可知矣。而世未之悟,以顺欲为得生〔一一〕,虽有(后)〔厚〕生之情〔一二〕,而不识生生之理〔一三〕,故动之死地也〔一四〕。是以古之人知酒(肉)〔色〕为甘鸩〔一五〕,弃之如遗〔一六〕;识名位为香饵,逝而不顾〔一七〕。使动足资生,不滥于物〔一八〕,知(正)〔止〕其身,不营于外〔一九〕。背其所害〔二○〕,向其所利〔二一〕。此所以用智遂生之道也〔二二〕。故智之为美〔二三〕,美其益生而不羡〔二四〕;生之为贵,贵其乐和而不交〔二五〕。岂可疾智而轻身〔二六〕,勤欲而贱生哉〔二七〕。

且圣人宝位,以富贵为崇高者,盖谓人君贵为天子,富有四海〔二八〕。民不可无主而存〔二九〕,主不能无尊而立〔三○〕。故为天下而尊君位,不为一人而重富贵也〔三一〕。

又曰：富与贵是人之所欲者，盖为季世恶贫贱，而好富贵也〔三二〕。未能外荣华而安贫贱，且抑使由其道而不争〔三三〕。不可令其力争〔三四〕，故许其心竞〔三五〕。中庸不可得，故与其狂狷〔三六〕。此俗谈耳〔三七〕。不言至人当贪富贵也〔三八〕。圣人不得已而临天下〔三九〕，以万物为心〔四〇〕，在宥群生，由身以道〔四一〕，与天下同于自得〔四二〕。穆然以无事为业，坦尔以天下为公〔四三〕。虽居君位，飨万国，恬若素士接宾客也〔四四〕。虽建龙旂，服华衮〔四五〕，忽若布衣之在身〔四六〕。故君臣相忘于上〔四七〕，蒸民家足于下〔四八〕。岂劝百姓之尊己，割天下以自私〔四九〕，以富贵为崇高，心欲之而不已哉？且子文三显，色不加悦；柳惠三黜，容不加戚〔五〇〕。何者？令尹之尊，不若德义之贵；三黜之贱，不伤冲粹之美〔五一〕。二子尝得富贵于其身〔五二〕，终不以人爵婴心〔五三〕，故视荣辱如一。由此言之，岂云欲富贵〔人〕之情哉〔五四〕？

请问锦衣绣裳，不陈於暗室者〔五五〕；何必顾众，而动以毁誉为欢戚也？夫然，则欲之患其得，得之惧其失，苟患失之，无所不至矣〔五六〕。在上何得不骄？持满何得不溢？求之何得不苟？得之何得不失耶？且君子出其言，善则千里之外应之〔五七〕，岂在于多，欲以贵得哉〔五八〕？奉法循理，不絓世网〔五九〕，以无罪自尊，以不仕为逸〔六〇〕。游心乎道义，偃息乎卑室〔六一〕。恬愉无遌，而神气条达〔六二〕。岂须荣华，然后乃贵哉？耕而为食，蚕而为衣，衣食周身，则馀天下之财。犹渴者饮河，快然以足，不羡洪流〔六三〕。岂待积敛，然后乃富哉〔六四〕？君子之用心若此。盖将以名位为赘瘤〔六五〕，资财为尘垢也〔六六〕。安用富贵乎？故世之难得者，非财也，非荣也〔六七〕，患意之不足耳！意足者，虽耦耕甽亩，被褐啜菽，岂不自得〔六八〕。不足者虽养以天下，委以万物，犹未惬然〔六九〕。则足者不须外，不足者无外之不须也〔七〇〕。无不须，故无往而不乏。无所须，故无适而不足。不以荣华肆志〔七一〕，不以隐约趋俗〔七二〕。混乎与万物并行，不可宠辱〔七三〕，此真有富贵也〔七四〕。故遗贵欲贵者，贱及之；故忘富欲富者〔七五〕，贫得之〔七六〕，理之然也。今居荣华而忧，虽与荣华偕老，亦所以终身长愁耳。故老子曰：乐莫大于无忧〔七七〕，富莫大于知足〔七八〕。此之谓也。

难曰：感而思室，饥而求食〔七九〕，自然之理也。诚哉是言！今不使不室不食，但欲令室食得理耳。夫不虑而欲，性之（勤）〔動〕也〔八〇〕；识而后感，智之用也。性动者，遇物而当，足则无馀。智用者，从感而求，倦而不已。故世之所患，祸之所由，常在于智用，不在于性动。今使瞽者遇室，则西施与嫫母同情〔八一〕。（聸）〔惛〕者忘味〔八二〕，则糟糠与精粺等甘〔八三〕。岂识贤、愚、好、丑，以爱憎乱心哉？君子识智以无恒伤生〔八四〕，欲以逐物害性〔八五〕。故智用则收之以恬，性动则纠之以和〔八六〕。使智（上）〔止〕于恬〔八七〕，性足于和〔八八〕，然后神以默醇，体以和成，去累除害，与彼更生〔八九〕。所谓不见可欲，使心不乱者也〔九〇〕。纵令滋味

（常）〔嘗〕染于口〔九一〕，声色已开于心〔九二〕，则可以至理遣之，多算胜之〔九三〕。何以言之也？夫欲官不识君位，思室不拟亲戚〔九四〕，何者？（止）〔知〕其所不得〔九五〕，则不当生心也〔九六〕。故嗜酒者自抑于鸩醴，贪食者忍饥于漏脯〔九七〕。知吉凶之理，故背之不惑，弃之不疑也。岂恨向不得酤饮与大嚼哉〔九八〕？且逆旅之妾，恶者以自恶为贵，美者以自美得贱〔九九〕。美恶之形在目，而贵贱不同，是非之情先著，故美恶不能移也〔一〇〇〕。苟云理足于内，乘一以御外，何物之能默哉〔一〇一〕？由此言之，性气自和，则无所困于防闲；情志自平，则无郁而不通。世之多累，由见之不明耳〔一〇二〕。又常人之情〔一〇三〕，远，虽大莫不忽之；近，虽小莫不存之〔一〇四〕。夫何故哉？诚以交赊相夺〔一〇五〕，识见异情也。三年丧不内御，礼之禁也，莫有犯者〔一〇六〕。酒色乃身之雠也，莫能弃之。由此言之，礼禁〔交〕虽小不犯，身雠〔赊〕虽大不弃〔一〇七〕。然使左手据天下之图，右手旋害其身，虽愚夫不为。明天下之轻于其身〔一〇八〕，酒色之轻于天下〔一〇九〕，又可知矣。而世人以身殉之，毙而不悔，此以所重而要所轻〔一一〇〕，岂非背赊而趣交耶〔一一一〕？智者则不然矣。审轻重然后动，量得失以居身；交赊之理同，故备远如近。慎微如著〔一一二〕，独行众妙之门〔一一三〕，故终始无虞〔一一四〕。此与夫耽欲而快意者，何殊间哉〔一一五〕？

难曰：圣人穷理尽性〔一一六〕，宜享遐期，而尧孔上获百年，下者七十，岂复疏于导养乎？案论尧孔虽禀命有限，故导养以尽其寿〔一七〕。此则穷理之致，不为不养生得百年也。且<u>仲尼</u>穷理尽性，以至七十，田父以六弊害愚，有百二十者〔一八〕。若以<u>仲尼</u>之至妙，资田父之至拙〔一九〕，则千岁之论奚所怪哉？且凡圣人，有损己为世，表行显功，使天下慕之，三徙成都者〔一二〇〕。或菲食勤躬，经营四方，心劳形困，趣步失节〔者〕〔一二一〕。或奇谋潜（稱）〔遘〕〔一二二〕，爰及干戈，威武杀伐〔一二三〕，功利争奋〔者〕〔一二四〕。或修身以明污〔一二五〕，显智以惊愚，藉名高于一世，取准的于天下〔一二六〕；又勤诲善诱，聚徒三千〔一二七〕，口倦谈议，身疲磬折〔一二八〕，形若（救）〔求〕孺子〔一二九〕，视若营四海〔一三〇〕。神驰于利害之端，心骛于荣辱之涂〔一三一〕，俯仰之间，已再抚宇宙之外者〔一三二〕。若比之于内视反听〔一三三〕，爱气啬精〔一三四〕；明白四达，而无执无为〔一三五〕；遗世坐忘，以宝性全真〔一三六〕，吾所不能同也。今不言松柏，不殊于榆柳也。然松柏之生，各以良殖遂性。若养松于灰壤〔一三七〕，则中年枯陨〔一三八〕。树之重崖〔一三九〕，则荣茂日新。此亦毓形之一观也〔一四〇〕。<u>窦公</u>无所服御，而致百八十。岂非鼓琴和其心哉〔一四一〕？此亦养神之一（微）〔徵〕也〔一四二〕。火蚕十八日，寒蚕三十（日徐）〔馀日〕〔一四三〕，以不得逾时之命，而将养有过倍之隆〔一四四〕。温肥者早终〔一四五〕，凉瘦者迟竭，断可识矣〔一四六〕。围马养而不乘，用皆六十岁〔一四七〕。体疲者速彫，形全者难毙〔一四八〕，又可知矣。富贵多残，伐之者众也。野人多寿，伤之者寡也，亦可见矣。今能使目与瞽者同功，口与(聰)〔愦〕者等味，远害生之具，御益性之物〔一四九〕，则始可与言养性命矣。

难曰：神农唱粒食之始〔一五〇〕，鸟兽以之飞走，生民以之视息。今不言五谷，非神农所唱也。既言上药〔一五一〕，又唱五谷者：以上药希寡，艰而难致；五谷易殖，农而可久〔一五二〕。所以济百姓而继夭阙也〔一五三〕，并而存之〔一五四〕。唯贤志其大〔一五五〕，不肖者志其小耳〔一五六〕，此同出一人。至当归止痛，用之不已〔一五七〕；末秅垦辟〔一五八〕，从之不辍〔一五九〕；何〔至〕养命，蔑而不议〔一六〇〕。此殆玩所先习〔一六一〕，怪于所未知〔一六二〕。且平原则有枣栗之属，池沼则有菱芡之类〔一六三〕，虽非上药，犹□于黍稷之笃恭也〔一六四〕。岂云视息之具，唯(立)五谷哉〔一六五〕？又曰：黍稷惟馨，实降神祇。蘋蘩蕴藻〔一六六〕，非丰肴之匹；潢污行潦，非重酎之对〔一六七〕。荐之宗庙，感灵降祉〔一六八〕。是知神飨德之与信〔一六九〕，不以所养为生〔一七〇〕。犹九土述职，各贡方物，以效诚耳〔一七一〕。又曰：肴粮入体〔一七二〕，益不逾旬，以明宜生之验。此所以困其体也〔一七三〕。今不言肴粮无充体之益，但谓延生非上药之偶耳〔一七四〕。请借以为难。夫所知麦之善于菽，稻之胜于稷，由有效而识之。假无稻稷之域，必以菽麦为珍养，谓不可尚矣〔一七五〕。然则世人不知上药良于稻稷，犹守菽麦之贤于蓬蒿，而必天下之无稻稷也〔一七六〕。若能杖药以自永〔一七七〕，则稻稷之贱，居然可知〔一七八〕。君子知其若此〔一七九〕，故准性理之所宜，资妙物以养身〔一八〇〕。

植玄根于初九〔一八一〕，吸朝霞以济神〔一八二〕。今若以（肴）〔春〕酒为寿〔一八三〕，则未闻高阳（有）〔皆〕黄发之叟也〔一八四〕；若以充（性）〔悦〕为贤〔一八五〕，则未闻鼎食有百年之宾也〔一八六〕。且冉生婴疾，颜子短折〔一八七〕。穰岁多病，（饥）〔馑〕年少疾〔一八八〕。故狄食米而生癫，（疮）〔创〕得谷而血浮〔一八九〕，马秣粟而足重，雁食粒而身留〔一九〇〕。从此言之，鸟兽不足报功于五谷，生民不足受德于田畴也〔一九一〕。而人竭力以营之，杀身以争之。养亲献尊，则□菊茈梁〔一九二〕；聘享嘉会，则肴馔旨酒〔一九三〕。而不知皆淖溺筋腴，易糜速腐〔一九四〕。初虽甘香，入身臭处〔一九五〕，竭辱精神〔一九六〕，染污六府〔一九七〕。〔又〕郁秽气蒸〔一九八〕，自生灾蠹〔一九九〕。饕淫所阶，百疾所附〔二〇〇〕。味之者口爽，服之者短祚〔二〇一〕。岂若流泉甘醴，琼蕊玉英〔二〇二〕。金丹石菌〔二〇三〕，紫芝黄精〔二〇四〕。皆众灵含英〔二〇五〕，独发奇生〔二〇六〕。贞香难歇，和气充盈〔二〇七〕。澡雪五脏〔二〇八〕，疏彻开明〔二〇九〕。吮之者体轻〔二一〇〕。又练骸易气〔二一一〕，染骨柔筋〔二一二〕。涤垢泽秽，志凌青云〔二一三〕。若此以往，何五谷之养哉？且螟蛉有子，果蠃负之〔二一四〕，性之变也〔二一五〕。橘渡江为枳，易土而变，形之异也〔二一六〕。纳所食之气，还质易性，岂不能哉〔二一七〕？故赤斧以练丹赪发〔二一八〕，涓子以术精久延〔二一九〕，偓佺以松实方目〔二二〇〕，赤松以水玉乘烟〔二二一〕，务光以蒲韭长耳〔二二二〕，邛疏以石髓驻年〔二二三〕，方回以云母变化〔二二四〕，昌容以蓬蔂易颜^[二五]，若此之类，不可详载也。孰云五谷为最，而上药无益哉？又责千岁以来，目未之见，谓无其人。即问谈者，见千岁人，何以别之？欲校之以形，则与人不异；欲验之以年，则朝菌无以知晦朔，蜉蝣无以识灵龟^[二六]。然则千岁虽在市朝，固非小年之所辨矣^[二七]。<u>彭祖</u>七百^[二八]，<u>安期</u>千年^[二九]，则狭见者谓书籍妄记^[三〇]。<u>刘根</u>遐寝不食^[三一]，或谓偶能忍饥^[三二]。<u>仲都</u>冬倮而体温^[三三]，夏裘而身凉，<u>桓谭</u>谓偶耐寒暑^[三四]。<u>李少君</u>识<u>桓公</u>玉椀^[三五]，则<u>阮生</u>谓之逢占而知^[三六]。<u>尧</u>以天下禅<u>许由</u>，而<u>扬雄</u>谓好大为之^[三七]。凡若此类，上以<u>周孔</u>为关键，毕志一诚^[三八]；下以嗜欲为鞭策，欲罢不能^[三九]。驰骤于世教之内，争巧于荣辱之间^[四〇]，以多同自减，思不出位^[四一]，使奇事绝于所见，妙理断于常论；以言（变通）〔通变〕达微^[四二]，未之闻也^[四三]。久悁闲居，谓之无欢^[四四]；深恨无肴，谓之自愁。以酒色为供养，谓长生为无聊^[四五]。然则子之所以为欢者，必结驷连骑，食方丈于前也^[四六]。夫俟此而后为足，谓之天理自然者，皆役身以物，丧志于欲^[四七]，原性命之情^[四八]，有累于所论矣^[四九]。夫渴者唯水之是见，酗者唯酒之是求。人皆知乎生于有疾也。今若以从欲为得性^[五〇]，则渴酗者非病，淫湎者非过^[五一]，桀跖之徒皆得自然^[五二]，非本论所以明至理之意也。夫至理诚微，善溺于世^[五三]，然或可求诸身而后悟，校外物以知之者^[五四]。人从少至长，〔□□□〕降杀〔二五五〕，好恶有盛衰〔二五六〕。或稚年所乐，壮而弃之〔二五七〕；始之所薄，终而重之。当其所悦，谓不可夺；值其所丑，谓不可欢；然还成易地〔二五八〕，则情变于初〔二五九〕。苟嗜欲有变〔二六〇〕，安知今之所耽，不为臭腐〔二六一〕？曩之所贱，不为奇美耶〔二六二〕？假令厮养暴登卿尹，则监门之类，蔑而遗之〔二六三〕。由此言之，凡所区区一域之情耳〔二六四〕，岂必不易哉？又饥飡者，于将获所欲，则悦情注心〔二六五〕，饱满之后，释然疏之〔二六六〕，或有厌恶。然则荣华酒色，有可疏之时。蚺蛇珍于越土〔二六七〕，中国遇而恶之〔二六八〕；蠲虿贵于华夏〔二六九〕，裸国得而弃之〔二七〇〕。当其无用，皆中国之蚺蛇，裸国之蠲虿也。以大和为至乐〔二七一〕，则荣华不足顾也〔二七二〕；以恬澹为至味，则酒色不足钦也〔二七三〕。苟得意有地，俗之所乐，皆粪土耳，何足恋哉〔二七四〕？今谈者不睹至乐之情，甘减年残生，以从所愿〔二七五〕；此则李斯背儒，以殉一朝之欲〔二七六〕，主父发愤，思调五鼎之味耳〔二七七〕。且鲍肆自玩，而贱兰茝〔二七八〕；犹海鸟对太牢而长愁，文侯闻雅乐而塞耳〔二七九〕。故以荣华为生具，谓济万世不足以喜耳。此皆无主于内，借外物以乐之〔二八〇〕；外物虽丰，哀亦备矣。有主于中，以内乐外；虽无锺鼓〔二八一〕，乐已具矣〔二八二〕。故得志者，非轩冕也〔二八三〕；有至乐者，非充屈也〔二八四〕。得失无以累之耳。且父母有疾〔二八五〕，在困而瘳〔二八六〕，则忧喜并用矣〔二八七〕。由此言之，不若无喜可知也〔二八八〕。然则〔无〕乐岂非至乐耶〔二八九〕？故顺天和以自然〔二九〇〕，以道德为师友^{（二九一）}，玩阴阳之变化，得长生之永久^{（二九二）}，任自然以托身^{（二九三）}，并天地而不朽者，孰享之哉^{（二九四）}？

养生有五难：名利不灭^{（二九五）}，此一难也^{（二九六）}。喜怒不除^{（二九七）}，此二难也。声色不去，此三难也。滋味不绝^{（二九八）}，此四难也。神虑（转发）〔消散〕^{（二九九）}，此五难也。五者必存^{（三〇〇）}，虽心希难老，口诵至言^{（三〇一）}，咀嚼英华，呼吸太阳^{（三〇二）}，不能不迴其操^{（三〇三）}，不夭其年也^{（三〇四）}。五者无于胸中，则信顺日济^{（三〇五）}，玄德日全^{（三〇六）}。不祈喜而有福^{（三〇七）}，不求寿而自延^{（三〇八）}。此养生大理之所效也^{（三〇九）}。然或有行逾曾闵，服膺仁义，动由中和，无甚大之累^{（三一〇）}，便谓（仁）〔人〕理已毕^{（三一一）}，以此自臧^{（三一二）}。而不荡喜怒，平神气，而欲却老延年者^{（三一三）}，未之闻也^{（三一四）}。或抗志希古，不荣名位，因自高于驰骛^{（三一五）}。或运智御世，不婴祸，故以此自贵^{（三一六）}。此于用身甫与乡党（□）〔齯〕齿耆年同耳^{（三一七）}。以言存生，盖阙如也^{（三一八）}。或弃世不群，志气和粹，不绝谷茹芝^{（三一九）}，无益于短期矣。或琼粮既储，六气并御^{（三二〇）}，而能含光内观^{（三二一）}，凝神复璞^{（三二二）}，栖心于玄冥之崖，含气于莫大之（涘）〔族〕者^{（三二三）}。则有老可却^{（三二四）}，有年可延也^{（三二五）}。凡此数者，合而为用，不可相无。犹辕轴轮辖，不可一乏于舆也^{（三二六）}。然人（若）〔皆〕偏见^{（三二七）}，各备所患，单豹以营内（致毙）〔忘外〕^{（三二八）}，张毅以趣外失中^{（三二九）}。齐以诚济西取败，秦以备戎狄自穷^{（三三〇）}，此皆不兼之祸也。积善履信,世屡闻之[三一];慎言语,节饮食,学者识之[三二]。过此以往,莫之或知[三三]。请以先觉,语将来之觉者[三四]。

〔 一 〕"悔吝"见前述志诗(潜龙育神躯)注〔八〕。

〔 二 〕老子:"前识者,道之华而愚之始也。"韩子解老篇:"先物行先理动之谓前识。"

〔 三 〕"志"吴钞本作"心"。○汉书王温舒传:"居它惛惛不辩,至于中尉则心开。"礼记注:"遂,犹成也。"

〔 四 〕左氏文公七年传:"正德利用厚生,谓之三事。"

〔 五 〕"欲"或作"慾",下同。医心方二十七引此句,"人"下有"情"字,又句首无"夫"字,当系节去。

〔 六 〕"道"下,吴钞本、程本及医心方引有"德"字。○大戴礼武王践阼篇杖铭曰:"恶乎失道于嗜欲。"

〔 七 〕"蝎"程本作"蚕",下同。案:蟊或体为蟊,此"蚕"即"蟊"之省写。○尔雅:"蝎,蛣蝠。"注:"木中蠹虫。"

〔 八 〕医心方引无"之"字。

〔 九 〕"宜"上,吴钞本有"所"字。此句医心方引作"而非木所宜",无"之""也"二字。

〔一○〕"朽"下,吴钞本原钞作"欲□身不并久,一云木与蝎不并生,胜则身枯,然则欲与身不并久,名与身不存。""欲"下之字,墨校涂成"胜"字,原钞似作"与"字,朱校又抹去此"胜"字之下十三字,改补下文,令同此本。○周校本曰:"'一云木与蝎不并生'八字,原是正文,今定为注。"○叶渭清曰:"余疑'胜则身枯然则'六字本在上文'欲'字下,'木与蝎不并生'在'欲与身不并久'上。'一云'二字在下文'名与身不存'上,'名'即'欲'之误

字，'不存'当为'不并存'或'不俱存'，无以定之。此'一云名
与身不存'七字是注文非正文也。原钞虽极颠倒夺谬，然嵇集
原文转赖以存。"○扬案：叶君之意，原钞正文为："故蝎盛则木
朽，欲胜则身枯，然则木与蝎不并生，欲与身不并久。"如此于
文亦顺，但无如此误法也。原钞所据之本，其正文当为："故蝎
盛则木朽，欲胜则身枯，然则欲与身不并久，名与身不□存。"
"存"上之字，钞者误夺。其"一云木与蝎不并生"八字，则为
"久"下旁著或夹注之校语，盖钞者于上"欲"字时，误视下"欲"
字，追钞至"生"字时，乃又转从"胜"字钞起也。"欲与身不并
久"句，凡经两钞，皆同是。吴钞本与此本之异，惟"身""久"与
"生""立"二字耳。又案医心方所引，自"故蝎盛则木朽"句，至
"略可知矣"句，皆与此本同。其书之撰辑，为日本永观二年，
当中土宋雍熙元年。是此处之文，宋本亦同此本。即令别本
偶有一二字之殊，亦不必有甚大之异也。

〔一一〕吕氏春秋重己篇："凡生长也顺之也，使生不顺者欲也。"

〔一二〕"后"吴钞本作"厚"，是也。

〔一三〕"生生"见前与阮德如诗注〔一八〕。

〔一四〕老子："生之徒十有三，死之徒十有三，人之生动之死地亦十
有三。"

〔一五〕"肉"吴钞本作"色"，更合。

〔一六〕说文："鸩，毒鸟也，一名运日。"国语注："鸩，其羽有毒，渍之酒
而饮之，立死。"诗谷风："将安将乐，弃予如遗。"笺云："如人行
道，遗忘物，忽然不省存也。"

〔一七〕"名位"见前养生论注〔一○九〕。盐铁论褒贤篇："香饵非不美
也，龟龙闻而深藏，鸾凤见而高逝。"

〔一八〕易坤卦文言曰："至哉坤元,万物资生。"左氏哀公五年传："不
　　　潜不滥。"注:"滥,溢也。"

〔一九〕案"正"字当为"止"字之误。此谓止营其生而不及外也。

〔二〇〕"害"吴钞本作"凶"。

〔二一〕吴钞本作"守其所吉"。

〔二二〕"生"下,吴钞本原钞有"养一不蓋"四字,墨校删。周校本曰:
　　　"'示蓋',疑当作'不盡。'"扬案:原钞本作"不"字非"示"字也。
　　　"蓋"字当为"盡"字之误。"养一"于义略迂,疑刻本原系"而"
　　　字漫灭为一,钞者因之致误也。○史记魏世家:"苏代曰:'王
　　　之用智,不如用枭。'"

〔二三〕"为"吴钞本原钞作"所",墨校改。

〔二四〕"益"吴钞本原钞作"养",墨校改。案"益"字更合。○庄子德
　　　充符篇:"所谓无情者,言人之不以好恶内伤其身,常因自然而
　　　不益生也。"毛诗传:"羡,餘也。"

〔二五〕案"交""羡"犹前云"交""赊"。羡为有餘,交则不足也。

〔二六〕"智"下,吴钞本原钞有"静"字,墨校删。案"静"字误衍。此处
　　　两句同义也。荀子仲尼篇:"疾力以申重之。"注:"疾力,勤力
　　　也。"此疾智犹勤智矣。

〔二七〕"勤"或作"懃"。"欲"下,吴钞本原钞尚有墨校涂抹,遂不可
　　　辨。周树人曰:"案当是動字。"○扬案:无字为合。

〔二八〕吴钞本原钞作"富有天下也",墨校改。○韩诗外传:"贵为天
　　　子,富有四海,由此德也。"尸子:"尧舜黑,禹胝不生毛,文王至
　　　日仄不暇饮食,故富有天下,贵为天子矣。"

〔二九〕"民"吴钞本原钞作"富",墨校改。案"富"字乃涉上文而误。

〔三〇〕"尊"吴钞本原钞误作"遵",墨校改。

〔三一〕书君奭篇：“故一人有事于四方。”伪孔传：“一人，天子也。”慎子：“立天子以为天下，非立天下以为天子也。”

〔三二〕左氏昭公三年传：“晏子曰：‘此季世也。’”国语注：“季，末也。”论语：“子曰：‘富与贵，是人之所欲也。贫与贱，是人之所恶也。’”

〔三三〕“而”吴钞本原钞作“犹”，墨校改。○说文：“抑，按也。”

〔三四〕吴钞本原钞无“其力争”三字，墨校补。周校本曰：“案‘不争不可令’与下‘中庸不可得’为对文，无者是也。”○扬案：如此则当以上文“道”字绝句，“犹不争不可令”又为一句，恐未必合。

〔三五〕左氏襄公二十六年传：“师旷曰：‘臣不心竞而力争。’”庄子天运篇：“舜之治天下，使民心竞。”

〔三六〕论语：“子曰：‘不得中行而与之，必也狂狷乎？狂者进取，狷者有所不为也。’”国语注：“与，许也。”

〔三七〕“谈”上，吴钞本有“之”字。案“之”上当夺“从”“随”等字。

〔三八〕“當”张本及三国文作“常”，误也。

〔三九〕“圣”吴钞本作“至”。

〔四〇〕庄子在宥篇：“君子不得已而临莅天下，莫若无为。”老子：“圣人无常心，以百姓心为心。”

〔四一〕庄子在宥篇：“闻在宥天下，不闻治天下也。”又曰：“吾欲官阴阳以遂群生。”文选注引司马彪曰：“在，察也。宥，宽也。”广雅：“由，行也。”

〔四二〕淮南子原道训：“自得，则天下亦得我矣。吾与天下相得，则常相有。”

〔四三〕扬雄甘泉赋：“盖天子穆然。”东方朔非有先生论：“于是吴王穆然。”文选注：“穆，犹默静，思貌也。”老子：“取天下常以无事。”

又曰："为无为，事无事。"薛综西京赋注："坦，大也。"礼记礼运
篇："孔子曰：'大道之行也，天下为公。'"

〔四四〕"飨"与"享"同。公羊僖公十年传："桓公之享国也长。"注：
"享，食也。""万国"见前六言诗（唐虞世道治）注〔二〕。广雅：
"恬，静也。"易履卦象曰："素履之往，独行愿也。"荀氏注："素
履，谓布衣之士。"

〔四五〕"衮"文津本作"文"，汪本误作"交"。

〔四六〕吴钞本无"之"字。又"身"下有"也"字。○荀子礼论篇："天子
龙旂九斿，所以养信也。"礼记礼器篇："天子龙衮。"注："画龙
于衮衣也。"续汉舆服志注补引东平王苍议曰："服龙衮，祭五
帝。"又曰："服以华文，象其物宜。"○张采曰："子期作庄注，引
此数语。"

〔四七〕庄子大宗师篇："人相忘乎道术。"

〔四八〕"蒸"或作"烝"。○"蒸民"见前六言诗（惟上古尧舜）注〔三〕。
汉书董仲舒传："对策曰：'受禄之家，食禄而已。然后利可均
布，而民可家足。'"

〔四九〕贾谊新书过秦篇："宰割天下，分裂山河。"

〔五〇〕"子文""柳惠"见前六言诗（楚子文善仕）注〔二〕〔三〕。

〔五一〕战国策燕策："燕王与乐间书曰：'柳下惠不以三黜自累。'"淮
南子注："冲，虚也。粹，纯也。"

〔五二〕"子"吴钞本原钞作"人"，墨校改。

〔五三〕"终"吴钞本原钞误作"中"，墨校改。"心"下，吴钞本原钞有
"也"字，墨校删，又于"心"上补"其"字。○孟子："有天爵者，
有人爵者，公卿大夫，此人爵也。"淮南子俶真训："忧患之来撄
人心也。"注："撄，迫也。"案"婴"与"撄"通。

〔五四〕此句各本并同。案向难云："富贵天地之情也。"本篇上文亦
　　　云："富与贵是人之所欲。"此处当作"岂云欲富贵人之情哉?"
　　　史记货殖列传："富者人之情性,不学而俱欲者也。"

〔五五〕"於"严辑全三国文作"乎",当由别本作"于"而混。○诗终南:
　　　"我觐之子,锦衣狐裘。"又曰:"君子至止,黻衣绣裳。"

〔五六〕"无"上,吴钞本有"则"字。○论语:"子曰:'鄙夫可以事君也
　　　与哉。其未得之也,患得之。既得之,患失之。苟患失之,无
　　　所不至矣。'"

〔五七〕易系辞上:"子曰:'君子居其室,出其言,善则千里之外应之,
　　　况其迩者乎?'"

〔五八〕吴钞本原钞"在"作"患"。又"多"下有"犯"字,墨校改删,令同
　　　此本。案此本于义更合。○史记老庄列传:"老子曰:'去子之
　　　骄气与多欲。'"

〔五九〕史记循吏列传:"公仪休为鲁相,奉法循理,无所变更。"楚辞哀
　　　时命曰:"身不挂于网罗。"汉书叙传班嗣报桓生书曰:"不絓圣
　　　人之网。"注:"絓,读与挂同。"曹植责躬诗:"举絓时网。"

〔六〇〕"仕"吴钞本原钞误作"任",墨校改。○战国策齐策:"颜斶曰:
　　　'无罪以当贵。'"

〔六一〕"游心"见前赠秀才诗(息徒兰圃)注〔五〕。诗北山:"或息偃在
　　　床。"释名:"偃,安也。"后汉书郎顗传:"拜章曰:'夏后卑室,尽
　　　力致美。'"

〔六二〕"遌"吴钞本原钞误作"选",墨校改,程本误作"逆"。○庄子在
　　　宥篇:"不恬不愉,非德也。"又刻意篇:"无所于忤,虚之至也。"
　　　淮南子原道训:"恬愉无矜,而得于和。"注:"恬愉,无所好憎
　　　也。"楚辞九章:"重华不可遌兮。"注:"遌,逢。"洪兴祖补注曰:

"遷,当作遷,音忤,与连同。列子'遷物而不慴'是也。"庄子至乐篇:"名止于实,义设于适,是之谓条达。"淮南子俶真训:"通洞条达,恬漠无事。"

〔六三〕"洪流"见前赠秀才诗(浩浩洪流)注〔二〕。庄子逍遥游篇:"偃鼠饮河,不过满腹。"

〔六四〕庄子天道篇:"生熟不尽于前,而积敛无崖。"韩诗外传曰:"安命养性者,不待积委而富。"

〔六五〕"盖"吴钞本原钞作"恐",朱校改。"瘤",吴钞本同,原钞同,朱校改作"旒"。案"瘤"字是也。

〔六六〕庄子骈拇篇:"附赘悬疣,出乎形哉,而侈乎性。"释文:"赘,瘤结也。"释名曰:"赘,属也。横生一肉,属著体也。"说文:"瘤,肿也。"公羊襄公十六年传:"君若赘旒然。"注:"旒,旒旒。赘,系属之辞。以旒旒喻者,为下所执持东西。"韩子解老篇:"所谓廉者,轻恬资财也。"

〔六七〕曹植玄畅赋:"富者非财也,贵者非宝也。"

〔六八〕"岂"吴钞本作"莫",周校本曰:"各本讹'岂'。"○扬案:二字皆可通。○论语:"长沮桀溺耦而耕。"说文:"耒广五寸为伐,二伐为耦。"荀子成相篇:"举舜甽亩。"注:"甽,与畎同。"庄子让王篇:"舜举于畎亩之中。"释文:"司马云:'垄上曰亩,垄中曰畎。'"老子曰:"圣人被褐怀玉。"礼记檀弓下:"啜菽饮水尽其欢。"释文:"熬豆而食曰啜菽。"

〔六九〕孟子:"以天下养,养之至也。"淮南子原道训:"无以自得也,虽以天下为家,万民为臣妾,不足以养生也。"韩诗外传:"知足然后富从之,贪物而不知止者,虽有天下不富矣。"说文:"惬,快也。"

〔七〇〕仪礼注:"须,待也。"

〔七一〕"志"吴钞本误作"忘"。

〔七二〕庄子缮性篇:"不以轩冕肆志,不为穷约趋俗。"典论曰:"不以隐约而服务,不以康乐而加思。"后汉书注:"隐,犹静也。约,俭也。"

〔七三〕礼记中庸篇:"万物并育而相害,道并行而不相悖。"

〔七四〕庄子让王篇:"若颜阖者,真恶富贵也。"

〔七五〕吴钞本无此"故"字。

〔七六〕后汉书高彪传:"作箴曰:'忘富遗贵,福禄乃存。'"

〔七七〕"莫"文澜本作"无"。

〔七八〕案老子曰:"祸莫大于不知足,知足之足常足矣。"此处随意引用也。

〔七九〕"饥"或作"饑",下同。"求"严辑全三国文作"后",误也,难文原即作"求"。

〔八〇〕"勤"吴钞本、张本作"動",读书续记曰:"以下文'不在于性動'相勘,则作'動'是。"○扬案:下文皆言性动,正承此句。○礼记乐记篇:"人生而静,天之性也,感于物而动,性之欲也。"庄子庚桑楚篇:"性之动谓之为。"申鉴杂言篇:"凡情欲心志者,皆性动之别名也。"

〔八一〕"西施""嫫母"见前篇注〔三七〕。

〔八二〕"瞆"四库本及严辑全三国文作"瞆",下同。案两"瞆"字皆当为"愦"之误。汉书注:"愦,心乱也。"

〔八三〕班固幽通赋:"孔忘味于千载。"糠,穅俗字。韩子五蠹篇:"糟糠不饱者不务粱肉。"史记索隐曰:"糟糠,贫者之食也。"说文:"稗,禾别也。"曹植七启曰:"芳菰精粺。"文选注:"稗与粺,古字通。"

〔八四〕"恒"字吴钞本涂改而成。

〔八五〕晏子春秋谏下篇:"爱失则伤生,哀失则害性。"淮南子泰族训:
"不以欲伤生。"又诠言训:"邪与正相伤,欲与性相害。""逐物"
见前赠秀才诗(流俗难悟)注〔二〕。

〔八六〕"性"吴钞本作"情",误也。下文即云"性足于和",篇中皆以性
言也。周校本误作"欲"。○周礼注:"纠,犹正也。"

〔八七〕"上"吴钞本及三国文作"止",是也。

〔八八〕庄子缮性篇:"古之治道者以恬养知,生而无以知为也,谓之以
知养恬。知与恬交相养,而和理出其性。"淮南子原道训:"以
恬养性。"又俶真训:"性不动和,则德安其位。"

〔八九〕"与彼"二字吴钞本涂改而成。○庄子山木篇:"吾愿去君之
累,除君之忧,而独与道游于大莫之国。"又达生篇:"弃世则无
累,无累则正平,正平则与彼更生。"淮南子精神训:"除秽去
累,莫若未始出其宗。"

〔九○〕老子:"不见可欲,使心不乱。"

〔九一〕"常"吴钞本作"尝",读书续记曰:"明本'尝'作'常',是。"○扬
案:以下句律之,则"尝"字于义为长,严辑全三国文作"当",
误也。

〔九二〕吕氏春秋适音篇:"口之情欲滋味,耳之情欲声,目之情欲色。"

〔九三〕"算"吴钞本作"筭",二字同。孙子:"多算胜,少算不胜。"

〔九四〕说文:"拟,度也。"

〔九五〕"止"吴钞本、四库本及八代文钞作"知",是也。

〔九六〕"不"吴钞本原钞作"未",墨校改。

〔九七〕本草:"漏沽脯,杀人。"案抱朴子微旨篇:"漏脯救饥,鸩酒解

渴,非不暂饱,而死亦及之。"即用此文。

〔九八〕吴钞本无"向"字。○桓谭新论曰:"人闻长安乐,出门向西而笑;知肉味美,对屠门而大嚼。"

〔九九〕庄子山木篇:"阳子之宋,宿于逆旅。逆旅有妾二人,其一人美,其一人恶,恶者贵而美者贱。阳子问其故。逆旅小子对曰:'其美者自美,吾不知其美也;恶者自恶,吾不知其恶也。'阳子曰:'弟子记之。行贤而去自贤之行,安往而不爱哉。'"

〔一〇〇〕"能"吴钞本作"得"。

〔一〇一〕文选注:"乘,因也。"案难文云:"有动以接物,有智以自辅,若闭而默之,则与无智同。"故此云:"何物之能默哉?"谓理足于内者,不觉物之有无也。

〔一〇二〕"耳"吴钞本原钞作"也",墨校改。

〔一〇三〕"又"吴钞本原钞误作"及",墨校改。

〔一〇四〕礼记祭义篇:"致爱则存,致悫则著。"注:"存著,谓其思念也。"

〔一〇五〕"交赊"见前养生论注〔一〇一〕。

〔一〇六〕礼记丧服大记篇:"禫而从御,吉祭而复寝,期居庐终丧不御于内者,父在为母为妻。"注:"从御,御妇人也。"蔡邕独断曰:"妃妾接于寝曰御。"

〔一〇七〕吴钞本原钞"禁"下有"文"字,"雠"下有"赊"字,墨校删。周校本改"文"为"交"。扬案:有"交赊"二字是也,此承上"交赊"而言。

〔一〇八〕淮南子精神训:"尊势厚利,人之所贪也。使之左据天下图,而右手刿其喉,愚夫不为。由此观之,生贵于天下也。"扬案:据后汉书马融传注,知此语出于庄子。吕氏春秋不侵篇:"天下轻于身,而士以身为人。"周礼地官大司徒:"掌建邦之土地之图。"注:"土地之图,若今司空郡国舆地图。"

〔一〇九〕此七字吴钞本原钞误夺,墨校补。

〔一一〇〕庄子让王篇:"以随侯之珠,弹千仞之雀,世必笑之。其所用者
重,而所要者轻也。"吕氏春秋注:"要,得也。"

〔一一一〕毛诗传:"趣,趋也。"

〔一一二〕"慎"上,吴钞本原钞有一"四"字,墨校删。周校本曰:"'四'疑
'而'之讹。"〇淮南子人间训:"圣人敬小慎微,动不失时。"

〔一一三〕"门"程本误作"闲"。老子:"玄之又玄,众妙之门。"

〔一一四〕张本无"故"字。〇诗閟宫:"无贰无虞。"笺云:"虞,度也。"

〔一一五〕"殊"三国文作"如",误也。

〔一一六〕吴钞本原钞无"穷理"二字,墨校补。案有者是,原钞偶误也。

〔一一七〕"寿"字吴钞本涂改而成,原钞似作"生"字。

〔一一八〕论语:"子曰:'由也,汝闻六言六蔽矣乎?'"意林引周生烈子序
曰:"六蔽鄙夫。"案"弊"与"蔽"通。礼记表记篇:"其民之敝愚
而愚。"周礼秋官司刺:"三赦曰惷愚。"注:"惷愚,生而痴騃童
昏者。"说文:"惷,愚也。"

〔一一九〕曹植七启曰:"论变化之至妙。"吕氏春秋注:"资,犹给也。"

〔一二〇〕庄子徐无鬼篇:"舜有膻行,百姓悦之,故三徙成都。"史记五帝
本纪:"舜耕历山,历山之人皆让畔,渔雷泽,雷泽之人皆让居,
陶河滨,河滨器皆不苦窳,一年而所居成聚,二年成邑,三年
成都。"

〔一二一〕"节"下吴钞本原钞有"者"字,墨校删。案原钞是也。上下文
皆有"者"字,句法一律。〇论语:"子曰:'禹吾无间然矣。菲
饮食而致孝乎鬼神。'"集解:"马融曰:'菲,薄也。'"诗江汉:
"经营四方,告成于王。"吴越春秋:"禹劳心焦思以行。"吕氏春

秋求人篇："禹忧其黔首,颜色黎黑,窍藏不通,步不相过,至劳也。"淮南子原道训："禹之趋时也,冠挂而弗顾,履遗而弗取。"案"趣"与"趋"同。周礼注："郑司农云:'趋疾于步。'"

〔一二二〕"稱"吴钞本作"遘",是也。周校本曰:"遘当作構。"○扬案:二字通。

〔一二三〕吴钞本原钞作"威成伐煞",墨校改。案"成"字当系偶误。"煞"为"杀"之俗字。

〔一二四〕吴钞本原钞无"功"字,墨校补。又"奋"字涂改而成,原钞似作"夺"。又原钞"奋"下有"者"字,墨校删。案原钞更合。○管子轻重甲篇："女华者,桀之所爱也,汤事之以千金;曲逆者,桀之所善也,汤事之以千金。内则有女华之阴,外则有曲逆之阳,阴阳之议合,而得成其天子,此汤之阴谋也。"淮南子说林训："纣醢梅伯,文王与诸侯构之。"注:"构,谋也。"论衡恢国篇："传书或称武王伐纣,太公阴谋。"案吕氏春秋诚廉篇,亦载武王与胶鬲微子开阴谋之事。史记伯夷列传："武王东伐纣,伯夷叔齐叩马而谏曰:'父死不葬,爰及干戈,可谓孝乎?'"孟子引太誓曰:"杀伐用张,于汤有光。"

〔一二五〕"身"吴钞本作"行"。

〔一二六〕"准"或作"準"。案"准"为"準"之俗字。○庄子山木篇："孔子围于陈蔡之间,七日不火食。太公任往吊之曰:'子其意者饰知以惊愚,修身以明污,昭昭乎若揭日月而行,故不免也。'"韩子说难篇："所说出于为名高者。"论衡非韩篇："养名高之人,以示能敬贤。"又知实篇："观色以窥心,皆有因缘以準的之。"淮南子注:"準,法也;的,射準也。"

〔一二七〕论语:"子曰:'若圣与仁,则吾岂敢! 抑为之不厌,诲人不倦,

则可谓云尔已矣。'"又"颜渊曰:'夫子循循然善诱人。'"集解:
"诱,进也。"淮南子泰族训:"孔子弟子七十,养徒三千。"史记
孔子世家:"孔子以诗书礼乐教,弟子盖三千焉。"

〔一二八〕新书容经篇:"子路见孔子之背磬折。"庄子渔父篇:"子路问
曰:'今渔父杖拏逆立,而夫子曲腰磬折,言拜而应,得无太甚
乎?'"礼记曲礼下:"立则磬折垂佩。"史记正义曰:"磬折,谓曲
体揖,若石磬之形曲折也。"

〔一二九〕案"救"字当为"求"字之误。

〔一三〇〕庄子天道篇:"孔子往见老聃,老聃曰:'夫子亦放德而行,循道
而趋,已至矣。又何偈偈乎揭仁义,若击鼓而求亡子焉。'"又
外物篇:"老莱子之弟子出薪,遇仲尼,反以告曰:'有人于彼,
修上而趋下,末偻而后耳,视若营四海,不知其谁氏之子。'老
莱子曰:'是丘也。'"

〔一三一〕淮南子主术训:"神农之治天下也,神不驰于胸中。"庄子齐物
论篇:"死生无变于己,而况于利害之端乎?"说文:"骛,乱
驰也。"

〔一三二〕庄子在宥篇:"人心排下而进上,其疾俯仰之间,而再抚四海
之外。"

〔一三三〕"比"上,吴钞本、文津本有"此"字。

〔一三四〕史记商君列传:"赵良曰:'反听之谓聪,内视之谓明。'"春秋繁
露同类相动篇:"聪明圣神,内视反听。"又循天之道篇:"养生
之大者,乃在爱气。"论衡道虚篇:"世或以老子之道为可以度
世,恬淡无欲,养精爱气。"吕氏春秋情欲篇:"知早啬则精不
竭。"注:"啬,爱也。"

〔一三五〕老子:"明白四达,能无为乎?"毛诗笺:"执,持也。"案阮籍达庄

291

论亦曰:"持其无者无执。"

〔一三六〕"坐忘"见卜疑注〔五三〕。淮南子俶真训:"全性保真,不亏其身。"

〔一三七〕"松柏"至"灰壤"十六字,各本皆夺,惟吴钞本有之,今据补。

〔一三八〕管子地圆篇:"其下有灰壤,不可得泉。"毛诗传:"陨,坠也。"

〔一三九〕"之"下,吴钞本原钞有"于"字,墨校删。

〔一四〇〕"毓"与"育"同。尔雅:"育,养也。"庄子达生篇:"养形必先之以物。"

〔一四一〕"鼓"下,吴钞本原钞有"其内"二字,墨校删。案二字误衍也。

〔一四二〕"神"周校本误作"精"。吴钞本无"之"字。各本"微"并作"徵"。读书续记曰:"明本'神'下有'之'字,当从之。'徵'字作'微',讹。"○桓谭新论曰:"余为典乐大夫,见乐家书记,言文帝时,得魏文侯时乐人窦公,百八十岁,两目皆盲。文帝奇之,问何服食而至此? 对曰:'年十三失明,父母哀其不及众技事,教使鼓琴,日讲习以为常事。臣不能导引,无服饵也。'余以为窦公少盲,专一内视,精不外鉴,恒逸乐,所以益性命也。""养神"见前赠秀才诗(琴诗自乐)注〔七〕。礼记注:"徵,犹效验也。"

〔一四三〕"日馀"太平御览八百二十五引作"馀日"。马叙伦曰:"馀日较顺。"○淮南子说林训:"蚕食而不饮,三十二日而化。"仲长统昌言曰:"北方寒而人寿,南方暑而人夭。均之蚕也,寒而饿之则引日多,温而饱之则用日少。此寒温饿饱之为修短验于物者也。"○扬案:此谓养蚕室中,以火炽之,欲其早老而省食,非指炎洲之火蚕也。

〔一四四〕毛诗传:"将,养也。"礼记乐记篇:"是故乐之隆。"注:"隆,犹盛也。"

〔一四五〕"温肥"吴钞本作"肥温"。案以下文"凉瘦"例之,则"温肥"更合。

〔一四六〕礼记注:"断,犹决也。"

〔一四七〕"圈"上,吴钞本原钞有"思"字,墨校删。○左氏哀公十四年传:"孟孺子将圈马于成。"注:"圈,畜养也。"桓谭新论曰:"卫后园有送葬时乘舆马十疋,吏卒养视善饮不能乘,而马皆六十岁乃死。"论衡无形篇:"牛寿半马,马寿半人。"

〔一四八〕"毙"吴钞本原钞作"弊",墨校改。周校本曰:"案当作'敝'。"○扬案:"毙"义亦合。○"彫"与"凋"通。广雅:"凋,伤也。"庄子天地篇:"德全者形全。"

〔一四九〕"性"张本作"生"。

〔一五〇〕"唱"程本作"倡",下同。案二字通。

〔一五一〕神农曰:"上药养命。"见前养生论注〔五九〕。

〔一五二〕韩子难二篇:"六畜遂,五谷殖。"书吕刑:"稷降播种,农殖嘉谷。"管子大匡篇:"耕者农用力。"王念孙读书杂志曰:"广雅曰:'农,勉也。'言耕者勉用力也。"又广雅疏证曰:"农犹努也。语之转耳。"扬案:左氏襄公十三年传:"小人农力以事其上。"魏了翁读书杂抄曰:"农力乃农用八政之农,厚也。"是则训勉训厚,义皆可通。

〔一五三〕"夭"吴钞本原钞似作"天",又无"阏也"二字,墨校补。案"继天"似更合。○周礼天官疾医:"以五谷养其病。"管子小匡篇:"加刑无苛,以济百姓。"庄子逍遥游篇:"而后乃今培风,背负青天,而莫之夭阏者。"释文:"司马云:'夭,折也;阏,止也。'"案此处用为短折之义。

〔一五四〕“并”上，吴钞本原钞有“故”字，墨校删。

〔一五五〕“贤”下，吴钞本有“者”字。

〔一五六〕论语：“子贡曰：‘文武之道，未坠于地，在人。贤者识其大者，不贤者识其小者。’”

〔一五七〕博物志神农经曰：“下药治病，谓大黄除实，当归止痛。”案神农本草：“当归，诸恶创疡金创煮饮之。”

〔一五八〕“垦”吴钞本误作“恳”。

〔一五九〕礼记月令篇：“修耒耜。”注：“耜者，耒之金也。”司马相如上林赋：“地可垦辟，悉为农郊。”文选注：“苍颉篇曰：‘垦，耕也。’”案“辟”与“闢”通。

〔一六〇〕“何”下，吴钞本有“至”字，是也。○国语注：“蔑，弃也。”

〔一六一〕“玩”吴钞本作“翫”，下同。案二字通。

〔一六二〕“于”下，吴钞本原钞无“所”字，墨校补。周校本曰：“无者为长。”○史记商君列传：“常人安于故习，学者溺于所闻。”后汉书陈元传：“上书曰：‘论者沉溺所习，玩所旧闻。’”

〔一六三〕周礼天官笾人：“馈食之笾，其实枣栗桃干藤榛实；加笾之实菱芡栗脯。”注：“菱，芰也；芡，鸡头也。”吕氏春秋恃君篇：“夏日则贪菱芡。”注：“菱，芰也。”埤雅引武陵记曰：“四角三角曰芰，两角曰菱。”案“菱”与“菱”通。

〔一六四〕“犹”下空格之字三国文作“愈”，八代文钞作“胜”，文津本作“同”，馀各本并空。吴钞本“犹”“于”二字相连，无空格，朱校于其间作斜勒，栏外上方著校语云：“刻板上亦空一字。”“笃”吴钞本原钞误作“驾”，墨校改。○礼记中庸篇：“是故君子笃恭而天下平。”

〔一六五〕此句吴钞本原钞作“视息之具，岂唯立五谷哉”，墨校补删，令同此本。周树人曰："'立'疑即因下'五'字讹衍。"

〔一六六〕"繋"吴钞本作"繁",二字通。"蕴"吴钞本作"荐",别本或作"蕰"。

〔一六七〕左氏隐公三年传:"苟有明信,涧谿沼沚之毛,蘋繋蕴藻之菜,筐筥锜釜之器,潢污行潦之水,可荐于鬼神,可羞于王公。"注:"蘋,大萍也;繋,蟠蒿;蕴藻,聚藻也。"说文:"酎,三重酿酒也。"礼记注:"酎之言醇也,谓重酿之酒也。"

〔一六八〕说文:"祉,福也。"

〔一六九〕吴钞本无"之"字。

〔一七〇〕左氏僖公五年传:"宫之奇曰:'鬼神非人是亲,惟德是依。非德,民不和,神不享矣。'"

〔一七一〕宋玉登徒子好色赋:"臣少曾远游,周览九土。"文选注:"九土,九州之土也。"孟子:"诸侯朝于天子曰述职。述职者,述所职也。"司马相如上林赋:"使诸侯纳贡者,非为财币,以述职也。"书旅獒篇:"无有远迩,毕献方物。"伪孔传曰:"尽贡其方土所生之物。"

〔一七二〕"粮"或作"糧",下同。

〔一七三〕案"此"字当为"非"字之误。谓肴粮宜生,非困体者也。

〔一七四〕国语注:"偶,对也。"

〔一七五〕广雅:"尚,加也。"

〔一七六〕说文:"蓬,蒿也。"汉书注:"必谓必信之。"

〔一七七〕"杖"吴钞本同,程本、汪本、张本、四库本及八代文钞作"仗",读书续记曰:"'杖'疑当作'仗'。"○扬案:二字可通。○"永"吴钞本原钞作"掖",朱校改。○汉书高帝纪:"杖义而西。"注:"杖亦倚任之意。"毛诗笺:"掖,扶持也。"

〔一七八〕易系辞下：“亦要存亡吉凶，则居可知矣。”朱翌猗觉寮杂记曰：“居然字，晋宋间语也。后稷诗云：‘居然生子。’此其本也。”扬案：郑玄诗笺云：“居，默然。”

〔一七九〕“若”吴钞本作“如”。

〔一八〇〕礼记注：“理，犹性也。”繁钦与魏太子书曰：“乃知天壤之所生，诚有自然之妙物也。”

〔一八一〕“植”吴钞本作“殖”。“玄”吴钞本原钞作“贤”，墨校改。案“贤”字误也。

〔一八二〕“霞”吴钞本作“露”，误也。○老子：“玄牝之门，是谓天地根。”张衡玄图曰：“玄者无形之类，自然之根。”淮南子精神训：“魂魄处其舍，而精神守其根。”案刘驹骏有玄根赋。易乾卦：“初九，潜龙勿用。”汉书注：“张晏曰：‘数之元本，起于初九之一也。’”楚辞远游篇：“餐六气而饮沆瀣兮，漱正阳而含朝霞。”注：“陵阳子明经言春食朝霞。朝霞者，日始欲出，赤黄气也。”

〔一八三〕“肴”吴钞本原钞作“春”，朱校改。案此承难文言之，作“春”字是。

〔一八四〕周校本曰：“‘有’当作‘皆’。”○史记朱建列传：“郦生叱使者曰：‘走复入言沛公，吾高阳酒徒也。’”黄朝英细素杂记曰：“案史记及汉书食其本传，称食其陈留高阳人也。”又云：“沛公略地陈留郡，使人召食其。食其至，入谒。则高阳在陈留明矣。襄阳习池谓之高阳池者，盖取郦生高阳酒徒之义也。”洪颐煊读书丛录曰：“郦食其传：‘陈留高阳人也。’案陈留此时未置郡，言陈留者是，举其县也。故下文云‘臣知其令’。梁孝王传：‘梁北至泰山，西至高阳。’是高阳初属梁，后属淮，至后汉属陈留郡。”诗閟宫：“黄发台背。”笺云：“黄发台背，皆寿征也。"

〔一八五〕"性"吴钞本作"悦",读书续记曰:"此承上文'肴粮充体'言之,作'性'较长。"○扬案:承上言之,则作"悦"较长。

〔一八六〕"鼎食"见前卜疑注〔五九〕。

〔一八七〕论语:"伯牛有疾,子问之,自牖执其手,曰:'亡之命也夫,斯人也而有斯疾也。'"又曰:"哀公问弟子孰为好学。孔子对曰:'有颜回者好学,不幸短命死矣。'"集解:"马融曰:'伯牛,弟子冉耕。'""短折"见前秋胡行(役神者弊)注〔二〕。

〔一八八〕"饥"千金方引作"饑",是也。○韩子五蠹篇:"穰岁之秋,疏客必食。"汉书注:"穰,丰也。"

〔一八九〕"疮"吴钞本作"创",是也,"疮"俗字。○淮南子原道训:"雁门之北,狄不谷食。"礼记王制篇:"北方曰狄,衣羽毛,穴居,有不粒食者矣。"说文:"癞,恶疾也。""生癞"未详。广雅:"创,伤也。""血浮"未详。

〔一九〇〕"雁"严辑全三国文误作"鹰"。○博物志:"马食谷则足重不能行,雁食粟则翼垂不能飞。"汉书注:"秣,以粟米饲马也。"

〔一九一〕左氏襄公三十年传:"取我田畴而伍之。"注:"并畔为畴。"

〔一九二〕此句吴钞本作"则唯菊苽粱稻"。文津本作"则椒菊苽粱",八代文钞作"则杞菊苽粱",馀各本并空一字。周校本"苽"误作"芬"。皕宋楼钞本有校语云:"'粱','粱'之误。"扬案:二字古通。○楚辞大招篇:"五谷六仞,设菰粱只。"注:"菰粱蒋实,谓雕葫也。"案"菰"本作"苽"。说文:"苽,雕苽,一名蒋。""粱,米名也。"齐民要术引杨泉物理论曰:"粱者,黍稷之总名。"

〔一九三〕"则"下,吴钞本有"唯"字。○汉书食货志:"古者皮币诸侯以聘享。"仪礼注:"聘,问也;享,献也。"易乾卦文言曰:"嘉会足以合礼。""旨酒"见前赠秀才诗(闲夜肃清)注〔六〕。

〔一九四〕"筋"吴钞本作"箸",误也。○管子水地篇:"夫水淖溺以清,而好酒人之恶。"注:"淖,和也。"淮南子原道训:"淖溺流遁。"汉书注:"淖,濡甚也。"楚辞注:"糜,碎也。"

〔一九五〕"处"文津本同,各本作"腐",吴钞本原钞作"处",墨校改作"腐"。

〔一九六〕"竭"吴钞本原钞作"獨",墨校改。周校本曰:"'獨',疑'濁'之讹。"

〔一九七〕急就篇:"依涸染污贪者辱。"素问金匮真言论曰:"胆、胃、大肠、小肠、膀胱、三焦、六府,皆为阳。"

〔一九八〕"郁"上,吴钞本原钞有"又"字,墨校删。案以下文例之,有"又"字为是。

〔一九九〕吕氏春秋达郁篇:"树郁则为蠹。"

〔二〇〇〕说文:"饕,贪也。"文选注引广雅曰:"阶,因也。"

〔二〇一〕老子:"五味令人口爽。"注:"爽,亡也。"汉书成帝纪赞曰:"哀平短祚。"尔雅:"祚,福也。"

〔二〇二〕仪礼士冠礼:"醴辞曰:'甘醴惟厚。'"太平御览引孙氏瑞应图曰:"醴泉味甘如醴,泉流所及,草木皆茂,饮之令人寿。"案陈藏器曰:"醴泉味甘平,时代升平则大有此水,亦以新汲者佳。"楚辞离骚:"屑琼蕊以为粮。"又九章曰:"登昆仑兮食玉英。"淮南子墬形训:"龙渊有玉英。"孝经援神契曰:"神灵滋液,则有玉英。"又曰:"玉英,玉有英华之色。"

〔二〇三〕"金"吴钞本作"留"。案当为"溜"之省。

〔二〇四〕列仙传:"马明生从安期先生受金液神丹。"抱朴子金丹篇:"黄金入火,百炼不销,埋之毕天不朽,服此炼人身体。"又仙药篇:

"石流丹者,石之赤精,盖石流黄之类也。事在<u>太一玉策</u>。"案"溜丹"即"流丹"。<u>郭璞</u>游仙诗亦云:"<u>陵阳</u>挹丹溜。"<u>张衡</u><u>西京赋</u>:"浸石菌于重涯,濯灵芝以朱柯。"<u>薛综</u>注:"石菌灵芝,皆海中神山所有神草,仙之所食者。"<u>李善</u>注:"菌,芝属也。"<u>抱朴子</u>曰:"芝有石芝。"<u>皇甫谧</u><u>高士传</u>:"<u>四皓</u>入<u>蓝田山</u>,作歌曰:'晔晔紫芝,可以疗饥。'"<u>论衡</u><u>道虚篇</u>:"为道者服金玉之精,食紫芝之英,食精身轻,故能神仙。"案<u>神农本草</u>:"紫芝,利关节,保身,益精气,坚筋骨,好颜色,久服轻身,不老延年。""黄精"见前<u>与山巨源绝交书</u>注〔一二六〕。

〔二〇五〕"英"<u>四库</u>本作"华"。

〔二〇六〕"奇"<u>吴钞</u>本原钞作"其",墨校改。○<u>班固</u><u>西都赋</u>:"翡翠火齐,流耀含英。"<u>马融</u><u>长笛赋</u>:"惟箫笼之奇生兮。"

〔二〇七〕<u>广雅</u>:"贞,正也。"<u>礼记</u><u>祭义篇</u>:"有和气者,必有愉色。"<u>管子</u><u>内业篇</u>:"凡心之刑,自充自盈。"<u>尸子</u>:"蕃殖充盈,乐之至也。"

〔二〇八〕"雪"<u>吴钞</u>本作"云"。

〔二〇九〕<u>说文</u>:"澡,洒手也。"<u>淮南子</u>注:"雪,拭也。"<u>庄子</u><u>知北游篇</u>:"<u>老聃</u>曰:'汝斋戒,疏瀹而心,澡雪而精神。'"又<u>应帝王篇</u>:"物彻疏明。"<u>素问</u><u>金匮真言论</u>曰:"肝心脾肺肾五藏皆为阴。"<u>淮南子</u><u>精神训</u>:"五藏定宁,充盈而不泄。"<u>仲长统</u><u>昌言</u>曰:"疏瀹胸臆,澡雪腹心,使之芬香皓洁,白不可污也。"<u>扬雄</u><u>太玄</u>曰:"物出溱溱,开明而前。"

〔二一〇〕<u>释名</u>:"吮,循也。不绝口稍引滋汋,循咽而下也。"<u>论衡</u><u>道虚篇</u>:"道家或以服食药物轻身益气,延年度世。"

〔二一一〕"骸"<u>张</u>本作"體"。

〔二一二〕<u>史记</u><u>扁鹊列传</u>:"漱涤五藏,练精易形。"<u>神仙传</u>:"仙家有太阴练形之法。”

〔二一三〕“凌”或作“凌”。○案“泽”通作“释”。小尔雅:“释,解也。”“凌云”见前秀才答诗(饰车驻驷)注〔一〇〕。淮南子氾论训:“刚强猛毅,志厉青云。”高彪清诫曰:“上士愍其痛,抗志凌云烟。涤荡弃秽累,飘邈任自然。”○周婴卮林曰:“吹景集曰:‘琴操载许由曰:“吾志在青云,何乃劣劣为九州长乎?”嵇康答向秀难养生论云:“练骸易气,志凌青云。”陶贞白云:“仰青云,睹白日。”俱祖箕山公语。’”

〔二一四〕“果蠃”吴钞本原钞作“果螺”,墨校改作“螺蠃”。

〔二一五〕诗小宛:“螟蛉有子,蜾蠃负之。”毛传:“螟蛉,桑虫也。蜾蠃,蒲卢也。负,持也。”笺云:“蒲卢取桑虫之子负持而去,煦妪养之,以成其子。”

〔二一六〕考工记:“橘逾淮而北为枳,此地气然也。”晏子春秋内篇杂下:“婴闻之:橘生淮南则为橘,生于淮北则为枳,叶徒相似,其实味不同。所以然者何? 水土之异也。”淮南子原道训:“橘树之江北则化而为橙。”案淮与江,枳与橙,传说之异也。

〔二一七〕“能”吴钞本作“然”。○尔雅:“还,反也。”冯衍显志赋:“知渐染之易性。”

〔二一八〕列仙传:“赤斧者,巴戎人也,能作水澒炼丹,与消石服之,三十年,反如童子,毛发皆赤,累世传见之,手掌中有赤斧焉。”毛诗传:“赪,赤也。”

〔二一九〕“涓子”见前与阮德如诗注〔一五〕。

〔二二〇〕“松”文选郭璞游仙诗注引作“柏”,误也。○列仙传:“偓佺者,槐山采药父也。好食松实,形体生毛长数寸,两目更方,能飞行逐走马。时人受服者,皆至二三百岁焉。”

〔二二一〕"水"吴钞本作"浍",误也。文选郭璞游仙诗注引作"水"。○列仙传:"赤松子者,神农时雨师也。服水玉以教神农,能入火自烧。"抱朴子仙药篇:"赤松子以玄虫血渍玉为水而服之,故能乘烟上下也。"郭璞山海经注:"水玉,今水精也,赤松子所服,见列仙传。"

〔二二二〕列仙传:"务光者,夏时人也,耳长七寸,好琴,食蒲韭根,后五百馀岁,至武丁时复见。"

〔二二三〕列仙传:"邛疏者,周封史也。能行气炼形,煮石髓而服之,谓之石钟乳。至数百年,往来入太室山中,有卧石床枕焉。"文选注引仓颉篇曰:"驻,止也。"

〔二二四〕列仙传:"方回者,尧时隐人也,练食云母,隐于五柞山中。夏启末,为人所劫,闭之室中,从求道。回化而得去。"

〔二二五〕列仙传:"昌容者,常山道人也,自称殷王子,食蓬蘽根,往来山下,见之者二百馀年,而颜色如三十许人。"

〔二二六〕庄子逍遥游篇:"朝菌不知晦朔,蟪蛄不知春秋,此小年也。"注:"朝菌,粪上芝,朝生暮死。晦者不及朔,朔者不及晦。"释文:"晦,冥也。朔,旦也。"尔雅:"蜉蝣,渠略。"又曰:"二曰灵龟。"注:"蜉蝣似蛣蜣,身狭而长,有角,黄黑色,丛生粪土中,朝生暮死。""涪陵郡出大龟,甲可以卜,俗呼为灵龟。"刘向五行传曰:"龟千岁而灵。"雒书灵准听曰:"灵龟者,玄文五色,神灵之精也。能见存亡,明于吉凶。"淮南子诠言训:"龟三千岁,蜉蝣不过三日,以蜉蝣而为龟忧养生之具,人必笑之。"

〔二二七〕周礼地官乡师:"以木铎徇于市朝。"史记孟尝君列传:"过市朝者。"索隐曰:"市朝,谓市之行位有如朝列,因言朝耳。""小年"见上注。

〔二二八〕"彭"上，吴钞本有"若"字。

〔二二九〕"彭祖"见前与阮德如诗注〔一五〕。吕氏春秋情欲篇注曰："彭祖，殷之贤臣，治性清静，不欲于物，盖寿七百岁。"魏文帝折杨柳行曰："彭祖称七百，悠悠安可原。"神仙传："彭祖讳铿，帝颛顼之玄孙，至殷末，年已七百六十七岁，而不衰老。"扬案：古籍多称彭祖寿八百岁。列仙传："安期先生者，瑯邪阜乡人也，卖药于东海边，时人皆言千岁翁。"

〔二三〇〕"妄"吴钞本作"忘"，误也。

〔二三一〕"遐"张本作"霞"，误也。

〔二三二〕尔雅："遐，远也。"神仙传："刘根者，字君安，京兆长安人也。弃世学道，后入鸡头山仙去。"博物志引典论曰："刘根不觉饥渴，或谓能忍盈虚。"

〔二三三〕"倮"吴钞本作"裸"，二字同。

〔二三四〕桓谭新论曰："元帝被病，广求方士，汉中送道士王仲都，诏问何所能。对曰：'能忍寒暑。'乃以隆冬盛寒日，令祖衣，载以驷马，于上林昆明池上环冰而驰。御者厚衣狐裘，甚寒战，而仲都独无变色，卧于池台上，曛然自若。夏大暑日，使曝坐，环以十炉火，不言热，又身不汗。"博物志引典论曰："王仲都当盛夏之月，十炉火炙之不热；当严冬之时，裸之而不寒。桓君山以为性耐寒暑。君山以无仙道，好奇者为之。"神仙传："王仲都能御寒暑，已二百馀年，后亦仙去。桓君山著论称其人。"

〔二三五〕"玉"原作"王"，刻板之误也。

〔二三六〕史记封禅书："少君见上，上有故铜器，问少君。少君曰：'此器齐桓公十年陈于柏寝。'已而案其刻，果齐桓公器。一宫尽骇，以为少君神，数百岁人也。"晋书阮种传："种字德猷，陈留尉氏人,弱冠有殊操,为嵇康所重。康著养生论所称阮生,即种也。"汉书东方朔传:"朔之诙谐,逢占射覆。"注:"如淳曰:'逢占,逢人所问而占之也。'师古曰:'逢占,逆占事,犹云逆刺也。'"

〔二三七〕庄子逍遥游篇:"尧让天下于许由,曰:'吾自视缺然,请致天下。'"法言问明篇:"或问:'尧将让天下于许由,由耻,有诸?'曰:'好大者为之也,顾由无求于世而已矣。'"典论曰:"司马迁云:'无尧以天下让许由事。'扬雄亦云:'夸大者为之。'扬雄亦云无仙,与桓谭同。"

〔二三八〕老子:"善闭无关键而不可开。"广雅:"键,户牡也。"东方朔非有先生论曰:"发愤毕诚。"汉书注:"毕,尽也。"

〔二三九〕礼记曲礼上:"乘路马,必朝服,载鞭策。"说文:"策,箠也。"论语:"颜渊曰:'夫子循循然善诱人,博我以文,约我以礼,欲罢不能。'"

〔二四〇〕韩子外储说右下:"驰骤周旋,而恣欲于马。""世教"见前答二郭诗(昔蒙父兄祚)注〔六〕。

〔二四一〕礼记祭义篇:"礼主其减。"注:"减犹倦也。"论语:"曾子曰:'君子思不出其位。'"

〔二四二〕"变通"吴钞本作"通变",是也。

〔二四三〕易系辞上:"通变之谓事。"阮瑀为曹公与孙权书曰:"通变思深,以微知著。"

〔二四四〕说文:"愠,怒也。""闲居"见前幽愤诗注〔三〇〕。

〔二四五〕文津本无"为"字,误也。"无聊"吴钞本原钞作"聊聊",墨校改。〇广雅:"供,养也。""无聊"见前思亲诗注〔一〕。

〔二四六〕史记货殖列传:"子贡结驷连骑,束帛之币,以聘享诸侯。"孟子：“食前方丈，侍妾数百人，我得志弗为也。”注：“极五味之馔食，列于前方一丈。”韩诗外传：“楚庄王使使聘北郭先生。妇人曰：‘结驷列骑，所安不过容膝，食方丈于前，所甘不过一肉。’”

〔二四七〕“志”吴钞本原钞误作“智”，墨校改。○荀子修身篇：“君子役物，小人役于物。”淮南子原道训：“圣人不以身役物。”国语晋语：“非鬼非食，惑以丧志。”

〔二四八〕吴钞本原钞无“原”字，墨校补。

〔二四九〕庄子骈拇篇：“彼至正者，不失其性命之情。”又徐无鬼篇：“君将盈嗜欲，长好恶，则性命之情病矣。”汉书注：“原谓寻其本也。”

〔二五〇〕“欲”或作“慾”。○左氏僖公二十年传：“臧文仲曰：‘以欲从人则可，以人从欲鲜济。’”

〔二五一〕左氏成公二年传：“蛮夷戎狄，不式王命，淫湎毁常。”说文：“湎，沈于酒也。”

〔二五二〕庄子在宥篇：“下有桀跖。”荀子性恶篇：“所贱于桀跖者，从其性，顺其情。”史记正义曰：“跖者，黄帝时大盗之名。”

〔二五三〕广雅：“溺，没也。”

〔二五四〕吴钞本原钞无“者”字，墨校补。周校本曰：“无者为长。”

〔二五五〕“降”张本及三国文作“隆”。案“隆”与“降”古通。“隆”上当夺三字，此与下句相对为文。本集声无哀乐论：“心有盛衰，声亦隆杀”云云，亦以“隆杀”“盛衰”对言。

〔二五六〕淮南子泰族训：“物有隆杀。”荀子注：“隆，丰厚；杀，减降也。”

〔二五七〕广雅：“稚，少也。”

〔二五八〕“成”吴钞本原钞误作“城”，墨校改。

〔二五九〕"初"下，吴钞本原钞有"也"字，墨校删。○孟子："禹稷颜子，易地则皆然。"

〔二六〇〕"欲"吴钞本原钞作"愿"，墨校改。

〔二六一〕"臭"吴钞本作"败"。○"臭腐"见前与山巨源绝交书注〔一四九〕。

〔二六二〕尔雅："曩，向也。"

〔二六三〕战国策齐策："厮养士之所窃。"史记集解："如淳曰：'厮，贱者也。'"公羊传曰："厮役扈养。"韦昭曰："析薪为厮，炊烹为养。"广雅："蒙，猝也。尹，官也。"周礼地官司门："祭祀之牛牲系焉，监门养之。"注："监门，门徒也。"毛诗笺："蒙，犹轻也。"

〔二六四〕"区区"见前与山巨源绝交书注〔一九一〕。汉书注："域，界局也。"

〔二六五〕"飡"吴钞本及严辑全三国文作"飧"。"悦"吴钞本作"说"，二字通。○曹植求通亲亲表曰："至于注心皇极，结情紫闼。"文选注："注，犹属也。"

〔二六六〕吴钞本原钞夺"后"下五字，墨校补。"疏"或作"疎"，下同。○"释然"见前与吕长悌绝交书注〔一六〕。

〔二六七〕"蛇"或作"虵"，下同。

〔二六八〕淮南子精神训："越人得蚺蛇以为上肴。中国得而弃之无用。故知其无用，贪者能辞之。"注："蚺蛇，大蛇也，其长数丈，俗以为上肴。"

〔二六九〕"黻"吴钞本作"绂"，下同。案二字通。"华"，此本原作"毕"，刻板之误也。各本并作"华"。

〔二七〇〕考工记："白与黑谓之黼，黑与青谓之黻。"书武成篇："华夏蛮貊。"伪孔传："大国曰夏。"吕氏春秋贵因篇："禹之裸国，裸入衣出，因也。"淮南子注："裸国在南方。"

〔二七一〕"以"上，吴钞本有"若"字。

〔二七二〕易乾卦彖曰："保合大和，乃利贞。"庄子天地篇："夫至乐者，调理四时，大和万物。"

〔二七三〕老子："恬澹为上。"庄子天道篇："夫虚静恬澹寂寞无为者，天地之平，而道德之正。"尔雅："钦，敬也。"

〔二七四〕国语吴语："玉帛酒食，犹粪土也。"

〔二七五〕庄子骈拇篇："伯夷盗跖二人者，所死不同，其于残生伤性均也。"

〔二七六〕史记李斯列传："斯从荀卿学帝王之术，学已成，辞于荀卿曰：'诟莫大于卑贱，而悲莫甚于穷困。久处卑贱之位，困苦之地，非世而恶利，自托于无为，此非士之情也。故斯将西说秦王矣。'二世二年七月，具斯五刑，论腰斩咸阳市。"

〔二七七〕史记主父偃列传："偃上书阙下，拜为郎中，一岁中四迁，大臣皆畏其口，赂遗累千金。或说偃曰：'太横矣。'主父曰：'臣结发游学四十馀年，身不得遂，亲不以为子，昆弟不收，宾客弃我，我阨日久矣。且丈夫生不五鼎食，死即五鼎烹耳。'元朔二年拜齐相。赵王使人上书告言主父偃受诸侯金，乃征下吏治。遂族主父偃。""发愤"见前卜疑注〔二七〕。

〔二七八〕家语六本篇："子曰：'与善人居，如入芝兰之室，久而不闻其香，即与之化矣。与不善人居，如入鲍鱼之肆，久而不闻其臭，亦与之化矣。'"张衡东京赋："凡人心是所学，体安所习，鲍肆不知其臭，玩其所以先入。"释名："鲍鱼，鱼腐也。"楚辞九章："兰茝幽而独芳。"汉书注："茝即今白芷。"

〔二七九〕庄子达生篇："有鸟止于鲁郊，鲁君悦之，为具太牢以飨之，奏九韶以乐之。鸟乃始忧悲眩视，不敢饮食。此之谓以己养养鸟也。"淮南子注："三牲具曰太牢。"礼记乐记篇："魏文侯问于子夏曰：'吾端冕而听古乐，则唯恐卧；听郑卫之音，则不知倦。'"

〔二八〇〕 "借"吴钞本作"備"。读书续记曰："明本'備'作'借'，是。"○扬案："備"字当涉下而误。○庄子有外物篇。又天运篇曰："中无主而不止。"又曰："由外入者无主于中，圣人不隐。"

〔二八一〕 "锺"吴钞本、四库本作"鐘"，二字通。

〔二八二〕 淮南子原道训："不以内乐外，而以外乐内，乐作而喜，曲终而悲。"

〔二八三〕 庄子缮性篇："乐全之谓得志，古之所谓得志者，非轩冕之谓也。"

〔二八四〕 "屈"程本作"诎"，二字同。○礼记儒行篇："儒有不陨获于贫贱，不充诎于富贵。"注："充诎，欢喜失节之貌。"楚辞九辩："寨充倔而无端兮。"

〔二八五〕 吴钞本原钞无"且"字，墨校补。

〔二八六〕 说文："瘳，疾愈也。"

〔二八七〕 淮南子精神训："病疵瘕者，呛然得卧，则亲戚兄弟欢然而喜。"

〔二八八〕 由"无"字以上十一字吴钞本原钞误夺，墨校补。

〔二八九〕 此句各本不同。周校本曰："'则'下当有'无'字。"○扬案：有"无"字是也。"无乐"盖承"无喜"而言。○庄子至乐篇："至乐无乐。"

〔二九〇〕 "顺"吴钞本原钞作"被"，墨校改"然"。周校本误作"言"。

〔二九一〕 庄子天道篇："夫明白于天地之德者，此之谓大本大宗，与天和者也。"又曰："与天和者，谓之天乐。"扬雄羽猎赋："建道德以为师友。"

〔二九二〕"得"吴钞本原钞作"乐",墨校改"永",吴钞本作"求",误也。○张衡思玄赋:"玩阴阳之变化兮,咏雅颂之徽音。"

〔二九三〕"任"吴钞本作"因"。

〔二九四〕高彪清诫曰:"飘邈任自然。""托身"见前酒会诗(婉彼鸳鸯)注〔三〕。"不朽"见前赠秀才诗(人生寿促)注〔四〕。艺文类聚八十九引庄子曰:"若用之于善,则与天地相弊。"

〔二九五〕"减"文选集注本江文通杂体诗许征君询一首注引同,胡刻本引作"减",云笈七签及医心方引作"去",当涉下而误。又案文选郭景纯游仙诗注引"偓佺"云云,题作嵇康答难,而引此处,则题作向秀难嵇康养生论,当系偶误。

〔二九六〕文选集注本江文通杂体诗注引无"也"字,下同。千金方及云笈七签引"此"字作"为"字,又无"也"字,下同。医心方引无"此"字,下同。案此皆随意改引。

〔二九七〕"喜"或作"熹",下同。

〔二九八〕"绝"医心方引误作"绁"。

〔二九九〕吴钞本原钞作"神虚精散",朱校改"精散"为"转发"。宋本、安政本太平御览七百二十及千金方、云笈七签、医心方引作"神虑精散",别本太平御览作"神虚精散";文选集注本江文通杂体诗许征君询一首注引作"神虚精散",胡刻本作"神虑消散"。读书续记曰:"御览引作'神虚精散',似此较长。"○叶渭清曰:"按选注是也。'转发'于义迂曲,'虚精'是'虑消'之误。"○扬案:本集释私论曰"气静神虚者,心不存于矜尚",则神虚非其所病也。当以"神虑消散"为长。

〔三〇〇〕"必存"云笈七签引作"不去"。

308

〔三〇一〕诗閟宫："既饮旨酒，永锡难老。"笺云："难使老者最寿考也。"
庄子知北游篇："至言去言。"

〔三〇二〕"太"或作"大"。○楚辞远游注曰："常吞天地之英华。"又九怀
注曰："咀嚼灵草，以延年也。"淮南子俶真训："圣人呼吸阴阳
之气。"

〔三〇三〕"迴"吴钞本作"回"，医心方引作"曲"。云笈七签引无下"不"
字，误也。太平御览七百二十引节去"不迴其操"四字。○楚
辞注："操，志也。"

〔三〇四〕"夭"医心方引误作"发"。此句云笈七签引作"不免夭其年"。

〔三〇五〕"济"千金方引作"跻"，太平御览七百二十引作"深"。

〔三〇六〕"玄"千金方、云笈七签引作"道"。○易系辞上："子曰：'天之
所助者，顺也；人之所助者，信也。'"老子："生而不有，为而不
恃，长而不宰，是谓玄德。"庄子天地篇："执道者德全。"

〔三〇七〕"喜"医心方引作"熹"。"有"太平御览七百二十引作"自"。
"福"云笈七签引误作"神"。

〔三〇八〕"自延"云笈七签引作"延年"。○礼记礼器篇："君子曰：祭祀
不祈。"庄子让王篇："神农氏之有天下也，时祀尽敬，而不祈
喜。"案"喜"与"禧"通。尔雅："禧，福也。"战国策齐策："小国
道此，则不祠而福矣。"方言："延，年长也。凡施于年者谓
之延。"

〔三〇九〕"所效"吴钞本原钞作"都所"，墨校改。此句太平御览七百二
十引作"此养生大理所归也"。千金方引作"此养生之大旨
也"。云笈七签、医心方引作"此亦养生之大经也"。叶渭清
曰："疑'都所'当为'所都'。广雅释诂三：'都，聚也。'"○管子
四时篇："阴阳者，天地之大理也。"

〔三一〇〕新语道基篇:"曾闵以仁成大孝。"史记仲尼弟子列传:"曾参字子舆,闵损字子骞。"礼记中庸篇:"得一善则拳拳服膺。"又曰:"喜怒哀乐之未发谓之中,发而皆中节谓之和,致中和,天地位焉,万物育焉。"说文:"膺,胸也。"楚辞招魂篇:"身服义而未沬。"

〔三一一〕吴钞本原钞无"便"字,墨校补。吴钞本、程本、张本及三国文"仁"字作"人",是也。

〔三一二〕"臧"周校本误作"藏"。○汉书叙传曰:"穷人理,该万方。"诗桑柔:"自独俾臧。"笺云:"臧,善也。"

〔三一三〕"者"吴钞本原钞作"哉",墨校改。○史记封禅书:"李少君以祠灶谷道。""却老方"见上。

〔三一四〕此段千金方引作"然或有服膺仁义,无甚泰之累者,抑亦其亚钦"。医心方引同,惟"钦"字作"也"。云笈七签引作"然或仁义无甚泰之累者,抑亦亚乎"。○周校本曰:"医心方似即櫽括已上七句作之,非原文。"○扬案:此皆随意节改。

〔三一五〕荀子修身篇:"卑湿重迟贪利,则抗之以高志。"崔寔答讯曰:"抗志浮云。""名位"见前养生论注〔一〇九〕。"驰骛"见前六言诗(名与身孰亲)注〔三〕。

〔三一六〕"自"吴钞本作"言"。案以上文例之,"自"字是也。

〔三一七〕"齿"上空格之字,程本作"同",张本作"鲵",文津本作"兒",八代文钞作"发"。此句吴钞本作"此于用身甫与乡党不齿者同耳"。案程本、吴钞本及八代文钞皆误也。"鲵"为"齯"之误,"兒"为"齯"之省。○尔雅:"齯齿,寿也。"诗閟宫:"黄发兒齿。"笺云:"兒齿,亦寿征。"

〔三一八〕庄子达生篇:"世之人以为养形足以存生。"论语:"子曰:'君子于其所不知,盖阙如也。'"

〔三一九〕庄子达生篇:"欲免为形者,莫如弃世。"崔駰达旨曰:"抱景特立,与士不群。"张衡七辩曰:"饮醴茹芝。"

〔三二〇〕张衡思玄赋:"屑瑶蕊以为糇兮。"文选旧注:"糇,备也。"庄子逍遥游篇:"若夫乘天地之正,御六气之辩,以游无穷者,彼且恶乎待哉。"释文:"司马云:'六气,阴阳风雨晦明。'"

〔三二一〕吴钞本原钞"而"下有"不"字,墨校删。周校本曰:"案'不'或非衍,则其下当有夺文。"○扬案:"不"字当系误衍。

〔三二二〕"璞"吴钞本同,馀各本并作"樸"。○崔瑗座右铭:"暧暧内含光。"庄子达生篇:"用志不分,乃凝于神。"又天地篇:"明白入素,无为复樸。"

〔三二三〕"浂"吴钞本原钞作"族",朱校改。案原钞是也,此处用韵。○庄子大宗师篇:"于讴闻之玄冥。"郭象注:"玄冥者,所以名无而非无也。"白虎通义礼乐篇:"人无不含天地之气。"论衡命义篇:"人禀气而生,含气而长。"庄子秋水篇:"今尔出于崖涘。"尔雅:"厓,水边也。"毛诗传:"浂,厓也。"案"崖"与"厓"同。

〔三二四〕"老"吴钞本原钞误作"生",墨校改。"却"吴钞本作"郄",读书续记曰:"'郄'当作'却'。"

〔三二五〕"有"周校本误作"可"。"年"吴钞本原钞误作"存",墨校改。

〔三二六〕说文:"辕,辀也。轴,持轮。辖,键也。"

〔三二七〕"若"张本及三国文作"皆"。案"皆"字更合。

〔三二八〕"营内致毙"吴钞本原钞作"营忘外内",朱校改。案原钞是也,惟当作"营内忘外",此与下文对言。

〔三二九〕"趣"吴钞本作"趋",二字同。○庄子达生篇:"鲁有单豹者,岩居而水饮,不与民共利,行年七十,而犹有婴儿之色,不幸遇饿虎,饿虎杀而食之。有张毅者,高门悬薄,无不走也,行年四十,而有内热之病,以死。豹养其内而虎食其外,毅养其外而病攻其内。此二子者,皆不鞭其后者也。"俞樾庄子平议曰:"'走'是'趣'之坏字。文选幽通赋注引此文正作'趣'。吕览必己篇:'张毅好恭,门间帷薄,聚居众无不趋。'高注曰:'过之必趋。'"

〔三三〇〕战国策齐策:"苏秦曰:'有济西则赵之河东危。'"又燕策:"苏代曰:'济西不役,所以备赵也;河北不师,所以备燕也。今济西河北尽以役矣,封内敝矣。'"鲍彪注曰:"不役者,养兵以备敌。"左传注曰:"济西,济水以西。"案"诚"与"戒"通。广雅:"戒,备也。"此谓齐不役济西,但知备赵,终乃败于秦也。史记始皇本纪:"三十三年,使蒙恬渡河,取高阙陶山北假中,筑亭障,以逐戎人。三十四年,筑长城及南越地。"淮南子人间训:"秦失天下,祸在备胡而利越也。"张衡思玄赋:"嬴擿谶而戒胡兮,备诸外而发内。"

〔三三一〕易坤卦文言曰:"积善之家,必有馀庆。"又系辞上:"履信思乎顺,又以尚贤也。"

〔三三二〕易颐卦象曰:"山下有雷,颐,君子以慎言语,节饮食。"

〔三三三〕易系辞下:"过此以往,未之或知也。"

〔三三四〕"语"下,吴钞本有"夫"字。○孟子:"天之生此民也,使先知觉后知,使先觉觉后觉也。"

余元熹曰:"发古今人未有之秘义,有含道独往,弃智遗身,朝发太华,夕宿神州之概。"汉魏名文乘。

张运泰曰:"叔夜此论绝佳,乍读颇缠绵难晓,然微文幽

旨，有裨于修真养生，正不得以常等相视也。"_{汉魏名文乘。}

　　蒋超伯曰："嵇康答难养生论云：'富贵多残，伐之者众也；野人多寿，伤之者寡也。'然修短有数，亦不尽然。吴季英累典大邦，行将百岁，赵邠卿晚持使节，已过九旬。魏、晋以来，更难枚举。侍中罗结总三十六曹，蜀相长生年一百三十。叔夜所说，固不免愤时嫉俗之谈耳。"_{南漘楛语。}

嵇康集校注卷第五

声无哀乐论

声无哀乐论

北堂书钞一百二十引作"嵇康哀乐论"。〇篇中吴钞本多由"秦客难曰"、"主人答曰"句提行，朱校钩连于上，亦有未提行处，今不一一指出。〇晋书本传曰："作声无哀乐论，甚有条理。"〇世说新语文学篇曰："旧云王丞相过江，止道声无哀乐、养生、言尽意三理而已。"

有秦客问于东野主人曰〔一〕："闻之前论曰：治世之音安以乐，亡国之音哀以思〔二〕。夫治乱在政，而音声应之。故哀思之情，表于金石；安乐之象，形于管弦也〔三〕。又仲尼闻韶，识虞舜之德〔四〕；季札听絃〔五〕，知众国之风〔六〕。斯已然之事，先贤所不疑也。今子独以为声无哀乐，其理何

315

居〔七〕？若有嘉讯〔八〕，今请闻其说〔九〕。”

主人应之曰："斯义久滞，莫肯拯救〔一○〕，故（念）〔令〕历世滥于名实〔一一〕。今蒙启导，将言其一隅焉〔一二〕。夫天地合德，万物贵生〔一三〕；寒暑代往，五行以成〔一四〕。（故）章为五色〔一五〕，发为五音〔一六〕。音声之作，其犹臭味在于天地之间。其善与不善，虽遭遇浊乱〔一七〕，其体自若，而不变也〔一八〕。岂以爱憎易操，哀乐改度哉〔一九〕？及宫商集（化）〔比〕〔二○〕，声音克谐〔二一〕。此人心至愿，情欲之所锺〔二二〕。古人知情不可恣，欲不可极〔二三〕，因其所用〔二四〕，每为之节〔二五〕。使哀不至伤，乐不至淫〔二六〕。因事与名，物有其号。哭谓之哀，歌谓之乐〔二七〕，斯其大较也〔二八〕。然乐云乐云，锺鼓云乎哉〔二九〕？哀云哀云，哭泣云乎哉〔三○〕？因兹而言，玉帛非礼敬之实，歌（舞）〔哭〕非（悲哀）〔哀乐〕之主也〔三一〕。何以明之？夫殊方异俗〔三二〕，歌哭不同〔三三〕；使错而用之〔三四〕，或闻哭而欢，或听歌而（感）〔慼〕〔三五〕。然而哀乐之情均也〔三六〕。今用均〔同〕之情〔三七〕，而发万殊之声〔三八〕，斯非音声之无常哉〔三九〕？然声音和比，感人之最深者也。劳者歌其事，乐者舞其功〔四○〕。夫内有悲痛之心，则激切哀言〔四一〕。言比成诗，声比成音〔四二〕。杂而咏之〔四三〕，聚而听之。心动于和声，情感于苦言〔四四〕。嗟叹未绝，而泣涕流涟矣〔四五〕。夫哀心藏于（苦心）内〔四六〕，遇和声而后发；和声无象，而哀心有主。夫以有主之哀心，因乎无象之和声〔四七〕，其所觉悟，唯哀而已。岂复知吹万不同，而使其自已哉〔四八〕。风俗之流，遂成其政〔四九〕。是故国史明政教之得失，审国风之盛衰，吟咏情性以讽其上〔五〇〕。故曰：亡国之音哀以思也。夫喜怒哀乐，爱憎惭惧，凡此八者，生民所以接物传情，区别有属，而不可溢者也〔五一〕。夫味以甘苦为称，今以甲贤而心爱〔五二〕，以乙愚而情憎〔五三〕。则爱憎宜属我，而贤愚宜属彼也。可以我爱而谓之爱人，我憎而谓之憎人〔五四〕？所喜则谓之喜味，所怒则谓之怒味哉？由此言之，则外内殊用〔五五〕，彼我异名。声音自当以善恶为主，则无关于哀乐〔五六〕。哀乐自当以情感〔而后发〕〔五七〕，则无系于声音。名实俱去，则尽然可见矣。且季子在鲁，采诗观礼，以别风雅。岂徒任声以决臧否哉〔五八〕？又仲尼闻韶，叹其一致，是以咨嗟〔五九〕，何必因声以知虞舜之德，然后叹美耶？今麤明其一端〔六〇〕，亦可思过半矣〔六一〕。"

秦客难曰："八方异俗〔六二〕，歌哭万殊，然其哀乐之情，不得不见也。夫心动于中，而声出于心〔六三〕。虽托之于他音，寄之于馀声〔六四〕，善听察者，要自觉之不使得过也。昔伯牙理琴，而锺子知其所志〔六五〕；隶人击磬，而（子产）〔子期〕识其心哀〔六六〕；鲁人晨哭，而颜渊审其生离〔六七〕。夫数子者，岂复假智于常音，借验于曲度哉〔六八〕？心戚者则形为之动，情悲者则声为之哀〔六九〕。此自然相应，不可得逃，唯神明者能精之耳〔七〇〕。夫能者不以声众为难〔七一〕，不能者不以声寡为易。今不可以未遇善听，而谓之声无可察之理；见方俗之多变，而谓声音无哀乐也。又云：贤不宜言爱，愚不宜言憎。然则有贤然后爱生，有愚然后憎成[七二]，但不当共其名耳[七三]。哀乐之作，亦有由而然。此为声使我哀，音使我乐也。苟哀乐由声，更为有实，何得名实俱去耶？又云：季子采诗观礼[七四]，以别风雅；仲尼叹韶音之一致，是以咨嗟。是何言欤[七五]？且师襄(奉)〔奏〕操[七六]，而仲尼睹文王之容[七七]；师涓进曲，而子野识亡国之音[七八]。宁复讲诗而后下言，习礼然后立评哉？斯皆神妙独见，不待留闻积日，而已综其吉凶矣[七九]，是以前史以为美谈[八〇]。今子以区区之近知[八一]，齐所见而为限，无乃诬前贤之识微[八二]，负夫子之妙察耶[八三]？"

主人答曰："难云：虽歌哭万殊，善听察者要自觉之，不假智于常音[八四]，不借验于曲度。锺子之徒云云是也[八五]。此为心悲者虽谈笑鼓舞[八六]，情欢者虽拊膺咨嗟[八七]，犹不能御外形以自匿，诳察者于疑似也[八八]。以为就令声音之无常[八九]，犹谓当有哀乐耳。又曰：季子听声，以知众国之风；师襄(奉)〔奏〕操[九〇]，而仲尼睹文王之容。案如所云，此为文王之功德，与风俗之盛衰，皆可象之于声音。声之轻重，可移于后世，襄涓之巧，能得之于将来[九一]。若然者，三皇五帝，可不绝于今日[九二]，何独数事哉？若此果然也，则文王之操有常度[九三]，韶武之音有定数[九四]，不可杂以他变，操以馀声也[九五]。则向所谓声音之无常，锺子之触类，于是乎踬矣[九六]。若音声无〔常〕[九七]，锺子触类〔九八〕,其果然耶？则<u>仲尼</u>之识微,<u>季札</u>之善听,固亦诬矣。此皆俗儒妄记〔九九〕,欲神其事而追为耳〔一〇〇〕。欲令天下惑声音之道〔一〇一〕,不言理自尽此〔一〇二〕。而推使神妙难知〔一〇三〕,恨不遇奇听于当时,慕古人而自叹〔一〇四〕。斯所以大罔后生也〔一〇五〕。夫推类辨物,当先求之自然之理。理已定〔一〇六〕,然后借古义以明之耳〔一〇七〕。今未得之于心,而多恃前言以为谈证〔一〇八〕,自此以往,恐巧历不能纪〔一〇九〕。又难云:哀乐之作,犹爱憎之由贤愚,此为声使我哀,而音使我乐。苟哀乐由声,更为有实矣。夫五色有好丑,五声有善恶〔一一〇〕,此物之自然也。至于爱与不爱〔一一一〕,人情之变,统物之理,唯止于此。然皆无豫于内,待物而成耳。至夫哀乐自以事会,先遘于心,但因和声,以自显发；故前论已明其无常,今复假此谈以正名号耳〔一一二〕。不谓哀乐发于声音,如爱憎之生于贤愚也。然和声之感人心,亦犹酒醴之发人(情)〔性〕也〔一一三〕。酒以甘苦为主〔一一四〕,而醉者以喜怒为用。其见欢戚为声发,而谓声有哀乐,〔犹〕不可见喜怒为酒使〔一一五〕,而谓酒有喜怒之理也。”

秦客难曰〔一一六〕:“夫观气采色,天下之通用也。心变于内,而色应于外,较然可见〔一一七〕,故吾子不疑。夫声音,气之激者也,心应感而动,声从变而发〔一一八〕；心有盛衰,声亦降杀〔一一九〕。同见役于一身,何独于声便当疑耶？夫喜怒章于色(詡)〔诊〕〔一二〇〕,哀乐亦宜形于声音。声音自当有

319

哀乐，但暗者不能识之。至<u>锺子</u>之徒，虽遭无常之声〔一二一〕，则（颕）〔颖〕然独见矣〔一二二〕。今矇瞽面墙而不（悟）〔晤〕〔一二三〕，<u>离娄</u>照秋毫于百寻〔一二四〕，以此言之，则明暗殊能矣〔一二五〕。不可守咫尺之度，而疑<u>离娄</u>之察〔一二六〕；执中庸之听，而猜<u>锺子</u>之聪〔一二七〕。皆谓古人为妄记也。"

主人答曰："难云：心应感而动，声从变而发，心有盛衰，声亦降杀。哀乐之情，必形于声音。<u>锺子</u>之徒，虽遭无常之声，则（颕）〔颖〕然独见矣。必若所言，则<u>浊质</u>之饱〔一二八〕，<u>首阳</u>之饥〔一二九〕，<u>卞和</u>之冤〔一三〇〕，<u>伯奇</u>之悲〔一三一〕，<u>相如</u>之含怒〔一三二〕，<u>不占</u>之怖祗〔一三三〕，千变百态。使各发一咏之歌〔一三四〕，同启数弹之微，则<u>锺子</u>之徒，各审其情矣。尔为听声者，不以寡众易思〔一三五〕，察情者，不以大小为异？同出一身者，期于识之也〔一三六〕。设使从下〔出〕〔一三七〕，则<u>子野</u>之徒，亦当复操律鸣管，以考其音〔一三八〕，知南风之盛衰〔一三九〕，别雅<u>郑</u>之淫正也〔一四〇〕。夫食辛之与甚嚏〔一四一〕，薰目之与哀泣〔一四二〕，同用出泪，使<u>狄牙</u>尝之〔一四三〕，必不言乐泪甜而哀泪苦。斯可知矣。何者？肌液肉汗，踧笮便出〔一四四〕，无主于哀乐，犹篦酒之囊漉〔一四五〕，虽笮具不同，而酒味不变也〔一四六〕。声俱一体之所出，何独当含哀乐之理也〔一四七〕？且夫咸池六茎，大章韶夏，此先王之至乐〔一四八〕，所以动天地，感鬼神〔一四九〕。今必云声音莫不象其体而传其心，此必为至乐不可托之于矇史〔一五〇〕，必须圣人理其弦管〔一五一〕，尔乃雅音得全也。<u>舜</u>

嵇康集校注

命夔击石拊石，八音克谐，神人以和〔一五二〕。以此言之，至乐虽待圣人而作〔一五三〕，不必圣人自执也。何者？音声有自然之和，而无系于人情。克谐之音，成于金石；至和之声，得于管弦也。夫纤毫自有形可察，故离瞽以明暗异功耳。若以水济水，孰异之哉〔一五四〕！”

秦客难曰：“虽众喻有隐，足招攻难〔一五五〕，然其大理，当有所就。若葛卢闻牛鸣，知其三子为牺〔一五六〕；师旷吹律，知南风不竞〔一五七〕，楚师必败；羊舌母听闻儿啼，而审其丧家〔一五八〕。凡此数事〔一五九〕，皆效于上世〔一六〇〕，是以咸见录载。推此而言，则盛衰吉凶，莫不存乎声音矣。今若复谓之诬罔〔一六一〕，则前言往记，皆为弃物〔一六二〕，无用之也。以言通论，未之或安〔一六三〕。若能明（斯）〔其〕所以〔一六四〕，显其所由〔一六五〕，设二论俱济〔一六六〕，愿重闻之。”

主人答曰：“吾谓能反三隅者，得意而〔忘〕言〔一六七〕。是以前论略而未详。今复烦循环之难〔一六八〕，敢不自一竭耶。夫鲁牛能知（牺曆）〔歷牺〕之丧生〔一六九〕，哀三子之不存〔一七〇〕；含悲经年，诉怨葛卢。此为心与人同，异于兽形耳。此又吾之所疑也。且牛非人类，无道相通〔一七一〕。若谓鸣兽皆能有（口）〔言〕，葛卢受性独晓之〔一七二〕，此为称其语而论其事〔一七三〕，犹译传异言耳〔一七四〕。不为考声音而知其情，则非所以为难也。若谓知者为当触物而达〔一七五〕，无所不知，今且先议其所易者。请问圣人卒入胡域〔一七六〕，当知其所言否乎〔一七七〕？难者必曰：知之。知之之理，何以明之〔一七八〕？愿借子之难以立鉴识之域〔一七九〕。或当与关接识其言耶〔一八〇〕？将吹律鸣管〔一八一〕，校其音耶？观气采色，知其心耶？此为知心自由气色，虽自不言，犹将知之。知之之道，可不待言也。若吹律校音，以知其心。假令心志于马，而误言鹿，察者固当由鹿以(弘)〔知〕马也〔一八二〕。此为心不系于所言，言或不足以证心也。若当关接而知言，此为孺子学言于所师，然后知之，则何贵于聪明哉。夫言非自然一定之物，五方殊俗，同事异号〔一八三〕。〔趣〕举一名，以为(摽)〔標〕识耳〔一八四〕。夫圣人穷理〔一八五〕，谓自然可寻，无微不照〔一八六〕。理蔽则虽近不见〔一八七〕。故异域之言，不得强通。推此以往〔一八八〕，葛卢之不知牛鸣，得不(全)〔信〕乎〔一八九〕？又难云：师旷吹律，知南风不竞，楚多死声〔一九〇〕，此又吾之所疑也。请问师旷吹律之时〔一九一〕，楚国之风耶，则相去千里，声不足达；若正识楚(国)〔风〕来入律中耶〔一九二〕，则楚南有吴越，北有梁宋，苟不见其原，奚以识之哉？凡阴阳愤激，然后成风〔一九三〕；气之相感，触地而发〔一九四〕；何(得)〔必〕发楚庭来入晋乎〔一九五〕？且又律吕分四时之气耳〔一九六〕，时至而气动，律应而灰移〔一九七〕。皆自然相待〔一九八〕，不假人以为用也。上生下生〔一九九〕，所以均五声之和，叙刚柔之分也〔二〇〇〕。然律有一定之声，虽冬吹中吕，其音自满而无损也〔二〇一〕。今以晋人之气，吹无(韵)〔损〕之律〔二〇二〕，楚风安得来入其中，与为盈缩耶〔二〇三〕？风无形，声与律不通，则校理之地，无取于风律，不其然乎？

岂(独)**师旷**多识博物〔二〇四〕，自有以知胜败之形，欲固众心，而托以神微〔二〇五〕，若**伯常骞**之许**景公**寿哉〔二〇六〕。又难云：**羊舌**母听闻儿啼，而审其丧家。复请问何由知之？为神心独悟闇语而当耶〔二〇七〕？尝闻儿啼若此其大而恶〔二〇八〕，今之啼声似昔之啼声〔二〇九〕，故知其丧家耶？若神心独悟闇语之当，非理之所得也，虽曰听啼〔二一〇〕，无取验于儿声矣。若以尝闻之声为恶〔二一一〕，故知今啼当恶，此为以甲声为度，以校乙之啼也。夫声之于(音)〔心〕〔二一二〕，犹形之于心也。有形同而情乖，貌殊而心均者；何以明之？圣人齐心等德，而形状不同也。苟心同而形异，则何言乎观形而知心哉？且口之激气为声，何异于籁箫纳气而鸣耶〔二一三〕？啼声之善恶，不由儿口吉凶，犹琴瑟之清浊，不在操者之工拙也。心能辨理善谈〔二一四〕，而不能令(内)〔籁〕箫调利〔二一五〕，犹瞽者能善其曲度，而不能令器必清和也〔二一六〕。器不假妙瞽而良，箫不因惠心而调〔二一七〕。然则心之与声，明为二物。二物之诚然〔二一八〕，则求情者不留观于形貌，揆心者不借听于声音也〔二一九〕。察者欲因声以知心，不亦外乎〔二二〇〕？今**晋**母未得之于老成〔二二一〕，而专信昨日之声，以证今日之啼；岂不误中于前世，好奇者从而称之哉？”

　　秦客难曰：“吾闻败者不羞走〔二二二〕，所以全也。吾心未厌〔二二三〕，而言难复〔二二四〕，更从其馀。今平和之人，听筝笛(琵琶)〔批把〕〔二二五〕，则形躁而志越〔二二六〕。闻琴瑟之音〔二二七〕，则（听）〔体〕静而心闲〔二二八〕。同一器之中，曲用每殊，则情随之变〔二二九〕。奏秦声则叹羡而慷慨〔二三〇〕，理齐楚则情一而思专，肆姣弄则欢放而欲惬〔二三一〕。心为声变，若此其众。苟躁静由声，则何为限其哀乐？而但云至和之声，无所不感；托大同于声音，归众变于人情。得无知彼不明此哉？"

主人答曰："难云：（琵琶）〔批把〕筝笛，令人躁越。又云：曲用每殊，而情随之变。此诚所以使人常感也〔二三二〕。（琵琶）〔批把〕筝笛，间促而声高〔二三三〕，变众而节数〔二三四〕。以高声御数节，故（更）〔使〕形躁而志越〔二三五〕。犹铃铎警耳，锺鼓骇心〔二三六〕。故闻鼓鞞之音，思将帅之臣〔二三七〕；盖以声音有大小，故动人有猛静也。琴瑟之体，（闻）〔间〕辽而音埤〔二三八〕，变希而声清，以埤音御希变，不虚心静听，则不尽清和之极〔二三九〕。是以（听）〔体〕静而心闲也〔二四〇〕。夫曲用不同〔二四一〕，亦犹殊器之音耳。齐楚之曲多重故情一，变（妙）〔少〕故思专〔二四二〕。姣弄之音，挹众声之美，会五音之和〔二四三〕，其体赡而用博〔二四四〕，故心（侈）〔役〕于众理〔二四五〕。五音会，故欢放而欲惬。然皆以单复、高埤、善恶为体〔二四六〕，而人情以躁静专散为应。譬犹游观于都肆，则目滥而情放；留察于曲度，则思静而容端〔二四七〕。此为声音之体，尽于舒疾；情之应声，亦止于躁静耳〔二四八〕。夫曲用每殊〔二四九〕，而情之处变，犹滋味异美，而口辄识之也〔二五〇〕。五味万殊，而大同于美〔二五一〕；曲变虽众，亦大同于和。美有甘，和有乐；然随曲之情，尽于和域^{〔二五二〕}；应美之口，绝于甘境。安得哀乐于其间哉？然人情不同^{〔二五三〕}，自师所解^{〔二五四〕}，则发其所怀。若言平和哀乐正等，则无所先发，故终得躁静^{〔二五五〕}。若有所发，则是有主于内，不为平和也。以此言之，躁静者，声之功也；哀乐者，情之主也；不可见声有躁静之应，因谓哀乐皆由声音也。且声音虽有猛静，猛静各有一和^{〔二五六〕}，和之所感，莫不自发。何以明之？夫会宾盈堂，酒酣奏琴^{〔二五七〕}，或忻然而欢，或惨尔而泣^{〔二五八〕}。非进哀于彼，导乐于此也。其音无变于昔，而欢感并用^{〔二五九〕}，斯非吹万不同耶？夫唯无主于喜怒，〔亦应〕无主于哀乐^{〔二六〇〕}，故欢感俱见。若资偏固之音^{〔二六一〕}，含一致之声，其所发明，各当其分^{〔二六二〕}，则焉能兼御群理，总发众情耶？由是言之：声音以平和为体，而感物无常^{〔二六三〕}；心志以所俟为主^{〔二六四〕}，应感而发。然则声之与心，殊涂异轨^{〔二六五〕}，不相经纬^{〔二六六〕}，焉得染太和于欢感^{〔二六七〕}，缀虚名于哀乐哉^{〔二六八〕}？"

秦客难曰："论云：猛静之音，各有一和。和之所感，莫不自发。是以酒酣奏琴，而欢感并用。此言偏并之情，先积于内^{〔二六九〕}，故怀欢者值哀音而发，内感者遇乐声而感也。夫音声自当有一定之哀乐，但声化迟缓，不可仓卒^{〔二七〇〕}，不能对易。偏重之情，触物而作。故令哀乐同时而应耳。虽二情俱见，则何损于声音有定理耶？"

主人答曰："难云：哀乐自有定声^{〔二七一〕}，但偏重之情，不可卒移。故怀感者遇乐声而哀耳。即如所言，声有定分；假使鹿鸣重奏，是乐声也〔二七二〕；而令感者遇之，虽声化迟缓，但当不能(使)〔便〕变令欢耳〔二七三〕，何得更以哀耶？犹一爝之火〔二七四〕，虽未能温一室，不宜复增其寒矣。夫火非隆寒之物，乐非增哀之具也〔二七五〕。理絃高堂〔二七六〕，而欢感并用者，(真主)〔直至〕和之发滞导情〔二七七〕，故令外物所感，得自尽耳。难云：偏重之情，触物而作，故令哀乐同时而应耳。夫言哀者，或见机杖而泣〔二七八〕，或睹舆服而悲〔二七九〕。徒以感人亡而物存，痛事显而形潜〔二八〇〕。其所以会之，皆自有由，不为触地而生哀，当席而泪出也。今(见)〔无〕机杖以致感〔二八一〕，听和声而流涕者，斯非和之所感，莫不自发也〔二八二〕？"

秦客难曰："论云：酒酣奏琴，而懽感并用〔二八三〕。欲通此言，故答以偏情，感物而发耳。今且隐心而言〔二八四〕，明之以成效〔二八五〕。夫人心不欢则感，不感则欢，此情志之大域也〔二八六〕。然泣是感之伤〔二八七〕，笑是欢之用〔二八八〕。盖闻齐楚之曲者，唯睹其哀涕之容，而未曾见笑噱之貌〔二八九〕，此必齐楚之曲，以哀为体；故其所感，皆应其度(量)〔二九〇〕。岂徒以多重而少变，则致情一而思专耶〔二九一〕？若诚能致泣，则声音之有哀乐，断可知矣〔二九二〕。"

主人答曰："虽人情(感)〔感〕于哀乐〔二九三〕，哀乐各有多少。又哀乐之极，不必同致也。夫小哀容坏〔二九四〕，甚悲而泣，哀之方也。小欢颜悦，至乐(心愉)〔而笑〕〔二九五〕，乐之理也。何以明之〔二九六〕？夫至亲安豫〔二九七〕，则恬若自然〔二九八〕，所自得也〔二九九〕。及在危急，仅然后济〔三〇〇〕，则抃不及儛〔三〇一〕。由此言之，儛之不若向之自得，岂不然哉？至夫笑噱，虽出于欢情，然〔自以理成，又非〕自然应声之具也〔三〇二〕。此为乐之应声，以自得为主；哀之应感，以垂涕为故。垂涕则形动而可觉〔三〇三〕，自得则神合而无（忧）〔变〕〔三〇四〕。是以观其异，而不识其同〔三〇五〕；别其外，而未察其内耳。然笑噱之不显于声音，岂独齐楚之曲耶？今不求乐于自得之域，而以无笑噱谓齐楚体哀，岂不知哀而不识乐乎？"

秦客问曰："仲尼有言：移风易俗，莫善于乐〔三〇六〕。即如所论，凡百哀乐，皆不在声，即移风易俗，果以何物耶〔三〇七〕？又古人慎靡靡之风，抑慆耳之声〔三〇八〕。故曰：放郑声，远佞人〔三〇九〕。然则郑卫之音〔三一〇〕，击鸣球以协神人〔三一一〕，敢闻郑雅之体，隆弊所极〔三一二〕，风俗移易，奚由而济？幸重闻之〔三一三〕，以悟所疑。"

主人应之曰："夫言移风易俗者，必承衰弊之后也〔三一四〕。古之王者，承天理物〔三一五〕，必崇简易之教〔三一六〕，御无为之治〔三一七〕。君静于上，臣顺于下〔三一八〕；玄化潜通，天人交泰〔三一九〕。枯槁之类，浸育灵液〔三二〇〕，六合之内，沐浴鸿流，荡涤尘垢〔三二一〕；群生安逸，自求多福〔三二二〕；默然从道，怀忠抱义〔三二三〕，而不觉其所以然也。和心足于内，和气见于外〔三二四〕；故歌以叙志〔三二五〕，儛以宣情〔三二六〕。然后文之以采章,照之以风雅^[三二七],播之以八音,感之以太和^[三二八];导其神气,养而就之^[三二九];迎其情性^[三三〇],致而明之;使心与理相顺,(和)〔气〕与声相应^[三三一]。合乎会通,以济其美^[三三二]。故凯乐之情,见于金石^[三三三];含弘光大,显于音声也^[三三四]。若〔此〕以往^[三三五],则万国同风^[三三六],芳荣济茂^[三三七],馥如秋兰^[三三八],不期而信,不谋而(诚)〔成〕^[三三九],穆然相爱;犹舒锦彩^[三四〇],而粲炳可观也^[三四一]。大道之隆,莫盛于兹,太平之业^[三四二],莫显于此。故曰:移风易俗,莫善于乐。乐之为体^[三四三],以心为主。故无声之乐,民之父母也^[三四四]。至八音会谐^[三四五],人之所悦,亦总谓之乐。然风俗移易,不在此也^[三四六]。夫音声和(此)〔比〕^[三四七],人情所不能已者也。是以古人知情之不可放^[三四八],故抑其所遁^[三四九];知欲之不可绝^[三五〇],故因其所自^[三五一]。为可奉之礼^[三五二],制可导之乐^[三五三]。口不尽味,乐不极音;挍终始之宜,度贤愚之中,为之检则^[三五四],使远近同风,用而不竭^[三五五],亦所以结忠信,著不迁也^[三五六]。故乡校庠塾亦随之变^[三五七]。丝竹与俎豆并存,羽毛与揖让俱用^[三五八],正言与和声同发。使将听是声也,必闻此言;将观是容也,必崇此礼。礼犹宾主升降,然后酬酢行焉^[三五九]。于是言语之节,声音之度,揖让之仪,动止之数^[三六〇],进退相须,共为一体^[三六一]。君臣用之于朝,庶士用之于家^[三六二]。少而习之,长而不怠,心安志固,从善日迁^[三六三],然后临之以敬,持之以久而不变^[三六四],然后化成。此又先王用乐之意也。故朝宴聘享，嘉乐必存〔三六五〕；是以国史采风俗之盛衰，寄之乐工，宣之管弦，使言之者无罪，闻之者足以（自）诫〔三六六〕。此又先王用乐之意也。若夫郑声，是音声之至妙。妙音感人，犹美色惑志，耽槃荒酒，易以丧业〔三六七〕。自非至人，孰能（禦）〔御〕之〔三六八〕？先王恐天下流而不反〔三六九〕，故具其八音，不渎其声〔三七〇〕，绝其大和〔三七一〕，不穷其变。捐窈窕之声，使乐而不淫〔三七二〕。犹大羹不和，不极勾药之味也〔三七三〕。若流俗浅近，则声不足悦，又非所欢也。若上失其道，国丧其纪〔三七四〕，男女奔随，婬荒无度〔三七五〕；则风以此变〔三七六〕，俗以好成。尚其所志，则群能肆之；乐其所习，则何以诛之？托于和声，配而长之，诚动于言，心感于和，风俗一成〔三七七〕，因而名之〔三七八〕。然所名之声，无（□）〔中〕于淫邪也〔三七九〕。淫之与正同乎心，雅郑之体，亦足以观矣。"

〔　一　〕"东野"见前阮德如答诗（早发温泉庐）注〔二四〕。

〔　二　〕毛诗序："治世之音安以乐，其政和；乱世之音怨以怒，其政乖；亡国之音哀以思，其民困。"

〔　三　〕淮南子主术训："古之为金石管弦者，所以宣乐也。"注："金，钟；石，磬；管，箫也；弦，琴瑟也。"汉书礼乐志："和亲之说难形，则发之于诗歌咏言，钟石管弦。"

〔　四　〕论语："子在齐闻韶。"又曰："子谓韶尽美矣。"集解："孔安国曰：'韶，舜乐名，谓以圣德受禅，故尽美。'"

〔　五　〕"絃"吴钞本作"弦"，二字通。

〔六〕"知"吴钞本同，周校本作"识"，误也。○季札事，详见左氏襄公二十九年传。

〔七〕礼记檀弓上："檀弓曰：'何居，我未之前闻也。'"注："居读为姬姓之姬，齐鲁之间语助也。"又郊特牲注："何居，怪之也。"

〔八〕尔雅："讯，告也。"

〔九〕吴钞本原钞无"今"字，墨校补。"闻"吴钞本作"问"。

〔一〇〕左传注："拯犹救助也。"

〔一一〕"念"吴钞本作"令"，是也。张本注云："或作令。"○"历世"见前琴赋注〔九〕。左传注："滥，失也。"

〔一二〕论语："举一隅不以三隅反，则不复也。"

〔一三〕"贵"吴钞本作"资"。○易系辞下："阴阳合德而刚柔有体。"又坤卦文言曰："至哉坤元，万物资生。"荀子礼论篇："天地合而万物生。"论衡自然篇："天地合气，万物自生。"汉书杜钦传："对策曰：'生，天地之所贵也。'"

〔一四〕易系辞下："寒往则暑来，暑往则寒来。"

〔一五〕吴钞本原钞无"故"字，墨校补。周校本曰："案无者为长。"

〔一六〕左氏昭公二十五年传："则天之明，因地之性，生其六气，用其五行，气为五味，发为五色，章为五音。"考工记："杂四时五位之色以章之。"注："章，明也。"

〔一七〕吴钞本无"遇"字。

〔一八〕"不"吴钞本作"无"。○战国策秦策："织自若。"注："若，如故也。"

〔一九〕"爱憎"见前养生论注〔三五〕。

〔二〇〕"化"吴钞本作"比"，是也。

〔二一〕史记乐书："比音而乐之。"正义曰："比，次也。"礼记乐记篇：

"声成文谓之音。"注:"宫、商、角、徵、羽,杂比曰音,单出曰声。"书舜典:"八音克谐。"尔雅:"谐,和也。"

〔二二〕"欲"或作"慾",下同。○释名:"锺,聚也。"

〔二三〕礼记曲礼上:"欲不可从,乐不可极。"

〔二四〕"因"上,吴钞本原钞有"故"字,墨校删。

〔二五〕礼记乐记篇:"是故先王之制礼乐,人为之节。"

〔二六〕论语:"子曰:'关雎乐而不淫,哀而不伤。'"

〔二七〕四句各本皆夺,惟吴钞本原钞有之,朱校删去。案下文两"云"字即承此两"谓之"而言,原钞是也,今据补。

〔二八〕史记货殖列传:"此其大较也。"索隐曰:"较音角,大较,犹大略也。"

〔二九〕"锺"或作"钟"。○论语:"子曰:'礼云礼云,玉帛云乎哉?乐云乐云,钟鼓云乎哉?'"

〔三〇〕庄子天道篇:"锺鼓之音,羽毛之容,乐之末也;哭泣衰经,隆杀之服,哀之末也。"春秋繁露玉杯篇:"乐云乐云,锺鼓云乎哉?引而后之,亦宜曰:丧云丧云,衣服云乎哉?"

〔三一〕"舞"字吴钞本涂改而成,周校本曰:"案当作'哭'。"又曰:"'悲哀'疑当作'哀乐'。"

〔三二〕"殊"宋本世说新语文学篇注引作"他",别本仍作"殊"。

〔三三〕"歌哭"世说新语文学篇注引作"歌笑",误也。下文即云"闻哭""听歌"。○荀子正名篇:"曲期远方异俗之乡。"班固西都赋:"殊方异类,至于三万里。"

〔三四〕毛诗传:"错,杂也。"

〔三五〕"感"吴钞本及世说新语文学篇注引作"戚"。严辑全三国文作"感",注云:"依世说文学篇注改。"读书续记曰:"明本'戚'作

‘感’，盖‘慼’之讹。”○扬案：后文皆以“欢”“慼”对言。○淮南子齐俗训：“载哀者闻歌声而泣，载乐者见哭者而笑。”

〔三六〕“而”吴钞本作“其”。世说新语文学篇注引无“而”字。“情”吴钞本原钞作“怀”，墨校改。

〔三七〕“均”下，张本及三国文有“一”字，皕宋楼钞本同。世说新语文学篇注引有“同”字，严辑全三国文据补。○扬案：“一”字“同”字并通。

〔三八〕世说新语文学篇注引无“而”字。○淮南子本经训：“隔而不通，分为万殊。”

〔三九〕“哉”世说新语文学篇注引作“乎”。

〔四〇〕文选谢混游西池诗注引韩诗曰：“伐木废，朋友之道绝，劳者歌其事。”汉书景帝纪：“诏曰：‘歌者所以发德也，舞者所以明功也。’”

〔四一〕此句吴钞本原钞作“则激哀切之言”，墨校改。○汉书贾山传：“其言多激切。”

〔四二〕毛诗序：“诗者，志之所之也。在心为志，发言为诗。”“声音”见上文注〔二一〕。

〔四三〕“詠”或作“咏”，下同。

〔四四〕左氏昭公二十一年传：“和声入于耳而藏于心。”马融长笛赋：“心乐五声之和。”战国策秦策：“苦言乐也。”

〔四五〕毛诗序：“言之不足，故嗟叹之。”诗氓：“不见复关，泣涕涟涟。”释文：“涟，泣貌。”

〔四六〕吴钞本原钞无“苦心”二字，墨校补。“心”下，张本及三国文有“之”字。周校本曰：“俱不当有。”○礼记乐记篇：“其哀心感者，其声噍以杀。”

〔四七〕"声"下，吴钞本原钞有"而后发"三字，墨校删。周校本曰："而上当夺一字，删之甚非。"○扬案：就上下文观之，当夺"感"字也。虽然，此句文义亦足，有之反为冗赘。"而后发"三字似钞者涉上文而误衍。

〔四八〕庄子齐物论篇："夫吹万不同，而使其自已也。咸其自取，怒者其谁邪？"郭象注："自已而然，则谓之天然，天然耳，非为也。"文选注引司马彪曰："吹万，言天气吹煦，生养万物，形气不同。已，止也，使各得其性而止。"

〔四九〕淮南子本经训："晚世风流俗败。"又泰族训："因其喜音，而正雅颂之声，故风俗不流。"

〔五○〕毛诗序："国史明乎得失之迹，伤人伦之废，哀刑政之苛，吟咏情性，以风其上。"

〔五一〕礼记礼运篇："何谓人情？喜怒哀乐爱恶欲，七者弗学而能。"案太平御览四百六十七引顾子曰："哀乐喜怒爱憎欲惧，人之情也。"亦以八情为说。

〔五二〕"甲"吴钞本原钞误作"用"，朱校改。

〔五三〕"乙"吴钞本原钞误作"人"，朱校改。○史记万石君列传："长子建，次子甲，次子乙。"正义曰："颜师古云：'史失其名，故云甲乙。'"顾炎武日知录曰："先秦以上即有以甲乙为彼此之辞者。韩非子：'罪生甲，祸归乙，伏怨乃结。'"

〔五四〕"而"吴钞本原钞作"则"，墨校改。

〔五五〕"外内"张本及三国文作"内外"。

〔五六〕"乐"下，吴钞本原钞有"也"字，墨校删。

〔五七〕吴钞本原钞夺"哀乐"二字，墨校补。又原钞"感"下有"而后发"三字，墨校删。案有此三字为合。"情感"周校本误作"感情”。〇汉书艺文志:“哀乐之情感,歌咏之声发。”

〔五八〕“臧否”见前幽愤诗注〔二一〕。

〔五九〕论语:“子在齐闻韶,三月不知肉味。曰:‘不图为乐之至于斯也。’”易系辞下:“天下同归而殊途,一致而百虑。”案此谓韶音之美,与德一致也。

〔六〇〕“麤”吴钞本作“粗”。

〔六一〕易系辞下:“知者观其象辞,则思过半矣。”

〔六二〕曹植泰山梁父行:“八方各异气。”汉书注:“四方四维,谓之八方。”

〔六三〕礼记乐记篇:“凡音者生于人心者也,情动于中,故形于声。”

〔六四〕“馀”吴钞本原钞作“为”,墨校改。

〔六五〕“志”吴钞本原钞作“至”,墨校改。〇“伯牙”“锺子”见前酒会诗(□□兰池)注〔六〕。

〔六六〕案“产”当为“期”字之误。〇仪礼既夕礼:“隶人涅厕。”注:“隶人,罪人,今之徒役作者也。”吕氏春秋精通篇:“锺子期夜闻击磬者而悲,使人召而问之曰:‘子何击磬之悲也?’答曰:‘臣之父不幸而杀人,不得生;臣之母得生,而为公家为酒;臣之身得生,而为公家击磬。臣不睹臣之母三年矣。昔为舍氏睹臣之母,量所以赎之则无有。而身固公家之财也,是故悲也。’锺子期叹嗟曰:‘悲夫,悲夫!心非臂也,臂非椎非石也,悲存乎心,而木石应之。故君子诚乎此而谕乎彼,感乎己而发乎人,岂必强说乎哉!’”案新序杂事第四篇载此事,亦属锺子期。

〔六七〕“审”吴钞本作“察”。〇家语颜回篇:“孔子在卫,昧旦晨兴,颜回侍侧,闻哭者之声甚哀。子曰:‘回,汝知此何所哭乎?’对曰:‘回以此哭声非但为死者而已,又有生离别者也。’子曰:

‘何以知之?’对曰:‘回闻桓山之鸟生四子焉,羽翼既成,将分于四海,其母悲鸣而送之,哀声有似于此,谓其往而不返也。回窃以音类知之。’孔子使人问哭者,果曰父死家贫,卖子以葬,与之长决。子曰:‘回也善于识音矣。’”案说苑辨物篇载此略同。

〔六八〕王褒洞箫赋:“徐听其曲度兮。”后汉书注:“曲度,谓曲之节度也。”

〔六九〕礼记问丧篇:“悲哀在中,故形变于外也。”

〔七〇〕易系辞上:“神而明之,存乎其人。”

〔七一〕“声众”经济类编引作“众声”,误也。

〔七二〕“成”吴钞本原钞作“起”,墨校改。

〔七三〕“共其”吴钞本作“其共”,误也。

〔七四〕“子”吴钞本原钞作“體”,墨校改。周校本改作“札”,注云:“因‘札’讹‘礼’,‘礼’又为‘禮’而讹也。”

〔七五〕“欤”或作“与”。

〔七六〕“奉”吴钞本、程本作“奏”,是也。

〔七七〕韩诗外传:“孔子学鼓琴于师襄子而不进。师襄子曰:‘夫子可以进矣。’孔子曰:‘丘已得其曲矣,未得其数也。’有间,曰:‘夫子可以进矣。’曰:‘丘已得其数矣,未得其意也。’有间,复曰:‘夫子可以进矣。’曰:‘丘已得其意矣,未得其人也。’有间,复曰:‘夫子可以进矣。’曰:‘丘已得其人矣,未得其类也。’有间,邈然远望曰:‘洋洋乎,翼翼乎,必作此乐也。黯然黑,几然而长,以王天下,以朝诸侯者,其惟文王乎?’师襄子避席再拜曰:‘善,师以为文王之操也。’故孔子持文王之声,知文王之为人。”

〔七八〕韩子十过篇:"卫灵公之晋,至濮水之上,夜分而闻鼓新声者,乃召师涓曰:'有鼓新声者,其状似鬼神,子为听而写之。'师涓曰:'诺。'因静坐抚琴而写之。遂去之晋。晋平公觞之。酒酣,灵公曰:'有新声,愿请以示。'平公曰:'善。'乃召师涓,令坐师旷之旁,援琴抚之。未终,师旷抚止之曰:'此亡国之音,不可遂也。'平公曰:'此道奚出?'师旷曰:'此师延之所作,与纣为靡靡之乐也。及武王伐纣,师延东走,至于濮水而自投。故闻此声者,必于濮水之上。先闻者其国必削。'"左氏襄公十四年传:"师旷侍于晋侯。"注:"师旷,晋乐太师子野。"

〔七九〕"综"吴钞本原钞误作"终",墨校改。○易系辞上:"错综其数。"虞氏注:"综,理也。"

〔八〇〕公羊闵公二年传:"桓公使高子将南阳之甲,立僖公而城鲁,鲁人至今以为美谈。"

〔八一〕广雅:"区区,小也。"

〔八二〕"微"下,吴钞本原钞有"旨"字,墨校删。案"旨"字误衍。

〔八三〕韩子说林上:"圣人见微以知明。"淮南子主术训:"孔子学鼓琴于师襄,而谕文王之志,见微以知明矣。"

〔八四〕"音"吴钞本作"韵",误也,上文即云"常音"。

〔八五〕经济类编引无"之"字,误也。

〔八六〕"悲"吴钞本作"哀"。○易系辞上:"鼓之舞之以尽神。"

〔八七〕"拊膺"见前答二郭诗(昔蒙父兄祚)注〔八〕。

〔八八〕吕氏春秋疑似篇:"疑似之际,不可不察。"

〔八九〕此句吴钞本原钞作"尔为已就声音之无常",朱校改补。

〔九〇〕"奉"吴钞本、程本作"奏",是也。

〔九一〕"能"上,吴钞本原钞有"又"字,朱校删。

〔九二〕吕氏春秋用众篇："此三皇五帝之所以大立功名也。"注："三皇：伏羲、神农、女娲也。五帝：黄帝、颛顼、帝喾、帝尧、帝舜也。"

〔九三〕楚辞九章："刓方以为圜兮，常度未替。"注："度，法也。"

〔九四〕论语："乐则韶武。"周礼注："大韶，舜乐也。言其德能绍尧之德也。大武，武王乐也。武王伐纣以除其害，言其德能成大武功。"

〔九五〕汉书礼乐志："杂变并会，雅声远姚。"

〔九六〕易系辞上："引而伸之，触类而长之。"列子注："蹟，碍也。"

〔九七〕吴钞本同。程本作"若音声之无常"。张本及三国文作"若声音之无常"。严辑全三国文作"若声音声无常"，未加"之"字。案有"常"字是也，此承上文而言。

〔九八〕"子"下，吴钞本、程本、张本及三国文有"之"字，严辑全三国文无。案此句有"之"字，则上句亦应有。

〔九九〕荀子儒效篇："偲然若终身之虏而不敢有他志，是俗儒者也。"

〔一〇〇〕"追"经济类编四十四引作"造"。

〔一〇一〕"欲令天下"四字，吴钞本涂改而成。

〔一〇二〕"理"严辑全三国文误作"目"。

〔一〇三〕"而"吴钞本作"为"。"推"张本及三国文作"惟"。

〔一〇四〕"自叹"吴钞本作"叹息"。

〔一〇五〕张本及三国文无"斯"字。○文选注："罔，诬也。"

〔一〇六〕"定"吴钞本原钞作"足"，墨校改。

〔一〇七〕史记酷吏传："张汤决大狱，欲传古义。"

〔一〇八〕易大畜卦象曰："君子以多识前言往行，以畜其德。"

〔一〇九〕"纪"下，吴钞本有"耳"字。○庄子齐物论篇："一与言为二，二与一为三,自此以往,巧历不能得,而况其凡乎?"淮南子览冥训:"天地之间,巧历不能举其数。"注:"巧,工也。虽工为历术者不能悉举其数也。"

〔一〇〕淮南子墬形训:"音有五声。"注:"宫、商、角、徵、羽也。"

〔一一〕吴钞本原钞此"爱"字下有"喜理"二字,又下文"物"字之下,有"与不喜"三字,墨校删。周校本移三字于此处,而成"喜与不喜"一句。

〔一二〕"正"下,吴钞本有"其"字。○春秋繁露深察名号篇:"是正名号者于天地。"

〔一三〕"酒醴"吴钞本作"酝酒"。"情"吴钞本原钞作"性",朱校改。案"性"字是也。杜甫大云寺赞公房诗:"醍醐长发性。"当即本此。○说文:"酝,酿也。"

〔一四〕"苦"文澜本作"辛",误也。○论衡幸偶篇:"酒之成也,甘苦异味。"

〔一五〕"不"上,吴钞本原钞有"犹"字,墨校删。案有"犹"字为合。

〔一六〕由此句至下文"莫不自发也"句,吴钞本原钞在篇末"亦足以观矣"句后,朱校改移之。案原钞所据之本,每节提行,故有此误。

〔一七〕史记刺客列传:"其立意较然。"索隐曰:"较,明也。"

〔一八〕汉书礼乐志:"应感而动,然后心术形焉。"又艺文志:"哀乐之心感,而歌咏之声发。"

〔一九〕"降"张本及三国文作"隆",下同。○"隆杀"见前答难养生论注〔二五六〕。

〔二〇〕"色"字吴钞本涂改而成。"訟"吴钞本作"诊"。读书续记曰:"明本'訟'作'訟',疑当作'诊',然义难通。"○扬案:"诊"字是

嵇康集校注

also。古书"诊"字多写作"㐱"。吕氏春秋注："章，著明也。"素问五藏生成篇："五色微诊，可以目察。"史记仓公列传："五色诊病，知人生死。"周礼天官疾医："以五气五声五色眡其死生。"注："五色，面貌青赤黄白黑也。"说文："诊，视也。"一切经音义引三苍曰："诊，候也。"又引通俗文曰："诊，验也。"案此处"色诊"，即谓面色之候验。刘子新论命相篇："贤愚贵贱，修短吉凶，皆有表诊。"又曰："爰及众庶，皆有诊相。"亦即此义。

〔一二一〕"常"程本作"當"，误也。

〔一二二〕"颖"严辑全三国文及周校本作"颖"，是也。"颖"字俗书。广文选及经济类编引误作"颖"，下同。○汉书注："叶末曰颖。"案此处"颖"与"颍"通。说文："颍，火光也。"人物志材理篇："指机理则颖灼而彻尽。"亦即此义。

〔一二三〕"悟"各本同。读书续记曰："'悟'当作'晤'。"○周礼注："郑司农云：'无目眹谓之瞽，有目眹而无见谓之矇。'"论语："人而不为周南召南，其犹正墙面而立也与？"

〔一二四〕"离娄"见前琴赋注〔七六〕。慎子："离朱之明，察毫末于百步之外。"商君书弱民篇："离娄见秋毫之末。"孟子注："离朱即离娄。"案"娄""朱"音近。毛诗传："八尺曰寻。"

〔一二五〕魏文帝月重轮行："明暗相绝，何可胜言。"

〔一二六〕淮南子道应训："终日行不离咫尺。"注："八寸曰咫。"

〔一二七〕礼记中庸篇："子曰：'君子中庸。'"注："庸，常也。"广雅："猜，疑也。"庄子外物篇："耳彻为聪。"说文："聪，察也。"

〔一二八〕史记货殖列传："洒削薄技也，而郅氏鼎食；胃脯简微耳，而浊氏连骑。"汉书食货志"郅氏"作"质氏"。

〔一二九〕"饑"或作"饥"。○论语："伯夷叔齐饿于首阳之下。"集解："马融曰:'首阳山在河东蒲坂县华山之北,河曲之东。'"

〔一三〇〕韩子和氏篇:"楚人和氏得玉璞楚山中,奉而献之厉王。厉王使玉人相之。玉人曰:'石也。'王以和为诳,而刖其左足。及厉王薨,武王即位,和又奉其璞而献之武王。武王使玉人相之,又曰:'石也。'王又以和为诳,而刖其右足。武王薨,文王即位,和乃抱其璞而哭于楚山之下,三日三夜,泪尽而继之以血。王闻之,使人问其故。乃使玉人理其璞,而得宝焉。"

〔一三一〕"奇"吴钞本作"寄"。䣜宋楼钞本改作"奇",有校语云:"或作'寄','奇'之误。据各本改。"〇水经江水注引扬雄琴清英曰:"伯奇至孝,后母谮之,自投江中。衣苔带藻,忽梦见水仙,赐其美药,思惟养亲,扬声悲歌。船人闻而学之。吉甫闻船人之声,疑似伯奇,援琴作子安之操。"

〔一三二〕"相如"事见前卜疑注〔七五〕。战国策秦策:"寡人忿然含怒日久。"注:"含,怀也。"

〔一三三〕"占"吴钞本作"赡"。〇文选长笛赋注引韩诗外传:"不占,陈不占也,齐人。崔杼弑庄公,陈不占闻君有难,将往赴之。食则失哺,上车失轼。其仆曰:'敌在数百里外,而惧怖如是,虽往其益乎?'占曰:'死君之难,义也;无勇,私也。'乃驱车而奔之。至公门之外,闻战鼓之声,遂骇而死。君子谓不占无勇而能行义,可谓志士矣。"案此文又见艺文类聚二十二、太平御览九十九及四百十八,今本韩诗外传无此条,惟新序义勇篇有之,后汉书桓谭传亦引新序。说文:"祇,敬也。"

〔一三四〕吴钞本无"之"字,误也。"使各"吴钞本原钞作"各使",墨校改。

〔一三五〕"寡众"吴钞本作"众寡"。

〔一三六〕"期"吴钞本、汪本、四库本作"斯",周校本曰:"'斯'各本讹。"读书续记曰:"明本'斯'作'期',较长。"〇扬案:"期"字是也。

〔一三七〕吴钞本原钞作"设使从下出",墨校删"出"字,程本亦有"出"字。案有者是也。从下出,即从地出,故下文云"操律鸣管,以考其音"。

〔一三八〕大戴礼曾子天圆篇:"截十二管以索八音之上下清浊,谓之律也。"礼记月令注:"律,候气之管,以铜为之。"太平御览十六引京房传曰:"铜为物也精,是以用铜也。用竹为引者,事之宜也。"

〔一三九〕左氏襄公十八年传:"晋人闻有楚师,师旷曰:'不害,吾骤歌北风,又歌南风,南风不竞,多死声,楚必无功。'"注:"歌者吹律以咏八风,南风音微,故曰不竞。唯歌南北风者,听晋楚之强弱也。"

〔一四〇〕毛诗序:"雅者,正也。"论语:"郑声淫。"

〔一四一〕素问宣明五气论:"辛,走气,勿多食。"意林引公孙尼子曰:"多食辛者,有益于筋,而气不利。"楚辞注:"辛,谓椒姜也。"说文:"噱,大笑也。"

〔一四二〕说文:"熏,火烟上出也。"案"薰"与"熏"同。

〔一四三〕"狄牙"见前琴赋注〔二三八〕。

〔一四四〕广雅:"蹙,迫也。"案"踧"与"蹙"通。文选长笛赋注:"踧踖,迫蹙貌。"说文:"笮,迫也。"

〔一四五〕说文:"筅箪,竹器也。"集韵:"筵,下物,竹器,可以除粗取细。"广雅:"漉,渗也。"

〔一四六〕杨慎升庵外集曰:"古书中笮酒字,仅见于此。踧沥出酒曰笮,字或作醡,惟集韵有之,亦俗字也。"〇扬案:广雅:"笮,盈也。"

341

"盏"与"滤"同。盖滤汁者必压之,故云盏也,非必酒矣。后汉书耿恭传:"笮马粪汁而饮之。"注:"谓压笮也。"此亦谓压而滤之也。笮字但有迫义。故汉书王莽传曰:"迫笮青徐盗贼。"魏志和洽传曰:"高祖每在屈笮。"抱朴子审举篇:"怀正居贞者,殒笮乎泥泞之中。"

〔一四七〕 "也"吴钞本作"耶"。"独当"各本同。周校本曰:"各本二字作'当读'。"扬案:此误也。

〔一四八〕 汉书礼乐志:"昔黄帝作咸池,颛顼作六茎,尧作大章,舜作招,禹作夏。"注:"招读曰韶。"白虎通义礼乐篇:"黄帝曰咸池者,言大施天下之道而行之,天之所生,地之所载,咸蒙德施也。颛顼曰六茎者,言和律历以调阴阳,茎者,著万物也。尧曰大章者,大明天地人之道也。舜曰箫韶者,舜能绍尧之道也。禹曰大夏者,言禹能顺二圣之道而行之,故曰大夏也。"周礼春官大司乐注:"大夏,禹乐也。禹治水傅土,言其德能大中国也。"大戴礼王言篇:"至乐无声,而天下之民和。"

〔一四九〕 "神"下,吴钞本有"者也"二字。〇毛诗序:"故正得失,动天地,感鬼神,莫近于诗。"

〔一五〇〕 国语楚语:"临事有瞽史之导。"注:"瞽,乐太师;史,太史也。"

〔一五一〕 汉书张禹传:"后堂理丝竹管弦。"

〔一五二〕 书舜典:"帝曰:'夔,命汝典乐,教胄子,八音克谐,无相夺伦,神人以和。'夔曰:'於,予击石拊石,百兽率舞。'"伪孔传:"石,磬也;拊,亦击也。"

〔一五三〕 "而"吴钞本原钞作"之",墨校改。

〔一五四〕 此句文津本作"孰能异之"。〇左氏昭公二十年传:"齐侯至自田。晏子侍于遄台,子犹驰而造焉。公曰:'唯据与我和乎?'

晏子对曰：'据亦同也，焉得为和。君所谓可，据亦曰可，君所谓否，据亦曰否。若以水济水，谁能食之？若琴瑟之专一，谁能听之？'"

〔一五五〕"攻"文津本误作"致"，文澜本误作"故"。

〔一五六〕"子"吴钞本原钞作"生"，墨校改。○左氏僖公二十九年传："介葛卢闻牛鸣，曰：'是生三牺，皆用之矣。其音云。'问之而信。"说文："牺，宗庙之牲也。"

〔一五七〕"竟"字吴钞本原钞不明，墨校涂改作"竞"。周校本曰："各本作'竟'，疑原钞亦同。"○扬案：张燮本、文澜本作"竞"。

〔一五八〕国语晋语："杨食我生，叔向之母闻之，往。及堂，闻其号也，乃还，曰：'其声豺狼之声，终灭羊舌氏之宗者，必是子也。'"注："杨，叔向邑。食我，叔向子伯石也。"案此又见左氏昭公二十八年传。

〔一五九〕严辑全三国文夺"此"字。

〔一六○〕广雅："效，验也。"吕氏春秋长见篇："使文王为善于上世也。"注："上，犹前也。"

〔一六一〕"若"严辑全三国文误作"苔"。

〔一六二〕易大畜卦象曰："君子以多识前言往行，以畜其德。"广雅："记，书也。"老子："圣人常善救人，故无弃物。"

〔一六三〕冯衍显志赋："讲圣哲之通论兮。"

〔一六四〕"斯"张本作"其"，是也。

〔一六五〕论语："子曰：'视其所以，观其所由。'"集解："以，用也；由，经也。"

〔一六六〕"二"文津本作"通"，涉上文而误也。

〔一六七〕"反"吴钞本作"返"，二字通。"言"上，吴钞本有"忘"字，是也。

○"三隅"见前"将言其一隅焉"句注〔一二〕。庄子则阳篇:"言者所以在意,得意而忘言。"

〔一六八〕史记高祖本纪:"三王之道若循环,终而复始。"冯衍与任武达书曰:"举宗达人解说,词如循环。"

〔一六九〕"牛"吴钞本原钞作"史",墨校改。案"牛"字是也。"曆"吴钞本、四库本作"歷",案"曆""歷"义均难明,"牺歷"当为"歷牺"之误。前云"歷世",此云"歷牺",用法正同。此谓鲁牛能记歷次小牲之死也。

〔一七○〕此句吴钞本原钞作"哀三生之不好",墨校改。

〔一七一〕论衡指瑞篇:"鸟兽之知,不与人通。"

〔一七二〕"鸣"吴钞本作"鸟"。"有"下,空格之字,程本作"知",张本作"言",文津本作"闻",八代文钞作"灵",吴钞本此字涂灭。原钞"独"上有"祸"字,朱校删,又点去"能有"二字,改作"有祸"。案此处作"知"作"言"均通。严辑全三国文亦从张本作"言"。

〔一七三〕"称"吴钞本作"解"。

〔一七四〕此句吴钞本原钞作"从传异言耳",墨校改同此本。○说文:"译,传译四夷之言者。"

〔一七五〕吴钞本"谓"作"为",又"知"下有"译"字。严辑全三国文"为当"误作"能当"。

〔一七六〕"请问"吴钞本原钞作"谓闻",朱校改。○"卒"与"猝"通。史记索隐引广雅曰:"卒,暴也。"

〔一七七〕"否"吴钞本原钞作"不",墨校改。

〔一七八〕吴钞本原钞作"知之理何理明之",朱校改补。

〔一七九〕汉书注:"域,界局也。"

〔一八○〕"或"吴钞本原钞作"焉",朱校改。周校本"焉"下更有"或"字,误也。<u>叶渭清</u>曰："余疑嵇文盖本作'为'，属下读。'为''焉'形近，故讹作'焉'。"○<u>扬</u>案："焉""或""为"三字均可通，如作"焉"，则属上句。○<u>广雅</u>："关，通也。"

〔一八一〕"吹"原作"次"，刻板之误。此句<u>吴钞本</u>原钞作"将吹管鸣律"，朱校改。案原钞误也。上文即云"操律鸣管"。

〔一八二〕"固"<u>吴钞本</u>作"故"，二字通。"弘"<u>吴钞本</u>作"知"，是也。

〔一八三〕<u>礼记王制篇</u>："五方之民，言语不通。"<u>新书过秦篇</u>："始皇既没，馀威震于殊俗。"

〔一八四〕"举"上，<u>吴钞本</u>原钞有"趣"字，墨校删。"摽"<u>吴钞本</u>、<u>文津本</u>作"標"。案有"趣"字是也，"摽"为"標"之误。○<u>庄子大宗师篇</u>："有不任其声而趣举其诗焉。"<u>成玄英</u>疏："趋，卒急也。"案"趣"与"趋"同，读曰促。<u>文选注</u>："标，犹表识也。"

〔一八五〕"穷理"见前<u>难养生论</u>注〔五○〕。

〔一八六〕<u>后汉书班固传</u>："奏记东平王曰：'愿将军隆照微之明。'"<u>说文</u>："照，明也。"

〔一八七〕"理"上，<u>吴钞本</u>原钞有"苟无微不照"五字，墨校删。"蔽"<u>吴钞本</u>原钞作"数"，墨校改。案"苟"字连下为句，"无微不照"四字则钞者涉上文而误衍也。"数"与"蔽"形近，故亦致误。○<u>广雅</u>："蔽，障也。"

〔一八八〕"推"<u>张燮本</u>作"信"。

〔一八九〕"全"<u>张本</u>及<u>三国文</u>作"信"，是也。

〔一九○〕<u>北堂书钞</u>一百二十引节此四字。

〔一九一〕"师旷"<u>北堂书钞</u>一百二十引作"子野"。

〔一九二〕<u>文澜本</u>夺"正"字。"国"<u>吴钞本</u>作"风"，是也。

〔一九三〕<u>大戴礼曾子天圆篇</u>："阴阳之气偏则风。"<u>春秋元命苞</u>曰："阴阳怒为风。"

〔一九四〕春秋繁露五行对篇曰:"地起气为风。"汉书律历志:"角,触也。物触地而出戴芒角也。"

〔一九五〕"得"吴钞本作"必",是也。

〔一九六〕汉书律历志:"律有十二,阳律为律,阴律为吕,律以统气类物。"尔雅:"律谓之分。"注:"律管可以分气。"

〔一九七〕太平御览十六引京房易传曰:"阴阳和则影至,律气应则灰除。候气之法,为室三重,户开,涂衅必周,密布缇幔,室中以木为案,内庳外高,从其方位,加律其上,以葭莩灰抑其内端,案历而候之,气至者灰去。其为气所动者,其灰散,风所动者,其灰聚。"

〔一九八〕"待"字吴钞本涂改而成。

〔一九九〕吕氏春秋音律篇:"三分所生,益之一分以上生。三分所生,去其一分以下生。黄钟、大吕、太簇、夹钟、姑洗、仲吕、蕤宾为上,林钟、夷则、南吕、无射、应钟为下。"注:"上者上生,下者下生。"

〔二〇〇〕左氏襄公二十九年传:"五声和,八风平。"注:"宫、商、角、徵、羽,谓之五声。"易噬嗑卦象曰:"刚柔分,动而明。"白虎通义礼乐篇:"声音者,谓宫、商、角、徵、羽也。音,饮也,刚柔清浊和而相饮也。"

〔二〇一〕礼记月令篇:"孟夏之月,律中中吕。"

〔二〇二〕"无韵"吴钞本原钞作"而损",墨校改。案此承上文言之,当以"无损"为合。原钞惟"而"字偶误。

〔二〇三〕国语越语:"嬴缩转化。"注:"嬴缩,进退也。"淮南子俶真训:"盈缩卷舒,与时变化。"案"盈"与"嬴"通。后汉书注:"盈缩,犹进退。”

〔二〇四〕“多识博物”吴钞本作“博物多识”。周校本曰：“案‘独’字当衍。”○汉书叙传曰：“多识博物，有可观采。”

〔二〇五〕此处北堂书钞一百二十引作“子野博物多识，自有以知胜败之形，托以神徽者也”。无“岂独”及“欲固众心而”七字。案：“者也”二字书钞随意加之，“徽”字亦误。本集难宅无吉凶摄生论云：“纵欲辨明神微。”阮籍大人先生传云：“不知其变化神微也。”皆以“神微”连用。

〔二〇六〕晏子春秋内篇杂下：“景公为路寝之台，柏常骞曰：‘君为台甚急，台成，君何为而不踊焉？’公曰：‘有枭。’柏常骞曰：‘臣请禳而去之。’明日，鸮当陛布翼伏地而死。公曰：‘子之道若此其能，亦能益寡人之寿乎？’对曰：‘能。’公曰：‘能益几何？’对曰：‘天子九，诸侯七，大夫五。’公曰：‘子亦有征兆之见乎？’对曰：‘得寿地且动。’柏常骞出，遭晏子于涂，骞辞曰：‘为君禳枭而杀之，今且大祭为君请寿。’晏子曰：‘然则福兆有见乎？’对曰：‘得寿地将动。’晏子曰：‘昔吾见维星绝，枢星散，地其动，汝以是乎？’柏常骞俯首有间，仰而曰：‘然。’晏子曰：‘为之无益，不为无损也。汝其薄敛无费民，且无令君知之。’”案此又见说苑辨物篇。

〔二〇七〕后汉书赵壹传作疾邪赋曰：“贤者虽独悟，所困在群愚。”“闇”与“暗”通。

〔二〇八〕“嘗”吴钞本作“常”。读书续记曰：“明本常作嘗，是。下文‘若以嘗闻之声为恶’可证。”

〔二〇九〕“声”下，吴钞本有“也”字。

〔二一〇〕“曰”吴钞本原钞误作“日”，墨校改。

〔二一一〕此句"嘗"字吴钞本亦作"嘗"。

〔二一二〕案由下文观之，"音"当为"心"之误。

〔二一三〕说文："籁，三孔籥也。"孟子："管籥之音。"注："籥，箫；或曰籥如笛，三孔。"

〔二一四〕"谈"吴钞本作"谭"，二字通。

〔二一五〕"内"张本及三国文作"籁"，是也。

〔二一六〕礼记注："瞽，乐人也。"毛诗笺："凡声使瞽人为之。""清和"见前琴赋注〔一五八〕。

〔二一七〕"惠"吴钞本、张燮本作"慧"，二字通。

〔二一八〕吴钞本无"之"字。

〔二一九〕尔雅："揆，度也。"

〔二二〇〕说文："外，远也。"

〔二二一〕"老成"吴钞本原钞作"考诚"，朱校改。周校本"诚"字作"试"。案"诚"作信解，似亦可通。〇诗荡："虽无老成人，尚有典型。"案此处谓但闻儿时之啼，而未验之于成年也。

〔二二二〕曹植请招降江东表曰："善论者不耻谢，善战者不羞走。"

〔二二三〕"吾"上，吴钞本有"今"字。〇后汉书注："厌，服也。"

〔二二四〕"难"上，吴钞本原钞有"于"字，墨校删。案原钞"于"字当在"难"字下。

〔二二五〕"琵琶"吴钞本原钞作"批把"，墨校改。案原钞是也。风俗通义曰："以手批把，因以为名。"

〔二二六〕淮南子俶真训："神越者其言华。"注："越，散也。"

〔二二七〕北堂书钞一百十引无"之音"二字。

〔二二八〕"闲"或作"閒"，下同。此句北堂书钞一百十引作"则体静而心闲"，初学记十六引作"则体静而心开"，严辑全三国文亦改

"听"为"体"。案"体"字是也。"体静心闲"与上"形躁志越"正相对。太音大全引此亦作"体"。"閗"为"闲"字之误。

〔二二九〕案"曲用",犹声用也。周礼春官鼓人:"教为鼓,而辨其声用。"

〔二三〇〕史记李斯列传:"上书曰:'击瓮叩缶,弹筝搏髀,而歌呜呜快耳者,真秦之声也。'"又蔺相如列传:"闻秦王善为秦声。"汉书赵充国辛庆忌传赞曰:"今之歌谣慷慨,风流犹存。"曹植箜篌引:"秦筝何慷慨!"

〔二三一〕"欲"或作"悆",下同。○王褒洞箫赋:"时肆姣弄,则彷徨翱翔。"文选注:"弄,小曲也。"说文:"姣,好也;悆,快也。"

〔二三二〕"诚"张本及三国文作"情"。

〔二三三〕北堂书钞一百七、初学记十六引"琵"上有"夫"字,又"间"字作"闻",初学记引无"而"字。案"闻"字误也。又案文选琴赋注及谢灵运道路忆山中诗注引此句,并题阮籍乐论,谢诗注引句末又有"也"字。皆误。

〔二三四〕尔雅:"数,疾也。"

〔二三五〕"更"吴钞本作"使",是也。北堂书钞一百十、初学记十六引并作"使"。又"使"下并有"人"字。严辑全三国文亦同。

〔二三六〕"锺"或作"鐘",吴钞本"锺鼓"作"鼓锺",又"鼓"上有"而"字。○广雅:"铎,铃也。"周礼注:"文事奋木铎,武事奋金铎。"韩诗外传:"子路曰:'得白羽如月,赤羽如朱,击锺鼓者上闻于天,下筑于地,使将而攻之,惟由为能。'"论衡顺鼓篇:"事大而急者用钟鼓,小而缓者用铃筊。"吕氏春秋侈乐篇:"以此骇心气,动耳目。"案陈不占闻锺鼓之声遂骇而死,见上文注〔一三三〕。

〔二三七〕"思"上,吴钞本有"则"字。○礼记乐记篇:"君子听鼓鼙之声,则思将帅之臣。"仪礼注:"鼙,小鼓也。"案"鞞"与"鼙"通。

〔二三八〕“闻”吴钞本作“间”，是也。本集琴赋云：“间辽故音庳。”文选注引阮籍乐论曰：“琵琶筝笛，间促而声高，琴瑟之体，间辽而音埤。”义与此同。扬案：文选注引此题阮籍乐论，误也，严辑全三国文据此以附于阮籍乐论后，亦误。〇“间辽音庳”见前琴赋注〔二一二〕。汉书注：“埤，卑也。”案“埤”与“庳”通。

〔二三九〕“清和”见前琴赋注〔一五八〕。

〔二四〇〕案此“听”字当亦“体”字之误。

〔二四一〕“用”吴钞本作“度”。

〔二四二〕案“妙”当为“少”字之误，下文秦客难云：“岂徒以多重而少变，则致情一而思专耶?”正承此处而言。

〔二四三〕说文：“挹，抒也。”楚辞九歌：“五音纷兮繁会。”长笛赋：“心乐五声之和。”

〔二四四〕吕氏春秋注：“赡，犹足也。”

〔二四五〕“侈”程本作“恀”，吴钞本作“役”。案“役”字是也。

〔二四六〕“体”文津本作“情”，误也。

〔二四七〕“专散”至“思静”二十五字，各本皆夺，惟吴钞本有之，今据补。〇战国策秦策：“范子献书昭王曰：‘愿少赐游观之闲。’”文选注：“肆，市廛也。”左传注：“滥谓滥佚。”曹植七启曰：“情放志荡。”礼记玉藻篇：“目容端。”吕氏春秋尽数篇：“和精端容。”注：“端，正也。”

〔二四八〕“于”张本及三国文作“以”。

〔二四九〕由“情”至“殊”十五字，吴钞本原钞夺，墨校补。

〔二五〇〕“輙”或作“辄”。

〔二五一〕“五味”见前难养生论注〔三二〕。

〔二五二〕“于”吴钞本作“乎”。

〔二五三〕周校本"同"上有"自"字,注云:"各本字无。"扬案:各本"自"在"同"下,连下为句。吴钞本原钞亦无"自"字。○左氏襄公三十一年传:"子产曰:'人心不同,如其面焉。'"

〔二五四〕"自"吴钞本作"各"。

〔二五五〕"故"字吴钞本涂改而成。

〔二五六〕程本不重"猛静"二字,吴钞本原钞同,墨校补。

〔二五七〕吕氏春秋长攻篇:"代君至酒酣。"注:"酣,饮酒合乐之时。"尚书传:"乐酒曰酣。"

〔二五八〕"尔"文澜本作"然"。

〔二五九〕"慼"或作"戚",下同。

〔二六○〕此句"无"字上吴钞本原钞有"未应"二字,墨校删。周校本改"未"为"亦"。案"亦"字更合。

〔二六一〕"偏"吴钞本原钞作"不",墨校改。案"偏"字更合。

〔二六二〕宋玉风赋曰:"发其耳目。"淮南子本经训:"各守其分。"注:"分犹界也。"

〔二六三〕"常"四库本误作"當"。

〔二六四〕"以"三国文误作"之"。

〔二六五〕"殊涂"见前与山巨源绝交书注〔三六〕。

〔二六六〕淮南子墬形训:"凡地形东西为纬,南北为经。"

〔二六七〕"太和"见前答难养生论注〔二七二〕。

〔二六八〕说文:"缀,合箸也。"

〔二六九〕周校本曰:"'并'当作'重'。"○扬案:下文即云"偏重",但"并"字自亦可通。"偏并""偏重"互用,犹上文"曲用""曲度"互用也。○考工记:"舆人大与小无并。"注:"并,偏邪相就也。"

〔二七○〕案"仓卒"字本作"猝"。玉篇:"猝,犬从草中暴出也,言仓猝暴疾也。今作卒。"

〔二七一〕吴钞本无"哀"字,误也。

〔二七二〕毛诗序:"鹿鸣,燕群臣嘉宾也。"

〔二七三〕"使"吴钞本作"便"。马叙伦曰:"明本'便'作'使',似作
'便'长。"

〔二七四〕庄子逍遥游篇:"日月出矣,而爝火不息。"释文:"字林云:'爝,
炬火也。'"

〔二七五〕"具"吴钞本作"俱",误也。

〔二七六〕"絃"吴钞本作"弦"。○古乐府:"挟瑟上高堂。"

〔二七七〕"真主"吴钞本作"直至",是也。

〔二七八〕"机"或作"几",程本、汪本、四库本误作"機",下同。○"机杖"
见前思亲诗注〔一三〕。

〔二七九〕史记平准书:"室庐舆服僣于上。"案此处谓亡亲之舆服也。

〔二八○〕荀子哀公篇:"孔子曰:'君入庙门而右登自阼阶,仰视榱栋,俯
见几筵,其器存,其人亡,君以此思哀,则哀将焉而不至矣。'"
后汉书东平王苍传:"章帝赐王书曰:'闻之于师曰:其物存,其
人亡,不言哀而哀自至。'"

〔二八一〕"见"吴钞本作"无"。读书续记曰:"明本'无'作'见',是。"周
校本曰:"各本作'见',案因'无'而讹。"○扬案:"无"字是也。

〔二八二〕"之"文津本作"声"。案"也""耶"通用,此谓非有所见,但听声
而致哀,岂非感于和声而发耶?

〔二八三〕"感"文津本作"悲"。

〔二八四〕"心"文津本作"约",误也。

〔二八五〕崔瑗座右铭:"隐心而后动。"文选注引刘熙孟子注曰:"隐,度
也。"国语晋语:"民无成君。"注:"成,定也。"

〔二八六〕家语入官篇:"大域之中,而公治之。"注:"大域,犹辜较也。"

〔二八七〕"伤"字吴钞本涂改而成。

〔二八八〕"用"下,吴钞本原钞有"也"字,墨校删。

〔二八九〕汉书叙传上:"谈笑大噱。"说文:"噱,大笑也。"

〔二九〇〕吴钞本无"量"字,更合。

〔二九一〕"情一"吴钞本作"精壹"。案"精"字误也。上文即云"齐楚之曲多重,故情一","壹"与"一"同。

〔二九二〕礼记注:"断,犹决也。"

〔二九三〕"感"吴钞本、张本作"感",是也。○汉书艺文志:"代赵之讴,秦楚之风,皆感于哀乐,缘事而发。"

〔二九四〕"容"程本误作"密"。

〔二九五〕"心愉"吴钞本作"而笑",是也。此与上文"而泣"相对。

〔二九六〕"明"吴钞本作"言"。

〔二九七〕尔雅:"豫,乐也。"

〔二九八〕"恬"程本作"佸",误也。此句吴钞本作"则怡然自若"。○说文:"恬,安也;怡,和也。"汉书注:"自若,言自如故也。"

〔二九九〕"自得"吴钞本原钞作"猖狂",墨校改。案下文正言"自得"。

〔三〇〇〕战国策秦策:"仅以救亡者。"注:"仅,犹裁也。"案"裁"与"才"同。

〔三〇一〕"儛"与"舞"同。"抃舞"见前琴赋注〔二二二〕。

〔三〇二〕此处吴钞本原钞作"然自以理成,又非自然应之声具也",墨校删改,令同此本。叶渭清曰:"按所云自以理成,又非自然应声之具者,正与上'小欢颜悦,至乐而笑,乐之理也',下'笑噱之不显于声音,岂独齐楚之曲耶'语合。墨校改为'自然应声之具',几于反矣。"○扬案:吴钞本原钞是也,惟"之声"二字误倒。

〔三〇三〕此处吴钞本原钞作"哀之应感以垂涕,故刑动而可觉",墨校于"故"上补"为"字,改"刑"为"形",朱校于"故"下补"垂涕则"三字。叶渭清曰:"'哀之应感以垂涕'句绝,下疑挩'垂涕'二字,'垂涕故形动而可觉',句义自通。若如朱墨校所补,则于'故'字句绝,'为故'不词。"○扬案:此处"垂涕"二字重出,"故"吴钞本原钞偶误,又挩"则"字也。"以自得为主","以垂涕为故",句法一律,"为故"二字不容省。吕氏春秋察今篇:"以胜为故。"注:"故,事也。"此处谓见其垂涕,因知为应感而悲也。

〔三〇四〕"忧"吴钞本原钞作"变",墨校改。叶渭清曰:"'无变'视'无忧'义胜。"○扬案:"变"字是也,无变故不觉。

〔三〇五〕吴钞本原钞夺"不识其同"四字,墨校补。

〔三〇六〕二句见孝经。

〔三〇七〕"即"吴钞本作"则"。

〔三〇八〕"愔"吴钞本作"滔",误也。○王褒洞箫赋:"被淋洒其靡靡兮。"文选注:"靡靡,声之细好也。"左氏昭公元年传:"于是有烦手淫声,愔堙心耳。"说文:"愔,悦也。"

〔三〇九〕论语:"子曰:'放郑声,远佞人。郑声淫,佞人殆。'"

〔三一〇〕案此下有夺文,各本并同。○荀子乐论篇:"郑卫之音,使人之心淫。"

354

〔三一一〕书益稷篇:"戛击鸣球,搏拊琴瑟以咏,祖考来格。"伪孔传:"此舜庙堂之乐,民悦其化,神歆其祀。"

〔三一二〕魏志陈思王传:"诏报曰:'盖教化所由,各有隆弊。'"

〔三一三〕"幸"吴钞本原钞作"愿",墨校改。

〔三一四〕"衰"张本误作"哀"。○后汉书陈忠传:"上疏曰:'大汉之兴,虽承衰敝。'"典论曰:"孝昭承衰敝之世。"

〔三一五〕汉书五行志:"王者自下承天理物。"白虎通义诛伐篇:"王者承天理物,故率天下静。"

〔三一六〕淮南子泰族训:"宽裕简易者,乐之化也。"王褒四子讲德论曰:"大汉之为政也,崇简易,尚宽柔。"桓麟太尉刘宽碑曰:"壹行质省简易之教。"

〔三一七〕论语:"子曰:'无为而治者,其舜也与?'"老子:"为无为则无不治。"

〔三一八〕吴钞本原钞夺"于上臣顺"四字,墨校补。

〔三一九〕蔡邕陈留太守行小黄县颂曰:"玄化洽矣,黔首用宁。"风俗通义曰:"三皇指天画地,神化潜通。"易泰卦象曰:"天地交,泰。后以财成天地之道。"又序卦传:"泰者,通也。"

〔三二〇〕庄子徐无鬼篇:"枯槁之士宿名。"曹植升天行:"灵液飞素波。"

〔三二一〕司马相如难蜀父老曰:"六合之内,八方之外。"汉书注:"天地四方谓之六合。"史记乐书曰:"沐浴膏泽而歌咏勤苦。"又曰:"万民咸荡涤邪秽,以饰厥性。"班固答宾戏曰:"是以六合之内,莫不同源共流,沐浴玄德。"案"鸿"与"洪"通。

〔三二二〕诗文王:"永言配命,自求多福。"

〔三二三〕易复卦象曰:"中行独复,以从道也。"礼记儒行篇:"戴仁而行,抱义而处。"

〔三二四〕吴钞本原钞夺"于内和气见"五字,墨校补。文澜本"见"误作"足"。○春秋元命苞曰:"乐者和盈于内,动发于外。"

〔三二五〕此下六句北堂书钞一百五引作阮籍,一百七引作阮籍乐论,误也。

〔三二六〕郑玄幽诗谱曰:"周公作七月之诗叙己志。"魏武帝碣石篇:"幸甚至哉，歌以咏志。"吕氏春秋古乐篇："陶唐氏之始，民气郁阏而滞著，筋骨瑟缩不达，故作为舞以宣导之。"傅毅舞赋："臣闻歌以咏言，舞以尽意。"

〔三二七〕"照"张本及三国文、北堂书钞引作"昭"。〇左氏宣公十四年传："朝而献功，于是有容貌采章。"毛诗序："诗有六义焉，一曰风，二曰雅。"

〔三二八〕庄子天运篇："夫至乐者，先之以人事，顺之以天理。然后调理四时，太和万物。"

〔三二九〕"神气"见前幽愤诗注〔三一〕。尔雅："就，成也。"

〔三三〇〕"情性"张本作"性情"。

〔三三一〕"和"吴钞本作"气"，是也。上文即以"和心""和气"对言。

〔三三二〕易系辞上："圣人有以见天下之动，而观其会通。"左氏文公十八年传："此十六族也，世济其美。"

〔三三三〕礼记注："凯，乐也。"

〔三三四〕"音声"文津本作"声音"。〇易坤卦象曰："含弘光大，品物咸亨。"

〔三三五〕各本并向。案"若"下当夺"此"字。本集养生论云："若此以往，庶可与羡门比寿，王乔争年。"句法正同。

〔三三六〕"风"下，吴钞本原钞有"也"字，墨校删。〇"万国"见前六言诗（唐虞世道治）注〔二〕。汉书终军传上："对曰：'及臻六合同风，九州共贯。'"曹植帝尧画赞曰："克流共工，万国同尘。"

〔三三七〕"济"张本及三国文作"齐"。

〔三三八〕荀子王制篇："其民之亲我，欢若父母；好我，芳若芝兰。"张衡怨诗曰："猗猗秋兰，有馥其芳。"缪袭青龙赋曰："似红兰之芳荣。"

〔三三九〕 "诚"吴钞本作"成"。叶渭清曰："'成'借为'诚'。"○扬案："成"字是也。作"诚"则与"谋"字无涉。○易系辞上："默而成之,不言而信,存乎德行。"礼记注："期,犹要也。"荀子天论篇："不为而成,不求而得,夫是之谓天职。"

〔三四〇〕 "彩"上,吴钞本原钞有"布"字,墨校删。

〔三四一〕 吴钞本原钞无"而"字,墨校补。"粲"吴钞本作"燦",二字通。○刘駉骏玄根赋："菱芡吐荣,若舒锦而布绣。"盐铁论钱币篇："庠序之教,恭让之礼,粲然可观也。"尚书璇玑钤曰："帝尧焕炳,隆兴可观。"汉书注："粲,明貌。"说文："炳,明也。"

〔三四二〕 "太"吴钞本作"大",二字通。

〔三四三〕 此句"乐"字上,吴钞本有"然"字。

〔三四四〕 礼记孔子闲居篇："孔子曰:'民之父母,必达于礼乐之原,以致五至,行三无。无声之乐,无体之礼,无服之丧,此之谓三无。'"家语论礼篇："孔子曰:'无声之乐,气志不违。'"

〔三四五〕 书舜典："八音克谐,无相夺伦,神人以和。"

〔三四六〕 "不"上,吴钞本有"本"字。

〔三四七〕 "此"吴钞本、张本及三国文作"比",是也。

〔三四八〕 吴钞本无"之"字。

〔三四九〕 说文："遁,逃也。"

〔三五〇〕 吴钞本无"之"字。

〔三五一〕 吴钞本原钞作"故自以为致",墨校改。

〔三五二〕 "为"上,吴钞本原钞有"故"字,墨校删。

〔三五三〕 礼记檀弓上："夫礼为可传也,为可继也。"荀子乐论篇："先王制雅颂之声以道之。"

〔三五四〕 荀子儒效篇："礼者,人主之所以为群臣尺寸寻丈检式也。"文选注引仓颉篇曰："检，法度也。"

〔三五五〕"而"文津本作"之"。

〔三五六〕左氏隐公三年传："风有采蘩采蘋，雅有行苇泂酌，昭忠信也。"
国语晋语："平公既作新声，师旷曰：'公室其将卑乎！夫德广
远而有节，是以远服而迩不迁。'"

〔三五七〕"变"吴钞本原钞作"使"，墨校改。案作"使"，则连下为句。〇
左氏襄公三十一年传："郑人游于乡校。"礼记学记篇："古之学
者，家有塾，党有庠。"

〔三五八〕"毛"吴钞本作"旄"，二字通。〇礼记乐记篇："金石丝竹，乐之
器也；簠簋俎豆，制度文章，礼之器也。"又曰："比音而乐之，及
干戚羽旄谓之乐。"荀子乐论篇："动以干戚，饰以羽旄，从以磬
管。"又曰："乐者，出所以征诛也，入所以揖让也。"

〔三五九〕礼记乐记篇："升降上下，周还裼袭，礼之文也。"易系辞上："是
故可以酬酢。"国语周语："献酬交酢也。"注："酬，劝也；酢，
报也。"

〔三六〇〕荀子修身篇："齐给便利，则节之以动止。"

〔三六一〕仪礼注："须，待也。"吕氏春秋情欲篇："其情一体也。"注："体，
性也。"

〔三六二〕"庶士"吴钞本作"士庶"。

〔三六三〕春秋说题辞曰："恬淡为心，思虑为志。"孟子："民日迁善而不
知为之者。"

〔三六四〕周校本曰："'以'下当夺一字。"

〔三六五〕"聘享"见前答难养生论注〔一九三〕。左氏定公十年传曰："嘉
乐不野合。"注："嘉乐，锺磬也。"

〔三六六〕吴钞本无"自"字，更合。〇毛诗序："国史明乎得失之迹，伤人

伦之废,哀刑政之苛,吟咏情性,以风其上。"又曰:"上以风化
下,下以风刺上,主文而谲谏,言之者无罪,闻之者足以戒。故
曰风。"

〔三六七〕毛诗传:"般,乐也。"书酒诰:"惟荒腆于酒。"

〔三六八〕"禦"吴钞本作"御",是也。○说文:"御,使马也。"周礼注:"凡
言御者,所以毆之纳之于善。"

〔三六九〕蔡邕琴操曰:"昔伏羲氏作琴,所以御邪僻,防心淫,以修身理
性,反其天真也。及其衰也,流而不反,淫而好色,至于亡国。"
礼记乐记篇:"乐胜则流。"注:"流,犹淫放也。"管子宙合篇:
"君失音,则风律必流。"注:"流,谓荡散。"

〔三七〇〕礼记注:"渎之言亵也。"

〔三七一〕"大"张本及三国文作"太",二字通。

〔三七二〕诗关雎:"窈窕淑女。"毛传:"窈窕,幽闲也。"论语:"子曰:'关
雎乐而不淫。'"案广雅:"窈窕,好也。"此处亦谓美好之声。

〔三七三〕"勺药"吴钞本作"多乐",误也。○礼记乐记篇:"大飨之礼,尚
玄酒而俎腥鱼,大羹不和。"注:"大羹,肉湆不调以盐菜。""勺
药"见前难养生论注〔三六〕。

〔三七四〕论语:"曾子曰:'上失其道,民散久矣。'"国语注:"纪,法也。"

〔三七五〕"婬"吴钞本作"淫",二字通。○毛诗序:"东方之日,刺时也。
君臣失道,男女淫奔。"又曰:"氓,刺时也。男女无别,遂相奔
诱。"又曰:"宛丘,刺幽公也。淫荒昏乱,游荡无度焉。"

〔三七六〕"变"周校本误作"度"。

〔三七七〕"一"吴钞本作"壹",二字同。

〔三七八〕吴钞本原钞夺"名"字,墨校补。

〔三七九〕"无"下空格之字,吴钞本、程本、汪本、四库本及八代文钞作

"中"，张本及三国文作"甚"，案"中"字是也。○新语道基篇："后世淫邪，增之以郑卫之音。"

刘勰曰："嵇康之辨声，师心独见，锋颖精密，盖人伦之英也。"文心雕龙论说篇。

黄道周曰："声犹臭矣。声之有哀乐，犹臭之有甘苦。臭不无甘苦，何云声遂无哀乐也。夫味以甘苦为主，然而中苦者不甘。声以哀乐为主，然而中哀者不乐。诗咏茹荼羡犹荠之甘；易称鼓缶继大耋之劢。言甘苦皆中于性，而哀乐时寄乎声。如声不能使人哀乐，则味均不能使人甘苦也。曾子含忧，盖七日而不食。中山闻乐，甫操弦而啜泣，非刍豢之变而胶毒，管弦之更为缭綳也。情极于中，则物闲于外。情极而势不移，物闲而体不变。声臭之自然，岂为嗜听者改度哉？嵇生曰：夫味以甘苦为称，声以善恶为主。善恶自定于声音，则无关于哀乐；哀乐自当以情感，则无系于声音。此犹言人以妍媸为主，心以爱憎为用。妍媸自定于形骸，则无系于爱憎；爱憎自分于所触，则无关于形貌。要以当世之喜愠无当于中耳，未可谓名实之俱存，情形之互察也。夫声有哀乐，色有惨舒，貌有荣瘁，此三者皆不及情，而名存焉。闻声有哀乐，受色有惨舒，触貌有荣瘁，此三者皆不在形，而实著焉。揆景以表形，缘名以测质，故万物之情见也。味有甘，嗜而甘之亦曰甘；味有苦，毒而真之亦曰苦。甘苦亦有出于嗜性，哀乐何必绝于声境乎？且善恶比之甘苦，哀乐比之喜怒，喜怒之不可以为味，犹哀乐之不可以为声。然则但云声无哀乐之

嵇康集校注

情，味无喜怒之性。何以云味有甘苦之味，声无哀乐之声也？夫谓声之无哀乐者，向谓声之不能使人哀乐，非谓声之自无哀乐也。如使声必能使人哀乐，则孕妇号泣，不动色于受辛；秦青善呕，不破涕于齐妇，遂谓孕妇无酸楚之情，秦青无飞扬之旨也？如谓声音必自为哀乐，则洞庭之竹皆含湘君之悲；峄山之桐皆习虞帝之怨，然后可披以徵羽之音，表以疏越之韵耳。夫鹙灵之鸟，不必多悲，而其声切者，近于哀也。飞駮之噪，不必多喜，而其声解者，近于乐也。声不与情涉，则但稽其声，不当离声以责情。情既与声通，则并吹其情，不必随情以征声。故谓声之有哀乐者，非谓器之有哀乐。犹味之有甘苦者，非谓釜之有甘苦。琴瑟不必垂涕而含凄切之声，锜釜不必流涎而调浓悦之味。味入口而辄尝，声入耳而自觉。既所使之无权，又每出于异体。要皆以无情自动，俱有舒惨之施。何得云一体所出，不当独含哀乐之理也。必以饮泣为哀之旨，自得为乐之故，则笙簧之不能启齿，丝弦之不能掩涕，盖可知矣。胡笳羌管，气寒而声幽，操危而韵永。譬之于物，若骏马之嘶边，罔象之泣海，故以为离家之声。齐瑟秦筝，抗警而坠微，徽繁而指激。譬之于物，若珠人之入渊，凄风之发涧，故以为忧生之韵。是以素女鸣弦，黄帝减其半声；雍门奏瑟，孟尝潸而下泪。皆深感于哀乐，非徒取乎善恶。且以善恶为声之主者，声之感人惟当在善；甘苦为味之称者，味之感人惟当在甘。至善之音无别于哀乐，则至甘之味无分于辛酸也。夫声有清切平缓，而同宣之哀乐；味有甘苦辛酸，而同剂之美恶。声色臭味皆以善恶为主，视听饮食同以爱憎为用。善恶之为众主,岂独声哉?且善恶之非哀乐,犹啾鸦之于啼鸟;嗥狗之于鸣驹,在声气之自分,非一类所能概也。夔搏石而舞百兽,旷动角而翔玄鹤,同之善而有哀。师延之写濮上,褒姒之喜裂缯,同之乐而有恶。哀有善哀,乐有善乐。哀乐有互声,善恶不并载。故哀乐不以善恶为代也。声去恶而主善,故易淫,淫而后悲欢递用。酒去恶而嗜美,故易醉,醉而后喜怒杂施。是以声有三叹之乐,味有百拜之酒。详哀乐于始听,辨甘苦于一啜。安在酒无喜怒之味,而谓声无悲欢之理乎?若云五味万殊,大同于美;曲变虽众,大同于和。随曲之情,尽于和域;应美之口,绝于甘境。则辛酸咸淡,同尽于美;激扬凄切,同憩于和。此商人所致颂于清酌,尼父所慨羡于关雎也。若夫昌歜独奏,文王不知其辛;芩芪互尝,炎山不知其苦。曾参歌长楚,而有鹿鸣之声;少妇颂由房,而作有菕之听。此亦小远于人情,大乖乎物类矣。使乎随曲之情罔尽,应美之口不绝,此必有浓情蓄于域先,馀悁绸于境后。所以夫子观韶,三月而不食,大舜闻鸠,十日而下涕。皆所得之既殷,不与物而俱徂,故声往而情犹宿也。是知音有杂纬,不可概经以太和;声有实音,不可遂刊其虚谥。苟复强以致功,故难明其独体。如知体之有常,当入耳而辄觉。虽复闻哀而笑噱,听乐而悲零,但不入于此情,曾何爽于彼声哉。声动于无情,性移于所习。各以乐而兴哀,随指哀以为乐。倚房长思,兴羡于鸣琴;樊衢闻悲,共赞为丝竹。淫者善思,思者善怆,祸乱之生所自来也。向谓声音之体,尽于舒疾,情之应声,止于静躁。将谓酒醴之性止于甘苦,量之应酒尽于欣厌，何以遂至于乱哉？夫舜、夔异德，操乐不同而同之正；郑、卫异风，操乐不同而同之淫。艳彼则丑此，崇前则戮后。所以平公屡叹于新声，魏斯恐卧于古乐。如使襄、涓之巧，能移唐、虞之音。易简足以平其君心，静重足以正其下志。汰哇奢以归和，荡秽吹而发籥。百姓共闻，内外则之。三皇五帝，不绝于今，又何怪焉。阮公曰：夏后之末，舆女万人，衣以文绣，食以粱肉，端噪晨歌，闻之者忧戚，天下苦其殃，百姓伤其毒。殷之季君，亦奏斯乐，酒池肉林，夜以继日，然咨嗟之音未绝，而敌国已收其琴瑟矣。满堂而饮酒，乐奏而流涕，此皆非有忧者也，则此乐非乐也。夫音以善感为至妙，感以垂涕为妙音。低回激楚，擅郢中之歌；慷慨流连，发愍主之叹。由斯而谈，则声但有哀乐，而更无善恶也。先王知哀乐之中人甚于善恶，故中以制器，平以调声。器取其不越，声取其不过。女欢尽于苿莒，男忧极于蟋蟀，咸以调哀乐之音，籥悲愉之简也。又何云声之无哀乐哉？"声无哀乐辨。

　　余元熹曰："以无碍辨才，发声律妙理，回旋开合，层折不穷。如游武夷三十六峰，愈转愈妙，使人乐而忘倦。"汉魏名文乘。

　　曹宗璠曰："嵇氏著声无哀乐论，其言甚辨，能逆折难者之喙。而义有未全，终未厌余心也。请循其本：'吹万不同，使其自已，咸其自取，怒者其谁耶？'此嵇氏所宗也。夫怒其吹也，怒者则其吹吹者也。方在橐籥，天未鼓于籥，孰哀耶？孰乐耶？至吹万则籥与天并，调调刁刁，哀乐分矣。物咸自取。此物与天接，不得全归之天也。从物而溯之，若有真宰，

363

而不得其朕。故曰，怒者其谁耶？理峻于天，情感俱绝，天附于物，惨舒以繁。不得无声之前冥其朕，遂谓有声之后杜其机也。嵇氏云：曲变虽众，大同于和。夫声岂能和哉？噍杀近哀，啴缓近乐，动指拨弦，已见分际，风有飘厉，其证焉矣。且声之有哀乐，犹形之有吉凶，味之有补泄也。犀庭日角，与从理入口殊模；盐生薪劳，与和羹养志异鼎。岂发篪黄锺，变调商徵，独殊爻系，有乏玄解。今以味无喜怒，征之酒醴，蠲忿忘忧，夫岂虚说。中药养性，遽忘功一溉乎？酒醴发情，要主于喜，喜之极必怒；情之自旋者也。虽谓酒有喜怒可也。乐泪哀泪，借难狄牙。泪出于肝，甜苦皆酸，哀乐循环，犹之酒义矣。自昔圣贤，聆音察理，皆具精微。如葛卢闻牺牲，解异言，不繇传译。雀噪马骂，实有其字，何必以胡、越为难耶？如师旷吹律，风从地起，主敌咸兆，岂谓楚风远来自晋？吴越梁宋，以非事应，故不入占，此风角习解耳。子野多识博物，舍形声亦曷从识之乎？如羊母审呱，亦以儿啼有异常儿，宁必较度甲乙。器曲或有歧操，心声必非二物。此理易明，不烦多破。又如师襄捧琴而识文王之容，季札审悬而详历国之政。锺期、师涓、子产、颜渊，所志不一，理具于声。声非无主，悟起于心，心又非无因，则声之有哀乐全矣。亦安得载籍尽好奇者为之哉？若夫心有偏注，流而不返，悲者观舞涕零，欢者聆啼踊忭，此自心不赴节，非音之无常，在和平之人，则感召见矣。笛笙形躁而志越，琴瑟听静而心闲。以至齐、楚姣弄，种种声变，推而求之，躁静之音，即具哀乐之理，犹之甘苦之物，即动喜怒之情，味以行气，气以食志，谁谓五味竟无感于人心耶？在心精者自遇之耳。乐以导和，礼以著敬。不极哀乐之致，不足以节和也；不酌奢俭之中，不足以将敬也。嵇氏云：若言和平，哀乐正等，设无哀乐，正等何剂？内无伏阴，外无散阳，阴阳者，哀乐之象也。圣王制为律度，澹欲防淫，风俗移易，其畴能尚之？蒙庄独标和理于众音繁变之会，示之以籥始。嵇氏得其丧偶，而没其研微，非立言之旨矣。庄周之丧我也，非冥然无我也，辞物之刃劚而我自丧也。庄周之言齐物也，非侻然无物也，得我之环中而物自齐也。则庄周之言声无哀乐也，非混然无哀乐也。万窍出于机，入于机，而怒者其谁也？此之谓物化而不与物化者也。"驳声无哀乐论。○国朝文汇甲集。○案宗瑐字汝珍，金坛人，明崇祯辛未进士，入清官上林院监丞。

嵇康集校注卷第六

释私论一首
管蔡论一首
明胆论一首

　　吴钞本每卷无总目。此卷原钞但有释私论一题，馀二题为后补，共在一行。其左行尚有二题，一自然好学论，下注"张叔辽作"；一难自然好学论，皆为墨校抹去。〇吴钞本原钞以此五篇为第六卷，宅无吉凶摄生论及难文为第七卷，释难为第八卷，答释难为第九卷，墨校改同此本。案原钞是也。惟答释难、宅无吉凶摄生论当与释难、宅无吉凶摄生论同属第八卷，其第九卷则已佚也。说详后。〇又吴钞本集首总目管蔡论下有"季氏论"三字，皕宋楼钞本有校语云："'季氏论'三字系后人所妄增，非原书笔迹。"扬案：三字字体不同，墨亦微淡，当系后人误入，而非校者所加。故此处亦无其目。

367

释私论一首

吴钞本原钞无此行，朱校补"释私论"三字于此，亦低四格。○张溥本题"无私论"，其集尾所附本传云："又以为君子无私，作无私论。"○案晋书本传元作"又以为君子无私，其论曰"云云。张溥本所题误也。经济类编四十九载此篇，乃径题"晋嵇康君子无私论"，更误。○又案魏曹羲有至公论，见艺文类聚二十二。此篇句法，颇复相同，或因而推言之与？

夫称君子者[一]，心无措乎是非[二]，而行不违乎道者也[三]。何以言之？夫气静神虚者[四]，心不存于矜尚[五]；体亮心达者，情不系于所欲。矜尚不存乎心，故能越名教而任自然[六]；情不系于所欲[七]，故能审贵贱而通物情[八]。物情顺通，故大道无违[九]；越名任心，故是非无措也。是故言君子，则以无措为主[一○]，以通物为美。言小人，则以匿情为非[一一]，以违道为阙。何者？匿情矜吝，小人之至恶；虚心无措，君子之笃行也[一二]。是以大道言及吾无身，吾又何患[一三]。无以生为贵者[一四]，是贤于贵生也[一五]。由斯而言：夫至人之用心，固不存有措矣[一六]。是故伊尹不(借)〔惜〕贤于殷汤[一七]，故世济而名显[一八]；周旦不顾(贤)〔嫌〕而隐行[一九]，故假摄而化隆[二○]；夷吾不匿情于齐桓[二一]，故国霸而主尊[二二]。其用心，岂为身而系乎私哉？故管子曰[二三]：君子行道[二四]，忘其为身。斯言是矣。君子之行贤也，不察于有度而后行也〔二五〕。（仁）〔任〕心无邪〔二六〕，不议于善而后正也〔二七〕。显情无措，不论于是而后为也。是故傲然忘贤，而贤与度会〔二八〕；忽然任心，而心与善遇；傥然无措〔二九〕，而事与是俱也。

故论公私者，虽云志道存善〔三〇〕，□无凶邪〔三一〕，无所怀而不匿者，不可谓无私。虽欲之伐善，情之违道，无所抱而不显者，不可谓不公。今执必公之理，以绳不公之情〔三二〕，使夫虽为善者，不离于有私〔三三〕；虽欲之伐善，不陷于不公。重其名而贵其心，则是非之情，不得不显矣〔三四〕。是非必显〔三五〕，有善者无匿情之不是，有非者不加不公之大非。无不是则善莫不得，无大非则莫过其非，乃所以救其非也。非徒尽善，亦所以厉不善也〔三六〕。夫善以尽善，非以救非，而况乎以是非之至者。故善之与不善，物之至者也〔三七〕。若处二物之间，所往者，必以公成而私败。同用一器，而有成有败。夫公私者，成败之途〔三八〕，而吉凶之门乎〔三九〕。

故物至而不移者寡，不至而在用者众〔四〇〕。若（质）〔资〕乎中人之（性）〔体〕〔四一〕，运乎在用之质，而栖心古烈，拟足公涂〔四二〕，值心而言，则言无不是；触情而行，则事无不吉。于是乎（同）〔向〕之所措者〔四三〕，乃非所措也；（俗）〔欲〕之所私者〔四四〕，乃非所私也。言不计乎得失而遇善〔四五〕，行不准乎是非而遇吉，岂〔非〕公成私败之数乎〔四六〕？夫如是也，又何措之有哉？故里凫显盗，晋文恺悌〔四七〕；勃鞮号罪[四八]，忠立身存[四九]；缪贤吐衅，言纳名称[五〇]；渐离告诚，一堂流涕[五一]。然数子皆以投命之祸[五二]，临不测之机[五三]，表露心识，(独)〔犹〕以安全[五四]；况乎君子无彼人之罪，而有其善乎？措善之情，其所病也[五五]。唯病病，是以不病[五六]；病而能疗，亦贤于(疗)〔病〕矣[五七]。

然事亦有似非而非非，类是而非是者。不可不察也。故变通之机[五八]，或有矜以至让，贪以致廉[五九]，愚以成智，忍以济仁。然矜吝之时，不可谓无廉；(情)〔猜〕忍之形[六〇]，不可谓无仁[六一]，此似非而非非者也。或谗言似信[六二]，不可谓有诚；激盗似忠，不可谓无私[六三]，此类是而非是也。故乃论其用心，定其所趣[六四]，执其辞(而)〔以〕准其(礼)〔理〕[六五]，察其情以寻其变，肆乎所始[六六]，(名)〔明〕其所终[六七]，则夫行私之情[六八]，不得因乎似非而容其非；淑亮之心[六九]，不得蹈乎似是而负其是。故实是以暂非而后显[七〇]，实非以暂是而后明。公私交显，则行私者无所冀，而淑亮者无所负矣[七一]。行私者无所冀，则思改其非；立(功)〔公〕者无所忌[七二]，则行之无疑，此大治之道也。故主妾覆醴，以罪受戮[七三]；王陵庭争，而陈平顺旨[七四]。于是观之，非似非〔而非〕非者乎[七五]？

明君子之笃行[七六]，显公私之所在，阖堂盈阶，莫不寓目而曰：善人也[七七]。然背颜退议而含私者[七八]，不复同耳[七九]。抱□而匿情不改者[八〇]，诚神以丧于所惑[八一]，而体以溺于常名，心以制于所慴[八二]，而情有系于所欲〔八三〕，咸自以为有是而莫贤乎己〔八四〕。未有（功期）〔攻肌〕之惨〔八五〕，骇心之祸〔八六〕，遂莫能收情以自反，弃名以任实〔八七〕。乃心有是焉，匿之以私；志有善焉，措之为恶。不措所措，而措所不措。不求所以不措之理，而求所以为措之道。故（时）〔明〕为措，而暗于措〔八八〕，是以不措为拙〔八九〕，措为工〔九〇〕。唯惧隐之不微，唯患匿之不密〔九一〕。故有矜（忤）〔讦〕之容，以观常人〔九二〕；矫饰之言，以要俗誉〔九三〕。谓永年良规，莫盛于兹〔九四〕；终日驰思，莫窥其外〔九五〕，故能成其私之体，而丧其自然之质也〔九六〕。于是隐匿之情，必存乎心；伪怠之机，必形乎事。若是，则是非之议既明，赏罚之实又笃。不知冒阴之可以无景〔九七〕，而患景之不匿〔九八〕；不知无措之可以无患〔九九〕，而患措之不（以）〔巧〕〔一〇〇〕，岂不哀哉！是以申侯苟顺，取弃（楚泰）〔楚恭〕〔一〇一〕；宰嚭耽私，卒享其祸〔一〇二〕。由是言之，未有抱隐顾私，而身立清世〔一〇三〕；匿非藏情，而信著明（名）〔君〕者也〔一〇四〕。

君子既有其质〔一〇五〕，又观其鉴〔一〇六〕，贵夫亮达〔一〇七〕，（布）〔希〕而存之〔一〇八〕，恶夫矜吝〔一〇九〕，弃而远之〔一一〇〕。所措一非，而内愧乎神；（贱）〔所〕隐一阙〔一一一〕，而外惭其形〔一一二〕。言无苟讳，而行无苟隐〔一一三〕。不以爱之而苟善〔一一四〕，不以恶之而苟非。心无所矜，而情无所系〔一一五〕，体清神正〔一一六〕，而是非允当。忠感明天子〔一一七〕，而信笃乎万民。寄胸怀于八荒〔一一八〕，垂坦荡以永日〔一一九〕。斯非贤人君子，高行之美（冀）〔异〕者乎〔一二〇〕？

或问曰：第五伦有私乎哉？曰：昔吾兄子有疾，吾一夕十往省，而反寐自安[一二一]。吾子有疾，终朝不往视，而通夜不得眠[一二二]。若是可谓私乎？非（私）也[一二三]？答曰：是非也[一二四]，非私也。夫私以不言为名，公以尽言为称，善以无（名）〔丢〕为体[一二五]，非以有措为（负）〔质〕[一二六]。今第五伦显情[一二七]，是（非）无私也[一二八]；矜往不眠，是有非也。无私而有非者，无措之志也[一二九]。夫言无措者，不齐于必尽也[一三〇]；言多吝者，不具于不言而已〔也〕[一三一]。故多吝有非，无措有是。然无措之所以有是，以志无所尚，心无所欲，达乎大道之情，动以自然，则无道以至非也。抱一而无措[一三二]，则无私无非。兼有二义[一三三]，乃为绝美耳。若非而能言者，是贤于不言之私，〔有〕非无（情）〔措〕[一三四]，（以非之大者也）〔亦非之小者也〕[一三五]。今第五伦有非而能显，不可谓不公也；所显是非，不可谓有措也[一三六]。有非而谓私，不可谓不惑公私之理也。

〔一〕吴钞本原钞无"夫"字，朱校补。

〔二〕晋书本传引作"心不措乎是非"，吴钞本原钞作"心无惜是非"，朱校补"乎"字。读书续记曰："明本'惜'作'措'，是。下文'越名任心，故是非无措也'，可证。后凡'惜是非'字，皆当作'措'。"○扬案：篇中"措"字，吴钞本时或作"惜"，校者亦未尽改，今不一一指出。○广雅："措，置也。"

〔三〕吴钞本原钞无"乎"字，朱校补。

〔四〕"虚"吴钞本误作"靈"。

〔 五 〕"于"吴钞本、文澜本作"乎"。叶渭清曰:"下言'矜尚不存乎心',各本并作'乎',则此亦以作'乎'为是。"○"矜尚"见前卜疑注〔五一〕。

〔 六 〕"任"上,殿本晋书本传有"自"字,误也。宋本晋书无之。

〔 七 〕以上三句严辑全三国文误夺。

〔 八 〕易乾卦文言曰:"六爻发挥,旁通情也。"吕氏春秋察传篇:"缘物之情,及人之情,以为所闻。"

〔 九 〕大戴礼哀公问五义篇:"所谓圣人者,知通乎大道,应变而不穷,能测万物之情性者也。"

〔一〇〕"主"张本及三国文作"衷"。

〔一一〕左氏襄公十八年传:"范宣子告析文子曰:'吾知子,敢匿情乎?'"

〔一二〕东方朔非有先生论曰:"虚心定志,欲闻流议。"史记万石张叔列传:"斯可谓笃行君子矣。"

〔一三〕"又"吴钞本作"有"。○老子:"吾所以有大患者,为吾有身,及吾无身,吾有何患。"

〔一四〕周树人曰:"'无以'当作'以无'。"○扬案:原句更合,"无"即"不"字之义。

〔一五〕"生"吴钞本原钞作"者",墨校改。周树人曰:"'者'各本讹'生'。"○扬案:"生"字更合。

〔一六〕"存"下,吴钞本、文津本有"于"字。

〔一七〕"借"吴钞本原钞作"惜",朱校改。读书续记曰:"严辑全三国文'借'作'惜',较是。"

〔一八〕史记殷本纪:"伊尹名阿衡,从汤言素王及九主之事,汤举任以国政。"

〔一九〕"贤"吴钞本作"嫌",是也。

〔二〇〕史记鲁周公世家:"周公旦者,周武王弟也。武王既崩,成王少,在强葆之中,周公恐天下闻武王崩而畔,乃践阼代成王摄行政当国。"史记项羽本纪:"为假上将军。"正义曰:"假,摄也。"史记礼书曰:"化隆者闳博。"

〔二一〕"情"吴钞本作"善"。

〔二二〕史记管晏列传:"管仲夷吾者,颍上人也。鲍叔事齐公子小白,管仲事公子纠。及小白立为桓公,公子纠死,管仲囚焉。鲍叔遂进管仲。管仲既用,任政于齐,齐桓公以霸。九合诸侯,一匡天下,管仲之谋也。"战国策韩策:"得以其道为之,则主尊而身安。"

〔二三〕晋书本传无"管子"二字。案今管子无下二语。

〔二四〕"行"下,吴钞本有"其"字。

〔二五〕"度"吴钞本原钞作"庆",墨校改。○左氏哀公十一年传:"仲尼曰:'君子之行也度于礼。'"吕氏春秋去宥篇:"不可激者,其唯先有度。"注:"度,法也。"

〔二六〕"仁"吴钞本及本传作"任",是也。下文即云"忽然任心"。"邪"吴钞本原钞作"穷",墨校改。○诗駉:"思无邪。"管子水地篇:"民心易则行无邪。"

〔二七〕"议"吴钞本原钞作"识",墨校改。案"议"字更合。

〔二八〕"度"吴钞本原钞作"庆",墨校改。

〔二九〕庄子天运篇:"傥然至于四虚之道。"成玄英疏:"傥然,无心貌也。"

〔三〇〕"云"下原有"一作终于事与是俱而已"十字,各本并同。惟吴钞本无之。案此十字显系旧校之语,当在上文"而事与是俱也”句下，各本误入此处正文，今删之。

〔三一〕“无”上空格之字，<u>吴钞本</u>作“心”，<u>程本</u>作“而”，<u>文津本</u>作“行”，<u>八代文钞</u>作“事”，<u>经济堂</u>刻<u>百三名家集</u>作“内”，别本并空。

〔三二〕“不”<u>张本</u>作“必”，误也。○<u>礼记注</u>：“绳，犹度也。”

〔三三〕<u>吴钞本</u>“为”字作“性”。又原钞无“不”字，墨校补。案有“不”字为是。

〔三四〕<u>春秋繁露深察名号篇</u>：“诘其名实，观其离合，则是非之情不可以相谰也。”

〔三五〕“是”上，<u>吴钞本</u>有“夫”字。

〔三六〕<u>汉书注</u>：“厉，劝勉之也。”

〔三七〕<u>毛诗传</u>：“物，事也。”<u>汉书东方朔传</u>：“非至数也。”注：“至，实也。”

〔三八〕“途”或作“涂”。

〔三九〕“乎”<u>吴钞本</u>作“也”。

〔四〇〕“在”上，<u>吴钞本</u>原钞有“非”字，墨校删。案“非”字误衍，此谓事物多非善非不善，而在所为用也。

〔四一〕“质”字各本并同，当系“资”字之误。此涉下句而误也。“性”<u>吴钞本</u>原钞作“体”，墨校改。案原钞是也。集中多以“体”“质”互言。○<u>论语</u>：“子曰：‘中人以上，可以语上也。’”<u>汉书古今人表</u>：“可以为善，可以为恶，是谓中人。”<u>论衡本性篇</u>：“中人之性在所习。”

〔四二〕<u>羊胜屏风赋</u>：“画以古烈，颙颙昂昂。”<u>潜夫论交际篇</u>：“唯有古烈之风，志义之士，为不然尔。”<u>扬雄解嘲</u>曰：“欲谈者拟足而投迹。”<u>说文</u>：“拟，度也。”

〔四三〕“同”字各本并同，<u>周校本</u>曰：“疑当作‘情’。”○<u>扬</u>案：“情”字自通，或又为“向”字之讹。本集难自然好学论亦有“向之不学”云云。

〔四四〕“俗”<u>吴</u>钞本原钞作“欲”，墨校改。案原钞是也。

〔四五〕“不”<u>文澜</u>本作“无”。

〔四六〕案“岂”下当夺“非”字。

〔四七〕<u>左氏僖公</u>二十四年传：“<u>晋侯</u>之竖<u>头须</u>，守藏者也。其出也，窃藏以逃，尽用以求纳之。及入，求见，公辞焉以沐。谓仆人曰：‘居者为社稷之守，行者为羁绁之仆，其亦可也。何必罪居者？国君而雠匹夫，惧者甚众矣。’仆人以告，公遽见之。”注：“<u>头须</u>一曰<u>里凫须</u>。”<u>国语</u>注：“显，犹公露也。”<u>诗·青蝇</u>：“岂弟君子。”笺云：“岂弟，乐易也。”案“恺悌”“岂弟”通。

〔四八〕“勃”<u>程</u>本误作“功”。

〔四九〕<u>左氏僖公</u>二十四年传：“<u>吕郤</u>畏偪，将焚公宫，而弑<u>晋侯</u>。寺人<u>披</u>请见，公使让之，且辞焉，曰：‘<u>蒲城</u>之役，君命一宿，女即至。其后余从<u>狄君</u>以田<u>渭</u>滨，女为<u>惠公</u>来求杀余。命女三宿，女中宿至。虽有君命，何其速也？夫祛犹在，女其行乎！’对曰：‘君命无二，古之制也。除君之恶，唯力是视。<u>蒲</u>人<u>狄</u>人，余何有焉？今君即位，其无<u>蒲狄</u>乎？’公见之，以难告。”又二十五年传：“<u>晋侯</u>问原守于寺人<u>勃鞮</u>。”注：“<u>勃鞮</u>，披也。”<u>汉书</u>注：“号，谓哭而且言也。”

〔五〇〕<u>史记·廉颇蔺相如列传</u>：“<u>赵惠文王</u>得<u>楚和氏</u>璧，<u>秦昭王</u>使人遗<u>赵王</u>书，愿以十五城易璧。<u>赵王</u>求人可使报<u>秦</u>者，未得。宦者令<u>缪贤</u>曰：‘臣舍人<u>蔺相如</u>可使。’<u>赵王</u>问何以知之。对曰：‘臣尝有罪，窃计欲亡走<u>燕</u>，<u>相如</u>止臣曰：“夫<u>赵</u>强而<u>燕</u>弱，而君幸于<u>赵王</u>，故<u>燕王</u>欲结于君。今君乃亡<u>赵</u>走<u>燕</u>，<u>燕</u>畏<u>赵</u>，必不敢留君,而束君归<u>赵</u>矣。君不如肉袒伏斧质请罪,则幸得脱矣。"
臣从其计,大王亦幸赦臣。臣窃以为其人勇士,有智谋,宜可
使。'<u>赵王遂遣相如奉璧西使秦</u>。"<u>左传注</u>:"衅,罪也。"

〔五一〕<u>史记刺客列传</u>:"<u>秦逐太子丹</u>、<u>荆轲</u>之客,皆亡。<u>高渐离</u>变名姓
为人庸保,匿作于<u>宋子</u>。久之,作苦,闻其家堂上客击筑,徬徨
不能去。每出言曰:'彼有善,有不善。'从者以告其主。召使
前击筑,一坐称善。<u>渐离</u>念久隐畏约无穷时,乃退,更容貌而
前。举坐客皆惊,下与抗礼,以为上客。使击筑而歌,客无不
流涕而去者。"<u>张衡设难</u>曰:"敢告诚于知己。"

〔五二〕"数"上,<u>吴钞本</u>有"夫"字。

〔五三〕<u>仲长统昌言</u>曰:"刺客死士,为之投命。"<u>广雅</u>:"投,弃也。"<u>新书</u>
<u>过秦篇</u>:"临不测之谿。"<u>吕氏春秋下贤篇</u>:"昏乎其深而不测
也。"<u>注</u>:"测,尽也。"

〔五四〕"独"<u>吴钞本</u>作"犹",是也。○<u>礼记注</u>:"表,明也。"

〔五五〕<u>吴钞本</u>原钞作"亦甚其所病也",墨校乙"甚"字于"所"字下。
<u>周校本</u>曰:"旧校非。"○<u>扬案</u>:乙之与否,于义无殊,而乙之似
更顺也,当系原钞偶误。

〔五六〕<u>老子</u>:"夫唯病病,是以不病。"

〔五七〕<u>吴钞本</u>作"亦贤于病矣",是也。

〔五八〕"通"<u>吴钞本</u>作"遇",误也。○"变通"见前<u>秀才答诗</u>(君子体变
通)注〔二〕。

〔五九〕"致"<u>张本</u>作"至"。

〔六〇〕"情"<u>吴钞本</u>作"猜","情"下此本原有注云:"'情'一作'猜'。"
<u>张本</u>同。案"猜"字是也。

〔六一〕"谓"<u>吴钞本</u>作"为",误也。○<u>史记吴起传</u>:"<u>起</u>之为人,猜忍人

也。"说文:"猜,恨贼也。"

〔六二〕"或"下,吴钞本原钞为"惭忠信以成惭遇之际"九字,墨校点去,改作"谗言似信"四字。案原钞误也。

〔六三〕汉书王莽传:"敢为激发之行。"注:"激,急动也。"案此谓奸人故作激急,有时似忠也。

〔六四〕司马迁报任安书曰:"用之所趣异也。"汉书注:"趣,向也。"

〔六五〕吴钞本"而"作"以","礼"作"理",是也。又"辞"上,吴钞本原钞有"异"字,墨校删。案就下文观之,无"异"字为合。

〔六六〕案"肆"与"肄"通。说文:"肄,习也。"周礼小宗伯"肆仪为位"注:"杜子春读'肆'当为'肄'。"

〔六七〕"名"张本作"明",是也。

〔六八〕"情"吴钞本原钞作"人",墨校改。

〔六九〕尔雅:"淑,善也;亮,信也。"

〔七〇〕此句"故"字上吴钞本有"是"字,与上句"是"字相连。

〔七一〕此句"无"字吴钞本误夺。

〔七二〕"功"吴钞本原钞作"公",墨校改。周校本作"公",注云:"原钞讹'功'。"○扬案:周校误记也。○叶渭清曰:"按此承上文言之。上云'淑亮者无所负',此云'立功者无所忌',指意有别,所未喻也。"○扬案:"功"当作"公",两句指意正同。

〔七三〕战国策燕策:"武安君谓燕王曰:'臣邻家有远为吏者,其妻私人。其夫且归,其私之者忧之。其妻曰:'公勿忧也,吾已为药酒以待之矣。'后二日,夫至,妻使妾奉卮酒进之。妾知其药酒也,进之则杀主父,言之则逐主母,乃阳僵弃酒,主父大怒而笞之。"楚辞注:"醴,酒也。"广雅:"戮,辱也。"

〔七四〕史记吕后本纪:"太后议欲立诸吕为王,问右丞相王陵。陵曰:

'高帝刑白马盟曰："非刘氏而王，天下共击之！"今王吕氏，非约也。'太后不悦。问左丞相陈平、绛侯周勃。勃等对曰：'高帝定天下，王子弟；今太后称制，王昆弟诸吕，无所不可。'太后悦。罢朝，王陵让陈平、绛侯。陈平、绛侯曰：'于今面折廷争，臣不如君；全社稷，定刘氏之后，君亦不如臣。'"又陈丞相世家："吕太后立诸吕为王，陈平伪听之。及太后崩，平与太尉勃合谋，卒诛诸吕，立孝文皇帝，陈平本谋也。"

〔七五〕"似"张溥本作"是"，误也。此句各本并同。周树人曰："'非'下当更有一'非'字。"〇扬案：上文云"似非而非非"，此承上文言之，句中当夺"而非"二字。

〔七六〕"明"下，吴钞本原钞有"称"字，墨校删。〇礼记中庸篇："笃行之。"

〔七七〕蔡邕青衣赋："充庭盈阶。"左氏僖公二十八年传："得臣与寓目焉。"注："寓，寄也。"

〔七八〕"议"上，吴钞本原钞有"讥"字，墨校删。"含"吴钞本误作"舍"。

〔七九〕吴钞本夺"同"字。

〔八〇〕"抱"吴钞本误作"饱"。"抱"下空格之字，吴钞本作"至"，程本作"怨"，文津本作"璞"，八代文钞作"志"，经济堂刻百三名家集作"隐"，乾坤正气集作"私"，别本并空。"者"上，吴钞本有"也"字。

〔八一〕"诚"吴钞本原钞作"议"，墨校改。"惑"吴钞本作"感"。

〔八二〕此句"以"字吴钞本作"已"。据此则上二句"以"字亦当作"已"。"以""已"二字通。〇尔雅："憎，惧也。"

〔八三〕吴钞本原钞作"而情有所系"，墨校改同此本。周校本曰："疑当作'情有□□所系',原钞于'有'下夺二字。"

〔八四〕"咸"上,吴钞本原钞有"容管颙缋"四字,墨校删。周校本曰:
"四字当衍,各本俱无。"

〔八五〕"功期"吴钞本作"攻肌"。读书续记曰:"明本'攻肌'作'功
期',以下句'骇心之祸'参之,似明本是。"○扬案:以文义言,
自以吴钞本为是,"攻肌"与"骇心"对言也。文选曹植上责躬
应诏诗表注引孝经钩命决曰:"削肌刻骨。"李陵答苏武诗:"严
霜切我肌。"刘子新论韬光篇:"丹伏光于春山之底,则磨肌之
患永绝。""削肌"、"切肌"、"磨肌",与此"攻肌"略同矣。

〔八六〕"骇心"见前声无哀乐论注〔二三六〕。

〔八七〕孟子:"君子必自反也。"礼记注:"自反,求诸己也。"

〔八八〕"时"吴钞本原钞作"明",墨校改。案"明"字更合。

〔八九〕吴钞本重"以"字。

〔九〇〕"措"上,吴钞本有"以致"二字,严辑全三国文亦加。

〔九一〕"密"吴钞本原钞作"察",墨校改。

〔九二〕"忤"吴钞本原钞作"讦",墨校改。案"讦"字更合。○说文:
"讦,面相斥辠,相告讦也。"

〔九三〕汉书注:"要,求之也。"

〔九四〕"永年"见前郭遐周赠诗(吾无佐世才)注〔一二〕。

〔九五〕傅毅舞赋:"独驰思乎杳冥。"吕氏春秋注:"窥,见也。"

〔九六〕"质"三国文作"实"。

〔九七〕"廕"吴钞本原钞作"阴",墨校改。艺文类聚二十三,太平御览
四百二十九引作"阴",严辑全三国文作"荫"。读书续记曰:
"'廕'御览引作'阴',当据改。"○扬案:"阴"与"荫"通,"廕"即
"荫"也。"景"或作"影",下同。

〔九八〕说文:"冒,蒙而前也。"庄子渔父篇:"有畏影恶迹而去之走者,疾走不休,绝力而死。不知处阴以休影,处静以息迹,愚亦甚矣。"

〔九九〕此句及下句"措"字,艺文类聚引作"惜",张本及三国文及太平御览引作"情",皆误也。

〔一〇〇〕"患"吴钞本及艺文类聚、太平御览引作"恨",皕宋楼钞本有校语云:"各本作'患',为长。"读书续记曰:"作'恨'长。"○扬案:二字均通。吴钞本原钞既为"恨"字,从之可也。○"以"张本及艺文类聚、太平御览引作"巧",读书续记曰:"'以'御览作'巧',当据改。"

〔一〇一〕"泰"吴钞本作"恭",是也。○吕氏春秋长见篇:"荆文王曰:'申侯伯善持养吾意,吾所欲则先我为之,与处则安,旷之而不谷丧焉。不以吾身远之,后世有圣人,将以非不谷。'于是送而行之。"又音初篇注:"荆,楚也。秦庄王讳楚,避之曰荆。"案申侯有宠于楚文王,见左氏僖公七年传,惟新序杂事第一篇载此事,作楚共王。"共"与"恭"同。

〔一〇二〕史记越王勾践世家:"勾践令大夫种行成于吴。以美女宝器令种间献吴太宰嚭。嚭受。乃数与子胥争越议,因谗子胥。吴王赐子胥属镂剑以自杀。于是吴任嚭政。吴师败,吴王自杀。越王乃葬吴王而诛太宰嚭。"吴越春秋:"子贡曰:'太宰嚭为人智而愚,强而弱,顺君之过,以安其私。'"

〔一〇三〕吴钞本"未有"作"有未",误也。又原钞无"顾私"二字,墨校补。"抱隐顾私"张本及三国文作"抱隐怀奸",艺文类聚引作"抱伪怀奸",太平御览引亦作"抱伪",无下二字。读书续记曰:"当从御览改'隐'为'伪'。"○扬案:上文云"隐匿之情""伪怠之机”，则此处或“隐”或“伪”均可。○曹植白马篇：“不得中顾私。”毛诗笺：“顾，念也。”

〔一〇四〕太平御览引无“匪非”二字。“名”张本及三国文、艺文类聚、太平御览引作“君”，是也。○新语道基篇：“不藏其情，不匿其诈。”

〔一〇五〕“君”上，吴钞本及艺文类聚、太平御览引有“是以”二字。

〔一〇六〕“覿”艺文类聚及张刻本太平御览引作“觌”，别本御览仍作“覿”。

〔一〇七〕“达”文津本作“远”，误也。

〔一〇八〕“布”艺文类聚、太平御览引作“希”，是也。严辑全三国文亦改作“希”。

〔一〇九〕“矜”艺文类聚引误作“务”。

〔一一〇〕“远”宋本、安政本太平御览引同，别本作“违”。

〔一一一〕“贱”各本并同，当为“所”字之误。

〔一一二〕左传注：“阙，过也。”

〔一一三〕“行”下“无”字太平御览引作“不”。“隐”艺文类聚引误作“德”。

〔一一四〕“以”宋本太平御览引误作“也”。

〔一一五〕“繁”宋本、安政本太平御览引误作“擎”。

〔一一六〕“正”太平御览引作“立”，误也。

382

〔一一七〕“明”下，张本及艺文类聚引有“於”字，严辑全三国文亦加“于”字。周树人曰：“‘明’即‘於’之讹衍。”○扬案：上文云“信著明君”，则此处“忠感明天子”亦可通。

〔一一八〕新书过秦篇：“有并吞八荒之心。”吕氏春秋注：“荒，裔远也。”

〔一一九〕“以”太平御览引作“于”。○论语“子曰：‘君子坦荡荡。’”集解："郑曰：'坦荡荡，宽广貌。'"诗<u>山有枢</u>："且以永日。"<u>毛传</u>：
"永，引也。"

〔一二〇〕"冀"<u>吴钞本</u>、<u>张本</u>及<u>三国文</u>、<u>艺文类聚</u>引作"異"，是也。<u>太平</u>
<u>御览</u>引但有"美"字，无"異"字。

〔一二一〕<u>吴钞本</u>原钞"寐"上有"必"字，又无"安"字，墨校删补。案如原
钞，则"自"字连下为句。

〔一二二〕<u>第五伦</u>事又见<u>后汉书</u>本传。

〔一二三〕"非"下"私"字<u>吴钞本</u>原钞无，墨校补。案原钞是也。"非"字
"私"字相对而言。

〔一二四〕"非"<u>程本</u>作"公"，误也。

〔一二五〕"名"<u>吴钞本</u>作"丞"。<u>读书续记</u>曰："以上文'匿情矜丞，小人之
至恶；虚心无措，君子之笃行'参之，作'丞'是。'无丞'与下句
'有措'亦对文也。"

〔一二六〕"负"字各本并同。案当为"质"字之误。集中多以"体""质"
互言。

〔一二七〕<u>吴钞本</u>无"伦"字，下同。

〔一二八〕<u>吴钞本</u>同。<u>周校本</u>曰："非字当衍。"〇<u>扬案</u>：是也。下云"无私
而有非"，即承此而言。

〔一二九〕"措"<u>吴钞本</u>作"惜"，误也。

〔一三〇〕"必"<u>吴钞本</u>作"不"，涉下而误也。〇<u>家语</u>注："齐，限也。"案此
谓<u>第五伦</u>显情尽言，即非有措，此事能尔，故以无措名之，不限
以馀事尽尔也。

〔一三一〕"已"下，<u>吴钞本</u>有"也"字，更合。〇案此谓"多吝"云者，非全
指匿情不言者也，虽显言之，仍或矜吝。

〔一三二〕<u>老子</u>："圣人抱一以为天下式。"

〔一三三〕"二"<u>程</u>本误作"三"。

〔一三四〕案"非"上当夺"有"字，又"情"字当为"措"字之讹。上文即云"<u>第五伦</u>有非无措"。

〔一三五〕案就上文观之，此句当为"亦非之小者也"。

〔一三六〕案此谓<u>伦</u>所显者，乃矜往不眠，此可谓为有非，不可谓为有措，即不可谓为私也。

<u>锺惺</u>曰："旨议清通。"<u>汉魏名文乘</u>引。

<u>余元熹</u>曰："幽致冲妙，难本以情，其<u>叔夜</u>诸篇之谓欤？"同右。

管蔡论一首

<u>史记管蔡世家</u>："<u>文王</u>长子曰<u>伯邑考</u>，次子曰<u>武王发</u>，次曰<u>管叔鲜</u>，次曰<u>周公旦</u>，次曰<u>蔡叔度</u>。<u>武王</u>平天下，封<u>叔鲜</u>于<u>管</u>，封<u>叔度</u>于<u>蔡</u>，相纣子<u>武庚禄父</u>，治<u>殷</u>遗民。封<u>叔旦</u>于<u>鲁</u>而相<u>周</u>，为<u>周公</u>。<u>武王</u>崩，<u>成王</u>少，<u>周公旦</u>专王室。<u>管叔蔡叔</u>疑<u>周公</u>为之不利于<u>成王</u>，乃挟<u>武庚</u>以作乱。<u>周公</u>承<u>成王</u>命，伐诛<u>武庚</u>，杀<u>管叔</u>，而放<u>蔡叔</u>。"○案<u>书金縢篇正义</u>曰："<u>郑玄</u>以为<u>武王</u>崩，<u>周公</u>为冢宰，三年服终，将欲摄政，<u>管蔡</u>流言，即避居东都。<u>成王</u>多杀公之属党，及遭风雷之异，启<u>金縢</u>之书，迎公来反。反乃居摄。后方始东征<u>管蔡</u>"云云。与<u>史记</u>殊。

或问曰："案记，<u>管蔡</u>流言，叛戾东都〔一〕。<u>周公</u>征讨，诛以凶逆〔二〕。顽恶显著，流名千(里)〔载〕〔三〕。且明父圣

兄，曾不鉴凶愚于幼稚〔四〕，觉无良之子弟〔五〕；而乃使理乱殷之弊民，显荣爵于藩国〔六〕；使恶积罪成，终遇祸害。于理不通，心(无所)〔所未〕安〔七〕。愿闻其说。"

答曰〔八〕：善哉，子之问也。昔文武之用管蔡以实〔九〕，周公之诛管蔡以权〔一〇〕。权事显，实理(沈)〔沈〕〔一一〕，故令时人全谓管蔡为顽凶〔一二〕，方为吾子论之。

夫管蔡皆服教殉义，忠诚自然，是以文王列而显之〔一三〕，发旦二圣举而任之。非以情亲而相私也，乃所以崇德礼贤，济殷弊民〔一四〕，绥辅武庚，以(与)〔兴〕顽俗〔一五〕。功业有绩，故旷世不废〔一六〕，名冠当时，列为藩臣。

逮至武卒，嗣诵幼冲〔一七〕，周公践政，率朝诸侯〔一八〕，思光前载，以隆王业〔一九〕。而管蔡服教，不达圣权〔二〇〕，卒遇大变，不能自通。忠疑乃心〔二一〕，思在王室〔二二〕。遂乃抗言率众，欲除国患。翼存天子〔二三〕，甘心毁旦〔二四〕。斯乃愚诚愤发，所以徼(福)〔祸〕也〔二五〕。

成王大悟〔二六〕，周公显复〔二七〕，一化齐俗〔二八〕，义以断恩〔二九〕；虽内信(如心)〔恕〕〔三〇〕，外体不立〔三一〕，称兵叛乱，所惑者广。是以隐忍授刑，流涕行诛〔三二〕，示以赏罚，不避亲戚〔三三〕。荣爵所显，必锺盛德〔三四〕；戮挞所施〔三五〕，必加有罪〔三六〕。斯乃为教之正〔体〕〔三七〕，(今之朝议)〔古今之明义也〕〔三八〕。管蔡虽怀忠抱诚〔三九〕，要为罪诛。罪诛已显，不得复理。内(必)〔心〕幽伏〔四〇〕，罪恶遂章。幽章之路大殊，故令奕世未蒙发起〔四一〕。

然论者(诚)〔承〕名信行〔四二〕，便以**管蔡**为恶〔四三〕；不知**管蔡**之恶，乃所以令三圣为不明也。若三圣未为不明，则圣不祐恶而任顽凶〔四四〕。(不容于时世)〔顽凶不容于明世〕〔四五〕，则**管蔡**无取私于父兄，而见任必以忠良，则二叔故为淑善矣〔四六〕。今若本三圣之用明，思显授之实理，推忠贤之暗权，论为国之大纪〔四七〕，则二叔之良乃显，三圣之用(也)〔有〕以〔四八〕，流言之故有缘〔四九〕，**周公**之诛是矣。

且**周公**居摄〔五〇〕，**邵公**不悦〔五一〕。(惟)〔推〕此言〔之〕〔五二〕，则**管蔡**怀疑，未为不贤。而忠贤可不达权，三圣未为用恶，而**周公**不得不诛。若此，三圣所用信良，**周公**之诛得宜，**管蔡**之心见理。尔乃大义得通，外内兼叙〔五三〕，无相伐负者〔五四〕，则时论亦得释然而大解也〔五五〕。

〔 一 〕广雅："记，书也。"书金縢篇："**武王**既丧，管叔及其弟乃流言于国曰：'公将不利于孺子。'"淮南子注："戾，反也。"史记周本纪："**武王**为初定未集，乃使其弟管叔鲜、蔡叔度相禄父，治殷。"正义曰："地理志云：'河内，殷之旧都。周既灭殷，分其畿内为三国。诗邶鄘卫是。邶以封纣子武庚，鄘管叔尹之，卫蔡叔尹之，以监殷民，号为三监。'案河内在东，为殷旧都，**武王**以封武庚，故曰东都。此泛指自陕以东，非指周之王城也。"

〔 二 〕诗破斧："周公东征，四国是皇。"白虎通义诛伐篇："尚书曰：'肆朕诞以尔东征。'诛弟也。"

〔 三 〕"里"吴钞本作"载"，是也。〇淮南子缪称训："桀纣之恶，千载之积毁也。"李康运命论曰："毁誉流于千载。"

386

〔 四 〕吴钞本“不”下有“能”字。又“愚”字作“恶”。

〔 五 〕桓范世要论曰：“授任凶愚，破亡相属。”汉书许皇后传：“上疏曰：‘幼稚愚惑，不明义理。’”诗生民：“无纵诡随，以谨无良。”

〔 六 〕战国策楚策：“张仪说楚王曰：‘民弊者怨于上。’”淮南子氾论训：“欲以朴重之法，治既弊之民。”史记平津侯传：“宠备荣爵。”

〔 七 〕吴钞本作“心所未安”，读书续记曰：“此较长。”

〔 八 〕吴钞本原钞由“答”字提行，朱校连上。

〔 九 〕“武”吴钞本作“王”。读书续记曰：“以下‘是以文父列而显之，发旦二圣举而任之’参之，作‘武’是。”

〔一〇〕吴钞本原钞无“管蔡”二字，墨校补。○公羊桓公十一年传：“权者，反于经然后有善者也。”

〔一一〕“沇”下原有注云：“一作‘沈’。”此句吴钞本及八代文钞作“实理沇”，张本作“实事沇”，注云：“一作‘沈’。”案“沈”字是也。严辑全三国文亦改作“沈”。

〔一二〕史记五帝本纪：“尧曰：‘吁，顽凶不用。’”袁宏后汉纪：“章帝诏曰：‘阴兴子博，贾复孙敏，顽凶失道，自陷刑，以丧爵土。’”

〔一三〕“王”吴钞本作“父”。

〔一四〕礼记王制篇上：“贤以崇德。”又月令篇：“聘名士，礼贤者。”国语晋语：“君国可以济百姓而释之。”注：“济，成也。”

〔一五〕“舆”吴钞本、张本作“興”，是也。○毛诗传：“绥，安也。”说文：“興，起也。”

〔一六〕左氏昭公十五年传：“有勋而不废，有绩而载。”尔雅：“绩，成也。”广雅：“旷，久也。”

〔一七〕史记周本纪：“武王崩，太子诵代立，是为成王。”书大诰：“洪惟我幼冲人，嗣无疆大历服。"伪孔传："冲，童也。"

〔一八〕史记鲁周公世家："武王既崩，成王少，在强葆之中。周公恐天下闻武王崩而畔，乃践阼代成王摄行政当国。"论衡谴告篇："文武之卒，成王幼少，周道未成，周公居摄。"

〔一九〕张衡西京赋："是以多识前代之载。"书舜典："帝曰：'有能奋庸，熙帝之载。'"伪孔传："载，事也。"

〔二〇〕淮南子氾论训："权者圣人之所独见也。"

〔二一〕"疑"字吴钞本涂改而成，原钞不明。周校本作"于"。

〔二二〕书康王之诰："虽尔身在外，乃心罔不在王室。"

〔二三〕"天"程本误作"夫"。

〔二四〕左氏昭公九年传："翼戴天子。"注："翼，佐也。"诗伯兮："甘心首疾。"毛传："甘，厌也。"

〔二五〕"福"吴钞本作"祸"。读书续记曰："以上文参之，作'祸'为长。"○汉书王尊传："东平王太后上书曰：'王血气未定，不能忍愚诚。'"楚辞九章："发愤以抒情。"注："愤，懑也。"汉书翟方进传："班彪曰：'翟义不量力，怀忠愤发，以陨其宗。'"国语晋语："以徼天祸。"注："徼，要也。"

〔二六〕"悟"吴钞本作"寤"。

〔二七〕曹植怨歌行："素服开金縢，感悟求其端。公旦事既显，成王乃哀叹。"

〔二八〕"一"吴钞本作"壹"。

〔二九〕淮南子有齐俗训，注："齐，一也。"礼记丧服篇："门内之治恩揜义，门外之治义断恩。"后汉书宋意传："上疏曰：'宜割情不忍，以义断恩。'"又申屠刚传："对策曰：'昔周公先遣伯禽守封于鲁，以义割恩。'"

〔三〇〕吴钞本原钞作"虽内信恕",墨校改"恕"为"如心"二字,案原钞
　　　　是也。

〔三一〕淮南子主术训:"内恕反情。"汉书高惠高后孝文功臣表曰:"内
　　　　恕之君,乐继绝世。"王褒四子讲德论曰:"君者中心,臣者
　　　　外体。"

〔三二〕司马迁报任安书曰:"所以隐忍苟活。"国语晋语:"以忍去过。"
　　　　注:"忍,以义断恩也。"

〔三三〕后汉书梁统传:"对策曰:'春秋之诛,不避亲戚。'"

〔三四〕文选注:"锺,当也。"

〔三五〕"挞"程本误作"捷"。

〔三六〕礼记注:"挞,击也。"

〔三七〕"正"下,吴钞本有"体"字,是也。

〔三八〕此句吴钞本作"古今之明义也"。案吴钞本是。

〔三九〕"怀忠抱诚"各本同。文津本作"抱忠怀诚",当系钞者偶误。

〔四〇〕周校本曰:"'必'当作'心'。"读书续记曰:"'内心'即上文所谓
　　　　'愚诚'也。又上文云:'虽内信如心,外体不立',与此二句正
　　　　相翼。"○扬案:作"心"是也。但上文"如心"二字,乃"恕"字之
　　　　误,又"外体不立",谓臣道不立也,义与此处二句殊。

〔四一〕"起"下,吴钞本有"耳"字。○国语周语:"奕世载德。"注:"奕,
　　　　亦前人也。"

〔四二〕"诚"吴钞本原钞作"承",墨校改。案原钞是也。○毛诗笺:
　　　　"承,犹奉也。"

〔四三〕"以"吴钞本作"谓"。

〔四四〕"祐"或作"佑",吴钞本无"而"字,又"凶"下有"也"字。○说
　　　　文:"祐,助也。"

〔四五〕此句吴钞本作"顽凶不容于明世"。案吴钞本是也。各本夺"顽凶"二字,即不成句。

〔四六〕诗常棣传:"周公吊二叔之不咸。"释名:"叔,少也。"荀子注:"故,犹本也。"尔雅:"淑,善也。"

〔四七〕汉书律历志:"历者,天地之大纪。"吕氏春秋注:"纪,道也。"

〔四八〕"以"上,吴钞本有"有"字,是也。此段用韵,"以"字绝句。"用"谓用管蔡也。又案此段大体六字为句,"也"字似衍。○诗旄丘:"何其久也,必有以也。"老子:"众人皆有以。"注:"以有为也。"

〔四九〕吴钞本原钞同。朱校删"有"字,改"缘"为"原",盖由误以"以"字"缘"字各连下读,遂妄为删改也。此处周校本亦误以"良"字"也"字"故"字绝句。○文选注:"缘,因缘也。"

〔五○〕"居"周校本误作"活"。

〔五一〕"邵公"吴钞本作"邵奭",墨校改"邵"为"召",案二字通。○史记燕召公世家:"召公奭与周同姓,姓姬氏。成王既幼,周公摄政,当国践阼。召公疑之,作君奭,于是召公乃说。"集解:"马融曰:'召公以周公既摄政致太平,功配文武,不宜复列在臣位,故不说。以为周公苟贪宠也。'"

〔五二〕"惟"吴钞本、张本作"推",是也。"言"下,吴钞本有"之"字,更合。

〔五三〕"外内"吴钞本作"内外"。○案"外内"承上文而言,谓外体内心也。释名:"叙,抒也,抒泄其实也。"

〔五四〕论衡物势篇:"论必有是非,非而曲者为负。"扬案:负、非义同。史记商君列传:"有高人之行者,固见非于世。"索隐曰:"商君书'非'作'负'。"

〔五五〕"得"吴钞本作"将"。○"释然"见前与吕长悌绝交书注
　　〔一六〕。

　　张采曰："周公摄政，管、蔡流言；司马执权，淮南三叛，其
事正对。叔夜盛称管、蔡，所以讥切司马也，安得不被祸耶？"

　　沈吉曰："宽治管、蔡，不合古圣贤之论。然善善长而恶
恶短，是亦一说尔。"汉魏别解引。

　　张运泰曰："创论有裨于世。论世知人，此为不愧。"汉魏名
文乘。

　　余元熹曰："后来欧、苏诸论，实此公为之开先。"同右。

明胆论一首

　　案文选任昉上萧太傅固辞夺礼启注云："吕安答嵇康论
　　曰：'易了之理，不在多喻。'"是此篇本两人论难之文，而合于
　　一篇者也。

　　有吕子者〔一〕，精义味道，研覈是非〔二〕。以为人有胆
〔不〕可（乐）〔无〕明〔三〕，有明便有胆矣。嵇先生以为明胆殊
用，不能相生。

　　论曰："夫元气陶铄，众生禀焉〔四〕。赋受有多少，故才
性有昏明〔五〕。唯至人特锺纯美〔六〕，兼周外内，无不毕
备〔七〕。降此已往，盖阙如也〔八〕。或明于见物，或勇于决
断〔九〕。人情贪廉，各有所止。譬诸草木，区以别矣〔一〇〕。
兼之者博于物，偏受者守其分。故吾谓明胆异气，不能相

391

生。明以见物〔一〕，胆以决断〔二〕，专明无胆，则虽见不断，专胆无明，（达）〔违〕理失机〔三〕。故子家软弱，陷于弑君〔四〕；左师不断，见逼华臣〔五〕，皆智及之而决不行也〔六〕。此理坦然，（非无）〔无所〕疑滞〔七〕。故略举一隅，想不重疑〔八〕。"

"敬览来论〔九〕，可谓（海）〔论〕亦不加者矣〔二〇〕。折理贵约而尽情〔二一〕，何尚浮秽而迂诞哉〔二二〕？今子之论，乃引浑元以为喻〔二三〕，何辽辽而坦谩也〔二四〕，故直答以人事之切要焉〔二五〕。汉之贾生，陈切直之策，奋危言之至〔二六〕。行之无疑，明所察也。忌鵩作赋，暗所惑也〔二七〕。一人之胆〔二八〕，岂有盈缩乎〔二九〕？盖见与不见，故行之有果否也。子家左师，皆愚惑浅弊，明不彻达〔三〇〕，故惑于暧昧，终丁祸害〔三一〕。岂明见照察而胆不断乎？故霍光怀沈勇之气，履上将之任，战乎王贺之事。延年文生，夙无武称〔三二〕，陈义奋辞，胆气凌云〔三三〕，斯其验欤〔三四〕。及於期授首，陵母伏剑〔三五〕，明果之畴〔三六〕，若此万端，欲详而载之，不可胜言也。况有睹夷涂而无敢投足〔三七〕，阶云路而疑于迄泰清者乎〔三八〕？若（思）〔愚〕弊之伦〔三九〕，为能自托幽昧之中，弃身陷穽之间〔四〇〕，如盗跖窜身于虎吻〔四一〕，穿窬先首于沟渎〔四二〕，而暴虎凭河，愚敢之类，则能有之〔四三〕。是以余谓明无胆无，胆能偏守。易了之理〔四四〕，不在多喻，故不远引繁言〔四五〕。若未反三隅〔四六〕，犹复有疑，思承后诲，得一骋辞〔四七〕。"

"夫论理性情〔四八〕，折引异同〔四九〕，固〔当〕寻所受之终始〔五〇〕，推气分之所由〔五一〕。顺端极末，乃不悖耳〔五二〕。今子欲弃置浑元〔五三〕，捃摭所见〔五四〕，此为好理（綱）〔網〕目，而恶持綱领也〔五五〕。本论二气不同，明不生胆〔五六〕。欲极论之，当令一人播无刺讽之胆〔五七〕，而有见事之明，故当有不果之害〔五八〕。非〔谓〕中人血气无之〔五九〕，而复资之以明〔六〇〕。二气存一体，则明能运胆，贾谊是也。贾谊明胆，自足相经〔六一〕，故能济事。谁言殊无胆，独任明以行事者乎？子独自作此言，以合其论也。忌鵩暗惑，明所不周，何害于胆乎〔六二〕？明既以见物〔六三〕，胆能行之耳。明所不见，胆当何断？进退相扶，（可）〔何〕谓盈缩〔六四〕？就如此言，贾生陈策，明所见也；忌鵩作赋，暗所惑也。尔为明彻于前，而暗惑于后，〔明〕有盈缩也〔六五〕。苟明有进退，胆亦何为不可偏乎〔六六〕？子然霍光有沈勇，而战于废王〔六七〕，〔此勇〕有所挠也〔六八〕。而子言一人胆，岂有盈缩，此则〔非〕是也〔六九〕。贾生暗鵩，明有所塞也。光惧废立，勇有所挠也。夫唯至明能无所惑，至胆能无所亏耳〔七〇〕。（苟）自非若此〔七一〕，谁无弊损乎？但当总有无之大略，而致论之耳。夫物以实见为主，延年奋发，勇义凌云，此则胆也〔七二〕。而云夙无武称，此为信宿称而疑成事也〔七三〕。延年处议，明所见也。壮气腾厉，勇之决也〔七四〕。此足以观矣〔七五〕。子又（曰）言明无胆无，胆能偏守〔七六〕。案子之言，此则有专胆之人，亦为胆特自一气矣〔七七〕。五才存体〔七八〕，各有所生〔七九〕。明以阳曜,胆以阴凝〔八〇〕。岂可(为)〔谓〕有阳(而生阴)〔可无阴,有阴〕可无阳耶〔八一〕?虽相须以合德〔八二〕,要自异气也。凡馀杂说,於期陵母暴虎云云,万言致一〔八三〕,欲以何明耶?幸更详思,不为辞费而已矣〔八四〕。”

〔 一 〕“子”下,艺文类聚十七引有“春”字。周校本曰:“即因下‘者’字讹衍。”

〔 二 〕“覈”吴钞本作“核”,二字通。○易系辞下:“精义入神,以致用也。”班固答宾戏曰:“委命共己,味道之腴。”张衡东京赋:“如之何其以温故知新,研覈是非,近于此惑。”薛综注:“研,审也;覈,实也。”

〔 三 〕篇中“胆”字,吴钞本或误作“赡”,今不一一指出。“乐”吴钞本、张本及三国文、艺文类聚引作“无”,是也。又案就下文观之,此句“可”字上当夺一“不”字。

〔 四 〕楚辞守志篇:“食元气兮常存。”注:“元气,天气也。”论衡无形篇:“人禀元气于天。”吕氏春秋注:“陶作瓦器。”说文:“铄,销金也。”案“陶铄”犹“陶冶”,谓作瓦器,作金器也。

〔 五 〕论衡率性篇:“人之善恶,共一元气,气有多少,故性有贤愚。”

〔 六 〕左氏昭公二十八年传:“天锺美于是。”注:“锺,聚也。”陈琳应讥曰:“主君锺阴阳之美。”又曰:“无乃非至德之纯美。”

〔 七 〕“毕”吴钞本作“必”,误也。

〔 八 〕论语:“子曰:‘君子于其所不知,盖阙如也。’”集解:“包曰:‘君子于其所不知,当阙而勿据。’”扬案:“盖”“阙”二字叠韵,乃不言所不知之意,此处以阙为乏缺之意,谓无纯美者也。用论语而义微殊。

〔九〕史记淮阴侯传：“成败在于决断。”

〔一〇〕论语：“子夏曰：‘君子之道，孰先传焉？孰后倦焉？譬诸草木，区以别矣。’”集解：“马融曰：‘譬如草木，异类区别。’”

〔一一〕“物”艺文类聚引作“事”。上文“或明于见物”句，仍引作“物”。

〔一二〕素问灵兰秘典论：“胆者中心之官，断决出焉。”

〔一三〕“达”吴钞本作“违”，是也。张燮本及三国文及艺文类聚引亦作“违”，又“违”上并有“则”字。皕宋楼钞本校者亦加“则”字。

〔一四〕左氏宣公四年传：“郑灵公食大夫鼋，召子公而弗与。子公怒，染指于鼎，尝之而出。公怒，欲杀子公。子公与子家谋先。子家曰：‘畜老犹惮杀之，而况君乎？’反谮子家。子家惧而从之。君子曰：‘仁而不武，无能达也。’”战国策楚策：“春申君曰：‘李园软弱人也。’”

〔一五〕左氏襄公十七年传：“宋华阅卒。华臣弱皋比之室，使贼杀其宰华吴。贼六人以铍杀诸卢门合左师之后。左师惧曰：‘老夫无罪。’宋公闻之曰：‘臣也，不唯其宗室是暴，大乱宋国之政。必逐之。’左师曰：‘臣也，亦卿也。大臣不顺，国之耻也，不如盖之。’乃舍之。”

〔一六〕论语：“子曰：‘知及之，仁不能守之，虽得之必失之。’”案此谓有明无胆。

〔一七〕吴钞本作“非所宜滞”。读书续记曰：“明本‘所宜’作‘无疑’，讹。”○扬案：吴钞本自可通。如从此本，则“疑”字不讹，“非无”当作“无所”。○礼记注：“坦，明貌也。”楚辞九章：“淹回水而疑滞。”注：“疑，惑也；滞，留也。”淮南子俶真训：“无所疑滞，虚寂以待。”

〔一八〕“一隅”见前声无哀乐论注〔一二〕。

〔一九〕"敬"上，张本及三国文有"吕子曰"三字，并提行。严辑全三国文亦从之。吴钞本适于上句"疑"字满格。

〔二〇〕吴钞本"谓"作"論"，"海"作"诲"。案"論"字涉上文而误也。"诲""海"二字疑皆"論"字之误。盖"論"右侧之"侖"，易误为"每"，而行书之字，左侧之"言"易误为"水"也。○吕氏春秋长利篇："不可以加矣。"注："加，上也。"案此谓来论至高，馀论无以上之也。

〔二一〕句上吴钞本有"夫"字。"折"张本、文津本及八代文钞作"析"。案二字皆通。

〔二二〕史记武帝本纪："事如迂诞。"正义曰："诞，大也。"

〔二三〕班固幽通赋："浑元运物，流不处兮。"曹大家注："浑，大也；元，气也。"颜师古注："浑元，天地之气也。"论衡谈天篇："说易者曰：'元气未分，浑沌为一。'"案此指叔夜"元气陶铄"云云。

〔二四〕楚辞九叹："山修远其辽辽兮。"注："辽辽，远貌。"广雅："坦坦，平也；谩，缓也。"庄子马蹄篇："澶漫为乐。"释文："'澶漫'向崔本作'但曼'。崔云：'但曼，淫衍也。'一云：'澶漫，牵引也。'"新书劝学篇："我僮僈而弗省。"案"坦谩"与"澶漫"、"僮僈"并同。

〔二五〕"答"吴钞本作"合"。○左传注："合，犹答也。"

〔二六〕汉书贾谊传："为梁怀王太傅。是时匈奴强侵边，天下初定，制度疏阔，诸侯王僭儗，地过古制。淮南济北王皆为逆，诛。谊数上疏陈政事，多所欲匡建。"又师丹传："丹书数十上，多切直之言。"论语："子曰：'邦有道，危言危行。'"

〔二七〕汉书贾谊传："谊为长沙傅，三年，有服飞入谊舍，止于坐隅。服似鹏，不祥鸟也。谊既以適居长沙，长沙卑湿，谊自伤悼，以为寿不长,乃为赋以自广。"孔臧鸮赋曰:"昔在贾生,有识之士,忌兹鵩鸟,卒用丧己。"案"服"与"鵩"通。

〔二八〕吴钞本无"之"字。马叙伦曰:"明本'胆'上有'之'字,当从之。"

〔二九〕"盈缩"见前声无哀乐论注〔二〇三〕。

〔三〇〕国语注:"彻,达也。"

〔三一〕"丁"严辑全三国文误作"于"。○蔡邕释诲曰:"若公子,所谓睹暧昧之利,而忘昭晰之患。"文选注:"暧昧,谓幽深不明也。"尔雅:"丁,当也。"

〔三二〕"夙"吴钞本作"宿",下同。

〔三三〕"淩"或作"凌",下同。

〔三四〕"钦"或作"与"。○汉书霍光传:"光字子孟,为大司马大将军,威震海内。昭帝崩,光承皇太后诏,迎昌邑王贺。既至,即位,行淫乱。光忧懑,遂召会议未央宫,群臣皆惊鄂失色。田延年前离席按剑曰:'今群下鼎沸,社稷将倾,如今汉家绝祀,将军虽死,何面目见先帝于地下乎?今日之议,不得旋踵,群臣后应者,臣请剑斩之。'光即与群臣俱见白太后,具陈昌邑王不可以奉宗庙状。解脱其玺组,奉上太后,扶王下殿。"又田延年传:"延年字子宾,以选入为大司农。丞相议延年主守盗三千万,不道。御史大夫田广明谓太仆杜延年:'当废昌邑王时,非田子宾之言,大事不成。'延年言之大将军。大将军曰:'诚然,实勇士也。当发大议时,震动朝廷。'光因举手自抚心曰:'使我至今病悸。'"战国策燕策:"鞠武曰:'燕有田光先生者,其智深,其勇沈。'"汉书赵充国传:"为人沈勇有大略。"汉书注:"沈,深也。"礼记注:"履,犹行也。"汉书注:"战者,惧之甚也。"

后汉书注：“夙，犹旧也。”管子注：“宿，犹先也。”庄子让王篇：
“屠羊说居处卑贱，而陈义甚高。”战国策魏策：“张仪曰：‘从人
多奋辞而寡可信。’”“凌云”见前秀才答诗（饰车驻驷）注
〔一〇〕。

〔三五〕史记刺客列传：“荆轲见樊於期曰：‘秦之遇将军，可谓深矣。
父母宗族皆为戮没，今闻购将军首，金千斤，邑万家。愿得将
军之首以献秦王，秦王必喜而见臣。臣左手把其袖，右手揕其
胸，然则将军之仇报，而燕见陵之愧除矣。’樊於期曰：‘此臣之
日夜切齿腐心也。’遂自刭。”说文：“授，予也。”汉书王陵传：
“王陵，沛人也。高祖微时，兄事陵。高祖起兵入咸阳，陵亦聚
党数千人。及汉王还击项籍，陵乃以兵属汉。项羽取陵母置
军中，陵使者至，则东乡坐陵母，欲以招陵。陵母私送使者，泣
曰：‘愿为老妾语陵，善事汉王，汉王长者，毋以老妾故，持二
心，妾以死送使者。’遂伏剑而死。陵卒从汉王定天下。”

〔三六〕“畴”吴钞本作“俦”，二字通。○国语注：“果，勇决也；俦，
匹也。”

〔三七〕“无”周校本误作“不”。

〔三八〕“階”严辑全三国文误作“偕”。○张衡西京赋：“襄岸夷涂。”薛
综注：“夷，平也。”汉书扬雄传：“不階浮云，翼疾风。”释名：
“階，梯也。”曹植游观赋：“陟云路之飞除。”尔雅：“迄，至也。”
文选注：“泰清，天也。”○案以上言明无胆无。

〔三九〕周校本曰：“‘思弊’当作‘愚蔽’。”○扬案：“思”字为“愚”字之
缺误，“弊”与“蔽”通。

〔四〇〕论语：“子曰：‘好仁不好学，其蔽也愚。’”广雅：“伦，辈也。”离
骚曰：“时幽昧以眩曜兮。”礼记中庸篇：“子曰：‘人皆曰余知，

驱而纳诸罟擭陷穽之中，而莫之知辟也。'"释文："穽，穿地陷
兽也。"

〔四一〕"身"吴钞本作"躯"。○史记伯夷列传："盗跖日杀不辜。"正义
曰："跖者黄帝时大盗之名。以柳下惠弟为天下大盗，故世放
古号之盗跖。"案"跖"与"蹠"同。说文："窜，匿也；吻，口
边也。"

〔四二〕论语："其犹穿窬之盗也。"集解孔安国曰："穿，穿壁。窬，窬
墙。"说文："窬，穿木户也，一曰空中也。"周礼夏官："雍氏掌沟
渎浍池之禁。"注："沟、渎、浍，田间通水者也。"

〔四三〕"愚"张本及三国文作"果"。案"愚"字是也。"愚敢"与上文
"明果"对言。○诗小旻曰："不敢暴虎，不敢冯河。"毛传："冯，
陵也。徒涉曰冯河，徒搏曰暴虎。"案"冯"与"憑"同。○案以
上言胆能偏守。

〔四四〕尔雅序："其所易了。"释文："了，照察也。"

〔四五〕"繁"吴钞本作"烦"。○左氏定公四年传："啧有烦言，莫之
治也。"

〔四六〕论语："举一隅不以三隅反，则不复也。"

〔四七〕后汉书赵壹传："皇甫规书谢曰：'冀承清海，以释遥悚。'"史记
十二诸侯年表："驰说者骋其辞。"说文："诲，晓教也；骋，直
驰也。"

〔四八〕"性情"吴钞本作"情性"。张本及三国文于此句提行，吴钞本
未提。

〔四九〕"折"程本作"析"，吴钞本原钞亦作"折"，墨校涂改作"析"。

〔五〇〕"固"下，吴钞本有"当"字，是也。"寻"八代文钞误作"情"。

〔五一〕家语执辔篇："子夏问于孔子曰：'商闻易云，生人万物，鸟兽昆

虫,各有奇偶,气分不同。'"注:"言受气各有分,数不齐同。"

〔五二〕礼记注:"端,本也。"淮南子原道训:"疏达而不悖。"注:"悖,谬也。"

〔五三〕"欲"文津本作"乃"。

〔五四〕史记十二诸侯年表:"荀卿、孟子、韩非之徒,各往往捃摭春秋之文以著书。"汉书注:"捃摭,谓拾取也。"

〔五五〕上"綱"字张本作"網",乾坤正气集作"细",吴钞本原钞亦作"綱",朱校改作"节"。周校本曰:"案当作'網'。"读书续记曰:"此字当作'網',形与'綱'近,致讹。匏庵以下有'綱领'字,故改为'节'耳。"○论衡程材篇:"举綱持领,事无不定。"

〔五六〕易咸卦象曰:"二气感应以相与。"

〔五七〕吴钞本"播刺讽"三字左旁均有涂改,原钞不明。

〔五八〕周礼注:"播之言被也。"案此谓当设有其人,所禀气分,有阴无阳,虽刺讽他人之胆,而亦无之,无胆而惟有明,故当有不能决断之害。

〔五九〕"非"下,吴钞本有"为"字,周校本误夺。案"为"字当即"谓"字之讹。

〔六○〕案"血气"即下文所谓胆气之勇也。中人赋受既偏,率无血气,而非绝无讽刺之胆者也。欲极论明不生胆,当予明于彼人而试知之,不当取中人为证。

〔六一〕国语楚语:"吾子经楚国。"注:"经,经纬也。"

〔六二〕案吕氏言贾谊忌鵩,以无明,故无胆也。叔夜谓此但无明而已,与胆无关。

〔六三〕吴钞本原钞无"明"字,墨校补。"以"吴钞本作"已",二字通。

〔六四〕"可"吴钞本作"何",是也。

〔六五〕"有"上,<u>吴钞</u>本原钞有"明"字,墨校删。案原钞是也。

〔六六〕案此谓一人之胆何不可有盈缩也。

〔六七〕"子"字此本原作"子",刻板之误也。"然"字各本并同。案"然"字可通,或又为"言"字之误,下文即云"子言"。○<u>毛诗传</u>:"然,是也。"

〔六八〕"有"上,<u>吴钞</u>本有"此勇"二字,是也。○<u>国语注</u>:"挠,屈也。"

〔六九〕案"是"上当夺一字,如"非""未"等。

〔七〇〕自"胆"以上七字各本并夺,惟<u>吴钞</u>本有之,今据补。"耳"<u>吴钞</u>本作"尔",二字通。

〔七一〕<u>吴钞</u>本无"苟"字,是也。

〔七二〕<u>后汉书李固传</u>:"与<u>梁冀</u>书曰:'<u>昌邑</u>之立,昏乱日滋,自非<u>博陆</u>忠勇,<u>延年</u>奋发,大<u>汉</u>之祀,几将倾矣。'"

〔七三〕"宿称"<u>吴钞</u>本原钞误作"称宿",墨校但删"称"字,亦未移补。○<u>论语</u>:"成事不说。"

〔七四〕<u>司马迁报任安书</u>曰:"耻辱者,勇之决也。"

〔七五〕案此言<u>延年</u>之举有明有胆,非专恃明也。

〔七六〕此处<u>吴钞</u>本作"又子言明无胆能偏守",<u>周校</u>本曰:"各本重有'无胆'二字。"○<u>扬</u>案:此本及别本误衍"曰"字,<u>吴钞</u>本则误夺"无胆"二字。此文当以"明无胆无"为句也。

〔七七〕"矣"上,<u>吴钞</u>本有"明"字。

〔七八〕"五"上,<u>吴钞</u>本有"夫"字。

〔七九〕<u>左氏襄公二十七年传</u>:"天生五材,民并用之。"注:"金、木、水、火、土也。"案"才"与"材"通。<u>论衡物势篇</u>:"一人之身,含五行之气。"

〔八〇〕<u>西京赋</u>:"仰福帝居,阳曜阴藏。"<u>易坤卦象</u>曰:"履霜坚冰,阴始凝也。"

〔八一〕文津本无上"可"字。吴钞本"为"字作"谓"。案此处有夺误，疑当作"岂可谓有阳可无阴，有阴可无阳耶"。○春秋繁露深察名号篇："言人之质而无其情，犹言天之阳而无其阴也。"

〔八二〕仪礼注："须，待也。"易系辞下："阴阳合德。"

〔八三〕"致一"吴钞本作"一致"。○易系辞下："天下同归而殊途，一致而百虑。"

〔八四〕吴钞本无"矣"字。○礼记曲礼上："礼不妄说，人不辞费。"注："费，多也。"

陆彦龙曰："儒者察理殊辨，然临事张皇，能断者少。胆固殊有异赋，然见事明者究能生勇，亦未始不相为功也。"汉魏别解引。

嵇康集校注卷第七

张(辽叔)〔叔辽〕自然好学论一首附
难自然好学论一首

　　吴钞本原钞但有“自然好学论”一题，首空四格，题下原有“张叔辽作”四字，夹注更有“张叔辽”三字，行中直书，墨校皆抹去之，又补入“难自然好学论”一题。

张(辽叔)〔叔辽〕自然好学论一首附

　　吴钞本原钞无此行，朱校补题“自然好学论张叔辽作”，亦低四格。案叔辽是也。○魏志邴原传注引荀绰冀州记曰：“钜鹿张貔，父邈，字叔辽，辽东太守，著有自然好学论，在嵇康集。为人弘深有远识，恢恢然使求之者莫之能测也。官历二官，元康初，为阳城太守，未行而卒。”○姚振宗隋书经籍志考证曰：“案今本集中有‘难张辽叔自然好学论’，而张之本论亡矣。”扬案：此篇即张之本论，姚氏误也。

403

夫喜怒哀乐、爱恶欲惧，人〔情〕之有也〔一〕。得意则喜，见犯则怒，乖离则哀，听和则乐〔二〕，生育则爱，违好则恶，饥则欲食〔三〕，逼则（欲）〔恐〕惧〔四〕。凡此八者，不教而能，若论所云，即自然也。

腥臊未化，饮血茹毛，以充其虚，食之始也〔五〕。（茹）〔加〕之火齐〔六〕，糁以兰橘〔七〕，虽所未尝，尝必美之，适于口也。蒉桴土鼓〔八〕，抚腹而吟〔九〕，足之蹈之，以娱其喜〔一〇〕，乐之质也〔一一〕。加之管絃〔一二〕，杂以羽毛〔一三〕，虽所未听，察之必乐，当其心也。民生也直〔一四〕，聚而勿教，肆心触意，八情必发〔一五〕。喜必欲与，怒必欲罚，无爪牙以奋其威〔一六〕，无爵赏以称其惠，爱无以奉，恶不能去，有言之曰〔一七〕：苴竹菅蒯，所以表哀〔一八〕；沟池嵰岨，所以宽惧〔一九〕；弦木剡金，所以解愤〔二〇〕；丰财殖货，所以施与〔二一〕。苟有肺肠〔二二〕，谁不忻然貌悦心释哉〔二三〕？尚何假于食胆蜚而嗜菖蒲菹也〔二四〕！

且昼坐夜寝，明作暗息〔二五〕，天道之常，人所服习〔二六〕，在于幽室之中，睹炎烛之光〔二七〕，虽不教告，亦皎然喜于所见也〔二八〕；不以（向）〔尚〕有白日，与比朱门〔二九〕，旦则复晓，不揭此明而减其欢也〔三〇〕。况以长夜之冥，得照太阳，情变郁陶，而发其蒙也〔三一〕。故以为（难）〔虽〕事以末来，而情以本应〔三二〕，即使六艺纷华，名利杂诡，计而（复）〔後〕学〔三三〕，亦无损于有自然之好也。

嵇康集校注

〔一〕"人"下，吴钞本有"情"字，是也。○礼记礼运篇："何谓人情？喜、怒、哀、惧、爱、恶、欲，七者，弗学而能。"

〔二〕国语周语："听和则聪。"

〔三〕"饑"吴钞本作"饥"。

〔四〕"欲"吴钞本作"恐"，是也。

〔五〕韩子五蠹篇："民食果蓏蚌蛤，腥臊恶臭，而伤害腹胃，民多疾病。有圣人作，钻燧取火，以化腥臊，而民说之，使王天下。"扬雄蜀都赋："五肉七菜，朦厌腥臊。"说文："臊，豕膏臭也。"礼记礼运篇："昔者，先王未有火化，食草木之实，鸟兽之肉，饮其血，茹其毛。"墨子辞过篇："其为食也，足以增气充虚，强体适腹而已。"

〔六〕"茹"吴钞本作"加"，是也。

〔七〕礼记礼运篇："火齐必得。"注："火齐，腥孰之谓也。"说文："糂，以米和羹也。古文糂从参。"列子杨朱篇："荐以粱肉兰橘。"

〔八〕"蒉"吴钞本原钞作"凶"，朱校改。案"凶"字当即"由"字之误。

〔九〕礼记礼运篇："污尊而抔饮，蒉桴而土鼓。"注："蒉读由，声之误也。由，塯也，谓抟土为桴也。土鼓，筑土为鼓也。"庄子马蹄篇："赫胥氏之时，民含哺而熙，鼓腹而游。"

〔一〇〕"娱"字吴钞本涂改而成。○毛诗序："永歌之不足，不知手之舞之，足之蹈之也。"

〔一一〕史记乐书："中正无邪，礼之质也。"集解："郑玄曰：'质，犹本。'"

〔一二〕"絃"吴钞本作"弦"。

〔一三〕"管弦"见前声无哀乐论注〔三〕。礼记乐记篇："比音而乐之，及干戚羽旄谓之乐。"又曰："动以干戚，饰以羽旄。"注："羽，翟羽也;旄,旄牛尾也。文舞所执。"案"毛"与"旄"通。

〔一四〕论语:"子曰:'人之生也直。'"

〔一五〕左氏昭公十二年传:"昔穆王欲肆其心。"汉书淮南王传:"不好学问大道,触情妄行。"

〔一六〕淮南子兵略训:"人无筋骨之强,爪牙之利。"

〔一七〕"曰"吴钞本原钞作"且",墨校改。周校本曰:"四字疑当为'古言云'三字,'且'即下'苴'之坏字,旧校及各本作'曰',非。"○扬案:如此,则原钞重一"苴"字也,但"古言云",与下文语气不能吻合。

〔一八〕"苴"吴钞本误作"管"。○仪礼丧服传:"苴,杖竹也。"又曰:"苴屦者,苴菲也。"释文:"苴,艸也。"疏:"屦者,藨蒯之菲也。"荀子礼论篇:"齐衰苴杖。"注:"苴杖,谓以苴恶竹为之杖。"又哀公篇注:"苴,谓苍白色自死之竹也。"左氏成公九年传:"虽有丝麻,无弃菅蒯。"说文:"蒯,艸也。"

〔一九〕"崄岨"吴钞本作"岨崄"。○周礼夏官:"掌固,掌修城郭沟池树渠之固。"管子九变篇:"地形险阻,易守而难攻。"案"崄岨"与"险阻"同。

〔二〇〕易系辞下:"弦木为弧,剡木为矢,弧矢之利,以威天下。"尔雅:"剡,利也。"

〔二一〕"豐"吴钞本误作"豊"。○论语:"赐不受命,而货殖焉。"尚书仲虺之诰:"不殖货利。"伪孔传:"殖,生也。"

〔二二〕诗云汉:"自有肺肠。"

〔二三〕"忻"吴钞本作"欣",二字同。

〔二四〕韩非子难四:"文王嗜昌蒲菹。"吕氏春秋遇合篇:"文王嗜昌蒲菹,孔子闻而服之,缩頞而食之,三年,然后胜之。"周礼注:"昌本，昌蒲根，切之四寸为菹。"说文："菹，酢菜也。"神农本草：
"菖蒲，开心孔，补五藏，通五窍，明耳目，出音声。"孝经援神契
曰："菖蒲益聪。""胆蜚"未详。神农本草："龙胆，久服，益智不
忘。蜚虻，通利血脉及九窍。"未知即此药否。

〔二五〕礼记注："暗，昏时也。"

〔二六〕汉书贾谊传："上疏曰：'若其服习积贯，则左右而已矣。'"

〔二七〕"烝"吴钞本作"蒸"，二字通。○礼记仲尼燕居篇："譬如终夜
有求于幽室之中，非烛何见？"说文："蒸，折麻中干也。"周礼
注："给炊及燎，麤者曰薪，细者曰蒸。"

〔二八〕"皎"吴钞本作"曒"，三国文作"皓"，案"皎"与"曒"通。○诗大
车："有如曒日。"毛传："曒，白也。"淮南子泰族训："从冥冥，见
炤炤，犹尚肆然而喜，又况出室坐堂，见日月光乎。"

〔二九〕"向"吴钞本作"尚"，是也。"比"字，吴钞本涂改而成，原钞似
作"此"字。案"此"字似涉下而衍。

〔三〇〕"揭"字，吴钞本涂改而成。○案"朱门"对"幽室"而言，此明谓
朱门旦晓之明也。广雅："揭，举也。"

〔三一〕荀子正名篇："诗曰：'长夜漫兮，永思骞兮。'"楚辞九章："终长
夜之曼曼。"又九辩："袭长夜之悠悠。"注："永处冥冥而覆蔽
也。"尔雅："郁陶，喜也。""发蒙"见前游仙诗注〔七〕。

〔三二〕"雖"续古文苑作"雖"，是也。后难文中引此即作"雖"。

〔三三〕"復"吴钞本原钞作"雜"，墨校改，续古文苑作"後"，案"後"字
是也。难文即云"今之学者，岂不先计而後学。"○汉书儒林
传："古之儒者，博学乎六艺之文。"注："六艺，谓易、礼、乐、诗、
书、春秋。"史记礼书："自子夏，门人之高弟也，犹云出见纷华
盛丽而说。"

难自然好学论一首

严辑全三国文题作"难张辽叔自然好学论"。

夫民之性，好安而恶危，好逸而恶劳，故不扰则其愿得，不逼则其志从〔一〕。洪荒之世〔二〕，大朴未亏〔三〕，君无文于上，民无竞于下〔四〕，物全理顺，莫不自得。饱则安寝，饥则求食〔五〕，怡然鼓腹〔六〕，不知为至德之世也。若此，则安知仁义之端〔七〕，礼律之文〔八〕？及至人不存，大道陵迟〔九〕，乃始作文墨，以传其意〔一〇〕，区别群物，使有类族〔一一〕，造立仁义，以婴其心〔一二〕，制（其）〔为〕名分，以检其外〔一三〕，劝学讲文，以神其教〔一四〕。故六经纷错，百家繁炽〔一五〕，开荣利之涂〔一六〕，故奔骛而不觉〔一七〕。是以贪生之禽，食园池之粱菽；求安之士，乃诡志以从俗〔一八〕。操笔执觚，足容苏息〔一九〕，积学明经，以代稼穑〔二〇〕。是以困而后学，学以致荣〔二一〕；计而后习，好而习成〔二二〕。有似自然〔二三〕，故令吾子谓之自然耳。推其原也，六经以抑引为主，人性以从欲为欢〔二四〕。抑引则违其愿，从欲则得自然。然则自然之得，不由抑引之六经；全性之本，不须犯情之礼律〔二五〕。故仁义务于理伪〔二六〕，非养真之要术；廉让生于争夺，非自然之所出也。由是言之：则鸟不毁以求驯〔二七〕，兽不群而求畜〔二八〕，则人之真性，无为正当自然耽此礼学矣〔二九〕。

论又云：嘉肴珍膳，虽所未尝，尝必美之，适于口也。

嵇康集校注

处在暗室,睹烝烛之光〔三〇〕,不教而悦得于心。况以长夜之冥,得照太阳,情变郁陶,而发其蒙〔三一〕。虽事以末来〔三二〕,情以本应,则无损于自然好学。

难曰:夫口之于甘苦,身之于痛痒,感物而动,应事而作〔三三〕,不须学而后能,不待借而后有,此必然之理,吾所不易也〔三四〕。今子以必然之理,喻未必然之好学,则恐似是而非之议,学如(一)〔米〕粟之论〔三五〕,于是乎在也〔三六〕。今子立六经以为准〔三七〕,仰仁义以为主,以规矩为轩驾〔三八〕,以讲诲为哺乳〔三九〕。由其涂则通,乖其路则滞〔四〇〕,游心极视,不睹其外,终年驰骋,思不出位〔四一〕,聚族献议〔四二〕,唯学为贵。执书摘句〔四三〕,俯仰咨嗟〔四四〕,(使服)〔伏〕膺其言〔四五〕,以为荣华〔四六〕。故吾子谓六经为太阳,不学为长夜耳。今若以(□)〔明〕堂为丙舍〔四七〕,以诵讽为鬼语〔四八〕,以六经为芜秽〔四九〕,以仁义为(臱)〔臭〕腐〔五〇〕,睹文籍则目瞧〔五一〕,修揖让则变伛〔五二〕,袭章服则转筋〔五三〕,谭礼典则齿龋〔五四〕。于是兼而弃之〔五五〕,与万物为更始〔五六〕,则吾子虽好学不倦,犹将阙焉〔五七〕。则向之不学,未必为长夜,六经未必为太阳也。俗语曰〔五八〕:乞儿不辱马医〔五九〕。若遇上(有)〔古〕无文之(始)〔治〕〔六〇〕,可不学而获安,不勤而得志〔六一〕,则何求于六经,何欲于仁义哉?以此言之,则今之学者,岂不先计而后学〔六二〕?苟计而后动,则非自然之应也。子之云云,恐故得菖蒲菹耳〔六三〕。

〔一〕管子形势解："明主之治天下也，静其民而不扰。"礼记孔子闲居篇："气志既从。"注："从，顺也。"

〔二〕"洪"吴钞本作"鸿"，又"鸿"上有"昔"字，案"洪"与"鸿"通。

〔三〕"大"或作"太"。"朴"吴钞本作"樸"，二字通。○法言开通篇："洪荒之世，圣人恶之，不足以法。"王延寿鲁灵光殿赋："鸿荒朴略。"张载注："鸿，大也。朴，质也。上古之世，为鸿荒之世。"

〔四〕孝经援神契曰："三皇无文。"诗桑柔曰："君子实维，秉心无竞。"

〔五〕"饑"吴钞本作"饥"。

〔六〕"鼓腹"见前篇注〔九〕。

〔七〕"知"吴钞本误作"和"。

〔八〕庄子齐物论："仁义之端，是非之涂，樊然殽乱。"毛诗序："桑扈，刺幽王也；君臣上下，动无礼文焉。"管子正世篇："民不心服体从，则不可以礼义之文教也。"尔雅："律，法也。"

〔九〕"至人"见前赠秀才诗（流俗难悟）注〔三〕。汉书成帝纪："诏曰：'帝王之道，日以陵夷。'"又王嘉传："奏封事曰：'纵心恣欲，法度陵迟。'"注："陵迟，即陵夷也，言渐颓替也。"白虎通义五经篇："孔子居周之末世，王道陵迟。"

〔一〇〕鹖冠子："仓颉不道，然非仓颉，文墨不起。"

〔一一〕"族"古文奇赏误作"俗"。○易同人卦象曰："君子以类族辨物。"

〔一二〕淮南子要略训："以与天和相婴薄。"注："婴，绕抱也。"

〔一三〕"检"或作"捡"。"制其"吴钞本作"制为"。读书续记曰："以上文'造立仁义，以婴其心'例之，此是。"○庄子天下篇："春秋以道名分。"韩子有制分篇。

〔一四〕左氏闵公二年传:"卫文公敬教劝学。"荀子有劝学篇。汉书景
　　　　帝纪:"诏曰:'选豪俊,讲文学。'"注:"讲,谓和习之。"

〔一五〕法言吾子篇:"万物纷错,则悬诸天,众言淆乱,则折诸圣。"后
　　　　汉书徐防传:"上疏曰:'太学试博士弟子,论议纷错,互相是
　　　　非。'"庄子天下篇:"百家往而不反,必不合矣。"尔雅:"炽,
　　　　盛也。"

〔一六〕"之"吴钞本作"一"。读书续记曰:"明本'一'作'之',较是。"

〔一七〕"骛"吴钞本误作"鹜"。○汉书儒林传赞曰:"一经说至百馀万
　　　　言,大师众至千馀人,盖禄利之路然也。"楚辞九叹:"背玉门而
　　　　奔骛兮。"说文:"骛,乱驰也。"

〔一八〕淮南子主术训:"诡自然之性。"注:"诡,违也。"

〔一九〕扬雄少府箴:"府臣司共,敢告执觚。"文选文赋注:"觚,木之方
　　　　者,古人用之以书,犹今之简也。"后汉书朱浮传:"上疏曰:'陛
　　　　下保育生人,使得苏息。'"礼记注:"更息曰苏。"

〔二〇〕汉书夏侯胜传:"谓诸生曰:'经术苟明,其取青紫,如俯拾地芥
　　　　耳。学经不明,不如归耕。'"又平当传:"以明经为博士。"顾炎
　　　　武菰中随笔曰:"召信臣以明经甲科为郎,则明经亦有试。"书
　　　　洪范篇:"土爰稼穑。"伪孔传:"种曰稼,敛曰穑。"东方朔戒子
　　　　曰:"饱食安步,以仕代农。"

〔二一〕论语:"困而学之,又其次也。"汉书隽不疑传赞曰:"隽不疑学
　　　　以从政。"

〔二二〕吴钞本作"好以习成"。

〔二三〕汉书贾谊传:"上疏曰:'孔子曰:少成若天性,习惯如自然。'"

〔二四〕"欲"严辑全三国文误作"容"。○说文:"抑,按也。""从欲"见

411

前答难养生论注〔二五〇〕。

〔二五〕读书续记曰:"'犯'疑当作'范',古书多假用。"○汉书严安传:
"上书曰:'非所以範民之道也。'"注:"範,法也。"易系辞:"範
围天地之化。"释文:"'範'马、张、王肃本作'犯'。"集韵:"'范'
通作'範'。"

〔二六〕"故"吴钞本作"固",又"固"下有"知"字。"理"文澜本误作
"礼"。○广雅:"伪,为也。"

〔二七〕吴钞本原钞同,墨校于"毁"下补"类"字。周校本曰:"'毁'疑
'聚'字之讹,旧校于下加'类'字,甚非。"

〔二八〕吴钞本原钞同,墨校于"群"上补"弃"字。周校本曰:"旧校于
上加'弃'字,使与意改之'毁类'为对文,甚非。"○扬案:"毁"
下"群"上,当有夺文,此谓不弃群而求驯畜于人,乃鸟兽之性
之自然也,作"聚"字不合。盖如此则但云"鸟不求驯""兽不求
畜"可矣,文义元不在聚群与否也。上文"贪生之禽,食园池之
粱粟",即指为人所驯畜者言。

〔二九〕周校本曰:"'正'当作'不'。"○扬案:此处应于"性"字绝句,应
作"正"字,方合文意。"学"古文奇赏作"乐",误也,上文皆言
学。○周礼注:"正犹定也。"

〔三〇〕"烝"吴钞本作"蒸"。

〔三一〕"蒙"吴钞本作"朦",当为"矇"字之误,"矇"与"蒙"通。

〔三二〕"末"严辑全三国文误作"未"。

〔三三〕礼记乐记篇:"感于物而动,性之欲也。"列子说符篇:"投隙抵
时,应事无方属乎智。"

〔三四〕国语注:"易,犹异也。"

〔三五〕"一"字各本并同,当为"米"字之讹缺。

〔三六〕吕氏春秋察传篇："辞多类非而是,类是而非。"后汉书章帝纪:
　　　　"诏曰:'俗吏矫饰外貌,似是而非。'"春秋繁露实性篇："善如
　　　　米,性如禾,禾虽出米,而禾未可谓米也;性虽出善,而性未可
　　　　谓善也。米与善,人之继天而成于外也。"又曰:"善所自有,则
　　　　教训已非性也,是以米出于粟,而粟不可谓米,粟之性未能为
　　　　米也。"论衡量知篇："人之不学,犹谷未成粟,米未为饭也。"案
　　　　此处即指董王之论,上文云:"全性之本,不须犯情之礼律。"
　　　　"礼律"亦即董子所云教训也。

〔三七〕庄子天运篇："孔子谓老聃曰:'丘治诗、书、礼、乐、易、春秋
　　　　六经。'"

〔三八〕"驾"吴钞本作"乘",张本作"冕"。○礼记礼解篇："礼之于正
　　　　国也,犹规矩之于方圆也。"说文："规,有法度也。"尔雅："矩,
　　　　法也。"文选注："轩,车通称也。"

〔三九〕"海"张溥本作"论"。○班固西都赋："讲论乎六艺。"潜夫论贵
　　　　志篇："哺乳太多,则必掣纵而生痫。"

〔四○〕说文："乖,戾也。"

〔四一〕蔡邕鼎铭曰:"寻综六艺,契阔驰思。"史记礼书："君子上致其
　　　　隆,下尽其杀,而中处其中,步骤驰骋,广骛不外。"论语："曾子
　　　　曰:'君子思不出其位。'"

〔四二〕礼记注："族,犹类也。"

〔四三〕"摘"或作"摘"。

〔四四〕广雅："摘,取也。"毛诗传："咨,嗟也。"广雅："嗟,吟也。"

〔四五〕此句,吴钞本原钞作"伏膺其言",墨校改"伏"为"使",皕宋楼
　　　　钞本,校者以蓝笔于"使"下加"服"字,周校本仍作"使服膺其
　　　　言"。○扬案:吴钞本原钞是也,"伏"与"服"古字通,"使"为

"伏"之误。此处本四字为句,且加一"使"字,义反不顺矣。

〔四六〕"服膺"见前答难养生论注〔三一〇〕。班固奏记东平王苍曰:
"博贯庶事,服膺六艺。"中论曰:"德义令闻者,精魄之荣华
也。"说苑政理篇:"出则乘车马,衣美裘,以为荣华。"

〔四七〕"堂"上空格之字,吴钞本作"明",程本作"塾",张本作"讲",汪
本、四库本及八代文钞等作"虚",严辑全三国文亦作"讲",皕
宋楼钞本校改为"讲",栏外有校语云:"张本'讲堂',义优。"○
考工记:"周人明堂。"注:"明堂者,明政教之堂。"王粲儒林论
曰:"起于讲堂之上,游于乡校之中。"黄生义府曰:"嵇康难自
然好学论云:'以虚堂为丙舍。'锺繇帖有'墓田丙舍'语,丙居
甲乙之次,疑为小舍之称。"徐昂发畏垒笔记曰:"丙舍者,当是
宫中第三等舍宇,魏都赋云:'次舍甲乙。'景福殿赋云:'辛壬
癸甲,为之名秩。'注:'言以甲乙为名次也。'今人类以墓堂为
丙舍,据晋人墓田丙舍而言。然此乃别指其方所言之,如谓明
堂为在国之阳,丙巳之地,非古之所谓丙舍也。班史胡建传
云:'盖主使人上书告建僇辱长公主,射甲舍门。'案有甲舍,益
证知丙舍为第三等舍宇明矣。"○扬案:此处以下句"鬼语"例
之,则丙舍仍当指墓堂小舍。

〔四八〕"诵讽"吴钞本作"讽诵"。○吕氏春秋尊师篇:"凡学必务进
业,疾讽诵。"又博志篇:"孔丘墨翟,昼日讽诵习业。"说文:
"讽,诵也。"周礼注:"背文曰讽,以声节之曰诵。"

〔四九〕离骚:"哀众芳之芜秽。"说文:"芜,秽也。"

〔五〇〕"臭"各本作"臭",是也,"臭"俗字。○"臭腐"见前与山巨源绝
交书注〔一四九〕。

〔五一〕案郭璞鸬鹕黄鸟赞曰:"鸬鹕之鸟,食之不瞧。妇人是服,矫情

易操。"古书"瞧"字,惟此两见,亦俗字也。字汇训瞧为偷视貌,即本于郭璞之文矣。"瞧"从"焦"声,"焦"字又作"燋",吕氏春秋注:"焦,燥也。"淮南子注:"燋,悴也。"楚辞九辩注曰:"身体燋枯,被病久也。"又焦声爵声古通,玉篇:"矐,目冥也。"此处谓久视伤目,遂病于枯燥瞑眩耳。瞧为病状,下三句亦就体病而言。

〔五二〕礼记乐记篇:"揖让而天下治者,礼乐之谓也。"说文:"伛,偻也。"

〔五三〕礼记注:"袭谓重衣。""章服"见前与山巨源绝交书注〔八九〕。韩子外储说左上:"叔向御坐平公请事,公腓痛足痹转筋,而不敢坏坐。"

〔五四〕"谭"或作"谈"。○周礼天官太宰:"三曰礼典,以和邦国。"说文:"龋,齿蠹也。"

〔五五〕"弃"程本误作"衰"。

〔五六〕庄子让王篇:"尊将军为诸侯,与天下更始。"

〔五七〕广雅:"阙,去也。"

〔五八〕"曰"三国文作"云"。

〔五九〕列子说符篇:"齐有贫者,适田氏之厩,从马医作役而假食,郭中人戏之曰:'从马医而食,不以辱乎?'乞儿曰:'天下之辱,莫过于乞,乞犹不辱,岂辱马医哉。'"张湛注:"不以从马医为耻辱也。"

〔六○〕"有"吴钞本作"古",是也。"始"吴钞本作"治",案"治"字更合。

〔六一〕"勤"吴钞本作"懃"。

〔六二〕"学"下,吴钞本有"耶"字。

〔六三〕左传注："故，犹旧也。"案张氏谓人之于学，自然好之，貌悦心释，不假昌歇。叔夜讥其先已开通心窍，服膺六经仁义，以至如此云云也。

陆彦龙曰："撷庄、荀之遗旨，而引契独深，亦复旷然幽滞之外。"汉魏别解引（汉魏名文乘作陈明卿）。

嵇康集校注卷第八吴钞本原钞题"嵇康文集卷第七",墨校改。

宅无吉凶摄生论一首附

难宅无吉凶摄生论一首

宅无吉凶摄生论一首附

　　吴钞本原钞题作"宅无吉凶摄生论难上";墨校删"难上"二字。案原钞是也,王楙野客丛书即云所见嵇康集,有宅无吉凶摄生论难上、中、下三篇。吴钞本原钞,此篇及难文为宅无吉凶摄生论难上,释难及答释难为中,则当尚有下卷,为三论及三答,或止叔夜三答之文也。是知原钞所据之本,已缺一卷,钞者遂割答释难之文为第九卷,以足宋本十卷之数矣。〇太平御览一百八十及九百十八引此篇,亦题"嵇康宅无吉凶论",误也。〇此篇及次卷释难宅无吉凶摄生论,续古文苑题无名氏,严辑全晋文则属张邈,篇末仍注"嵇中散集"四字。姚振宗隋书经籍志考证于嵇中散集下云:"案今本集中有难

417

张辽叔自然好学论、难张辽叔宅无吉凶摄生论、答张辽叔释难宅无吉凶摄生论，凡三篇，而张之本论俱亡矣。"又于阮侃集下云："康集载宅无吉凶摄生论与张辽叔相反覆者，意侃集其论，为二卷，七录列之道家，或亦编入本集五卷中也。"○扬案：隋志道家类注云："梁有摄生论二卷，晋河内太守阮侃撰。"当即此及释难宅无吉凶摄生论二篇，盖阮氏与叔夜至交，故往复论难，亦如向秀与叔夜论养生耳。隋志云二卷，则阮氏无三论之文。如或有之，则隋志二卷"二"当为"三"字之误也。张邈但有自然好学论，叔夜难之。至此二篇，则固阮侃之文，非张邈所论，而侃集之者，姚氏亦以归之张邈，盖承严氏之误。其于叔夜二篇题名，冠以"难张辽叔""答张辽叔"等字，亦本于全三国文，而未一检本集，且云："张之本论俱亡。"亦未检及全晋文矣。

隋志五行家类有宅吉凶论三卷，不著撰人。姚振宗考证云："案论衡四讳篇曰：'俗有大讳四，一曰讳西益宅，西益宅谓之不祥，不祥必有死亡。相惧以此，故世莫敢西益宅，防禁所从来者远矣。'又曰：'诸工伎之家，说吉凶之占，皆有事状，宅家言治宅犯凶神，人不避忌，有病死之祸。'是当西汉之时，已有言宅舍之吉凶者。此三卷大抵所论不一其人，故不著姓名。"○扬案：此三卷当即叔夜之文，其不著姓名，当系偶失，亦如阮侃之摄生论耳。叔夜养生之论，隋志固已著录矣。阮论主于摄生，故列道家，叔夜则主宅有吉凶，故列五行家也。又案淮南子人间训："鲁哀公欲西益宅，史争之，以为西益宅不祥。"论衡即引此事，是宅舍吉凶之说，由来已远，不待西汉之时矣。惟新序杂事篇、家语正论解则云："东益宅不祥"，而艺文类聚、太平御览引风俗通义仍云："西益宅不祥"，则或西或东，固随时而异说也。

论衡偶合篇："世谓宅有吉凶，徙有岁月。"潜夫论卜列篇："吉凶兴衰不在宅。"老子："善摄生者，陆行不避兕虎，入军不被甲兵。"河上公注："摄，养也。"案此论谓宅无吉凶，欲求寿强，惟在摄生也。

夫善求寿强者〔一〕，必先知（灾）〔夭〕疾之所自来〔二〕，然后其至可防也。祸起于此，为防于彼，则祸無自瘳矣〔三〕。世有安宅葬埋阴阳度数刑德之忌〔四〕，是何所生乎？不见性命，不知祸福也。不见故妄求〔五〕，不知故干幸〔六〕。是以善执生者，见性命之所宜〔七〕，知祸福之所来，故求之实而防之信。夫多饮而走，则为（澹）〔痛〕支〔八〕；数行而风，则为癃毒〔九〕。久居于湿，则要疾偏枯〔一〇〕；好内不怠，则昏丧（文房）〔女疾〕〔一一〕。若此之类，灾之所以来，寿之所以去也。而掘基筑宅〔一二〕，费日苦身以求之〔一三〕，疾生于形，而治加于土木〔一四〕，是疾无〔道〕瘳矣〔一五〕。诗曰〔一六〕："恺悌君子，求福不回"者〔一七〕，匪避诽谤而为义然也〔一八〕，盖知回匪所求福也。故〔善求〕寿强〔者〕〔一九〕，专气致柔〔二〇〕，少私寡欲，直行情性之所宜，而合于养生之正度〔二一〕，求之于怀抱之内而得之矣〔二二〕。

419

尝有不知蚕者，出口动手，皆为忌祟〔二三〕，不得蚕丝滋甚〔二四〕，为忌祟滋多，犹自以犯之也；有教之知蚕者，其颛于桑火寒暑燥湿也〔二五〕，于是百忌自息，而利十倍〔二六〕。何者，先不知所以然，故忌祟之情繁，后知所以然〔二七〕，故求之之术正〔二八〕。故忌祟生于不知〔二九〕，使知性犹（如）〔知〕蚕〔三〇〕，则忌祟无所立矣。多食不消，（含）〔舍〕黄丸而筮祝谴祟〔三一〕，或从乞胡求福者〔三二〕，凡人皆所笑之〔三三〕，何者，以智能达其无祸也〔三四〕。故忌祟举生于不知，由知者言之〔三五〕，皆乞胡也。

设为三公之宅，而令愚民居之〔三六〕，必不为三公可知也。夫寿夭之不可求，甚于贵贱〔三七〕，然则择百年之宫，而望殇子之寿〔三八〕，（孤）〔弧〕逆魁冈，以速彭祖之夭〔三九〕，必不几矣〔四〇〕。或曰愚民必不得久居公侯宅〔四一〕，然则果无宅也〔四二〕，是性命自然，不可求矣。

有贼方至，不疾逃独安，须臾遂为所虏〔四三〕。然则避祸趣福〔四四〕，无过缘理〔四五〕。避贼之理，莫如速逃，则斯善矣。养生之道，莫如先（知）〔和〕，则为尽矣〔四六〕。夫避贼宜速，章章然，故中人不难睹〔四七〕，避祸之理，冥冥然，故明者不易见〔四八〕。其于理动，不可（要）〔欲〕求，一也〔四九〕。孔子有疾，医曰〔五〇〕："子居处适也，饮食（药）〔乐〕也〔五一〕，有疾天也，医焉能事〔五二〕？"是以知命不忧，原始反终〔五三〕，遂知死生之说〔五四〕。

夫时日谴祟〔五五〕，古之盛王无之，而季王之所好听也〔五六〕。制寿宫而得夭短〔五七〕，求百男而无立嗣〔五八〕。必占不启之陵，而陵不宿草〔五九〕。何者，高台深宫，以隔寒暑，靡色厚味，以毒其精[六〇]，亡之于实，而求之于虚，故性命不遂也。或曰：所问之师不工[六一]，则天下无工师矣[六二]。夫一楼之鸡[六三]，一栏之羊[六四]，宾至而有死者，岂居异哉[六五]？故命有制也，知命者则不滞于俗矣；若许负之相条侯，英布之黥而后王[六六]，彭祖七百[六七]，殇子之夭，是皆性命也[六八]。若相宅质居，自东徂西而得[六九]，反此是灭性命之宜。孔子登东山而小鲁，登泰山而小天下[七〇]。立高丘而观(居民)〔民居〕[七一]，则知(曰)东西非祸福矣[七二]。若乃忘地道之爽垲[七三]，而(立)〔心〕制于帷墙[七四]，则所见滋褊[七五]。从达者观之，则夫乾确然示人易矣[七六]，夫坤隤然示人简矣[七七]，天地易简，而惧以细苛，是更所以为逆也[七八]。是以君子奉天明而事地察[七九]。

世之工师，占成居则验，使造新则无征[八〇]。世人多其占旧，因求其造新[八一]，是见舟之行于水[八二]，而欲推之于陆，是不明数也[八三]。夫旧(断)〔新〕之理[八四]，犹卜筮也[八五]，夫凿龟数筴，可以知吉凶，然不能为吉凶[八六]。何者，吉凶可知，而不可为也。夫先筮吉卦，而后(名)〔居〕之无福[八七]，犹先筑利宅，而后居之无报也。占旧居(以)〔之〕谴祟则可[八八]，安新居以求福则不可，则犹卜筮之说耳[八九]。

俗有裁衣种谷皆择日[九〇]，衣者伤寒[九一]，种者失泽[九二]。凡火流寒至，则〔当〕授衣[九三]；时雨既降，则当下种[九四]；贼方至，则当疾走。今舍实趣虚[九五]，故三患随

至。凡以忌祟治家者，求〔福〕〔富〕而其极皆贫〔九六〕，故有
"知星宿，衣不覆"之谚〔九七〕。古言无虚，不可不察也。

〔一〕"强"或作"彊"，下同。

〔二〕"灾"吴钞本原钞作"夭"，墨校改。周校本曰："'夭疾'与'寿
　　强'为对文，原钞于义为长。"〇扬案：难文亦引此语，吴钞本仍
　　作"夭疾"，墨校未改。

〔三〕"無"吴钞本作"无"，二字同。〇毛诗传："瘳，愈也。"

〔四〕"度"吴钞本原钞作"步"，墨校改。案"步数""度数"均可通，续
　　古文苑"之忌"作"刑志"，误也。〇庄子天运篇："吾求之于度
　　数。"成玄英疏："数，算数也。"管子四时篇："刑德者，四时之合
　　也，刑德合于时则生福，诡则生祸。"汉书董仲舒传："对策曰：
　　'天道之大者在阴阳，阳为德，阴为刑，刑主杀，而德主生。"淮
　　南子天文训："阴阳刑德有七合，何谓七合？室堂庭门巷术
　　野。"案汉书艺文志五行家有阴阳五行时令十九卷，堪舆金匮
　　书十四卷，刑德七卷，形法家有宫宅地形二十卷，论衡亦引图
　　宅术、图墓书、葬历、堪舆历等。

〔五〕"求"续古文苑误作"故"。

〔六〕"干"程本及续古文苑误作"于"。

〔七〕"所"文津本作"相"。

〔八〕"支"吴钞本作"攴"，汪本、文津本作"㪙"，案古书"支"字多误
　　作"攴"，此处"攴"字无义，"㪙"则不成字，皆钞刻之误。"支"
　　即"肢"字，古书"肢"字多通作"支"。又案"澹"字义亦难通，当
　　系"痛"字之误，韩诗外传："无使群臣纵恣，则支不作。"谓四肢
　　之病不作也。此处"痛支"，即痛其四肢矣。〇金匮要略中风

历节篇曰："饮酒汗出当风，诸肢节疼痛。"史记仓公列传曰："臣意尝诊安阳武都里成开方，谓之病苦沓风，病得之数饮酒，以见大风气。"案走者必受风，饮走而痛肢，即此类风病也。

〔九〕"癢"吴钞本原钞作"养"，墨校改。○尔雅："疾，数也。""癢"一作"痒"，灵枢经刺节真邪篇曰："虚邪之中人也，搏于皮肤之间，其气外发，腠理开，毫毛摇，气往来行则为痒。"金匮要略中风历节篇曰："邪气中经，则身痒而瘾疹。"荀子荣辱篇："辨寒暑疾养。"注："'养'与'癢'同。"

〔一○〕"要"与"腰"通。庄子齐物论篇："民湿寝则腰疾偏死。"列子杨朱篇："禹纂业事雠，惟荒土功，身体偏枯，手足胼胝。"灵枢经刺节真邪篇曰："虚邪偏容于身半，其入深，内居营卫，营卫稍衰，真气去，邪气独留，发为偏枯。"

〔一一〕"文房"吴钞本作"女疾"，是也。○左氏僖公十七年传："齐侯好内。"又昭公元年传："女阳物而晦时，淫则生内热蛊惑之疾。"案此处谓以女疾而昏惑丧亡也。

〔一二〕吴钞本"基"作"墓"，"宅"作"室"。案"墓"字钞者之误，此泛言宅无吉凶，不必掘墓而筑者也。

〔一三〕淮南子墬形训："掘昆仑墟以下。"注："掘，犹平也。"说文："基，墙始也。"

〔一四〕国语晋语："智襄子为室美，士茁曰：'今土木不胜，臣惧其不安人也。'"

〔一五〕"无"下，吴钞本有"道"字，是也。上文云："则祸无自瘳矣"，句法一律。

〔一六〕"曰"吴钞本作"云"。

〔一七〕诗旱麓："莫莫葛藟，施于条枚；岂弟君子，求福不回。"笺云：

"不回者,不违先祖之道。"广雅:"回,邪也。"

〔一八〕说文:"诽,谤也。"

〔一九〕案依篇首观之,此处当作"故善求寿强者"。

〔二〇〕"专"程本误作"传"。

〔二一〕老子:"专气致柔,能婴儿乎。"又曰:"见素抱璞,少私寡欲。"淮南子泰族训:"直行性命之情。"

〔二二〕说文:"抱,怀也。"

〔二三〕说文:"祟,神祸也。"

〔二四〕"不"张燮本作"既",误也。吴钞本有"丝"字,无"滋"字。周校本改"丝"为"滋"。○左氏昭公元年传:"其虐滋甚。"注:"滋,益也。"

〔二五〕汉书注:"'颛'与'专'同。"

〔二六〕吴钞本同。周校本于"利"上加"为"字。

〔二七〕"然"下,吴钞本有"者"字。

〔二八〕吴钞本不重"之"字。案此钞者偶误也。

〔二九〕"生"上,吴钞本有"常"字。

〔三〇〕"性"下,吴钞本有"命"字。"如"吴钞本原钞作"知",墨校改,续古文苑亦作"知"。案"知"字是也。

〔三一〕"含"吴钞本原钞作"舍",墨校改,张燮本亦作"舍"。案"舍"字是也。"祝"程本误作"记"。○博物志:"神农经曰:'下药治病,谓大黄除实,当归止痛。'"神农本草:"大黄破症瘕积聚,留饮宿食,涤肠胃,推陈致新,通利水谷。"急就篇:"卜问谴祟父母恐。"

〔三二〕案"乞胡"似谓游乞之胡,以祸福惑人者,非谓胡神也。古乐府:"行胡从何方,列国持何来。"此云"乞胡"亦如"行胡"之云也。

〔三三〕吴钞本无"皆"字。

〔三四〕"达"吴钞本原钞作"迁",朱校改。案"迁"字误也。

〔三五〕"由"或作"繇",下同。

〔三六〕"令"太平御览一百八十引作"命"。

〔三七〕曹大家东征赋:"贵贱贫富,不可求兮。"

〔三八〕说文:"宫,室也。"吕氏春秋察今篇:"今为殇子矣。"注:"未成
人夭折曰殇。"

〔三九〕"孤"各本同,案韩子饰邪篇:"非天缺弧逆"云云,此处"孤"字,
当为"弧"字之误。"冈"吴钞本作"罡",后篇同,太平御览引作
"忌"。案"冈"为"刚"之省,"罡"为"刚"之俗体,"忌"字误也。
○史记天官书:"狼下有四星曰弧。"晋书天文志:"弧矢动移不
如常者,多盗贼,胡兵大起。"案韩子"弧逆",谓其地当弧星之
逆,致破败也。此处则泛言方向之凶耳。意林引杨泉物理论
曰:"岂有魁冈之神,存于匹妇之室。"唐书李泌传:"德宗嗣位,
除巫祝,宣政廊坏,太卜言孟冬魁冈,不可营缮。帝曰:'春秋
启塞从时,何魁冈为?'亟治葺之。"储泳祛疑说曰:"魁冈,乃天
之恶神。"案此处泛言筑宅非时,犯恶神也。又案魁冈居北,故
云笈七签禁忌篇云:"勿北向唾骂,犯魁冈神。""彭祖"见前与
阮德如诗注〔一五〕。

〔四〇〕此句,鲍刻本太平御览引作"必诬矣",安政本及汪本作"必几
矣",夺"不"字。

〔四一〕御览引无此二句。案既有上下文,又节此二句,则文意不
全矣。

〔四二〕吴钞本原钞无"然则果无宅"五字,墨校补"然则果无"四字。

〔四三〕文选注：“须臾，少时也。”说文：“虏，获也。”

〔四四〕“趣”吴钞本原钞同，朱校改作“趋”。程本、张燮本作“趣”。案“趋”字误也。

〔四五〕毛诗传：“趣，趋也。”管子心术上篇：“缘理而动，非所取也。”广雅：“缘，循也。”

〔四六〕此处，吴钞本原钞作“养生之道，莫如利，则和为尽矣”，墨校改“利”为“先知”，删“和”字。周校本从之。案原钞夺“先”字，又“利”字与“知”字均为“和”字之误，难文引此即云“善养生者和为尽”，释难文亦有“谨于邪者慢于正，详于宅者略于和，走以为先”云云，此谓养生以和为先，则尽养生之道也。

〔四七〕荀子法行篇：“虽有珉之雕雕，不若玉之章章。”注：“章章，素质明著也。”“中人”见前释私论注〔四一〕。

〔四八〕庄子在宥篇：“至道之精，窈窈冥冥。”素问注：“冥冥，言玄远也。”

〔四九〕“要”周校本作“妄”，并注云：“原钞作‘妖’，各本作‘要’，今以意正。”○扬案：“要”字吴钞本涂改而成，原钞似作“欲”字，本集家诫亦云：“终无求欲。”

〔五〇〕“医”下，吴钞本原钞有“监”字，墨校改“监”为“者”。周树人曰：“案即因‘医’字讹衍也，今除去，各本亦无。”

〔五一〕“藥”张本及续古文苑作“樂”。案以“适”字例之，“樂”字是也。

〔五二〕吕氏春秋开春篇：“饮食居处适，则九窍百节千脉皆通利矣。”礼记注：“事，犹为也。”案太平御览七百二十四引公孙尼子曰：“孔子有疾，哀公使医视之，医曰：‘居处饮食何如？’子曰：‘某春居葛笼，夏居密阳，秋不风，冬不炀，饮食不馈，饮酒不劝。’医曰：‘是良药也。’”此处医者之言，或即公孙尼子所载。

〔五三〕"反"吴钞本作"要"。

〔五四〕易系辞上："乐天知命故不忧。"又曰："原始反终,遂知死生之说。"又系辞下："易之为书也,原始要终,以为质也。"

〔五五〕吴钞本无"日"字,误也,难文引此即有"日"字。

〔五六〕韩子亡征篇："用时日,事鬼神,信卜筮而好祭祀者,可亡也。"论衡讥日篇："时日之书,众多非一。"国语晋语："虽当三季之王。"注："季,末也。"

〔五七〕吕氏春秋知接篇："桓公蒙衣袂而绝乎寿宫。"注："寿宫,寝堂也。"案此处谓欲以获寿之居耳,其义微殊。

〔五八〕诗思齐："太姒嗣徽音,则百斯男。"

〔五九〕广雅："陵,冢也。"礼记檀弓上："曾子曰:'朋友之墓,有宿草,而不哭焉。'"注："宿草,谓陈根也。"

〔六〇〕淮南子原道训："齐靡曼之色。"注："靡曼,美色也。""厚味"见前六言诗(名行显患滋)注〔四〕。

〔六一〕广雅："工,巧也。"

〔六二〕"则"文澜本作"而",误也。

〔六三〕"一"太平御览九百十八引作"同"。"楼"或作"栖"。

〔六四〕"栏"吴钞本作"兰",二字通。○文选注："栖,鸡宿处也。"汉书王莽传："与牛马同兰。"注："兰谓遮兰之。"广雅："栏,牢也。"

〔六五〕"居异"太平御览九百十八引作"异之",误也。

〔六六〕吴钞本原钞无"之"字,墨校补。

〔六七〕"七"吴钞本原钞误为"三",墨校改,后篇同。

〔六八〕史记绛侯世家："周亚夫为河内守时,许负相之曰:'君后三岁为侯,侯八岁为将相,其后九岁而君饿死。'指其口,曰:'有从理入口,此饿死法也。'居三岁,其兄绛侯胜之有罪,文帝择绛侯子贤者,乃封亚夫为条侯。孝景三年,吴楚反,亚夫以中尉为太尉,东击吴楚,凡相攻守三月,而吴楚破平。五岁迁为丞相。景帝中三年以病免相。无何,条侯子为父买工官上方甲楯五百被可以葬者,连污条侯,召诣廷尉,因不食,五日,呕血而死。"汉书注:"应劭曰:'许负,河内温人,老妪也。'"又黥布列传:"布姓英氏,秦时为布衣,少年,有客相之,曰:'当刑而王。'及壮,坐法黥,布欣然笑曰:'人相我当刑而王,几是乎?'陈胜之起也,布乃见番君,与其众叛秦。项王封诸将,立布为九江王,归汉,立为淮南王。""彭祖七百"见前答难养生论注〔二二九〕。

〔六九〕书召诰:"惟太保先周公相宅。"周礼地官大司徒:"以相民宅而知其利害。"注:"相,占视也。"广雅:"质,定也。"诗桑柔曰:"自西徂东,靡所定处。"尔雅:"徂,往也。"

〔七〇〕二句见孟子。王棻四书地理考曰:"曲阜东二十里有防山,绝不高大也。或云:'费县西北蒙山,正居鲁四境之东,一名东山,孔子登东山,指此。'"

〔七一〕吴钞本原钞无"高"、"民"二字,墨校补。案"居民"二字当乙。

〔七二〕"曰"字吴钞本涂改而成,原钞似作"伯"。周校本曰:"'伯'疑'徂'之讹。"○扬案:此谓地之东西,不关祸福也。"曰"字或误或衍。

428

〔七三〕"爽垲"吴钞本原钞作"博岂",朱校改。案"岂"与"垲"通。

〔七四〕"立"吴钞本原钞作"心",朱校改。案"心"字更合。

〔七五〕左氏昭公三年传:"齐景公欲更晏子之宅,曰:'子之宅近市,湫隘嚣尘,不可以居,请更诸爽垲者。'"注:"爽,明;垲,燥。"吕氏春秋任数篇:"帷墙之外,目不能见。"楚辞注:"褊,狭也。"

〔七六〕程本、汪本、张溥本，无"则"字。

〔七七〕二句见易系辞下，韩康伯注："确，刚貌也；隤，柔貌也；乾坤皆恒一其德，物由以成，故简易也。"

〔七八〕法言寡见篇："天地简易，而圣人法之。"汉书栾布传："以苛细诛之。"又高帝纪注："苛，细也。"国语注："逆，反也。"

〔七九〕淮南子注："察，明也。"

〔八〇〕孟子："为巨室，则必使工师求大木。"注："工师，主工匠之吏。"案此处谓占宅者也。仪礼注："凡执技艺者称工。"论衡四讳篇："诸工技之家，说吉凶之占，皆有事状。"礼记注："征，犹效验也。"

〔八一〕"因"吴钞本原钞作"思"，朱校改。〇汉书灌夫传："士亦以此多之。"注："多，犹重之也。"

〔八二〕吴钞本无"行"字，周校本误"多"。

〔八三〕庄子天运篇："水行莫如用舟，而陆行莫如用车，以舟之可行于水也，而求推之于陆，则没世不行寻常。"后汉书注："数，犹理也。"

〔八四〕"断"吴钞本作"新"，是也。

〔八五〕吴钞本原钞"卜"作"一"，又无"也"字，朱校改补。〇案此谓占说居宅之吉凶，其理犹卜筮也。难文引此，即云"宅犹卜筮"。

〔八六〕韩子饰邪篇："凿龟数筴兆曰：'大吉，而以攻燕者，赵也。'"周礼春官太卜："胝高作龟。"注："郑司农云：'作龟，谓凿龟令可爇也。'"孔疏："凿，即灼也。"战国策秦策："错龟数策。"注："策，蓍也。"案"筴"与"策"同。礼记曲礼上："龟为卜，筴为筮。"

〔八七〕案"名"字当为"居"字之误，此句谓旧宅，下句谓新宅也。

〔八八〕"以"吴钞本原钞作"之",墨校改。案原钞是也。

〔八九〕吴钞本"则"作"即"。又原钞无"犹"字,墨校补。

〔九〇〕论衡讥日篇:"裁衣有书,书有吉凶,凶日制衣则有祸,吉日则有福。"汉志杂占家:"武禁相衣器十四卷。"隋志五行家注曰:"梁有裁衣书一卷。"案种谷择日,亦谓择吉凶之日也。汉志杂占家有神农教田相土耕种十四卷,其中或亦有时日吉凶之占。

〔九一〕"寒"三国文作"阳"。

〔九二〕孟子注:"泽,水也。"

〔九三〕"则"下,吴钞本有"当"字,是也。○诗七月篇:"七月流火,九月授衣。"毛传:"火,大火也。流,下也。九月霜始降,妇功成,可以授冬衣。"笺云:"大火者,寒暑之候也。火星中而寒暑退,故将言寒,先著火所在。"

〔九四〕礼记月令篇:"季春之月,命司空曰:'时雨将降,下水上腾。'"

〔九五〕"趣"吴钞本原钞同,朱校改作"趋"。

〔九六〕"福"吴钞本作"富",是也。

〔九七〕国语注:"谚,俗之善谣也。"

难宅无吉凶摄生论一首

吴钞本原钞题曰"难摄生中散作",墨校改同此本。周校本误夺"散"字。○篇中"论曰"之处,吴钞本多提行,今不一一指出。

夫神祇邈远,吉凶难明〔一〕,虽中人自竭,莫得其端,而易以惑道〔二〕。故夫子寝答于(来)问终〔三〕,慎神怪而不言〔四〕。是以古人显仁于物〔五〕，藏用于身〔六〕，知（其）不可众（所）共，非故隐之〔七〕，彼非所明也〔八〕。吾无意于庶几〔九〕，而足下师心陋见，断然不疑〔一〇〕，繫决如此，足以独断〔一一〕。思省来论，旨多不通〔一二〕，谨因来言，以生此难。

方推金木，未知所在，莫有（食治）〔良法〕〔一三〕。世无自理之道，法无独善之术，苟非其人，道不虚行〔一四〕。礼乐政刑，经常外事，犹有所疏〔一五〕，况乎幽微者耶〔一六〕？纵欲辨明神微〔一七〕，祛惑起滞〔一八〕，立端以明所由〔一九〕，□断以检其要〔二〇〕，乃为（□微）〔有徵〕〔二一〕。若但撮提群愚，□□蚕种〔二二〕，忿而弃之，因谓无阴阳吉凶之理，得无似噎而怨粒稼〔二三〕，溺而责舟楫者耶〔二四〕？

论曰：百年之宫，不能令殇子寿；（孤）〔弧〕逆魁冈，不能令彭祖夭。又曰：许负之相条侯，英布之黥而后王，皆性命也。应曰：此为命有所定，寿有所在，祸不可以智逃〔二五〕，福不可以力致。英布畏痛，卒罹刀锯〔二六〕；亚夫忌馁，终有饿患〔二七〕。万物万事，凡所遭遇，无非相命也。然唐虞之世，命何同延〔二八〕？长平之卒，命何同短〔二九〕？此吾之所疑也。即如所论，虽慎若曾颜，不得免祸〔三〇〕；恶若桀跖，故当昌炽〔三一〕。吉凶素定，不可推移，则古人何言："积善之家，必有馀庆〔三二〕？""履信思顺，自天祐之〔三三〕？"必积善而后福应〔三四〕，信著而后祐来；犹罪之招罚，功之致赏也。苟先积而后受报，事理所得，不为暗自遇之也。若皆谓之是相，此为决相命于行事〔三五〕，定吉凶于知力〔三六〕，恐非本论之意,此又吾之所疑也。又云:"多食不消,必须黄丸。"苟命自当生,多食何畏,而服良药〔三七〕？若谓服药是相之所一,宅岂非是一耶〔三八〕？若谓虽命犹当须药〔以〕自济〔三九〕,何知相不须宅以自辅乎？若谓药可论而宅不可说,恐天下或有说之者矣。既曰寿夭不可求,甚于贫贱;而复曰善求寿强者,必先知(灾)〔夭〕疾之所自来,然后可防也。然则寿夭果可求耶？不可求也？既曰彭祖七百〔四〇〕,殇子之夭,皆性命自然;而复曰不知防疾,致寿去夭;求实于虚,故性命不遂。此为寿夭之来,生于用身;性命之遂,得于善求。然则夭短者,何得不谓之愚？寿延者,何得不谓之智？苟寿夭成于愚智,则自然之命,不可求之论,奚所措之？凡此数者〔四一〕:亦雅论之矛楯矣〔四二〕。

论曰论曰:专气致柔,少私寡欲,直行情性之所宜,而合养生之正度,求之于怀抱之内,而得之矣。又曰〔四三〕:善养生者,和为尽矣。诚哉斯言！匪谓不然？但谓全生不尽此耳。夫危邦不入,所以避乱政之害〔四四〕;重门击柝,所以(避)〔备〕狂暴之灾〔四五〕;居必爽垲,所以远风毒之患〔四六〕。凡事之在外能为害者,此未足以尽其数也,安在守一(利)〔和〕而可以为尽乎〔四七〕？夫专静寡欲,莫若单豹〔四八〕,行年七十,而有童孺之色,可谓柔和之用矣。而一旦为虎所食,岂非恃内而忽外耶〔四九〕？若谓豹相正当给(厨)〔虎〕〔五〇〕,虽智不免,则寡欲何益〔五一〕？而云养生可得？若单豹以未尽善而致灾,则辅生之道,不止于一和。苟和未足保生〔五二〕,

则外物之为患者，吾未知其所齐矣〔五三〕。

论曰：〔工〕师占成居则有验〔五四〕，使造新则无征。请问占成居而有验者，为但占墙屋耶？占居者之吉凶也？若占居者而知盛衰，此自占人，非占成居也。占成居而知吉凶，此为宅自有善恶，而居者从之。故占者观表而得内也。苟宅能制人使从之〔五五〕，则当吉之人，受灾于凶宅；妖逆无道，获福于吉居。尔为吉凶之致，唯宅而已？更（令）〔全〕由（人）〔故〕也，新便无征耶〔五六〕？若吉凶故当由人〔五七〕，则虽成居，何得而云有验耶〔五八〕？若此，果可占耶？不可占耶〔五九〕？果有宅耶？其无宅也？

论曰：宅犹卜筮，可以知吉凶，而不能为吉凶也。应曰〔六〇〕：此相似而不同。卜者吉凶无豫〔六一〕，待物而应，将来之（地）〔兆〕也〔六二〕。相宅不问居者之贤愚〔六三〕，唯觀已然〔六四〕，〔无〕有（传）〔转〕者〔六五〕，已成之形也〔六六〕。犹睹龙颜，而知当贵〔六七〕；见纵理，而知〔当〕饿（死）〔六八〕。然各有由，不为暗中也。今见其同于得吉凶，因谓相宅与卜不异，此犹见（琴）〔瑟〕而谓之箜篌，非但不知（琴）〔瑟〕也〔六九〕。纵如〔来〕论宅与卜同〔七〇〕，但能知而不能为〔七一〕，则吉凶已成，虽知何益？卜与不卜，了无所在〔七二〕。而古人将有为〔七三〕，必曰问之龟筮（吉）〔告〕，以定所由差〔七四〕，此岂徒也哉〔七五〕？此复吾之所疑也。**武王**营**周**，则曰考卜惟王，宅是**镐京**〔七六〕。**周公**迁邑，乃卜**涧瀍**，终惟**洛**食〔七七〕。又曰：卜其宅兆，而安厝之〔七八〕。古人修之于昔如彼，足下非之于今如此,不知谁定可从?

论曰:为三公宅,而〔令〕愚民〔居之〕〔七九〕,必不为三公,可知也。或曰愚民必不得久居公侯宅,然则果无宅也。应曰:不谓吉宅能独成福,但谓君子既有贤才,又卜其居,(复顺)〔顺履〕积德〔八〇〕,乃享元吉〔八一〕。犹夫良农,既怀善艺,又择沃土,复加耘耔,乃有盈仓之报耳〔八二〕。今见愚民不能得福于吉居,便谓宅无善恶,何异睹种田之无十千〔八三〕,而谓田无壤堵耶〔八四〕?良田虽美,而稼不独茂〔八五〕;卜宅虽吉,而功不独成。相须之理诚然,则宅之吉凶,未可惑也。今信征祥,则弃人理之所宜〔八六〕;守卜相,则绝阴阳之吉凶〔八七〕;持知力,则忘天道之所存〔八八〕。此何异识时雨之生物,因垂拱而望嘉谷乎〔八九〕?是故疑怪之论生,偏是之议兴,所托不一,乌能相通?若夫兼而善之者〔九〇〕,得无半非冢宅耶〔九一〕?

论曰:时日谴祟,古盛王无之,季王之所好听。此言善矣,顾其不尽然。汤祷桑林,周公秉圭,不知是谴祟非也〔九二〕?吉日惟戊,既伯既祷,不知是时日非也〔九三〕?此皆足下家事,先师所立〔九四〕,而一朝背之,必若汤周未为盛王,幸更详之〔九五〕。又当〔校〕知(二)〔三〕贤,何如足下耶〔九六〕?

论曰:贼方至,以疾走为务;食不消,以黄丸为先。子徒知此为贤于安须臾,与求乞胡;而不知制贼病于无形,事功幽而无跌也〔九七〕。夫救火以水,虽自多于抱薪,而不知曲突之先物矣〔九八〕。况乎天下微事，言所不能及，数所不能分，是以古人存而不论〔九九〕。神而明之，遂知来物〔一〇〇〕，故能独观于万化之前，收功于大顺之后〔一〇一〕。百姓谓之自然，而不知所以然。若此，岂常理之所逮耶〔一〇二〕？今形象著明，有数者犹尚滞之〔一〇三〕；天地广远，品物多方〔一〇四〕，智之所知，未若所不知者众也〔一〇五〕。今执〔夫〕辟〔贼消〕谷之术〔一〇六〕，谓养生已备，至理已尽；驰心极观〔一〇七〕，齐此而还，意所不及，皆谓无之。欲据所见，以定古人之所难言〔一〇八〕，得无似蟪蛄之议冰耶〔一〇九〕？欲以所识，而（□□□）〔决古人〕之所弃〔一一〇〕，得无似戎人问布于中国〔一一一〕，睹麻种而不事耶〔一一二〕？吾怯于专断〔一一三〕，进不敢定祸福于卜相，退不敢谓家无吉凶也。

〔一〕国语注："天曰神，地曰祇。"

〔二〕"中人"见前释私论注〔四一〕。荀子修身篇："以情自竭。"礼记注："端，本也。"

〔三〕吴钞本无"来"字，是也。周校本误衍"来"字。

〔四〕论语："季路问事鬼神，子曰：'未能事人，焉能事鬼。''敢问死。'曰：'未知生，焉知死。'"又曰："子不语怪、力、乱、神。"文选注："寝，犹息也。"国语注："终，死也。"

〔五〕"古"吴钞本原钞作"吉"，朱校改。

〔六〕易系辞上："显诸仁，藏诸用。"

〔七〕吴钞本原钞作"知不可众共，非故隐之"，墨校补入"其"、"所"二字，令同此本。周校本从之。案原钞是也。此处于"共"字绝句,谓藏用于身,不与众共,恐易以惑道也。

〔八〕庄子齐物论篇:"彼非所明而明之,故以坚白之昧终。"

〔九〕"庶几"见前养生论注〔九一〕。

〔一〇〕庄子人间世篇:"夫胡可以及化,犹师心者也。"礼记注:"断,犹决也。"后汉书袁安传:"上封事曰:'事有易见,较然不疑。'"

〔一一〕案"繫"与"毂""擊"通。说文:"毂,相擊中也。"汉书刑法志:"酷吏擊断,奸轨不胜。"中论考伪篇:"时有距绝,擊断严厉。"此处"繫决",犹"擊断"矣。战国策赵策:"乘独断之车,御独断之势。"

〔一二〕"多"文津本作"所",误也。

〔一三〕"食治"二字,各本并同,当为"良法"之误,下文即云"法无独善之术"。○案此泛言五行方向之无准则也。论衡诘术篇:"图宅术曰:'商家门不宜南向,徵家门不宜北向。'则商金,南方火也;徵火,北方水也。水胜火,火贼金,五行之气不相得,故五姓之宅,门有宜向也。"潜夫论卜列篇:"俗工又曰:'商家之宅,宜西出门。'此复虚矣。五行当出乘其胜,入居其隩,乃安吉。商家向东入,东入反以为金伐木,则家中精神日战斗也。五行皆然。"扬案:西方为金,东方为木,商家属金,而门向之,宜各执一说矣。叔夜即指此而言,谓推五行五胜克伐之方,而未知所在也。后释难文云:"不得以西东有异,背向不同,宫姓无害,商则为灾。"亦说此义。

〔一四〕易系辞下:"易之为书也不可远,其为道也屡迁。苟非其人,道不虚行。"

〔一五〕礼记乐记篇:"礼乐刑政,其极一也。"汉书五行志:"礼,王天下之大经也。"注:"经,谓常法也。"

〔一六〕尔雅：“幽，微也。”

〔一七〕“辨”吴钞本作“辩”。

〔一八〕“惑”程本误作“感”。○广雅：“祛，去也。”

〔一九〕“由”或作“繇”。

〔二〇〕“断”上空格之字，程本作“立”，文津本作“审”，八代文钞作
　　　　“决”，吴钞本无空格，皕宋楼钞本有校语云：“各本‘断’上空一
　　　　字，是也。”“检”或作“捡”。周校本误夺“其”字。○广雅：“检，
　　　　论也。”

〔二一〕“微”上空格之字，程本作“阐”，文津本作“辨”，八代文钞作
　　　　“精”。此句，吴钞本作“乃为有徵”，更合。○左氏昭公八年
　　　　传：“君子之言，信而有徵。”

〔二二〕“蚤”上空格之字，程本作“不察”，文津本作“煎沃”，吴钞本无
　　　　空格，朱校于“愚”下作斜勒，栏外上方著校语云：“刻板上空二
　　　　字。”○广雅：“撮，持也。”

〔二三〕“似”吴钞本原钞同，墨校改作“以”。“粒”吴钞本原钞作“立”，
　　　　墨校改；案二字通。

〔二四〕“槭”吴钞本原钞作“楫”，墨校改。案“槭”与“楫”同。○吕氏
　　　　春秋荡兵篇：“有以饐死，而禁天下之食，悖；有以乘舟死者，欲
　　　　禁天下之船，悖。”案“饐”与“噎”通。说文：“噎，饭窒也。”

〔二五〕“祸”上，吴钞本原钞有“其”字，墨校删。

〔二六〕汉书注：“罹，亦遭也。”国语鲁语：“中刑用刀锯。”注：“割劓用
　　　　刀，断截用锯。”

〔二七〕广雅：“馁，饥也。”

〔二八〕大戴礼千乘篇：“子曰：‘太古之民，秀长以寿者也。’”汉书董仲
　　　　舒传：“对策曰：‘尧舜行德，则民仁寿。’”尔雅：“延，长也。”

〔二九〕史记白起列传:"秦昭王四十七年,秦攻韩,取上党,上党民走赵,赵军长平。赵王闻秦反间之言,因使赵括代廉颇,秦乃阴使武安君白起为上将军。括军败,卒四十万人降武安君,武安君尽阬杀之,遗其小者二百四十人。"论衡命义篇:"言无命者,历阳之都,一夕沈而为湖;秦将白起,阬赵降卒于长平之下,四十万众,同时皆死。如必有命,何其秦齐同也?"

〔三〇〕论衡齐世篇:"立行崇于曾颜。"史记仲尼弟子列传:"曾参字子舆,颜回字子渊。"

〔三一〕"桀跖"见前答难养生论注〔二五二〕。潜夫论交际篇:"官人虽兼桀跖之恶。"诗閟宫:"俾尔昌尔炽。"尔雅:"炽,盛也。"

〔三二〕易坤卦文言曰:"积善之家,必有馀庆;积不善之家,必有馀殃。"

〔三三〕易大有卦:"上九,自天祐之,吉无不利。"又系辞上:"子曰:'祐者,助也。天之所助者顺也,人之所助者信也,履信思乎顺,又以尚贤也。是以自天祐之,吉无不利也。'"

〔三四〕"必"上,吴钞本有"若"字。

〔三五〕"行事"吴钞本原钞作"事行",墨校改。

〔三六〕"知"或作"智"。

〔三七〕说苑正谏篇:"孔子曰:'良药苦口利于病。'"

〔三八〕淮南子注:"一,同也。"案服药是相之所一,一谓有相命者,必知服药,故亦可谓之是相也,宅亦相之所一,即后答释难文中所云:"卜筮当与相命通,相成为一也。"

〔三九〕"自"上,吴钞本有"以"字。周校本误夺。案有"以"字是也,下句即有"以"字。

〔四〇〕"祖"吴钞本作"子",涉下而误也。

〔四一〕"者"吴钞本作"事"。

〔四二〕"楯"吴钞本、程本作"戟"，皕宋楼钞本校改为"楯"。周校本曰："各本作'楯'，非。"○扬案：自当作"楯"，答释难文亦云："恐似矛楯，无俱立之势。"○尸子："楚人有鬻矛与盾者，誉之曰：'吾盾之坚，莫能陷也。'又誉其矛曰：'吾矛之利，于物无不陷也。'或曰：'以子之矛，陷子之盾，何如?'其人弗能应也。"案此又见韩子难一及难势篇，穀梁哀公二年传疏引庄子，亦有此说。"楯"与"盾"通。说文："盾，瞂也，所以捍身蔽目。"释名："盾，遁也，跪其后，避刃以隐遁也。"

〔四三〕"又"周校本误作"文"。

〔四四〕论语："子曰：'危邦不入，乱邦不居。'"

〔四五〕"避"吴钞本作"备"，是也。作"避"者，盖涉上文而误。○易系辞下："重门击柝，以待暴客。"说文："柝，夜行所击者。"

〔四六〕"风"吴钞本作"气"。"爽垲"见前篇注〔七五〕。

〔四七〕"利"吴钞本、张本作"和"。读书续记曰："以上文'善养生者和为尽矣'参之，此是。"○扬案：下文亦云："辅生之道，不止于一和。"

〔四八〕"若"吴钞本作"过"。

〔四九〕"单豹"见前答难养生论注〔三二九〕。

〔五〇〕"厨"张本作"虎"，是也。皕宋楼钞本亦校改为"虎"。

〔五一〕"则"吴钞本原钞作"也"，连上为句，墨校改作"则"。

〔五二〕吴钞本原钞无"苟和"二字，墨校补。严辑全三国文亦夺此二字。"足"下，吴钞本有"以"字，周校本误夺。

〔五三〕"齐"吴钞本作"济"。○家语注："齐，限也。"

〔五四〕案"师"上当夺"工"字。

〔五五〕由“故”以下十七字，各本皆无，惟吴钞本原钞有之，朱校删去。案释难及答释难二文中皆有“非宅制人”之语，故知原钞是也，今据补。

〔五六〕“令”吴钞本作“全”，皕宋楼钞本及周校本均改为“令”。此处文津本作“更令由故，而新便无征耶”。扬案：“全”字“故”字是也。“人”字涉下文而误耳。此处故指成居，乃承上文而言，若曰吉凶全由旧宅，而新宅之吉凶，便无征耶。

〔五七〕左氏僖公十六年传：“周内史叔兴曰：‘吉凶由人。’”

〔五八〕“云”吴钞本原钞作“后”，墨校改。案“后”字误也。

〔五九〕吴钞本原钞作“不可占也”。案“也”与“耶”通，集中各篇多“耶”“也”迭用。

〔六〇〕吴钞本由“应”字提行，朱校连上。案篇中各“应曰”句，皆未提行，此处偶误。

〔六一〕礼记儒行篇：“来者不豫。”玉篇：“豫，早也，逆备也。”

〔六二〕“地”吴钞本作“兆”，是也。

〔六三〕“宅”吴钞本原钞作“者”，朱校改。案“宅”字是也。

〔六四〕“观”吴钞本同，周校本误作“觊”。

〔六五〕“传”三国文作“转”，是也。“有”上当夺“无”字。

〔六六〕汉书贾谊传：“上书曰：‘凡人之智，能见已然。’”广雅：“然，成也。”毛诗笺：“转，移也。”案此谓已成之宅，无有转移。

〔六七〕史记高祖本纪：“高祖为人，隆准而龙颜。吕公者好相人，见高祖状貌，因重敬之，曰：‘臣相人多矣，无如季相。’”

〔六八〕“饿死”吴钞本原钞作“当饿”，墨校于“饿”下加“死”字。案原钞是也，“当贵”“当饿”，相对为文。“死”字误加。

〔六九〕案两“琴”字当为“瑟”之误，“瑟”与“筌篌”略似也。○桓谭新论曰："鄙人谓狐为狸,以瑟为箜篌,此非徒不知狐与瑟,又不知狸与箜篌也。"

〔七〇〕案"论"上必有夺误,疑夺"来"字,篇首亦云"思省来论"。

〔七一〕吴钞本原钞夺"知而不能"四字,墨校补。案此乃钞者由上"能"字而误也。

〔七二〕广雅:"了,讫也。"

〔七三〕"古"吴钞本原钞作"吉",朱校改。案就下文观之,"古"字是也。

〔七四〕"吉"吴钞本原钞作"告",墨校填改作"吉",案"告"字是也,下云"定所由差",则不必即为吉矣。○尔雅:"差,择也。"

〔七五〕列子黄帝篇:"以此胜一身若徒。"注:"徒,空默之谓也。"

〔七六〕诗文王有声:"考卜惟王,宅是镐京。维龟正之,武王成之。"笺曰:"考,犹稽也;宅,居也。稽疑之法,必契灼龟而卜之。武王卜居是镐京之地,龟则正之。"

〔七七〕书洛诰:"周公曰:'予惟乙卯,朝,至于洛师,我卜河朔黎水,我乃卜涧水东、瀍水西,惟洛食。我又卜瀍水东,亦惟洛食。'"伪孔传:"卜必先墨画龟,然后灼之,兆顺食墨。"

〔七八〕二句见孝经,注云:"宅,墓穴也;兆,茔域也。葬事大,故卜之。"案"厝"与"措"同,说文:"措,置也。"

〔七九〕案此引前论也,当作"而令愚民居之"。

〔八〇〕"复顺"吴钞本作"顺履",是也。

〔八一〕易坤卦:"六五,黄裳元吉。"曹植告咎文曰:"享兹元吉,釐福日新。"

〔八二〕吕氏春秋长攻篇:"譬之若良农,辨土地之宜,谨耕耨之事。"管子地圆篇:"干而不斥,湛而不泽,无高下葆泽以处,是谓沃土。"淮南子墬形训:"正南次州曰沃土。"注:"沃,盛也。稼穑盛张,故曰沃土。"诗甫田:"今适南亩,或耘或耔。"毛传:"耘,除草也;耔,雝本也。"又楚茨曰:"我仓既盈。"

〔八三〕"田"吴钞本作"者"。

〔八四〕诗甫田:"倬彼甫田,岁取十千。"毛传:"十千,言多也。"释名:"壤,膿也,肥膿意也。"集韵:"堉,薄土也。"案"堉"俗字,当作"瘠"。国语鲁语:"择瘠土而处之。"注:"墝埆为瘠。"

〔八五〕毛诗笺:"稼,禾也。"

〔八六〕太玄注:"征,祥也。"左传注:"祥,吉凶之先见者。"

〔八七〕"吉凶"吴钞本作"凶吉"。

〔八八〕"知"或作"智"。吴钞本原钞夺"持智"二字,墨校补。

〔八九〕"拱"程本误作"持"。○贾谊旱云赋:"农夫垂拱而无为。"说文:"拱,敛手也。"后汉书注:"垂拱,无为也。"书吕刑篇:"稷降播种,农殖嘉谷。"

〔九○〕"善"文津本作"有"。

〔九一〕"冢"吴钞本原钞同,墨校改作"塚"。案"塚"俗字。○说文:"冢,高坟也。"案此谓卜宅虽吉,仍须贤才积德,必吉人吉宅,乃为兼善,故才德亦居半功。即后答释难文所云"宅与性命,虽各一物,犹农夫良田,合而成功也"。

〔九二〕吕氏春秋顺民篇:"昔者,汤克夏而正天下,天大旱,五年不收。汤乃以身祷于桑林。"注:"祷,求也。桑林,桑山之林,能兴云作雨。"曹植汤祷桑林赞曰:"惟殷之世,炎旱七年,汤祷桑林,祈福于天。"书金縢篇:"既克商二年,王有疾,弗豫。周公乃为三坛同墠。为坛于南方,北面,周公立焉。植璧秉圭,乃告太王、王季、文王。史乃册,祝曰:'惟尔元孙某,遘厉虐疾。若尔三王，是有丕子之责于天，以<u>旦</u>代某之身。’”伪孔传：“璧以礼神。<u>周公</u>秉桓圭以为贽。”

〔九三〕诗<u>吉日</u>：“吉日维戊，既伯既祷。”<u>毛诗序</u>：“吉日，美<u>宣王</u>田也。”<u>毛传</u>：“伯，马祖也，用马力必先为之祷。”笺云：“戊，刚日也。”

〔九四〕<u>礼记文王世子篇</u>：“凡学，春，官释奠于其先师，秋冬亦如之。”案此谓上述三事，皆家学所传，而经中所载者也。

〔九五〕“详”<u>吴钞本</u>作“思”。

〔九六〕“知”上，<u>吴钞本</u>原钞有“校”字，墨校删。案原钞是也。又案“二”为“三”字之误，谓<u>汤</u>与<u>周公</u>、<u>宣王</u>也。后<u>释难</u>文中亦云：“以三贤校君，愈见其合。”

〔九七〕<u>淮南子说山训</u>：“良医者常治无病之病，故无病。”<u>史记自序</u>曰：“运筹帷幄之中，制胜于无形。”<u>说文</u>：“幽，隐也。”<u>文选</u>注引<u>广雅</u>曰：“跌，差也。”

〔九八〕“矣”<u>吴钞本</u>作“也”。○<u>汉书周勃传</u>：“攻<u>开封</u>，先至城下为多。”注：“多，谓功多也。”又<u>董仲舒传</u>：“对策曰：‘以汤止沸，抱薪救火，愈甚无益也。’”又<u>霍光传</u>：“人为<u>徐生</u>上书曰：‘臣闻客有过主人者，见其灶直突，傍有积薪，客谓主人，更为曲突，远徙其薪，不者，且有火患。主人嘿然不应，俄而家果失火。’”<u>后汉书光武帝纪</u>：“沈几先物。”注：“物，事也。”案<u>桓谭新论</u>以劝曲突徙薪为<u>淳于髡</u>事。

〔九九〕<u>庄子齐物论篇</u>：“六合之外，圣人存而不论。”

〔一〇〇〕<u>易系辞上</u>：“神而明之，存乎其人。”又曰：“无有远近幽深，遂知来物。”

〔一〇一〕<u>庄子田子方篇</u>：“万化而未始有极也。”<u>史记主父偃传</u>：“徐乐上书曰：‘贤主独观万化之原。’”“大顺”见前<u>养生论</u>注〔一一五〕。

〔一〇二〕老子："功成事遂，百姓皆谓我自然。"淮南子泰族训："民化上迁善，而不知其所以然，此治之上也。"尔雅："逮，及也。"

〔一〇三〕易系辞上："在天成象，在地成形。"又曰："县象著明，莫大乎日月。"左氏僖公十五年传："物生而后有象，象而后有滋，滋而后有数。"国语注："滞，废也。"

〔一〇四〕易乾卦象曰："品物流行。"楚辞招魂篇："食多方些。"注："方，道也。"

〔一〇五〕庄子秋水篇："计人之所知，不若其所不知。"

〔一〇六〕吴钞本原钞作"今执夫辟贼消谷之术"，朱校删"夫"字。案原钞是也。"辟贼消谷"乃承上文"贼方至，食不消"而言。

〔一〇七〕扬雄长杨赋："此天下之穷览极观也。"

〔一〇八〕"欲"吴钞本同，周校本误作"故"。

〔一〇九〕"冰"下，吴钞本有"雪"字。〇庄子逍遥游篇："蟪蛄不知春秋。"释文："司马云：'蟪蛄，寒蝉也，一名蛁蟟，春生夏死，夏生秋死。'"又秋水篇："夏虫不可语于冰者，笃于时也。"吕氏春秋任数篇："无骨者，不可令知冰。"注："无骨者，春生秋死，不知冬寒之有冰雪。"说文："议，语也。"

〔一一〇〕"之"上空格之字，程本作"求今人"，汪本、四库本作"决古人"，八代文钞作"谓今人"。吴钞本原钞无"而"字，又无空格，墨校于行中挤写"而"字，于"弃"字右侧补"之所"两字，朱校于"之"字右侧之上作一斜勒，旁加三点于栏外，上方著校语云："刻本上空三字。"其左又书"决古人"三字，当即以实三点者。皕宋楼钞本"而所"两字相连，校者以朱笔补"决古人"三字。扬案："决古人"是也。古人所弃，即所难言，亦即上文所云"古人存而不论"者也。

〔一一〕"戎"吴钞本原钞误作"终",墨校改。

〔一二〕吕氏春秋知接篇:"戎人见暴布者,问之曰:'何以为之莽莽也?'指麻而示之。怒曰:'孰之壤壤也,可以为之莽莽也?'"淮南子齐俗训:"胡人见黂,不知其可以为布也。"注:"黂,麻子也。"汉书注:"种,谓谷子也。"吕氏春秋尊师篇:"事五谷。"注:"事,治也。"

〔一三〕史记儒林传:"于诸侯擅专断不报,皆以春秋之义正之。"

嵇康集校注卷第九吴钞本原钞题"嵇康文集卷第八",墨校改。

释难宅无吉凶摄生论一首^附

答释难宅无吉凶摄生论一首

释难宅无吉凶摄生论一首附

　　吴钞本原钞题作"宅无吉凶摄生论难中",上空四格,墨校删"难中"二字,又于"宅"上补"释难"二字。案原钞是也。

　　易曰:"河出图,洛出书,圣人则之〔一〕。"孝经曰〔二〕:"为之宗庙,以鬼享之〔三〕。"其立本有如此者。子贡称:"性与天道,不可得闻〔四〕。"仲由问神,而夫子不答〔五〕。其(抑)〔饬〕末有如彼者〔六〕。是何也?兹所谓明有礼乐,幽有鬼神〔七〕,人谋鬼谋,以成天下之亹亹也〔八〕。是以墨翟著明鬼之篇〔九〕,董无心设难墨之说〔一○〕。二贤之言,俱不免于殊途而两惑。是何也?夫甚有之则愚,甚无之则诞〔一一〕,

447

故〔三〕〔二〕子者，皆偏辞也〔一二〕。子之言神，将为彼耶？唯吾亦不敢明也。夫私神立，则公神废；邪忌设，则正忌丧；宅墓占，则家道苦；背向繁，则妖心兴〔一三〕。子之言神，其为此乎？则唯吾之所疾争也。（苟大）〔夫苟〕获其类〔一四〕，不患微细〔一五〕。是以见瓶（水）〔冰〕而知天下之寒〔一六〕，察旋机而得日月之动〔一七〕。足下（细）〔紬〕蚕种之说〔一八〕，因忽而不察；是噎溺未知所在，亦莫辨有舟稼也〔一九〕。

夫命者，所禀之分也〔二〇〕；信顺者，成命之理也。故曰："君子修身以俟命"，"知命者不立于岩墙之下〔二一〕"。何者？是夭遂之（宝）〔实〕也〔二二〕。犹食非命，而命必胥食，〔是〕故然矣〔二三〕。若吾论曰〔二四〕：居怠行逆，不能令彭祖夭〔二五〕，则足下举信顺之难是也。论之所说，信顺既修，则宅葬无贵〔二六〕，故譬之寿宫无益殇子耳〔二七〕。足下不（云）〔立〕殇子以宅延、彭祖亦以宅（寿寿）夭之说〔二八〕，使之灼然，若信顺之遂期，怠逆之夭性，而徒曰天下或有能说之者。子而不言，谁与能之〔二九〕？夫多食伤性，良药已病〔三〇〕，〔是〕相之所一也〔三一〕。诬彼实此，非所以相证也〔三二〕。夫寿夭不可求之宅，而〔可〕得之和〔三三〕，故论有〔可〕不知（之）〔三四〕。（□）〔是〕足下忘于意，而责于文〔三五〕，抑不本矣〔三六〕。（雖）〔難〕曰〔三七〕：唐虞之世，命何同延？长平之卒，命何同短？今论命者，当辨有无，无疑众寡也。苟一人有命，千万皆一也〔三八〕。若使此不得系命，将系宅耶〔三九〕？则唐虞之世，宅何同吉〔四〇〕？长平之卒，居何同

448

凶？亦复吾之所疑也。难曰：事之在外，而能为害者，不以数尽。<u>单豹恃内而有虎</u>〔四一〕。按足下之言，是<u>豹</u>忘所宜惧，与惧所宜忘。故<u>张毅</u>修表，亦有内热之祸〔四二〕。虽内外不同，钧其非和〔四三〕，一曙失之〔四四〕，终身弗复，是亦虎随其后矣〔四五〕。夫谨于邪者慢于正，详于宅者略于和。（□）〔走〕以为先〔四六〕，亦非齐于所称也。今足下广之，望之久矣〔四七〕。

元亨利贞，卜之吉繇〔四八〕，隆准龙颜，公侯之相者〔四九〕，以其数所遇，而形自然，不可为也。使准颜可假，则无相；繇吉可为，则无卜矣。今设为吉宅而幸福报〔五〇〕，譬之无以异假颜准而望公侯也。是以<u>子阳</u>镂掌，<u>巨君</u>运魁，咸无益于败亡〔五一〕。故吾以无故而居者可占，何惑象数之理也〔五二〕。设吉而后居者不可，则（何）假为之说也〔五三〕。然则非宅制人，人实征宅〔也，果有宅〕耶？其无宅也〔五四〕？似未思其本耳〔五五〕。猎夫从林，其所遇者，或禽或虎，遇禽所吉，遇虎所凶〔五六〕。而虎也，善卜可以知之耳。是故知吉凶，非〔能〕为吉凶也〔五七〕。故其称曰，无远近幽深〔五八〕，遂知来物〔五九〕，不曰遂为来物矣。然亦卜之，（尽盖）〔盖尽〕理所以成相命者也〔六〇〕。至乎卜世与年，则无益于<u>周</u>录矣〔六一〕。若地之吉凶，有虎禽之类，然此地苟恶〔六二〕，则当所往皆凶。不得以西东有异，背向不同，宫姓无害，商则为灾〔六三〕。福德则吉至，刑祸则凶来也〔六四〕。故诗云："筑室百堵，西南其户〔六五〕。"古之营居，宗庙为先，廏库次之，居室为后，缘人理以从事〔六六〕。以此议之〔六七〕，即知无太岁刑德也〔六八〕。若修古无违，亦宜吾论〔六九〕，如无所（□）〔咎〕，不知谁从〔七〇〕？难曰：不谓吉宅能独成福，犹夫良农，既怀善艺，又择沃土，复加耘籽，乃有盈仓之报。此言当哉！诚三者能修，则农事毕矣。若或尽以邪用〔七一〕，求之于虚〔七二〕，则宋人所谓予助苗长，败农之道也〔七三〕。今以冢宅喻此，宜何比耶？为树艺乎？为耘籽也？若三者有比，则请事后说；若其无征，则愈见其诬矣〔七四〕。今卜相有征如彼，冢宅无验如此，非所以相半也〔七五〕。

按书〔七六〕，周公有请命之事〔七七〕，仲尼非子路之祷〔七八〕。今钧圣而钧疾，何（是非）〔事〕不同也〔七九〕？故知臣子之（心）〔情〕〔八〇〕，尽斯心而已。所谓礼为情兒者〔八一〕。故于臣弟，则周公请命；亲其身，则尼父不祷〔八二〕。足下〔是〕图宅〔八三〕，将为礼（也）〔耶〕〔八四〕？其为实也〔八五〕？为礼则事异于古，为实则未闻显理。如是未得，吾所以为遗〔八六〕，而足下失所愿矣。至于时日〔八七〕，先王所以诫不怠，而劝（徒）〔从〕事耳〔八八〕。俗之时日，顺妖忌而逆事理〔八九〕。时名虽同，其用适反。以三贤校（君）〔之〕，愈见其合〔九〇〕，未知所异也。

难曰〔九一〕：智之所知，未若所不知者众。此较通世之常滞也〔九二〕。然智所不知，不可以妄求；智所能知，恶其以学哉？故古之君子，修□择术〔九三〕，成性存存，自尽焉而已矣〔九四〕。今据足下所言〔九五〕，在所知耶？则可辨也。所不知耶？则妄求也。二者宜有一于此矣。夫小知不及大知，故乃反于有〔九六〕。〔以〕无为有者〔九七〕，亦蟪蛄矣〔九八〕。子尤吾之验于所齐〔九九〕，吾亦惧子游非其域，傥有忘归之累也〔一〇〇〕。

〔　一　〕三句见易系辞上。

〔　二　〕吴钞本无"孝"字。

〔　三　〕二句见孝经丧亲章。

〔　四　〕论语："子贡曰：'夫子之文章，可得而闻也；夫子之言性与天道，不可得而闻也。'"

〔　五　〕见前篇注〔四〕。

〔　六　〕"抑"吴钞本原钞作"饬"，朱校改。案以下文证之，原钞是也。夫子答仲由曰："未能事人，焉能事鬼。"此以鬼神为幽远，所谓饬末矣。答释难文引此云："以救其末"，救之亦非抑之也。○管子幼官篇："计凡付终，务本饬末则富。"汉书注："'饬'读与'敕'字同，谓整也。"

〔　七　〕礼记乐记篇："明则有礼乐，幽则有鬼神。"

〔　八　〕易系辞下："定天下之吉凶，成天下之亹亹。"又曰："天地设位，圣人成能。人谋鬼谋，百姓与能。"尔雅："亹亹，勉也。"

〔　九　〕案墨子有明鬼三篇，今存一篇。

〔一〇〕汉书艺文志儒家："董子一卷。"注："名无心，难墨子。"论衡福虚篇："儒家之徒董子，墨家之徒缠子，相见讲道。缠子称墨家，右鬼，是引秦穆公有明德，上帝赐之九十年。董无心难以尧舜不赐年，桀纣不夭死。"意林引缠子曰："董子曰：'子信鬼神，何异以踵解结，终无益也。'缠子不能应。"

〔一一〕"诞"吴钞本作"延",误也,答文引此即作"诞"。○荀子修身篇:"易言曰诞。"

〔一二〕"三"吴钞本、张燮本及续古文苑作"二"。读书续记曰:"上文言'二贤',谓墨翟董无心也,则作'二'是。"○易益卦象曰:"莫益之偏辞也。"韩子难二篇:"叔向、师旷之对,皆偏辞也。"

〔一三〕易家人卦象曰:"父父子子,兄兄弟弟,夫夫妇妇,而家道正。"淮南子兵略训:"背向左右之便。"案此处谓宅墓之背向也。

〔一四〕"苟大"吴钞本作"夫苟",是也。"大获其类",与下"不患微细"之意相违矣。刻本盖由"苟夫"而再误改为"苟大"也。

〔一五〕淮南子说林训:"以类而取之。"注:"类犹事也。"春秋繁露二端篇:"览求微细于无端之处。"

〔一六〕"见瓶"吴钞本原钞误作"面边",墨校改。"水"续古文苑作"冰",是也。

〔一七〕吕氏春秋察今篇:"见瓶水之冰,而知天下之寒,鱼鳖之藏也。"书舜典:"在璇玑玉衡,以齐七政。"伪孔传:"在,察也;璇,美玉;玑衡,王者正天文之器,可运转者。七政,日月五星各异政。"孔疏:"玑为转运,衡为横箫,运玑使动于下,以衡望之,是王者正天文之器。汉世以来,谓之浑天仪者是也。马融云:'浑天仪可旋转,故曰玑,衡其横箫,所以视星宿也。'"楚辞九思:"上察兮璇玑。"案"旋""璇"与"璇"通,"机"与"玑"通。

〔一八〕案"细"字当为"紬"字之误。○史记太史公自叙:"紬史记石室金匮之书。"索隐:"如淳曰:'抽彻旧书故事而次述之。'小颜曰:'紬谓缀集之也。'"

〔一九〕"辨"吴钞本作"便"。周校本曰:"各本作'辨',非。"读书续记曰:"以义言作'辨'是,然古书二字多通假。"○扬案:礼记注:

"辨谓考问得其定也。"此谓理当推类而得,既不知夭疾之所自来,则无从推其宅墓,犹未知噎溺,即无从问及舟稼,而加以怨责也。

〔二○〕吴钞本由"夫"字提行,朱校连上。○礼记注引孝经说曰:"命,人所禀受度也。"大戴礼本命篇:"分于道谓之命。"

〔二一〕"于"吴钞本作"乎"。论语:"子曰:'君子居易以俟命。'"孟子:"夭寿不贰,修身以俟之,所以立命也。'"又曰:"莫非命也,顺受其正;是故知命者,不立乎岩墙之下。"

〔二二〕"宝"上,吴钞本有"实"字。周校本曰:"各本无'实'字,案有者是也,'宝'即'实'之讹衍,当删。"○扬案:续古文苑即但有"实"字,无"宝"字,各本作"宝",以形近而误。○曹植王仲宣诔曰:"存亡分流,夭遂同期。"吕氏春秋注:"遂,成也。"案此谓成命也。

〔二三〕"故"上,吴钞本原钞有"是"字,墨校删。案原钞是也。○史记仓公列传:"胥与公往见之。"集解:"徐广曰:'胥犹须也。'"荀子注:"故犹本也。"

〔二四〕吴钞本原钞无"若"字,墨校补。

〔二五〕"忿"吴钞本原钞同,周校本误作"殆"。○贾子道术篇:"反慎为忿。"

〔二六〕"贵"续古文苑作"实"。

〔二七〕"譬"或作"辟"。

〔二八〕吴钞本无两"寿"字,又原钞"云"字作"立",墨校改。案原钞是也。此处由"足下"至"说"字为一句,周校本漏校。○□□:"灼,明也。"

〔二九〕礼记檀弓上:"谁与哭者?"释文:"与,音馀。"

〔三〇〕韩子外储说左上：“良药苦于口，而智者欢而饮之，知其入而已己疾也。”吕氏春秋至忠篇：“王之疾必可已也。”注：“已，犹愈。”

〔三一〕“相”上，吴钞本有“是”字，是也。

〔三二〕案难文云：“若谓服药是相之所一，宅岂非是一耶？”实此者，谓服药是相之所一也；诬彼者，谓叔夜云天下有能说宅之吉凶者也。宅与相命相通，不能使之灼然，而但据药与相命相通为论，故曰“非所以相证也”。后答释难文中即引此，云：“药之已病为一也实，而宅之吉凶为一也诬。”

〔三三〕“和”汪本、文津本作“利”。此句，吴钞本原钞作“而得可之和”，墨校删“可”字，改“和”为“利”。案原钞是也，惟“得可”二字误倒。

〔三四〕“之”下空格之字，文津本作“惑”，吴钞本作“是”。此处，吴钞本原钞为“故论有可不知是”七字，墨校改。案原钞是也，“是”字连下为句，难文责以“既曰皆性命自然，而复曰不知防疾致寿去夭”云云，此答以寿得于和，世自有失和而夭者，故吾论谓有不知防疾者也。

〔三五〕“忘”续古文苑作“忽”。

〔三六〕“矣”吴钞本原钞作“也”，墨校改。

〔三七〕“雖”吴钞本及续古文苑作“難”。读书续记曰：“寻此，是难宅无吉凶摄生论文，复以下‘難曰：事之在外，而能为害者，不以数尽’参之，作‘難’字是。”

〔三八〕吴钞本“千万”作“万千”，又“万”上有“则”字。

〔三九〕续古文苑无“得”字，文津本“得”误作“行”。

〔四〇〕“唐”吴钞本作“周”，误也。

〔四一〕吴钞本作"单豹恃内有虎害"。

〔四二〕"张毅"见前答难养生论注〔三二九〕。班固幽通赋："张修襮而内逼。"曹大家注："襮,表也。"

〔四三〕国语注："钧,等也。"

〔四四〕"曙"吴钞本作"睹",误也。

〔四五〕吕氏春秋重己篇："吾生之为我有,而利我亦大矣。论其安危,一曙失之,终身不复得。"注："曙,明日也。有一日失其所以安,终身不能复得之也。"扬案:曙为日义,管子形势篇："曙戒勿怠。"曙戒,即日戒也。韩子扬榷篇："主失其神,虎随其后。"

〔四六〕"以"上空格之字,吴钞本及续古文苑作"走",程本作"卜",文津本作"子"。案"走"字是也。○文选注："走,犹仆也。"

〔四七〕案难文云："辅生之道,不止于一和。"此答云:养生以先和为尽善,亦非限于守一和也,故望其广之。

〔四八〕吴钞本由"元"字提行。○易乾卦："乾,元亨利贞。"仪礼特牲馈食礼："吉凶之占繇。"释文："繇,卦兆辞。"

〔四九〕见前篇注〔六七〕。史记集解："应劭曰:'隆,高也。'文颖曰:'准,鼻也。'"

〔五○〕汉书注："幸,冀也。"史记张仪传："造祸而求其福报。"

〔五一〕后汉书公孙述传："述字子阳,自立为蜀王。会有龙出其府殿中,夜有光,述以为符瑞,因刻其掌文曰:'公孙帝。'建武元年四月,遂自立为天子,号曰成家。十二年九月,吴汉兵遂守成都。十二月,臧宫军至咸门,述兵大乱,被刺,洞胸堕马,其夜死。"左传注："镂,刻也。"汉书王莽传："莽字巨君,初始元年,即真天子位。天凤四年,天下愈愁,盗贼起。莽铸作威斗,以五石铜为之,长二尺五寸,欲以厌胜众兵。地皇四年,长安旁兵四会城下。十月朔，兵从宣平城门入。二日，莽避火宣室前殿，天文郎按栻于前，日时加某，莽旋席随斗柄而坐，曰：'天生德于予，汉兵其如予何。'三日晨，莽就车，之渐台，欲阻池水，犹抱持符命威斗。下晡时，众兵上台，商人杜吴杀莽。'"淮南子天文训："运之以斗。"注："运，旋也。"礼记注："天文，北斗魁为首，杓为末。"案：运魁，即谓旋运斗柄，随之而坐也。

〔五二〕左氏僖公十五年传："龟，象也；筮，数也。"案无故而居者可占，则原论所谓占旧居之遣祟则可也。又难文云："形象著明者，犹尚滞之。"故此云非惑象数之理也。

〔五三〕吴钞本原钞无"何"字，墨校补。周校本亦加"何"字。扬案："何"字涉上文而误衍。此谓设为三公之宅云云，不过假设之说，以明不可妄求耳。

〔五四〕案"耶"上有夺误，答释难文引此即云："然则人实征宅，非宅制人也。"此处当作"然则非宅制人，人实征宅也，果有宅耶？其无宅也？"后二句乃承用难文语。

〔五五〕吴钞本原钞无"耳"字，墨校补。

〔五六〕"遇虎"吴钞本作"逢虎"。

〔五七〕案"为"上当夺"能"字，前论云："凿龟数筮，可以知吉凶，然不能为吉凶"，答释难文引此亦云："卜者筮而知之，非能为吉凶也。"

〔五八〕"近"吴钞本作"迩"。

〔五九〕易系辞上："君子将有为也，将有行也，问焉而以言，其受命也如响，无有远近幽深，遂知来物。"

〔六〇〕吴钞本原钞无"盖"字，墨校补于"尽"字下。周校本曰："案即因下'尽'字讹衍也，旧校亦加，非。"〇扬案：续古文苑"尽"字在"盖"字下,是也。此处当于"之"字绝句,谓古人用卜之意,在尽性以成相命也。答释难文引此即云:"卜之尽理,所以成相命也。"

〔六一〕"录"或作"禄"。○左氏宣公三年传:"成王定鼎于郏鄏,卜世三十,卜年七百。"案"录"与"禄"通,周礼天官职币注云:"故书'录'为'禄'。"

〔六二〕"然"下,吴钞本原钞有"则"字,墨校删。周校本亦加"则"字。案"则"字涉下而误衍也。

〔六三〕春秋演孔图曰:"宫商为姓。"白虎通义姓名篇:"古者,圣人吹律定姓,以记其族。人含五常而生,正声有五,宫商角徵羽,转而相杂,五五二十五,转生四时异气,殊音悉备,故姓有百也。"论衡诘术篇:"五音之家,用口调姓名及字,用姓定其名,用名正其字。口有张歙,声有内外,以定五音宫商之实也。"又曰:"图宅术曰:'宅有八数,以六甲之名数而第之,第定名立,宫商殊别。宅有五音,姓有五声。宅不宜其姓,姓与宅相贼,则疾病死亡,犯罪遇祸。'"又曰:"商家门不宜南向,徵家门不宜北向。则商金,南方火也;徵火,北方水也。水胜火,火贼金,五行之气不相得,故五姓之宅,门有宜向。向得其宜,富贵吉昌,向失其宜,贫贱衰耗。"潜夫论卜列篇:"俗工商家之宅,宜西出门。"王应麟汉书艺文志考证曰:"左传:'史龟曰:是谓沈阳,可以兴兵,利以伐姜,不利于商。'姓之有五音,盖已见于此。"扬案:唐志有五姓宅经。

〔六四〕五行大义论德篇引五行书曰:"若有一德,能禳百灾。凡阴阳用事,遇德为善,谓之福德,为有救助,万事皆吉,灾害消亡。"协记辨方书引总要历曰:"福德者,月中福德之神也。"历例曰:

"福德常居月建前二辰。"

〔六五〕二句，诗斯干文，毛传："西乡户、南乡户也。"说文："堵，垣也，五版为一堵。"

〔六六〕礼记曲礼下："君子将营宫室，宗庙为先，廐库为次，居室为后。"案谓先卜宗庙，而不先居室，故曰缘人理，即上文所云"尽理以成相命"也。

〔六七〕此句，吴钞本原钞作"如此之著"，墨校改。案"之著"，疑"云者"之讹。

〔六八〕"即"文澜本作"则"。"刑"上，吴钞本原钞有"与"字，墨校删。○史记天官书："月所离列宿，日风云，占其国，然必察太岁所在。"论衡难岁篇："移徙法曰：'徙抵太岁凶，负太岁亦凶。假令太岁在甲子，天下之人皆不得南北徙，起宅嫁娶，亦皆避之。'"隋志五行家注曰："梁有太岁所在占善恶书一卷。"

〔六九〕礼记礼器篇："礼也者，反本修古，不忘其初者也。"东观汉记："朱浮上疏曰：'陛下率礼无违。'"淮南子注："宜，适也。"

〔七〇〕吴钞本无"如"字。"所"下空格之字，文津本作"咎"，馀本并空。吴钞本无空格，朱校于"所"下作斜勒，栏外上方著校语云："刻板上空一字。"○扬案：若谓从事于礼，亦宜言宅无吉凶，如守礼而无咎，则此说当从矣。"不知谁从"，承难文"不知谁定可从"而言。

〔七一〕吴钞本原钞作"若盛以邪用"，墨校改"盛"为"或尽"。案刻本"尽"字上半漫灭，故钞者误"或尽"二字为一"盛"字也。"邪用"即上文所谓设邪忌也。

〔七二〕"虚"吴钞本原钞误作"灵"，墨校改。

〔七三〕孟子："宋人有悯其苗之不长而揠之者，茫茫然归，谓其人曰：

'今日病矣，予助苗长矣。'"

〔七四〕案难文以君子之贤才，卜居积德，比良农之善艺，沃土耘耔。此云即使三者有比，则冢宅亦不过如耘耔，况卜居乃求之于虚，非缘人理以从事，故云"无征"也。

〔七五〕案难文云："若夫兼而善之者，得无半非冢宅耶"，谓卜宅与才德各居半功。此云非宅制人，人实成宅，卜筮不过修礼，即所以成相命，而冢宅之吉则无验，故云"非所以相半也"。

〔七六〕吴钞本于"按"字提行。

〔七七〕见前篇注〔九二〕。

〔七八〕论语："子疾病，子路请祷，子曰：'丘之祷久矣。'"淮南子注："非者，不善之词。"

〔七九〕吴钞本原钞作"何事不同也"，墨校改"事"为"是非"。案原钞是也。答释难文引此，即云："圣人钧疾，而祷不同。"

〔八〇〕"心"吴钞本作"情"，是也，下文乃为"心"字。

〔八一〕"皃"吴钞本、文澜本作"貌"，后篇同。案"皃"，古"貌"字。"者"下，吴钞本有"耳"字，墨校删。〇韩子解老篇："礼为情貌者也，文为质饰者也。"

〔八二〕礼记檀弓上："鲁哀公诔孔丘曰：'呜呼哀哉尼父。'"注："尼父，因其字以为之谥。"史记孔子世家集解："王肃曰：'父，丈夫之显称也。'"扬案："父"读曰"甫"。

〔八三〕"图"上，吴钞本原钞有"是"字，墨校删。案原钞是也，此谓以图宅为是。

〔八四〕"也"吴钞本作"耶"，更合。

〔八五〕"也"吴钞本原钞作"矣"，墨校改。

〔八六〕吴钞本原钞无"以"字，墨校补。〇吕氏春秋论人篇："言无遗者。”注：“遗，失也。”

〔八七〕吴钞本原钞无“于”字，墨校补。

〔八八〕“徒”吴钞本、张燮本及续古文苑作“从”，是也。○礼记曲礼上：“卜筮者，先王之所以使民信时日、敬鬼神、畏法令也。”诗北山：“偕偕士子，朝夕从事。”

〔八九〕汉书艺文志：“惑者不稽诸躬，而忌妖之见。”

〔九○〕“三”各本同，周校本曰：“当作‘二’，各本俱误。”○扬案：此仍承难文言之，则仍当作“三”。○又案“君”字似指叔夜，但于文义不合，且篇中皆称“足下”，亦不称君，“君”字当为“之”字之讹。叔夜举汤与周公、宣王之祷以为难，故此答云，以三贤之祷，持校吾说，愈见其合而非异也。

〔九一〕吴钞本原钞于“难”字提行，朱校连上。

〔九二〕案此指难文所云：“今形象著明，有数者犹尚滞之”，谓世人常多疑滞也。

〔九三〕“修”下，吴钞本原钞无空格，墨校补“身”字，张燮本、文澜本及续古文苑亦作“身”。

〔九四〕易系辞上：“成性存存，道义之门。”礼记祭统篇：“君子之祭也，必身自尽也。”

〔九五〕“据”吴钞本原钞误作“处”，墨校改。

〔九六〕“故”下，吴钞本原钞有“常”字，墨校删。○庄子逍遥游篇：“小知不及大知，小年不及大年。”案“反于有”，谓有吉凶也。

〔九七〕案“无”上当夺“以”字。

〔九八〕庄子齐物论篇：“以无有为有，虽有神禹，且不能知。”“蟪蛄”见前篇注〔一○九〕。

〔九九〕左传注：“尤，责过也。”

〔一〇〇〕“忘归”见前琴赋注〔六六〕。

答释难宅无吉凶摄生论

吴钞本前篇之末，尚馀五行，又一行题“嵇康文集第八”。此篇则别钞一叶，不随前篇接钞，其第一行题“嵇康文集第九”，次行题“答释难曰”，亦低四格，墨校改同此本。案叔夜难文，吴钞本原钞但题“难摄生中散作”，与阮氏初论，同属宅无吉凶摄生论难上，合为第七卷，今此前篇题“宅无吉凶摄生论难中”，而此篇但题“答释难曰”，是此篇当亦在难中之内，与前篇合为第八卷。至第九卷，固当为难下之文也。惟难下之文已佚，故钞者割释难之文以为第九卷，而不随前篇接钞矣。〇篇中“论曰”之处，吴钞本多提行，今不一一指出。

夫先王垂训，开（端）〔制〕中人〔一〕，言之所树，贤愚不违，事之所由，古今不忒〔二〕，所以致教也。若〔夫〕（玄）机神〔玄〕妙〔三〕，不言之化〔四〕，自非至精，孰能与之〔五〕？故善求者，观物于微，触类而长〔六〕，不以己为度也。案如所论，甚有则愚，甚无则诞，今使小有，便得不愚耶？了无乃得离之也〔七〕？若小有则不愚，吾未知小有其限所止也？若了无乃得离之，则甚无者，无为谓之诞也。又曰：私神立则公神废。然则〔唯〕恶夫私之害公〔八〕，邪之伤正，不为无神也。向墨子立公神之情〔九〕，状不甚有之说，使董生托正忌之涂，执不甚无之言，二贤雅趣〔一〇〕，可得合而一，两无不失耶？今之所辨，欲求实有实无，以明自然不诡〔一〕，持论有工拙，议教有精麁也〔二〕。寻雅论之指，谓河洛不诚〔一三〕，借助鬼神〔一四〕。故为之宗庙，以神其本〔一五〕；不答（子贡）〔子路〕，以（求）〔救〕其〔末〕〔一六〕。然则足下得不为托心无（鬼□）〔神鬼〕〔一七〕，齐契于董生耶〔一八〕？而复（顯）〔顧〕古人之言〔一九〕，惧无鬼之弊〔二〇〕，兒与情乖〔二一〕，立从公废私之论，欲弥缝两端，使不愚不诞〔二二〕，两（机）〔讥〕董墨〔二三〕，谓其中央可得而居〔二四〕。恐辞辨虽巧，难可俱通，又非所望于覈论也〔二五〕。故吾谓古人合德天地，动应自然〔二六〕，经世所立，莫不有征〔二七〕。岂匪设宗庙以（期）〔欺〕后嗣〔二八〕，空借鬼神以譋将来耶〔二九〕？足下将谓吾与墨不殊，今不辞同有鬼〔神〕〔三〇〕，但不偏守一区，明所当然，使人鬼同谋，幽明并济〔三一〕，亦所以求衷〔三二〕，所以为异耳〔三三〕。

论曰：〔圣人〕钧疾而祷不同〔三四〕，故于臣弟则周公请命，亲其身则尼父不祷，所谓“礼为情兒”者也。难曰：若于臣子则宜修情兒，未闻舜禹有请〔于〕君父也〔三五〕；若于身则否，未闻武王阕祷之命也〔三六〕。汤祷桑林，复为君父耶？推此而言，宜以祷为益，则汤周用之；祷无所行，则孔子不请〔三七〕。此其殊涂同归，随时之义也〔三八〕。又曰：时日，先王所以诚不怠而劝从事。足下前论云，时日非盛王所有〔三九〕，故吾问惟戊之事。今不答惟戊果是非，而曰所〔以〕诚劝〔四〇〕，此复两许之言也。纵令惟戊尽于诚劝，寻论按名〔四一〕，当言有日耶？无日耶〔四二〕？又曰：俗之时日，顺妖忌而逆事理。按此言以恶夫妖逆〔四三〕，故去之〔四四〕，未为盛王了无日也。夫时日用于盛世，而来代袭以妖惑〔四五〕，犹先王制雅乐，而季世继以淫哇也〔四六〕。今愤妖忌〔四七〕，因欲去日，何异恶郑卫而灭韶武耶〔四八〕？不思其本，见其所弊，辄疾而欲除〔四九〕，得不为遇噎溺而迁怒耶〔五〇〕？足下既已善卜矣，干坤有六子〔五一〕，支干有刚柔〔五二〕，统以阴阳，错以五行〔五三〕，故吉凶可得，而时日是其所由，故古人顺之。焉有善其流而恶其源者，吾未知其可也。至于河洛宗庙，则谓匿而不信〔五四〕；类祸祈祷，则谓伪而无实〔五五〕；时日刚柔，则谓假以为劝。此圣人专造虚诈，以欺天下！匹夫之谅〔五六〕，且犹耻之〔五七〕，今议古人，得无不可乃尔也！凡此数事，犹陷于诬妄，冢宅之见伐，不亦宜乎〔五八〕？前论曰：若许负之相条侯，英布之黥而后王，一槛之羊〔五九〕，宾至而有死者，〔皆〕性命之自然也〔六〇〕。今论曰：隆准龙颜，公侯之相，不可假求，此为相命自有一定。相所当成，人不能坏；相所当败，智不能救。陷（常）〔当〕生于众险〔六一〕，虽可惧而无患；抑当贵于厮养〔六二〕，虽辱贱而必贵〔六三〕。〔若〕薄姬之困而后昌〔六四〕，皆不可为、不可求，而暗自遇之〔六五〕。全相之论，必当若此，乃一途得通〔六六〕，本论不滞耳。吾适以信顺为难，则便曰信顺者，成命之理。必若所言，命以信顺成，亦以不信顺败矣。若命之成败，取足于信顺，故是吾前难寿夭成于愚智耳，安得（有）〔云〕性命自然也〔六七〕？若信顺果成相命，请问亚夫由几恶而得饿^[六八]，英布修何德以致王，生羊积几善以获存^[六九]，死者负何罪以逢灾耶？既持相命，复（惜）〔借〕信顺^[七〇]，欲饰二论，使得并通^[七一]，恐似矛楯，无俱立之势^[七二]，非辩言所能两济也。

论曰：论相命当辨有无，无疑众寡，苟一人有命，则长平皆一矣。又曰：知命者不立岩墙之下。吾谓知命者，当无所不顺^[七三]，乃畏岩墙，知命有在，立之何惧？若岩墙果能为害^[七四]，不择命之长短，则知与不知，立之有祸，避之无患也^[七五]。则何知白起非长平之岩墙^[七六]，而云千万皆命，无疑众寡耶？若谓长平虽同于岩墙，故是相命宜值之，则命所当至，期于必然，不立之诫，何所施耶？若此果有相也？〔无相也〕^[七七]？此复吾之所疑也。又曰：长平不得系于命，将系宅耶？则唐虞之世，宅何同吉？〔吾〕本疑前论，无非相命^[七八]，故借长平之异同^[七九]，以难相命之必然^[八〇]。广求异端，以明事理，岂必吉宅以质之耶？又前论已明吉宅之不独行，今空抑此言，欲以谁难？又曰：长平之卒，宅何同凶？（苟大同足嫌足下愚于吾也）〔苟泰同足以致，则足下嫌多，不愚于吾也〕^[八一]？适至守相，便言千万皆一，校以至理^[八二]，负情之对，于是乎见^[八三]。既虚立吉宅，（□）〔冀〕而无获^[八四]，欲救相命，而情以难显，故（□）〔云〕如此^[八五]，可谓善战矣^[八六]。

论曰：卜之尽（盖）理，所以成相命者也^[八七]。此复吾所疑矣。前论以相命为主^[八八]，而寻益以信顺^[八九]，此一离娄也〔九〇〕。今复以卜成之，成命之具三，而犹不知相命竟须几箇为足也！若唯信顺于理尚少〔九一〕，何以谓成命之理耶？若是相济，则卜何所补于（卜）〔命〕〔九二〕？复曰成命耶〔九三〕？请问卜之成命〔九四〕，使单豹行卜，知将有虎灾〔九五〕，则隐居深宫〔九六〕，严备自卫〔九七〕。若虎犹及之，为卜无所益也。若得无恙，为相败于卜〔九八〕，何云成相耶？若谓豹卜而得脱，本无厄虎相也〔九九〕，卜为妄语（矣），〔急在蠲除〕〔一〇〇〕。若谓凡有命，皆当由卜乃成〔一〇一〕，则世有终身不卜者，皆失相夭命耶？若谓卜亦相也，然则卜是相中一物也，安得云以成相耶？若此，不知卜筮故当与相命通，相成为一〔一〇二〕，不当各自行也。

论曰：无故而居可占，犹（龙）〔准〕颜可相也〔一〇三〕。设为吉宅而后居，以幸福报〔一〇四〕，无异假颜准而望公侯也。然则人实征宅，非宅制人也。按如所言，无故而居可占者〔一〇五〕，必谓当吉（人之）〔之人〕瞑目而前〔一〇六〕，推遇任命，以暗营宅，自然遇吉也。然则岂独（古）〔吉〕人〔一〇七〕，凡有命者，皆可以暗动而自得正，是前论命〔有〕自然〔一〇八〕，不可增减者也。骤以可为之信顺卜筮，成不可增减之命矣〔一〇九〕，奚独禁可为之宅，不尽相命〔一一〇〕，唯有暗作〔一一一〕，乃是（真）〔贞〕宅耶〔一一二〕？若瞑目可以得相，开目亦无所加也〔一一三〕。智者愈当（职）〔识〕之〔一一四〕。周公营居，何故踌躇于涧瀍，问龟筮而食洛耶〔一一五〕？若龟筮果有助于为宅，则知暗作可有不尽善之理矣。苟暗作有不尽，则不暗岂非求之术耶？若必谓龟筮不能(尽)〔善〕相于暗(往)〔作〕^{〔一六〕}，想亦不失相于考卜也^{〔一七〕}。则卜与不卜，为与不为^{〔一八〕}，皆期于自得。自得苟全，则善占者所遇当识^{〔一九〕}，何得无故则能知，有故则不知也？今疾夫设为，比之假颜；贵夫毋故，谓之贞宅^{〔一二〇〕}。然(贞宅之异假颜贵夫无故识之)^{〔一二一〕}贞宅之与设为，其形不异^{〔一二二〕}，同以功成，俱是吉宅也。但无故为贞宅，〔有故为设为，贞宅〕授吉于暗遇，设为减福于用知尔^{〔一二三〕}。然则吉凶之形，果自有理^{〔一二四〕}，可以(为)〔有〕故而得^{〔一二五〕}，故前论有占成之验也。然则占成之形，何以言之？必(遂)远近得宜^{〔一二六〕}，堂廉有制^{〔一二七〕}，坦然殊观，可得而别^{〔一二八〕}。利人以福，故谓之吉；害人以祸，故谓之凶。但公侯之相，暗与吉会尔^{〔一二九〕}。然则宅与性命，虽各一物，犹农夫良田，合而成功也。设公侯迁后，方乐其吉，而往居之吉宅，岂选(能)〔贤〕而后纳^{〔一三〇〕}，择善而后福哉？苟宅无情于择贤，不惜吉于设为，则屋不辞人，田不让耕^{〔一三一〕}，其所以为吉凶薄厚，何得不均^{〔一三二〕}？前吉者不求而遇，后闻吉而往，同于居吉宅，而有求与不求矣，何言诞而不可为也^{〔一三三〕}？由是言之^{〔一三四〕}：非从人而征宅，〔宅〕亦成人明矣^{〔一三五〕}。若挟颜状，则英布黥相，不减其贵；隆准见劓^{〔一三六〕}，不(减)〔灭〕公侯(之標)^{〔一三七〕}。是知颜准是公侯之(摽)〔標〕识^{〔一三八〕}，非所以为公侯(质)也^{〔一三九〕}。故标识者，非公侯质也^{〔一四〇〕}；(吉名宅字与吉者)〔吉宅字与吉名者〕，宅实也^{〔一四一〕}。无吉征而

（自）〔字吉〕宅〔一四二〕，以征假见难可也〔一四三〕。若以非质之标识，难有征之吉宅，此吾所不敢许也。子阳无质而镂其掌，即知当字长耳〔一四四〕；巨君篡（宅）〔国〕而运其魁〔一四五〕，即偏恃之祸〔一四六〕，非所以为难也。至公侯之命，禀之自然，不可陶易〔一四七〕。宅是外物，方圆由人，有可（□）〔为〕之理〔一四八〕，犹西施之洁不可为，而西施之服可为也〔一四九〕。黼黻芳华，所以助（□）〔仪〕〔一五○〕，吉宅□家〔一五一〕，所以成相。故世无〔作〕人方，而有卜宅〔说〕〔一五二〕。是以知人宅不可相喻也，安得以不可作之人，绝可作之宅耶？至刑德皆同，此〔自〕（一）〔善〕家〔一五三〕，非本论占成居而得吉凶者也〔一五四〕。且先了此，乃议其馀。

论曰：猎夫从林，所遇或禽或虎，虎凶禽吉。卜者筮而知之，非能为〔吉凶也〕〔一五五〕。（安知）〔案如〕所言〔一五六〕，地之善恶，犹禽吉虎凶。猎夫先筮，故择而从禽；如择居，故避凶而从吉。吉地虽不〔可〕为，而可择处〔一五七〕；犹禽虎虽不可变，而可择从。苟卜筮所以成相，虎可卜而地可择，何为半信而半不信耶？又云：地之吉凶，有若禽虎，不得宫姓则无害，商则为灾也。案此为怪所不解，而以为难〔一五八〕，似未察宫商之理也。虽此（理）〔地〕之吉〔一五九〕，而或长于养宫，短于毓商〔一六○〕。犹良田虽美，而稼有所宜。何以言之？人姓有五音〔一六一〕，五行有相生〔一六二〕，故同姓不昏〔一六三〕，恶不殖也〔一六四〕。人诚有之，地亦宜然〔一六五〕。故古人仰准阴阳，俯协刚柔〔一六六〕，中识性理，使三才相善，同会于大通〔一六七〕，所以穷理而尽物宜也〔一六八〕。夫同声相应，同气相求，自然之分也〔一六九〕。音不和，则比弦不动〔一七〇〕，声同则虽远相应。此事虽著，而犹莫或识〔一七一〕。苟（有）五音各有宜〔一七二〕，（土）〔五〕气有相生〔一七三〕，则人宅犹禽虎之类，岂可见宫商之不同，而谓之地无吉凶也〔一七四〕？

论曰：〔徒曰〕天下或有能说之者〔一七五〕，子而不言，谁与能之？难曰：足下前论以云，有能占成居者〔一七六〕，此即能说之矣。故吾曰：天下当有能者。今不求之于前论，而复责吾难之于能言，亦当知冢宅有吉凶也。又曰：药之已病为一也实，而宅之（吉凶）为一也诬〔一七七〕。既曰：成居可占，而复曰（□）〔诬〕耶〔一七八〕？药之已病，其验（又）〔交〕见〔一七九〕，故君子信之；宅之吉凶，其报赊遥，故君子疑之〔一八〇〕。今若以交赊为虚〔实〕〔一八一〕，则恐所以求物之地鲜矣。吾见沟浍不疑江海之大〔一八二〕，睹丘陵则知有泰山之高也。若守药则弃宅，见交则非赊；是海人所以终身无山〔木〕〔一八三〕，山客（曰）〔白首〕无大鱼也〔一八四〕。

论曰：智之所知，未若所不知者众，此较通世之常滞。然智所不知〔一八五〕，不可〔以〕妄（论）〔求〕也〔一八六〕。难曰：智所不知，相必亦未知也〔一八七〕。今暗许便多于所知者，何耶〔一八八〕？必生于本谓之无，而强以验有也〔一八九〕。强有之验，将不盈于数矣，而并所成验者，谓之多于所知耳〔一九〇〕。〔然〕苟知（然）果有未（还）〔达〕之理〔一九一〕，〔何〕不因见求隐〔一九二〕，寻（论）〔端〕究绪〔一九三〕，由（□□）〔子午〕而得（卯）

〔丑〕未〔一九四〕。夫寻端之理〔一九五〕,犹猎师〔寻迹〕以得禽也〔一九六〕。纵使寻迹,时有无获,然得禽,曷尝不由之哉？今吉凶不先定,则谓不可求;何异(□)兽不期〔一九七〕,则不敢(讯)举(气□)足〔一九八〕,坐守无根也？由此而言,探(颐)〔赜〕索隐〔一九九〕,何谓为妄〔二〇〇〕?

〔 一 〕"端"吴钞本作"制"。读书续记曰:"'开制中人',谓导制服中人也。'制'字左方与'端'字右方篆形相似,致讹。"○"中人"见前释私论注〔四一〕。

〔 二 〕广雅:"忒,差也。"

〔 三 〕吴钞本作"若夫机神玄妙",是也。机神之语,六朝习用。抱朴子重言篇:"以机神为干戈。"又任命篇:"识机神者,瞻无兆而弗惑。"

〔 四 〕易说卦传:"神也者,妙万物而为言者也。"淮南子要略训:"说符玄妙之中。"易系辞上:"默而成之,不言而信,存乎德行。"老子:"不言之教,无为之益,天下希及之。"

〔 五 〕易系辞上:"非天下之至精,其孰能与于此。"

〔 六 〕见前琴赋注〔二三二〕。

〔 七 〕广雅:"了,讫也。"

〔 八 〕"恶"上,吴钞本有"唯"字,是也。

〔 九 〕"情"字,吴钞本涂改而成,原钞似作"诚",周校本误作"城"。

〔一〇〕"雅趣"二字,吴钞本涂改而成。

〔一一〕淮南子主术训:"诡自然之性。"注:"诡,违也。"

〔一二〕汉书董仲舒传:"通五经,能持论。"

〔一三〕"诚"吴钞本作"神",盖涉下句而误也。后文即云:"河洛宗庙,则谓匿而不信。"

〔一四〕易系辞上:"河出图,洛出书,圣人则之。"

〔一五〕孝经曰:"为之宗庙,以鬼享之。"

〔一六〕"求"吴钞本原钞作"救",墨校改。"其"下,各本皆无空格,周
校本曰:"案难中云:'子贡称性与天道,不可得闻,仲由问神,
而夫子不答,其饬末有如彼者'云云,则'救'当作'敕',下有
'末'字。"○扬案:"其"下当有"末"字,"子贡"当作"子路"。
"饬"与"救"同,"救"或作"敕"、"敕"。史记集解:"徐广曰:
'饬,古敕字。'"此处本作"救",与"救"近似,故钞者致误也。

〔一七〕"鬼"下空格之字,程本作"而",文津本作"狐";吴钞本"鬼"上
有"神"字,下无空格。案释难文中亦以鬼神互言,此处当作
"无神鬼",或"无鬼神"。如程本,则"而"字属下句。

〔一八〕"契"吴钞本原钞作"絜",朱校改。○管子注:"合之曰契。"

〔一九〕"顯"吴钞本作"顧",是也。

〔二○〕"鬼"下,吴钞本有"神"字。

〔二一〕广雅:"乖,偕也。"

〔二二〕左氏昭公二年传:"敢拜子之弥缝敝邑。"注:"弥缝,犹补合
也。"论语:"我叩其两端而竭焉。"史记信陵君传:"名虽救赵,
实持两端。"

〔二三〕"机"吴钞本、张本作"讥",是也。

〔二四〕庄子达生篇:"柴立其中央。"

〔二五〕说文:"覈,实也。考事而笮邀遮其辞得实曰覈。"

〔二六〕应场文质论曰:"圣人合德天地,禀气淳灵。"

〔二七〕庄子齐物论篇:"春秋经世,先王之志。"

〔二八〕"嗣"上,吴钞本又有"世"字,皕宋楼钞本校删。读书续记曰:

> "明本无'世'字,'期'是'欺'之讹,'欺后嗣'与下文'冈将来'
> 对文。"

〔二九〕吴钞本原钞夺"借"字,墨校补。"謧"吴钞本作"冈",二字同。
　　　　○汉书注:"冈,谓诬蔽也。"

〔三○〕案此句当夺"神"字,篇中多鬼神连言。

〔三一〕易系辞下:"人谋鬼谋,百姓与能。"又系辞上:"是故知幽明
　　　　之故。"

〔三二〕"求"三国文作"折"。

〔三三〕左传注:"衷,中也。"案"所以为异",谓此乃所以异于墨也。

〔三四〕"钧"上,吴钞本有"圣人"二字,是也。释难云:"今钧圣而
　　　　钧疾。"

〔三五〕案"请"下当夺"于"字。

〔三六〕吕氏春秋注:"阏,读曰遏止之遏。"

〔三七〕"孔子"吴钞本作"尧孔",误也。

〔三八〕易系辞下:"子曰:'天下同归而殊途,百虑而一致。'"又随卦象
　　　　曰:"随时之义大矣哉。"

〔三九〕"盛"吴钞本作"武",误也。

〔四○〕"所"下,吴钞本有"以"字,是也。

〔四一〕"按"吴钞本作"案",二字通。

〔四二〕吴钞本作"无日也"。

〔四三〕"以"吴钞本作"为"。"夫"程本误作"天"。

〔四四〕"去"汪本、四库本误作"云"。

〔四五〕陈琳为曹洪与魏太子书曰:"陈彼妖惑之罪。"

〔四六〕论语:"恶郑声之乱雅乐也。""季世"见前答难养生论注
　　　　〔三二〕。"淫哇"见前养生论注〔六三〕。

〔四七〕"愤"吴钞本作"忿"。

〔四八〕"异"程本、汪本、文津本误作"二"。○"郑卫""韶武",见前声无哀乐论注〔三一〇〕〔九四〕。

〔四九〕"輠"或作"輍"。

〔五〇〕论语:"不迁怒,不贰过。"

〔五一〕"乾"上,吴钞本有"夫"字。○汉书郊祀志:"易有八卦,乾坤六子。"注:"乾为父,坤为母,震为长男,巽为长女,坎为中男,离为中女,艮为少男,兑为少女,故云六子也。"论衡难岁篇:"乾坤六子,天下正道,伏羲文王,象以治世。"

〔五二〕淮南子天文训:"凡日,甲刚乙柔,丙刚丁柔,以至于癸。"五行大义论配支干篇曰:"总而言之,从甲至癸,为阳为干为日,从寅至丑,为阴为支为辰。别而言之,干则甲丙戊庚壬为阳,乙丁己辛癸为阴,支则寅辰午申戌子为阳,卯巳未酉亥丑为阴。阳则为刚,阴则为柔。"

〔五三〕毛诗传:"错,杂也。"案汉书艺文志有阴阳五行时令十九卷。

〔五四〕"谓"严辑全三国文误作"为"。

〔五五〕尔雅:"是类是祃,师祭也。"注:"师出征伐,类于上帝,祃于所征之地。"毛诗传:"于野曰祃。"周礼注:"祈谓有灾变,号呼告于鬼神以求福。"又曰:"求福曰祷。"

472

〔五六〕"匹"吴钞本作"疋",案"疋"俗字。

〔五七〕论语:"岂若匹夫匹妇之为谅也。"说文:"谅,信也。"

〔五八〕"冢"吴钞本原钞作"家",墨校改。

〔五九〕"栏"吴钞本原钞作"阑",墨校改。

〔六〇〕"性"上,吴钞本有"皆"字,是也。

〔六一〕"常"吴钞本涂改而成,原钞似作"当"。案"当"字是也,下文即云"当贵"。

〔六二〕"当"字,吴钞本原钞同,墨校改作"富",误也。○"厮养"见前
答难养生论注〔二六三〕。

〔六三〕"贵"吴钞本作"尊"。○论衡命禄篇:"命当富贵,虽贫贱之,犹
逢福善。"

〔六四〕"薄"上,吴钞本有"若"字,更合。○汉书外戚传:"高祖薄姬,
父吴人,秦时与故魏王宗室女魏媪通,生薄姬。魏豹立为王,
魏媪内其女于魏宫。汉虏魏王豹,以其国为郡,而薄姬输织
室。豹已死,汉王入织室,见薄姬,诏内后宫,岁馀不得幸。汉
王四年,召幸之,岁中生文帝。"

〔六五〕案"皆"字统指上文,明非一事,"皆"上当有夺句。

〔六六〕"途"或作"涂"。

〔六七〕案"有"字当为"云"字之误,后文云:"安得云以成相耶?"句正
一律。

〔六八〕"而"吴钞本同,周校本误作"以"。

〔六九〕"羊"吴钞本作"年",误也,朱校于"年"旁作小画,未改字。
"以"吴钞本同,周校本误作"而"。

〔七〇〕"惜"吴钞本原钞同,墨校改作"借"。读书续记曰:"以往复文
义求之,作'借'字是,谓既持相命之说,复借信顺之论也,故下
文云:'前论既以相命为主,而寻益以信顺。'"

〔七一〕"通"程本误作"遇"。

〔七二〕"矛楯"见前难文注〔四二〕。潜夫论释难篇:"韩非之取矛盾以
喻者,将假其不可两立,以诘尧舜之不得并之势。"

〔七三〕吴钞本原钞作"吾谓知命者偏,当毋不顺",墨校于"知"上加
"不"字,"毋"下加"所"字。周校本亦加"不"字,又于"顺"下注

云："疑当作'惧'。"○扬案：作"惧"于义不合，加"不"字亦大误也。"偏"字疑涉下句"无"字而衍。

〔七四〕"果"文津本作"不"，误也。

〔七五〕"无"吴钞本作"毋"，下同。

〔七六〕"之"程本误作"曰"。

〔七七〕吴钞本作"若此果有相耶？毋相也?"案以下文及前篇证之，吴钞本为是。

〔七八〕"本"上，吴钞本有"吾"字，是也。

〔七九〕吴钞本"平"下有"卒"字，又"异"字涂改而成，原钞不明。案此处或作"异"，或作"不"，均可。

〔八〇〕吴钞本"之"下有"其"字，误也。又"必"字，墨校改写于旁，原钞已涂尽。○案此谓长平之卒，其命同短，与唐虞同延有殊，而均之不合情理，故知相命有不必然也。

〔八一〕此处，吴钞本原钞作"苟泰同足以致，则足下嫌多，不愚于吾也"，墨校删改，令同此本。案原钞更合，"泰"与"大"通，"也"与"耶"通，或本系"耶"字。

〔八二〕吴钞本原钞作"校之以礼"，墨校删"之"字，又于"礼"上补"至"字。案"礼"字，钞者偶误也。

〔八三〕吴钞本夺"于"字，周校本有。○国策注："负，背也。"案此谓养生多方，不独在宅，故唐虞之世，可以同延，而长平居凶，遂同归于短也。既云"一人有命，万千皆一"，则亦一人有宅，万千皆一矣。故云"负情之对，于是乎见"。

〔八四〕"而"上空格之字，文津本作"卜"，别本皆空。此处，吴钞本原钞"既虚立吉凶宅，冀而毋获"，周校本"宅"误作"字"。扬案："凶"字误衍，"冀"字是也，释难文云："设为吉宅而幸福报，譬之无以异假颜准而望公侯也"，此处即指言之，故云"冀而无获"。

〔八五〕"故"下空格之字，张本及三国文作"云"，文津本作"将"，严辑全三国文作"曰"，吴钞本无空格。案"云"字是也。

〔八六〕"善"字，吴钞本涂改而成，原钞不明。周树人曰："'善战'疑当作'矛戟'，旧校及刻本均误。"○扬案："善战"谓善论战如此，即指上文"立宅无获"而言也。相命之说，情已难显，遂云设为吉宅以冀福，必仍无获，此则别为枝梧，故谓之善战。

〔八七〕吴钞本原钞无"盖"字，墨校补于"尽"字下，与此本同。周校本曰："不当有也，说见上。"○扬案：此处"理"字绝句，与释难篇句法不同，自以无"盖"字为是，校者误加。

〔八八〕"以"上，吴钞本、程本有"既"字。

〔八九〕左传注："寻，重也。"

〔九〇〕古诗："雕文各异类，离娄自相连。"司马相如长门赋："离楼梧而相撑。"文选注："离楼，攒聚众木貌。"案离娄与连遱、謰謱等词，声义相通。说文："遱，连遱也。謱，謰謱也。"玉篇："嗹嗠，多言也。謰謱，繁挐也。"淮南子注："连嵝，犹离娄也，委曲之貌。"此处"一离娄也"，谓其别益信顺，乃一种支离也。

〔九一〕"信顺"吴钞本作"顺信"，误也，前此皆言"信顺"。

〔九二〕案下"卜"字当为"命"字之误。

〔九三〕此下，吴钞本原钞有"且冒一诸错"五字，墨校删。案此五字不可解，当系误衍，皕宋楼本亦未迻钞。

〔九四〕"问"三国文误作"命"。

〔九五〕"有"上，吴钞本原钞有"命"字，墨校删。

〔九六〕"居"吴钞本作"于"。○战国策秦策："范雎曰：'足下居深宫之中。’”说文：“宫,室也。”

〔九七〕广雅：“备,具也。”

〔九八〕“若”下九字,各本皆夺,惟吴钞本有之,今据补。○“无恙”见
　　　　前与吕长悌绝交书注〔一三〕。

〔九九〕“本”下,吴钞本原钞有“自”字,墨校删。“厄”三国文作“危”,
　　　　误也。

〔一〇〇〕吴钞本原钞“语”下无“矣”字,有“急在蠲除”四字,墨校补删。
　　　　案原钞是也。谓既为妄语,当急除之。○汉书元帝纪：“诏曰：
　　　　‘有可蠲除减省,以便万姓者,条奏无有所讳。’”广雅：“蠲,
　　　　除也。”

〔一〇一〕“命”上,吴钞本原钞有“所”字,墨校删。

〔一〇二〕“一”字,各本皆夺,吴钞本原钞挤写于行中“为”字下,今据补。

〔一〇三〕“龙”文澜本作“准”,更合。

〔一〇四〕“以幸”吴钞本作“而望”,似涉下句而误,前释难文云：“今设为
　　　　吉宅而幸福报。”

〔一〇五〕“者”下,吴钞本原钞有“何”字,墨校删。

〔一〇六〕“人之”吴钞本作“之人”。读书续记曰：“依义,作‘之人’是。”
　　　　○素问气厥论：“传为衄衊瞑目。”注：“瞑,暗也。”

〔一〇七〕“古”张本作“吉”,吴钞本原钞亦作“吉”,墨校改。读书续记
　　　　曰：“依义当作‘吉’。”

〔一〇八〕“命”下,吴钞本有“有”字,是也。

〔一〇九〕“减”程本、汪本误作“城”。

〔一一〇〕吴钞本原钞作“奚独居可为之宅,今不善相”,墨校改同此本。
　　　　案原钞似夺“禁”字,又“居”字当在“宅”字上下,或本无之,而
　　　　“今”字则显系“令”字之误也。善相谓善相其居宅,非相命之

相，前文亦有"相宅质居"之语。

〔一一〕"暗"汪本、四库本作"开"，吴钞本原钞作"暗"，墨校涂改成
　　　　"开"。案"暗"字是也，前声无哀乐论亦有"暗语"之词，此处
　　　　"开"字，涉下句而误。

〔一二〕"是"文津本作"有"，误也。案就下文观之，"真"字当作"贞"，
　　　　释难文云："邪忌设则正忌丧"，"贞宅"者，即合于正忌之宅也。
　　　　○案此谓既以可为之卜筮成命矣，何独禁此可为之居宅，不善
　　　　相之，而唯当暗作，乃云贞宅耶？

〔一三〕"所"吴钞本原钞作"以"，墨校改。

〔一四〕"职"吴钞本作"识"，是也。

〔一五〕见前难文篇注〔七七〕。广雅："踟蹰，犹豫也。"

〔一六〕"尽"字，吴钞本原钞作"善"，墨校改。案原钞是也。又"往"字
　　　　当为"作"字之误，上文亦云："令不善相，唯有暗作。"

〔一七〕"考卜"见前难文篇注〔七六〕。

〔一八〕吴钞本原钞无此四字，墨校补。

〔一九〕"占"吴钞本作"卜"。

〔二〇〕上十七字，吴钞本原钞有之，墨校误删，今据补。

〔二一〕此处，吴钞本原钞作"然贞宅之典设颜贵夫毋故谓之贞宅"，刻
　　　　本少"贞宅"二字。案原钞"典"乃"与"字之讹，"颜"乃"为"字
　　　　之讹，"贞宅之典设颜"六字，涉下文而衍，"贵夫毋故谓之贞
　　　　宅"八字，涉上文而衍也。刻本"异"乃"与"字之讹，"识"乃
　　　　"谓"字之讹，又少"贞宅"二字，因下文更有"贞宅"二字而误
　　　　也。原钞自"贞"以下十四字，刻本自"贞"以下十二字，皆涉上
　　　　下文而衍，当删。

〔二二〕"形"吴钞本原钞作"刑"，墨校改。案此钞者偶误也。"异"字

各本皆夺,惟吴钞本有之,今据补。

〔一二三〕"尔"吴钞本作"耳",二字通。○此处,吴钞本原钞作"但毋故
为设真,有故为设宅,授吉于暗遇,设为减福于用知耳"。墨校
删改,令同此本,惟"毋""耳"二字未改。周校本作"但无故为
设贞,有故为设宅,贞宅授吉于暗遇,设为减福于用知耳"。扬
案:改"真"为"贞",又补"贞宅"二字,是也。惟"设贞"、"设
宅",乃"贞宅"、"设为"之讹,"有故""无故",亦承上文而言。
此谓无故则系自然之贞宅,有故则系设为之吉宅也。

〔一二四〕"果"吴钞本原钞同,周校本误作"故"。"自"三国文误作"是"。

〔一二五〕"为"吴钞本作"有",是也。此承上文"有故"而言。

〔一二六〕吴钞本无"遂"字,更合。

〔一二七〕仪礼乡饮酒礼:"设席于堂廉东上。"注:"侧边曰廉。"

〔一二八〕阮瑀为曹公与孙权书曰:"高位重爵,坦然可观。"

〔一二九〕"公"程本误作"分"。"与"汪本误作"于"。"尔"吴钞本作
"耳"。

〔一三○〕"能"吴钞本作"贤",是也。

〔一三一〕楚辞注:"让,辞也。"

〔一三二〕"薄厚"吴钞本作"厚薄",墨校删此二字。"均"吴钞本作"钧",
二字通。

〔一三三〕"也"吴钞本作"耶"。

〔一三四〕"是"吴钞本作"此"。

〔一三五〕周校本曰:"当重有'宅'字。"○扬案:此承释难文"非宅制人,
人实征宅"而言,自当有两"宅"字,分属两句。

〔一三六〕"劓"吴钞本原钞作"刖",墨改。案"劓"字是也。○尚书传:
"劓,截鼻也。"

〔一三七〕吴钞本原钞"减"作"灭",又无"之标"二字,墨校改补。案原钞是也,"之標"二字,涉下句而衍。

〔一三八〕吴钞本原钞无"是知颜准"四字,墨校补,又删"公"上"是"字。案无此四字亦通。"摽"吴钞本作"標",是也。

〔一三九〕吴钞本原钞无"质"字,墨校补。案原钞是也,"质"字涉下句而衍。

〔一四〇〕"故"严辑全三国文误作"夫"。吴钞本原钞无"非"字,墨校补。案有"非"字为合。

〔一四一〕吴钞本原钞无"名"字,墨校补。周校本改"宇"作"字"。扬案:此句当作"吉宅字与吉名者,宅实也"。此处无"名"字,自亦可通;惟"名"字各本皆有之,或系钞者误夺。此句凡两"吉"字三"宅"字,故钞者易误耳。此谓吉宅本系实物,坦然殊观,可得而别者也。颜准乃贵之标,居宅为吉之实,见居宅可以指其吉凶,见颜准不能必其贵贱,二者非可相比也。○广雅:"字,饰也。"潜夫论贵忠篇:"贵戚惧家之不吉,而制诸令名。"

〔一四二〕吴钞本原钞作"善宅无吉征而字吉宅",墨校删改,令同此本。案"自"当作"字","字"下当有"吉"字。"善宅"二字或钞者误衍,或本在上句"也"字之上,而钞者误倒。

〔一四三〕案谓若见此宅,本无吉征,而徒制为令名,则可举其征假以难之。

〔一四四〕"即"严辑全三国文误作"既"。"知当"二字,吴钞本涂改而成,原钞不明。案此句有误,各本并同。

〔一四五〕"纂"字吴钞本原钞似误作"纂",墨校涂改。"宅"字各本并同,案当为"国"字之误。

〔一四六〕"即"周校本误作"既"。

〔一四七〕一切经音义引诗注:“陶,变也。”

〔一四八〕“可”下空格之字,程本作“陶”,张溥本及三国文作“为”,文津本作“表”,吴钞本无空格。案“为”字是也,下文即云“可为”。

〔一四九〕吴越春秋:“越王使相者国中得苎萝山鬻薪之女,曰西施、郑旦,饰以罗縠,教以容步,三年学服,而献于吴。”

〔一五〇〕“助”下空格之字,程本作“美”,文津本作“仪”,吴钞本无空格,皕宋楼钞本同,校者以蓝笔补“仪”字。案“仪”字更合。〇“黼黻”见前答难养生论注〔二七〇〕。史记礼书曰:“目好五色,为之黼黻文章以表其能。”贾子道术篇:“容服有义谓之仪。”

〔一五一〕“吉”上,吴钞本原钞有“则”字,墨校删。“家”上空格之字,程本作“善”,文津本作“巨”,吴钞本无空格,皕宋楼钞本同,校者以蓝笔补“巨”字。

〔一五二〕吴钞本“人”上有“作”字,“宅”下有“说”字,是也。

〔一五三〕“一”上,吴钞本有“自”字,是也。“一”字,各本并同,疑“善”字之讹缺。

〔一五四〕“占”此本原作“古”,刻板之误也,各本皆作“占”。

〔一五五〕“为”下,吴钞本原钞尚有一字,墨涂,不甚可辨,疑系“也”字。案此谓非能为吉凶也,“为”下当夺“吉凶也”三字,前释难文即云:“是故知吉凶,非能为吉凶也。”

〔一五六〕吴钞本原钞作“知何所言”,“知”字涂改而成,墨校于“知”上补“安”字,又删去“何”字。案“知何”二字,当系“如向”之误。各本“安知”二字,则系“案如”之误。集中“案如”二字连用处多。

〔一五七〕“为”上,张本有“可”字,是也。皕宋楼钞本,校者亦以蓝笔补“可”字。

〔一五八〕吴钞本原钞无“以”字,墨校补。

嵇康集校注

〔一五九〕"理"吴钞本作"地",是也。

〔一六〇〕"毓"与"育"同,尔雅:"育,养也。"

〔一六一〕"姓"吴钞本误作"性"。

〔一六二〕论衡诘术篇:"宅有五音,姓有五声。"又曰:"姓有五音,人之质性,亦有五行。"潜夫论卜列篇:"凡姓之有音也,必随其本生祖所出也。太皞木精,其子孙咸当为角。神农火精,其子孙咸当为徵。黄帝土精,其子孙咸当为宫,少昊金精,其子孙咸当为商。颛顼水精,其子孙咸当为羽。虽号百变,音形不易。"○白孔六帖曰:"近世乃有五姓,谓宫商角徵羽也,以为天下万物悉配属之,以处吉凶,然言皆不类。如张王为商,武庾为羽,是以音相谐附。至柳官宫,赵为角,则又不然。其间一姓而两属,复姓数字不得所归,是直野人巫师说尔。"○顾炎武日知录曰:"姓之所从来,本于五帝,五帝之得姓,本于五行,则有相配相生之理。故传言:'有妫之后,将育于姜。'又曰:'姬姞耦,其生必蕃。'而后世五音族姓之说,自此始矣。嵇康论曰:'五行有相生,故同姓不昏。'"○扬案:春秋繁露有五行相生篇。白虎通义五行篇:"五行者,谓金木水火土也。五行所以更王何?以其转相生,故有终始也。"

〔一六三〕"昏"或作"婚"。

〔一六四〕左氏昭公元年传:"子产曰:'内官不及同姓,其生不殖。'"注:"殖,长也。"国语晋语:"同姓不昏,惧不殖也。"

〔一六五〕司马相如上书谏猎曰:"人诚有之,兽亦宜然。"

〔一六六〕"协"或作"恊"。

〔一六七〕"才"吴钞本作"材",二字通。○易系辞下:"兼三才而两之。"后汉书注:"三才,天、地、人。"庄子大宗师篇:"离形去知,同于大通。"

〔一六八〕易说卦传:"穷理尽性,以至于命。"又系辞下:"象其物宜,是故谓之象。"

〔一六九〕易乾卦文言曰:"同声相应,同气相求。"淮南子注:"分犹界也。"

〔一七〇〕广雅:"比,近也。"

〔一七一〕广雅:"著,明也。"

〔一七二〕案上"有"字当衍。

〔一七三〕"土"字各本同,周校本曰:"当作'五'。"○扬案:"五"字是也,此承上五行而言。○史记五帝本纪:"轩辕修德振兵,治五气。"集解:"王肃曰:'五行之气。'"索隐:"谓春甲乙木气,夏丙丁火气之属,是五气也。"

〔一七四〕吴钞本无"谓"下"之"字。

〔一七五〕"天"上,吴钞本原钞有"徒曰"二字,墨校删。案此引释难之文,有"徒曰"二字为是。

〔一七六〕"以"吴钞本作"已",二字通。

〔一七七〕吴钞本原钞无"吉凶"二字,墨校补。案原钞是也,宅指吉宅,与良药比言,不兼凶宅。此谓药之已病,宅之成人,乃相之所一也。难云,若谓服药是相之所一,宅岂非是一也。释难云,多食伤性,良药已病,相之所一也,诬彼实此,非所以相证。此处浑括两文而言之。

〔一七八〕"曰"下空格之字,吴钞本、张本作"诬",程本作"妄",文津本作"兆"。案此承上句而言,"诬"字是也。

〔一七九〕"又"字各本同,当为"交"之讹,"交""赊"二字对言。

〔一八〇〕"交赊"见前养生论注〔一〇一〕。

〔一八一〕“以”三国文误作“有”。“虚”下，吴钞本有“实”字，是也。

〔一八二〕释名：“水注谷曰沟，田间之水亦曰沟；注沟曰浍。”

〔一八三〕案“山”下当夺“木”字。

〔一八四〕吴钞本作“山客白首毋大鱼也”，无“曰”字。案吴钞本是也，“终身”与“白首”同义。○颜氏家训归心篇：“山中人不信有鱼大如木，海上人不信有木大如鱼。”案法苑珠林三十七亦载此语。又太平御览八百三十七及九百五十二引孙绰子亦有“海人与山客辩其方物”云云，孙氏晋人，世代尤近，当皆不本叔夜，而系更有出处也，今未详。

〔一八五〕自“者”以下十四字，各本皆夺，惟吴钞本有之。案此引释难之文，有者为是，今据补。

〔一八六〕吴钞本作“不可以妄求也”。案此引释难之文，吴钞本为是也。

〔一八七〕吴钞本作“想亦未知也”，案此乃相命之相，钞者误合“相必”二字为“想”字。

〔一八八〕“暗”吴钞本作“闇”。

〔一八九〕“强”或作“彊”，下同。“也”字文津本误作“之”。

〔一九○〕“耳”吴钞本作“尔”。

〔一九一〕案“然”字当在“苟”字上，“还”字当为“达”字之讹。

〔一九二〕案“不”上当夺“何”字。○淮南子说山训：“圣人由外知内，因见求隐。”

〔一九三〕“论”吴钞本作“端”。读书续记曰：“‘论’‘端’形近致讹。‘寻端’‘究绪’对文，似作‘端’长。”○蔡邕释诲曰：“君子推微达著，寻端见绪。”广雅：“绪，末也。”

〔一九四〕严辑全三国文无“得”字。“由”下空格之字，程本、文津本作“子午”。此句，吴钞本作“系申而得卯未”，无空格。周校本作

"系申而得非未",注云:"'系'或'求'之讹,各本皆非是。"马叙
伦曰:"'申'字依义不当无,'由'字殆即'申'之讹也。"〇扬案:
"卯"字周校本误作"非"。吴钞本"系"字当因"绪"字而误衍。
"申"字则因"由"字而讹。以文义求之,"由"下当有"子午"等
两字为是。又案"卯"疑"丑"字之误,此篇上文云:"乾坤有六
子",似言纳甲之法也。纳甲之法,乾坤为父母。乾之初爻交
于坤,生震,故震之初爻纳子午;坤之初爻交于乾,生巽,故巽
之初爻纳丑未。此处上云"子午",则下当作"丑未"矣。

〔一九五〕"夫"吴钞本作"失"。周校本曰:"各本讹'夫'。"读书续记曰:
"'夫'字讹。"扬案:如作"失"字,则此句连上为义也。但以文
义求之,此句自当连下,则作"夫"字为是。

〔一九六〕案依下文观之,"师"下当夺"寻迹"二字。

〔一九七〕"兽"上空格之字,程本作"猎",文津本作"禽",吴钞本无空格。
案吴钞本是也。

〔一九八〕"足"上空格之字,程本作"顿",文津本作"矫"。此处,吴钞本
原钞作"则不敢举足",无空格,墨校于"敢"下补"讯"字,"举"
下补"气"字,朱校于"气"下作一小围,栏外上方著校语云:"刻
本'气'下空一字。"扬案:吴钞本原钞是也。左传注:"期,必
也。"此谓寻迹不能必获,则不敢往也。

〔一九九〕"颐"吴钞本、张本作"赜",是也。

〔二〇〇〕"谓"吴钞本原钞作"为",墨校改。〇易系辞上:"探赜索隐,钩
深致远。"汉书注:"赜亦深也。"

嵇康集校注卷第十

太师箴
家　诫

太师箴

　北堂书钞引五经异义曰:"古周礼说:天子立三公,曰太师、太傅、太保,无官属,与王同职。"○宋书百官志曰:"周武王时,太公为太师。成王时,周公为太师。汉西京初不置,平帝时始复置太师官,东京又废。献帝初,董卓为太师,卓诛,又废。魏世不置。"○大戴礼保傅篇:"天子不论先圣王之德,不知君国畜民之道,不见礼义之正,不察应事之理,不博古之典传,不闲于威仪之数,诗书礼乐无经,学业不法。凡是其属,太师之任也。"○晋书本传曰:"作太师箴,亦足以明帝王之道焉。"○案箴太师,即以箴天子也,犹后世之大宝箴矣。

浩浩太素,阳曜阴凝〔一〕。二仪陶化,人伦肇兴〔二〕。

　　卷第十　太师箴

厥初冥昧，不虑不营〔三〕。欲以物开〔四〕，患以事成。犯机触害，智不救生。宗长归仁，自然之情〔五〕。故君道自然〔六〕，必託贤明。茫茫在昔〔七〕，罔或不宁〔八〕。赫胥既往〔九〕，绍以皇羲〔一〇〕。默静无文，大朴未亏〔一一〕。万物熙熙，不夭不离〔一二〕。爰及唐虞〔一三〕，犹笃其绪〔一四〕。体资易简〔一五〕，应天顺矩〔一六〕。絺褐其裳，土木其宇〔一七〕。物或失性，惧若在予〔一八〕。畴咨熙载，终禅舜禹〔一九〕。夫统之者劳，仰之者逸。至人重身，弃而不恤〔二〇〕。故子州称疢〔二一〕，石户乘桴。许由鞠躬，辞长九州〔二二〕。先王仁爱，愍世忧时〔二三〕。哀万物之将颓，然后莅之〔二四〕。

下逮德衰，大道沉沦〔二五〕。智惠日用〔二六〕，渐私其亲〔二七〕。惧物乖离，攀（□□）〔义画〕仁〔二八〕。利巧愈竞〔二九〕，繁礼屡陈〔三〇〕。刑教争施〔三一〕，夭性丧真〔三二〕。季世陵迟，继体承资〔三三〕。凭尊恃势，不友不师〔三四〕。宰割天下，以奉其私〔三五〕。故君位益侈，臣路生心。竭智谋国，不吝灰沉〔三六〕。赏罚虽存，莫劝莫禁〔三七〕。若乃骄盈肆志，阻兵擅权〔三八〕。矜威纵虐，祸（蒙）〔崇〕丘山〔三九〕。刑本惩暴，今以胁贤〔四〇〕。昔为天下，今为一身。下疾其上，君猜其臣〔四一〕。丧乱弘多，国乃陨颠〔四二〕。故殷辛不道，首缀素旗〔四三〕。周朝败度，蟘人是谋〔四四〕。楚灵极暴，乾溪溃叛〔四五〕，晋厉残虐，栾书作难〔四六〕。主父弃礼，毂胎不宰〔四七〕。秦皇荼毒，祸流四海〔四八〕。是以亡国继踵，古今相承〔四九〕。丑彼（權）〔摧〕灭〔五〇〕，而袭其亡征〔五一〕。初安若山，后败如

486

崩〔五二〕。临刃振锋，悔何所增〔五三〕。

故居帝王者，无曰我尊，慢尔德音〔五四〕；无曰我强〔五五〕，肆于骄淫〔五六〕。弃彼佞倖，纳此踠颜〔五七〕。谀言顺耳，染德生患〔五八〕。悠悠庶类，我控我告〔五九〕。唯贤是授，何必亲戚。顺乃浩好，民实胥效〔六〇〕。治乱之原，岂无昌教〔六一〕？穆穆天子，思（问）〔闻〕其愆〔六二〕。虚心导人，允求谠言〔六三〕。师臣司训，敢告在前〔六四〕。

〔一〕列子天瑞篇："太素者，质之始也。"白虎通："始起之天，先有太初，后有太始，形兆既成，名曰太素。""阳曜阴凝"见前明胆论注〔八〇〕。

〔二〕易系辞上："是故易有太极，是生两仪。"虞氏注："两仪，谓乾坤也。"淮南子本经训："天地之合和，阴阳之陶化万物，皆乘人气者也。"太玄注："陶，化也。"曹植魏文帝诔："皓皓太素，两仪始分。冲和产物，肇有人伦。"案"浩"与"皓"通，广雅："皓皓，明也。"尔雅："肇，始也。"

〔三〕"厥"吴钞本作"爱"。○后汉书隗嚣传："移檄告郡国曰：'莽冥昧触冒，不顾大忌。'"说文："冥，幽昧也。"小尔雅："昧，冥也。"管子禁藏篇："气情不营，则耳目谷。"大戴礼文王官人篇："烦乱之而志不营。"注："营，犹乱也。"

〔四〕"欲"或作"慾"。

〔五〕毛诗传："宗，尊也。"论语："一日克己复礼，天下归仁焉。"

〔六〕"自"吴钞本原钞作"因"，朱校改。

〔七〕"茫茫"吴钞本作"芒芒"，字通。

〔八〕荀悦汉纪曰："茫茫上古，结绳而治。"文选注："茫茫，远貌也。"

诗那:"自古在昔,先民有作。"

〔九〕"赫"吴钞本作"华"。读书续记曰:"'华''赫'古音同类通假。"

〔一〇〕庄子马蹄篇:"赫胥氏之时,民居不知所为,行不知所之,含哺
而熙,鼓腹而游。"释文:"司马云:'赫胥,上古帝王也。'"尔雅:
"绍,继也。""皇羲"见前述志诗(潜龙育神躯)注〔二〕。

〔一一〕"大"或作"太","朴"或作"樸"。○管子宙合篇:"静默以审虑,
依贤可用也。""无文""大朴"见前难自然好学论注〔三〕〔四〕。

〔一二〕周书太子晋解:"分均天财,万物熙熙。"注:"熙熙,和盛。"说苑
建本篇:"万物熙熙,各乐其终。"庄子缮性篇:"古之人在混芒
之中,万物不伤,群生不夭。"

〔一三〕"爰"吴钞本作"降"。

〔一四〕诗皇矣:"则笃其庆。"又閟宫:"缵禹之绪。"笺云:"笃,厚也。
绪,事也。"

〔一五〕"资"吴钞本作"兹"。

〔一六〕易系辞上:"易简而天下之理得矣。"尸子:"尧闻舜贤,举之草
茅之中,与之语政,至简而易行。"汉书叙传曰:"应天顺民,五
星同晷。"曹植矫志诗:"覆之帱之,顺天之矩。"

〔一七〕说文:"絺,粗葛也。褐,编枲袜,一曰粗衣。"

〔一八〕"失性"见前难养生论注〔六七〕。

〔一九〕书尧典:"帝曰:'畴咨若时登庸。'"又舜典:"舜曰:'有能奋庸,
熙帝之载。'"伪孔传:"熙,广也;畴,谁;庸,用也;载,事也。"汉
书叙传曰:"畴咨熙载,髦俊并作。"

〔二〇〕国策注:"恤,顾也。"

〔二一〕"疢"吴钞本作"疾"。

〔二二〕庄子让王篇:"尧以天下让许由,许由不受。又让于子州支父,

子州支父曰：'我适有幽忧之病，方且治之，未暇治天下也。'舜以天下让石户之农，石户之农以舜之德为未至也，于是夫负妻戴，携子以入海，终身不反。"论语："子曰：'道不行，乘桴浮于海。'"又曰："入公门，鞠躬如也。"集解："马融曰：'桴，编竹木，大者曰筏，小者曰桴。'"汉书注："鞠躬，谨敬貌。"蔡邕琴操："许由曰：'尧聘吾为天子，吾志在青云，何乃劣劣为九州伍长乎？'"尔雅："疢，病也。"

〔二三〕广雅："愍，忧也。"

〔二四〕马融长笛赋："感回飙而将颓。"文选注："颓，落也。"仪礼士冠礼："吾子将莅之。"注："莅，临也。"

〔二五〕庄子缮性篇："逮德下衰，及燧人伏羲，始为天下，是故顺而不一。"吕氏春秋恃君篇："德衰世乱，然后天子利天下。"楚辞九叹："或沉沦其将没兮。"注："沦，没也。"

〔二六〕"惠"张溥本作"慧"，二字通。

〔二七〕"渐"上，吴钞本原钞有"而"字，墨校删。○"智惠"见前六言诗（智慧用有为）注〔一〕。韩诗外传："五帝官天下，三王家天下，家以传子，官以传贤。"

〔二八〕此句，吴钞本作"攘臂立仁"，程本作"挐义去仁"，文津本作"挐撇怀仁"，八代文钞作"挐义画仁"，张溥本惟"挐仁"二字，"挐"上空两格，张燮本及古诗类苑惟"立仁"二字，无空格。读书续记曰："攘臂立仁，此用庄子在宥篇文义，本文无讹。"○扬案：惧物乖离，故立仁义，作"挐去"甚非，"挐撇"亦不成词，"挐画"之意略近之。○广雅："乖，离也。"老子："上礼为之而莫应，则攘臂而仍之。"庄子在宥篇："今世殊死者相枕也，桁杨者相推也，刑戮者相望也，而儒墨乃始离跂攘臂乎桎梏之间。"案"攘"

借作"纕"，说文："纕，援臂也。"淮南子要略训："擘画人事之始终者也。"注："擘，分也。"

〔二九〕"利巧"，吴钞本作"名利"。

〔三〇〕韩子解老篇："礼繁者，实必衰也。"又难一篇："舅犯曰：'臣闻繁礼君子，不厌忠信。'"

〔三一〕"施"吴钞本作"驰"。读书续记曰："明本'驰'作'施'，是，'施'与上句'陈'字对。"〇扬案："驰"字亦通。

〔三二〕"夭"原作"天"，刻板之误也。吴钞本亦误作"天"，馀本皆作"夭"。读书续记曰："'夭'与'丧'对。"〇"真"古诗类苑及广文选误作"贞"。〇广雅："夭，折也。"

〔三三〕"季世"见前答难养生论注〔三二〕。"陵迟"见前难自然好学论注〔九〕。胡广边都尉箴曰："季末陵迟，王泽壅隔。"公羊文公九年传："继文王之体。"史记外戚世家："自古受命帝王及继体守文之君。"仪礼注："体，嫡嫡相承也。"汉书平当传："上书曰：'今圣汉受命而王，继体承业。'"管子法法篇："资有天下，利在一人。"注："资，用也。"

〔三四〕战国策燕策："郭隗曰：'帝者与师处，王者与友处。'"韩子外储说左下："文王曰：'君与处，上皆其师，中皆其友，下尽其使也。'"新书官人篇："王者官人有六等，一曰师，二曰友。"

〔三五〕新书过秦篇："宰割天下，分裂河山。"

〔三六〕"忿"字，吴钞本涂改而成。〇案此谓臣下生心，而谋夺国也。灰沉，灰身沈身也。说文："忿，恨惜也。"后汉书陈龟传："上疏曰：'或举国掩户，尽种灰灭。'"蔡邕戍边上章曰："湮灭土灰，呼吸无期。"

〔三七〕庄子天地篇："子高曰：'今子赏罚而民且不仁。'"韩子饰邪篇：

"有赏不足以劝,有刑不足以禁,则国虽大必危。"

〔三八〕汉书叙传曰:"胶东不亮,常山骄盈。""肆志"见前赠秀才诗(流
俗难悟)注〔一一〕。左氏隐公四年传:"夫州吁阻兵而安忍。"
正义曰:"阻,恃也。"

〔三九〕"蒙"吴钞本作"崇",是也。○毛诗序:"卫国并为威虐,百姓不
亲。"战国策楚策:"或谓楚王曰:'国权轻于鸿毛,而积祸重于
丘山。'"扬雄徐州箴:"祸如丘山,本在萌芽。"尔雅:"崇,
高也。"

〔四○〕汉书注:"胁谓以威迫之也。"

〔四一〕管子小问篇:"牧民不知其疾,则民疾。"注:"疾谓憎嫌之也。"
说文:"猜,恨贼也。"

〔四二〕诗节南山:"天方荐瘥,丧乱弘多。"毛传:"弘,大也。"吴越春
秋:"齐王曰:'赖上帝哀存,国犹不至颠陨。'"曹植王仲宣诔:
"皇家不造,京室陨颠。"楚辞注:"自上下曰颠。陨,坠也。"

〔四三〕史记殷本纪:"帝乙崩,子辛立,是为帝辛,天下谓之纣。纣淫
乱不止,周武王率诸侯伐纣,纣兵败。纣走入,登鹿台,衣其宝
玉衣,自火而死。周武王遂斩纣头,县之白旗。"战国策赵策:
"希写曰:'卒斩纣之头,而悬于太白者,是武王之功也。'"注:
"太白,旗名。"左氏僖公二年传:"今虢为不道,保于逆旅。"楚
辞注:"缀,系也。"毛诗传:"素,白也。"

〔四四〕书太甲篇:"欲败度,纵败礼。"毛诗传:"败,坏也。"国语周语:
"厉王虐,国人谤王。王怒,得卫巫,使监谤者,以告则杀之。
于是国莫敢出言。三年,乃流王于彘。"注:"彘,晋地。"

〔四五〕"溪"吴钞本原作"磎",墨校改。张本作"谿"。○左氏昭公
十二年传:"楚子使帅师围徐,以惧吴,楚子次于乾谿,以为之

援。"昭公十三年传："楚公子比,因四族之徒以入楚。公子比
为王,先除王宫,使观从从师于乾谿,而遂告之,师及訾梁而
溃。夏五月癸亥,王缢于芋尹申亥氏。"韩子说疑篇："荆灵公
死于乾谿之上。"国语吴语："申胥曰:'昔楚灵王不君,其民不
忍饥劳之殃,三军叛王于乾谿。'"扬案:灵王还至訾梁,其众乃
散,惟溃叛之谋,实始于乾谿耳。

〔四六〕左氏成公十二年传："晋厉公侈,多外嬖,欲尽去群大夫而立其
左右。公游于匠丽氏,栾书中行偃遂执公焉。"成公十八年传:
"春正月庚申,栾书中行偃使程滑弑厉公,葬之翼东门之外。"
崔瑗珮铭曰:"晋厉好虐,栾书作乱。"

〔四七〕史记赵世家："武灵王胡服骑射,立王子何以为王,武灵王自号
为主父。封长子章为代安阳君。四年,欲分赵而王章于代,计
未决而辍。主父游沙丘异宫,公子章即以其徒与田不礼作乱。
公子成与李兑入距难,杀公子章及田不礼。公子章之败,往走
主父,主父开之。成兑因围主父宫,主父欲出不得,又不得食,
探爵鷇而食之,三月馀而饿死沙丘宫。"集解:"綦毋邃曰:'鷇,
爵子也。'"案不宰,谓不烹治也。周礼疏:"宰者,调和膳羞
之名。"

〔四八〕详史记秦始皇本纪。国语周语："宁为荼毒。"注:"荼,苦也。"

〔四九〕"古今"张本作"今古"。○潜夫论实贡篇："衰国危君,继踵
绝。"广雅:"踵,迹也。"

〔五〇〕"榷"张本作"摧",吴钞本作"催"。马叙伦曰:"'催'当作'摧',
与'摧'形近,故讹为'榷'也。"

〔五一〕魏武帝令曰:"摧灭群逆,克定天下。"广雅:"袭,因也。"韩子有
亡征篇。

〔五二〕春秋保乾图曰:"安于泰山,与日合符。"史记主父偃传:"徐乐
上书曰:'何谓土崩,秦之末世是也。'"扬雄冀州牧箴:"初安如
山,后崩如崖。"

〔五三〕广雅:"振,动也。"案此谓当诛时,虽悔无益也。

〔五四〕诗皇矣:"维此王季,帝度其心,貊其德音。"

〔五五〕"强"或作"彊",张本误作"疆"。

〔五六〕崔骃太尉箴:"无曰我强,莫敢予丧。"史记秦本纪:"由余曰:
'后世日以骄淫,阻法度之威,以责督于下。'"

〔五七〕"逞"吴钞本作"遷",严辑全三国文作"逆",盖由"遷"字而误。
○史记佞幸列传曰:"籍孺以佞幸。"小尔雅:"迕,犯也。"案
"迕"、"逞"、"遷"、"遷",并同。

〔五八〕东方朔非有先生论曰:"夫谈有悦于目,顺于耳,快于心,而毁
于行者。"墨子所染篇:"国亦有染,所染不当,故国残身死。"广
雅:"染,污也。"管子枢言篇:"人众兵强,而不以其国造难
生患。"

〔五九〕"悠悠"见前述志诗(潜龙育神躯)注〔六〕。楚辞远游篇:"庶类
以成兮。"注:"庶类,万物也。"左氏襄公八年传:"无所控告。"
注:"控,引也。"傅毅迪志诗:"先人有训,我讯我诰。"

〔六○〕"胥"吴钞本作"胃",误也。○书洪范:"无有作好,遵王之道。"
诗角弓:"尔之教矣,民胥效矣。"笺云:"胥,皆也。"

〔六一〕管子立政篇:"君之所审者三,一曰德不当其位,二曰功不当其
禄,三曰能不当其官。此三本者,治乱之原也。"说文:"昌,美
言也。"大戴礼保傅篇:"太师,导之教顺。"

〔六二〕"问"吴钞本作"闻",是也。○诗雝:"相维辟公,天子穆穆。"汉
书韦贤传:"韦孟作谏诗曰:'穆穆天子,临尔下土。'"注:"穆

穆,天子之容也。"

〔六三〕非有先生论曰:"虚心定志,欲闻流议。"荀子解蔽篇:"不以所
已藏害所将受谓之虚。"尔雅:"允,诚也。"汉书叙传曰:"今日
复闻谠言。"注:"谠言,善言也。"

〔六四〕"告"吴钞本原钞作"献",墨校改。案此仿古之箴,作"告"为
合。后汉书陈元传:"上疏曰:'师臣者帝,故文王以太公为
师。'"礼记文王世子篇:"太傅在前,少傅在后。"汉书王吉传:
"上疏曰:'广夏之下,细旃之上,明师居前,劝诵在后。'"左氏
襄公四年传:"虞人之箴曰:'兽臣司原,敢告仆夫。'"崔骃司空
箴:"空臣司土,敢告在侧。"

　　李兆洛曰:"此为司马氏言也,若讽若惜,词多纡回。"
　　谭献曰:"前半故为高论,亦当时习尚然与? 嗣宗劝进
笺,用意亦同。"又曰:"袭用汉人句法有痕。"

家　诫

　　说文:"诫,敕也。"案"诫"与"戒"通,文心雕龙诏策篇:
"戒者,慎也;马援以下,各贻家戒。"

494　　　人无志,非人也。但君子用心,所欲准行〔一〕,自当量
其善者〔二〕,必拟议而后动〔三〕。若志之所之〔四〕,则口与心
誓,守死无二〔五〕,耻躬不逮,期于必济〔六〕。若心疲体
解〔七〕,或牵于外物,或累于内欲,不堪近患,不忍小情,则
议于去就。议于去就,则二心交争〔八〕,二心交争,则向所

见役之情胜矣〔九〕。或有中道而废，或有不成一匮而败之〔一〇〕。以之守则不固〔一一〕，以之攻则怯弱，与之誓则多违，与之谋则善泄。临乐则肆情，处逸则极意〔一二〕。故虽繁华熠燿〔一三〕，无结秀之勋〔一四〕；终年之勤，无一旦之功〔一五〕，斯君子所以叹息也〔一六〕。若夫申胥之长吟〔一七〕，夷齐之全洁〔一八〕，展季之执信〔一九〕，苏武之守节〔二〇〕，可谓固矣。故以无心守之，安而体之，若自然也〔二一〕，乃是守志之盛者(可)耳〔二二〕。

所居长吏〔二三〕，但宜敬之而已矣。不当极亲密〔二四〕，不宜数往，往当有时〔二五〕。(其众人又不当宿留)〔其有众人，又不当独在后，又不当前〕〔二六〕。所以然者，长吏喜问外事，或时发举〔二七〕，则(怨或者谓)〔恐为〕人所说〔二八〕，无以自免也。(若)〔宏〕行寡言〔二九〕，慎备自守〔三〇〕，则怨责之路解矣。其立身当清远〔三一〕，若有烦辱〔三二〕，欲人之尽命〔三三〕，托人之请求，(当)谦〔言〕辞(□)谢，(其)〔某〕素不预此辈事〔三四〕，当相亮耳〔三五〕。若有怨急，心所不忍，可外违拒，密为济之。所以然者，上远宜适之几〔三六〕，中绝常人淫辈之求，下全束脩无玷之称〔三七〕，此又秉志之一隅也〔三八〕。凡行事先自审其可，(不差)〔若〕于宜，宜行此事〔三九〕，而人欲易之，当说宜易之理。若使彼语殊佳者，勿羞折遂非也〔四〇〕。若其理不足，而更以情求来守人〔四一〕，虽复云云，当坚执所守，此又秉志之一隅也。不须行小小束脩之意气〔四二〕，若见穷乏而有可以赈济者，便见义而作〔四三〕。

若人从我〔欲〕有所求〔欲者〕〔四四〕，先自思省，若有所损废多，于今日所济之义少，则当权其轻重而拒之〔四五〕。虽复守辱不已，犹当绝之。然大率人之告求，皆彼无我有，故来求我，此为与之多也。自不如此，而为轻竭〔四六〕，不忍面言，强副小情〔四七〕，未为有志也。

夫言语，君子之机〔四八〕，机动物应，则是非之形著矣，故不可不慎。若于意不善了〔四九〕，而本意欲言，则当惧有不了之失，且权忍之〔五〇〕。后视向不言此事，无他不可〔五一〕，则向言或有不可，然则能不言全得其可矣。且俗人传吉迟〔五二〕，传凶疾，又好议人之过阙〔五三〕，此常人之议也。坐〔言〕〔中〕所言〔五四〕，自非高议，但是动静消息，小小异同，但当高视，不足和答也〔五五〕。非义不言，详静敬道，岂非寡悔之谓〔五六〕？人有相与变争〔五七〕，未知得失所在，慎勿预也〔五八〕。且默以观之，其〔是〕非行自可见〔五九〕。或有小是不足是，小非不足非，至竟可不言以待之，就有人问者，犹当辞以不解，近论议亦然〔六〇〕。若会酒坐，见人争语，其形势似欲转盛，便当〔亟〕〔无何〕舍去之〔六一〕，此将斗之兆也〔六二〕。坐视必见曲直，党不能不有言〔六三〕，有言必是在一人，其不是者方自谓为直，则谓曲我者有私于彼，便怨恶之情生矣。或便获悖辱之言，正坐视之，大见是非，而争不了〔六四〕，则仁而无武，於义无可〔六五〕，〔故〕当远之也〔六六〕。然〔都大〕〔大都〕争讼者小人耳〔六七〕，正复有是非，共济汙漫〔六八〕，虽胜〔六九〕，可足称哉〔七〇〕？就不得远，取醉

稽康集校注

为佳。若意中偶有所讳,而彼必欲知者〔七一〕,若守(大)〔人〕不已〔七二〕,或劫以鄙情〔七三〕,不可惮此小辈,而为所挽引〔七四〕,以尽其言。今正坚语,不知不识,方为有志耳。自非知旧邻比,庶几已下〔七五〕,欲请呼者,当辞以他故勿往也。外荣华则少欲。自非至急,终无求欲,上美也。不须作小小卑恭,当大谦裕〔七六〕。不须作小小廉耻,当全大让。若临朝让官,临义让生〔七七〕,若孔文举求代兄死,此忠臣烈士之节〔七八〕。

凡人自有公私,慎勿强知人知〔七九〕。彼知我知之,则有忌于我,今知而不言,则便是不知矣。若见窃语私议,便舍起,勿使忌人也〔八〇〕。或时逼迫,强与我共说,若其言邪险,则当正色以道义正之〔八一〕。何者?君子不容伪薄之言故也〔八二〕。一旦事败〔八三〕,便言某甲昔知吾事,〔是〕以宜备之深也〔八四〕。凡人私语,无所不有,宜预以为意,见之而走者,何哉〔八五〕?或偶知其私事,与同则可,不同则彼恐事泄〔八六〕,思害人以灭迹也。非意所钦者〔八七〕,而来戏调蚩笑人之阙者〔八八〕,但莫应从小共转至于不共〔八九〕,(而)〔亦〕勿大冰矜〔九〇〕,趋以不言答之〔九一〕,势不得久〔九二〕,行自止也。自非所监临〔九三〕,相与无他宜适〔九四〕,有壶榼之意〔九五〕,束脩之好〔九六〕,此人道所通〔九七〕,不须逆也。过此以往,自非通穆〔九八〕,匹帛之馈〔九九〕,车服之赠〔一〇〇〕,当深绝之。何者?常人皆薄义而重利,今以自竭者〔一〇一〕,必有为而作,鬻货徼欢〔一〇二〕,施而求报,其俗人之所甘愿〔一〇三〕,

而君子之所大恶也〔一〇四〕。(□□□□□□)〔被酒必大伤,志虑〕又愦〔一〇五〕,不须离搂,强劝人酒〔一〇六〕,不饮自已。若人来劝己,輙当(为)持之〔一〇七〕,勿(消勿)〔稍〕逆也〔一〇八〕,见醉薰薰便止〔一〇九〕,慎不当至困醉,不能自裁也〔一一〇〕。

〔一〕"所欲"艺文类聚二十三引作"有所",严辑全三国文从之。○吕氏春秋注:"准,法也。"

〔二〕艺文类聚引无"自"字。此处,戒子通录引作"但君子用心,量其善者",节去六字。

〔三〕艺文类聚引无"必"字。○易系辞上:"拟议以成其变化。"大戴礼曾子立事篇:"君子虑胜气,思而后动,论而后行。"

〔四〕"志"艺文类聚引作"心"。○毛诗序:"诗者,志之所之也。"

〔五〕"二"吴钞本作"贰",字同。○左氏僖公十五年传:"必报德,有死无二。"

〔六〕论语:"子曰:'古者,言之不出,耻躬之不逮也。'"集解:"包咸曰:'古人之言,不妄出口,为身行之将不及。'"易序卦传:"有过物者必济。"尔雅:"济,成也。"

〔七〕"解"张本及艺文类聚、戒子通录引作"懈",案二字通。

〔八〕荀悦汉纪论曰:"二心交争,公私并行。"

〔九〕"所"下,吴钞本原钞有"已"字,墨校删,艺文类聚引有"以"字,周校本亦作"以",案"已""以"通。

〔一〇〕"有"文津本作"以"。"匮"张本作"篑",二字通。张燮本无"之"字。此句,艺文类聚、戒子通录引作"或有未成而败"。○论语:"子曰:'力不足者,中道而废。'又曰:'譬如为山,未成一篑,止,吾止也。'"集解:"包咸曰:'篑,土笼也。'"

嵇康集校注

498

〔一一〕张溥本无"之"字,艺文类聚"守"误作"中"。

〔一二〕楚辞天问篇:"何繁鸟萃棘,负子肆情?"史记乐书:"李斯曰:'放弃诗书,极意声色,祖伊所以惧也。'"

〔一三〕"繁"吴钞本及艺文类聚引作"荣"。"燿"吴钞本作"耀",张本及类聚引作"熠"。案"燿"与"耀"通。

〔一四〕"勋"艺文类聚引作"勤",戒子通录引作"效"。案"勤"字盖涉下而误。○诗东山:"熠燿其羽。"笺云:"羽鲜明也。"说文:"熠,盛光也;燿,照也。"应场迷迭赋:"夕结秀而垂华。"尔雅:"不荣而实者谓之秀。"大戴礼曾子疾病篇:"华繁而实寡者,天也;言多而行寡者,人也。"

〔一五〕"旦"艺文类聚引作"日"。○战国策魏策:"苏子曰:'人臣偷取一旦之功,而不顾其后。'"

〔一六〕"以"字,吴钞本原钞无,墨校补。

〔一七〕左氏定公四年传:"初,伍员与申包胥友,其亡也,谓申包胥曰:'我必覆楚国。'申包胥曰:'子能覆之,我必能兴之。'及昭王在随,申包胥入秦乞师,立依于庭墙而哭,日夜不绝声,勺饮不入口,七日,秦师乃出。五年六月,申包胥以秦师至,秦子蒲子虎帅车五百乘以救楚。十月,楚子入于郢。"楚辞九叹曰:"长吟永欷,涕究究兮。"说文:"吟,呻也。"

〔一八〕"齐"吴钞本原钞作"叔",墨校改,艺文类聚引亦作"叔"。○吕氏春秋诚廉篇:"周之将兴也,有士二人,处于孤竹,曰伯夷叔齐,西行如周,至于岐阳,则文王已没,武王即位。观周德,相视而笑,曰:'以此绍殷,是以乱易暴也。今天下暗,周德衰矣。不若避之,以洁吾行。'二子北行,至首阳之下,而饿焉。"案庄子让王篇与此略同。

〔一九〕吕氏春秋审己篇："齐攻鲁，求岑鼎，鲁君载他鼎以往。齐侯使人告鲁侯曰：'柳下季以为是，请因受之。'鲁君请于柳下季，答曰：'君之赂，以欲岑鼎也？以免国也？臣亦有国于此，破臣之国，以全君之国，此臣之所难也。'于是鲁君乃以真岑鼎往也。"新序节士篇："柳下惠可谓守信矣。"案柳下惠，氏展字季，详前卜疑篇注〔七八〕。又案韩子说林下，以此事属乐正子春。

〔二〇〕汉书苏武传："武字子卿，天汉元年，武帝遣武以中郎将使持节送匈奴使留在汉者。单于欲降之，幽武，置大窖中，绝不饮食。天雨雪，武卧啮雪，与旃毛并咽之，数日不死。匈奴以为神，乃徙武北海上无人处，使牧羝。留匈奴十九岁，始以强壮出，及还，须发尽白。"新序节士篇："武留十馀岁，竟不降下，可谓守节臣矣。"

〔二一〕礼记缁衣篇："心好之，身必安之。"

〔二二〕吴钞本无"可"字，是也。此句，艺文类聚引作"乃是守志盛者也"。严辑全三国文作"乃是守志之盛者也"。○左氏昭公十三年传："亡十九年，守志弥笃。"

〔二三〕汉书百官公卿表："县令长，是为长吏。"

〔二四〕戒子通录引无"亲"字。

〔二五〕"当"上"往"字，吴钞本原钞同，墨校改作"来"。案此"往"字属下句，作"来"误也。

〔二六〕此处，吴钞本原钞作"其有众，又不当独在后，又不当宿"，墨校删改，令同此本。案原钞是也。戒子通录引作"其有众人，又不当独在后，又不当前"，较吴钞本原钞多一"人"字，又"宿"作"前"，似于义为长。

〔二七〕广雅:"发,举也。"

〔二八〕吴钞本原钞无"或"字,墨校补。案原钞是也,"或"字涉上文而衍。此处戒子通录引作"则恐为人所说",似于义为长。

〔二九〕"若"字,吴钞本涂改而成,原钞不明,戒子通录引作"宏"。案"宏"字是也,"宏"与"寡"对文。

〔三〇〕毛诗笺:"宏犹广也。"礼记内则篇:"必求慎而寡言者以为子师。"汉书扬雄传:"雄方草创太玄,有以自守。"

〔三一〕"当"字上戒子通录有"自"字。

〔三二〕荀子议兵篇:"劳苦烦辱则必奔。"

〔三三〕由此以上十五字,吴钞本原钞误夺,墨校补。

〔三四〕"谢"上空格之字,程本作"揖",文津本及八代文钞、汉魏名文乘作"以",文澜本作"陈",经济堂刻百三家集作"逊"。吴钞本"辞"上有"言"字,无空格,又"预"字作"豫"。此处,戒子通录引作"谦言辞谢,某素不预此辈事",无"当"字,又"其"字作"某",似较吴钞本为长。周校本"当"上误衍"则"字。

〔三五〕"亮"上,戒子通录引有"安"字。○礼记曲礼下:"使者自称曰某。"注:"某,名也。"汉书注:"预,干也。"案"预""豫"二字通。尔雅:"亮,信也。"

〔三六〕吕氏春秋离俗篇:"鱼有大小,饵有宜适。"案庄子至乐篇:"义设于适。""宜"与"义"通,"宜适"一词,六朝以上之书用之者多。

〔三七〕"玷"吴钞本原钞作"累",墨校改。此句,戒子通录引作"下全束脩无诲之文",四库本注云:"案本集作'下全束脩无玷之称'。"○论语:"子曰:'自行束脩以上,吾未尝无诲焉。'"泰誓正义曰:"孔注论语,以束脩为束带脩饰。"孙奕履斋示儿编曰:

"延笃传注云:'束脩谓束带脩饰。'此说稍通。然以脩为脩饰则是,以束为束带则非,不若以检束脩饰为正。"黄生义府曰:"行检束脩饰之礼,盖十五入大学之年也。历观两汉,束脩二字,并如此用。"洪亮吉与卢文弨论束脩书曰:"凡经传束脩束脯及束牲束矢等,皆须束缚,此本训也。因束缚又通为检束之束,故史传又言束身束心,此通借也。说文肉部:'脩,脯也;修,饰也。'皆本训,取修正之义以训脩则可。后汉书言束脩者,不一而足,盖亦如古人所云束发立名节等耳。"扬案:后汉书卓茂传:"光武帝下诏曰:'前密令卓茂,束身自脩。'"阮籍大人先生传曰:"束身脩行,日慎一日。"皆用检束脩饰之义也。毛诗传:"玷,缺也。"

〔三八〕司马相如美人赋:"信誓旦旦,秉志不回。""一隅"见前声无哀乐论注〔一二〕。

〔三九〕"于"上,吴钞本原钞有"若"字,又无"不差"二字,墨校改。案原钞更合。

〔四〇〕"折"汉魏别解等书作"于",误也。○后汉书注:"折,难也。"广雅:"遂,竟也。"

〔四一〕此句各本同,案有"来"字,自亦可通,但"求""来"二字相似,"来"字或误衍。○管子明法篇:"下情求不上通谓之塞。"案守人谓守候于己也。

502

〔四二〕司马相如上林赋:"臣之所见,特其小小者耳。"

〔四三〕孟子:"今为所识穷乏者得我而为之。"说文:"振,举救也。"案"赈"与"振"通。论语:"子曰:'见义不为,无勇也。'"易系辞下:"君子见机而作,不俟终日。"

〔四四〕吴钞本原钞作"若人从我有所求欲者",墨校改。案原钞是也,后文云："自非至急，终无求欲。"亦以"求欲"连言。

〔四五〕"拒"吴钞本作"距"，二字通。○孟子："权然后知轻重。"注："权，铨衡也。"

〔四六〕国语晋语："竭力以从事。"注："竭，尽也。"

〔四七〕汉书注："副，称也。"

〔四八〕易系辞上："言行，君子之枢机。"

〔四九〕广雅："了，讫也。"

〔五〇〕文选注："权犹苟且也。"

〔五一〕"后"上，吴钞本原钞有"已"字，墨校删。

〔五二〕吴钞本原钞夺此三字，墨校补。

〔五三〕汉书注："阙，谓过失也。"

〔五四〕吴钞本作"坐中所言"，是也。

〔五五〕曹植与杨德祖书："足下高视于上京。"

〔五六〕论语："非礼勿言，非礼勿动。"礼记学记篇："皮弁祭菜，示敬道也。"论语："言寡尤，行寡悔，禄在其中矣。"

〔五七〕案"变"借为"辩"。广雅："辩，变也。"

〔五八〕吴钞本"预"作"豫"，又原钞"豫"下有"之"字，墨校删。

〔五九〕"非"上，吴钞本原钞有"是"字，墨校删。案原钞是也，"是非"承上"得失"而言，下文亦以"是非"对举。○文选注："行，犹且也。"

〔六〇〕案论议谓言他人是非也。后汉书马援传："书诫兄子严敦曰：'好议论人长短，妄是非正法，此吾所大恶也。'"

〔六一〕"舍"或作"捨"。此句，吴钞本原钞作"便当无何舍去之"，墨校删"无何"二字，又于旁改写"亟"字，太平御览四百九十六引无"亟"字"之"字。案吴钞本原钞是也。○汉书爰盎传："丝能日饮毋何,说王毋反而已。"注:"无何,言更无餘事。"<u>吴仁杰</u>两汉刊误补遗曰:"史记作'日饮无苛',古'苛''何'通。<u>吴王</u>骄日久,又南方卑湿,宜日饮酒而已。其他一切,勿有所问。"<u>洪迈</u>容斋随笔曰:"盖言南方不宜多饮耳,今人多用'无何'字。"

〔六二〕<u>太平御览</u>引无"将"字,误也。<u>御览</u>引由"若会酒坐"句起,至此句止,题作"<u>嵇康太师箴</u>",亦误也。<u>严辑全三国文</u>据此,附于太师箴后,并注云:"此疑是序,未敢定。"又承<u>御览</u>之误。

〔六三〕"党"<u>吴钞本</u>作"傥",汉魏别解作"倘"。案"党"与"傥"通,"倘"俗字。○<u>史记正义</u>曰:"傥,未定之词也。"

〔六四〕"大"字各本同,<u>周校本</u>曰:"疑当作'失'。"○<u>扬</u>案:"大"字是也,谓是非甚著,而我不能裁制也,故下云"仁而无武"。

〔六五〕"於"<u>吴钞本</u>原钞作"二",墨校改,案"二"当为"于"字之误。○<u>左氏宣公四年传</u>:"君子曰:仁而不武,无能达也。"广雅:"武,勇也。"

〔六六〕"当"上,<u>吴钞本</u>原钞有"故"字,墨校删。案有"故"字更合。

〔六七〕"都大"<u>吴钞本</u>、<u>张本</u>作"大都",是也。

〔六八〕"共"<u>吴钞本</u>原钞作"其",墨校改。案"其"字误也。○<u>淮南子道应训</u>:"吾与汗漫期于九垓之外。"注:"汗漫,不可知之也。"

〔六九〕"雖"<u>张本</u>误作"難"。

〔七○〕"可"<u>吴钞本</u>作"何"。

〔七一〕<u>吴钞本</u>原钞无"者"字,墨校补。○<u>楚辞注</u>:"所隐为讳。"

〔七二〕"若"<u>严辑全三国文</u>误作"共",<u>吴钞本</u>无"大"字。案"大"当为"人"字之误,上文即云"以情求来守人"。

〔七三〕"劫"<u>严辑全三国文</u>误作"却"。○<u>淮南子注</u>:"劫,迫也。"

〔七四〕"挽"各本并作"撋"。读书续记曰："明本'撋'作'挽',是。"○集韵："撋,旁掣也。"

〔七五〕周礼地官族师："五家为比。"又地官遂人："五家为邻。""庶几"见前养生论注〔九一〕。论衡超奇篇："非庶几之才,不能成也。"案六朝常语,亦以庶几为贤才之称。

〔七六〕广雅："裕,宽也。"

〔七七〕"让"吴钞本作"议",皕宋楼钞本有校语云："各本'让',是也。"

〔七八〕后汉书孔融传："融,字文举,鲁国人。山阳张俭与融兄褒有旧,亡抵于褒,不遇。时融年十六,见其有窘色,谓曰:'兄虽不在,吾独不能为君主耶?'因留舍之。后事泄,国相以下密就掩捕,俭得脱走,遂并收褒、融送狱。二人未知所坐。融曰:'保纳舍藏者,融也,当坐之。'褒曰:'彼来求我,非弟之过,请甘其罪。'诏书竟坐褒焉。融由是显名。"

〔七九〕案谓强知人之所知者也。

〔八〇〕案"忌人"即谓忌我也,下文"害人"亦同。

〔八一〕公羊桓公二年传："孔父正色而立于朝。"

〔八二〕汉书贡禹传："退伪薄之物。"

〔八三〕"一"上,吴钞本有"及"字。

〔八四〕"以"上,吴钞本有"是"字,是也。

〔八五〕吴钞本原钞无"者何哉"三字,墨校补。案无此三字自通。

〔八六〕"泄"吴钞本作"洩",二字同。

〔八七〕"者"上,吴钞本有"重"字。

〔八八〕"人"上,吴钞本有"友"字。○广雅："蚩,轻也。"

〔八九〕说文："共,同也。"

〔九〇〕"而"字,三续古文奇赏误作"夭"。吴钞本"而"作"亦","水"作

"求"。《读书续记》曰:"明本'亦'作'而','求'作'冰',均讹。"
○扬案:就文义言,"亦"字为长,"求"字则钞者之讹也。"冰
矜"乃六朝常语也。世说新语规箴篇:"郗太尉临还镇,故命驾
诣王丞相,便言方当乖别,必欲言其所见。意满口重,辞殊不
流。王公摄其次曰:'后面未期,亦欲尽所怀,愿公勿复谈。'郗
遂大瞋冰矜而出,不得一言。"今本世说"矜"讹作"衿"。"冰"
即古"凝"字。庄子在宥篇:"其寒凝冰。"蔡邕蝉赋曰:"体枯燥
以冰凝。"此以二字连用者。张衡思玄赋:"鱼矜鳞而并凌兮。"
文选李善注:"矜,寒貌。"冰矜即凝寒也。或作"冰凌",袁山松
后汉书:"太学谣曰:'天下冰凌朱季陵。'"尔雅:"凌,冰凓也。"
说文:"凌,冰出也。"文选思玄赋旧注:"凌,冰也。"或作"冰
棱",北齐书卢文伟传:"邢子广目二卢云:'询祖有规检祢衡,
思道无冰棱文举。'"文选注:"棱棱,霜气严冬之貌。"后汉书
注:"棱,威也。"棱为威严,亦凌之引申义。或作"凌兢",扬雄
甘泉赋:"驰闾阖而入凌兢。"文选注:"服虔曰:'凌兢,恐惧貌
也。'"汉书注:"师古曰:'入凌兢者,亦寒凉战栗之处也。'"
"兢"与"矜"同音通用。诗小旻曰:"战战兢兢,如履薄冰。"左
氏宣公十六年传引作"矜矜"。后汉书光武帝纪注引太公金匮
曰:"舜居人上,矜矜如履薄冰。""冰凝""冰凌""冰棱""冰矜"
"凌兢",皆由寒凉之义,而有凛然之义。故吕氏春秋重己篇:
"觚然充盈,手足矜者,兵革之色也。"注:"矜,严也。"叔夜此
语,谓勿大作凛严,但由小和而至不言也。

〔九一〕案"趋"与"趣"同,汉书注:"趣谓意所向。趋,向也。"此处谓归
于不言也。周校本误以"趋"字连上读。

〔九二〕"久"原作"人",刻板之误也。汪本亦误作"人",馀本并作

"久"。

〔九三〕吴钞本无"所"字。案此谓非己所监临者也,有"所"字更合。○汉书刑法志:"张汤赵禹之属,条定法令,作见知故纵、监临部主之法。"

〔九四〕庄子大宗师篇:"孰能相与于无相与?"释文:"与,犹亲也。""宜适"见前注〔三六〕。案此谓我非彼之长官,又彼此交谊如恒,无何种嫌疑须引避也。

〔九五〕淮南子氾论训:"霤水足以溢壶榼。"说文:"榼,酒器也。"

〔九六〕焦竑笔乘曰:"古自有指脯赘为束脩者,檀弓:'束脩之问不出境。'穀梁:'束脩之肉,不行境中。'是也。"扬案:礼记少仪篇:"其以乘壶酒、束脩、一犬赐人。"正义曰:"束脩,十脡脯也。"

〔九七〕"人道"见前与山巨源绝交书注〔九六〕。国策注:"逆,拒也。"

〔九八〕案"穆"与"睦"同。左氏定公四年传:"昔周公相王室,以尹天下,于周为睦。"注:"睦,亲厚也。"此处谓通家亲厚者也。

〔九九〕"匹"吴钞本作"疋"。案"疋"字俗借为"匹"也。"馈"三续古文奇赏误作"需"。

〔一〇〇〕汉书食货志:"布帛广二尺二寸为幅,长四丈为匹。"周礼注:"致物于人,通行曰馈。"毛诗笺:"服谓冠弁衣裳也。"

〔一〇一〕案谓以馈赠自竭也。

〔一〇二〕"鬻"吴钞本原钞作"损",墨校改。○汉书注:"鬻,卖也。"左氏文公二年传:"寡君愿徼福于周公鲁公。"注:"徼,要也。"

〔一〇三〕"甘"四库本作"共"。

〔一〇四〕文津本无"大"字。

〔一〇五〕"又"上,吴钞本无空格,文津本注阙字,馀本并空,惟汉魏别解及汉魏名文乘有"被酒必大伤志虑"七字。"愦"吴钞本作"慎",三续古文奇赏作"愦"。周校本曰:"各本讹'愦'。"读书续记曰:"明本'慎'作'愦',讹。"○扬案:如汉魏别解,则于"伤"字"愦"字绝句,谓大伤其体,而志虑又愦,惟其如此,故不须劝酒也。"愦"字即"愦"字之讹。"慎"字亦涉下而讹。如作"慎"字,则连下为读,然如汉魏别解,则"志虑"可云"愦",不可云"伤","虑"字既不能绝句,且"又"字亦无所承,此处必别为七字方可。○说文:"愦,乱也。"

〔一〇六〕"又"下六字,程本、汪本并空。"搂"吴钞本作"楼"。周树人曰:"各本讹'搂'。"○扬案:二字自通。○"离搂"见前答释难宅无吉凶摄生论注〔九〇〕。

〔一〇七〕"辄"或作"辄"。案"为"字当衍。

〔一〇八〕"诮"严辑全三国文作"请"。此句,吴钞本作"勿稍逆也",墨校改补,令同此本。马叙伦曰:"作'请'亦通。"○扬案:"稍"字更合,"诮""请"义皆迂曲。

〔一〇九〕"薰薰"吴钞本作"熏熏",案二字通。○诗凫鹥:"公尸来止熏熏。"毛传:"熏熏,和说也。"张衡东京赋:"具醉熏熏。"薛综注:"熏熏,和悦貌。"

〔一一〇〕"裁"吴钞本原钞作"财",墨校改。案"财"与"裁"通。○广雅:"裁,制也。"

钟惺曰:"赵母嫁女,敕之曰:'慎勿为好。'女曰:'不为好,将为恶耶?'母曰:'好尚不可为,况恶乎?'以此知历世之难矣。薛道衡之造语精微,嵇中散之行己峭洁,此则何罪而见杀,特非以为妙耶? 观此揣摩绝工,又不徒矜肆凌物者,读之能不爽然？"_{汉魏别解引（汉魏名文乘作陈明卿）}。

张溥曰："嵇中散任诞魏朝，独家戒恭谨，教子以礼。"_{百三}
家集颜光禄集序。

附　录

佚　文 <small>各书所引，句有多寡，字亦或殊，今分别录之。</small>

游仙诗

翩翩凤辖，逢此网罗。<small>韦绚刘宾客嘉话录。○太平广记四百引续齐谐</small>

<small>记。</small>

琴　赞

昔在黄、农，神物以臻。穆穆重华，五弦始兴。闲邪纳正，

感物悟灵。宣和养气，介乃遐龄。<small>陈本北堂书钞一百九乐部"琴</small>

<small>神物以臻"条，又"闲邪纳正"条。○百三家集漏辑此条。</small>

　　昔在黄、农，神物以臻。穆穆重华，<small>大唐类要作"穆仲</small>

<small>重华"，"仲"字误也。</small>记以五弦。<small>"记"大唐类要后条作"纪"。</small>闲

邪纳正，<small>大唐类要此条及后条均作"闲雅约正"，误也。</small>亹亹其

511

僊。"僊"<u>大唐类要</u>后条作"遷",误也。**宣和养气，**<u>大唐类要</u>后条止有"相养气"三字。**介乃遐年。**"介"后条误作"分"。此句，<u>大唐类要</u>两条均作"分乃延年"。○<u>孔广陶</u>校刻本<u>北堂书钞</u>。

闲邪纳正，宣和养素。<u>初学记</u>十六乐部下"琴纳正禁邪"条。○<u>白帖</u>十八但引"闲邪纳正"句。

穆穆重华，托心五弦。宣和养气，介乃遐年。<u>初学记</u>十六下乐部"琴养气怡心"条。○原引误作<u>嵇康琴赋</u>。

惟彼雅器，<u>孔</u>本作"懿吾雅气"，<u>大唐类要</u>"懿"作"彭"，均误也。**载璞灵山。**"璞"<u>严</u>辑<u>全三国文</u>作"樸"。**体其德真，**"其"<u>严</u>辑<u>全三国文</u>作"具"，<u>周树人嵇康集逸文</u>同。**清和自然。**"清"<u>大唐类要</u>作"情"，<u>严</u>辑<u>全三国文</u>同，误也。**澡以春雪，**<u>大唐类要</u>脱"雪"字。**澹若洞泉。温乎其仁，玉润外鲜。**<u>陈</u>本<u>北堂书钞</u>一百九乐部"载灵山"条。

酒　赋

重酎至清，"酎"<u>大唐类要</u>作"酒"，误也。**渊凝冰洁。**"冰"<u>大唐类要</u>作"水"。<u>孔</u>本此条标目作"洁"，引文作"结"。**滋液兼备，**"兼"<u>严</u>辑<u>全三国文</u>改作"全"。**芬菲澄澈。**"澄澈"二字，<u>孔</u>本止作空格，<u>大唐类要</u>亦阙。○<u>北堂书钞</u>一百四十八酒食部"酒渊凝冰洁"条。○案书钞下文"浮蚁萍连醪华鳞设"条注云："<u>嵇含酒赋</u>。"与此条之文，似即同篇。<u>晋书嵇含传</u>云："好学，能属文。"此赋，或为<u>含</u>作也。<u>叔夜</u>谓<u>阮嗣宗</u>饮酒过差，又家诫云："见醉薰薰便止，慎不当困醉不能自裁。"<u>叔夜</u>未必即不赋酒，然<u>叔夜</u>之不嗜酒，则可知耳。

白首赋

文选谢惠连秋怀诗，李善注云："嵇康有白首赋"。未引原文。○案艺文类聚十七引晋嵇含白首赋序，审其辞致，与晋书含传所载庄周图赞为近，梅鼎祚西晋文纪亦收入嵇含文中。

言不尽意论

见玉海。○案西晋欧阳建又作言尽意论，世说新语文学篇注及艺文类聚十九引其文。

北堂书钞卷一百引嵇康集云："康著游山九吟，魏明帝异其文词，问左右曰：'斯人安在？吾欲擢之。'遂起家为浔阳长。"吴士鉴晋书斠注曰："案本传不言为浔阳长，当在拜中散之前，传从略。"扬案：此条艺海楼钞本大唐类要作李康集，是也。文选运命论注引集林曰："李康字萧远，著游山九吟"云云。类聚十九、御览三百九十二引文士传同，类聚六、御览三十七及三百九十二并引游山吟序。

严可均辑全三国文于嵇康文中，据太平御览八百十四收蚕赋二句，云："食桑而吐丝，前乱而后治。"周先生嵇康集逸文亦从收之。案此乃荀卿赋篇之文，御览此条亦明题苟卿，次条乃引嵇康琴赋二句云：“弦以园客之丝，徽以锺山之玉。”严氏当因次条而误。

宋本艺文类聚八十一引嵇含怀香赋序，太平御览九百八十三亦引之，惟“怀”字作“槐”，别本类聚误题嵇康，张采三国文因以次于琴赋序后，张燮、张溥亦收怀香赋于中散集，且误脱“序”字。严可均据类聚收怀香赋序于嵇康文中，又据御览收槐香赋并序于嵇含文中，其实一也。<small>含措心草木，有宜男花、长生树、朝生暮落树等赋，此怀香赋，当为含作无疑。</small>

初学记二十七引嵇含菊花铭六句，艺文类聚八十一引四句略同，古诗类苑载此铭亦题嵇含，太平御览九百九十六引四句，首二句与初学记同，而误题嵇康，严可均收入嵇含文中，不误，惟合两条为一，则仍以意为之也。

艺文类聚三十六引晋卢播<small>“卢”字原误作“虑”。</small>阮籍铭二十句，刘节广文选、陈仁锡古文奇赏、李宾八代文钞等，皆载叔夜撰魏散骑常侍步兵校尉东平太守碑，微有异同，篇末韵语，即类聚所引阮籍铭，杨慎丹铅杂录“广文选”条云：“阮步兵碑，乃东平太守嵇叔良撰，而妄作叔夜，不知叔夜之死，先于阮也。”邓伯羔艺彀、田艺蘅留青日札亦同此言，而皆不云所据。张采三国文即改题嵇叔良，严可均全三国文据杨氏之说，收此碑于嵇叔良文中，且改碑名为魏散骑常侍步兵校尉东平相阮嗣宗碑，又据类聚收阮籍铭于卢播文中，叔良与播，不知孰为是也。此碑杨慎金石古文亦收之，函海本仍题嵇叔夜。

慧琳一切经音义八十引嵇康瑟赋云："不喧哗而流漫。"案初学记十六、御览五百七十九引风俗通云："大声不喧哗而流漫，小声不湮灭而不闻。"文选啸赋注引琴道同，惟"喧"字作"震"，今本风俗通义"喧哗"作"哗人"。

严辑全三国文有叔夜灯铭云："肃肃宵征，造我友庐。光灯吐耀，华幔长舒。"不著出处。案此叔夜杂诗也，严氏误。

太平御览四百九十六引嵇康太师箴云："若会酒坐，见人争语，其形势似欲转盛，便当舍去，此斗之兆也。"案此乃叔夜家诫之文，御览误题，严辑全三国文据以附于太师箴后，且注云："此疑是序，未敢定。"又承御览之误矣。

明刘士璘古今文致有剔牙松歌，题名嵇康，其词鄙陋，不知何人之作。后更附王阳明评语，当亦伪托也。

目　录

三国魏志王粲传注及太平御览六百九十六引题作"目录"，世说新语注及御览别卷引又题作"序"，各书引文亦略殊，今并录之。旧注亦随附焉。

康集目录曰："登字公和，不知何许人，无家属，于汲县北山土窟中得之，夏则编草为裳，冬则被发自覆，好读易鼓琴，见者皆亲乐之。每所止家，辄给其衣服饮食，得无辞让。"_{魏志王粲传注。}○案雍正河南通志古迹门彰德府下云："晋孙登石室，在府城西南四十八里，仙人涧南。"

康集叙曰："嵇康字叔夜，谯国铚人。"_{世说新语德行注。}

康集序曰："孙登者，不知何许人，无家，于汲郡北山土窟住，夏则编草为裳，冬则被发自覆，好读易，鼓一弦琴，见者皆亲乐之。"_{世说新语栖逸注。}

晋嵇康集序曰："孙登于汲郡北山土窟中住，夏则编草为裳，冬则被发自覆。"_{太平御览二十七。}

嵇康集目录曰："孙登字公和，于汲郡北山中为土窟，夏则编草为裳，冬则以发自覆。"_{太平御览百九十六。}

嵇康集序曰："孙登夏尝编蒲为裳，冬披发自覆。"_{太平御览九百九十九。}

嵇康文集录注曰："河内山嵚守颍川，山公族父。"_{文选与山巨源绝交书注。}

嵇康文集录注曰："阿都、吕仲悌，东平人也。"_{同上。}

著录考

隋书经籍志

魏中散大夫**嵇康**集十三卷。梁十五卷,录一卷。

唐书经籍志

嵇康集十五卷。

新唐书艺文志

嵇康集十五卷。

宋史艺文志

嵇康集十卷。

崇文总目

嵇康集十卷。

郑樵通志艺文略

魏中散大夫**嵇康**集十五卷。

晁公武郡斋读书志

嵇康集十卷。

右魏嵇康叔夜也，谯国人。康美词气，有风仪，不事藻饰，学不师受，衢州本作"受"，袁本作"授"。博览该通。长好老、庄，属文玄远。以魏宗室婚，拜中散大夫。景元初，锺会谮于晋文帝，遇害。

尤袤遂初堂书目

嵇康集。

陈振孙直斋书录解题

嵇中散集十卷。

> 魏中散大夫谯嵇康叔夜撰。本姓奚，自会稽徙谯之铚县嵇山，家其侧，遂氏焉。取稽字之上，志其本也。扬案：陈氏原注云："案晋书本传：'铚县有嵇山，家于其侧，因而命氏。'此云'取稽字之上'，盖以'嵇'与'稽'字体相近，为不忘会稽之意，文献通考作'取嵇'，误也。"所著文论六七万言，今存于世者仅如此。唐志犹有十五卷。

马端临文献通考经籍考

嵇康集十卷。扬案：此下全引晁氏读书志、陈氏解题，并已见上。

杨士奇文渊阁书目

嵇康文集。一部一册，阙。

叶盛菉竹堂书目

嵇康文集一册。

焦竑国史经籍志

嵇康集十五卷。

赵琦美脉望馆书目扬案:琦美号清常道人,钱曾读书敏求记云:"清常没,其书尽归牧翁。"

嵇中散集二本。

祁承㸁澹生堂书目

嵇中散集三册。十卷。嵇康。嵇中散集一册。一卷。

高儒百川书志

嵇中散集十卷。

魏中散大夫谯人嵇康叔夜撰。诗四十七,赋三,文十五,附四。

钱谦益绛云楼书目扬案:此即赵琦美脉望馆藏书。

嵇中散集二册。

钱曾述古堂藏书目

嵇中散集十卷。

四库全书总目提要

嵇中散集十卷。_{两江总督采进本。}

旧本题晋嵇康撰。案康为司马昭所害时，"当涂"之祚未终，则康当为魏人，不当为晋人，晋书立传，实房乔等之舛误；本集因而题之，非也。隋书经籍志载康文集十五卷，新旧唐书并同，郑樵通志略所载卷数尚合，至陈振孙书录解题，则已作十卷，且称："康所作文论六七万言，其存于世者仅如此。"则宋时已无全本矣。疑郑樵所载，亦因仍旧史之文，未必真见十五卷之本也。王楙野客丛书云："嵇康传曰：'康喜谈名理，能属文，撰高士传赞，作太师箴，_{扬案："师"字刻本误作"史"。}声无哀乐论。'余_{扬案："余"字野客丛书作"仆"。}得毗陵贺方回家所藏缮写嵇康集十卷，有诗六十八首，今文选所载才三数首，_{扬案："载"下，野客丛书有"康诗"二字。}选惟载康与山巨源绝交书一首，不知又有与吕长悌绝交一首，选惟载养生论一篇，不知又有与向子期论养生难答一篇，四千馀言，辨论甚悉。集又有宅无吉凶摄生论难上中下三篇，难张辽自然好学论一首，_{扬案："张"下，野客丛书有"叔"字。}管蔡论、释私论、明胆论等文。_{扬案：此}

下,野客丛书有"其词旨玄远,率根于理,读之可想见当时之风致"十九字。崇文总目谓嵇康集十卷,正此本尔。唐艺文志谓嵇康集十五卷,不知五卷谓何。"观槑所言,则樵之妄载确矣。此本凡诗四十七篇,赋一篇,杂著二篇,论九篇,箴一篇,家诫一篇,而杂著中嵇荀录一篇,有录无书,实共诗文六十二篇,又非宋本之旧,盖明嘉靖乙酉吴县黄省曾重辑也。杨慎丹铅总录尝辨阮籍卒于康后,而世传籍碑为康作。此本不载此碑,则其考核,犹为精审矣。

四库全书简明目录

嵇中散集十卷。

> 魏嵇康撰。晋书为康立传,旧本因题曰晋者,缪也。其集散佚,至宋仅存十卷。此本为明黄省曾所编,虽卷数与宋本同,然王槑野客丛书称康诗六十八首,此本仅诗四十二首,合杂文仅六十二首,则又多所散佚矣。

孙星衍平津馆鉴藏记

嵇中散集十卷。

> 每卷目录在前,前有嘉靖乙酉黄省曾序,称"校次瑶编,汇为十卷",疑此本为黄氏所定。然考王槑野客丛书,已称得毗陵贺方回家所藏缮写十卷本,又诗六

十六首,与王楙所见本同,此本即从宋本翻雕,黄氏序文,特夸言之耳。每叶廿二行,行廿字,板心下方有"南星精舍"四字,收藏有"世业堂印"白文方印,"绣翰斋"朱文长圆印。

洪颐煊读书丛录

嵇中散集十卷。

每卷目录在前。前有嘉靖乙酉黄省曾序。三国志邴原传裴松之注:"张貔,父邈,字叔辽,自然好学论在嵇康集。"今本亦有此篇。又诗六十六首,与王楙野客丛书本同,是从宋本翻雕。每叶廿二行,行廿字。

钱泰吉曝书杂记

平湖家梦庐翁天树,笃嗜古籍,尝于张氏爱日精庐藏书志眉间,记其所见,犹随斋批注书录解题也。余曾手钞。翁下世已有年,平生所见,当不止此,录之以见梗概。嵇中散集,余昔有明初钞本,即解题所载本。多诗文数首,此或即明黄省曾所集之本欤?

莫友芝邵亭知见传本书目

嵇中散集十卷。

魏嵇康撰。明嘉靖乙酉黄省曾仿宋本。每叶二

十二行,行二十字,板心有"南星精舍"四字。程荣校
刻本。汪士贤本。百三名家集本一卷。静持室有顾
沅以吴匏庵钞本校于汪本上。

朱学勤结一庐书目

嵇中散集十卷。计一本。魏嵇康撰。明嘉靖四年黄氏仿宋刊本。

陆心源皕宋楼藏书志

嵇康集十卷。旧钞本。

晋嵇康撰。扬案:原书此下全录丛书堂钞本顾氏一跋,黄氏
三跋,及妙道人跋,详见后。

案魏中散大夫嵇康集,隋志十三卷,注云:"梁有
十五卷,录一卷。"新旧唐志并作十五卷,疑非其实。
宋志及晁陈两家并十卷,则所佚又多矣。今世所通行
者,惟明刻二本:一为黄省曾校刊本,一为张溥百三家
集本。张本增多怀香赋一首,及原宪等赞六首,而不
附赠答论难诸原作,其馀大略相同,然脱误并甚,几不
可读。昔年曾互勘一过,而稍以文选、类聚诸书参校
之,终未尽善。此本从明吴匏庵丛书堂钞宋本过录,
其传钞之误,吴君志忠已据钞宋原本校正,今朱笔改
者是也。余以明刊本校之,知明本脱落甚多,答难养
生论"不殊于榆柳也"下脱"然松柏之生,各以良殖遂
性,若养松于灰壤"三句,声无哀乐论"人情以躁静"下

脱"专散为应,譬犹游观于都肆,则目滥而情放,留察于曲度,则思静"二十五字,明胆论"夫惟至"下脱"明能无所惑至胆"七字,答释难宅无吉凶摄生论"为卜无所益也"下脱"若得无恙为相败于卜,何云成相耶"二句,"未若所不知"下脱"者众,此较通世之常滞,然智所不知"十四字,"及不可以妄求也"脱"以"字,误"求"为"论",遂至不成文义。其馀单辞只句,足以校补误字缺文者,不可条举。书贵旧钞,良有以也。

江标丰顺丁氏持静斋书目

嵇中散集十卷。

明汪士贤刊本。康熙间前辈以吴匏庵手钞本详校,后经藏汪伯子、张燕昌、鲍渌饮、黄荛圃、顾湘舟诸家。

缪荃孙学部图书馆善本书目

嵇中散集十卷。

魏嵇康撰。明吴匏庵丛书堂钞本,格心有"丛书堂"三字。有"陈贞莲书画记"朱方格界格方印。

姚振宗隋书经籍志考证

魏中散大夫嵇康集十三卷,梁十五卷,录一卷。

嵇康有左氏传音,见经部春秋家。

魏志王粲附传注："魏氏春秋曰……"扬案：此下引文，已别见，今略。

晋书本传。下略。

锺嵘诗品曰。下略。

文心雕龙明诗篇曰。下略。

唐书经籍、艺文志："嵇康集十五卷。"案此十五卷，或并左传音、圣贤高士传、嵇荀录及他家赠答诗文，合为一编者。

崇文总目："嵇康集十卷。"宋史志同。

晁氏读书志："嵇康集十卷。"下略。

陈氏书录曰："嵇中散集十卷。"下略。

冯氏诗纪曰："山涛为吏部，举康自代，康答书，言不堪流俗，非薄汤武，大将军司马昭闻之而怒，景元三年，以锺会谮杀之。今存秋胡行七首，幽愤诗一首，赠秀才入军十九首，酒会诗七首，杂诗一首，答二郭三首，与阮德如一首，游仙诗一首，述志诗二首，六言十首，思亲诗一首，以上凡五十三首，百三家集作五十四首。又嵇喜答嵇康四首，郭遐周赠嵇康三首，郭遐叔赠五首，阮德如答二首。"合前，正符宋本六十八首之数，其相传本集所有如此也。

张氏百三家集，嵇中散集一卷，凡赋、书、设难、论、赞、箴、诫二十二篇，乐府、诗五十四篇。

四库提要曰。下略。

汪氏文选撰人篇目："晋嵇叔夜康，有琴赋、幽愤诗、赠秀才入军诗、杂诗一首、与山巨源书、养生论。"
又文选注引书目有嵇康文集录。

　　严氏全三国文编曰:"康字叔夜,谯国铚人,尚魏宗室长乐亭主,除郎中,拜中散大夫。景元二年以答山涛书忤司马昭,寻坐吕安事诛。有集十五卷。"

序　跋

黄省曾嵇中散集序_{郑贤辑古今人物论,亦载此篇,}

今并取校。

　　嵇子叔夜,生焉无辰。挺倪、缺之天逸,而游于秽氛之季;抱卷、(册)〔州〕之夸节,“册”张燮本、四库本及古今人物论作“州”,是也。卷谓善卷,州谓子州支父。而遭夫酷网之朝。龙章孔姿,意气薄日月之表;珥言玮撰,思灵迈区合之涯。形厲寰间,“形”古今人物论作“数”。神栖皇古。以涂匮寡欢,故泽和于琴绮;以都井喧鄙,故缀宅于山阳。以产务不足综,故寻炼乎九鼎;以俗子不足侣,故开襟于七贤。耻爵组之竞驰,故表传乎高士;卑天位之窃履,故托箴乎太(史)〔师〕。“史”程本、汪本、张燮本、四库本及古今人物论作“师”,是也。揆厥玉度,盖欲猎华缨于伏、轩之署而调管籥,乘绿车于尧、虞之庭而览凤皇者也。“皇”或作“凰”。观其绪辞,若曰:圣人不得已而临天下,以万物为心,穆然以无事为业,坦尔以天下为公,飨万国如素士,服绣衮若布衣。故君臣相忘于上,蒸民家足于下,岂劝百姓之尊己,割天下以自私,以富贵为崇高,心欲之而不已哉?可谓曲尽南面宰宥之方矣!呜呼!鸟图之感,昔缅想于仲尼;“仲”程本、汪本、张燮本、四库本及古今人物论作“宣”。矸烂之歌,尝绵哀于宁戚,“宁”或作“甯”。淳源莫返,良匪一朝。叔夜志既高独,而复遭魏、晋奸雄弥宇,豺虺盈途，无怪其洁躬于紫鼗，而远害于青冥也。惜哉！非薄汤、武，中马昭之祸心；散发倨锻，致锺会之贝瀸。由是无罪无辜，歼此哲士，虽请师救赎，三千子衿，痛惜士绅，接于海□，张燮本及古今人物论作"接于海内"，无空格。而广陵妙响，终绝于东市矣。忍哉司柄，张燮本及古今人物论作"忍哉相国"。垂恶无穷。呜呼！此蓬蒿之间，固非神鹏之可集；污常之渎，夫岂大鲲之所旋。徙必重霄，避宜瀛嶠。"避"古今人物论作"逊"，"嶠"各本作"嶠"。户农所以席海而不返，"户"古今人物论作"石"。老莱所以投畚而不顾也。无道则隐，洗训（末）〔未〕图，"末"张燮本、四库本及古今人物论作"未"，是也。危行言逊，时机罔觉，性烈才隽，登戒勿思，"勿"程本、汪本、张燮本、四库本及古今人物论作"弗"。意远防疏，古今人物论作"意远功疏"。秀规莫省，学炳名光，贲迹不远，叔夜不能免其尤矣。鳅生抱遗文于驹谷，珍览靡厌；结遐悲于异代，叹息弥深。故每三复其糟粕，诗长托谕，播兴超峻，文擅理辨，"文"原作"之"，刻板之误，各本并作"文"。纬体绵密，片言小属，无非素衷玄致奥膈之所存也。苟欲考竹林之秀矩，"矩"原作"短"，刻板之误，各本并作"矩"。攀柳阿之清蹈者，不有斯述，何以披遡？故乃校次瑶编，汇为十卷，刻之斋中，俾高士芳规，得流耀于来嗣耳。

嘉靖乙酉冬十月三日五岳山人汝南黄省曾撰。

陈德文嵇中散集序 _{文载古今人物论中。}

康与山涛书，不愿为吏部郎。夫中散大夫非仕耶？危邦不入，哲士炳几；无道而潜，威凤俭德。危行逊言，至人之遗矩；讦恶为直，贤达之流箴。康龙章凤姿，高标峻格，究其所由立己，殆难免于衰时矣。矧渊然文藻，焕矣范型，昧薄禄而不藏，履畏途而多遂，假令无证吕安，弗逆锺会，而青蝇不集，贝锦绝张，有兹理乎？是故君子有明哲之智，而后能周身；有曲裁之仁，而后能泽物；有负凭之勇，而后能无名。呜呼！巢父长揖于轩、尧，而子陵抗颜于世祖，有以也。或曰：康诋晋将以忠魏，拒涛特以秉贞尔。夫景元之间，芳废而髦殒，诞死而俭亡，"当涂"之为司马，事亦皎然。管幼安处若冥鸿，孙公和栖如翳凤，人固难以拘束，谁复得而缴矰哉！恶垢而立蒙尘，去湿而居污下，才多识寡，不免何疑。虽然，峻洁绝俗之怀，清醇大雅之器，太上三次，永存琬琰之音；东市七弦，未绝轸徽之奏，展其刻集，尚可羹墙。王祥、何曾，一时名胜，崇阶腼仕，万古凄其，康也视之，殆大鹏羞尺鷃，黄鹄悲腐鼠也夫！

529

张溥嵇中散集题辞

嵇辞清峻，阮旨遥深，两家诗文定论也。叔夜著文论六七万言，唐志犹有十五卷，今存者仅若此，殆百一耳。然视建安诸子，篇章凋落，斯又岿然大部矣。家诫小心笃诲，酒坐语言，兢兢集木，独以柳下踞锻，傲睨锺会，竟遭潜死。东汉马文渊诫其兄子效龙伯高，毋效杜季良，足称至慎，善保家门。而薏苡一车，妻孥草索，怨谤之来，非人所意。凡性不近物者，勉为抑损，终与物乖，中散绝交巨源，非恶山公，于当世人士，诚不耐也。书中自叙蓬首垢面，懒癖入真，阮嗣宗口不臧否，亦心知师之，卒不能学。人实不宜仕宦，强衣被之，适速死耳。集中大文，诸论为高，讽养生而达庄、老之旨，辩管、蔡而知周公之心，其时役役司马门下者，非惟不能作，亦不能读也。范升系狱，杨政肉袒道旁，哀泣请命，明主立释。叔夜将刑东市，太学生三千人求为师不许，抱卧龙之姿，缨僭臣之忌，其死也，正以此耳。赠兄诗云："虽曰幽深，岂无颠沛。"幽愤诗云："繄此幽阻，实耻讼冤。"夫人身隐矣，而祸犹随之，祸至而复不欲与直也，不死安归乎！广陵散绝，弊在用光，锺士季、吕长悌兽睡耳，岂能杀叔夜者哉。

吴宽丛书堂钞本跋

中散集十卷，吴匏庵先生家钞本。卷中讹误之字，皆先生亲手改定。自板本盛而人始不复写书，即有书不知校雠，与无书等，只供蠹损浥烂耳。观前贤于书籍用心不苟如此，又可凭以证他本之失也。庚子六月入伏日，记于顾南原之味道轩。

乾隆戊子冬日，得于吴门汪伯子家。张燕昌。

六朝人集，存者寥寥，苟非善本，虽有如无。此嵇康集十卷，为丛书堂钞本，且匏庵手自雠校，尤足宝贵。历览诸家书目，无此集宋刻，则旧钞为尚矣。余得此于知不足斋，渌饮年老患病，思以去书为买参之资。去冬曾作札往询其旧藏残本元朝秘史，今果寄余，并以此集及元刻契丹国志、活字本范石湖集为副，余赠之番饼四十枚。闲窗展玩，因记数语于此。观张芑塘征君跋，知此书旧出吴门，而时隔卅九年，又归故土，物之聚散，可惧可喜。特未知汪伯子为谁何耳。嘉庆丙寅寒食日，晨雨小润，夜风息狂。荛翁书。

四月望后一日，香严周丈借此校黄省曾本，云是本胜于黄刻多矣。余家亦有黄刻，暇日当取校也。前不知汪伯子为谁何，今从他处记载，知其人乃浙籍而寄居吴门者，家饶富，喜收藏骨董。郡先辈如李克山、惠松崖皆尝馆其家，则又好文墨者也。是书之出于其家固宜。后人式微，物多散佚，可慨已。然使后人得其物而思其人，俾知爱素好古，昔有其人，犹胜于良田美产，转徙他室，数十百年后，名字翳如，不更转悲为喜乎！伯子号念贻云。余友朱秋崖，乃其内侄也，故稔知之。荛翁又记。

是书余用别本手校，副本备阅，于丁卯岁为旧时西宾顾某借去，久假不归，遂致案头无副，殊为可惜。顷因启厨见此，复跋数语，俾知此本外，尚有余校本留于他所也。癸酉五月廿有六日，复翁记。其去得书之日，已八阅岁矣。

陆心源皕宋楼钞本跋

余向年知王雨楼表兄家藏嵇中散集，乃丛书堂校宋钞本，为藏书家所珍祕，从士礼居转归雨楼。今乙未冬，向雨楼索观，并出录副本见示，互校，稍有讹脱，悉为更正，朱改原字上者，抄人所误，标于上方者，已意所随正也。还书之日，附志于此。道光十五年十一月初九日，妙道人书。扬案：吴县吴志忠，字有堂，别号妙道人。

魏中散大夫嵇康集，隋志十三卷，注云："梁有十五卷，录一卷。"新旧唐志并作十五卷，疑非其实。宋志及晁陈两家并十卷，则所佚又多矣。今世所通行者，惟明刻二本：一为黄省曾校刊本，一为张溥百三家集本。张本增多怀香赋一首，及原宪等赞六首，而不附赠答论难诸原作，其馀大略相同。然脱误并甚，几不可读。昔年曾互勘一过，而稍以文选、类聚诸书参校之，终未尽善。今郡学王雨楼先生出示此本，属为諟正。案此本从明吴匏庵丛书堂钞宋本过录，其传钞之误，吴君志忠已据钞宋原本校正，今朱笔改者是也。余读之，见今本所脱漏者，如"然松柏之生，各以良殖遂性，若养松于灰壤"，答难养生论。今本脱此三句。"而人情以躁静专散为应，譬犹游观于都肆，则目滥而情放，留察于曲度，则思静而容端"，声无哀乐论。今本脱"专散"至"思静"二十五字。"夫惟至明能无所惑，至胆能无所亏"，明胆论。今本脱"明能无所惑至胆"七字。"若得无羡为相败于卜，何云成相耶"，答释难宅无吉凶摄生论。今本脱上二句。
"未若所不知者众，此较通世之常滞，然智所不知，不可以妄求也"，同上。今本脱"者众"至"不知"十四字，及"以"字，又误"求"为"论"之类，遂至不成文义。其馀单辞只句，足以校补误字缺文者，不可条举，爰为之考校如右，而别载其详于群书校补中。张本有赋一首，赞六首，此本及黄本无之，今据以补录。然赋亦仅存其序矣。道光丁未壮月，乌程程庆馀校毕，记于六九斋。扬案：皕宋楼藏书志载此跋，颇有删易，别见著录考。

周树人校本嵇康集序

魏中散大夫嵇康集，在梁有十五卷，录一卷。至隋佚二卷。唐世复出，而失其录。宋以来，乃仅存十卷。郑樵通志所载卷数，与唐不异者，盖转录旧记，非由目见。王楙已尝辨之矣。至于椠刻，宋、元者未尝闻，明则有嘉靖乙酉黄省曾本、汪士贤二十一名家集本，皆十卷。在张溥汉魏六朝百三名家集中者，合为一卷，张燮所刻者，又改为六卷，盖皆从黄本出，而略正其误，并增逸文。张燮本更变乱次第，弥失其旧。惟程荣刻十卷本，较多异文，所据似别一本，然大略仍与他本不甚远。清诸家藏书簿所记，又有明吴宽丛书堂钞本，谓源出宋椠，又经毡庵手校，故虽迻录，校文者亦为珍秘。予幸其书今在京师图书馆，乃亟写得之，更取黄本雠对，知二本根源实同，而互有讹夺。惟此所阙失，得由彼书

533

补正,兼具二长,乃成较胜。旧校亦不知是否真出匏庵手,要之盖不止一人。先为墨校,增删最多,且常灭尽原文,至不可辨;所据又仅刻本,并取彼之讹夺,以改旧钞。后又有朱校二次,亦据刻本,凡先所幸免之字,辄复涂改,使悉从同。盖经朱墨三校,而旧钞之长,且泯绝矣。今此校定,则排摈旧校,力存原文。其为浓墨所灭,不得已而从改本者,则曰:字从旧校,以著可疑。义得两通,而旧校辄改从刻本者,则曰:各本作某,以存其异。既以黄省曾、汪士贤、程荣、张溥、张燮五家刻本比勘讫,复取三国志注,晋书,世说新语注,野客丛书,胡克家翻宋尤袤本文选李善注,及所著考异,宋本文选六臣注,相传唐钞文选集注残本,乐府诗集,古诗纪,及陈禹谟刻本北堂书钞,胡缵宗本艺文类聚,锡山安国刻本初学记,鲍崇城刻本太平御览等所引,著其同异。姚莹所编乾坤正气集中,亦有中散文九卷,无所正定,亦不复道。而严可均全三国文,孙星衍续古文苑所收,则间有勘正之字,因并录存,以备省览。若其集外如此,而刻本已改者,如"愗"为"愆","寤"为"悟";或刻本较此为长,如"遊"为"游","泰"为"太","慾"为"欲","樽"为"尊","殉"为"徇","飭"为"饰","閑"为"闲","蹔"为"暂","脩"为"修","壹"为"一","途"为"涂","返"为"反","捨"为"舍","弦"为"絃";或此较刻本为长,如"饑"为"饥","陵"为"凌","熟"为"孰","玩"为"翫","災"为"灾";或虽异文而俱得通,如"迺"与"乃","丢"与"吝","强"与"彊","于"与"於","无""毋"与"無",其数甚

稽康集校注

534

众，皆不复著，以省烦累。又审旧钞原亦不足十卷，其第一卷有阙叶，第二卷佚前，有人以琴赋足之。第三卷佚后，有人以养生论足之。第九卷当为难宅无吉凶摄生论下，而全佚，则分第六卷中之自然好学论第二篇为第七卷，改第七、第八卷为八、九两卷，以为完书。黄、汪、程三家本皆如此，今亦不改。盖较王楙所见之缮写十卷本卷数无异，而实佚其一卷及两半卷矣。原又有目录在前，然是校者续加，与黄本者相似。今据本文别造一卷代之，并作逸文考、著录考各一卷，附于末。恨学识荒陋，疏失盖多，亦第欲存留旧文，得稍流布焉尔。中华民国十有三年六月十一日。

周树人校本嵇康集跋

右嵇康集十卷，从明吴宽丛书堂钞本写出。原钞颇多讹敓，经二三旧校，已可籀读。校者一用墨笔，补阙及改字最多，然删易任心，每每涂去佳字。旧跋谓出吴匏庵手，殆不然矣。二以朱校一校新，颇谨慎不苟，第所是正，反据俗本。今于原字校佳及义得两通者，仍依原钞，用存其旧。其漫灭不可辨认者，则从校人，可惋惜也。细审此本，似与黄省曾所刻同出一祖，惟黄刻帅意妄改，此本遂得稍稍胜之。然经朱墨校后，则又渐近黄刻。所幸校不甚密，故留遗佳字尚复不少。中散遗文，世间已无更善于此者矣。癸丑十月二十日，周树人镫下记。

535

叶渭清嵇康集校记序

语云："有德者必有言，有言者不必有德。"信矣。夫魏之嵇生，盖才有馀而学不至者也。其情固不忘于用世，而动多悔吝，志不得施，故兴辟世之思，从方外之侣，以养营魄，远网罗耳。终违孙登用光之诚，遂启锺会卧龙之诬。下狱自讼，始慕严郑，惩难思复，庶勖将来，而已晚矣。乡令嵇生早能去其骄志，养其道心，宁复寄游迹于竹林，侈简牍于山、吕，招人所指目，予人以口实耶？惟不闻道，故至于死。此可以为戒，而不可以为训者也。世徒以生好老、庄，论养生，跻生于道家，乃有神仙怪异之说，而不知生劣能尚之而已，老子、庄周，固不如是。吾读生之文，求其为人，近古所谓狂狷，亶恨生不得如琴张、曾皙、牧皮，遇孔子，受裁正耳。阮嗣宗亦生流亚，而特善韬晦，口不论人过，又与司马氏有连，幸免于祸，盖亦危矣。士生乱世，自非至人，含和葆真，固无日而不丽于刑戮，可不惧耶！予端居多暇，爱生文采，尝录有明吴匏庵家钞校本，诗文咸具。又以是集宋刻无存，爰自明刻别本，讫于类书传记所征引，凡是生文，悉加雠校，记其同异，积久遂多。次比之馀，兼述鄙意，因著简首，用代叙篇。非敢云为古人攻错，倘庶几资吾党借镜云尔。中华民国十九年五月二十二日，兰谿叶渭清。

嵇康集校注

苏轼跋嵇叔夜养生论后

　　东坡居士以桑榆之末景，忧患之馀生，而后学道，虽为达者所笑，然犹贤乎已也。以嵇叔夜养生论颇中余病，故手写数本，其一赠罗浮邓錬师。

事　迹

　　家世儒学，少有俊才，旷迈不群，高亮任性，不修名誉，宽简有大量；学不师授，博洽多闻；长而好老、庄之业，恬静无欲。性好服食，常采御上药。善属文论，弹琴咏诗，自足于怀抱之中。以为神仙者，禀之自然，非积学所致。至于导养得理，以尽性命，若安期、彭祖之伦，可以善求而得也，著养生篇。知自厚者，所以丧其所生，其求益者，必失其性。超然独达，遂放世事，纵意于尘埃之表。撰录上古以来圣贤隐逸，遁心遗名者，集为传赞，自混沌至于管宁，凡百一十有九人，盖求之于宇宙之内，而发之乎千载之外者矣。故世人莫得而名焉。嵇喜为嵇康传。○魏志王粲传注、文选养生论注引。○太平御览四百五引王隐晋书曰："兄喜为太仆厩驷，冯陵知其英俊，待以宾友之礼，以状表上。"

　　赵至年十四，入太学观。时先君在学，写石经古文，事讫去，遂随车问先君姓名。先君曰："年少何以问我？"至曰："观君风器非常，故问耳。"先君具告之。至年十五，佯病，数数狂走五里三里，为家追得，又灸身体十数处。年十六，遂亡命，迳至洛阳求索先君，不得。至邺，先君到邺，至具道太学中事，便逐先君归山阳经年。先君尝谓之曰："卿头小而锐，瞳子黑白分明，视瞻停谛，有白起风。"嵇绍赵至叙。○世说新语言语篇注引。○案御览三百六十六引嵇康谓至数语，而题作"赵至自叙"，误也。严可均全晋文因此两收于嵇绍、赵至文中，亦误。○又案严尤三将叙曰:"平原君曰:'渑池之会,臣察武安君,小头而锐,瞳子白黑分明,视瞻不转。'"北堂书钞一百十五引曹植相人论,亦略同。

康长七尺八寸,伟容色,土木形骸,不加饰厉,而龙章凤姿,天质自然,正尔在群形之中,便自知非常之器。嵇康别传。○世说新语容止篇注、文选颜延年五君咏注、初学记十九引。

康性含垢藏瑕,爱恶不争于怀,喜怒不寄于颜。所知王濬冲在襄城,面数百,未尝见其疾声朱颜。此亦方中之美范,人伦之胜业也。同上。○世说新语德行篇注引。

甚矣,史之文胜质也,方其扬槌不顾之时,目中无锺久矣,其爱恶喜怒,为何如者?此虽中散之累,而不足以损中散之高,胡为乎盖之哉?李贽初潭集。

山巨源为吏部郎,迁散骑常侍,举康自代。康辞之,并与山绝。岂不识山之不以一官遇己情邪?亦欲标不屈之节,以杜举者之口耳。乃答涛书,自说不堪流俗而非薄汤、武,大将军闻而恶之。同上。○世说新语栖逸篇注引。

孙登谓康曰:"君性烈而才俊,其能免乎?"同上。○魏志王粲传注引。

临终曰:"袁孝尼尝从吾学广陵散,吾每靳固之不与,广陵散于今绝矣! 就死,命也。"同上。○文选向子期思旧赋注、魏志王粲传注引。

嵇康作养生论,入洛,京师谓之神人。向子期难之,不得屈。孙绰嵇中散传。○文选颜延年五君咏注引。○案隋志:"至人高士传赞二卷,晋廷尉卿孙绰撰。"

嵇叔夜尝采药山泽,遇孙登于共北山,冬以被发自覆,夏则编草为裳,弹一弦琴而五声和。袁宏竹林名士传。〇水经清水注引。〇案世说新语文学篇注曰:"宏以阮嗣宗、嵇叔夜、山巨源、向子期、刘伯伦、阮仲容、王濬冲为竹林名士。晋书文苑传曰:"宏撰竹林名士传三卷。"唐书经籍志:"竹林名士传二卷,袁宏撰。"〇又案诸书所引,又有竹林七贤传,或系题名之异。

王烈服食养性,嵇康甚敬信之,随入山,尝得石髓,柔滑如饴,即自服半,馀半,取以与康,皆凝而为石。同上。〇文选沈休文游沈道士馆诗注。

王烈入山,得石髓,怀之以饷嵇叔夜,叔夜视之,则坚为石矣。当时若杵碎或磨错食之,岂不贤于云母钟乳辈哉?然神仙要有定分,不可力求。退之有言:"我宁诘曲自世间,安能从汝巢神仙?"如退之性气,虽世间人亦不能容;况叔夜婞直,又甚于退之者耶?苏轼志林。

晋人虚无,类多欺诞。予观王烈入山得石髓,怀以饷嵇叔夜,视之,则已为石矣。然抱朴子云:"石中黄子,所在有之,近水之山尤多。在大石中,其石常温润不燥,打石见之,赤黄溶溶,如鸡子之在壳者。便饮之,不尔,则坚凝成石也。"据此,与王烈所谓石髓何异,恐所得者,只是此耳。按仙经:"神山五百年一开,石髓出,饮之者寿,与天地齐。"故东坡因谓:"康使当时杵碎或错磨食之,岂不贤于云母钟乳辈?然神仙要有定分,不可力求也。"晋人固好奇无实,而坡复以仙经为信,无乃一径庭耶?

嵇康字叔夜，与东平吕安，少相知友，每一相思，辄千里命驾。竹林七贤论。○太平御览四百九引。○案隋志："竹林七贤论二卷，晋太子中庶子戴逵撰。"御览卷百三十七亦引有竹林七贤论一条，此卷则共引二条，次条所引，与卷四百四十四及艺文类聚卷二十一所引略同，而类聚题作竹林七贤传，似当从之。圣贤群辅录曰："竹林七贤，袁宏、戴逵为传。"则知戴氏本以传名也。

山涛与阮籍、嵇康皆一面，而契若金兰。涛妻韩氏尝以问涛，涛曰："当年可为友者，唯此二人耳。"妻曰："负羁之妻，亦观狐、赵，意欲一窥之，可乎？"涛曰："可也。"二人至，妻劝涛留之宿，夜穿墉而窥之。涛入，曰："所见何如？"妻曰："君才殊不如也，正当以识度相友。"涛曰："然，伊辈亦尝谓我识度胜。"同上。○太平御览四百四十四引，又略见御览四百九及艺文类聚二十一。○此条御览亦作竹林七贤论，唯类聚作竹林七贤传。

步兵校尉阮籍字嗣宗，中散大夫嵇康字叔夜，并能琴好酒。竹林七贤传。○燉煌出唐写本古类书残卷引。

嵇康临死，顾视日影，索琴弹之，曰："袁孝尼尝从吾学广陵散，吾每惜固不与，广陵散于是绝矣。"同上。○太平御览五百七十九引。

陈留阮籍、谯国嵇康，并高才远识，少有悟其契者。涛初不识，一与相遇，便为神交。袁宏山涛别传。○初学记十八、太平御览四百九引。○案此或即竹林七贤传文。

向秀字子期，少为同郡山涛所知，又与谯国嵇康、东平吕安友善，其趋舍进止，无不毕同，造事营生，业亦不异。常与康偶锻于洛邑，与吕安灌园于山阳，收其馀利，以供酒食之费。或率尔相携，观原野，极游浪之势，亦不计远近，或经日乃归，复修常业。向秀别传。○太平御览四百九、又四百九十七、又八百二十四、世说新语言语篇注、文选颜延年五君咏注引。○案庶斋老学丛谈曰："东坡响簧铰杖，长七尺，重三十两，四十五节，嵇康造。"

秀与嵇康、吕安为友，趣舍不同，嵇康傲世不羁，安放逸迈俗，而秀雅好读书。二子颇以此嗤之。后秀将注庄子，先以告康、安，康、安咸曰："书讵复须注，徒弃人作乐事耳。"及成，以示二子，康曰："尔故复胜不？"安乃惊曰："庄周不死矣。"同上。○世说新语文学篇注引。

嵇康与吕安为友，每一相思，千里命驾。先贤传。○燉煌出唐写本古类书残卷引。○案隋志著录有先贤传多种。

康性绝巧，能锻铁，家有盛柳树，乃激水以圜之，夏天甚清凉，恒居其下傲戏，乃身自锻。家虽贫，有人就锻者，康不受直。唯亲旧以鸡酒往，与共饮啖清言而已。文士传。○世说新语简傲篇注、艺文类聚八十九、太平御览三百八十九、又八百三十三引。○案唐书经籍志："文士传五十卷，张骘撰。"

嘉平中，汲县民共入山中，见一人所居，悬岩百仞，丛林郁茂，而神明甚察。自云："孙姓登名，字公和。"康闻，乃从游，三年，问其所图，终不答，然神谋所存良妙，康每蔺然叹息。将别，谓曰："先生竟无言乎？"登乃曰："子识火乎？生而有光，而不用其光，果然在于用光；人生而有才，而不用其才，果然在于用才。故用光在乎得薪，所以保其曜；用才在乎识物，所以全其年。今子才多识寡，难乎免于今之世矣。子无多求。"康不能用。及遭吕安事,在狱为诗自责云:"昔惭下惠,今愧孙登。"同上。○世说新语栖逸篇注引。

山巨源为吏部郎,欲举嵇康自代,康闻,与之书曰:"譬犹禽鹿,少见驯育,则服教从志。长而见羁,虽饰以金镳,飨以嘉肴,愈思长林而志在丰草。"同上。○太平御览三百五十八引。

吕安罹事,康诣狱以明之。锺会庭论康曰:"今皇道开明,四海风靡,边鄙无诡随之民,街巷无异口之议。而康上不臣天子,下不事王侯,轻时傲世,不为物用,无益于今,有败于俗。昔太公诛华士,孔子诛少正卯,以其负才乱群惑众也。今不诛康,无以清洁王道。"于是录康,闭狱,临死而兄弟亲戚咸与共别,康颜色不变,问其兄曰:"向以琴来不邪?"兄曰:"已来。"康取调之,为太平引,曲成,叹曰:"太平引于今绝也。"同上。○世说新语雅量篇注、文选向子期思旧赋注、太平御览五百七十七引。

时又有谯郡嵇康,文辞壮丽,好言老庄,而尚奇任侠,景元中坐事诛。魏志王粲传。

嵇本姓奚,其先避怨,徙上虞,移谯国铚县,以出自会稽,取国一支,音同本奚焉。王隐晋书。○世说新语德行篇注引。○晋书王隐传:"太兴初,召隐及郭璞俱为著作郎,令撰晋史。"隋志:"晋书八十六卷,本九十三卷,今残缺,晋著作郎王隐撰。"○案方以智通雅曰:"吕览:'秦贤者稽黄。'汉书食货志:'稽发,黄帝臣泰山稽之后。'嵇康之姓,则音奚,奚本夏车正奚仲之后。康为上虞人,徙亳州嵇山之下,遂以姓。嵇绍在晋为铚县人,即今之宿州也。宿州有嵇山。说文嵇字,乃因嵇氏而新附者。"○文选笔记许嘉德案语曰："古无嵇字，玉篇云：嵇，山名。广韵：嵇，亦姓，出谯郡，音奚。皆因叔夜上世改姓，独制此字，因以名山也。今说文新附徐氏增嵇字，云：山名，从山，稽省声。又云：奚氏避难，特造此字，非古。"

嵇康妻，魏武帝孙穆王林女也。同上。○文选恨赋注引。

晋文王收嵇康，学生三千人上书，请嵇康为博士。同上。○艺海楼钞本大唐类要六十七引。○原钞"收"误作"教"，又脱"上"字。○案陈禹谟本北堂书钞此条误作晋文王上书请嵇康为博士。

嵇、阮脱略礼法，纵酒跌荡，当时名教之士，疾之如仇，此其与太学风气相去远矣。嵇康临刑，何得太学三千人上疏请以为师乎？太学求师，必不求第一等放达人，此易知也。时锺会谮康于司马公曰："嵇康，卧龙也，公勿忧天下，当忧嵇康。"此疏必会所伪作，使司马忌康得人心，而必杀之耳。夏侯太初以一坐皆起，遂至不免，情事亦颇相同。锺尝截邓艾表文，改其词句，以构成其罪。又尝伪为荀氏书，以窃其宝剑，生平惯作此等狡狯。太学一疏，必出其手，可以理测也。吴骐读书偶见。○扬案：吴氏此说，亦不为无见。然观叔夜与山巨源书谓："阮嗣宗饮酒过差。"又家诫云："慎不当困醉，不能自裁。"知其非纵酒者。又疾恶直言，情意傲散自有之，而跌荡之迹，固不同乎嗣宗也。意者叔夜尝于太学写经，且动赵至之耸异，则太学生求以为师，或由平日之仰止耶。

康之下狱，太学生数千人请之。于时豪俊皆随康入狱，悉解喻，一时散遣；康竟与安同诛。同上。○世说新语雅量篇注引。

孙登即阮籍所见者也。嵇康执弟子礼而师焉。魏、晋去就，易生嫌疑，贵贱并没，故登或嘿也。同上。○世说新语栖逸篇注引。

绍字延祖，谯国铚人，父康，有奇才俊辨。同上。○世说新语德行篇注引。

铚有嵇山，家于其侧，因氏焉。虞预晋书。○世说新语德行篇注引。○晋书虞预传：“预著晋书四十馀卷。”隋志：“晋书二十六卷，本四十四卷，讫明帝，今残缺。晋散骑常侍虞预撰。”

康家本姓奚，会稽人，先自会稽迁于谯之铚县，改为嵇氏，取稽字之上，山以为姓，盖以志其本也。一曰铚有嵇山，家于其侧，因氏焉。同上。○魏志王粲传注、世说新语德行篇注引。

山涛字巨源，河内怀人，好庄老，与嵇康善。同上。○世说新语政事篇注引。

嵇康字叔夜，谯国人。幼有奇才，博览无所不见，拜中散大夫，以吕安事诛。臧荣绪晋书。○文选琴赋注引。○南齐书高逸传：“荣绪括东、西晋为一书，纪录志传一百一十卷。”隋志：“晋书一百一十卷，齐徐州主簿臧荣绪撰。”○案汉书百官公卿表曰：“中大夫无员，多至数十人。”续汉书百官志曰：“中散大夫六百石。”宋书百官志曰：“中散大夫，王莽所置，后汉因之。前后大夫皆无员，掌论议。”

嵇康为竹林之游，预其流者向秀、刘灵之徒。同上。○文选思旧赋注引。

嵇康遇邯郸人王烈，烈自言二百馀岁，共入山，得石髓，如饴，即自服半，馀半与康，皆凝而为石。石室中见一卷素书，呼吸间康取辄不见。同上。〇大唐类要一百六十引。〇北堂书钞一百六十引文更简。又但题晋书，无臧荣绪三字。

嵇康拜中散大夫，东平吕安家事系狱，覃阅之始，安尝以语康，辞相证引，遂复收康。同上。〇文选江文通恨赋注引。

安妻甚美，兄巽报之。巽内惭，诬安不孝，启太祖，徙安远郡，即路与康书。太祖见而恶之，收安付廷尉，与康俱死。同上。〇文选六臣本思旧赋李善注引。〇案文选李善注本无此文。

向秀为散骑侍郎，公使乘轺车，经昔与嵇、阮共游酒垆前过，乃叹曰："吾昔与嵇康、阮籍屡游此垆，自嵇生及阮公没，吾便为时所羁绁，今日视此虽近，邈若山河也。"同上。〇职官分纪卷六引。〇案萧统咏王戎诗曰："留连追宴绪，垆下独徘徊。"以此事属王戎。世说新语伤逝篇载此，亦以为王戎之语。刘孝标注引竹林七贤论以驳之。窃谓向秀与嵇阮为密，其应举入京，亦在嵇阮死后，此语似当属秀为是。晋书袭世说，以此语入王戎传。

嵇康字叔夜，早孤，有奇才，远迈不群。身长七尺八寸，美词气，有风仪，而土木形骸，不自藻饰，人以为龙章凤姿，天质自然，恬静寡欲，含垢匿瑕，宽简有大量。学不师受，博览无不该通，长好老庄。与魏宗室婚，拜中散大夫。晋书。〇北堂书钞五十六、太平御览三百七十九引。〇案大唐类要五十六载此，亦但题晋书，未著某家。又引文更简云："嵇康，字叔夜，风姿清秀，高爽任真，与魏宗室婚，拜中散大夫。"

嵇康性绝巧，而好锻。宅中有一柳树，甚茂，乃激水环之，夏月居其下以锻。东平吕安，服康高致，每一相思，辄千里命驾。同上。〇太平御览七百五十二、又九百五十六引。

西晋赵至，字景真，年十四，随人入太学观书，时嵇康于学写石经古文异事，讫，遂逐车问康，异而语之，为诸生。此条见太平御览六百一十四，未引书名。上条为魏书，下条为宋书，则此条当系晋书也。

嵇康谯人，吕安东平人，与阮籍山涛及兄巽友善。康有潜遁之志，不能被褐怀宝，矜才而上人。安，巽庶弟，俊才，妻美，巽使妇人醉而幸之，丑恶发露，巽病之，反告安谤己。巽于锺会有宠，太祖遂徙安边郡，在路遗书与康："昔李叟入秦，及关而叹"云云。太祖恶之，追收下狱，康理之，俱死。干宝晋纪。○文选李善注本思旧赋注。又唐写集注本赵景真与嵇茂齐书注引。○案善注原题干宝书，盖即晋纪也。○晋书干宝传："宝领国史，著晋纪，自宣帝讫于愍帝，五十三年，凡二十卷。"隋志："晋纪二十三卷，干宝撰，讫愍帝。"

初，安之交康也，其相思则率尔命驾。同上。○世说新语简傲篇注引。○案文选陆韩卿奉答内兄希叔诗注引干宝晋纪曰："初，吕安友嵇康，相思，则命驾千里从之。"

安尝从康，或遇其行，康兄喜拭席而待之，弗顾，独坐车中。康母就设酒食，求康儿共语戏，良久则去，其轻贵如此。同上。○世说新语简傲篇注、太平御览四百九十八引。

正元二年，司马文王反自乐嘉，杀嵇康、吕安。同上。○魏志王粲传注引。

广陵散于今绝矣。同上。○文选六臣本思旧赋李善注引。○案文选李善注本引嵇康别传有此文，而未引干宝晋纪。

康刑于东市，顾日影援琴而弹。曹嘉之晋纪。○文选思旧赋注引。○隋志:"晋纪十卷,晋前军谘议曹嘉之撰。"

　　嵇康曾锻于长林之下,锺会造焉。康坐以鹿皮,巍然正容,不与之酬对,会恨而去。邓粲晋纪。○太平御览八百三十三引。○隋志:"晋纪十一卷,讫明帝,晋荆州别驾邓粲撰。"

　　孙登字公和,不知何许人,散发宛地,行吟乐天,居白鹿苏门二山,弹一弦琴,善啸,每感风雷。嵇康师事之,三年不言。晋纪。○太平御览五百七十九引。○案此但作晋纪,未著何家。

　　嵇康字叔夜,晋时谯国人也。为性好酒,慵然自纵,与山涛阮籍无日不兴。且康美貌,其醉也,若玉山之将崩。晋抄。○珊玉集引。

　　康寓居河内之山阳县,与之游者,未尝见其喜愠之色。与陈留阮籍、河内山涛、河南向秀、籍兄子咸、琅邪王戎、沛人刘伶,相与友善,号为七贤。锺会为大将军所昵,闻康名而造之。会名公子,以才能贵幸,乘肥衣轻,宾从如云。康方箕踞而锻,会至,不为之礼。康问会曰:"何所闻而来?何所见而去?"会曰:"有所闻而来,有所见而去。"会深衔之。大将军尝欲辟康,康既有绝世之言,又从子不善,避之河东,或云避世。及山涛为选曹郎,举康自代,康答书拒绝,因自说不堪流俗,而非薄汤武。大将军闻而怒焉。初,康与东平吕昭子巽,及巽弟安亲善,会巽淫安妻徐氏,而诬安不孝,囚之。安引康为证,康义不负心,保明其事。安亦至烈,有济世志力。锺会劝大将军因此除之,遂杀安及康。康临刑自若,援琴而鼓,既而叹曰:"雅音于是绝矣。"时人莫不哀之。初，康采药于<u>汲郡</u>共<u>北山</u>中，见隐者<u>孙登</u>，康欲与之言，<u>登</u>默然不对。逾时将去，<u>康</u>曰："先生竟无言乎？"<u>登</u>乃曰："子才多识寡，难乎免于今之世。"及遭<u>吕安</u>事，为诗自责曰："欲寡其过，谤议沸腾。性不伤物，频致怨憎。昔惭<u>柳下</u>，今愧<u>孙登</u>。内负宿心，外赧良朋。"康所箸诸文论六七万言，皆为世所玩咏。<small>魏氏春秋。〇魏志王粲传注、世说新语简傲篇注、文选幽愤诗注、与山巨源绝交书注、思旧赋注、五君咏注、奉答内兄希叔诗注、太平御览三百八十八引。〇隋志："魏氏春秋二十卷，孙盛撰。"</small>

<u>嵇康</u>寓居<u>河内</u>，与之游者，未尝见其喜愠之色，与<u>陈留阮籍</u>、<u>河内山涛</u>、<u>向秀</u>、<u>籍</u>兄子<u>咸</u>、<u>琅玡王戎</u>、<u>沛</u>人<u>刘伶</u>，相与友善，游于竹林，号曰七贤。<small>同上。〇太平御览四百七引。</small>

<u>嵇康</u>性不偶俗。<small>晋阳秋。〇文选颜延年五君咏注、陶征士诔注引。〇隋志："晋阳秋三十二卷，孙盛撰。"</small>

<u>涛</u>尝与<u>阮籍</u>、<u>嵇康</u>箸忘言之契。<small>同上。〇世说新语贤媛篇注引。</small>

于时风誉，扇于海内，至于今咏之。<small>同上。〇世说新语任诞篇注引。</small>

<u>安</u>字<u>中悌</u>，<u>东平</u>人，<u>冀州</u>刺史<u>招</u>之第二子，志量开旷，有拔俗风气。<small>同上。〇世说新语简傲篇注引。</small>

<u>安</u>与<u>嵇康</u>相友，每一相思，千里命驾。<small>同上。〇水经。</small>

初，<u>康</u>与<u>东平吕安</u>亲善，<u>安</u>嫡兄<u>逊</u>，淫<u>安</u>妻<u>徐氏</u>，<u>安</u>欲告<u>逊</u>遣妻，以咨于<u>康</u>，<u>康</u>喻而抑之。<u>逊</u>内不自安，阴告<u>安</u>挝母，表求徙边，<u>安</u>当徙，诉自理，辞引<u>康</u>。<small>同上。〇世说新语雅</small>

量篇注引。

康见孙登，登对之长啸，逾时不言。康辞还，曰："先生竟无言乎?"登曰："惜哉!"同上。○魏志王粲传注、艺文类聚十九、白帖十八、太平御览三百九十二引。

正元二年，司马文王反自乐嘉，杀嵇康、吕安。孙盛书。○魏志王粲传注引。○案此当即魏氏春秋或晋阳秋。

正元二年，司马文王反自乐嘉，杀嵇康、吕安。习凿齿书。○魏志王粲传注引。○案此当即汉晋春秋。隋志："汉晋春秋四十七卷，讫愍帝。晋荥阳太守习凿齿撰。"

吕昭长子巽，字长悌，为相国掾，有宠于司马文王。次子安，字仲悌，与嵇康善，与康俱被诛。世语。○魏志杜恕传注引。○世说新语方正篇注曰："郭颁西晋人，时世相近，为魏晋世语。"隋志："魏晋世语十卷，晋襄阳令郭颁撰。"

毌丘俭反，康有力，且欲起兵应之，以问山涛，涛曰："不可。"俭亦已败。同上。○魏志王粲传注引。

嵇康妻，沛穆王林子之女也。嵇氏谱。○魏志沛穆王林传注引传曰："林薨，子纬嗣。"○吴士鉴晋书斠注曰："案谱与王隐晋书大异，必有一误。"○扬案：以叔夜之年计之，当以娶林之女为合。又案南北朝时百家谱、诸姓谱之类颇多，此嵇氏谱当即其中之一也。

康父昭，字子远，督军粮，治书侍御史。兄喜，字公穆，晋扬州刺史。同上。○魏志王粲传注引。

康兄喜字公穆，历徐、扬州刺史，太仆，宗正卿。母孙氏。同上。○文选幽愤诗注引。

谯有嵇山，家于其侧，遂以为氏。同上。○水经淮水注引。

嵇喜字公穆，历扬州刺史，康兄也。阮籍遭丧，往吊之。籍能为青白眼，见凡俗之士，以白眼对之。及喜往，籍不哭，见其白眼，喜不怿而退。康闻之，乃赍酒挟琴而造之，遂相与善。<u>晋百官名</u>。○世说新语简傲篇注引。○隋志："百官名三十卷。"不著撰人。

康以魏长乐亭主婿迁郎中，拜中散大夫。<u>文章叙录</u>。○世说新语德行篇注引。

嵇康若孤松之独立，醉若玉山之将颓。<u>语林</u>。○燉煌出唐写本古类书残卷引。○世说新语轻诋篇注曰："续晋阳秋曰：'晋隆和中河东裴启撰汉、魏以来讫于今时言语应对之可称者，谓之语林。'"隋志注："梁有语林十卷，晋处士裴启撰。"

嵇中散夜灯下弹琴，忽有一人，面甚小，斯须转大，遂长丈馀，单衣革带。嵇视之既熟，乃吹灯灭之，曰："耻与魑魅争光。"<u>同上</u>。○北堂书钞一百九、艺文类聚四十四、白帖四、太平御览五百七十七引。○案异苑、幽明录皆载此事，当即袭语林之说。

嵇中散夜弹琴，忽有一鬼，著械来，叹其手快，曰："君一弦不调。"中散与琴，调之，声更清婉。问其名，不对，疑是蔡伯喈。伯喈将亡，亦被桎梏。<u>同上</u>。○职官分纪四十八、太平御览六百四十四引。

南海太守鲍靓，通灵士也。东海徐宁师之。宁夜闻静室有琴声，怪其妙而问焉。靓曰："嵇叔夜。"宁曰："嵇临命东市，何得在兹？"靓曰："叔夜迹示终而实尸解。"<u>顾恺之嵇康赞</u>。○文选五君咏注引。○案太平御览六百六十三引神仙传亦载此事。又案唐阙史载丁约曰："道中有尸解、剑解、火解、水解，惟剑解实繁有徒，嵇康、

551

郭璞非受戕害者，以此委蜕耳，异韩彭与粪壤并也。”

　　魏步兵校尉陈留阮籍，字嗣宗；中散大夫谯嵇康，字叔夜；晋司徒河内山涛，字巨源；建威参军沛刘伶，字伯伦；始平太守陈留阮咸，字仲容；散骑常侍河内向秀，字子期；司徒琅邪王戎，字濬仲；右魏嘉平中并居河内山阳，共为竹林之游，世号竹林七贤。见晋书、魏书。袁宏、戴逵为传，孙统又为赞。集圣贤群辅录下。

　　王戎云：“与嵇康居二十年，未尝见其喜愠之色。”世说新语德行篇。

　　嵇中散语赵景真：“卿瞳子白黑分明，有白起之风，恨量小狭。”赵曰：“尺表能审玑衡之度，寸管能测往复之气，何必在大？但问识何如耳！”同上言语篇。

　　锺会撰四本论，始毕，甚欲使嵇公一见。置怀中，既定，畏其难，怀不敢出，于户外遥掷，便回急走。同上文学篇。

　　嵇中散临刑东市，神色不变，索琴弹之，奏广陵散。曲终，曰：“袁孝尼尝请学此散，吾靳固不与；广陵散于今绝矣！”太学生三千人上书，请以为师，不许。文王亦寻悔焉。同上雅量篇。

　　嵇康身长七尺八寸，风姿特秀。见者叹曰：“萧萧肃肃，爽朗清举。”或云：“肃肃如松下风，高而徐引。”山公曰：“嵇叔夜之为人也，岩岩若孤松之独立；其醉也，傀俄若玉山之将崩。”同上容止篇。〇案安政本太平御览三百七十九引世说曰：“山公目嵇叔夜之为人也，岩岩若孤松之独立。”又曰：“嵇叔夜之为人，其醉也，傀峨如玉山之将颓。"此二条别本御览均引作三国典略。又案梁书伏曼容传："曼容素美风采，明帝恒以方嵇叔夜，使吴人陆探微画叔夜像以赐之。"

有人语王戎曰："嵇延祖卓卓如野鹤之在鸡群。"答曰："君未见其父耳。"同上。

王濬冲为尚书令，著公服，乘轺车，经黄公酒垆下，顾谓后车客："吾昔与嵇叔夜、阮嗣宗，共酣饮于此垆。竹林之游，亦预其末。自嵇生夭，阮公亡以来，便为时所羁绁；今日视此虽近，邈若山河。"同上伤逝篇。○刘孝标注曰："竹林七贤论曰：'俗传若此，颍川庾元之尝以问其伯文康，文康云：中朝所不闻，江左忽有此论，盖好事者为之耳。'"○扬案：即有此论，亦当属之向秀也，说已见前。

嵇康游于汲郡山中，遇道士孙登，遂与之游。康临去，登曰："君才则高矣，保身之道不足。"同上栖逸篇。

山公将去选曹，欲举嵇康，康与书告绝。同上。

山公与嵇、阮一面，契若金兰。山妻韩氏，觉公与二人异于常交，问公，公曰："我当年可以为友者，唯此二生耳。"妻曰："负羁之妻，亦亲观狐、赵。意欲窥之，可乎？"他日，二人来，妻劝公止之宿，具酒肉，夜穿墉以视之，达旦忘反。公入曰："二人何如？"妻曰："君才致殊不如，正当以识度相友耳。"公曰："伊辈亦常以我度为胜。"同上贤媛篇。

陈留阮籍、谯国嵇康、河内山涛，三人年皆相比，康年少亚之，预此契者，沛国刘伶、陈留阮咸、河内向秀、琅邪王戎，七人常集于竹林之下，肆意酣畅，故世谓竹林七贤。同上任诞篇。

锺士季精有才理，先不识嵇康，锺要于时贤俊之士俱往寻康。康方大树下锻，向子期为佐，鼓排，康扬槌不辍，旁若无人，移时不交一言。锺起去。康曰："何所闻而来？何所见而去？"锺曰："闻所闻而来，见所见而去。"同上简傲篇。

嵇康与吕安善，每一相思，千里命驾。安后来，值康不在，喜出户延之，不入。题门上作"鳯"字而去。喜不觉，犹以为欣。故作"鳯"字，"凡鸟"也。同上。

嵇康字叔夜，谯国铚人也。其先姓奚，会稽上虞人，以避怨，徙焉。铚有嵇山，家于其侧，因而命氏。兄喜有当世才，历太仆宗正。康早孤，有奇才，远迈不群。身长七尺八寸，美词气，有风仪，而土木形骸，不自藻饰，人以为龙章凤姿；天质自然，恬静寡欲，含垢匿瑕，宽简有大量；学不师受，博览无不该通，长好老、庄。与魏宗室婚，拜中散大夫。尝修养性服食之事，弹琴咏诗，自足于怀。以为神仙禀之自然，非积学所得；至于导养得理，则安期、彭祖之伦可及，乃箸养生论。又以为君子无私，其论曰："夫称君子者，心不措乎是非，而行不违乎道者也。何以言之？夫气静神虚者，心不存于矜尚；体亮心达者，情不系于所欲。矜尚不存乎心，故能越名教而任自然；情不系于所欲，故能审贵贱而通物情。物情顺通，故大道无违；越名任心，故是非无措也。是故言君子则以无措为主，以通物为美。言小人，则以匿情为非，以违道为阙。何者？匿情矜吝，小人之至恶，虚心无措,君子之笃行也。是以大道言:'及吾无身,吾又何患。'无以生为贵者,是贤于贵生也。由斯而言,夫至人之用心,固不存有措矣。故曰:'君子行道,忘其为身。'斯言是矣。君子之行贤也,不察于有度,而后行也;任心无邪,不议于善,而后正也;显情无措,不论于是,而后为也。是故傲然忘贤,而贤与度会;忽然任心,而心与善遇;傥然无措,而事与是俱也。"其略如此。盖其胸怀所寄,以高契难期,每思郢质。所与神交者,惟陈留阮籍、河内山涛,豫其流者,河内向秀、沛国刘伶、籍兄子咸、琅邪王戎,遂为竹林之游,世所谓竹林七贤也。戎自言与<u>康</u>居<u>山阳</u>二十年,未尝见其喜愠之色。<u>康</u>尝采药,游山泽,会其得意,忽焉忘反。时有樵苏者遇之,咸谓神。至<u>汲郡</u>山中,见<u>孙登</u>,<u>康</u>遂从之游。<u>登</u>沈默自守,无所言说。<u>康</u>临去,<u>登</u>曰:"君性烈而才俊,其能免乎?"<u>康</u>又遇<u>王烈</u>,共入山。<u>烈</u>尝得石髓如饴,即自服半,馀半与<u>康</u>,皆凝而为石。又于石室中见一卷素书,遽呼<u>康</u>往取,辄不复见。<u>烈</u>乃叹曰:"<u>叔夜</u>趣非常,而辄不遇,命也。"其神心所感,每遇幽逸如此。<u>山涛</u>将去选官,举<u>康</u>自代,<u>康</u>乃与<u>涛</u>书告绝。此书既行,知其不可羁屈也。性绝巧而好锻,宅中有一柳树甚茂,乃激水圜之,每夏月居其下以锻。<u>东平吕安</u>,服<u>康</u>高致,每一相思,辄千里命驾,<u>康</u>友而善之。后<u>安</u>为兄所枉诉,以事系狱,辞相证引,遂复收<u>康</u>。<u>康</u>性慎言行,一旦缧绁,乃作<u>幽愤</u>诗。初,<u>康</u>居贫,尝与<u>向秀</u>共锻于大树之下,以自赡给。<u>颍川锺会</u>,贵公子也，精炼有才辩，故往造焉。康不为之礼，而锻不辍。良久会去，康谓曰："何所闻而来？何所见而去？"会曰："闻所闻而来，见所见而去。"会以此憾之。及是言于文帝，曰："嵇康，卧龙也，不可起；公无忧天下，顾以康为虑耳。"因谮康："欲助毌丘俭，赖山涛不听。昔齐戮华士，鲁诛少正卯，诚以害时乱教，故圣贤去之。康、安等言论放荡，非毁典谟，帝王者所不宜容，宜因衅除之，以淳风俗。"帝既昵听信会，遂并害之。康将刑东市，太学生三千人请以为师，弗许。康顾视日影，索琴弹之，曰："昔袁孝尼尝从吾学广陵散，吾每靳固之，广陵散于今绝矣。"时年四十。海内之士，莫不痛之。帝寻悟而恨焉。初，康尝游乎洛西，暮宿华阳亭，引琴而弹。夜分忽有客诣之，称是古人。与康共谈音律，辞致清辩，因索琴弹之，而为广陵散，声调绝伦，遂以授康，仍誓不传人，亦不言其姓字。康善谈理，又能属文，其高情远趣，率然玄远，撰上古以来高士，为之传赞；欲友其人于千载也。又作太师箴，亦足以明帝王之道焉。复作声无哀乐论，甚有条理。子绍别有传。晋书嵇康传节录。

嵇康，魏人，司马昭恶其非汤武，而死于非辜，未尝一日事晋也。晋史有传，康之羞也，后有良史，宜列于魏书。王应麟困学纪闻。○全祖望注曰："嵇康死于晋未篡之时，万无入晋书之例，魏志已附康于七子传，晋书复书。"

嵇康传列于晋书，予每疑其误。康死之日，实魏元帝景元三年，又二年，魏禅于晋，则康何有于晋哉！

观其薄汤、武一书，可知其术业。康以昭死，孔融以操死，于名教不为无补。然禅代之际，往往以成败论人，此难言也。使晋无江左百年之祚，则八公而下，凡所谓晋之佐命者，不云同恶，可乎？颜延年五君咏黜王戎山涛，旨哉。白珽湛渊静语。

嵇康，魏人，锺会憾之，谮于司马昭，欲助毌丘俭，而杀之，实景元三年事也。未尝一日事晋，晋史有传，康之羞也。使以当时心晋而传之，无是理也。传中云："山涛将去选官，举康自代。"夫涛为吏部辞官时，武帝受禅后事也，康死久矣，史可信耶？郎瑛七修类稿。

叔夜自谓不堪流俗，非薄汤、武，心存魏室，身死国衅，其不当列名晋史，宋人亦尝谈之。然魏志注曰："臣松之案本传曰：'康以景元中坐事诛。'而干宝、孙盛、习凿齿诸书皆云：'正元二年，司马文王反自乐嘉，杀嵇康、吕安。'盖缘世语云：'康欲举兵应毌丘俭'，故谓破俭便应杀康也，其实不然。山涛为选官，欲举康自代，康书告绝，事之明审者也。案涛行状，涛始以景元二年除吏部郎耳，景元与正元相较七八年，以涛行状检之，如本传为审。又锺会传云：'会作司隶校尉时，诛康。'会作司隶，景元中也。干宝云：'吕安兄巽，善于锺会，巽为相国掾，俱有宠于司马文王，故遂抵安罪。'寻文王以景元四年，锺、邓平蜀后，始授相国位。若巽为相国掾时陷安，焉得以破毌丘俭年杀嵇吕？此又干宝之疏谬自相违伐也。"予按晋书："景帝命司隶举山涛秀才，除郎中，转赵相国，迁尚书吏部郎。文帝与涛书曰：'足下在事清明，雅操迈时'云云。魏明帝赐景帝春服，帝以赐涛。"据所叙次，则司马景王尚存，又似在正元时，但唐人晋书，必不如世期之密，要之举康在魏代耳。若涛为吏部尚书，会元皇后崩，则泰始末矣。除尚书仆射，领吏部再居选职，十有馀年，则在咸宁时去为选郎，二十馀年矣。仁宝不知涛魏世曾为选曹，而谓举康自代，疑作仆射，领吏部日为之，则绝交一书，将是后人伪托耶？_{周婴卮林议郎。}

郎瑛七修类稿云："嵇康，魏人，未尝一日事晋，晋史有传，康之羞也。"此说本之困学纪闻，固是。至谓传云："山涛将去选官，举康自代。"夫涛为吏部辞官时，武帝受禅后事也，康死久矣，此则郎氏之误。案魏志王粲传云："时又有谯郡嵇康，至景元中，坐事诛。"裴注引山涛行状："涛始以景元二年除吏部郎。"举康自代，盖在此时。至武帝受禅后，涛再为吏部，史并不云举康自代，何得以后事牵混景元中耶？且山公为吏部郎中，迁散骑常侍，是以举康自代，_{见世说栖逸篇注引康别传。}亦非辞官而举康也。_{孙志祖读书脞录。}○扬案：涛以景元二年除吏部郎，则绝交书之作，当在此年。书云："女年十三，男年八岁。"而嵇绍传云："绍十岁而孤。"则叔夜之死，当在景元四年也。干宝等误为二年，通鉴更以为三年，未知何据。

钟会言于司马昭曰：“嵇叔夜，卧龙也。公无忧天下，但以康为虑耳。”叔夜性烈而才俊，意远而思疏，幽栖养性，似无足当天下之虑者。然当时“典午”之势已成，中外在事之人，莫非其党。独叔夜土木形骸，不自藻饰；而人以为龙章凤姿，傲然有不可羁束之气，此司马之所大惧也。王莽先杀鲍宣，而后西汉以亡；曹操先杀孔文举，而后东汉以亡；司马昭先杀嵇叔夜，而后魏亡；此三人者，皆忠正豪迈瑰杰之士也，故必三人去而后天下随之。会之诬康以通毌丘俭，则康之不附晋明矣。或谓数人虽在，其如莽、操、懿之奸何？不知数人之力，虽不足以阻奸，而有以慑奸人之魄，而折其谋者气也。猛虎在山，藜藿为之不采，况于国之有贤者哉？不然，张禹、孔光、杨彪、何曾之徒，彼固俨然处三公之位，非不尊显也；而奸人者，方颐指而气使之，不啻若奴隶然，其气先靡耳。阮籍受司马之保护，至为其劝进之文，而康以疑被杀。籍败坏名教，为礼法之士所深嫉，而康终身无言行之失。故嵇、阮并称，而阮不及嵇远矣。姜宸英书嵇叔夜传。

晋书阮籍传：“景元四年冬卒。”景元是魏元帝年号，籍虽浮沈于魏、晋之间，其人品远逊嵇康，然身殁于受禅之前，实未尝入晋也。至嵇康死于钟会之谮，又在籍死之前。晋书立此二传，失于限断矣。若以魏志所载简略，欲存二人之梗概，则或于山涛王戎传后，述竹林之游，因而及之；否则于阮咸传内云叔父籍，嵇绍传内云父康云云，亦无不可也。赵绍祖读书偶记。

孙登字公和，汲郡共人也，无家属，于郡北山为土窟居之。嵇康从之游三年，问其所图，终不答。康每叹息，将别，谓曰："先生竟无言乎？"登乃曰："子识火乎？火生而有光，而不用其光，果在于用光；人生而有才，而不用其才，而果在于用才。故用光在乎得薪，所以保其耀；用才在乎识真，所以全其年。今子才多识寡，难乎免于今之世矣。子无求乎？"康不能用，果遭非命，乃作幽愤诗曰："昔惭柳下，今愧孙登。"或谓登以魏、晋去就，易生嫌疑，故或嘿者也。竟不知所终。晋书孙登传。○案无能子曰："嵇康见孙登，登曰：'吾尝得汝绝交书，二大不可，七不堪，皆矜己疵物之说。不仕则已，而又绝人之交，增以矜己疵物之说，嗥噪于尘世之中，欲探乎永生，可谓恶影而走日中者也。'"此言浅妄无据，盖明人所伪撰。

孙登者，不知何许人也。恒止山间，穴地而坐，弹琴读易。冬夏单衣，天大寒，人视之，辄被发自覆身，发长丈馀。又雅容非常，历世见之，颜色如故。市中乞得钱物，转与贫人，更无馀资，亦不见食。时杨骏为太傅，使传迎之，问讯不答。骏遗以布袍，亦受之，出门就人借刀断袍，上下异处，置于骏门下，又复斫碎之。时人谓为狂。后乃知骏当诛斩，故为其象也。骏录之不放去，登乃卒死。骏给棺埋之于振桥，后数日，有人见登在董马坡，因寄书与洛下故人。嵇叔夜有迈世之志，曾诣登，登不与语。叔夜乃叩难之，而登弹琴自若。久之叔夜退，登曰："少年才优而识寡，劣于保身，其能免乎？"俄而叔夜竟陷大辟。叔夜善弹琴，于是登弹一弦之琴以成音曲，叔夜乃叹息绝思也。神仙传。○太平广记卷九引。○北堂书钞一百九引神仙传曰："嵇康见孙登弹一弦琴，康叹息而服焉。"

　　王烈者，字长休，邯郸人也。常服黄精及铅，年三百三十八岁，犹有少容。登山历险，行走如飞。少时，本太学书生，学无不览，常与人谈论五经百家之言，无不该博。中散大夫谯国嵇叔夜甚敬爱之，数数就学，共入山游戏采药。后烈独之太行山中，忽闻山东崩地，殷殷如雷声。烈不知何等，往视之，乃见山破石裂数百丈，两畔皆是青石，石中有一穴，口径阔尺许，中有青泥，流出如髓。烈取泥试丸之，须臾成石，如投热蜡之状，随手坚凝，气如粳米饭，嚼之亦然。烈合数丸，如桃大，用携少许归，乃与叔夜曰："吾得异物。"叔夜甚喜，取而视之，已成青石，击之璔璔然如铜声。叔夜即与烈往视之，断山已复如故。烈入河东抱犊山中，见一石室，室中有石架，架上有素书两卷。烈取读，莫识其文，不敢取去，却著架上，暗书得数十字形体，以示康。康尽识其字，烈喜，乃与康共往读之。至其道径，了了分明，比至，又失其石室所在。烈私语弟子曰："叔夜未合得道故也。"又按神仙经云："神山五百年辄开，其中石髓出，得而服之，寿与天相毕。"烈前得者，必是也。同上。○太平广记卷九引。○太平御览六百六十三、又八百三十九引道学传，略同。○

艺文类聚七十八引列仙传亦及此，而文甚简。

嵇康字叔夜，有迈俗之志，为中散大夫。或传晋人，非也。尝宿王伯通馆，忽有八人云："吾有兄弟为乐人，不胜羁旅，今授君广陵散甚妙，今代莫测。"大周正乐。○太平御览五百七十九引。

嵇中散神情高迈，任心游憩。尝行西南出，去洛数十里，有亭名华阳，投宿，夜了无人，独在亭中。此亭由来杀人，宿者多凶。至一更中，操琴，先作诸弄，而闻室中称善声。中散抚琴而呼之曰："君何以不来？"此人便答云："身是古人，幽没于此，数千年矣。闻君弹琴，音曲清和，故来听耳。而就终残毁，不宜以接侍君子。"向夜髣髴渐见，以手持其头，遂与中散共论声音，其辞清辩。谓中散君试过琴。于是中散以琴授之，既弹悉作众曲，亦不出常，唯广陵散绝伦，中散才从受之，半夕悉得。与中散誓，不得教他人，又不得言其姓也。灵异志。○太平御览五百七十九引。

嵇康抱琴访山涛，涛醉，欲剖琴。曰："吾卖东阳旧业以得琴，乞尚书令河轮珮玉，截为徽，货所依玉帘巾单，买缩丝为囊。论其价，与武库争先，汝欲剖之，吾从死矣。"云仙散记。

562

叔夜性远趣，率然玄远。白氏六帖事类集卷七。

山涛与嵇康为忘年之交，康临终谓子绍曰："山公尚在，汝不孤矣。"同上卷六、又卷七、卷十。

嵇康早有青云之志。丹铅杂录卷四十七引续逸民传，广阳杂记亦引之。○案晋张显有逸民传，孙盛亦有逸人传，此条所引，不知何人作，及所续何人。

  吕安谓嵇康："我辈稍有菜色，反为肉食辈所哂。"通雅卷七。○案：方氏记此语，亦不知所据。

  何求弟点，少不仕。竟陵王子良遗点嵇叔夜酒杯、徐景山酒鎗以通意。齐书何求传。

  华阳，亭名，在密县。嵇叔夜常采药于山泽，学琴于古人，即此亭也。水经洧水注引司马彪说。○案注中多引司马彪郡国志，此当亦是志文。

  冀州华阳亭，即嵇康夜学琴于此。郡国志。○太平御览百九十四引。吴士鉴晋书斠注曰："案本传云：'游于洛西。'灵异志云：'西南去洛数十里。'则华阳亭不得在冀州矣。御览所引郡国志，疑有讹文。寰宇记六十三亦以华阳亭在冀州阜城县，恐有传闻之误，当从司马彪在密县为是。"○扬案：此即司马彪之郡国志也。水经注所引为密县，御览、寰宇记所引，自为讹文。

  白鹿山东南二十五里，有嵇公故居，以居时有遗竹焉。郭缘生述征记。○水经清水注引。○隋志："述征记二卷，郭缘生撰。"

  山阳县城东北二十里，魏中散大夫嵇康园宅，今悉为田墟，而父老犹谓嵇公竹林地，以时有遗竹也。同上。○艺文类聚六十四、太平御览百八十、又九百六十二引。

  洛阳建春门外迎道北有白社，有牛马市，即嵇公临刑处也。戴延之西征记。○艺文类聚三十九引。○隋志："西征记二卷，戴延之撰。"

长泉又径七贤祠东，向子期所谓山阳旧居也，后人立庙于其处。○左右筠篁列植，冬夏不变贞萋。魏步兵校尉陈留阮籍、中散大夫谯国嵇康、晋司徒河内山涛、司徒琅邪王戎、黄门郎河内向秀、建威参军沛国刘伶、始平太守阮咸等，同居山阳，结自得之游，时人号之为竹林七贤。水经清水注。

  穀水又东屈，南径建春门石桥下，水南即马市，洛阳有三市，斯其一也。亦嵇叔夜为司马昭所害处也。水经穀水注。○朱谋㙔笺曰："陆机洛阳记云：'洛阳旧有三市，一曰金市，在宫西大城内。二曰马市，在城东。三曰羊市，在城南。'"○扬案：太平寰宇记卷三曰："洛阳记云：大市名金市，在大城西南。羊市在大城南。马市在大城东。"

  涣水又东径铚县故城南，又东径嵇山北嵇氏故居。嵇康，本姓奚，会稽人也。先人自会稽迁于谯之铚县，改为嵇氏，取稽字之上以为姓，盖志本也。水经淮水注。

  出建春南门外一里馀，至东石桥，西北而行，晋太康元年造桥，南有魏朝时马市，刑嵇康之所也。洛阳伽蓝记。

  临涣县本汉铚县，属沛郡，后汉属沛国，魏属谯郡。嵇山在县西三十里，晋嵇康家于铚嵇山之下，因改姓嵇氏。元和郡县志亳州临涣县。

  修武县本殷之宁邑，汉以为县，属河内郡。天门山今谓之百家岩，在县西北三十七里，以岩下可容百家，因名。上有精舍，又有锻灶处所，即嵇康所居也。同上怀州修武县。

  获嘉县本汉县也，七贤乡在县西北四十二里，嵇阮祠也。同上怀州获嘉县。

卫县本汉朝歌县，属河内郡，魏黄初中，朝歌县又属朝歌郡。苏门山在县西北十一里，孙登所隐，阮籍嵇康所造之处。同上卫州卫县。

共城县本周共伯国，汉以为县，属河内郡。白鹿山在县西五十四里。天门山在县西五十里。同上卫州共城县。

嵇山在县西北三十五里。晋书："铚县有嵇山，嵇康本姓奚，会稽人，迁于铚，家于嵇山之侧，遂氏焉。"水经注云："取嵇字以为姓，盖志其本也。"○嵇康墓在县西北三十五里，嵇山东一里。太平寰宇记宿州临涣县。○案水经济水注云："济水又北径梁山东，山之西南有昌仲悌墓。"

嵇康即晋之七贤也，今有竹林尚存，并锻灶之所宛在。同上怀州河内县。

天门山今谓之百家岩，在县西北三十七里，以岩下可容百家，因名。上有精舍，又有锻灶处所，云即嵇康所居。图经云："岩有刘伶醒酒台、孙登长啸台、阮氏竹林、嵇康淬剑池，并在寺之左右。"○山阳城北有秋山，即嵇康之园宅也。同上怀州修武县。

七贤祠在县西北四十二里，阮籍等游处。水经注云："七贤祠左右筠篁列植，冬夏不变，向子期所谓山阳旧居，即此祠之处也。"同上怀州获嘉县。

白鹿山在县西北五十三里，西与太行连接，上有天门谷、百家岩。卢思道西征记云："孤岩秀出，上有石，自然为鹿形。"○天门山在县西五十里，郦道元水经注云："天门山石自空，状若门焉。"又九州要记云："山有三水，嵇康采药，逢孙登，弹一弦琴，即此山。"同上卫州共城县。

苏门山在县西八十五里，一曰苏岭，俗名五岩山。同上卫州卫县。

华阳亭，即嵇康学琴于此。同上冀州阜城县。

苏门山在辉县西北七里，一名百门山，晋孙登隐此。○七贤泉源出辉县山阳社，东南流经获嘉县，入三桥陂。○嵇山在修武县西北五十里，晋嵇康尝居其下。○天门山在修武县西北四十里，诸山惟此最低，故名天门。○百家岩在天门山内，以岩下可容百家，故名。上有精舍及煅灶处。○淬剑池在修武县北，昔晋嵇康尝淬剑于此，石刻尚存。○王烈泉在修武县北六真乡。扬案：雍正志云："在修武县太行山中。"○七贤乡在获嘉县北，晋嵇康、阮籍、山涛、向秀、阮咸、刘伶、王戎，同隐于竹林，世号竹林七贤。因以名乡。○啸台在苏门山上，即孙登隐居之所，其长啸处也。扬案：雍正志云："在辉县西北七里苏门山上。"○山阳镇在辉县西南七十里，元省山阳县入辉州，改县为镇。顺治河南通志。

嵇山在宿州西南一百十里，相传嵇康本上虞人，姓奚，后家于其侧，因氏焉。大清一统志安徽凤阳府。

白鹿山在辉县西五十里，接修武，上有天门谷、百家岩。○苏门山在辉县西北七里，一名苏岭，即孙登隐处。○七贤祠在辉县西南六十里，今为竹林寺。○竹林寺在辉县西南六十里,旧名<u>七贤观</u>,后改<u>尚贤寺</u>,又改今名。即<u>晋</u>七贤所游之地。<small>同上河南卫辉府。</small>

<u>嵇山</u>在<u>修武县</u>西北三十五里,<u>晋嵇康</u>家居焉,亦名<u>秋山</u>。寰宇记:"<u>山阳城</u>北有<u>秋山</u>,即<u>晋嵇康</u>园宅。"○<u>天门山</u>在<u>修武县</u>西北四十里,两山对峙,其状如门,山麓有<u>百家岩</u>,有<u>嵇康</u>锻灶。○<u>淬剑池</u>在<u>修武县</u>西北<u>嵇山</u>下,<u>宋嘉祐</u>四年,<u>河北</u>提刑使<u>曹泾</u>大书"<u>淬剑池</u>"三字,石刻存。○<u>山阳故城</u>在<u>修武县</u>西北三十五里。史记:"<u>秦始皇</u>五年,将军<u>骜</u>攻<u>魏山阳</u>,拔之。"注:"<u>河南</u>有<u>山阳县</u>。"后汉书献帝纪:"<u>奉帝</u>为<u>山阳公</u>。"魏书地形志:"<u>汲郡</u> <u>山阳</u>,二<u>汉晋</u>属<u>河内</u>,<u>孝昌</u>二年置郡治<u>共城</u>,后移置<u>山阳</u>,故城寻罢。"括地志:"<u>山阳故城</u>在<u>修武县</u>西北。"○<u>七贤乡</u>在<u>修武县</u>北,<u>晋</u>初<u>阮籍</u>、<u>嵇康</u>、<u>山涛</u>、<u>王戎</u>、<u>向秀</u>、<u>刘伶</u>、<u>阮咸</u>,同居<u>山阳</u>,时人号为竹林七贤。避暑录话:"七贤竹林,在今<u>怀州</u> <u>修武县</u>。初若欲避世远祸者,然反以此得名。"<small>同上河南怀庆府。</small>

<u>七贤祠</u>在县北十里<u>三桥村</u>。案晋书不详竹林所在。惟<u>康</u>传云:"<u>戎</u>自言与<u>康</u>居<u>山阳</u>二十年,未尝见喜愠色。"又云:"至<u>汲郡山</u>中,见<u>孙登</u>,遂从之游。"而<u>籍</u>传亦云:"<u>籍</u>尝于<u>苏门山</u>遇<u>孙登</u>,与商略终古,及栖神导气术。"则<u>籍</u>辈竹林之游,正在居<u>山阳</u>与<u>孙登</u>相遇时也。明一统志:"<u>辉县</u>西南七十里<u>山阳镇</u>,有<u>七贤堂</u>。"注:"谓即<u>籍</u>等隐处。"今是地与<u>山阳</u>相去甚近,岂七贤尝游于此而遂名之与?○<u>七贤乡</u>在县北,<u>晋嵇康阮籍</u>等七贤同隐于此,因以名乡。<small>乾隆获嘉</small>

苏门山在县西北五里许，一名苏岭，一名百门山；山下即百泉，晋孙登隐此，号苏门先生。○清水泉即梅竹泉，通志名七贤泉，俗名竹林泉。在县西南六十里山阳镇，即晋七贤栖隐之地。○啸台在苏门山巅，即晋孙登隐居长啸处。○竹林在县西南六十里，晋七贤游处，旧属河内，元以山阳县并入辉州，今属辉县。○七贤堂在竹林寺内，祀晋嵇康、阮籍、阮咸、山涛、向秀、刘伶、王戎，世称竹林七贤。乾隆辉县志。

嵇山即解虎坪，在百家寺前。案晋书："嵇康铚人，本姓奚，因铚有嵇山，改姓嵇，后寓居山阳。"今寺前解虎坪，土人亦呼为嵇山，因嵇康得名也。程春海国策地名考："嵇康山阳旧居，本名秋山，盖即嵇山也。"○百家岩在天门谷下，元和郡县志云："以岩下可容百家，因名。上有精舍，又有锻灶处所。"○天门谷在百家岩上。九州要记云："天门山有三水，嵇康采药，逢孙登，弹七弦琴，即此山。"○七贤乡在县东北，元乡学记碑阴载有七贤乡十村乡学，碑存学宫。旧志："山阳县东北有嵇中散园宅，后悉为墟，父老犹称嵇公旧林。"述征记曰："山阳东北二十里，魏中散大夫嵇康园宅，悉为田墟，时有遗竹。"吴志："竹林今人皆谓在辉县，盖因彼有山阳镇耳。不知辉之山阳，乃金割修武重泉村所置，非汉晋山阳县。"嵇康传："康性巧而好锻，宅中有一柳树甚茂，每夏月居其下以锻。"今锻灶在百家岩，则向秀思旧赋所云"经山阳之旧居",正指此地而言,何疑乎竹林之不在修武乎?明李濂宁邑记亦云:"浊鹿城有汉献帝墓,七贤竹林亦在兹地。"寻访得寺,实七贤堂旧址,盖后人建堂于竹林,以祀七贤者。草莽中卧一断碑,隐隐可考。若使在辉县,不应入宁邑记矣,可见明时尚有旧址。吴志考辨:"河南通志:'七贤乡入获嘉,醒酒台入延津,竹林入辉县。'夫七贤乡有嵇康传可据。前人竟不一置辨,何哉?案百岩苏门,相距不过数十里,昔贤游屐,两地争传,修武有七贤乡,百岩有七贤祠,而辉县山阳镇复有七贤堂,皆为嵇阮游赏处也。况百家岩之嵇灶、孙台,唐时犹有之,昔人固不我欺耳。"扬案:此所云吴志,乃谓乾隆二十二年邑令吴映田重修修武县志。○百家岩,唐人亦作柏岩,在天门谷下,负岩为寺,东岩上,石隙有泉流出,即所谓王烈泉也。天门瀑布自岩巅而下,有奇石为台,即刘伶醒酒台也。台下绝涧,瀑布注之,为嵇康淬剑池,旁有锻灶,今弗存矣。○王烈泉在僧厨东数武,自石壁中流下,俗传王烈遇石髓处。○嵇康淬剑池,在醒酒台下,方广逾数丈,天门瀑布注其中,四时不涸,相传锻灶在其旁,今废。太平寰宇记:"百家岩上有精舍,又有锻灶处所,云嵇康所居。"○孙登长啸台,魏氏春秋曰:"阮籍见孙登长啸,有凤凰集登所隐之处。"案图经云:"岩有刘伶醒酒台、孙登长啸台、阮氏竹林、嵇康淬剑池,并在寺之左右。"案杜鸿渐百岩寺碑云:"奇檀修竹,嵇灶孙台。"嵇灶孙台,唐时犹有之,益信七贤流连于此山。孙登长啸,固不专在苏门也。道光修武县志。

稽山去城百有十里，晋书："嵇康家于其下，因氏焉，亦作嵇。"今在曹氏集。 光绪宿州志。

诔 评

　　余与嵇康、吕安，居止接近，其人并有不羁之才。然嵇志远而疏，吕心旷而放，其后各以事见法。嵇博综技艺，于丝竹特妙，临当就命，顾视日影，索琴而弹之。余逝将西迈，经其旧庐。于时日薄虞渊，寒冰凄然。邻人有吹笛者，发声寥亮，追思曩昔游宴之妙，感音而叹，故作赋云："将命适于远京兮，遂旋返而北徂。济黄河以泛舟兮，经山阳之旧居。瞻旷野之萧条兮，息余驾乎城隅。践二子之遗迹兮，历穷巷之空庐。叹黍离之愍周兮，悲麦秀于殷墟。惟古昔以怀今兮，心徘徊以踌躇。栋宇存而弗毁兮，形神逝其焉如。昔李斯之受罪兮，叹黄犬而长吟。悼嵇生之永辞兮，顾日影而弹琴。托运遇于领会兮，寄余命于寸阴。听鸣笛之慷慨兮，妙声绝而复寻。停驾言其将迈兮，遂援翰而写心。"向秀思旧赋并序。○文选李善注曰："臧荣绪晋书曰：'向秀字子期，河内怀人也，始有不羁之志，与嵇康吕安友。康既被诛，秀应本州计入洛，太祖问曰：'闻有箕山之志，何以在此？'秀曰："以为巢、许，未达尧心，是以来见。"反自役，作思旧赋。'"○晋书向秀传："康既被诛，秀应本州计入洛，秀乃自此役，作思旧赋。"

　　君子嶷人，必于其伦，向秀之赋嵇生，方罪于李斯，不伦甚矣。文心雕龙指瑕篇。○黄先生曰："此言叔夜胜于李相，所谓志远，非以叹黄犬偶顾影弹琴，刘舍人指瑕之篇，讥其不类，殆未详绎其旨。"

　　嵇、吕并言而末复单悼嵇生，以叔夜义证吕安而死，更非其罪，故尤深感耳。古今不平之事，无如嵇吕一案，"典午"刑政如此，<u>阮公</u>所以有<u>广武</u>之叹也。_{张云}

死，更非其罪，故尤深感耳。古今不平之事，无如<u>嵇吕</u>一案，"典午"刑政如此，<u>阮公</u>所以有<u>广武</u>之叹也。张云璈选学胶言。

肃肃<u>中散</u>，俊明宣哲，笼罩宇宙，高蹈玄辙。李充九贤颂嵇中散颂。○初学记十七引。

先生挺邈世之风，资高明之质；神萧萧以宏远，志落落以遐逸；忘尊荣于华堂，括卑静于蓬室；宁漆园之逍遥，安柱下之得一。寄心孤松，取乐竹林；尚想<u>荣</u>、<u>庄</u>，聊与抽簪；味孙觞之浊醪，鸣七弦之清琴；慕至人之玄旨，咏千载之徽音；凌晨风而长啸，托归流而永吟；乃自足于丘壑，孰有愠乎陆沈。马乐原而翘足，龟悦涂而曳尾；畴庙堂之是荣，岂和钧之足视？凡先生之所期，羌玄达于遐旨；尚遗大以出生，何殉小而入死。嗟乎先生！逢时命之不丁。冀后彫于岁寒，遭繁霜而夏零；灭皎皎之玉质，绝琅琅之金声；投明珠以弹雀，捐所重而为轻；谅鄙心之不爽，非大雅之所营。李充吊嵇中散文。○北堂书钞一百二、太平御览五百九十六引。

<u>阮公</u>瑰杰之量，不移于俗，然获免者，岂不以虚中莘节，动无过则乎！<u>中散</u>遗外之情，最为高绝，不免世祸，将由举体秀异，直致自高，故伤之者也。<u>山公</u>中怀体默，易可因任，平施不挠，在众乐同，游刃一世，不亦可乎！袁宏七贤序。○太平御览四百四十七引。○严可均全晋文序曰："案此当即竹林名士传序也。"世说文学篇注："宏以<u>阮嗣宗</u>、<u>嵇叔夜</u>、<u>山巨源</u>、<u>向子期</u>、<u>刘伯伦</u>、<u>阮仲容</u>、<u>王濬冲</u>为竹林名士。"

<u>宣尼</u>有言曰："惟仁者能好人，能恶人。"自非贤智之

左侧竖排：嵇康集校注

572

流，不可以褒贬明德，拟议英哲矣。故彼嵇中散之为人，可谓命世之杰矣。观其德行奇伟，风韵劭邈，有似明月之映幽夜，清风之过松林也。若夫吕安者，嵇子之良友也；锺会者，天下之恶人也。良友不可以不明，明之而理全；恶人不可以不拒，拒之而道显。夜光非与鱼目比映，三秀难与朝华争荣，故布鼓自嫌于雷门，砥石有忌于琳琅矣。嗟乎，道之丧也，虽智周万物，不能遣绝粮之困；识达去留，不能违颠沛之艰。故存其心者，不以一眚累怀；检乎迹者，必以纤芥为事。慨达人之获讥，悼高范之莫全，凌清风以三叹，抚兹子而怅焉。闻先觉之高唱，理极滞其必宣，候千载之大圣，期五百之明贤，聊寄愤于斯章，思慷慨而泫然。_{袁宏妻李}氏吊嵇中散文。○太平御览五百九十六引。○案"妻"字御览各本或作"友"，或作"及"，皆误也。

　　嵇康非汤、武，薄周、孔，所以迕世。_{竹林七贤论。○太平御}览一百三十七引。○案此当即竹林七贤传之论。

　　邈矣先生，英标秀上。希巢洗心，拟庄託相。乃放乃逸，迈兹俗网。锺期不存，奇音谁赏。_{谢万七贤赞嵇中散赞。○}初学记十七引。○严可均全晋文注曰："案万有八贤论，见世说文学篇注引万集，载其叙四隐四显为八贤之论，谓渔父、屈原、季主、贾谊、楚老、龚胜、孙登、嵇康也。其旨以处者为优，出者为劣。案此盖八贤颂，即系于论也。其论今亡。"○扬案：晋孙统亦有竹林七贤赞，见圣贤群辅录，其文亦亡。

　　帛祖衅起于管蕃，中散祸作于锺会。二贤并以俊迈之气，昧其图身之虑，栖心事外，轻世招患，殆不异也。_{孙绰道}贤论。○高僧传卷一引。○案绰以天竺七僧方竹林七贤，为道贤论。以帛法嵇子秀达，英风朗烈，道俊薰芳，鲜不玉折。庾阐孙登赞。○艺文类聚三十六引。

夫以嵇子之抗心希古，绝羁独放，五难之根既拔，立生之道无累，人患殆乎尽矣。徒以忽防于锺、吕，肆言于禹、汤，祸机变于豪端，逸翮铩于垂举。夫贻书良友，则匹厚味于甘酖。下阙。○傅亮演慎论。○宋书亮传引。

中散不偶世，本自餐霞人。形解验默仙，吐论知凝神。立俗迕流议，寻山洽隐沦。鸾翮有时铩，龙性谁能驯。颜延年五君咏嵇中散。

嵇生是上智之人，值无妄之日，神才高杰，故为世道所莫容。风邈挺特，荫映于天下，言理吐论，一时所莫能参。属马氏执国，欲以智计倾皇祚，诛锄胜己，靡或有遗。玄伯、大初之徒并出，嵇生之流，咸已就戮。嵇审于此时，非自免之运。若登朝进仕，映迈当时，则受祸之速，过于旋踵。自非霓裳羽带，无用自全。故始以饵求黄精，终于假涂托化。阮公才器宏广，亦非衰世所容。但容貌风神，不及叔夜，求免世难，如为有涂。若率其恒仪，同物俯仰，迈群独秀，亦不为二马所安。故毁行废礼，以秽其德，崎岖人世，仅然后全。自嵇、阮之外，山、向五人，止是风流器度，不为世匠所骇。沈约七贤论。○艺文类聚三十七引。

曰余不师训，潜志去世尘。远想出宏域，高步超常伦。灵凤振羽仪，戢景西海滨。朝食琅玕实，夕饮玉池津。处顺故无累，养德乃人神。旷哉宇宙惠，云罗更四陈。哲人贵识义，大雅明庇身。<u>庄生</u>慕无为，<u>老氏</u>守其真。天下皆得一，名实久相宾。咸池飨爰居，钟鼓或愁辛。<u>柳惠</u>善直道，<u>孙登</u>庶知人。写怀良未远，感赠以书绅。<small><u>江淹</u>拟嵇中散言志。○案此拟诗也，而广<u>文选</u>、<u>文翰类选</u>等书于此诗作者径标<u>嵇叔夜</u>，又题曰言志诗，皆<u>明</u>人之陋也。</small>

中散下狱，神气激扬。浊醪夕引，素琴晨张。秋日萧索，浮云无光。郁青霞之奇意，入修夜之不旸。<small><u>江淹</u>恨赋。</small>

山林重明灭，风月临嚣尘。著书惟隐士，谈玄止谷神。雁重翻伤性，蚕寒更养身。<u>广陵</u>倏故曲，<u>山阳</u>有旧邻。俗俭宁妨患，才多反累身。寄言<u>山吏部</u>，无以助庖人。<small><u>庾肩吾</u>赋得嵇叔夜。○艺文类聚三十六引。</small>

<u>嵇叔夜</u>俊伤其道。<small><u>世说新语</u>载<u>简文帝</u>说。</small>

<u>嵇康</u>著养生之论，而以傲物受刑。<small><u>颜氏家训</u>养生篇。</small>

中散作绝交之书，拒选部之举，此名节所关，尤养生家之深者也。<small><u>汉魏别录</u>引<u>沈士镛</u>语。</small>

<u>嵇叔夜</u>排俗取祸，岂和光同尘之流也。<small><u>颜氏家训</u>勉学篇。</small>

<u>嵇康</u>自逸，手锻为娱。曲池四绕，垂杨一株。铜烟寒灶，铁焰分炉。箕踞而坐，何其憿乎。<small><u>王绩</u>嵇康坐锻赞。</small>

575

<u>嵇康</u>云："顿缨狂顾，逾思长林而忆丰草。"顿缨狂顾，岂与俯受维絷有异乎？长林丰草，岂与官署门阑有异乎？异色起而正色隐，色事碍而慧用微。岂等用虚空，无所不遍，光明遍照，知见独存之旨乎？<small><u>王维</u>与魏居士书。○<u>李贽初潭集</u></small>

曰："此亦公一偏之谈也。苟知官署门阑，不异长林丰草，则终身长林丰草，固即终身官署门阑矣。"○扬案：以俯受维絷、官署门阑为安，此维之所以甘于失身也。

彼美云章子，翛然天外情。凝眉逐层叠，俯手散馀清。霄迥心逾远，徽迁曲暗成。千秋想萧散，方觉绘毫精。<u>宋祁嵇中散画像诗</u>。○原注云："<u>顾长康画中散为目送飞鸿、手挥五弦像</u>，世共贵之，谓以风韵可想见也。"○案<u>太平御览</u>七百二引<u>沈约俗说</u>云："<u>顾虎头为人画扇，作嵇、阮</u>，而都不点睛。或问之，<u>顾</u>答曰：'那可点睛，点睛即语。'"又<u>世说新语巧艺篇</u>曰："<u>顾长康道</u>，画手挥五弦易，目送飞鸿难。"<u>晋书顾恺之传</u>曰："每重<u>嵇康</u>四言诗，因为之图，恒云：'手挥五弦易，目送飞鸿难。'"○又案<u>顾长康古贤图</u>，<u>宣和</u>时尚在御府，见<u>宣和书画谱</u>及<u>铁围山丛谈</u>。又<u>顾</u>氏尝画<u>叔夜轻车诗</u>，见<u>张彦远历代名画记</u>。

康与安实皆为魏臣，其诛也，岂犯有司？特晋方谋篡魏，忌其贤而见图，故康诛而魏亦自亡。若绍可谓兼父与君之仇者也，力不能报，犹且避之天下；顾臣其子孙而为之死，岂不谬哉？<u>王回嵇绍赞</u>。

两汉本继绍，新室如赘旒。所以嵇中散，至死薄殷、周。<u>李清照咏史</u>。○见<u>宋诗纪事</u>引<u>朱子游艺论评</u>及<u>彤管遗编</u>。

嵇叔夜、阮嗣宗，号称旷达；至其文辞，颇务扬己衒异，以贬剥当世，有臭腐裈虱之语。夫志在于脱世纷，反激而速之，则其被祸取仇疾，非不幸也。<u>刘才邵跋李龙眠渊明归去来图</u>。

司马氏非有大功于魏也，乘斯人望安之久，而窃其机耳。籍、康以英特之姿，心事荦荦，宜其所甚耻也。而羽翼

已成，虽孔孟能动之乎？生死避就之际，固二子之所不屑
也。<u>陈亮三国纪年</u>。

　　晋人贵竹林，竹林今在<u>怀州修武县</u>，初若欲避世远祸
者，然反由此得名，<u>嵇叔夜</u>所以终不免也。七人如<u>向秀</u>、<u>阮
咸</u>，亦碌碌常材无足道，但依附此数人以窃名誉。<u>山巨源</u>
自有志于世，<u>王戎</u>尚爱钱，岂不爱官？故天下稍定皆复出，
<u>巨源</u>岂<u>戎</u>比哉？唯<u>嵇叔夜</u>似真不屈于<u>晋</u>者，故力辞吏部，
可见其意。又<u>魏</u>宗室婿，安得保其身？惜其不能深默，绝
去圭角，如<u>管幼安</u>，则庶几矣。<u>阮籍</u>不肯为东平相，而为<u>晋
文帝</u>从事中郎，后卒为公卿作劝进表。若论于<u>嵇康</u>前，自
应杖死。<u>颜延之</u>不论此而论<u>涛</u>、<u>戎</u>，可见其陋也。<u>叶適避暑
录话</u>。

　　<u>嵇康幽愤</u>诗云："性不伤物，频致怨憎。昔惭<u>下惠</u>，今
愧<u>孙登</u>。"盖志<u>钟会</u>之悔也。吾尝读<u>世说</u>，知<u>康</u>乃<u>魏</u>宗室
婿，审如此，虽不忤<u>钟会</u>，亦安能免死邪？尝称<u>阮籍</u>口不臧
否人物，以为可师；殊不然，<u>籍</u>虽不臧否人物，而作青白眼，
亦何以异？<u>籍</u>得全于<u>晋</u>，直是早附<u>司马师</u>，阴托其庇耳。
史言："礼法之士，疾之如仇，赖<u>司马景王</u>全之。"以此而言，
<u>籍</u>非附<u>司马氏</u>，未必能脱也。今文选载<u>蒋济</u>劝进表一篇，
乃<u>籍</u>所作。<u>籍</u>忍至此，亦何所不可为？<u>籍</u>著论鄙世俗之
士，以为犹虱处乎裈中。<u>籍</u>委身于<u>司马氏</u>，独非裈中乎？
观<u>康</u>尚不屈于<u>钟会</u>，肯卖<u>魏</u>而附<u>晋</u>乎？世俗但以迹之近似
者取之，概以为<u>嵇阮</u>，我每为之太息也。<u>叶適石林诗话</u>。

嵇康一志陆沈，性与道会，信无求于世。不幸龙章凤姿，惊众衒俗，世独求之不已，使不以正终。盖非其罪也。昔孔子患世俗之多故，其教必以厚人薄己，远虑近忧，立则参前，舆则倚衡，凛然若兵之加颈。而又曰："鸟兽不可与同群，吾非斯人之徒而谁与。"盖人道之难，甚哉！然则康虽欲采薇散发，以娱颐天年，而不可得也。悲夫！竹林之贤，过是无观已。_{叶適习学记言。}

孔子既祥，五日，弹琴而不成声，言其哀心未忘也。夫哀戚之心存于中，则弦手犁然而不谐，此理之必然者。余观嵇中散被谮就刑，冤痛甚矣。而叔夜乃更神色夷旷，援琴终曲，叹广陵之不传。此真所谓有道之士，不以死生婴怀者矣。若彼中无所养，则赴市之时，神魂荒扰，呼天请命之不暇，岂能愉心和气，雍容奏技，如在暇豫时耶？惜哉！史氏不能逆彼心寄，表示后人，谓其拳拳于一曲，失实多矣。何薳春渚纪闻。

嵇中散龙章凤姿，高情远韵，当世第一流也。不幸当魏晋之交，危疑之际，且又魏之族婿，锺会嗾司马昭以卧龙比之，此岂昭弑逆之贼，所能容哉？前史称会造公，公不为礼，谓会"何所闻而来？何所见而去？"会以是衒之。向无此言，公亦不免。世人喜以成败论士，遂以公为才多识寡，难乎免于今之世，过矣。自古奸雄窥伺神器者，鲜不维縶英豪，使不得遁。如中郎死于董卓，文举死于魏武，司空图仅以疾免，扬子云几至辱身，亦时之不幸也。如公重名，安所遁哉？人孰无死，惟得死为不没。如会劝司马昭啄丧魏室，既灭刘禅，遂据蜀叛，竟以诛死。若等犬彘耳，死与草木共腐。而公之没，以今望之，若神人然，为不死矣，尚何訾云，故备论之。至于书之工拙，亦何足言之与有。<u>赵秉文题王致叔书嵇叔夜养生论后</u>。

叔夜龙凤姿，清修契神术。弹琴狎鱼鸟，采药游山泽。山涛徒见举，孙登有远适。已矣广陵散，尸解亦何益。<u>龚璛七贤诗嵇中散康</u>。

寻常论养生，未得养生说。拟从林下游，一书交尽绝。既无当世志，安用三尺铁。频频石上磨，神光浸秋月。可怜麤疏甚，自谋何太拙。危弦发哀弹，幽情终莫泄。死留身后名，有愧侍中血。<u>李俊民嵇康淬剑池</u>。

万槲霜叶丹，锻灶烘炽火。有怀中散公，材大识或麽。至人戒其偏，康锐不自挫。当时朝右奸，如会鬼见唾。吹毛不此施，淬砺安用那？徒为论养生，竟落非命祸！<u>王恽游百家岩</u>。

识短才长蓄祸机，放怀独惜养生嵇。后人莫坐谈玄罪，秋水篇中物物齐。○粉饰青黄乃木灾，当年中散固奇才。高风不逐鸾音去，柳下奚为打锻来。<u>王恽题竹林七贤嵇中散</u>。

先生家何在，昔住嵇山阴。方状日宴息，上有焦桐琴。流目视宇宙，何人知此心。奇才轶同列，幽思积盈襟。绝交书固伟，养性论亦深。谁谗卧龙质，反使祸见侵。寥寥广陵散，百世宁知音。惜哉画史辈，不识孙登箴。王沂题胡济川嵇康床琴图。

嵇、阮齐名，皆博学有文，然二人立身行己，有相似者，有不同者。康著养生论，颇言性情，及观绝交书，如出二人。处魏、晋之际，不能晦迹韬光，而傲慢忤物，又不能危行言逊，而非薄圣人，竟致杀身，哀哉！籍放荡不检，则甚于康，不罹于祸者，在劝进表也。盛如梓庶斋老学丛谈。

易曰："天地闭，贤人隐。"又曰："否之匪人，不利君子贞。"阴长阳消，臣弑君，子弑父，无复人道。君子隐而已矣，又何必外形骸以自秽，必如楚狂、桑户，然后为达耶？嵇康诸人，皆以逸才，不能好遁，遂为狂人，老、庄之术误之也。司马氏父子方放弑攘窃，踵武操、丕，厌然自以为舜、禹。康乃非薄汤、武，谓皆以臣弑君，揭触所忌，其能免乎？著论养生，而卒杀身，岂知养生之道哉！太上养心，其次养生，丧心病狂，身死久矣，又奚养生为？郝经续后汉书狂士传赞。

嗣宗、叔夜并以放诞名，而阮之识远非嵇比也。灵运、延年，并以纵傲名，而颜之识远非谢比也。步兵、光禄，身处危地，使马昭、刘劭信之而不伤。中散、康乐，虽有盛名，非若夏侯玄辈，为时所急，徒以口舌获戾，悲夫！胡应麟诗薮。

中散龙凤姿，雅志薄云汉。少无适俗韵，早有餐霞愿。调高岂谐俗，才俊为身患。缠悲幽愤词，结恨广陵散。张居正七贤吟嵇中散。

汉氏桓、灵以来，海内鼎沸久矣，有能定于一者，万姓之倒悬，不亦解乎。山公是以引中散也。而司马氏非应天顺人者也，汤武且薄之，宁比于窃钩者？此志也，山公宁不知之？启事中毋乃为阱欤？七不堪之书，将何以免？若中散之论养生，岂唯识寡，乃蹈白刃者也。非智非愚，何以望苏门哉？<u>方弘静千一录</u>。

嵇中散不喜作书，然自云："犯教伤义，第性不能勉强耳。"陆放翁云："四方书疏，略不复遣。"二子于养生则得矣。礼有报施，恶得以懒为真？人谁谅之？<u>同上</u>。

籍与嵇康，当时一流人物也，何礼法疾籍如仇，昭则每为保护？康徒以钟会片言，遂不免耶？至劝进之文，真情乃见。<u>张燧千百年眼</u>。

嵇叔夜以宗室联姻，一拜中散，便无意章绶者，诚见主孱国危，不欲頫首司马氏耳。故山涛欲举以自代，辄与绝交。观其书有非汤武之语，固有所指；而作高士传取龚胜者，岂非以其不仕新莽耶！世语谓康欲起兵应毌丘俭，言虽近诬，要亦叔夜意中事也。<u>吕兆禧吕锡侯笔记</u>。

曰余厌尘网，振衣潜羽仪。卓荦惊古人，灼灼扬高姿。远眺八纮外，陵景希清夷。灵凤矫羽翼，飘然云际飞。明餐若木华，夜饮苍渊池。悠悠庄周子，方能悟无为。爰居飨锺鼓，徒令达者嗤。长啸倚天表，采药南山陲。<u>夏完淳嵇叔夜言志</u>。

嵇康人中龙，义不可当世。视彼盗国臣，伎俩如儿戏。

吐辞薄汤、武，千载有生气。临命索琴弹，聊示不屑意。<small>杜濬三君咏嵇康。</small>

结伴竹林形自垢，逢人柳下坐长箕。养生论好醇颜发，服食缘悭石髓贻。鹤在清霄罗未远，琴弹白日影初移。三千太学伤东市，一笛山阳怅子期。<small>谢启昆树经堂咏史诗嵇康。</small>

家近山阳古郡城，<small>温庭筠。</small>避时多喜茸居成。<small>杜荀鹤。</small>鼓琴饮酒无闲暇，<small>布燮。</small>命驾相思不为名。<small>权德舆。</small>静对道流论药石，<small>刘禹锡。</small>更无书信答公卿。<small>方干。</small>当时向秀闻邻笛，<small>薛能。</small>谷变陵迁事可惊。<small>释齐己。</small>○葛龙闲卧待时来，<small>李咸用。</small>中有诗篇绝世才。<small>刘禹锡。</small>请奏鸣琴广陵散，<small>李颀。</small>且谋欢洽玉山颓。<small>元凛。</small>一生爱竹自未有，<small>周贺。</small>尽日看云首不回。<small>杜牧。</small>目送征鸿飞渺渺，<small>孙光宪词。</small>水边精舍绝尘埃。<small>释齐己。</small>○哭杀厨头阮步兵，<small>李商隐。</small>殷勤把酒尚多情。<small>刘禹锡。谓吊丧事。</small>敢同俗态期青眼，<small>唐彦谦。</small>空向人间著养生。<small>段成式。</small>高士例须怜麴蘖，<small>韩愈。</small>有田多与种黄精。<small>张籍。</small>静探石脑衣裾润，<small>皮日休。</small>阴洞曾为采药行。<small>陆龟蒙。○汪元慎咏史集嵇康。</small>

竹林游，偕六贤。柳下锻，神夷然。生平解著养生论，当随孙登、王烈求神仙。吁嗟乎！吕安之交何可绝，锺会径来宜落寞。岂聚六州铁，铸成此大错。<small>谭莹柳下锻。</small>

<small>582</small>

嵇康文辞壮丽。<small>魏志王粲传。○刘师培中古文学史曰："案魏志以文辞壮丽评康，亦至当之论。"</small>

论贵于允理，不求支离。若嵇康之论，成文美矣。李充
翰林论。○太平御觉五百九十五引。○刘师培曰："案李氏以论推嵇，明论体
之能成文者，魏晋之间，实以嵇氏为最。"

正始明道，诗杂仙心，何晏之徒，率多浮浅。唯嵇志清
峻，阮旨遥深，故能标焉。○四言五言，叔夜含其润。文心
雕龙明诗篇。○刘师培曰："案嵇、阮之文，艳逸壮丽，大抵相同。若施以区
别，则嵇文近汉孔融，析理绵密，阮所不逮。阮文近汉祢衡，托体高健，嵇所不
及。此其相异之点也。至其为诗，则为体迥异，大体嵇诗清峻，而阮诗高浑。"
○又曰："魏初诗歌，渐趋清靡，嵇、阮矫以雄秀，多为晋人所取法，故彦和评论
魏诗，亦惟推重二子也。"

叔夜俊侠，故兴高而采烈。同上体性篇。○刘师培曰："案彦
和以兴高采烈评康文，亦与魏志文辞壮丽说合。盖嵇文之丽，丽而壮者也，与
徒事藻采之文不同。"

正始馀风，篇体轻澹；而嵇、阮、应、缪，并驰文路。同上
时序篇。刘师培曰："案彦和此论，盖兼王、何诸家之文言，故言篇体轻澹。
其兼及嵇、阮者，以嵇、阮同为当时文士，非以轻澹目嵇、阮之文也。即以诗
言，嵇诗可以轻澹相目，岂可移以目阮诗哉？"

嵇康师心以遣论。同上才略篇。○刘师培曰："案此节以论推
嵇，以诗推阮，实则嵇亦工诗，阮亦工论，特互言见意耳。"

嵇中散诗颇似魏文，过为峻切，讦直露才，伤渊雅之
致；然托谕清远，良有鉴裁，亦未失高流矣。锺嵘诗品。

嵇康标举。唐诗纪事载李华称萧颖士说。

正始中，何晏、嵇、阮之俦也，嵇兴高邈，阮旨闲旷。遍
照金刚文镜秘府论。

叔夜此诗，豪壮清丽，无一点尘俗气。凡学作诗者，不

可不成诵在心，想见其人。虽沈于世故者，然而揽其馀芳，便可扑去面上三斗俗尘矣。何况探其义味者耶？故书付于榾，可与诸郎皆诵取，时时讽咏，以洗心忘倦。黄庭坚书嵇叔夜诗与侄榾。

人品胸次高，自然流出。陈绎曾诗谱。

嵇叔夜土木形骸，不事雕饰，想于文亦尔，如养生论、绝交书，类信笔成者，或遂重犯，或不相续。然独造之语，自是奇丽超逸，览之跃然而醒。诗少涉矜持，更不如嗣宗。吾每想其人，两腋习习风举。王世贞艺苑卮言。

正始体，嵇、阮为冠。王元美云："嵇叔夜土木形骸，不事藻饰，想于文亦尔，如养生论、绝交书，类信笔成者。诗少涉矜持，更不如嗣宗。"愚按叔夜四言，虽稍入繁衍，而实得风人之致，以其出于性情故也。惟五言或不免于矜持耳。许学夷诗源辨体。

嵇阮多材，然嵇诗一举殆尽。陆时雍诗镜。

叔夜四言诗多俊语，不摹仿三百篇，允为晋人先声。沈德潜古诗源。

叔夜情至之人，托于老、庄忘情，此愤激之怀，非其本也。详竹林沈冥，并寻所寄，"典午"阴鸷，摧戕何夏，惟图事权，不惜名彦，如斯之举，贤者叹之，非必于魏恩深，实亦丑晋事鄙。阮公渊渊，犹不宣露，叔夜婞直，所触即形。集中诸篇，多抒感愤，召祸之故，乃亦缘兹。夫尽言刺讥，一览易识，在平时犹不可，况猜忌如仲达父子者哉？叔夜衷怀既然，文章亦尔，径遂直陈，有言必尽，无复含吐之致。故知诗诚关乎性情，婞直之人，必不能为婉转之调，审矣。〇叔夜诗实开晋人之先，四言中饶隽语，以全不似三百篇，故佳。五言句法，初不矜琢，乏于秀气，时代所限，不能为汉音之古朴，而复少魏响之鲜妍，所缘渐沦而下也。〇嵇中散诗如独流之泉，临高赴下，其势一往必达，不作曲折潆洄，然固澄澈可鉴。<u>陈祚明采菽堂古诗选</u>。

四言诗，<u>叔夜</u>、<u>渊明</u>，俱为秀绝。<u>何焯义门读书记</u>。

集中大文，诸论为高，讽养生而达<u>老</u>、<u>庄</u>之旨，辨<u>管</u>、<u>蔡</u>而知<u>周公</u>之心。彼役役于<u>司马</u>门下者，不能作也。<u>张维屏艺谈录</u>。

<u>叔夜</u>之诗峻烈。〇<u>嵇叔夜郭景纯</u>皆亮节之士，虽秋胡行贵玄默之致，游仙诗假栖遁之言，而激烈悲愤，自在言外，乃知识曲宜听其其真也。<u>刘熙载艺概</u>。

<u>中散</u>以龙性被诛，<u>阮公</u>为<u>司马</u>所保，其迹不同，而人品无异。以诗论之，似<u>嵇</u>不如<u>阮</u>耳。<u>方东树昭昧詹言</u>。

<u>嵇叔夜</u>诸诗，都不过如此，其不动人处，只是一律耳。看他说来说去，总是依傍一部<u>庄子</u>，便非诗人本事。惟述志诗二首特矫健。<u>成书多岁堂古诗存</u>。

四言诗<u>嵇</u>、<u>陶</u>为妙，诗之别派。<u>王闿运湘绮楼论文</u>。

<u>嵇</u>文长于辨难，文如剥茧，无不尽之意，亦<u>阮</u>氏所不及也。<u>刘师培中古文学史</u>。

<u>嵇阮</u>诗歌，飘忽峻佚，言无端涯，其旨开于<u>庄周</u>。及其

585

弊也,则宅心虚阔,失其旨归。刘师培南北文学不同论。

嵇叔夜身长七尺六寸,美音声,伟容色,虽土木形骸,而龙章凤姿,天质自然,加以孝友温恭,吾慕其为人。尝有其草写绝交书一纸,非常宝惜,有人与吾两纸王右军书不易。近于李造处见全书,了然知公平生志气,若与面焉。张怀瓘书议。○案书议以叔夜列草书第二,又张氏书估以叔夜列书家第三等。

叔夜善书,妙于草制,观其体势,得之自然,意不在乎笔墨。若高逸之士,虽在布衣,有傲然之色。故知临不测之水,使人神清;登万仞之岩,自然意远。张怀瓘书断。○案此见张彦远法书要录中,别书所载,标题各异,又或不载此评。○又案书断以叔夜列草书妙品。

嵇康书,如抱琴半醉,酣歌高眠。又若众鸟时翔,群乌乍散。韦续墨薮。○案陈思书苑菁华载唐人书评曰:"嵇康书如抱琴半醉,咏物缓行。又若独鹤归林,群乌乍散。"陶宗仪书史会要曰:"评嵇康书者,谓如抱琴半醉,酣歌高眠;又若众鸟时集,群乌乍散。"句有小异。○又案墨薮九品书人篇,以叔夜草书列中上,书论篇以叔夜列草书第二。

叔夜才高,心在幽坟。允文允武,令望令闻。精光照人,气格凌云。力举巨石,芳逾众芬。窦臮述书赋。○原注:"今见带名行书,一纸五行。"○案鲜于枢困学斋杂录曰:"郭北山御史藏嵇叔夜听雨帖。"谈迁枣林杂俎曰:"钱塘杨廷筠以御史督学南畿,有兄弟争嵇叔夜手迹,弟请田三十顷易之,致讼,御史命立宝书堂,公贮之。"据此,知叔夜手迹,元及明季,尚有存者,但不知果为真迹否也。

魏石经本属三字，惟典论一卷乃一字尔。世传经为邯郸淳所书，而晋书卫恒传谓正始中立三字石经，转失淳法，其非淳书明矣。赵至传云："年十四，诣洛阳，游太学，遇嵇康于学写石经，徘徊不能去。"嵇绍亦曰："至入太学，睹先君在学写石经古文。"然则正始石经，实康等所书也。

朱彝尊经义考。○王国维魏石经书法考云："马氏国翰复据晋书赵至传：'至年十二，诣洛阳，游太学，遇嵇康于学写石经。'以为即嵇康辈所书。然至卒于太康中，年三十七，则其遇嵇康写石经，当在永元甘露间，距石经之立，已十馀年。然则康写石经，乃由碑迻写其文，非书丹之谓也。"○扬案：太平御览六百十四云："嵇康于学写石经古文异事"，则为抄录石经异文，不必即写石经也。○又案裴孝源贞观公私画史曰："巢由洗耳图、狮子击象图，右二卷，题云嵇康画，未详，隋收官本。"张彦远历代名画记曰："嵇康工书画，有狮子击象图、巢由图，传于代。"李嗣真续画品以叔夜列下品上，则知叔夜琴书之外，亦工画也。

爰有怀琳，厥迹疏壮。假他人之姓字，作自己之形状。高风甚少，俗态尤多。吠声之辈，或浸馀波。

窦臮述书赋。○原注："李怀琳，洛阳人，国初时，好为伪迹，嵇康绝交书，怀琳之伪迹也。"

刘宪御史焘无言来，予与论书。刘言："续帖中李怀琳所书绝交书，多有古字，宜有所受，非怀琳自能作也。"予云：张彦远言昔嵇叔夜自书绝交书数纸，人以右军数帖来易，惜不与之。则叔夜书唐时尚有之，疑怀琳尝见之，故放焉，决非自能作也。盖怀琳尝伪作卫夫人及七贤帖，不及此远矣。故窦臮曰："乃有怀

琳，厥迹疏壮。假他人之姓字，作自己之形状。"则知
绝交书诚有所放也。黄伯思东观馀论记与刘无言论书。○案
不肯以叔夜书易右军书，乃张怀瓘之言也。

续帖中嵇康绝交书，世传七贤帖，皆怀琳伪迹也。东观
馀论法帖刊误。

右唐胄曹参军李怀琳所摹绝交书，今监察御史安成张
公鳌山所藏，双钩廓填，笔墨精绝，无毫发渗漏，盖唐摹之
妙者。按海岳书史及东观馀论并言："怀琳好作伪书，世莫
能辨。今法帖中七贤、卫夫人等帖，皆出其手。"而唐窦氏
述书赋亦云："爰有怀琳，厥迹疏壮。假他人之姓字，作自
己之形状。"观此，则怀琳在当时，已推其摹搨之工矣。此
书相传摹嵇康本，而此卷后有右军字，不知何也。续法帖
虽载此书，亦不言其临何人。惟张彦远云："尝见叔夜自书
绝交书"云云。故黄长睿以为"此书唐世尚存，怀琳见而仿
之，且谓中有古字，非能自作"。愚按此帖字迹，多类右军，
在前若刘伶、阮籍，字画虽佳，然皆疏宕纵逸，非若此帖精
神沓拖，行间茂密，卓然名家也。且其文与文选所载，微有
不同，尤不可晓。而长睿云："此书去七贤、卫夫人远甚。"

盖亦有所疑也。岂右军尝书此，怀琳摹之耶？抑怀琳好右
军之迹，仿而为之耶？文徵明跋唐李怀琳绝交书。○案此引张彦远
言，承黄氏之误。又黄氏谓卫夫人及七贤帖，不及此帖，文氏误倒。

绝交书，文徵仲以尾有右军字，疑为逸少，此非知书
者。张怀瓘言："家有叔夜草写此书，常宝惜，人与两纸王

书不易。"繇此言之，实嵇之手迹，特怀琳临仿之耳。怀瓘又言："逸少纵逸，乏丈夫之气。"故评草书，登品者八人，嵇亚而王殿。今以此卷并观，良非过论。唐人双钩，下真迹一等。顷幸得见于京师，四明王生以廓填擅场，因命为二本，一自随，一遗无功。闲中时一展玩，雨散风行，颓然天放，龙章凤姿，犹若得其髣髴者。无功其善有之。张丑清河书画舫。○案黄庭坚跋续法帖云："往在三馆，观怀琳临右军绝交真迹，大有奇特处。"此亦以为怀琳摹右军，非径摹嵇叔夜。陶宗仪书史会要云："李怀琳，洛阳人，国初时，好为伪迹，尝仿嵇叔夜绝交书，续帖中有其迹。"程文荣南邨帖考云："李怀琳书嵇康绝交书，考停云所刻此书，乃据唐人模本入石。"汪珂玉珊瑚网法书题跋云："孝宗淳熙间，有秘阁续帖。若李怀琳书绝交书，寿丞以为至精无以加，而山谷老人乃谓：'三馆于阁下观怀琳临右军绝交真迹，大有奇特处，今观此十未得二三，乃知怀琳之妙如此。'其所谓十未得二三者，尚足驰骛后世也。行书皆怀琳临笔，今又却作嵇康书媒糵，而辨者以怀琳伪康书，亦谬也"云云。诸说各殊，今亦难定，惟此帖之为摹本，则可断言耳。

圣贤高士传赞

　　张燮本嵇中散集,有原宪赞、黄帝游襄城赞二首,张溥本收原宪、襄城童、司马相如、许由、井丹五赞,皆不云圣贤高士传。此书,马国翰玉函山房辑佚书尝辑之,阙误甚多,兹不具举。严可均全三国文所辑,涓子齐子,误题二人;安丘生传,后汉书注引文与太平御览全殊,乃竟漏辑;郑仲虞传亦漏北堂书钞一条。此外,前京师图书馆藏有钞本,为清嘉庆间周世敬所辑,辑时后严氏四年,世罕知者,故书目答问亦未之及。书目答问高士传下但注云:"严可均辑嵇康高士传,未刊。"其书既据艺文类聚收子支伯一条,又据太平御览收子州友父一条,不知本为一人,即两书引文,亦十九相同也;据后汉书逢萌传注收王君公一条,又据御览收逢萌、徐房、李云、王尊一条,不知尊字君公,仍一人也;御览引逢贞、李邵公各有叙传,此两人者,皆叔夜所目为高士,而周氏但题逢贞;又襄城童赞下注水经注云云,更注嵇中散集四字,原宪传下亦注嵇中散集四字,此自百三家集迻录者;狂接舆传下注皇甫士安高士传云云,司马季主传下注"史记又载"四字,则直录御览之注文,此皆疏失之处也。考史通浮词篇所言,知叔夜以绛父楚老合为一传,史通并引其论赞之词。就御览所引龚胜事观之,则所传者即楚老,而非传龚胜。马氏、严氏但列龚胜一传，周氏既据史通列绛父楚老一传，又据御览列龚胜一传，此皆误矣。严氏漏於陵仲子、孔休、台佟三人，周氏漏老子、河上公二人。圣贤群辅录引逢萌四人传文更多，又有求仲、羊仲之传，马氏收之，严、周皆未收，岂疑其书欤？而未有说，何耶？至项橐之传，玉烛宝典引文多于文选注，则诸人皆未及见也。今补辑传文，更加校正。凡同传而见引于数书，则录字句之多者，馀书所引，同句之中，字有互异，乃注明之，其节去者，不悉注；如同传一人，而引文甚殊者，则两存之。严氏各传，糅合诸书所引，不可分别，又每有误字，与周氏同，兹并略焉。据史通杂说下篇，知有渔父之传，据品藻篇知有董仲舒、扬子云之传，虽佚其文，当存其目。世说新语补注引高凤传，后汉书补注引孔嵩传，不知所据，姑仍录之。古书引文，但题高士传者，不录。类聚据胡刻本，以王本校之。御览据景宋本，以张本、鲍本、汪本、安政本校之。其误字显然者，不复指出。馀书所据，则皆通行本也。昔纪昀语桂未谷，嵇康高士传，太平御览所引，得其八九云云。见札朴。今之所弋，又不止于御览矣。一九四一年十月重订。

广成子

广成子在崆峒之上，黄帝问曰："吾欲取天地之精，以养万物,为之奈何?"<u>广成子</u>蹶然而起,曰:"至道之精,窈窈冥冥。无视无听,抱神以静。"神"<u>王</u>本作"大"。我守其一,以处其和。故千二百岁,而形未尝衰。得吾道者,上为皇,下为王;"下"字之上,<u>王</u>本有"而"字。才失吾道者,上见光,而下为土。吾将去汝入无穷之闲,游无极之野,与日月参光,"与"<u>王</u>本作"则"。与天地为常。"艺文类聚三十六。

襄城小童

<u>黄帝</u>将见<u>大隗</u>于<u>具茨</u>之山,<u>方明</u>为御,<u>昌寓</u>参乘。<u>黄帝</u>曰:案句上当有脱文,具见<u>庄子·徐无鬼篇</u>。"异哉,请问天下!"小童曰:"予少游六合之外,适有瞀病,有长者教予乘日之车,"日"字原为空格,据<u>王</u>本补。游于<u>襄城</u>之野。今病少损,将复六合之外。为天下者,予奚事焉? 夫为天下亦奚异牧马哉? 去其害马而已!"<u>黄帝</u>再拜称天师而还。"还"<u>王</u>本作"退"。○艺文类聚三十六。○严可均云:"此下当有其赞曰。"○<u>扬</u>案:本书各传当皆有赞,而文多佚矣。

奇哉难测,<u>襄城</u>小童。倦游六合,来憩兹邦。水经·汝水注引赞。

巢 父

<u>巢父</u>,<u>尧</u>时隐人,年老,以树为巢,而寝其上,故人号为<u>巢父</u>。<u>尧</u>之让<u>许由</u>也,<u>由</u>以告<u>巢父</u>,<u>巢父</u>曰:"汝何不隐汝形,藏汝光? 非吾友也!"乃击其膺而下之。<u>许由</u>怅然不自

得,乃（遇）〔过〕清泠之水，案"遇"当为"过"字之误。洗其耳，拭其目，曰："向者闻言负吾友。"遂去，终身不相见。艺文类聚三十六。

许　由

许由字武仲，尧、舜皆师之，与齧缺论尧而去，隐乎沛泽之中。尧舜乃致天下而让焉，曰："十日并出，而爝火不息，其光也不亦难乎！夫子为天子，则天下治，我由尸之，吾自视缺然！"许由曰："吾将为名乎？名者实之宾，吾将为宾乎？"乃去，宿于逆旅之家，旦而遗其皮冠。巢父闻由为尧所让，以为污，乃临池水而洗其耳。池主怒曰："何以污我水！"由乃退而遁耕于中岳，颍水之阳、箕山之下。艺文类聚三十六。

许由养神，宅于箕阿。德真体全，择日登遐。太平御览五十六引赞。

壤　父

壤父者，尧时人，年五十而击壤于道，观者曰："大哉帝之德也。"壤父曰："吾日出而作，日入而息，凿井而饮，耕地而食，帝何德于我哉！"艺文类聚三十六。

子州友父

子州友父者，艺文类聚三十六引无"州"字，又"友父"作"支伯"，下同。**尧、舜各以天下让友父，**_{类聚无"尧"字"各"字。}**友父曰："我适有幽劳之病，**_{类聚"我"作"予"，"劳"作"忧"。}**方治之，**_{"治"汪本作"知"，误也。"治"上，类聚有"且"字。}**未暇在天下也。"**_{"在"安政本作"任"，类聚引作"治"。}**遂不知所之。**_{太平御览五百九。}

善　卷

善卷者，_{太平御览二十六引无"者"字。又此下有"古之贤人也"五字。}**舜以天下让之，卷曰：**_{"卷"上，御览二十六引有"善"字。}**"予立宇宙之中，冬衣皮毛，**_{宋本御览两引均同，别本卷二十六引"冬"下有"则"字，卷八百十九引无。}**夏衣絺葛，**_{宋本御览二十六引同，八百十九引作"夏绤葛"，别本卷二十六引作"夏则衣绤葛"，卷八百十九引作"夏服绤葛"。}**日出而作，日入而息，逍遥天地之间，何以天下为哉？"遂入深山，莫知其所终。**_{艺文类聚三十六。}

石户之农

石户之农，不知何许人，与舜为友。舜以天下让之，石父夫负妻戴，_{艺文类聚三十六引夺"戴"字。}**携子以入海，终身不返。**_{太平御览五百九。}

594

伯成子高

伯成子高，不知何许人也。唐、虞时_{"时"上艺文类聚三十六引有"之"字。}**为诸侯，至禹，复去而耕。禹往趋而问曰："昔尧治天下，**_{"尧"下汪本有"舜"字。}**吾子立为诸侯。尧授舜，舜**

授予，吾子去而耕，敢问其故何耶？"子高曰："昔尧治天下，至公无私，不赏而民劝，不罚而民畏，_{"罚"张本作"威"。}今子赏而不劝，罚而不畏，_{"畏"类聚作"威"。}德自此衰，_{"衰"汪本作}"伤"。刑自此作。夫子盍行，_{"盍"汪本作"善"，误也。"行"下类聚有}"乎"字。无留吾事！"_{"留"类聚作"落"。"吾"汪本作"君"，误也。}侃侃然_{类聚作"偲偲乎"。}遂复耕而不顾。_{太平御览五百九。}

卞随　务光

卞随、务光者，不知何许人。汤将伐桀，因卞随而谋，曰："非吾事也。"汤遂伐桀，以天下让随，随曰："后之伐桀，谋于我，必以我为贼也；而又让我，必以我为贪也，吾不忍闻。"乃自投桐水。_{"桐"汪本作"湘"，误也。水经颖水注云："吕氏春秋曰：'卞随耻受汤让，自投此水而死。'张显逸民传、嵇叔夜高士传并言投洞水而死，未知其孰是也。"朱谋㙔笺云："吕览作颖水，庄子作椆水，司马注本作洞水，云：'洞水在颖阳。'㙔按：'颖'、'洞'古字通用，'椆'、'桐'二字皆误耳。"}又让务光，光曰："废上非义，杀民非仁；无道之世，_{"无"汪本作"吾"，误也。}不践其土，况于尊我哉？"乃抱石而沈庐水。_{"庐"汪本作"卢"。○太平御览五百九。}

康市子

康市子者，_{"康"张本、汪本作"庚"。}圣人之无欲者也。_{汪本无"之"字。}见人争财而讼，推千金之璧于其旁，而讼者息。_{太平御览五百九。}

小臣稷

小臣稷者，齐人，抗厉希古，桓公三往而不得见。公曰："吾闻士不轻爵禄，无以易万乘之主；万乘之主不好仁义，无以下布衣之士。"于是五往，乃得见焉。太平御览五百九。

涓子

涓子，齐人，汪本作"消子、齐子"，误也。严辑全三国文误作"涓子、齐子"，标题亦误为二名。饵术，汪本无"饵术"二字，有"不接宾客"四字。接食甚精。"接"各本作"服"。至三百年后，钓于河泽，得鲤鱼中符。汪本"鱼中"二字倒。后隐于宕石山，"宕"鲍本、张本作"岩"。能致风雨。告伯阳九仙法，淮南王少得其文，不能解其旨。太平御览五百九。

商容

商容，不知何许人也。有疾，老子曰："先生无遗教以告弟子乎？"汪本无"乎"字，艺文类聚三十四引云："商容有疾，老子问之。"容曰："容"上，汪本有"商"字。"将语子，类聚无"将语"二字，以"子"字连下为句。过故乡而下车，知之乎？"老子曰："非谓不忘故耶！""不"上，安政本有"其"字。"耶"汪本作"乡"，误也。容曰："过乔木而趋，"木"汪本作"奔"，误也。知之乎？"老子曰："非谓其敬老耶！"容张口曰："吾舌存乎？"曰："存。"曰：汪本无"曰"字。"吾齿存乎?"曰:"亡。""知之乎?"老子曰:"非为其刚亡而弱存乎!""为"安政本作"谓"。汪本无"而"字"乎"字。容曰:"容"上,张本、汪本有"商"字。"嘻! 天下事尽矣!"太平御览五百九。

老　子

良贾深藏,外形若虚;君子盛德,容貌若不足。史记老子传索隐。○按广弘明集载释法琳辨正论曰:"老子之子名宗,仕魏文侯,盖春秋之末,六国时人也。嵇康皇甫谧并'生殷末'。"据此,是本传当有"生殷末"之句。

关令尹喜

关令尹喜,周大夫也。"周"鲍本、张本、汪本作"州",误也。善内学、星辰、服食。老子西游,喜先见气,物色遮之,果得老子。老子为著书。因与老子俱之流沙西,服巨胜实,莫知所终。太平御览五百九。

亥　唐

亥唐,晋人也,高恪寡素,晋国惮之。虽蔬食菜羹,平公每为之欣饱。公与亥唐坐,有间,亥唐出,叔向入,平公伸一足曰:"吾向时与亥子坐,腓痛足痹,"腓"汪本作"脚",误也。不敢伸。"叔向悖然作色不悦。"悖"张本作"勃"。公曰:鲍本、张本、汪本无"公"字。"子欲贵乎? 吾爵子! 子欲富乎? 吾禄子! 夫亥先生乃无欲也,吾非正坐,鲍本、汪本无"吾"字。无以养之，子何不悦哉？”“哉”汪本作“乎”。○太平御览五百九。

项　橐

孔子问项橐曰：“居何在？”曰：“万流屋是也。”注曰：“言与万物同流匹也。”文选颜延年皇太子释奠会诗注。○严可均云：“案周续之注，仅存此条。汉书董仲舒传云：‘此亡异于达巷党人，不学而自知也。’孟康曰：‘人，项橐也。’”大项橐与孔子俱学于老子，俄而大项为童子，推蒲车而戏。孔子候之，遇而不识，问：“大项居何在？”曰：“万流屋是。”到家而知向是项子也，交之，与之谈。玉烛宝典四。

狂接舆

狂接舆，楚人也，耕而食。楚王闻其贤，使使者持金百镒聘之，曰：“愿先生治江南。”接舆笑而不应。使者去，妻从市来，“妻”上，张本、汪本有“其”字。曰：“门外车马迹何深也？”接舆具告之。妻曰：“许之乎？”接舆曰：“富贵，人之所欲，“富贵”汪本作“贵富”。子何恶之？”妻曰：“吾闻至人乐道，“至”汪本作“圣”。不以贫易操，不为富改行。受人爵禄，何以待之？”接舆曰：“吾不许也。”妻曰：鲍本、张本无“妻”字。“诚然，不如去之。”夫负釜甑，妻戴纴器，变姓名，安政本夺“变”字。莫知所之。尝见仲尼，歌而过之，曰：“凤兮凤兮，何德之衰！往者不可谏，来者犹可追。”后更名陆通，“名”鲍本、汪本作“姓”，误也。好养性，此三字汪本作“养生术”。在蜀峨嵋山上，世

稽康集校注

598

世见之。_{太平御览五百九。}

荣启期

荣启期者，不知何许人也，披裘带索，鼓琴而歌。孔子曰："先生何乐也？"对曰："天生万物，唯人为贵，吾得为人，是一乐也；_{汪本无"是"字。}以男为贵，吾得为男，二乐也；人生有不免于襁褓，_{"免"汪本作"全"。}吾行年九十五矣，是三乐也。贫者士之常，死者民之终，_{"民"安政本作"人"。}居常以待终，何不乐也？"_{太平御览五百九。}

长沮　桀溺

长沮、桀溺者，_{"桀"或作"傑"，下同。}不知何许人也，耦而耕。孔子(遇)〔过〕之，_{"遇"安政本作"过"，是也。}使子路问津焉。长沮曰："夫执舆者为谁？"子路曰："是孔子。""是鲁孔丘欤？"曰："是也。"曰：_{鲍本、汪本无"曰"字。}"是知津矣！"问于桀溺，桀溺曰："子为谁？"曰："仲由。""孔丘之徒欤？"对曰："然。"曰：_{汪本无"曰"字。}"与其从避人之士，岂若从避世之士哉！""避世"_{汪本作"世避"，误也。}耰而不辍。子路以告孔子，孔子怃然_{"怃然"汪本作"抚言"，误也。}曰："鸟兽不可与同群，吾非斯人之徒欤〔而谁与〕！""欤"下，_{安政本有"而谁与"三字，是也。○太平御览五百九。}

599

荷篠丈人

荷篠丈人，不知何许人也。子路从而后，问曰："子见夫子乎？"丈人曰："四体不勤，五谷不分，孰为夫子？"植其杖而耘。子路行以告，子曰："隐者也。"使子路反见之，至，则行矣。<u>太平御览五百九</u>。

太公任

太公任者，陈人。孔子围陈，七日不火食，太公往吊之，曰："子几死乎？夫直木先伐，甘井先竭。子其饰智以警愚，<u>"警"鲍本、张本、汪本作"惊"</u>。修身以明污，昭昭如揭日月而行，<u>"揭"汪本作"扬"，误也</u>。故汝不免于患也。孰能削迹捐势，不为功名者哉？无责于人，人亦无责焉！"孔子曰："善！辞其交游，巡于大泽，<u>"巡"安政本作"遁"</u>。入兽不乱群，而况人也！"<u>太平御览五百九</u>。

汉阴丈人

汉阴丈人者，楚人也。子贡适楚，见丈人为圃，入井抱甕而灌，用力甚多。子贡曰："有机于此，后重前轻，名曰桔槔，<u>汪本无"名"字。"桔"鲍本、张本作"楔"</u>。用力寡而见功多。"丈人作色曰："闻之吾师，有机事者，必有机心，机心存于胸，则纯白不备。"子贡惘然惭不对。有间，丈人曰："子奚为？"曰："孔丘之徒也。"丈人曰："子非博学以疑圣智，<u>"疑"汪本</u>

600

同,别本作"拟"。"智"或作"知"。独弦歌以买声名于天下者乎？汪本无"乎"字。方且亡汝神气,堕汝形体,何暇治天下乎! 子往矣,勿妨吾事!"太平御览五百九。

被裘公

被裘公者,吴人。延陵季子出游,见道中有遗金,汪本作"中道见有遗金",艺文类聚三十六引无"有"字。顾而谓公曰:"而"下类聚有"睹之"二字。"取彼金。"公投镰,"镰"类聚作"镰"。瞋目拂手而言曰:"何子之高而视之卑! 类聚"子"下有"居"字,又无"而"字。五月被裘而负薪,"五月"类聚作"吾",误也。岂取金者哉!""金"上类聚有"遗"字。季子大惊,既谢而问姓名,"姓"上类聚有"其"字。公曰:汪本及类聚无"公"字。"吾子皮相之士,而安足语姓名也!""足"汪本作"与"。此句,类聚引作"何足语姓名哉",无"而"字。○太平御览二十二。

延陵季子

延陵季子名札,吴王之子,最少而贤。使上国还,会阖闾使专诸刺杀王僚,致国于札,札不受,去之延陵,终身不入吴国。初适鲁听乐,论众国之风。及过徐,徐君欲其剑,札心许之。及还,徐君已死,即解剑带树而去。鲍本、张本、汪本作"即解带挂树而去"。○太平御览五百九。

原　宪

原宪味道，财寡义丰。栖迟荜门，安贱固穷。弦歌自乐，体逸心冲。进应子贡，邈有清风。初学记十七。〇案：原称<u>西晋嵇康原宪赞</u>。

范　蠡

范蠡者，徐人也，相越灭吴。去之齐，号鸱夷子，"鸱"汪本作"䲝"。治产数千万。去止陶，为朱公，张本、汪本"陶为"二字倒。复累巨万。一曰：蠡事周，师太公，服桂饮水。张本、汪本作"服饮桂水"。去越入海，百馀年乃见于陶。一旦弃资财，卖药于兰陵，世世见之。太平御览五百九。

屠羊说

屠羊说者，楚人也，鲍本、张本、汪本无"也"字。隐于屠肆。昭王失国，说往从王。王反国，欲将赏说，"欲将"安政本作"将欲"。说曰："大王失国，说失屠羊；大王反国，说亦屠羊。臣之爵禄已复矣，汪本无"已"字。又何赏之有？"王使司马子綦延之以三珪之位，说曰："愿长反屠羊之肆耳。""反"张本作"及"。遂不受。太平御览五百九。

市南宜僚

市南宜僚，楚人也，姓熊。白公为乱，使石乞告之，不

嵇康集校注

602

从,承之以剑,汪本无"之"字。而僚弄丸不辍。"而"汪本作"与",误也。鲁侯问曰:"吾学先王之道,"王"鲍本、汪本作"生",误也。勤而行之,然不免于忧患,何也?"僚曰:"君今能刳形洒心,而游无人之野,则无忧矣。"太平御览五百九。○案倭名类聚钞卷二引梁武帝千字文注云:"宜僚者,楚人也,能弄丸,八在空中,一在手中。今人之弄铃是也。"

周　丰

周丰,鲁人也,潜居自贵。"居"汪本作"民",误也。哀公执贽请见之,丰辞。使人问曰:"有虞氏未施信于民而民信,夏后氏未施敬于民而民敬,何施而得斯于民也?""斯"汪本作"此"。对曰:"墟墓之间,未施哀于民而民哀;宗庙社稷之中,鲍本、张本、汪本无"之"字。未施敬于民而民敬;殷人作誓而民始叛,周人作会而民始疑。苟无礼义忠信诚悫之心以莅之,虽固乘结之,"虽"上,鲍本有"然"字。各本均无"乘"字。民其两不解乎!""两"鲍本、张本、汪本作"可"。○太平御览五百九。

颜　阖

颜阖者,鲁人也。"阖"鲍本、张本作"阁",汪本作"阁",下同。鲁君闻其贤,以币聘焉。阖方服布衣,自饮牛,使者问曰:"此颜阖家耶?"曰:"然。"使者致币,阖曰:"恐听误而遗使者羞。""遗"汪本作"遣",误也。使者(至)〔反〕,"至"各本作"反",是也。复来求之,阖乃凿坯而遁。太平御览五百九。

段干木

段干木者，治清节，游西河，守道不仕。魏文侯就造其门，干木逾垣而避之。文侯以客礼出，过其庐则式，其仆问之，文侯曰："干木不趣势，隐处穷巷，声驰千里，敢勿式乎！"文侯所以名过齐桓公者，能尊段干木，敬卜子夏，友田子方也。_{艺文类聚三十六。}

庄　周

庄周少学老子，梁惠王时为蒙县漆园吏，以卑贱不肯仕。楚成王以百金聘周，周方钓于濮水之上，曰："楚有龟，死三千岁矣，今巾笥而藏之于庙堂之上，此龟宁生而掉尾涂中耳。子往矣，吾方掉尾于涂中。"后齐宣王又以千金之币迎周为相，周曰："子不见郊祭之牺牛乎？衣以文绣，食以刍菽，及其牵入太庙，欲为孤豚，其可得乎？"遂终身不仕。_{艺文类聚三十六。}

闾丘先生

闾丘先生，"丘"或作"邱"，下同。齐人也。宣王猎于社山，"宣"汪本作"齐"，艺文类聚三十六引"宣"上有"齐"字。"社"张本、汪本作"杜"，下同。社山父老十三人，相与劳王；"劳"汪本作"助"。王赐父老不租，"不租"汪本作"衣服"。父老皆谢，先生独不拜。"拜"类聚作"谢"。王曰："少也？复赐无徭役。"先生复独不拜。

嵇康集校注

王曰："父老幸劳之，故答以二赐；先生独不拜，何也？"闾丘曰："闻王之来，_{"来"汪本作"求"，误也。}望得寿、得富、得贵于大王也。"王曰："死生有命，非寡人也。仓廪备灾，_{"灾"汪本作"蓄"，误也。}无以富先生；大官无阙，无以贵先生。"闾丘曰："非所敢望。愿选良吏，_{"愿"类聚作"夫"。}平法度，臣得寿矣；赈乏以时，_{"乏"汪本及类聚作"之"，误也。}臣得富矣；令少敬长，臣得贵矣。"_{三"臣"字上，类聚皆有"则"字。}○太平御览五百九。

颜　歜

颜歜者，齐人也，宣王见之，王曰："歜前！"歜曰："王前！"王不悦。歜曰："夫歜前为慕势，王前为趋士。"王作色曰："士贵乎？"_{"士"字原夺，馀各本均有。}歜曰："昔秦攻齐，令曰：'敢近柳下惠垄樵者，_{"樵"汪本作"桥"，误也。}罪死不赦；有能得齐王头者，封万户。'由是观之，生王之头，不如死士之垄！"齐王曰："愿先生与寡人游，食太牢，乘安车。"歜曰："愿得蔬食以当肉，安步以当舆，无事以当贵，_{"事"鲍本、张本、汪本作"罪"。}清净以自娱。"遂辞而去。_{太平御览五百十。}

鲁　连

鲁连，_{太平御览五百十引云："鲁连者，齐人。"}好奇伟俶傥。_{"俶"或作"俶"。}尝游赵，难新垣衍以秦为帝，秦军为却。_{御览无此二句，有"秦围邯郸，连却秦军"二句。}平原君欲封连，连三辞，_{御览引作}

“连不受”。**平原君乃以千金为连寿**，御览无“乃”字，有“又置酒”三字。**连笑曰：“所贵于天下之士者**，御览张刻本作“所贵天下之有士者”，宋本脱“士”字，汪本作“所贵天下之人”。**为人排患释难也，**“也”上御览有“而无取”三字。此句，汪本御览作“有为排患释难而无取也”。**即有取之，是商贾之事尔。”**王本无“是”字，又“尔”字作“耳”。御览“贾”作“贩”。又此下有“不忍为也，遂隐居海上，莫知所在”三句，无下文“燕将”云云。**及燕将守聊城，**“聊”原作“辽”，误也。**田单攻之不能下。连乃为书射城中，遗燕将；燕将见书，泣三日，乃自杀。城降，田单欲爵连，连曰：“吾与于富贵而诎于人，宁贫贱轻世而肆意。”**艺文类聚三十六。

於陵仲子

於陵仲子，齐人。**常归省母，**“常”安政本作“尝”。**人馈其兄鹅，**“鹅”下汪本有“者”字。**仲子嚬蹙曰“恶用是鶃鶃者哉！”**“者”下汪本有“为”字。○太平御览三百九十二。

渔 父 史通杂说下引。

田 生

田生菅床茅屋，不肯仕宦。惠帝亲自往，不出屋。艺文类聚三十六。

河上公

河上公，不知何许人也，谓之丈人。隐德无言，无德而

稽康集校注

606

称焉。<u>安丘先生</u>等从之，修其<u>黄</u>、<u>老</u>业。太平御览五百十。

安丘望之

<u>安丘望之</u>"丘"或作"邱"，下同。字<u>仲都</u>，<u>京兆长陵</u>人。少持<u>老子</u>经，恬净不求进宦，号曰<u>安丘丈人</u>。<u>成帝</u>闻，欲见之。<u>望</u>之辞不肯见，为巫医于人间也。后汉书耿弇传注。

<u>长灵安丘</u>生病笃，弟子<u>公沙都</u>来省之，与<u>安</u>共于庭树下。"于"上各本有"至"字。闻<u>李香</u>，开目见双赤<u>李</u>著枯枝，自堕掌中，<u>安</u>食之，所苦除尽。太平御览九百六十八。

司马季主

<u>司马季主</u>者，<u>楚</u>人也，卜于<u>长安</u>。<u>汉文帝</u>时，<u>宋忠</u>、<u>贾谊</u>为太中大夫，汪本"宋"作"朱"，"太"作"大"。案"朱"字误也。<u>谊</u>曰："吾闻圣人不居朝廷，必在巫醫，"必"鲍本、张本作"心"，误也。试观卜数中。"见<u>季主</u>闲坐，"坐"汪本作"中"，误也。弟子侍而论阴阳之纪。二人曰："观先生之状，听先生之辞，世未尝见也。尊官高位，贤者所处，何业之卑？"卑"汪本作"早"，误也。何行之污？"<u>季主</u>笑曰："观大夫类有道术，何言之陋！夫相引以势，相导以利，所谓贤者，乃可为羞耳。夫内无饥寒之累，"饥"张本、汪本作"饑"。"累"安政本作"略"，误也。外无劫夺之忧，处上而有敬，居下而无害，君子道也。卜之为业，所谓上德也。凤凰不与燕雀为群，公等喁喁，何知长者！"二人忽忽不觉自失。后遂不知<u>季主</u>所在。张本、汪本无"遂"字。○太平御览五百十。

董仲舒 _{史通品藻篇引。}

司马相如

司马相如者，蜀郡成都人，字长卿。初为郎，事景帝。梁孝王来朝，从游说士邹阳等，相如说之，因病免游梁。后过临邛，富人卓王孙女文君新寡，好音，相如以琴心挑之，文君奔之，俱归成都。后居贫，至临邛买酒舍，文君当垆，相如著犊鼻裈，涤器市中。为人口吃，善属文，仕宦不慕高爵，常托疾不与公卿大事，终于家。其赞曰：

长卿慢世，越礼自放。犊鼻居市，不耻其状。托疾避官，"官"文选谢惠连秋怀诗注引作"患"。蔑此卿相。"此"文选注引作"比"，误也。乃赋大人，文选注引作"乃至仕人"，误也。超然莫尚。世说新语品藻篇注。

韩　福

韩福者，以行义修洁。汉昭帝时以德行征，病不进。元凤元年，诏赐帛五十匹，遣长吏时以存问，常以八月赐羊酒。不幸死者，赐复衾一，祠以中牢。自是至今为征士之故事。福终身不仕，卒于家。艺文类聚三十六。

班　嗣

班嗣，楼烦人也。世在京师，家有赐书，内足于财，好老庄之道，不屑荣宦。“宦”别本作“官”。艺文类聚三十六引无此句，有“父党扬子云以下莫不造门”句。桓君山从借庄子，报曰："报"上类聚有“嗣”字。“若庄子者，绝圣弃智，修性保身，清虚淡泊，归之自然。钓鱼于一壑，“鱼”安政本作“渔”。则万物不干其志；栖迟于一丘，“丘”或作“邱”。则天下不易其乐。今吾子伏孔氏之轨迹，“子”下类聚有“闻仁义之羁绊，系声名之缰锁”二句，“闻”为“关”字之误。“迹”类聚作“躅”。驰颜、闵之极艺，既系挛于世教矣，何用大道，为自炫燿也？类聚“用”作“以”，“炫”作“眩”，无“燿”字。昔有学步邯郸者，失其故步，匍匐而归。“归”下类聚有“耳”字。恐似此类，“似”张本作“以”，误也。故不进也。”其行己持论如此。安政本“己”误作“亡”，“论”误作“谕”。遂终于家。太平御览五百十，又略见四百十。

蒋 诩

蒋诩字元卿，杜陵人，为兖州刺史。王莽为宰衡，诩奏事，到灞上，称病不进。归杜陵，荆棘塞门，舍中有三径，终身不出。时人谚曰：“楚国三龚，不如杜陵蒋翁。”太平御览五百十。

求仲 羊仲

求仲、羊仲二人，不知何许人，皆治车为业，挫廉逃名。蒋元卿之去兖，还杜陵，荆棘塞门，舍中有三径，不肯出，唯二人从之游，时人谓之“二仲”。圣贤群辅录。

尚　长
案：后汉书逸民传作"向长"，文选嵇叔夜与山巨源绝交书作"尚子平"，谢灵运初去郡诗注引嵇康高士传亦作"尚长"，两注并云："'尚''向'不同，未详孰是。"

向长字子平，此下，文选注引有"河内人"三字。禽庆字子夏，二人相善，隐避，不仕王莽。"隐"上原有"庆"字，误也。此文主尚长而言。文选注引此句，即无"庆"字。后汉书向长传云："向长字子平，河内朝歌人也，隐居不仕"云云。传末始出禽庆。严氏全三国文此条题"尚长禽庆"，亦因类聚而误。长通易、老子，安贫乐道。好事者更馈遗，辄受之，自足还馀，如有不取也，举措必于中和。司空王邑辟之连年，乃欲荐之于莽，固辞乃止，遂求退。读易至损益卦，喟然叹曰："吾知富贵不如贫贱，未知存何如亡尔！"为子嫁娶毕，敕："家事断之，勿复相关，当如我死矣。"是后肆意，与同好游五岳名山，遂不知所在。艺文类聚三十六。

附后汉书向长传

向长字子平，河内朝歌人也。隐居不仕，性尚中和，好通老、易。贫无资食，好事者更馈焉，受之，取足而反其馀。王莽大司空王邑辟之连年，乃至，欲荐之于莽，固辞乃止。潜隐于家，读易至损益卦，喟然叹曰："吾已知富不如贫，贵不如贱，但未知死何如生耳！"建武中，男女娶嫁既毕，敕："断家事勿相关，当如我死也！"于是遂肆意，与同好北海禽庆，俱游五岳名山，竟不知所终。

王真　李邵公

王真_{"王"卷六百十一引作"逢"}，安政本同，别本均作"逢"。"真"_张本、汪本作"贞"，下同。字叔平，杜陵人。李邵公，上郡人。真世二千石，王莽辟不至，尝为杜陵门下掾，终身不窥长安城，_{汪本无"城"字，鲍本"城"作"门"。}但闭门读书，_{"门"别本卷六百十一引作"户"。}未尝问政，不过农田之事。_{案"不"上或有脱文。}邵公，王莽时避地河西，建武中_{"建"字，原误作"违"。}窦融欲荐之，固辞，乃止。家累百金，优游自乐。_{太平御览五百十。}

薛　方

薛方，齐人，养德不仕。王莽安（居）〔车〕迎方，_{"居"鲍本、}张本、安政本作"车"，是也。因谢曰："尧、舜在上，下有巢、许；今明王方欲隆唐、虞之德，_{"王"安政本作"主"。}亦由小臣欲守箕山之志。"_{"由"张本、汪本作"犹"。"臣"上汪本有"人"字。}莽悦其言，遂终于家。_{太平御览五百十。}

绛父　楚老

龚胜，楚人，王莽时遣使征聘，义不仕二姓，遂绝食而死。有老父来吊，_{"老父"张本、汪本作"父老"。}甚哀，既而曰："嗟乎，薰以香自烧，膏以明自销。龚先生竟夭天年，非吾徒也。"趋而出，终莫知其谁也。_{太平御览五百十。○案此乃楚老传}

文，其绛父传文已佚。

隐德容身，不求名利。避乱远害，安于贱役。史通浮词。
○案史通"隐"字之上有"二叟"两字，惟本书论赞，皆以四字成句，此两字当为
史通之文也。

逢萌　徐房　李昙　王遵

北海（逄）〔逢〕萌，字子康，何春孟注云："后汉书作'子庆'。"惠栋
后汉书补注云："'逄'当作'逢'，刘攽已辨之。逄，符容切。逢，薄江切，姓，出
北海。洪适读为'鼉鼓逢逢'之逢，未详。"又云："东观记作'子康'，盖避清河
孝王讳也。"扬案：作"逢"是也，但符容切为本音。北海徐房，字，"徐"太
平御览四百九引作"条"。平原李昙，字子云，"昙"御览引作"云"。平
原王遵，字君公，"遵"御览引作"尊"，何孟春注云："逢萌传：'萌与同郡
徐房、平原李子云、王君公相友善。'此言徐房字平原，而李子云不言何郡。
李盖平原人，以平原为房字者，殆传闻之误也。"扬案：此处徐房字某，当有
夺文，"平原"两字，自连下为句，上文"北海"两字，亦重出也。皆怀德秽
行，不仕乱世，相与为友，时人号之四子。圣贤群辅录。

君公明易，为郎。数言事不用，乃自污与官婢通，免
归。诈狂侩牛，口无二价也。后汉书逢萌传注。

孔　休

孔休元尝被人斫之，至见王莽，以其面有疮瘢，乃碎其
玉剑璏与治之。"璏"字原为空格，据各本补。○太平御览七百四十二。

王莽征孔休，休饮血，于使者前吐之，为病笃，遂不行。
太平御览七百四十三。

扬　雄　史通品藻篇引。

井　丹

井丹，字太春，<small>"太"或作"大"，下同。</small>扶风郿人。博学高论，京师为之语曰：<small>"京"上太平御览四百十引有"故"字。</small>"五经纷纶井太春。"未尝书刺谒一人。<small>"谒一人"御览作"候谒人"。</small>北宫五王更请，莫能致。新阳侯阴就使人要之，不得已而行。侯设麦饭葱菜，以观其意。丹推却曰："以君侯能供美膳，故来相过，何谓如此？"乃出盛馔。侯起，左右进辇，丹笑曰："闻桀、纣驾人车，此所谓人车者邪？"侯即去辇。越骑梁松，贵震朝廷，请交丹，<small>二句，御览作"梁松请友"。</small>丹不肯见。后丹得时疾，松自将医视之，病愈。久之，松失大男磊，丹一往吊之。时宾客满廷，丹裘褐不完，入门，坐者皆悚，望其颜色。丹四向长揖，前与松语，客主礼毕后，长揖径坐，莫得与语。不肯为吏，径出，后遂隐遁。其赞曰：

井丹高洁，不慕荣贵。抗节五王，不交非类。显讥辇车，左右失气。披褐长揖，义陵群萃。<small>世说新语品藻篇注。</small>

郑　均

郑均不仕汉朝，章帝自往，终不肯起。帝东巡，过任城，乃幸均舍，敕赐尚书禄以终其身。时人号为白衣尚书。<small>北堂书钞六十。</small>

郑仲虞，不知何许人也。汉章帝自往，终不肯起，曰："愿陛下何惜不为太上君，<small>安政本举讹云："'愿'疑'顾'讹。""太上"艺文类聚三十六引作"上世"。</small>令臣得为偃息之民？"天子以尚书禄终其身。世号之白衣尚书。<small>太平御览五百十。</small>

高　凤

高凤，字文通，南阳叶人。少为诸生，家以农亩为业，凤专精诵习。妻尝之田，曝麦于庭，令凤护鸡。时天暴雨，凤持竿诵经，不觉潦水流麦。妻还怪问，乃省。其后遂为名儒。<small>世说新语补德行篇注。</small>

臺　佟

刺史执枣栗之贽往。<small>后汉书臺佟传注。</small>

孔　嵩

赞曰："仲山通达，卷舒无方。屈身厮役，挺秀含芳。"<small>水经淯水注。○案：水经注原文但称"故其赞曰"云云，未标作者，亦未标高士传赞，孙绰亦有至人高士传赞二卷也。严可均全东汉文以此赞入阙名中，则以为时人赞嵩之文。惠栋后汉书补注卷十九独行传孔嵩条下引此文，径题"嵇康高士传赞"，不知更有所据否。</small>

附　录

嵇喜为康传

　　撰录上古以来圣贤隐逸遁心遗名者，集为传赞，自混沌至于<u>管宁</u>，凡百一十有九人。盖求之于宇宙之内，而发之乎千载之外者矣，故世人莫得而名焉。<u>魏志王粲</u>传注。

晋书嵇康传

　　撰上古以来高士为之传赞，欲友其人于千载也。

宋书周续之传_{南史}同。

　　常以<u>嵇康</u>高士传，得出处之美，因为之注。

隋书经籍志

　　圣贤高士传赞三卷。<u>嵇康</u>撰，<u>周续之</u>注。

唐书经籍志

　　<u>高士</u>传三卷。<u>嵇康</u>撰。

　　上古以来圣贤高士传赞三卷。<u>周续之</u>撰。

新唐书艺文志

　　<u>嵇康</u>圣贤高士传八卷。

　　<u>周续之</u>上古以来圣贤高士传赞三卷。

通志艺文略

　　圣贤高士传赞三卷。<u>嵇康</u>撰。

玉海艺文

稽康圣贤高士传赞三卷。唐志:"传八卷,周续之传赞三卷。"

严可均全三国文圣贤高士传序

　　谨案:隋志杂传类:"圣贤高士传赞三卷,稽康撰,周续之注。"唐志以传属稽康,以赞属周续之。据康兄喜为康传云:"撰录上古以来圣贤隐逸遁心遗名者,集为传赞,自混沌至于管宁,凡百一十有九人。"是传与赞皆康撰,唐志误也。宋代不著录。今检群书,得五十二传,五赞,凡六十一人,定著一卷,附康集之末。嘉庆二十年,岁在乙酉,四月朔。扬案:姚振宗隋书经籍志考证云:"唐志所载,盖无注本一部,注本一部也。"

　　周世敬钞本圣贤高士传赞目录书口题"稽氏高士传"。

　　卷上

广成子	襄城童	巢父
许由二则。	善卷	子支伯
子州友父	壤父	石户之农
伯成子高	卞随务光	被裘公
小臣稷	绛父楚老	商容
涓子	关令尹喜	庚市子
项橐	荣启期	太公任

　　卷中

延陵季子	长沮杰溺	荷蓧丈人

周世敬钞本圣贤高士传赞跋

世所传皇甫谧高士传,明嘉靖间黄省曾刊本,传后有颂,即其手笔。高士传未见宋椠者,想久经佚失,当时省曾必从太平御览中钞出,故叔夜作亦错杂其间,兼取后汉书逸民传补缀成篇,臆为删增,遂使真赝不分,嵇与皇甫氏混而莫辨。余数年前,别有辑本,虽非元晏原书,尚可略见庐山面目。尝检艺文类聚人部隐逸门,见有魏隶高士传数则,遍寻史志,并无其书。及绎其文词,核诸御览所载,多同叔夜语，始悟魏隶、嵇康，字形相似，因而致讹。展转翻刻，反疑魏隶别是一人，注书家往往引作故实。昔人以校书为难，由今思之，良非易事。是书三国志注所记一百十九人，兹据见闻所及，不得其半，即史通所引董仲舒、扬子云，庄子、楚辞二渔父事，亦皆高士传中语也。至刘宋周续之注，今无片言只字流传，若非附入隋志，竟有名氏翳如之叹。卷分上中下者，存隋、唐二志之旧也。嘉庆戊寅冬十一月既望，长州周世敬子肃氏识。扬案：类聚魏隶高士传，"隶"字传校宋本为空格，章宗源隋志考证亦列魏隶高士传，误也。又案：周续之注，今存项橐传中一条，见前。

南史隐逸阮孝绪传

孝绪所著高隐传中篇一百三十七人，刘歆、刘訏览其书曰："昔嵇康所赞，缺一自拟。"

世说新语品藻

王子猷、子敬兄弟，共赏高士传人及赞。子敬赏井丹高洁，子猷云："未若长卿慢世。"

隋书经籍志

618

嵇康作高士传，以叙圣贤之风。

史通采撰

嵇康高士传，好聚七国寓言。

史通浮词

案左传称绛父论甲子，隐言于赵孟；班书述楚老哭龚生，莫识其名氏。苟举斯一事，则触类可知。至嵇康、皇甫谧撰高士记，各为二叟立传，全采左、班之录，而其传论云："二叟隐德容身，不求名利，避乱远害，安于贱役。"夫探揣古意，而广足新言，此犹子建之咏三良，延年之歌秋妇。至于临穴泪下，闺中长叹，虽语多本传，而事无异说。

史通品藻

嵇康高士传，其所载者广矣，而颜回、蘧瑗，独不见书。盖以二子虽乐道遗荣，安贫守志，而拘忌名教，未免流俗也。正如董仲舒、扬子云，亦钻研四科，驰驱六籍，渐孔门之教义，服鲁国之儒风，与此何殊，而并可甄录。夫回、瑗可弃，而董、扬获升，可谓识二五而不知十者也。

史通杂说下

嵇康撰高士传，取庄子、楚辞二渔父事，合成一篇。夫以园吏之寓言，骚人之假说，而定为实录，斯已谬矣。况此二渔父者，较年则前后别时，论地则南北殊壤，而辄并之为一，岂非惑哉？苟如是，则苏代所言双擒蚌鹬，伍胥所遇渡水芦中，斯并渔父善事，亦可同归一录，何止揄袂缁帷之林，濯缨沧浪之水，若斯而已也？

庄周著书，以寓言为主。嵇康述高士传，多引其虚辞。

至若神有混沌，编诸首录。苟以此为实，则其流甚多。至如鼋鳖竞长，蚿蛇相怜，鸢鸠笑而后言，鲋鱼忿以作色，向使康撰幽明录、齐谐记，并可引为真事矣。夫识理如此，何为而薄周、孔哉！

春秋左氏传音迻录玉函山房辑佚书。

春秋左氏传嵇氏音一卷，魏嵇康撰。康字叔夜，谯国铚人，本姓奚，自会稽徙谯之铚县嵇山，家于侧，遂氏焉。拜中散大夫，事迹具晋书本传。隋志有春秋左氏传音三卷，唐志不著录，佚已久。陆德明释文引五节，史记索隐引一节，并据采辑。如嫳音留，鹖鸰鹠音权，从公羊作鸛，今虽不用，而古调独弹，比于广陵散云。历城马国翰竹吾甫。

桓公

九年

以战而北

　　北音胸背。陆德明释文。

成公

十有三年

相好戮力同心

　　戮，力幽反。释文。音留。宋庠国语补音卷二。

文公

621

十有四年

有星孛入于北斗

　　孛音渤海字。

　　公羊传曰："孛者何？彗星也。"　彗，似岁反，一音虽遂反。

襄公

九年

弃位而姣

姣音效。释文。

昭公

二十有一年

乃徇曰扬徽者公徒也

徽，帜也。　帜音式。史记高祖本纪："旗帜皆赤。"司马贞索隐引嵇康。○考左氏传不见"帜"字，惟"扬徽"杜预注："徽，识也。"释文云："'识'，本又作'帜'，申志反，又音昌志反，一音式。"后音正与嵇合，嵇在杜前，不应为杜注作音。案杜注称集解，则此必用贾、服诸儒旧说，嵇自音旧注耳。

二十有五年

有鸜鹆来巢

鸜音权。释文引嵇康音。○案释文又云："公羊传作'鹳'，音权。"是嵇从公羊读也。

附经典释文

传　桓公九年　而北。如字，一音佩。嵇康音胸背。

经　文公十四年　星孛。音佩，徐扶愦反，嵇康音渤海字。

　　　彗也。嵇似岁反，一音虽遂反。

传　成公十三年　戮力。相承音六，嵇康力幽反。吕静字韵与"飂"同，字林音辽。

传 **襄公九年　而姣**。户交反，注同，徐又如字，服氏同，嵇叔夜音效。

传 **昭公二十一年　扬徽**。许归反，说文作"徽"，云："识也。"
徽识。本又作"帜"，申志反，又昌志反，一音式。

经 **昭公二十五年　鸜**。其俱反，嵇康音权。本又作"鸲"，音劬。公羊传作"鸜"，音权。郭璞注山海经云："鸜鹆，鸲鹆也。"

史记高祖本纪索隐

旗帜皆赤。"帜"或作"识"，或作"志"，嵇康音试，萧该音炽。

国语补音

注戮。音六，嵇康、吕静音留，字林音辽。

扬案：春秋经："文公十有四年，秋七月，有星孛入于北斗。"杜预注："孛，彗也。"此处左氏传亦不见"彗"字，叔夜当亦自音旧注，非为公羊作音也。○又案庄子逍遥游篇释文："'冥'本亦作'溟'，嵇康云：'取其溟漠无涯也。'"寻考前志，不闻叔夜有庄子音注，释文此条，不知何所从出，姑附于此。

吕安集

　　隋书经籍志嵇康集下注云："又有魏征士吕安集二卷，录一卷，亡。"唐书经籍志："吕安集二卷。"新唐书艺文志同。严可均全三国文编云："今惟见诸书引安髑髅赋二条。"扬案：中散集明胆论中亦有吕安之文，今不重录。文选中与嵇茂齐书，当为安作，今录之，并附俞理初说及鄙说于后。

髑髅赋

　　踌躇增愁，言游旧乡。惟遇髑髅，在彼路旁。余乃俯仰咤叹，告于昊苍：此独何人，命不永长？身销原野，骨曝大荒。余将殡子时服，与子严装，殓以棺椁，迁彼幽堂。于是髑髅蠢如，精灵感应，若在若无。斐然见形，温色素肤。孙星衍续古文苑注云："案此下有缺文，无以补之。"昔以无良，行违皇乾。来游此土，天夺我年。令我全肤消灭，白骨连翩。四支摧藏于草莽，孤魂悲悼乎黄泉。生则归化，明则反昏。格于上下，何物不然。孙氏注云："已上四句，见初学记十四。"余乃感其苦酸，哂其所说。念尔荼毒，形神断绝。今宅子后土，以为永列。相与异路，于是便别。艺文类聚十七，初学记十四。

　　上奏元神，下告皇祇。文选颜延之宋郊祀歌注。

与嵇生书

安白：昔李叟入秦，及关而叹；梁生适越，登岳长谣。夫以嘉遁之举，犹怀恋恨，况乎不得已者哉！

惟别之后，离群独游，背荣宴，辞伦好，经迥路，涉沙漠。鸣鸡戒旦，则飘尔晨征；日薄西山，则马首靡托。寻历曲阻，则沈思纡结；乘高远眺，则山川悠隔。或乃回飙狂厉，白日寝光，崎岖交错，陵隰相望。徘徊九皋之内，慷慨重阜之巅，进无所依，退无所据，涉泽求蹊，披榛觅路，啸咏沟渠，良不可度，斯亦行路之艰难，然非吾心之所惧也。

至若兰茞倾顿，桂林移植，根萌未树，牙浅弦急，常恐风波潜骇，危机密发，斯所以怵惕于长衢，按辔而叹息者也。又北土之性，难以托根，投人夜光，鲜不按剑。今将植橘柚于玄朔，蒂华藕于修陵，表龙章于裸壤，奏韶舞于聋俗，固难以取贵矣。夫物不我贵，则莫之与；莫之与，则伤之者至矣。飘飘远游之士，托身无人之乡，总辔遐路，则有前言之艰；悬鞍陋宇，则有后虑之戒。朝霞启晖，则身疲于遄征；太阳戢曜，则情劬于夕惕。肆目平隰，则辽廓而无睹；极听修原，则淹寂而无闻。吁其悲矣，心伤悴矣！然后乃知步骤之士，不足为贵也。

若乃顾影中原，愤气云踊，哀物悼世，激情风烈，龙睇大野，虎啸六合，猛气纷纭，雄心四据，思蹑云梯，横奋八极，披艰扫秽，荡海夷岳，蹴昆仑使西倒，蹋太山令东覆，平涤九区，恢维宇宙，斯亦吾之鄙愿也。时不我与，垂翼远逝，锋距靡加，翅翮摧屈，自非知命，能不愤悒者哉！

吾子植根芳苑，擢秀清流，布叶华崖，飞藻云肆。俯据潜龙之渊，仰荫栖凤之林。荣曜眩其前，艳色饵其后，良俦交其左，声名驰其右。翱翔伦党之间，弄姿帷房之里。从容顾盼，绰有馀裕，俯仰吟啸，自以为得志矣，岂能与吾同大丈夫之忧乐者哉？

去矣嵇生，永离隔矣！茕茕飘寄，临沙漠矣！悠悠三千，路难涉矣！携手之期，邈无日矣！思心弥结，谁云释矣！无金玉尔音，而有遐心。身虽胡、越，意存断金。各敬尔仪，敦履璞沈。繁华流荡，君子弗钦。临书恨然，知复何云！

文选李善注曰："嵇绍集曰：'赵景真与从兄茂齐书，时人误谓吕仲悌与先君书，故具列本末。赵至字景真，代郡人，州辟辽东从事。从兄太子舍人蕃，字茂齐，与至同年相亲。至始诣辽东时，作此书与茂齐。'干宝晋纪，以为吕安与嵇康书。二说不同，故题云景真，而书曰安。"

李周翰注曰："干宝晋纪云：'吕安字仲悌，东平人也。时太祖逐安于远郡，在路作此书与康。'康子绍集序云：'景真与茂齐书。'且晋纪国史，实有所凭，绍之家集，未足可据。何者？时绍以太祖恶安之书，又父与安同诛，惧时所疾，故移此书于景真。考其始末，是安所作,故以安为定也。"〇扬案:六臣本文选李周翰注中"康子绍","康"字误作"安",又"父与安同诛","安"字误作"康",唐写文选集注不误,梁章钜据误字以斥翰注,非也。

文选钞曰:"寻其至实,则干宝说吕安书为是。何者?嵇康之死,实为吕安事相连,吕安不为此书言太祖,何为至死?当死之时,人即称为此书而死。嵇绍晚始成人,恶其父与安为党,故作此说以拒之。若说是景真为书,景真孝子,必不肯为不忠之言也。又景真为辽东从事,于理何苦而云'愤气云踊,哀物悼世'乎?实是吕安见枉,非理徙边之言也。但为此言与康相知,所以得使锺会构成其罪。若真为杀安遣妻,引康为证,未足以加刑也。干宝见绍说之非,故于修史,陈其正义。今文选所撰,以为亲不过子,故从绍言以尽之,其实非也。"又曰:"离群,谓去康也。沙漠,在匈奴西南。案此又不得言为辽东从事也。"<small>文选集注引。</small>

陆善经曰:"详其书意,自'吾子植根芳苑'已下,则非与康明矣。"<small>同上。</small>

俞正燮书文选幽愤诗后:"五君咏注引竹林七贤论云:'嵇康非汤、武,薄周、孔,所以迕世。'与山巨源书注引魏氏春秋云:'康与山涛书,自说不堪流俗,而非薄汤、武,大将军闻而恶焉。'乍观之,一似司马氏以名教杀康也者,实不然也。恨赋注引王隐晋书云:

'康妻，魏武帝孙沛穆王林女也'，本司马氏所不喜。康与山涛书言：'每非汤、武而薄周、孔，在人间不止，此事会显，世教所不容。'其时王肃、皇甫谧之徒，诬造汤、武、周、孔之言。康谓篡逆之事，以圣贤为口实，心每非薄之。若出仕在人间，不自晦止，必身显见此事，非毁抵突，新代所不能容。师与昭以为康深见其隐衷，而豫知不容，是必为难者，故恶之。恨赋注引臧荣绪晋书云：'康为中散大夫，吕安以家事系狱，辞相引证，遂复收康。'思旧赋注引魏氏春秋云：'吕昭之子巽，诬弟安不孝，安引康为证，康保明其事。安亦有济世志，锺会劝大将军因此除之，乃杀安及康。'文选有赵至与嵇茂齐书'李叟入关'云云，茂齐，康侄也，为太子舍人。书称'俯据潜龙之渊，仰荫栖凤之林'，实指茂齐官。思旧赋注引干宝晋书云：'吕巽淫庶弟安妻，而告安谤己。太祖徙安边郡，安遗康书"李叟入关"云云。太祖恶之，追收下狱。康理之，俱死。'琴赋注引臧荣绪晋书云：'康以吕安事诛。'是高贵乡公事已见。锺会言康昔尝欲助毌邱俭，而康死文案，以吕安与书，而身保任之。实则安书乃赵至书。赵书言'思披艰扫秽，蹴昆仑，蹋泰山，而垂翼远逝，翅翩摧屈'，则似安语。锺会言'不如因此除之'，是也。书又言'足下荫栖凤之林，艳色饵其后，弄姿帷房之内'，似言康娶曹氏事。康幽愤诗所云：'理弊患结，卒致图圖。对答鄙讯，縶此幽阻。实耻讼冤，岁不我与。'当日狱词，竟以赵书傅致康死。其实康死以与山巨源书'事显不容'之语，而假安书诬陷之。犹之岳飞死以在荆湖不礼万俟卨，而假岳云、张宪书诬陷之，皆莫须有之案牍也。文选赵书注引嵇绍集云：'赵景真与从兄茂齐书，时人误谓吕仲悌与先君书，故具列本末。'此亦犹岳飞孙珂之吁天辨诬录也。惜文选注于与山书'事显不容'，幽愤诗'对答鄙讯'，未能明其情事，故类聚注所引者，以成其说。康岂能不死？要使千载下知康所非薄者，王肃、皇甫谧等所造，司马懿、锺会等所牵引之汤、武、周、孔也。"癸巳存稿。

与嵇茂齐书之作者

与嵇茂齐书，风格特殊，载于文选、晋书。此篇之作者，在晋即有歧说：

> 嵇绍集云："赵景真与从兄茂齐书，时人误谓吕仲悌与先君书，故具列本末。赵至字景真，代郡人，州辟辽东从事。从兄太子舍人蕃，字茂齐，与至同年相亲。至始诣辽东时，作此书与茂齐。"
>
> 文选本篇李善注引。

此谓赵至与嵇蕃书。

> 干宝晋书云："安，巽庶弟，俊才，妻美。巽使妇人醉而幸之。丑恶发露，巽病之，反告安谤己。

巽于锺会有宠，太祖遂徙安边郡。遗书与康：'昔李叟入秦，及关而叹'云云。太祖恶之，追收下狱。康理之，俱死。"文选思旧赋李善注引。○案晋书即晋纪。

臧荣绪晋书云："安妻甚美，兄巽报之。巽内惭，诬安不孝，启太祖，徙安远郡。即路，与康书。太祖见而恶之，收安付廷尉，与康俱死。"文选六臣本思旧赋李善注引。○案李善注本无此文，恨赋注引臧书，亦未及徙边。

此谓吕安与嵇康书。

晋书赵至传云："及康卒，至诣魏兴，见太守张嗣宗，甚被优遇。嗣宗迁江夏相，随到涢川，欲因入吴，而嗣宗卒。乃向辽西而占户焉。初至与康兄子蕃友善，及将远逝，乃与蕃书叙离，并陈其意。"

传中全录此书，其所据者，自为嵇绍集。然绍云："至始诣辽东时，作此书与茂齐。"明系途中之作，书中所写，亦旅途经历之言。晋书乃云"及将远逝"，著一"将"字，则是尚未成行，而书中所写，亦仅事前之悬想矣。其为不通，无可置辩者也。

后人于此篇亦无定论。

郦元水经河水注云："赵至与嵇茂齐书曰：'李叟入秦，及关而叹。'亦言与嵇叔夜书。"

李善文选注云："干宝晋纪，以为吕安与嵇康书。二说不同，故题云景真，而书曰安。"

此存两可之说者。

陆善经注云："详其书意，自'吾子植根芳苑'以下，则非与康明矣。"

此主赵至之说者。

李周翰注云："晋纪国史，实有所凭，绍之家集，未足可据。何者？绍时以太祖恶安之书，又父与安同诛，惧时所疾，故移此书于景真。考其始末，是安所作，故以安为定也。"

文选钞云："寻其至实，则干宝说吕安书为是。何者？嵇康之死，实为吕安事相连，吕安不为此书言太祖，何为至死？当死之时，人即称为此书而死。嵇绍晚始成人，恶其父与安为党，故作此说以拒之。若说是景真为书，景真孝子，必不肯为不忠之言也。又景真为辽东从事，于理何苦，而云'愤气云踊，哀物悼世'乎？实是吕安见枉，非理徙边之言也。但为此言，与康相知，所以得使钟会构成其罪。若真为杀安遣妻，引康为证，未足以加刑也。干宝见绍说之非，故于修史，陈其正义。今文选所撰，以为亲不过子，故从绍言以尽之，其实非也。"

又云："离群，谓去康也。沙漠，在匈奴西南。

631

案此又不得言为<u>辽东</u>从事也。"

此主<u>吕安</u>之说者也。

<u>吕安</u>之被祸，<u>六朝</u>纪载，如<u>文士传</u>_{、世说新语雅量篇}注引。<u>臧荣绪晋书</u>，_{文选恨赋注引}。皆未明其事由。

<u>魏氏春秋</u>_{魏志王粲传注引}。虽明事由，仍未言及徙边。晋阳秋云："<u>安</u>嫡兄<u>逊</u>，淫<u>安</u>妻<u>徐氏</u>，<u>安</u>欲告<u>逊</u>遣妻，以告于<u>康</u>，<u>康</u>喻而抑之。<u>逊</u>内不自安，阴告<u>安</u>挝母，表求徙边。<u>安</u>当徙诉自理，辞引<u>康</u>。"_{世说新语雅量篇注引}。此则<u>安</u>当徙，而实尚未徙。明言徙边遗书者，则<u>干宝晋纪</u>也。

今先就徙边之事，一推论之。

<u>嵇绍赵至叙</u>云："年十六，遂亡命，径至<u>洛阳</u>，求索先君，不得。至<u>邺</u>，先君到<u>邺</u>，便逐先君归<u>山阳</u>。经年，<u>孟元基</u>辟为<u>辽东</u>从事。"_{世说新语言语篇注引}。晋书<u>赵至传</u>云："年十六，游<u>邺</u>，复与<u>康</u>相遇，随<u>康</u>还<u>山阳</u>。及<u>康</u>卒，<u>至</u>诣<u>魏兴</u>，见太守<u>张嗣宗</u>。<u>嗣宗</u>卒，乃向<u>辽西</u>而占户焉。"<u>赵至</u>求索<u>嵇康</u>，追随至死，_{即嵇绍赵至叙中所云经年之时，绍但未道出"先君卒"三字耳}。其去<u>辽东</u>，在<u>康</u>死之后，毫无疑义。<u>康</u>死之时，<u>至</u>不过十七岁也。<u>嵇绍</u>云："时人误谓<u>吕仲悌</u>与先君书。"夫<u>吕安</u>既无徙边之事，时人何至有此误传，以当时书翰归之死者？诚令如此，<u>绍</u>但云<u>吕仲悌</u>未尝徙边，即足辩白矣。况<u>嵇</u>、<u>吕</u>重祸，并非细故，二人为何而死，昭昭在人耳目间，安能无端引

_{嵇康集校注}

632

出作书之说耶？如吕安果未徙边，则当日之情，安被告后，即以不孝之罪而死，嵇康为证，即以不孝之党而死。虽曰奸人玩法，恐亦不至如此奇横。吕安纵可诛，嵇康正不必判死，此则文选钞固已论之矣。如依干宝所载，巽告安谤己，则仅一诽谤之罪，更不至处此极刑，徙边尚可能耳。意者，司马奸党，初惟诬以不孝，投诸四裔，后得见吕安此书，觉二人终为可虑，乃追收下狱。此番讯词，直是谋为不轨，而非不孝之罪矣。康集中有与吕长悌绝交书云："足下阴自阻疑，密表系都。今都获罪，吾为负之。若此，无心复与足下交矣。"长悌即吕巽，阿都即吕安。就此书观之，吕安获罪时，嵇康并无所累，故尚能从容作书，以绝吕巽。所谓获罪，即指被判徙边。其后安被追收，康乃牵连下狱；而锺会谮康，谓尝欲助毌邱俭，亦在此时。比观安书，此甚合于情事。锺会之谮，即由"披艰扫秽"等词引起。如不然者，获罪两字，仅指吕安被告下狱而言，并非既已判徙，是则安一下狱，康即与巽绝交，绝交之后，即被牵连下狱，以此为解，似亦可通。然康书中云："盖惜足下门户，欲令彼此无恙。"康前此调停于吕氏弟兄之间者，固欲委曲求全，则安未判决之先，康必不遽与吕巽绝交也。

　　就情事言之，吕安曾判徙边，更就书词察之，亦当为吕安之作。今试条举原文，加以推论。

　　　　夫以嘉遁之举，犹怀恋恨，况乎不得已者

哉！

此语归之<u>吕安</u>乃合，归之<u>赵至</u>，则无病呻吟矣。<u>安</u>被判徙边，可云不得已，<u>至</u>被辟为<u>辽东</u>从事，不就即已，何云不得已耶？

> 兰茝倾顿，桂林移植，根萌未树，牙浅弦急，常恐风波潜骇，危机密发，斯所以怵惕于长衢，按辔而叹息者也。

此段惊心动魄，非征人泛泛之言也。"兰茝倾顿"二句，谓贤士罹忧，被迫远徙。"根萌未树"，谓己力尚微。"牙"者弩牙，"弦"者琴弦，"浅"则易发，"急"则易断，谓己之处势，至为险恶。故下文即云："常恐风波潜骇，危机密发"，此则直恐<u>吕巽</u>遣人随而狙击矣。如以为<u>赵至</u>之书，则此之云云，但为长衢之间，恐遭劫掠，然"根萌未树"，措词未洽，"牙浅弦急"，拟于不伦，"危机密发"，亦非所以形容劫掠也。

> 北土之性，难以托根。

<u>吕安</u>，<u>东平</u>人，可曰北土；<u>赵至</u>，<u>代郡</u>人，正北土也，何云"难以托根"？岂北土之词，专以指<u>辽东</u>耶？

> 总辔遐路，则有前言之艰；悬鞍陋宇，则有后虑之戒。

"前言之艰"，自指上文"经迥路"云云，"后虑之戒"，则指"兰茝倾顿"以下，<small>此处<u>张铣</u>注及<u>文选</u>钞所云不误</small>。恐刺客乘夜而来，此仍必为<u>吕安</u>之语也。<small><u>李善</u>注："'后虑之戒'，谓</small>

'北土之性，难以托根'以下也。"此注甚误。"悬鞍"明与"总辔"对文，仍系在途之言，如指"北土之性"一段而言，不合用"悬鞍"两字。彼处谓恐不能安于新居，即或用"后虑"两字。亦不合用"戒"字也。

> 顾影中原，愤气云踊，哀物悼世，激情风烈，龙睊大野，虎啸六合，猛气纷纭，雄心四据，思蹑云梯，横奋八极，披艰扫秽，荡海夷岳，蹴昆仑使西倒，蹋太山令东覆，斯亦吾之鄙愿也。

骤观此段，不知所云。"中原"可解作原中，而下文亦恍惚难测，如以指中国，则更非赵至之言矣。嵇康死于景元四年，_{通鉴作三年。}是年蜀亡，次年_{魏咸熙元年。}中原属魏，又次年，_{晋泰始元年。}中原属晋。赵至往辽东时，即或吴尚未灭，而中原固自晏然。彼时之势，司马氏已坐待平吴，赵至何须抱此重忧？即令至欲平吴，奏统一之功，亦不当云"顾影中原，愤气云踊"，更不当著"哀物悼世"、"披艰扫秽"之言。况依晋书所载，至亦尝欲入吴，彼之于吴，不必如此痛恨也。臧荣绪晋书云："吕安材器高奇。"_{文选褚渊碑文注引。}魏氏春秋云："安亦至烈，有济世志力。"_{魏志王粲传注引。}本此以观此段之言，明是吕安欲澄清中原，翦除司马之恶势，故对中原而愤气哀悼，更有艰秽之词。司马本秽，翦除诚亦甚艰也。张铣注云："昆仑、泰山，喻权臣也。"喻权臣最合，以之喻吴，则不安矣。

> 时不我与，垂翼远逝，锋距靡加，翅翮摧屈。

俞正燮云："赵书言'思披艰扫秽，蹴昆仑，蹋泰山，而垂翼远逝，翅翮摧屈'，则似安语。锺会言'不如因此除之'，是也。"扬案：康死之前，赵至方在幼年，未登仕籍，今忽得有辟命，正是腾达之机，何乃更叹摧屈耶？

> 吾子植根芳苑，擢秀清流，布叶华崖，飞藻云肆。俯据潜龙之渊，仰荫栖凤之林。荣曜眩其前，艳色饵其后，良俦交其左，声名驰其右。翱翔伦党之间，弄姿帷房之里。从容顾盼，绰有馀裕，俯仰吟啸，自以为得志矣，岂能与吾同大丈夫之忧乐者哉！

陆善经注云："自'吾子植根芳苑'以下，则非与康明矣。"梅鼎祚西晋文纪于此篇题下注云："所称'吾子荣曜眩其前，艳色饵其后'诸语，以拟康，颇为不伦。"何焯评云："此书向作吕安，观其气概愤郁，意或近之。"又云："谓嵇生一段，殊不与嵇、吕平生交情相合。"陈景云评云："此等语与叔夜不伦，岂有友善如仲悌，而故作此语乎？"陆、梅以此境状为不合嵇康之身世，何、陈以此讥讽为不合两人之交情。前人之解此者，"潜龙""栖凤"，皆指太子，"俯据""仰荫"，皆言为太子舍人，以此为解，自亦顺通。然嵇康连婚帝室，此等以喻嵇康，仍未尝不似也。俞正燮云："书又言'足下荫栖凤之林，艳色饵其后，弄姿帷房之内'，似言康娶曹氏事。康幽愤诗所云：'理弊患结，卒致囹圄。实耻讼冤,时不我与。'"黄季刚先生云:"惟此节不似叔夜生平,无以详知也。然叔夜本高门,姬侍盖亦所有,未足为病。且其笃信导养,以安期、彭祖为可求,然则弄姿帷房,信有之乎?更观'酒色令人枯'之篇,是又与荒淫者异趣矣。"扬案:嵇康死在盛年,"翱翔伦党之间",言其戚族之欢,"弄姿帷房之里",言其室家之好,仍寻常比拟之词,不必定指导养。至于疑其交情既深,不当有此讥讽,则又不然。试观康与山涛竹林同游,临死且语绍曰:"山公在,汝不孤矣",见白帖六。其交情之深可知。而绝交书中谓涛非知己,谓其嗜臭似野人,其为讥讽,又何如哉!凡处逆境者,于知己友朋,转更易抒其幽怨,此固激于意气,一时偶发之词耳。嵇、吕二人,皆龙性难驯,原不如山涛之有养也。

俞正燮云:"实则安书乃赵至书,当日狱词,竟以赵书傅致康死。其实康死以与山巨源书'事显不容'之语,而假安书诬陷之。犹之岳飞死以在荆湖不礼万俟卨,而假岳云、张宪书诬陷之,皆莫须有之案牍也。文选赵书注引嵇绍集云:'赵景真与从兄茂齐书,时人误谓吕仲悌与先君书,故具列本末。'此亦犹岳飞孙珂之吁天辨诬录也。惜文选注于与山书'事显不容',幽愤诗'对答鄙讯',未能明其情事。"扬案:魏氏春秋云:"康答书拒绝,因自说不堪流俗,而非薄汤武,大将军闻而恶焉。"与山涛绝交书为嵇康得祸之远因,吕安此书，始速其死者也。俞氏以为此书乃同时赵至与嵇蕃者，而当日狱词以之诬傅于嵇、吕。不思既为赵至之书，则必作于嵇、吕死后，岂有能以傅致康死之理哉？

复次，幽愤诗有"实耻讼免"之言，亦正可疑吕安既非不孝非谤兄，嵇康更属旁证之人，于情于理，自当讼免，何乃反云耻之，岂竟默承不孝谤兄等罪乎？盖嵇、吕原有声讨司马之心，惟尚未见于实行，嵇康欲助毌邱俭，事当有之，不必为锺会之诬谮。今狱吏以此书词相讯，彼本可置辩，而又义不出此，故云"实耻讼免，时不我与"，否则此言难于索解矣。"对答鄙讯"句，或仍指此言之，俞氏以为指"艳色弄姿"等句，未必然也。

要之，嵇绍身为晋臣，于吕安此书，自当讳之，彼所谓时人，实指当道而言也。他人之言，可以为据，绍之言非但不可为据，且因彼之一辩，乃愈觉其可疑矣。艺文类聚卷二十六载有嵇蕃答书，梅鼎祚书纪洞诠亦云："蕃自有答至书，与前意义颇大相应。"然类聚所收篇章，颇有伪者。如扬雄连珠之类。且嵇绍能出而声辩，以此书归之赵至，何难更造一答书耶？考嵇、吕之身世，合之书词，证以幽愤诗，此书出于吕安，诚无可疑。世之君子，幸更详之。

附答赵景真书

登山远望，睹峥嵘以成愤；策杖广泽，瞻长波以增悲。游昐春圃,情有秋林之悴;濯足夏流,心怀冬冰之惨。对荣宴而不乐,临清觞而无欢。今足下琬琰之朴未剖,而求光时之价;骐骥之足未抒,而希绝景之功。心锐而动浅,望速而应迟,故有企伫之怀尔。夫处静不闷,古人所贵;穷而不滥,君子之美。故颜生居陋,不改其乐;孔父困陈,弦歌不废。幸吾子思弘远理,含道自荣,将与足下交伯成于穷野,结箕山乎蓬屋,侣范生于海滨,俦黄、绮于商岳,凭轻云以绝驰,游旷荡以自足。虽不齐足下之所乐,亦吾心之所愿也。

广陵散考

　　予少好雅琴，因颇留心其故实。昔年谒杨时百先生，见案上稿有说嵇叔夜广陵散者，叩以此曲之情致。先生曰："此杀伐之声也。"时已入夜，遂未竟谈，即听渔歌一曲而别。其后先生忽归道山，不能请益矣。迨先生书出，始获观其全文，与予意略有不合。乃更详考之，作为此篇，区以十目。首章论叔夜所作之曲，则以考广陵散之便而附及者也。戴明扬识。

一　嵇康所作之曲

叔夜所作琴曲，相传有嵇氏四弄及风入松。

宋僧居月琴曲谱录云："长青、短青、登高引望、长侧：

此四曲谓之嵇氏四弄。多贴蔡邕五弦，通为九天弄。"明钞本琴苑要录引琴书云："秋声、渌水、幽居、秋思、坐愁，以上蔡邕五弄。长青、短青、长侧、短侧，嵇氏四弄。通为九弄。"宋郭茂倩乐府诗集卷五十九蔡氏五弄下引琴议云："隋炀帝以嵇氏四弄、蔡氏五弄通谓之九弄。"宋陈旸乐书卷一百二十琴操云："汉末太师五曲，魏初中散四弄，其间声含清侧，文质殊流。"又卷一百四十三琴曲下云："昔人论琴弄吟引，有以嵇康为之者，长清、短清、长侧、短侧之类是也。"又卷一百四十二琴调云："嵇氏四弄，曾附正声，可类尚书。"元袁桷题徐天民草书云："蔡氏四弄，嵇中散补之，其声无有雷同。"长清、短清或作长青、短青。明臞仙神奇秘谱载其曲，注云："汉蔡邕所作也，取兴于雪。"清唐彝铭天闻阁琴谱纪事云："长沮、桀溺二隐士作大游、小游、长侧、短侧。"旧钞本操缦指诀云："长侧、短侧、大游、小游，以上四曲，长沮、桀溺作。"古杂操。文献通考经籍考引崇文总目列沈氏琴书一卷，原释云："沈氏撰，不著名。首载嵇中散四弄，题赵师法撰。盖诸家琴谱，沈氏集之。"元袁桷示罗道士云："杨司农缵讳其所自谱，首于嵇康四弄。"

641

据此则长清、短清，或谓蔡邕作。长侧、短侧，或谓长沮、桀溺作。此曲久佚，故后世补撰之。杨缵，宋初人。赵师法所撰，不知与杨氏之谱孰先，及有无渊源也。

琴苑要录引琴书云："风入松，雍门周作。"乐府诗集卷六十风入松歌下引琴集云："风入松，晋嵇康所作也。"操缦指诀云:"风入松,<u>晋嵇康</u>作词,存对音。"_{花木名操}。<u>明杨西峰</u>琴谱大全载风入松一曲,商意一段,注云:"歌也,<u>晋嵇康</u>所作。"此谓歌词亦<u>叔夜</u>作,想当然耳。

按长清、短清、长侧、短侧、风入松,皆见于琴历,_{初学记十六、太平御览五百七十八引}。皆三十六杂曲之一,_{见通志乐略}。而作者则说各不同。凡著名之曲,说者多随意归之古人。此如三峡流泉操或谓<u>商陵穆子</u>作,或谓<u>伯牙</u>作,或谓<u>阮籍</u>作,或谓<u>阮咸</u>作,实皆未必然也。

二 嵇康所习之曲

<u>叔夜</u>善抚广陵散,人尽知之。此外尚有楚明光、太平引。艺文类聚四十四引<u>蔡邕</u>琴赋云:"饮马长城,楚曲明光。"琴操云:"楚明光者,<u>楚王</u>大夫也。<u>昭王</u>得<u>珉氏</u>璧,欲以贡于<u>赵王</u>,于是遣<u>明光</u>奉璧之<u>赵郡</u>中。<u>羊由甫</u>知<u>赵</u>无反意,乃谗之于王曰:'<u>明光</u>常背<u>楚</u>用<u>赵</u>;今使奉璧,何能述功德?'及<u>明光</u>还,怒之。乃作歌,曰楚明光。"太平御览五百七十九引<u>吴均</u>续齐谐记云:"<u>王彦伯</u>,<u>会稽馀姚</u>人也。赴告还都,行至<u>吴</u>邮亭,维舟中渚,秉烛理琴。见一女子披帏而进,取琴调之,似琴而声甚哀,雅类今之登歌。女子曰:'子识此声否?'<u>彦伯</u>曰:'所未曾闻。'女曰:'此曲所谓楚明光者也。唯<u>嵇叔夜</u>能为此声,自此以外,传习数人而已。'<u>彦伯</u>欲受之。女曰:'此非艳俗所宜,唯岩栖谷饮可以自娱耳。'"

乐府诗集卷六十宛转歌下引续齐谐记，楚明光作楚明君，王彦伯作王敬伯。琴曲谱录云：“楚光明操，楚光白制。”续通志乐略楚明妃曲注云：“汤惠休作。或云：‘唯嵇康能为此曲，以后传习数人而已。’”案琴历所列琴曲，兼有楚妃叹、楚明光。文选琴赋注引石崇曰：“楚妃叹，莫知其所由。”琴曲谱录云：“楚妃叹，息妫制。”续通志之楚明妃，乃误合二名为一也。

天闻阁琴谱引通礼纂义云：“尧使无句作琴五弦，作太平引、神人畅。”案太平御览五百七十七引通礼纂云：“尧使无句作琴五弦。”无“作太平引”句。不知天闻阁谱何所据也。操缦指诀云：“太平引，尧作。嵇康曾神授此引。”庙堂雅颂名操。文选向子期思旧赋云：“临当就命，顾视日影，索琴而弹之。”李善注：“文士传曰：‘嵇康临死，颜色不变，谓兄曰：向以琴来不？兄曰：已来。康取调之，为太平引。曲成，叹息曰：太平引绝于今日邪！’康别传：‘临终曰：袁孝尼尝从吾学广陵散，吾每靳固之，不与。广陵散于今绝矣！’”世说新语雅量篇注引文士传略同。文选六臣本思旧赋李善注引干宝曰：“广陵散于今绝矣！”太平御览五百七十九引竹林七贤传曰：“嵇康临死，顾视日影，索琴弹之，曰：‘袁孝尼尝从吾学广陵散，吾每惜固不与。广陵散于是绝矣。’”晋书本传所纪略同。魏志王粲传注引魏氏春秋曰：“康临刑自若，拨琴而鼓。既而叹曰：‘雅音于是绝矣！’”又引康别传临终之言，而云：“与盛所记不同。”别传未言弹琴，魏氏春秋未言所弹何曲。除

643

文士传外，各书称叔夜临刑弹琴，皆指广陵散而言。徐昂畏垒笔记云："临命而作太平引，恐无是理，当以干令升晋纪作广陵散为正。"洪亮吉北江诗话云："李善注思旧赋引文士传云：'太平引绝于今日耶！'又引嵇康别传曰：'广陵散于今绝矣。'据二书，则太平引、广陵散当系二曲。康临刑所弹者太平引，而又忆及广陵散也。"案洪氏分二曲为所弹所忆，固未必得之；而二曲之非一事，则似可无疑。张云璈选学胶言据文士传之说，因疑广陵散别名太平引，则更属臆度矣。

三　嵇康之受广陵散

晋书本传云："康尝游乎洛西，暮宿华阳亭，引琴而弹。夜分，忽有客诣之，称是古人。与康共谈音律，辞致清辩。因索琴弹之，而为广陵散，声调绝伦，遂以授康，仍誓不传人，亦不言其姓字。"水经洧水注引司马彪云："华阳，亭名，在密县。嵇叔夜常采药于山泽，学琴于古人，即此亭也。"太平御览五百七十九引灵异志云："嵇中散尝行西南出。去洛数十里，有亭名华阳，投宿。至一更中，操琴；闻空中称善声。中散抚琴而呼之曰：'君何以不来？'此人便答云：'身是古人，幽没于此，数千年矣。闻君弹琴，音曲清和，故来听耳。而就终残毁，不宜以接侍君子。'向夜髣髴渐见，以手持其头。遂与中散共论声音，其辞清辩。谓中散：'君试过琴。'于是中散以琴授之。既弹，唯广陵散绝伦。<u>中散</u>从受之,半夕悉得。与<u>中散</u>誓,不得教他人,又不言其姓也。"<u>太平广记</u>三百十七引<u>灵鬼志</u>与此同,而辞更繁。<u>太平御览</u>又引<u>大周正乐</u>云:"<u>嵇康</u>宿<u>王伯通</u>馆。忽有八人云:'吾有兄弟为乐人,不胜羁旅,今授君<u>广陵散</u>。'甚妙,今代莫测。"馀书纪授<u>广陵散</u>者,如<u>异苑</u>谓为<u>黄帝伶人</u>。<u>广博物志</u>引<u>真仙通鉴</u>谓为<u>尧</u>时掌乐官,兄弟八人,号曰<u>伶伦</u>。<u>明郎瑛七修续稿广陵散</u>条,即误用此说。皆附会鬼神之说,而益加鄙俗,兹不具录。

四　韩皋之广陵散解

昔人以<u>广陵散</u>为<u>叔夜</u>所作,以刺当时,<u>唐韩皋</u>即有详说。<u>旧唐书韩滉</u>传云:"<u>皋</u>生知音律,尝观弹琴,至<u>止息</u>,叹曰:'妙哉,<u>嵇生</u>之为是曲也,其当<u>魏晋</u>之际乎! 其音主商,商为秋声。秋也者,天将摇落肃杀,其岁之晏乎! 又<u>晋</u>乘金运,商金声,此所以知<u>魏</u>之季而<u>晋</u>将代也。慢其商弦,与宫同音,是臣夺君之义也,所以知<u>司马氏</u>之将篡也。<u>王凌</u>都督<u>扬州</u>,谋立<u>荆王彪</u>。<u>毌丘俭</u>、<u>文钦</u>、<u>诸葛诞</u>相继为<u>扬州</u>都督,咸有匡复<u>魏</u>室之谋。皆为<u>懿</u>父子所杀。<u>叔夜</u>以<u>扬州</u>故<u>广陵</u>之地,彼四人者皆<u>魏</u>室文武大臣,咸败散于<u>广陵</u>,故名其曲曰<u>广陵散</u>,言<u>魏</u>散亡自<u>广陵</u>始也。<u>止息</u>者,<u>晋</u>虽暴兴,终<u>止息</u>于此也。其哀愤躁蹙憯痛迫胁之意,尽在于是矣。<u>永嘉</u>之乱,其应乎! <u>叔夜</u>撰此,将贻后代之知音者;且避<u>晋魏</u>之祸,所以托之鬼神也。'"故名以下十五字,据<u>新唐书韩</u>

皋传补。**此传所称，与卢氏杂说同。**见太平广记二百三。宋张方平广陵散诗、俞文豹吹剑录，亦承此说。又**大唐传载称韩皋之说，有云："广陵，维杨之地；散者，流亡之谓也。杨者，武帝后之姓也。言杨后与其父骏之倾覆晋祚也。"**唐语林引此略同。**此更以杨姓附会扬州。宋朱长文琴史云："广陵散之作，叔夜寓深意于其间，故其将死犹恨不传。后之人虽粗得其音，而不知其意。更历千载而后得韩皋，可以无憾矣。"琴曲谱录云："广陵散，嵇康作。"自宋以来，遂多谓叔夜作广陵散。**

五　韩皋之谬误

韩皋自谓知音者，然其谬误**宋**人即已言之。今撮举诸家之说，益以己见如下：

（一）**叔夜**之前已有广陵散　白帖十八引琴历所列曲名有广陵散，未注作者。琴历成于**隋**前，是其时尚未以为**叔夜**所作。**叔夜**琴赋云："若次其曲引所宜，则广陵、止息、东武、太山、飞龙、鹿鸣、鹍鸡、游弦。"**李善**注云："广陵等曲，今并犹存，未详所起。**应璩**与刘孔才书曰：'听广陵之清散。'**傅玄**琴赋曰：'马融覃思于止息。'引应及傅者，明古有此曲，转以相证耳，非**嵇康**之言，出于此也。"**应璩**略前于**叔夜**，已引此曲矣。赵绍祖消暑录云："应璩卒于嘉平四年，时王凌已死，而毌邱俭诸葛诞尚未发难。俭死于正元二年，后三年；诞死于甘露二年，后五年。"又**潘岳**笙赋云："辍张女之哀弹，流广陵之名散。"艺文类聚四十四引孙该琵琶赋云："淮南、广陵、郢中、激楚。"<u>岳该</u>与<u>叔夜</u>同时，年差幼耳，_{叔夜死时，岳年十七。}岂于文中乃引<u>叔夜</u>所作之曲？且<u>叔夜</u>赋中所称皆古时曲名，必不以己作之曲厕于其间，此又浅识之所知矣。琴史<u>杜夔</u>条云："或云：<u>夔</u>妙于<u>广陵散</u>，<u>嵇康</u>就其子<u>猛</u>求得此声。"而<u>韩滉</u>条又云："或云：'<u>叔夜</u>传<u>广陵散</u>于<u>杜夔</u>之子。'盖与论乐耳，非授此曲也。"此朱氏矛盾之辞。又于<u>韩滉</u>条盛称<u>韩皋</u>之解，而于<u>袁准</u>条复云："据<u>叔夜</u>琴赋已有<u>广陵</u>、<u>止息</u>。岂自古已立此名，而<u>叔夜孝尼</u>复润色之耶？"则又两可之说矣。此由所见之未明也。宋何<u>莲</u>春渚纪闻卷八辨<u>广陵散</u>云："<u>刘潜</u>琴议称<u>杜夔</u>妙于<u>广陵散</u>，<u>嵇康</u>就其子<u>猛</u>求得此声。按<u>夔</u>在汉为雅乐郎。<u>魏武</u>平<u>荆州</u>，得<u>夔</u>，喜甚，因令论制乐事。在<u>夔</u>已妙此曲，则慢商之声，似不因<u>广陵</u>兴复之举不成而制曲明矣。"_{宋郑兴裔广陵散辨，与此说略同。}案<u>刘潜梁</u>代人，距<u>叔夜</u>百馀年，其为此言，当必有所受也。近人<u>杨宗稷</u>琴镜续<u>广陵散</u>谱跋云："<u>嵇康</u>琴赋古曲名甚多。<u>广陵</u>、<u>止息</u>，在变用杂起之列，可知决非<u>康</u>作，亦非<u>康</u>独有。不然，<u>袁孝尼</u>虽聪明天亶，何能一听即得三十三拍？"案<u>孝尼</u>听<u>叔夜</u>弹<u>广陵散</u>，得四十一拍，或三十三拍，其说详后。今日流传之谱，固未必全为原声。然此曲含义至丰，其为长曲无疑，而<u>孝尼</u>乃一听即得之，此操缦家所决难置信者也。盖琴之为道，即同曲同谱，而弹者之轻重疾徐，变化各异。<u>叔夜</u>于<u>广陵散</u>特专工之，而<u>孝尼</u>固亦习此曲者，故于窃听之际，而得其取

647

势之方。此则可能者矣。杨宗稷琴话云："所弹音节,或有异于他人耳。"

（二）散为曲名非败散之义　宋沈括梦溪笔谈卷五云："散自是曲名,如操、弄、掺、淡、序、引之类。故潘岳笙赋:'辍张女之哀弹,流广陵之名散。'又应璩与刘孔才书云:'听广陵之清散。'知散为曲名明矣。"王应麟困学纪闻卷五云："顾况广陵散记云:'曲有日宫散、月宫散、归云引、华岳引。'然则散犹引也,败散之说非矣。"案世说新语雅量篇云："嵇中散临刑东市,神气不变,索琴弹之,奏广陵散。曲终,曰:'袁孝尼尝请学此散,吾靳固不与,广陵散于今绝矣!'"既云"请学此散",则散明为曲名,犹应璩称"清散",潘岳称"名散"也。又梁王僧孺咏捣衣诗云："散度广陵音,掺写渔阳曲。别鹤悲不已,离鸾断更续。"四句皆指古曲而言。掺为曲奏之通名,散亦当同然也。艺文类聚四十四引刘向别录云："赵定善鼓琴,时闲燕为散操,多为之涕泣者。"此则散与操并举矣。杨慎升庵外集卷二十一广陵散条云："散乃琴曲名。洛神赋:'精移神骇,忽焉思散。俯则未察,仰以殊观。'散平声,在寒字韵。"案散字虽不必异读,而其为琴曲之名,则决然无疑。又案陈旸乐书卷一百十九琴瑟下云："琴之为乐,所以咏而歌之也。故其别有弄,若广陵弄之类也。"然则古亦有广陵弄之称,则散为曲名,更可知也。案周礼:"磬师掌教缦乐,旄人掌教舞散乐。"注:"缦谓杂声之和乐者也。散乐,野人为乐之善者。"礼记乐记:"不学操缦,不能安弦。"疑散为

嵇康集校注

曲名，即由散乐之义而来。散乐称散，犹缦乐之称缦矣。

（三）魏之扬州非故广陵之地　宋刘攽中山诗话云：
"刘道原谓汉魏时扬州刺史治寿春，俭诞皆死寿春。是时广
陵属徐州，至隋唐始为扬州，不可不察也。"郑兴裔广陵散辨略同。
王楙野客丛书卷十六广陵条云："西汉扬州治无定所；后汉
治历阳，后治寿春，后又徙曲阿；至隋唐方治今之广陵耳。
今之广陵，自后汉至晋皆属徐州，隋唐始为扬州耳。然则今
广陵之为扬州，亦未甚久也。"困学纪闻云："魏扬州刺史治
寿春，亦非广陵。"欧阳忞舆地广记云："凌等为都督时，扬州
治寿春；至隋始以广陵为扬州治。凌等起事，与广陵殊不相
涉。"元盛如梓庶斋老学丛谈云："魏晋之际，扬州治所在寿
春，与广陵无干涉。魏史所言地，如百尺，如丘头，如安风
津，皆非扬州之地也。"案楚怀王三十年城广陵。汉元狩三
年，更江都为广陵国。后汉为郡。三国时入吴，属徐州。吴
志："五凤二年秋，使卫尉冯朝城广陵。"则广陵之入吴，当更在前。毌丘俭死于
是年春，诸葛诞之死在后三年。刘宋时立为南兖州。梁末入北齐，
改为东广州。归陈，复旧名。入周，又为吴州。隋开皇九
年，始改为扬州。炀帝改为江都郡。唐武德九年，复为扬
州。韩皋之时，距此不远。当叔夜时，魏之扬州正治寿春，
吴及南朝之扬州则皆治建业也。故江左之广陵郡易称扬
州，为时已晚；中原之扬州则本无广陵之称。皋以后世之地
名，牵合古时之曲名。文人议论，多失于不契勘，诚有可笑
者矣。王明清挥麈后录馀话载蔡京保和殿曲宴记云："御侍奏细乐，作兰陵

王、扬州散古调。"此所云扬州散，或即广陵散之异名。

（四）广陵与止息本为二曲　韩皋云："止息与广陵散同出而异名。"_{大唐传载引}。唐写本碣石调谱后记古曲名，以广陵止息为一曲，东武太山为一曲。唐李良辅吕渭撰谱，名广陵止息谱。苏轼书文选后云："中散作广陵散，一名止息。"_{余萧客}文选纪闻云："按坡语本韩皋生。果尔，本赋不当连言广陵止息。"琴史袁准条云："或传孝尼乃叔夜之甥，尝窃传其曲，谓之止息。"琴苑要录善琴篇载止息序曰："止息者，广陵散也。"元耶律楚材弹广陵散诗云："居士闲谈止息时。"张云璈选学胶言云："窃谓广陵散或系总名，不止一曲。嵇叔夜傅元琴赋或双称广陵止息，或单举止息。似止息是广陵散之一曲。"案叔夜赋称广陵、止息、东武、太山、飞龙、鹿鸣、鹍鸡、游弦。据李善注文知东武以下共为六曲。_{琴苑要录引琴书，所列曲名，亦有东武引}。注又云："马融覃思于止息。"则止息独为一曲，非合广陵而为名。故吕延济注云："八者并曲名。"玉海音乐类引琴赋，亦注云："八者并曲名。"宋书戴颙传云："衡阳王义季镇京口，颙衣野服，为义季鼓琴，并新声变曲。其三调游弦、广陵、止息之流，皆与世异。"陈旸乐书卷一百四十二琴调记此事，而云："其游弦、广陵、止息三调，皆与世异。"故知宋书三调云者，即指游弦、广陵、止息而言，非谓外此之琴调。则广陵与止息原为二调也。_{乐书琴声经纬云："古人论琴声，有经，有纬，有从。始息声，止息声，凡二十四声，为从声也。"此止息则以声言之，非指曲名}。明朱权神奇秘谱引琴书记袁孝尼窃听广陵散云:"止得三十三拍。后孝尼会止息之意,续成八拍,共四十一拍。"今所传广陵散谱,后序八段,其第一段即题曰会止息意。案会者合也。广陵散中,或本有止息之声,或叔夜加有此声而孝尼知之,或两者均无。而止息一操,孝尼所娴,其于叔夜所弹,未得后片,因自合止息之声,续成八拍耳。乃自唐以来,称广陵散者,或直以止息名之。而诸谱所载曲名,或曰广陵散,或连止息为一称。唐人以东武太山为一曲。琴曲谱录序亦云:"东武太山操,仲尼制。"其误与此同。韩皋遂云:"晋虽暴兴,终止息于此。"望文生训,最不可通。七修续稿解为哀伤痛惜,亦谬。至解扬为杨,更牵及永嘉,怪诞支离,益难致诘矣。

六 晋后广陵散之流传

广陵散实未尝绝,此前人所已言。如韩皋即听人弹广陵散者。又琴史称唐薛易简能弹嵇康怨等,凡杂调三百,大弄四十。则广陵一弄,当亦其所习者,特史未明著之耳。宋赵希鹄洞天清禄集云:"婺州浦江一士大夫家发地,得琴,长大,有断纹。绍兴间献之,为巨珰所阻,曰:'此墟墓中物,岂宜进御府!'遂给还。其家至今宝之。声虽带浊,而以作广陵等大曲,弹愈久而声方出。"据此,知广陵一曲,宋代士大夫尚多弹习。今考由晋至清琴家之涉此曲者,虽神怪亦录之。

晋　袁准　世说新语文学篇注引袁氏世纪云:"准字

651

孝尼，陈郡阳夏人。父涣，魏郎中令。"又引荀绰兖州记云：
"准有俊才，太始中为给事中。"琴史云："或传孝尼乃叔夜
之甥，尝窃传其曲，谓之止息。"文献通考引崇文总目云：
"广陵止息谱一卷。"原释云："唐吕渭撰。晋中散大夫嵇康
作琴调广陵散。河东司户参军李良辅云：'袁孝尼窃听而
写其声，后绝其传。'良辅传洛阳僧思古，思古传长安张老，
遂著此谱。总三十三拍，渭又增为三十六拍。"神奇秘谱引
琴书曰："嵇康广陵散本四十一拍，不传于世。惟康之甥袁
孝己好琴；每从康学，靳惜不与。后康静夜鼓琴，弹广陵
散，孝己窃从户外听之。至乱声，小息。康疑其有人，推琴
而止。出户，果见孝己。止得三十三拍。后孝己会止息
意，续成八拍，共四十一拍。序引在外，世亦罕知焉。"琴苑
要录善琴篇引止息序曰："止息者，广陵散也。嵇叔夜思
及幽冥，神授其弄。当时神约，不得人闻，若违此言，必将
及祸。数年间，每于幽静山林无人之处，即鼓其曲。友生
袁孝尼亦善鼓琴，愿一闻见，无由得之，遂诈卒。其母言
曰：'念渠平生欲闻广陵散，竟不获而卒，及其死也，弹之可
乎？'嵇感其言，却去诸人，取琴而弹。袁孝尼聪明特异，一
闻而得。嵇果受戮，岂不神之神乎？传之于今，乃孝尼也。
计四十一拍：五拍是序其事，亦诗之序也。十八拍，是其正
也。又十八拍。契者，合也，言合鬼神也。八拍会止息意，
绝也。寻其谱，弹其声，颇得大道之旨趣。其怨恨凄感，即
如幽冥鬼神之声。邕邕容容，言语清冷。及其怫郁慨慷，

又隐隐轰轰，风雨亭亭，纷披灿烂，戈矛纵横。粗略言之，不能尽其美也。”

宋　戴颙　见前。

梁　贺思令　太平御览五百七十九及八百十四引世说云：“会稽贺思令善弹琴。尝夜在月中坐，临风鸣弦。忽有一人形貌甚伟，著械，有惨色，在中庭称善，便与共语。自云是嵇中散。谓贺云：‘卿手下极快，但于古法未备。’因授与广陵散，遂传之于今不绝。”太平广记三百二十四引幽冥录与此同。

唐　王绩　绩有古意诗云：“幽人在何所？紫岩有仙躅。月下横宝琴，此外将安欲？材抽峄山干，徽点昆丘玉。漆抱蛟龙唇，丝缠凤凰足。前弹广陵罢，后以明光续。百金买一声，千金传一曲。世无锺子期，谁知心所属。”

李良辅　撰广陵止息谱一卷，见新唐志。

僧思古　见前。

张老　见前。

吕渭　撰广陵止息谱一卷，见新唐志。渭字君载，河中人，两唐书有传。宋志注云：“渭一作滨。”

李约　撰琴调广陵谱一卷，见宋志。约，唐代人，勉之子。

陈康　琴史云：“陈康字安道，笃好雅琴，名闻上国。所制调弄，缀成编集。尝自叙云：余学琴虽因师启声，后乃自悟。遍寻正声，九弄，广陵散，二胡笳，可谓古风不泯之声也。”

孙希裕　琴史云："孙希裕字伟卿。博精杂弄,以授陈拙。唯不传广陵散。拙以谱求诲,希裕焚之,曰:'广陵散乃嵇叔夜愤叹之辞。吾不欲传者,为伤国体也。'"

梅复元　见后。

陈拙　琴史云："陈拙字大巧,长安人也。受南风、游春、文王操、凤归林于孙希裕;传秋思于张峦;学止息于梅复元。"

王氏女　顾况王氏广陵散记云："琅邪王淹兄女未笄,忽弹此曲。不从地出,不从天降,如有宗师存焉。意者,虚寂之中,有宰察之神司其妙,有以授王女。"

李老　灯下闲谈云："青社李老善鼓琴,自言得嵇康之妙。咸通十五年,秋七月十八日,早自城北别业宿,行草莽间,误堕大枯井中。见一石窍,可通身而入。遂伛偻而前,来百步,窍广身舒。约二十馀里,出洞门。洞外有石桥宝阁。瞻视阁内,见一道士凭几揳颐,旁又有捧琴执簿者。李君乃稽首拜折而坐。因顾侍者度琴而弹之,李君乃奏广陵散曲。道士曰:'尔之制也?'李曰:'晋嵇叔夜感鬼神所传。'道士曰:'感鬼神非也,此自构神思也。尔以业障,不暇忆故事,叔夜即尔亡来之身。'"

王敬傲　太平广记二百三引耳目记云："唐乾符之际,有前翰林待诏王敬傲,长安人。时李山甫文笔雄健,名著一方。适于道观中与敬傲相遇。又有李处士,亦善抚琴。山甫谓二客曰:'幽兰、绿水,可得闻乎?'敬傲即应命而奏之。声清韵古,感动神爽。别弹一曲,坐客弥加悚敬,非寻常之品调。山甫问曰:'向来所操者何曲?他处未之有也。'王生曰:'嵇中散所受伶伦之曲,人皆谓绝于洛阳东市,而不知有传者。余得自先人,名之曰广陵散也。'山甫早疑其音韵殆似神工,又见王生之说,即知古之广陵散或传于世矣。由是李公常目待诏为王中散也。"耶律楚材弹广陵散诗序云:"唐乾符间,待诏王邈为李山甫鼓之。"案楼钥云:"韩文公听颖师弹琴诗为广陵散作。"见后附录。

　　宋　真上人　范仲淹听真上人琴歌:"为予再奏南风诗,神人和畅舜无为。为我试弹广陵散,鬼物悲哀晋方乱。"

　　昭旷　春渚纪闻辨广陵散云:"政和五年二月十五日,乌戍小隐,听昭旷道人弹此曲,音节殊妙,有以感动坐人者。"宋张邦基墨庄漫录卷四云:"钱塘僧净晖字昭旷,学琴于僧则完全仲,遂造精妙,得古人之意。宣和间,久居中都,出入贵人之门。"

　　黄仲玄　徐照有夜听黄仲玄弹广陵散诗,见后。

　　卢子嘉　王明之　楼钥　楼钥弹广陵散书赠王明之云:"少而好琴,得广陵散于卢子嘉,鼓之不厌。然此曲小序为一曲权舆,声乃发于五六弦间,疑若不称。屡以叩人,无能知者。王明之精于琴,为余作此小序,独起以泼攦,雍容数声,然后如旧谱。闻而欣然,遂亟传之。"

　　金　张研　张器之　苗秀实　苗兰　耶律楚材弹广

陵散诗序云:"近代大定间,汴梁留后完颜光禄者,命士人张研一弹之。泰和间,待诏张器之亦弹此曲。每至沈思、峻迹二篇缓弹之;节奏支离,未尽其善。独栖岩老人混而为一,士大夫服其精妙。其子兰亦得栖岩之遗意焉。"案苗秀实号栖岩老人,楚材之师。

元　耶律楚材　湛然居士集有广陵散之诗二首,见后。

明　朱权　即宁献王,太祖第十七子。晚年自号臞仙。撰神奇秘谱三卷,中有广陵散谱。又尝体广陵散及凤凰来仪二曲之意而作秋鸿操,见杨西峰琴谱大全。

王世相　字季邻,蒲州人。官延川知县。撰广陵秘谱一卷,见明焦竑国史经籍志。

张鲲　撰风宣玄品十卷,中有广陵散谱。详后。

清　孔兴诱　字起正,号秀子,曲阜人。官即墨训导。撰琴苑心传全编二十卷,中有广陵散谱。详后。

蔡璸　梅里志云:"蔡璸字玉宾,海盐人。幼学琴于师,不一二操,辄尽其妙。馀皆其所自得,而广陵散为最著。"

先机老人　见后。

问樵　见后。

秦维瀚　字延青,广陵人。撰蕉庵琴谱四卷,中有广陵散谱。详后。其自序云:"余师问樵先生,方外之有道者也。尝受琴于先机老人,尽得其传。兹谱之辑,不过追述师承。"

张孔山　号半髯道人，青城山道士。尝译琴苑广陵散谱。详后。

唐彝铭　字松仙，邠州人。官泸州日，尝延张孔山道士于署，共搜诸家琴谱，为天闻阁琴谱十六卷，中有广陵散谱序及跋。详后。

七　广陵散谱

通志乐略琴操五十七曲广陵散注云："嵇康死后，此曲遂绝。往往后人本旧名而别出新声也。"案叔夜所弹，孝尼尚未得其全，从实论之，即谓为绝可矣。虽然，此惟叔夜之家法绝耳。至广陵散谱，则仍历代相传。虽多别出新声，不能一致，然未必全违原意也。今就载籍考之如下：

新唐书艺文志有吕渭广陵止息谱一卷，李良辅广陵止息谱一卷。通志艺文略同。玉海音乐类云："吕渭、李良辅广陵止息谱各一卷。宋史艺文志惟吕渭谱。文献通考引崇文总目惟吕渭谱。四库馆辑本崇文总目于吕渭谱下引永乐大典云：'李良辅广陵止息谱一卷，崇文总目阙。'案观通考所引原释，见前。知吕谱固由李谱而来，似后人合二书为一矣。"乐府诗集卷五十六胡笳十八拍又有契声一拍共十九拍，下引李良辅广陵止息谱序曰："契者，明会合之至，理殷勤之馀也。"又见能改斋漫录。

琴苑要录善琴篇引止息序。见前。疑即李良辅谱序。

宋史艺文志有李约琴调广陵谱一卷。

宋尤袤遂初堂书目有止息谱。无撰人，无卷数。

宋楼钥谢文思许尚之石函广陵散谱云："比见周待制清真序石函中谱，叹味不已。文思许尚之中行云：'家有此本。'后自武昌录寄。正声第一拍名取韩相，第十三拍名别姊。又一本，序五拍亦有名，第一拍名井里。"此石函广陵散谱，据楼氏言，知为三十六拍，而序五拍无名。至所称又一本，则与今传矓仙之谱似同。

明朱睦㮮万卷堂书目有矓仙神奇秘谱三卷。黄虞稷千顷堂书目及明史艺文志题宁献王。此书成于洪熙二年，今尚存。上卷太古神品中有慢商调广陵散谱。今节录其注文并拍名如下：

广陵散 小序三段　大序五段　正声十八段　乱声十段　后序八段

　　　矓仙曰："广陵散曲世有二谱。今予所取者，隋宫中所收之谱。隋亡而入于唐。唐亡，流落于民间者有年。至宋高宗建炎间复入敛御府。仅九百三十七年矣。予以此谱为正，故取之。"

开指

小序

　止息

　　　　㊀　　㊁　　㊂

大序

井里　第一　　申诚　第二

顺物　第三　　因时　第四

干时　第五

正声

取韩　第一　　呼幽　第二

亡身　第三　　作气　第四

含志　第五　　沉思　第六

返魂　第七　　徇物一名移灯就坐。　第八

冲冠　第九　　长虹　第十

寒风　第十一　　发怒　第十二

烈妇　第十三　　收义　第十四

扬名　第十五　　含光　第十六

沉名　第十七　　投剑　第十八

乱声

峻迹　第一　　守质　第二

归政　第三　　誓毕　第四

终思　第五　　同志　第六

用事　第七　　辞乡　第八

气冲　第九　　微行　第十

后序

会止息意　第一　　意绝　第二

悲志　第三　　叹息　第四

长吁　第五　　　伤感　第六
恨愤　第七　　　亡计　第八

郎瑛七修续稿云:"嘉靖己巳,宿尚书顾东桥书室,见有神奇秘谱三卷,乃臞仙所纂。首列广陵散,共该四十四拍。"案谱共四十五拍,而郎氏云四十四拍者,当除开指一段计之。清程允基诚一堂琴谈亦云:"广陵散小序三段,大序五段,正声十八段,乱声十段,又袁孝尼续后八段。"又七修续稿所引拍名作收人、雒毕、辞卿、气衔,当为刻本之误。

国史经籍志有王世相广陵秘谱一卷。万卷堂书目同。此书今不存。

千顷堂书目有张鲲风宣玄品十卷。天闻阁琴谱名录作风雪玄品,误。

此书为徽藩刻,今存,中有广陵散谱。其题名及拍数,皆与神奇秘谱全同。惟行式微殊,所用减字较简,如"末"作"木","引"作"弓","童"作"立","今"作"亽","却"作"卩"等甚多。又指法徽分颇有误处。此书成于嘉靖十八年,当必采自神奇秘谱者也。民国十六年,桐乡冯水辑出重刊,今通行。杨宗稷琴镜续亦转载之,并解其指法。

孔兴诱琴苑心传,康熙九年刻成。此书今当有存者。孙宝琴学秘谱云:"武林王氏、浦城祝氏收藏。"书中有广陵散谱。唐彝铭尝为作序跋,又引列拍名目录,载入天闻阁琴谱中。

今节录如下：

广陵散拍名目录凡四十三段。慢二弦一徽与一弦同声。

开指小序。　　　　止息大序。

井里第一。　　　　申诚第二。

顺物第三。　　　　因时第四。

干时第五。　　　　取韩一拍。以下正声。

呼幽二拍。　　　　亡身三拍。

作气四拍。　　　　含志五拍。

沈思六拍。　　　　返魂七拍。

狗物八拍。一名移灯就坐。冲冠九拍。

长虹十拍。　　　　寒风十一拍。

发怒十二拍。　　　烈妇十三拍。

收义十四拍。　　　扬名十五拍。

含光十六拍。　　　沈名十七拍。

投剑十八拍。　　　峻迹一拍。以下乱声。

守质二拍。　　　　归政三拍。

誓毕四拍。　　　　终思五拍。

同志六拍。　　　　用事七拍。

辞乡八拍。　　　　气冲九拍。

微行十拍。　　　　会止息意一拍。以下为袁孝尼所续。

意绝二拍。　　　　悲志三拍。

叹息四拍。　　　　长吁五拍。

伤感六拍。　　　　　愤恨七拍。

亡计八拍。

观操之命名，必有词焉。中散秘而不传，其意概可见矣。谱出琴苑，指法甚古，令人难以操摹。半髯道人译以今谱，据云弹之不吉，旋即弃去，故未收入。书曰："神人以和。"广陵散之见绝于世，良有以夫。

　操见孔氏琴苑，他谱无传，指法甚古。第原刻似非善本，不无鲁鱼之叹。而入手数段，变音悖谬，吟猱支离，且节奏嫌于太急，知为传者之误。并按谱中题目命义，及先后次序，疑有文词，故不敢轻易一字。适友人从旧书坊中得抄本乐章一卷，卷末附琴操九拍，未得何名。嘱予抚之，乃广陵散也。噫，殆神授欤，抑物聚于所好耶？因澄心追摹，较之琴苑，指法节奏详明，而音韵亦复条畅。遂将通谱参阅，校正详释，使学者易于辨识，不至以讹传讹，庶足以慰前贤作述之苦心，释千古不传之馀憾矣。未知中散大夫许我否耶？元耶律楚材广陵散诗，曲尽神致。后之览者，不独知此操之出处神奇，叔夜忠愤之怀，亦毅然可想。学者须三复此诗，则指法节奏之妙，虽不能得其真传，而悲慨浩叹之情，亦当会其神于万一。

案琴苑之谱，以开指为小序，止息为大序。井里以下五段，仅标第一第二，于义无所承。当必止息为小序，井里以下五段为大序，如风宣玄品之谱。又彼谱止息三段，此谱仅一段，故总四十三段也。唐氏谓其入手数段变音悖谬，吟猱支离，且节奏嫌于太急。则知拍名及谱，皆传者之误矣。唐氏校正琴苑之广陵散谱，因惑于吉凶之说，故未收入天闻阁琴谱中，仅存其拍名目录，及自作序跋二篇。又其序之前片尝引臞仙之言，见前。而其所据之谱，乃出于琴苑，亦不引风宣玄品，想由未尝见耶。至半髯道人所译之谱，则不知尚有传本否也。

秦维瀚蕉庵琴谱，同治七年刻成。中有广陵散谱，慢商调，凡十段。秦氏受琴于问樵。此谱虽节奏清刚，然无拍名，亦不著其来源，当为后世所拟。

此外臞仙注中所称之另一谱，唐彝铭跋中所称九拍之谱，其内容及来源均无从知。又清周显祖跋塞上鸿云："余所获旧本秘钞广陵散，小序止息至后序，凡四十六段。调长未及细绎。"见琴谱谐声。比较神奇秘谱之谱多一段。钞本操缦指诀古杂操类广陵散下注云"六十段"，此不知所据何谱。

八 臞仙谱之时代

神奇秘谱中之广陵散谱，据臞仙言，传自隋宫，历唐至宋。宋楼钥诗引取韩相、别姊、井里之拍名。徐照诗亦引投剑、冲冠之拍名。元耶律楚材弹广陵散诗引亡身、别姊、冲冠、投剑、呼幽、长虹、发怒、寒风、峻迹之拍名。又云：

"三引入五序，始作意如翕。"三引五序，当指小序三段、大序五段。观其题名及组织，与神奇秘谱之谱略同，惟次序有异。案楼氏所见之本与耶律氏所用之本，其次序均异。楼氏云："小序为一曲权舆，声乃发于五六弦间。"神奇秘谱小序之声正同。谱中正声末段为投剑，入手泛音止后，有三按声：即名指跪按六弦四徽五分，取一勾声；大指罨四徽；即刻剔出。共三声。杨宗稷广陵散古减字指法解云："用力剔出，恰与耶律晋卿诗'投剑声如掷'掷字相合。"梦溪笔谈卷十七云："或云，尝有人观画弹琴图，曰：'此弹广陵散也。'此或可信。广陵散中有数声，他曲皆无，如拨攦声之类是也。"按米芾画史云："张焘处见唐画嵇康广陵散。"沈氏所纪，不知即此画否。拨攦之声，神奇秘谱亦然。

然则广陵散之谱，在隋、唐、宋、元、明间，其组织声调，大略如此矣。虽然，此特言其内容之大略耳。至于此谱之构成，则未必能早也。

冯水重刻广陵散谱序云："臞仙谱作于永乐。既云传自隋宫，当必有据。更证以晋卿之诗，至近亦唐宋谱也。"杨宗稷广陵散古减字指法解云："琴曲减字谱，相传为曹柔作。曹柔谱不可见。此外宋人谱仅有姜白石一小曲。明人琴谱，则皆减字。自臞仙神奇秘谱以后，愈出愈精，至于自远堂而写法完备。广陵散减字尚不如神奇秘谱之精，当为宋元人作。"案广陵散虽为减字谱，而在神奇秘谱中，广陵散与流水、白雪等曲，其字均较馀曲为繁。固知必为明

嵇康集校注

代以前之谱,而臞仙录之者也。然吕渭谱为三十六拍,楼钥所称石函广陵散谱亦三十六拍。今谱则四十五拍,与唐及北宋所传固殊矣。琴苑要录善琴篇引止息序云:“计四十一拍:五拍是序其事,亦诗之序也。十八拍,是其正也。又十拍。案原钞作"又十八拍",不符四十一拍之数。八字当必误多者。契者,合也,案契字上必有脱句。言合鬼神也。八拍会止息意,绝也。”全文见前。神奇秘谱引琴书云:“孝尼止得三十三拍,后孝尼会止息意,续成八拍,共四十一拍。序引在外,世亦罕知焉。”全文见前。天闻阁琴谱广陵散序引琴记亦同。据止息序所言,四十一拍而外,未有小序。据琴书所言,四十一拍而外,其序引世亦罕闻。亦未明大序之外,更有小序也。今谱大序、正声、乱声,并后八拍,已足四十一拍矣。又有小序三段,俱名止息。此必后人加名,欲使与后序会止息意相应耳。案吕渭尝加三拍。但其时所加必非小序,更不当即名止息。原谱纵应有序,亦未必有大小与后之分也。又所谓会止息意者,谓广陵散曲后八拍之声,皆由止息一曲推来。详前。此八拍当总于一名,故止息序云:“八拍会止息意,绝也。”今谱于后八段中,以第一段题为会止息意,次段题为意绝。馀段又各有其名,叹吁伤愤,淆然杂陈,误矣。又据止息序所言,则五拍为序,十八拍为正声,十拍为契声,八拍为乱声。会止息意而成。乐府诗集胡笳十八拍下云:“小胡笳又有契声一拍。李良辅广陵止息谱序曰:‘契者,明会合之至,理殷勤之馀也。’”吴曾能改斋漫录胡笳十八拍条亦引此。亦有契声之证。今谱则十拍为乱声，八拍为后序，亦误也。琴书不知是否即琴苑要录中所引者。琴苑要录所引，多北宋以前之书，故止息序即非李良辅原序，亦必唐或五代之谱序，而今谱又与之殊矣。楼钥赠王明之云："此曲多泼攦声，盖他曲所无者。二序正声乱声，或以此始，皆以此终。"今谱各段，则不必皆以此终也。楼氏谢许尚之石函广陵散谱后跋云："正声第一拍名取韩相，第十三拍名别姊。"耶律楚材弹广陵散诗序称琴谱有井里、别姊、辞乡、报义、取韩、投剑之类。今谱取韩相作取韩；有烈妇、收义之题，而无别姊、报义之题；辞乡亦远在取韩之后。案谱中各段皆以两字为题，则作取韩自合；取韩即取韩相也。惟烈妇、收义当作别姊、报义，更合于事序；又辞乡亦当在取韩之前。盖此曲固托于聂政之事者也。序又谓栖岩老人混沈思、峻迹二篇为一。今谱则二段相去甚远也。至其馀拍名次序，今谱皆不如耶律诗序所称之合。然则今谱之构成，当在元代无疑矣。原谱当如唐代张老所传，总三十三拍。序五拍，正声十八拍，契声十拍。至会止息意之八拍，为袁孝尼所加。而唐谱未用小序之三拍，则吕渭所加。此三十六拍，即北宋所传之石函广陵散谱，为较近于真。故楼钥诗云："按拍三十六，大同小有异。此即名止息，八拍信为赘。"

九　广陵散之寓意

古操之名，不得其解者甚多，非独广陵散也。而广陵散之寓意，则尚有可明者。此谱既传自隋宫，当必略存魏晋之旧。观其每段题名，即知所指为聂政之事矣。楼钥谢许尚之石函广陵散谱诗云："别姊、取韩相，多用聂政事。"耶律楚材弹广陵散诗序云："完颜光禄请张崇为谱序，崇备序此事。渠云：'验于琴谱，皆刺客聂政为严仲子刺杀韩相侠累之事，特无与扬州事相近者。意者，叔夜以广陵名曲，微见其意，而终畏晋祸，其序其声，假聂政之事为名耳。韩皋徒知托于鬼神以避难，而不知其序其声皆有所托也。'崇之论似是而非。余以为叔夜作此曲也，晋尚未受禅。慢商与宫同声，臣行君道，指司马懿父子权侔人主，以悟时君也。又序聂政之事，以讥权臣之罪不啻侠累，安得仗义之士以诛君侧之恶，有所激也。不然，则远引聂政之事，甚无谓也。"清姚配中一经庐琴学云："嵇叔夜游洛西，遇古人，授以广陵散。此文士之寓言，搜神志怪之谈耳。谓人不足知，则托之仙；谓世无或传，则属之古，而要非实录也。"杨宗稷琴镜续广陵散谱跋云："广陵、太山皆以地名曲。左思齐都赋注曰：'东武、太山，齐之土风歌谣讴吟曲名。'安知广陵散非扬州土风古歌曲？蔡邕琴操聂政刺韩王曲云：'聂政作。政父为韩王所杀。政学涂，入宫，刺王不得。去太山，遇仙人，学鼓琴，七年而琴成。鼓琴阙下，观者成行，马牛止听。以闻韩王，王召见，使弹琴。政援琴而歌，琴中出刀刺王。'崇知有聂政刺韩王事，何以不知有聂政刺韩王曲？耶律晋卿谓指司马懿父子权侔人主，以悟时君。

然又何以托于鬼神，虽其甥求之亦不得耶？曲中各段命名，皆与聂政刺韩王为父报仇之旨相合。其为聂政刺韩王曲，毫无疑义。即非聂政自作，亦必为彼时曾听聂政弹琴者摹拟之作。但何以改名广陵散，惜其说不传耳。"案解广陵散者，自韩皋、张崇、耶律楚材至杨氏而愈明，然犹有未达也。叔夜之于此曲，但托其忧愤之怀，虽孝尼亦不令闻，更何从以悟时君耶？又考战国策载聂政刺韩相韩傀，兼中烈侯。韩子内储说下作哀侯。与史记世家哀侯非一人。史记韩世家于烈侯三年书"聂政杀韩相侠累"，即韩傀之字。均未言报父仇而学琴。又政之所刺为韩相而非韩王。论衡书虚篇云："传书言聂政为严翁仲刺杀韩王，此虚也。夫聂政之时，韩列侯也。列侯之三年，聂政刺韩相侠累。十二年，列侯卒。与聂政杀侠累，相去十七年。而言聂政刺杀韩王，短书小传，竟虚不可信也。"琴苑要录引琴书所列曲名有刺韩相，注云："聂政作。"楼钥谢许尚之石函广陵散谱后跋亦云："正声第一拍名取韩相。"叔夜之意，以侠累比司马昭。如谓刺韩王，则叔夜岂欲死其君耶？必不然矣。唐吴兢乐府古题要解云："琴操纪事，好与本传相违。"通志乐略云："琴操所言者，何尝有是事？琴之始也，有声无辞。但善音之人，欲写其幽怀隐思，故取古人悲忧不遇之事而以命操。或有其人而无其事；或有其事，又非其人；或得古人之影响，又从而滋蔓之。君子之所取者，但取其声而已。取其声之义，而非取其事之义。琴工之为是说者，亦不敢凿空以诬古人，但借古人姓名而引其所寓耳。"郑氏此论，

嵇康集校注

虽不尽然；然琴操一书，多出臆度，则固彰彰者也。当时有聂政刺韩王之曲，琴操乃从而为之辞。政学琴之事不可据；谓政刺韩王以报父仇，则尤不可据也。自唐以来，琴有易水之曲。如其傅会，不将谓此为荆轲之所作耶？广陵散之所寓者，自为聂政刺韩相，不必定由聂政刺韩王曲而改名。此两者作曲之人，流传之地，或皆不同也。至叔夜之于此曲，则正取其事之义耳。又此曲固非政作，更非彼时曾听政弹者摹拟之作；乃后人所作，以写政刺韩相之事也。叔夜痛魏之将倾，其愤恨司马氏之心，无所于泄，乃一寓于广陵散，盖冀刺杀韩相之事复见于其时。其答二郭诗云："豫子匿梁侧，聂政变其形。顾此怀怛惕，虑在苟自宁。"可知此志固久蓄于中者。但恐久与世接，人将识其诛伐之心，故托之鬼神，而不轻以示人也。不然，磊落如叔夜，何至吝于一曲哉？至由聂政刺韩相之事而制为琴曲，冠名广陵，其义未可以强求。梦溪笔谈卷五云："或者康借此以谏讽时事。散为曲名，广陵乃其所命，相附为义。"此说则必不然。叔夜之前，已有广陵散；魏之扬州非故广陵之地。说已详前。且聂政非广陵之人，韩亦非广陵之地，叔夜以此命名，亦无谓矣。沈氏知散为曲名，驳韩皋散亡之说，本已得之。而仍有取于韩皋所说王凌毌丘俭之事，谓命名广陵，借以谏讽，此其误与皋同也。赵绍祖消暑录云："沈氏谓散为曲名者是也。而仍欲附会韩皋之言，则考之不审。沈氏能引应书，而尚作此疑，何耶？"清朱翊埋忧集载康熙间勾曲道士忘筌弹水仙操，谓人曰："此调自伯牙传至嵇康，名广陵散，所谓'观涛广陵'也。康死，此调遂绝。余特以意谱之耳。"案伯牙以水仙操名，叔夜以广陵散名，此遂借"广陵观涛"混而一之。览者或谓其得广陵之确解，而不知实小说家之妄言也。今所传水仙操，亦与广陵散大殊其趣矣。余以为后世方士乐曲，寓故事者亦多。此名广陵散者，当为广陵流传之曲，如东武、太山之类。此本方士之曲，故乐书入之俗部尔。

十　慢商调之取义

广陵散为慢商调，此盖古谱所同。韩皋云："缓其商弦，与宫同音，是知臣夺君之义也。"楼钥云："晋史称广陵散于今绝矣，而韩皋论之甚详。且其所谓哀愤躁蹙惨痛迫胁之音，始末具见；而尤致意于宫商二弦，至乱声而愈觉痛快，必非后人能作。"宋徐理琴统云："世传广陵散为慢商调。所缓之弦乃第二弦，所同之音乃第一弦。则是以黄锺之律推其调也。但第三弦合改仲吕为黄锺角，则慢二始得为慢商；不然，则成仲吕慢羽矣。犹喜三弦散声用之绝少，所以于广陵之曲无乖也。"元袁桷题徐天民草书云："瓢翁一日言：中散广陵散漫商，君臣道丧，深致意焉。至毛敏仲作涂山，专指徵调，而双弦不复转调，与嵇意合，非深知音者不能。"清吴灯自远堂琴谱云："慢商慢羽二十馀调，虽存其名，实无其曲。良以律吕失度，宫徵乖谬，有弹而不成声，和而不能和者，是以终不获传也。"冯水琴韵调弦云：

"慢商,慢二弦一徽。以一弦三弦为宫考之,皆不合律。但似就一弦为宫者。慢二,故名为慢商。"杨宗稷琴镜蕉庵琴谱本广陵散跋云:"原注:'慢商调,慢二弦一徽。'即相传臣夺君之说。以一弦为宫为君,二弦为商为臣。惟必由三弦为宫之宫调,即常用之正调。先转慢三弦一徽之角调,以一弦为宫,二弦为商;然后再慢二弦一徽,方能谓之慢商。此曲一六弦皆用十一徽,足证实为角调所转。但不宜又用三弦九徽,自相矛盾。如谓用正调不慢三弦,则二弦当为羽。慢二弦一徽,是慢羽,而非慢商。且用正调三弦散音,则全曲音节不和,无怪乎问津者难其人也。"又琴镜续风宣玄品本广陵散注云:"慢商调。借宫调,不慢三弦。以一弦为宫;慢二弦一徽,与一弦同音。"又跋云:"至于一二弦同声之理,因段句之末,多用泼剌滚拂指法,收一弦宫音;非慢二弦同声,常有异音犯指,无所谓君臣也。"于此可论者有二:即是否慢商,及是否夺君也。案此曲收一六弦,曲中用三弦散声处极少。乃借宫调之弦,弹徵调之曲,所谓借徵调者也。琴中徵调,应慢三弦一律为角。今一概不慢,而借宫调之弦,避三弦散声清角鼓之。今所传梦蝶、白雪、羽化登仙等曲,在在皆是。广陵散慢二弦同宫。二弦即徵调之商弦,故曰慢商调。此乃先改调,后取音;欲如此弹,故如此慢也。诸家俱未明此,遂觉慢商不成为调,而作疑似之谈,盖由被宫调以一弦为宫之说所惑。不知一六弦为宫者,乃以宫调徵声为宫之徵调。三弦为宫者,方为宫调也。

明宋濂跋太古遗音云："士大夫以琴鸣者,恒法杨守斋缵,以合于晋嵇康氏故也。"又云："缵以仲吕为宫。"案以仲吕为宫,即以三弦为宫也。又案古以五弦配君臣民事物而言。汉书律历志云："以君臣民事物言之,则宫为君,商为臣。"扬雄琴清英云："舜弹五弦之琴而天下化。尧加二弦,以合君臣之恩。"桓谭新论云："文武各加一弦。五弦第一为宫,次商、角、徵、羽。馀二弦为少宫、少商。"此曲一二两弦,要在宫商之位,不论以一弦为宫,三弦为宫也。宫商君臣之牵合,本无足言。但今人虽以为腐,而古人实有此心。叔夜之弹此调,当有"以臣夺君"之见存焉。韩皋此说,独未可非也。

附　录

张方平:广陵散

广陵散,妙哉嵇公其旨深,谁知此是亡国音。商声慢大宫声微,强臣专命王室卑。我闻仲达窥天禄,人见飞乌在晋屋。子元废芳昭杀髦,高贵乡公终荡覆。义师三自广陵起,功皆不成竟夷戮。广陵散,宣诛凌,景诛俭,文诛诞。广陵散,晋室昌,魏室亡。

李处权:听弹广陵散

时风正薰弹广陵,乱世掩抑咿嘎声。孰谓嵇康敢不臣,此心炯炯难自明。荒湫古墓鬼神啸,大泽深山龙凤惊。我来听此可无语,天乎孰谓得其平。

楼钥：谢文思许尚之石函广陵散谱

余好弹广陵散，比见周待制清真集序石函中谱，叹味不已，念无从可得。文思许尚之中行云："家有此本。"后自武昌录寄。深叹雅尚，又以知然诺之不轻也。因作是诗以谢之。

叔夜千载人，生也当晋魏。君卑臣寖强，駸駸司马氏。幽愤无所泄，舒写向桐梓。慢商与宫同，惨痛声足备。规模既弘阔，音节分巨细。拨剌洎全扶，他曲安有是。昌黎赠颖师，必为此曲制。昵昵变轩昂，悲壮见英气。形容泛丝声，云絮无根蒂。孤凤出喧啾，或失千丈势。谓此琵琶诗，欧苏俱过矣。余生无他好，嗜此如嗜芰。清弹五十年，良夜或无寐。向时几似之，激烈至流涕。素考韩皋言，神授托奇诡。别姊取韩相，多用聂政事。近读清真序，始知石函秘。贤哉许阿讷，自言家有此。文君昔宝藏，人亡琴亦废。荷君重然诺，写谱远相寄。按拍三十六，大同小有异。此即名止息，八拍信为赘。君远未能来，我老从此逝。何当为君弹，更穷不尽意。

韩文公听颖师弹琴诗，几为古今绝唱。前十句形容曲尽，是必为广陵散而作，他曲不足以当此。

欧公以为琵琶诗，而苏公遂隐括为琵琶词，二公皆天人，何敢轻议，然俱非深于琴者也。丁卯夏秋间，尝有一词，漫录呈，所谓激烈至流涕者也。

正声第一拍名取韩相，第十三拍名别姊。又一本序五拍亦有名，第一拍名井里。史记刺客传，聂政，轵深井里人也，刺杀韩相侠累，有姊曰荌。韩皋知叔夜之托于神授以避祸，而不知名拍以聂政事，又以见古有此曲也。鲜有知者，故及之。

楼钥：弹广陵散书赠王明之

唐李琬闻乐工羯鼓，谓虽精能而无尾。工异而问之，自以为求之久矣。琬曰："曲下意尽乎？"工曰："尽。"琬曰："意尽则曲尽，又何索焉？"工曰："奈声不尽。"琬曰："可言矣。"使以他曲解之，果相谐协。余尝爱其说。少而好琴，得广陵散于卢子嘉，鼓之不厌。然此曲多泼攦声，盖他曲所无者。二序正声乱声，或以此始，皆以此终。小序为一曲权舆，声乃发于五六弦间，疑若不称，屡以叩人，无能知者。王明之精于琴，为余作此小序，独起以泼攦，雍容敷声，然后如旧谱。闻而欣然，遂亟传之。邪婆娑鸡得屈柘急遍而得其尾，今广陵不假他曲而得其首，声意俱尽，古语真不虚也。晋史称广陵散于今绝矣，而韩皋论之甚详，且其所谓哀愤躁蹙惨痛迫胁之音，始末具见，而尤致意于宫商二弦，至乱声而愈觉痛快，必非后人能作。余所得数声，未必真出于古也。以其深惬素怀，故书以赠明之。

徐照：夜听黄仲玄弹广陵散

月色照君琴，移床出木阴。数声广陵水，一片古人心。

投剑功无补，冲冠怒亦深。纵能清客耳，还是乱时音。

耶律楚材:弹广陵散终日而成因赋诗五十韵并序

嵇叔夜能作广陵散，史氏谓叔夜宿华阳亭，夜中有鬼神授之。韩皋以为扬州者，广陵故地，魏氏之季，毋丘俭辈皆都督扬州，为司马懿父子所杀。叔夜痛愤之怀，写之于琴，以名其曲，言魏之忠臣，散殄于广陵也。盖避当时之祸，乃托于鬼神耳。叔夜自云靳固其曲，不以传袁孝尼。唐乾符间待诏王遨为李山甫鼓之。近代大定间，汴梁留后完颜光禄者，命士人张研一弹之，因请中议大夫张崇为谱，崇备序此事。渠云："验于琴谱，有井里、别姊、辞乡、报义、取韩相、投剑之类，皆刺客聂政为严仲子刺杀韩相侠累之事，特无与扬州事相近者。意者叔夜以广陵名曲，微见其意，而终畏晋祸，其序其声，假聂政之事为名耳。韩皋徒知托于鬼物以避难，而不知其序其声，皆有所托也。"崇之论似是而非。余以为叔夜作此曲也，晋尚未受禅，慢商与宫同声，臣行君道，指司马懿父子权侔人主，以悟时君也。又序聂政之事，以讥权臣之罪，不啻侠累，安得仗义之士，以诛君侧之恶，有所激也。不然，则远引聂政之事，甚无谓也。泰和间，待诏张器之亦弹此曲，每至沉思、峻迹二篇缓弹之，节奏支离，未尽其善。独栖岩老人混而为一，士大夫服其精妙。其子兰，亦得栖岩之遗意焉。

湛然数从军，十稔若行役。而今近衰老，足疾困卑湿。岁暮懒出门，不欲为无益。穹庐何所有，只有琴三尺。时复一弦歌，不犹贤博弈。信能禁邪念，闲愁破堆积。清旦炷幽香，澄心弹止息。薄暮已得意，焚膏达中夕。古谱成巨轴，无虑声千百。大意分五节，四十有四拍。品弦欲终调，六弦一时划。初讶似破竹，不止如裂帛。亡身志慷慨，别姊情惨戚。冲冠气何壮，投剑声如掷。呼幽达穹苍，长虹如玉立。将弹发怒篇，寒风自瑟瑟。琼珠落玉器，雹坠渔人笠。别鹤唳苍松，哀猿啼怪柏。数声如怨诉，寒泉古涧涩。几折变轩昂，奔流禹门急。大弦忽一捻，应弦如破的。云烟速变灭，风雷恣呼吸。数作拨剌声，指边轰霹雳。一鼓息万动，再弄鬼神泣。叔夜志豪迈，声名动蛮貊。洪炉毁神剑，自觉乾坤窄。锺会来相过，箕踞方袒裼。一旦诛杀之，始知襟度阨。新声东市绝，孝尼无所获。密传迨王逊，会为山甫客。近代有张研，妙指莫能及。琴道震汴洛，屡陪光禄席。器之虽有声，炼此头垂白。中间另起意，沉思至峻迹。节奏似支离，美玉成破璧。为山功一篑，未精诚可惜。我爱栖岩翁，翻声从旧格。始终成一贯，雅趣超今昔。三引入五序，始作意如翕。纵之果纯如，将终皦而绎。嵇生能作此，史臣书简策。又谓神所授，传自华阳驿。韩皋破是说，以为避晋隙。张崇作谱序，似是未为得。我今通此论，是非自悬隔。商与宫同声，断知臣道逆。权

嵇康集校注

臣侔人主，不啻韩相贼。安得聂政徒，元恶诛君侧。上欲悟天子，下则有所激。惜哉中散意，千古无人识。

耶律楚材：弹广陵散

居士闲弹止息时，胸中郁结了无遗。乐天若得嵇生意，未肯独吟秋思诗。

杨宗稷：广陵散谱跋

广陵散非嵇康作也，聂政刺韩王曲也。一二弦宫商同音，亦非君臣同位之说也。嵇康琴赋云："广陵、止息、东武、太山。"李善注云："古有此曲，今并犹存，未详所起。应璩与刘孔才书曰：'听广陵之清散。'傅玄琴赋曰：'马融覃思于止息。'"又云："引此以证明古有此曲，非谓康之言出于此也。"可知以广陵散为嵇康作者，皆无稽之谈也。广陵、太山，皆以地名。左思齐都赋注曰："东武、太山，齐之土风歌谣讴吟曲名。"安知广陵非扬州土风古歌曲？韩皋乃谓："叔夜因魏之忠臣，散殄于广陵，痛愤写之于琴，以广陵名其曲。"失之远矣。蔡邕琴操聂政刺韩王曲云："聂政作。政父为韩王所杀，政学涂，入宫，刺王不得。去太山，遇仙人，学鼓琴，七年而琴成。鼓琴阙下，观者成行，马牛止听，以闻韩王。召见，使弹琴，政援琴而歌，琴中出刀刺王。"张崇序广陵散云："琴谱中有井里、别姊、辞乡、报义、取韩相、投剑之类，皆刺客聂政事。意叔夜微示其意，而终畏晋祸，假聂之事为名。"崇知有聂政刺韩王事，何以不知

677

有聂政刺韩王曲，仍以为嵇康作，甚无谓也。耶律晋卿广陵散诗序更谓："叔夜作此曲，晋尚未受禅，慢商与宫同声，臣行君道，指司马父子权偭人主，以悟时君。"然又何以托于鬼神所授，秘不与人，虽其甥求之亦不得耶？余前刻琴学随笔，录近人杂著，前明京师李近楼，幼瞽能琴，作八尼僧修佛事，经咒鼓钹笙箫之属，酷似其声。并有清光宣间，瞽者王玉锋，以三弦作戏曲，洋鼓洋号操兵步伐声。余因论聂政刺韩王，学七年而琴成，其技必类乎此。时余未见此广陵散谱，今按谱弹之，觉指下一片金革杀伐激刺之声，令人惊心动魄，忘其为琴曲。是以当日鼓琴阙下，观者成行，马牛止听，足征余前说不谬。更以知曲中各段名曰取韩、呼幽、亡身、返魂、冲冠，皆与聂政刺韩王为父报仇之旨相合，其为聂政刺韩王曲，毫无疑义。即非聂政自作，必为彼时曾听聂政弹琴者摹拟之作。不然，何能咄咄逼人如此？但何以改名广陵散，惜其说不传耳。至于一二弦同声之理，因段句之末，多用泼刺滚拂指法，收一弦宫音，非慢二弦同声，常有异音犯指，无所谓君臣也。韩、张诸人，穿凿傅会，造成千古疑案，可怪甚矣。嵇康琴赋，古曲名甚多，广陵、止息，在变用杂起之列，可知决非康作，亦非康独有。不然，袁孝尼虽聪明天亶，何能一听即得三十三拍？特康专精此曲，不欲示人，是以假托鬼神。如果鬼神既令誓不传人，何以临终自居于靳，且若有悔不与孝尼意耶？予所见大略如此。李君伯仁，因广陵散古谱，减字指法，徽分节奏,疑误过多,属予以琴镜谱例,注明唱弦拍板及声字,付之剞劂,俾此后人人可弹,不致有谱与无谱等。谱成,并书所见于此,不知其是且非也。丁卯六月望日,九疑山人识。

冯水：重刻广陵散谱序

广陵散琴操,见晋书嵇叔夜传,叔夜东市临刑云:"悔不将此曲传袁孝尼。"元耶律晋卿云此曲传自唐王遨。是此曲之传,皆在叔夜已死之后,是否果为原作,不可考。然后世言琴家,恒思见此曲而不得,他谱有载者,不过数段,盖伪托也。惟臞仙神奇秘谱列于首卷者,据云传自隋宫。明郎仁宝瑛七修续稿,曾叙其事,而列其词名。晋卿亦有弹广陵散诗序,其词名略有不同处,或臞仙时传抄之误。晋卿称栖岩老人于此曲最擅长,栖岩苗姓,名秀实,金泰和时供奉也。据此二端,虽不敢断为原作,要亦隋、唐间之谱矣。顷见嘉靖本明藩徽邸风宣玄品,为选刻琴谱,列是曲于卷五中,其词名及拍,皆与七修续稿相同,是必徽邸采诸臞仙者也。风宣谱世亦不易觏,爰照原本重梓,以广其传。予非矜广陵散之奇,实欲存隋、唐间之声调耳。今世所传琴谱,至古为明刊,宋谱且不数见,更遑论隋、唐。臞仙谱作于永乐,既云传自隋宫,当必有据,更证以晋卿之诗,至近亦唐、宋谱也。处今之世,能得唐、宋之声,不亦大可宝贵哉！

参校书目

明吴宽丛书堂藏钞校本　题嵇康集，书口有"丛书堂"三
　　字，书中有墨笔朱笔两校，末有顾千里、张燕昌、黄丕
　　烈等跋，旧藏北京图书馆，解放前已被美、蒋匪帮劫往
　　美国。顾氏跋曰："中散集十卷，吴匏庵先生家钞本，
　　卷中讹误之字，皆先生亲手改定。"叶渭清嵇康集校记
　　曰："是本元钞不言所自，余疑钞者别是一本。观其分
　　卷序篇，间与所校参差。又文义字句，特多歧异，固有
　　钞不误而校反误者，有义可通而校不取者，有钞合他
　　书征引而校不合者，甚且有全首为他本所无者。此为
　　出于异本，已可推知。"扬案：此书审其字句，及其移易
　　删补之处，知其已非全本。又钞者非一手，钞校不同
　　时，且墨校朱校，亦皆非一次。又校者所据，亦即当时
　　刻本，而非原钞所据之本，故原钞多是，而校改每非。
　　初校之馀，或再删补，必迁就刻本而后止，其全首为他

本所无之诗，则未尝校改一字也。至匏庵改定之字，藉曰有之，恐亦少数，否则其谬当不至此。又案赠秀才诗"浩浩洪流"一首中，"夕"字原钞作"久"，校者以墨笔涂成"夕"字，皕宋楼钞本仍为"久"，_{校者以朱笔改为}"夕"字。据此，知吴钞本之墨校，且有出于清代者矣。

清陆心源皕宋楼藏钞校本　据丛书堂校录，有朱笔蓝笔两校，书末有妙道人及程庆馀等跋，有"寿经阁校本"五字图记，栏外时有校语，据跋知朱笔者出于吴志忠。此书今藏日本静嘉堂文库。

明程荣本　据黄省曾本校刻，明刻本。

明汪士贤本　据黄省曾本校刻，在汉魏六朝二十名家集中，明刻本。

清四库全书本　据黄省曾本校录，文津阁本，文澜阁本。

明张燮本　题嵇中散集，凡六卷，在七十二家集中，前有燮序，末有遗事、集评、纠谬。予所校者，序已不全，遗事以下尽阙。明刻本。

明张溥本　题嵇中散集，不分卷，在汉魏六朝一百三家集中，前有溥题辞。明刻本。清光绪十八年，善化章经济堂重刻本。光绪五年，滇南唐氏重刻本。

清潘锡恩本　题嵇康集，凡九卷，姚莹所编，在乾坤正气集中。清道光二十八年，泾县潘锡恩刻本。

周树人校本　题嵇康集，凡十卷，在鲁迅全集中，据丛书堂钞本原钞校印，有序跋及逸文考、著录考。

梁萧统文选

　　清嘉庆十四年,胡克家重刻宋淳熙本李善注文选。今
　　称胡刻本。

　　明嘉靖二十八年,吴郡袁氏嘉趣堂重雕宋刻广都县本
　　六家文选。今称袁本。

　　明茶陵陈氏古迁书院刻增补六臣注文选。今称茶
　　陵本。

　　宋刻本六臣注文选,涵芬楼景印,在四部丛刊中。今
　　称四部本。

　　日本京都帝国大学文学部景印旧钞本文选集注残卷。
　　今称集注本。

明刘节广文选　　明嘉靖刻本。

宋郭茂倩乐府诗集　　明毛晋刻本。

明无名氏六朝诗集　　明嘉靖刻本。

明许少华选诗　　明嘉靖刻本。

明杨慎选诗拾遗　　明嘉靖刻本。

明李攀龙古今诗删　　文澜阁四库全书本。

明冯惟讷诗纪　　明嘉靖刻本,万历刻本。

明刘一相诗宿　　明万历刻本。

明梅鼎祚汉魏诗乘　　明万历刻本。

明梅鼎祚古乐苑　　明万历刻本。

明臧晋叔诗所　　明万历刻本。

明黄廷鹄诗冶　　明刻本。

明张之象古诗类苑　明刻本。

明高氏诗苑源流　明刻本。

明俞安期诗隽类函　明万历刻本。

明曹学佺历代诗选　明崇祯刻本。

明吴讷文章辨体　明天顺刻本。

明徐师曾文体明辨　明万历刻本。

明汪廷讷文坛列俎　明万历刻本。

明陈仁锡古文奇赏　明万历刻本。

明陈仁锡三续古文奇赏　明天启刻本。

明梅鼎祚书记洞诠　明万历刻本。

明梅鼎祚历代文苑　明崇祯刻本。

明李宾八代文钞　明刻本。

明沈延嘉列朝五十名家集　明刻本。

明黄澍、叶绍泰汉魏别解　明崇祯刻本。

明张采三国文　明崇祯刻本。

明张运泰、余元熹汉魏六十名家文乘　明崇祯刻本。

清严可均全三国文　清光绪二十年,黄冈王毓藻刻本。

清孙星衍续古文苑　清光绪九年,江苏书局刻本。

684　宋裴松之三国志注　涵芬楼景印百衲本。

梁刘孝标世说新语注　日本东京育德财团景印宋刻本。

唐房乔等晋书　涵芬楼景印百衲本。

唐李善文选注　清嘉庆十四年,胡克家重刻宋本。

宋尤袤文选考异　常州先哲遗书本。

清胡克家文选考异　附重刻宋本文选后。

唐欧阳询艺文类聚　明嘉靖胡缵宗仿宋刻小字本。明万历十五年，王元贞刻本。清谭献用明陆采本传校宋本。

唐虞世南北堂书钞　明陈禹谟增改本。清孔广陶校注本。清长洲顾氏艺海楼传钞大唐类要本。

唐徐坚初学记　明嘉靖十年，锡山安国刻本。

唐白居易白氏六帖事类集　吴兴张氏景印江安傅氏藏宋刻本。

唐白居易、宋孔传白孔六帖　明嘉靖刻本。

宋李昉等太平御览　涵芬楼景印宋刻本。清嘉庆九年，常熟张氏仿宋刻本。嘉庆十一年，扬州汪氏活字本。嘉庆十二年，歙县鲍氏刻本。日本安政二年，喜多村直宽仿宋刻本。

宋叶廷珪海录碎事　明嘉靖刘凤校刻本。

宋祝穆古今事文类聚　明万历刻本。

明彭好古类编杂说　明万历刻本。

明冯琦经济类稿　明万历刻本。

宋刘清之戒子通录　节引本集家诫。商务印书馆景印四库全书文渊阁本。

唐张君房云笈七签　涵芬楼景印白云观藏正统道藏本。

宋朱长文琴史　清康熙四十五年，曹栋亭扬州使署刻本。

明杨表正太音大全　明刻本。

明林有麟青莲舫琴雅　明刻本。

唐颜师古匡谬正俗　小学汇函本。

宋吴曾能改斋漫录　聚珍板丛书本。

宋高似孙纬略　守山阁丛书本。

宋王楙野客丛书　稗海本。

唐孙思邈备急千金要方　涵芬楼景印道藏本。

明高濂遵生八笺　清嘉庆十五年重刻本。

日本丹波宿称康赖医心方　日本安政元年摹刻本。

宋叶梦得石林诗话　津逮秘书本。

宋刘克庄后村诗话　适园丛书本。

明胡应麟诗薮　明刻本。

马叙伦读书续记　载北京大学日刊一九二三年六月四日、
　　六日、八日、十一日，又商务印书馆排印本。

叶渭清嵇康集校记　载国立北平图书馆馆刊第四卷第二
　　号、五号，第五卷第二号、三号、四号。未完。